门三皇后

李乃庆 著

中国青年出版社

全国百佳出版单位

图书在版编目（CIP）数据

一门三皇后 / 李乃庆著 . -- 北京 : 中国青年出版社 , 2025. 5. -- ISBN 978-7-5153-7710-0

Ⅰ . I247.5

中国国家版本馆 CIP 数据核字第 20253VF624 号

一门三皇后

李乃庆　著

责任编辑：曾玉立
出版发行：中国青年出版社
社　　址：北京市东城区东四十二条 21 号
网　　址：www.cyp.com.cn
编辑中心：010-57350401
营销中心：010-57350370
经　　销：新华书店
印　　刷：三河市君旺印务有限公司
规　　格：650mm×910mm　1/16
印　　张：26.75
字　　数：362 千字
版　　次：2025 年 5 月北京第 1 版
印　　次：2025 年 5 月河北第 1 次印刷
定　　价：79.80 元

如有印装质量问题，请凭购书发票与质检部联系调换
联系电话：010-57350337

目录

第一章

月出宛丘

后汉乾佑元年二月的京城开封，虽然时令已经进入春季，但依然若冬天般的寒冷，这不知是因为倒春寒，还是符彦卿自己的感觉。

符彦卿乃朝中重臣，兄弟九个皆为重要将领，膝下有七儿六女，儿子个个骁勇智慧，女儿个个才貌双全。年前，皇帝刘知远又拜他为掌管传宣诏命的中书令，加封魏国公，并赐给一处豪宅，朝堂上下对他无不垂慕。在别人看来，一个被几代皇帝宠信的人，他此时的心情应该是很暖的，可是，他居然没有这种感觉。不仅如此，还每天紧锁眉头，郁郁寡欢。

这不是他对自己的仕途还有什么非分之想，是因为自唐朝灭亡至眼前的三十年时间里，居然有后梁、后唐、后晋、后汉四朝十代皇帝的更迭，中原之外又割据成十国，整个中国大地每天战乱不止，民不聊生。尽管符氏家族在这几个朝代都被皇帝恩宠有加，官位不断上升，符彦卿却没有因此而感到自豪。更让他心情沉重的是，去年二月刘知远刚刚建立汉朝，不料，到了十二月，他所宠爱的太子、开封尹刘承训即病死，刘知远也因悲伤过度而病倒。也就在这个时候，西部的永兴节度使赵匡赞、凤翔节度使侯益又密谋投靠蜀国，西部边境十分危急。刘知远虽然已经命客省使王景崇为凤翔节度使前去平定，但王景崇刚到凤翔还没有正式接任，刘知远就因身心交瘁驾崩了。

刘知远临终前,把年仅十八岁的次子刘承佑托付给了宰相苏逢吉,侍卫亲军马步军都指挥使史弘肇,枢密使、中书侍郎兼吏部尚书杨邠、枢密使郭威和他符彦卿。由于刘承佑年少,他们几个重臣之间又多有嫌隙,使得朝野烟雾弥漫,朝中的大臣们人心浮动,汉朝的江山可谓是吉凶难测。

符彦卿作为朝中的重臣之一,刘知远驾崩前如此待他,就是想让他好好辅助刘承佑振兴汉室。符彦卿知道刘知远的良苦用心,也胸怀大志,但生逢乱世,乾坤倾覆,又面对这种局面,他怎能不忧心如焚?他无法预知后来,更不知道能否让刘知远含笑九泉。

为了排解心中的郁闷,几天前,在女儿们的央求下,他带儿女们回了一趟陈州宛丘县老家,先是到先祖坟地祭祀烧香,接着又到陈州城看了看。回来后虽然心情好了很多,可是,今天踯躅于庭院内,望着这座昔日唐王朝一个大臣的宅院,思前想后,触景生情,不由又是一阵黯然神伤。

刘知远赐给他的这座豪宅是唐王朝时期一个二品官的府邸,因为唐王朝的灭亡,全家都被斩杀,这处府邸一直被官府掌控着。唐代官员府邸的修建,有专门的《营缮令》,规定非常细致。王公以下官员,不得在建筑时使用重栱,即二跳以上的斗栱,不得藻井,就是不得装饰天花板。三品以上的官邸,正堂宽不过五间,长不过九架,门房不得超过三间五架,屋顶可做歇山式。六品以下的官邸,正堂不得超过三间五架,门房不过一间两架。庶人堂屋,不过三间四架,门房不过一间两架,屋顶禁用歇山顶式,只能做两坡悬山顶式,且不得进行装饰。梁、唐、晋、汉四朝短时间内不断更迭,朝中大臣也瞬息万变,都无暇顾及官员府邸的等级,全凭皇帝旨意,所以,符彦卿就很轻易地有了这套府邸。自住进这里后,符彦卿常常感叹:这座府邸眼下属于自己了,谁能预知日后它是否江山易主?

符彦卿长吁短叹间,忽然听到一阵悦耳的古筝声从后花园的方向飘然而至。他知道这是女儿在弹奏,知道这是女儿们为了让他开心特意演奏的。他更知道她们为什么这个时候不用其他乐器而偏偏弹奏古筝,因为他曾经给女儿们讲过,他每次带兵出征上战场前,总是要让乐队用古筝演奏一曲战国人荆轲的《易水歌》:"风萧萧兮易水寒,壮士一去兮不复还。探虎穴兮入蛟宫,仰天呼气兮成白虹。"之所以要求用古筝弹奏,是因为古筝的弹奏中有一种马蹄声声的感觉,特别能唤起他驰骋疆场的激情。女儿们此时弹奏的虽然不是《易水歌》,但他理解女儿们的心情。想到几个女儿不仅如花似玉,而且最懂他的喜怒哀乐,每当看到他不愉快的时候,总是能不显山不露水地来化解他心中的雾霾,心里骤然间敞亮了许多,忍不住往后花园走去,一是想看看是哪个女儿弹奏得这么好,二是也借此调节一下自己的情绪。

符彦卿脚步放得很轻,以至他距离女儿们很近了,也没被察觉。正在弹奏的是广袖高髻、芳龄十八岁的大女儿符金玉。她沉浸在曲中美轮美奂的情景中,身子和头随着节拍左右摆动,双手在琴弦上若拨水前行的船桨,上下起伏。白嫩的脸庞因为激动而洋溢着粉红,大而明亮的双眸微微闭合,似乎在云端俯视着人间,翩翩起舞。

符金玉的身边是他的二女儿、芳龄十六岁的符金环。符金环也沉醉于乐曲的旋律中,身子也随着姐姐摆动的身姿在轻歌曼舞,头上高高的反绾髻发式因为反复的摆动而有一束发丝垂下来也全然不知。和符金玉不一样的是,她的表情不是甜美,而是略微携带着一种淡淡的伤感。

在她们的前面,是他年仅八岁的六女儿符金锭。符金锭头上梳着百花髻,因为年龄幼小,衣服穿戴得十分艳丽。她不知道古筝曲中表现的是一种什么情景和意境,只是随心所欲地随着曲子,像皇宫的舞女一样在跳舞,而且跳着笑着,做着鬼脸。

符金玉一连弹了几曲,终于停了下来。她们扭过头来,发现了身后的父亲。符金锭笑着跑过来抱住符彦卿的腿,一边撒娇一边问:"父亲,姐姐弹得好吗?"

还没等他回答,符金玉、符金环相互交换了一下眼神,便都站了起来。符金环故意笑得灿烂地问:"父亲,你知道姐姐弹的是什么曲子吗?"

符彦卿看到女儿们这么开心,刚才的愁绪瞬间一扫而光。他想了想说:"过去宫中庆典,常有古筝助兴,很多曲子我都能听出来,今天我怎么听不出来了呢?"

符金锭摇着他的右手,焦急地说:"父亲猜,父亲猜嘛。"

符彦卿猜测说:"是俞伯牙的《高山流水》?"

符金锭看看姐姐,姐姐们都不点头。符金锭说:"不对,父亲没有猜对。"

符彦卿干脆捡自己知道的几个名曲逐一说出:"是嵇康的《广陵散琴曲》?"

符金玉笑笑说:"不对。"

"是蔡文姬的《胡笳十八拍》?"

符金环大声说:"也不对。"

"我想起来了,是师旷的《阳春白雪》……"

还没等他说完,符金玉、符金环都笑出了眼泪,异口同声说:"更不对。"

符彦卿不懂音乐,这些名曲宫中经常演唱,他耳濡目染,能够记住名字的,所以就随便说了几首。他虽然没有猜对,却为女儿们感到自豪。

她们出身武将世家,受家庭的熏陶和影响,不仅有良好的武艺,又都喜读诗书,琴棋书画,样样精通。威武起来不亚于几个儿子,抚琴执笔时却又是优雅娴静,可谓文武双全。加上她们个个面若桃花,身材婀娜,朝中大臣们无不对他这个家庭艳羡、敬慕。同时,他这几个女儿又各有所长。就比如眼前这三个女儿:符金玉记忆力超强,爱读唐诗,出口成诵,擅长骑马射箭,具有男人的性格。符金环爱读史书,尤其是《史记》,很多历史故事信手拈来,和符金玉相比,性格显得沉静。符金锭因为是她们姐妹中最小的,倍受娇惯,所以,得理不让人,比较任性。虽然她还不到姐姐那样读很多书的年龄,但她喜欢听故事,听大人讲过一遍,便能口述,长大了一定是能言善辩、伶牙俐齿的主儿。

想到这里,符彦卿忍不住笑了。符金玉、符金环、符金锭见他不回答,又催促他,让他猜。符彦卿感到自己确实猜不出来了,不得不笑着说:"确实猜不出来了,你们就赶快告诉父亲吧。"

符金玉没有立即告诉他,却问他说:"父亲,前些日子我们是不是回了一趟宛丘县老家？"

符彦卿心里说，才没几天的事，还需要问吗？于是回答说："是啊，这与你们的古筝曲有何相干？"

符金玉又问："我们回去后，陈州刺史、宛丘县令是不是都盛情款待？"

符彦卿不回答了，因为这都是一起经历过的，只看着她等她往下说。

符金玉又问："刺史是不是送您一卷《诗经》？"

符彦卿当然记得，因为那是一卷刚刚兴起的雕版印刷的纸质《诗经》，很精美，很珍贵，所以说："是啊，这几天我每天都在读。"

符金玉又问："县令是不是又送给您一套当地一个善曲者谱写的《诗经·陈风》曲谱？"

符彦卿说："你很喜欢，我不是给你了吗？"

符金环故意抢白他说："父亲偏心，给姐姐，不给我。尽管如此，《陈风》十首我都会背了。"

符彦卿故意逗她说："才几天，你都会背了？我不信。"

符金环努了一下嘴，立即背诵起来："《月出》：月出皎兮，佼人僚兮。舒窈纠兮，劳心悄兮。月出皓兮，佼人懰兮。舒忧受兮，劳心慅兮。月出照兮，佼人燎兮。舒夭绍兮，劳心惨兮。《宛丘》：子之汤兮，宛丘之上兮。洵有情兮，而无望兮。坎其击鼓，宛丘之下。无冬无夏，值其鹭羽。坎其击缶，宛丘之道。无冬无夏，值其鹭翿。"

符彦卿又逗她说："你只会背诵，知道是什么意思吗？"

符金环不知父亲是逗她，立即说："《月出》是陈国的民歌，是一首情诗，说的是一天晚上，诗人漫步陈国都城东门，天上一轮圆月升起，皎洁的月光把夜色映衬得更加美丽。他举目一望，只见月光下有一个美丽的女子，十分漂亮，悄然心动。他很喜欢她，却又不敢上前述说，不由伤感，于是就唱起来：月亮出来皎洁明亮，月下美人几多妩媚，身材窈窕让我思念。月亮出来洁白清晰，月下美人实在秀丽，身材娇柔举止舒缓，让我思念心生愁苦。月亮出来照耀四方，月下美人十分娇艳,身材苗条举止从容,让我思念心生烦恼。"

符彦卿满意地笑笑,忍不住又问她说:"《宛丘》呢?什么意思?"

符金环立即回答说:"写的是诗人在一个叫宛丘的地方,看到一个漂亮的巫女在欢腾热闹的鼓声、缶声中不停地旋舞着,从宛丘坡顶舞到坡下,从寒冬舞到炎夏,时间地点都改变了,她的舞蹈却没有改变,总是那么神采飞扬。他为巫女优美奔放的舞姿陶醉,不能自禁地生出爱恋之情。而巫女径直欢舞,却没有察觉出来,使他感到十分惆怅:洵有情兮,而无望兮。"

符彦卿听完,不由为女儿的才思而喜悦。他正要再问什么,符金环却问他道:"父亲,宛丘县是不是因为有《宛丘》这首诗而得名?"

符彦卿忍不住笑道:"这个你们就不懂了吧?"

说到这里,符彦卿眼前再次呈现出前些日子回家乡祭祖省亲的情景:他的家乡宛丘县在开封的正南方,相距有二百里路途。依他在朝中的地位,完全可以由朝廷派官员随行和护卫护送的,可是,符彦卿没有这样做。尽管如今依然沿袭大唐王朝的礼制,大臣出行的规格很高,但是,符彦卿为不彰显其贵,没有要什么护卫,仅仅是让几个儿子骑马护驾,他和夫人金氏、女儿符金玉、符金环、符金锭乘车低调出行,也没有向地方官府通报。到了老家,刺史、县令得知他们归来,十分惊喜,等他们到祖坟上祭奠结束,立即迎接到州城。刺史、县令知道符彦卿虽是武将,却饱读诗书,所以,特别送他一套《诗经》,并邀他一同游览宛丘古遗址。也就是在这个时候,他才知道宛丘的来历。

于是,符彦卿对符金环说:"宛丘,是指四周低中间高,如一个倒扣的碗的高地。这个地方就在陈州城东南六里远,是史书记载的三皇之首太昊伏羲氏定都的地方,伏羲、女娲抟土造人的故事也发生在这里。后来炎帝神农氏也在此建都,被称为陈。西周时期,周武王分封舜帝后裔妫满到陈地,建陈国。妫满在宛丘西侧重建的都城,就是后来的陈州城。宛丘就成了陈国的苑囿和年轻人谈情说爱的地方,《宛丘》就是这个时候流传的一首情诗。宛丘县就是因为这个地方而定名的。"

符金玉、符金环听了，忍不住惊讶地说："原来《诗经·陈风》写的就是咱陈州宛丘县的事呀！"

符彦卿笑道："咱的家乡不仅四季分明，景色优美，也是华夏文明的发祥地，历代文人雅士层出不穷且傲骨铮铮，英雄豪杰辈出并大义凛然，美女如云皆守身如玉……"

符金玉做了个鬼脸，问道："宛丘都有哪些美女呀？"

符彦卿说："春秋时期陈国国君陈宣公的二女儿——息妫，面若桃花，被誉为桃花夫人，因为她的美丽，引起息、蔡两国征战，后被楚文王霸占为妻，她感到屈辱，三年不语，却为楚文王生下两个儿子，长子即后来的楚成王。"

符金玉听了，十分自豪，神色激动，重新坐到古筝前，很快舞动十指，再次弹奏起《月出》《宛丘》来。琴弦拨动，其声时而如山泉般叮咚作响，清澈流畅；时而如涓涓细流，含蓄柔美，清新舒展；时而若河流奔涌，浑厚深沉，韵味无穷。符彦卿听着优美的古筝曲，似乎置身在宛丘城外那一轮皎洁的月光下，看到朦胧的夜色下，有一个身材窈窕的女子，在回眸含笑，轻轻起舞，仙女下凡一般。那女子正是自己的女儿符金玉。随着《宛丘》的乐曲，他似乎已经登临宛丘之上，一个眉清目秀、气宇高贵的女孩，手持着用白鹭羽毛制成的形似雉扇的舞具，在尽情地演唱和跳舞，歌声动人，舞姿清扬。这里的季节，时而是莺歌燕舞、百花怒放的盛夏，时而是细雪飞扬、如梦如幻的寒冬。无论季节如何变化，那女孩都在热烈奔放地舞动……

演奏间，一群飞鸟鸣叫着飞落在花园里的一棵大树上，一个个俯身盯着符金玉，戛然无声。

符彦卿正听得如痴如醉，一仆人快步来到他的跟前，轻声说："大人，有客人来了……"

符彦卿正想对仆人这个时候影响他的情绪而表现出不满，仆人接着说："是枢密使郭威、河中节度使李守贞，他们都在门外等候……"

听到郭威、李守贞来到府上，符彦卿先是一愣，接着就快步向大门外奔去。

郭威是刘知远皇帝的拥立者，也是刘知远临死前托以治国重任的顾命大臣，位在符彦卿之上。李守贞过去跟随刘知远，刘知远登上皇位后，任命他为客省使、河中节度使，是镇守一方的大臣。三年前，他与李守贞等将领曾经一起在阳城与契丹军冒死决战，也是患难朋友，他们来了，岂有不迎接之礼？

符彦卿来到大门口，只见郭威满脸含笑，正与李守贞嘀咕着什么。在郭威的身后还站着一个有几分豪气的二十来岁的年轻人。郭威看到符彦卿走来，立即停止与李守贞的私语，拱手向前。

符彦卿哈哈一笑，也拱手施礼，说："枢密使、节度使来了怎么不提前通报一声？有失远迎，让你们久等了。"

郭威也哈哈一笑说："我等贸然造访，不知魏公怪罪否？若有失礼之处，还请见谅。"

符彦卿说："枢密使驾到，寒舍蓬荜生辉，符彦卿求之不得也。"

郭威故作感叹地说："你这里若是寒舍，那天下何处不寒舍？"

李守贞也走上前施礼说："多日未见魏公，十分思念，今日特来拜望。"

符彦卿笑道："同朝为官，情若兄弟，大家就不要客气了，赶快院里请吧。"

符彦卿正要转身和他们走入院内，忽然又回过身，指着郭威身后身材高大、一身虎气的年轻人，问郭威道："这位壮士……"

郭威忽然醒悟，急忙介绍说："这位叫赵匡胤，前不久我在黄河北大名县招兵买马时遇到的。我见他容貌不凡，器度豁如，便招到旗下。"

赵匡胤一改刚才的胆怯，忙上前一步向符彦卿施礼道："匡胤不才，还望前辈多多赐教。"

符彦卿问他道："你是何地人？"

赵匡胤立即回答说："晚辈生于洛阳夹马营，父亲叫赵弘殷，曾是唐、晋两朝的军吏，如今也在汉朝军营，为朝廷效力。晚辈自幼爱好骑射，想干一番事业，前不久瞒着母亲和爱妻，想投奔父亲的军营，途中路过襄阳，在襄阳古寺遇见了方丈空空和尚。经方丈指点，去大名投奔了枢密使，得枢密使厚爱，所以相随枢密使左右。"

符彦卿见他气度不凡,口齿伶俐,非常喜欢,激励他说:"如今天下纷纭,跟着枢密使,必有大的作为。"

赵匡胤连声道谢:"多谢前辈指点。"

符彦卿领他们三位进了院子,正要步入客厅,郭威忽然止步说:"魏公,何处传来如此动听的古筝之声?"

符彦卿笑笑说:"是家女闲来无事,在后花园聊以自娱。"

郭威朝李守贞递了一个眼色,又把目光转向符彦卿说:"这古筝曲弹奏得如此扣人心弦,若不领略一番,岂不遗憾?"

李守贞忙附和说:"是、是,枢密使说得太对了。"

符彦卿见他们如此欣赏女儿的古筝,足见女儿的演奏很不一般,心中不由倍感自豪。于是,就领他们直接去了后花园。郭威为了不惊动她们,示意李守贞、赵匡胤放轻脚步,慢慢前行。由于符金玉姐妹三个都很投入,以致他们到了离她们很近的地方也没有察觉。一曲终了,符金玉舒展双臂时回头一看,不禁一阵惊讶,慌忙起身施礼道:"不知二位前辈大驾光临,未能远迎,请恕罪。"

见姐姐施礼,符金环也忙向客人施礼。符金锭也学着姐姐的样子,微笑施礼。

郭威看看李守贞,又转向符彦卿,笑笑说:"名门令嫒就是不一样。过去只是听说符家小姐个个不仅有沉鱼落雁、闭月羞花之貌,而且多才多艺,今日才真正领教啊。"

符金玉含羞说:"前辈过奖了。"

符金环掩面而笑说:"我们怎么能和西施、貂蝉、王昭君、杨玉环相比?"

符金锭不知道郭威说的沉鱼落雁、闭月羞花是什么意思,但知道是在夸姐姐漂亮,便掐着腰,自豪地说:"姐姐就是漂亮,很漂亮。"

听了符金锭的话,大家都忍不住大笑起来。赵匡胤走到她跟前,蹲下身子逗她说:"小妹妹,你叫什么名字?"

符金锭眨眨眼说："我叫金锭。你叫什么名字？"

赵匡胤说："我叫赵匡胤，小名香孩儿。"

符金锭往前伸了一下头，吸了吸鼻子，笑道："香孩儿？你香吗？我为何没闻到你的香味？"

赵匡胤忍不住大笑起来："那是你没有闻到。"

符金玉、符金环阻止符金锭说："不可与客人开玩笑。"

赵匡胤感到符金锭很可爱，又逗她说："哥哥看你也跟姐姐们一样漂亮。"

符金锭掩面笑道："嘻嘻，我比姐姐漂亮。"

大家听了，再次大笑起来。

郭威笑罢，又问符金玉弹奏的是什么曲目。符金玉介绍后，李守贞、赵匡胤都对她在这么短的时间里就能把《月出》《宛丘》弹奏得这么好，不禁连连称赞，并对他们的家乡陈州宛丘县生出仰慕之情。

走出后花园，符彦卿把他们迎接到客厅，仆人早已把茶水沏好。宾主坐定，品了一会儿茶，叙了一阵家长里短，却没有说出为什么事情而来。符彦卿知道他们此行必定有重要的事情要说，可他们不说，他也不好意思问，也只有随着他们扯些无关紧要的话题。

就在他准备发问时，郭威却夸赞起符氏家族来："魏公，提起你和你的家族，朝野上下无不敬畏和仰慕也！"

符彦卿不知道他要说什么，只得附和着谦虚道："过誉了，过誉了。若有什么可以称道的地方，也是祖上的阴德庇佑，非我彦卿所为也。"

郭威如此说，并非恭维之词。符彦卿出身武将世家，祖父符楚曾经是陈州统率五千兵马的牙将，后被封为吴王。父亲符存审年幼时因为家道中落，后来只身一人出家闯天下，历经百战，未尝败绩，曾任宣武节度使、蕃汉马步军都总管中书令，被封为秦王，是一代名将。晚年，符存审多次把彦超、彦饶、彦图、彦卿、彦能、彦琳、彦彝、彦伦、彦升九个儿子召于厅堂训诫说："我自幼家寒，年少时带上一把剑便只身离乡别井闯功名，四十年时间过去，终于出将入相。我经历过万死一生的凶险，危难无数次，剖开皮肉从伤口中取出箭镞也有百余次。"说着，把曾经取出来的百余只箭镞拿给儿子们看，其中很多已经锈迹斑斑。众子一见，潸然泪下。符存审接着说："你们弟兄九人都生长在富贵之家，要铭记父亲当年起家举步维艰，家业得来不易，切忌奢侈。"兄弟九个牢记教诲，胸怀壮志，修身齐家，个个出类拔萃，均为镇守一方的军事将领。他的大哥符彦超曾任安远军节度使，卒赠太尉，二哥符彦饶曾任忠正军节度使，三哥符彦图为骁骑将军。

符彦卿排行第四，在父亲的熏陶下，十三岁能骑善射，十六岁从戎，壮益骁勇，臂力压群，又好读诗书。二十岁去太原跟随晋王李存勖，谨慎、诚实，深得李存勖信任，可以出入李存勖的卧室、内室，后来被重用为亲从指挥使。

开平元年，朱温废掉唐哀帝李柷，自行称帝，建都开封，国号为"大梁"。十七年后的同光元年，晋王李存勖攻入开封，灭掉大梁，恢复国号"唐"，定都洛阳。符彦卿因战功升迁为散员指挥使，并出使太原游说已经掌握当地军政实权、被朱温封为北京巡检的长兄符彦超，为后唐效力。符彦超听从符彦卿的建议，一起仕后唐，先后被授为安远军节度使、汾州刺使、晋州留后、北京留守、太原尹等。五年后的天成三年，符彦卿获授龙武都虞侯以及吉州刺史，领兵出征定州，于嘉山大破契丹军队。次年，又攻陷定州城，被加授耀州团练使，随后改任庆州刺史。清泰初年，长兄符彦超因故遇害身亡，符彦卿移任易州刺史，兼领北方骑军，并获唐明宗皇帝御赐的戎服、甲胄及战马。

唐末帝李从珂继位后，任石敬瑭为河东节度使，但双方互相猜忌。清泰三年，石敬瑭起兵造反，后唐军兵围太原，石敬瑭向契丹求援，割让幽云十六州，并甘做"儿皇帝"。随后，在开封称帝，建立晋朝。不久，又联合契丹军攻入洛阳，灭掉后唐。石敬瑭建立晋朝后，又倚重符彦卿之力，授以同州节度使。接着，又让他出任左羽林统军，随即又兼领右羽林军，稍后又加封鄜延节度使。使符彦卿逐步掌领御前禁卫军。另外对其二兄符彦饶亦授滑州节度使。

石敬瑭死后，其侄子石重贵继任。石重贵与符彦卿小时候就相识，而且矢志要改变对契丹的恭顺之策,即位后就立即召符彦卿上朝,委以坐镇河阳三城的重任。其后,辽人大举南侵,符彦卿奉诏率领麾下于澶州迎战,大获全胜。符彦卿随后又与另一大将李守贞合军出征青州,击破勾结契丹的平卢节度使杨光远,凭此战功而移任许州,晋封祁国公。

开运二年,中原受辽国屡次进犯。石重贵虽然派符彦卿与杜重威、李守贞三人共同镇守北境,但辽太宗耶律德光亲自统率十多万大军南下,把符彦卿旗下的晋军困于阳城。大军围城日久,令城内干涸缺水,守城兵饥渴不堪,争相挖泥吸吮解渴,人和战马因渴而死者无数。一天夜里,忽然狂风大作,符彦卿号召部下说:"与其束手就擒,不如拼死一战,闯出重围。"遂趁着夜色,率军潜伏于契丹军队后方,并顺大风之势奋死反击,契丹军大败。身在开封的石重贵对战况逆转大喜,下旨加封符彦卿为武宁节度使,兼授以如同宰相的同平章事。

后来,杜重威一心想投靠辽国,自立为帝,到了前线以后按兵不动,派人秘密和辽国联系,并随辽军回兵进攻开封。石重贵闻报大惊,又无可奈何,奉表出降。这时,曾经帮助石敬瑭谋划建立晋朝的太原人刘知远得知这一情况,在太原称帝,建立汉朝,为了赢得晋朝旧臣的拥戴,他不改国号,依然沿用石敬瑭的年号"天福"。后来,他攻下开封,以此为都,才改年号为"乾佑"。没想到,他在位不足一年就因为长子的离世伤心过度而驾崩了。符彦卿官位虽然居于其他几个托孤大臣之下,但因为符氏家族的地位和符彦卿本人的品德和功劳,在朝野倍受尊崇。

世事虽然瞬息万变,而符彦卿却累朝袭宠,郭威对他的赞誉,绝非虚伪讨好之词,确实是肺腑之言。

郭威和符彦卿是结拜弟兄,李守贞和他曾经是患难之交,他们的登门造访,符彦卿并未感到有什么惊奇。所以,听了郭威的话,想到符氏人丁兴旺,他的儿女也和他一样,文武兼备,卓尔不群,他口头上谦虚,心里禁不住生出几分自豪。

李守贞是个性急之人,很想单刀直入地说明来意,但考虑再三,觉得还是等郭威来说较好。为了避免尴尬，便寻找话题说："魏公，你们符姓是怎么得来的？"

符彦卿不知道他为什么突然问起这个，笑笑说："过去没有考究过，前不久回老家，听了当地一文人的讲述，方知符氏起源。符，是古代朝中传达命令、调遣名将所用的凭证，先用金、玉、铜、竹或木制成某种形状，再从中间剖成两半，君王的使者和被调遣者各持一半，传令时相合，以检验真假。战国时，鲁国被楚国考烈王所灭，鲁国末代君王鲁顷公出逃于下邑，不久死于柯地。那时，楚国都城就是原来陈国的都城，也就是现在的陈州城。鲁顷公有个孙子叫雅，曾在秦国担任符玺令，从此以符为姓。秦始皇统一六国后，把陈州一带置为陈县。秦朝仅十几年时间，便被刘邦建立的汉朝取代。不久，刘邦置陈县为淮阳国。到了东汉末年，符雅的后代符融迁居淮阳国，繁衍生息，尊符雅为符氏得姓始祖。符姓得淮阳这块宝地，成为名门望族，淮阳即如今的陈州宛丘县。"

李守贞激动地说："如此说来，我们也是同乡呀！"

符彦卿有些惊奇地问："此话可有来头？"

李守贞说："我们李姓源自道家鼻祖老子李耳。李耳是春秋时期陈国人，陈国被楚国灭掉后，置为县，归属楚国，后来又归属汉朝的淮阳国，也就是今日的陈州。祖上同乡，难道我们不是同乡吗？"

郭威大笑说："原来你们是同乡，越说越近了。"

符彦卿也忍不住大笑起来："是啊，过去我和守贞多次一起领兵打仗，同甘共苦，出生入死，却不知道是老乡。"

李守贞笑笑，不知道下面如何说是好。符彦卿看他尽管有说有笑，但神情不免有些拘谨，禁不住问道："守贞老弟，我们合军出征青州时，你英勇善战，无所畏惧，声震契丹，今日为何言语谨慎？"

李守贞说："兄长是我敬重之人，初来时有一肚子的话想说，此时却不知从何说起。"

郭威笑了笑说："我们今天来不是谈国事的，是想谈谈私事。"

符彦卿听他这么一说，忍不住静静地望着他，等他的下言。可是，郭威居然半天没有说话。

郭威，字文仲，邢州尧山人，小符彦卿六岁，其父郭简曾为晋朝顺州刺史，后来被杀。那时，郭威年方数岁，其母不久也死去。年少的郭威只得投靠潞州人常氏为生。十八岁时，郭威投到潞州留守李继韬的部下，为军卒。他勇武有力，豪爽负气，深为李继韬所赏识。有一次，郭威酒醉杀人，为官府拘押。李继韬暗中将其放走，后又招至麾下。后来，李继韬为唐庄宗所杀，其部众悉为收编。郭威因略通文墨、书算，升为军吏。及至晋朝为契丹所灭，郭威归附刘知远部下。刘知远在太原起兵称帝，封郭威为执掌军务的枢密副使，并在临终时升他为枢密使，拜为托孤大臣之一。

符彦卿等了半天不见郭威的下言，莞尔一笑说："枢密使，想说什么就说嘛，为何如此唯唯诺诺？"

郭威看看李守贞，话到嘴边，又咽了下去。

符彦卿忍不住指点着他的脑门说："作为汉朝开国功臣，威仪朝野，今天怎么也和李守贞一样吞吞吐吐？"

符彦卿这么一说，郭威终于直言道："我今日来，是做红娘的。"

符彦卿哈哈大笑说："我以为是什么大事呢。"

郭威终于说到了正题："李守贞敬佩你的为人，他的儿子李崇训今年二十岁了，也喜欢你家金玉，可是，守贞不好直说，就拉我来保媒，不知魏公意下如何？"

符彦卿思忖了一下说："几十年来，豪杰争斗，群雄纷争，我也有为女儿安家之意，只是一时无暇顾及，如今乾坤既定，经你这么一说，我倒觉得是该给孩子们考虑婚姻大事的时候了。"

郭威趁势说道："你们两家同为朝廷命官，如若联姻，可谓是门当户对，衡宇相望，珠联璧合。"

李守贞笑道："魏公这么说，就是同意两家的婚事了？"

符彦卿赔笑说:"婚姻大事不可小觑,且容我和夫人、金玉商议后给你回话。"

李守贞听了,不禁为自己的话太过唐突而显得不自然,忙说:"以后两家结为秦晋之好,犬子还要你多加训导调教。"

符彦卿笑笑,算是回答。

赵匡胤在一边听着他们的谈话,知道不便插言,但脑海里却禁不住一次次浮现着符金玉、符金环柔指抚筝的倩影,还有符金锭那甜甜的笑脸。

郭威见要说的话已经说了,符彦卿也基本答应下来,朗朗一笑,就和李守贞、赵匡胤起身告辞。

符彦卿送走客人回到院内,只听后花园里再次响起《月出》《宛丘》那出神入化的古筝之声。

第二章

金玉初嫁

符彦卿送走客人回到客厅正在思考如何跟符金玉谈论她的婚姻大事，符金玉、符金环、符金锭也结束古筝弹奏从后花园来到了他的面前。她们看到父亲脸上露出喜悦之色，也都高兴起来，因为父亲很久没有这样了。

符彦卿对她们家教很严，凡有朝中大臣来家叙事，一律不让她们在场。她们个个知书达理，总能在父亲的一颦一笑中揣摩出父亲的心思，每当看到父亲有不快之意，她们都能从一些细微之处换得父亲的欢欣。

符金玉正想说什么，发现父亲在静静地看着自己，眼神中有一种从来没有过的忽远忽近的流动之光。她感到奇怪，也不好意思问什么，忽然双臂展开，双手平伸，唰唰地打起八卦拳来。此拳的发源地是老家宛丘，因为太昊伏羲氏在此创立了先天八卦，后来宛丘人根据八卦之神韵创下了八卦拳。符彦卿自幼学得此拳，并传给子女。其拳法有阴有阳，有虚有实，起落进退，挥洒自如，犹如八卦符号一样有长有短，长短相间，刚柔相济，扑朔迷离，让人眼花缭乱。符金玉忽然之间从一个窈窕淑女一下子变成了江湖女侠，让符彦卿忍俊不禁，笑得一屁股蹲坐在椅子上。

符金玉见父亲笑了，收拳恭立到他的面前，微笑说："父亲今日是否有什么话要训导女儿？"

符彦卿没有直接回答她，笑了笑，却又说起她的古筝弹奏："我在想，我的女儿为什么几天时间就能把《月出》弹奏得那么好呢？"

符金玉忽然又变得一脸娇气地说："是父亲经常逼我们苦学诗书，常练琴棋书画所致，这是父亲训导的好呗。"

符彦卿微笑说："金玉呀，你对《月出》那么感兴趣，又弹奏得那么好，是不是感觉自己就在那月光下轻歌曼舞，远远的有一个郎君在忘情地看着你？"

符金玉顿时羞红了脸，嗔怒地说："父亲，女儿是为了让您高兴才弹奏此曲，您却取笑起女儿来了。"

符彦卿说："女大当嫁，这是千古不变的事实，有什么不好意思的呀。"

符金玉说："您整天就知道带兵打仗，什么时候问过女儿的事？"

符彦卿笑了："今天不就是问你的事吗？你知道枢密使郭威、河中节度使李守贞此来何意吗？"

符金玉意识到他们来一定有关于自己的话题，却故作不懂又带有几分讥讽地说："又是征讨何地何人？"

符彦卿不悦地说："金玉呀，父亲带兵打仗那是为了国家社稷，不是为我自己呀！你说话总是伶牙俐齿，但跟父亲说话不能如此也。"

符金玉忽然笑起来："父亲，女儿这是想打探你们在说什么，这都不懂呀？"

符彦卿被女儿说笑了，趁机道："今天郭威带李守贞来，是来做媒的。李守贞有个儿子叫李崇训……"

没等他说完，符金玉就明白了，打断他说："我听说过李崇训，但没见过，不知道父亲见过没有，有何想法？"

符彦卿说："我们同朝为官，他的儿子我怎能没见过？潇洒英俊，勇武过人……"

没等他说完，符金玉就笑起来："父亲的意思是同意这门婚事了？"

符金玉知道父亲从来不会轻易夸人，他说好，一定是很好。便莞尔一笑说：

"古人说过,父命难违,只要父亲同意,女儿一定遵从。"

符彦卿忙说:"我觉得李崇训和你还是蛮般配的。婚姻是一辈子的大事,不可草率,等我和你娘商议后,择日再让你看看,你喜欢了,方能敲定。"

符金玉本想就此打住,去跟妹妹符金环说一说,听听她的主意,但忽然想到要问问李崇训父亲的情况便对父亲说:"李守贞是何地人?为人如何?"

符彦卿听了不由想笑:女儿想得很细呀。于是向她介绍说:李守贞是洛阳东北、黄河北岸河阳人,唐末出仕为河阳牙将。十二年前石敬瑭建立晋朝,受命为客省使,后升为宣徽使。六年前石敬瑭病逝,其养子石重贵续位,李守贞受命为宋州刺史。此后,平卢节度使杨光远勾结契丹背叛晋朝,李守贞升任成军节度使兼侍卫亲军都虞侯,追随石重贵征讨杨光远,因功升任兵马都监,加官同平章事,并赐给他杨光远以前的住宅。杨光远被李守贞杀掉后,杨光远过去的官吏宋颜,把杨光远的财宝全都献给了李守贞,李守贞就把他偷偷安置在军营里。这一时期,凡是出兵攻破叛贼,一定有皇帝下诏书才能宣布赦免叛乱者的属下,可是,杨光远手下的同党有十几人都逃亡在外,朝廷搜捕得很急迫,枢密使桑维翰延缓诏书的制定,很久没有颁布。有人告密说宋颜藏在李守贞的住所,朝廷下诏拘捕杀死。李守贞很愤怒,从此就与桑维翰有了仇怨。两年前,契丹入侵镇、定二州,石重贵派李守贞与杜重威迎敌。这时,桑维翰已经做了宰相,权倾朝野。因为之前有大臣说杜重威不忠于朝廷,引起杜重威不满,李守贞又与桑维翰有仇,在杜重威的唆使下,一同向契丹投降。去年二月,刘知远建立汉朝,李守贞闻之,立即归降刘知远,被任为河中节度使。

符金玉听了,对李守贞投降契丹的行为很是不满,但想到如今是乱世,朝中相互倾轧,他虽然投降过契丹,毕竟又归降汉朝,与父亲一道辅助汉帝,又对父亲十分恭敬,也就释然了。

符金玉最后说:"女儿是父母给的,愿听父母之命。"

符金环听完,很为姐姐高兴。符金锭不知道他们说的是什么,只在一边嘻嘻傻笑。

　　三个女儿走后，符彦卿便让仆人去叫夫人金氏。他的原配夫人是张氏，封魏国夫人，生下四个儿子后撒手西去。第二任是杨氏，封虢国夫人，多年没有给他生下一儿半女。后来娶了夫人金氏，为他生下的全是女儿，因为夫人姓金，故而女儿的名字前面都是符与金，即把他们两个人的姓都带了上去。不料娶了金氏后，杨氏也生育了，并接连生了三个儿子，一个挨一个，眼前最小的才三岁。因为女儿都是金氏夫人所生，所以符彦卿要和她商量。

　　金氏夫人出身名门世家，端庄大方，举止优雅，喜怒不形于色。她到了符彦卿跟前，未语先笑。符彦卿上前拉着她的手，让她坐在身边，把郭威、李守贞来提亲的事细细地讲述了一遍，最后说："男婚女嫁，天经地义，何况生逢乱世，你我身不由己，我们膝下又儿女众多，女儿这么大了，也该成亲了。"

　　金氏夫人很能理解符彦卿此时的心情，没等他说完，就立即说："我也早有此心事，只是夫君忙于国事，不敢相扰，没有说过儿女之事。今日既然有你的结拜兄弟郭威提亲，李守贞也是朝中的重臣，威震一方。两家结为亲家，不仅女儿有了安身之地，对你辅助朝政也是好事。"

　　符彦卿说："金玉虽然性情刚毅，婚姻大事却愿听父母之命。"

　　金氏夫人感叹道："有这样的女儿，也是为娘的福气啊！"

　　符彦卿说："如果夫人同意，这门婚事就算定了。"

　　金氏夫人说："古人云：死生有命，富贵在天。一切随缘吧。"

　　符彦卿和夫人商定后，第二天就回话给了郭威。

　　郭威得到消息，很是高兴，感到符彦卿给足了他面子，这不仅无形中提升了他在朝中的影响，也对他以后驾驭李守贞又增强了新的底气。于是，立即修书一封，派人送到李守贞府邸。

　　李守贞虽然斗胆让郭威和他一道到符彦卿家提亲，但是，当看到符彦卿的沉稳大气和符金玉侠女的气度、淑女的高雅，不觉有些心虚，过去的勇武之气顿然消失。他后悔了，感到自己的做法有些自不量力，认为他不应该和郭威一同前去，而应该让郭威一个人前往，如果符彦卿不同意，他也不失脸面。加上符彦卿没有立即答复,离开符彦卿的时候便觉得此事无望,回到府邸后一直闷闷不乐。

这天中午,李守贞正在家中和李崇训为此事忐忑不安,忽然接到郭威的书信,十分激动。他拍着李崇训的肩膀说:"儿啊,与符家结了亲,背靠符彦卿这棵大树,咱在朝中就要被人另眼相看了。"

李崇训更加得意,说:"有了这个靠山,以后皇帝也会对咱李家礼让三分。"

李守贞说:"符金玉文武双修,貌若天仙,你娶了她,是咱李家的福分。"

李崇训知道这门亲事是父亲的主意,为讨好他,说:"这都是父亲的功德感动了上天,这是上天的馈赠也。"

李守贞听了儿子这番话,高兴得合不拢嘴。父子两个志得意满,喜形于色,连午饭也忘记了吃。就在这个时候,京城中一个善于占卜算命的总伦和尚来到了他的门外,李守贞立即把他唤到客厅,问他说:"你能预测吉凶?"

总伦和尚呵呵一笑说:"我在京城多年,哪个不知?"

李守贞再问说:"你有何法术?"

总伦和尚反问他说:"你可知太昊伏羲所创先天八卦?"

李守贞说:"不知。"

总伦和尚故意炫耀八卦的奥妙说:"夏代的《连山易》、商代的《归藏易》和周代的《周易》皆源于伏羲先天八卦。司马迁《报任安书》里说'文王拘羑里而演周易',即周文王依伏羲所创先天八卦推演出《周易》是也。伏羲八卦虽然就是一些长短符号,那却是无所不包,有言是:长长短短短短长,长短短长非短长。长短卦号三十六,宇宙万象在短长。长短相交藏玄妙,玄妙破解靠短长。长短短长分阴阳,阴阳相生定短长。"

李守贞胸怀大志,命运却总是坎坷不平,很早的时候就想请人指点迷津,以成大事,听了他的这番高论,意识到遇上了高人,十分惊喜,立即按他的要求,报了自己的生辰八字,让他预测吉凶。总伦和尚口中念念有词,又掐指算了一会儿,忙向他道喜说:"你家近日有大喜之事,切勿错过良机。"

李守贞忍不住向他说了与符氏提亲的事。总伦和尚听了，又掐指一算说："此事宜早不宜迟，日久易生变。下个月有一黄道吉日，是贵子成亲的好日子。"

李守贞听了总伦和尚的话，当日就到了郭威府上，恳求郭威再次到符彦卿府邸保媒。

郭威也不推辞，即日便面见符彦卿，把李守贞的想法和总伦和尚的话如实相告。符彦卿听了很是欣喜，既然他们命中有此姻缘，何不早日完婚？于是，不仅定下符金玉与李崇训的婚事，也把完婚的日子定了下来。

满朝文武听说后，都纷纷到符彦卿府邸表示祝贺，并送贺礼。

符彦卿六个女儿，第一个女儿出嫁，自然看得很重。婚礼这天，长子符昭序、次子符昭信、三子符昭愿、四子符昭寿、五子符昭远、六子符昭逸、七子符昭敏，集聚一堂，忙前忙后。三兄符彦图、五弟符彦能、六弟符彦琳、七弟符彦彝、八弟符彦伦、九弟符彦升都来送行。长兄符彦超、次兄符彦饶虽然十年前被害，但他们的家人也前来祝贺。符金环、符金锭等几个妹妹也跑前跑后，笑声不断，为姐姐高兴。

符彦卿非常疼爱符金玉，把她叫到跟前，就如何做人、如何持家等，千叮咛万嘱咐。还安排金氏夫人一定要把女儿打扮得漂亮一些。

金氏夫人把符金玉拉到跟前，把叮咛了几遍的"三从四德"，又叮嘱了一遍："未嫁从父，既嫁从夫，夫死从子，要恪守妇德、妇言、妇容、妇功。"然后，一边给她梳头，一边说，"一梳梳到头，富贵不用愁，此生共富贵，无病又无忧；二梳梳到尾，有头又有尾，永结同心佩；三梳梳到头，多子又多寿；四梳梳到尾，比翼共双飞，举案又齐眉……"

符金玉听着母亲的话，想着母亲的疼爱和将要离开母亲，一边笑，一边落泪。

她的出嫁，惊动整个京城，城内居民街谈巷议，奔走相告，好似自家嫁女一样欢欣。符彦卿的府邸宾客盈门，一派喜气。

河中节度使李守贞把这场婚礼看得更重，为了彰显其贵，广邀亲朋，府邸张灯结彩，十分热闹。

迎娶的时刻到了，迎娶的队伍自李府大门口出发，鼓乐彩舆，浩浩荡荡，十分壮观。李崇训坐在彩车上，身着绯红婚服，满面笑容，亲迎到符家门外。

符金玉一身青绿，珠光宝气，珠围翠绕，凤冠霞帔，璎珞垂旒，大红绣鞋，一抹浓艳，满身喜庆。上轿的时候，符金环、符金锭一边笑，一边忽然洒下泪来，好像姐姐这一去就再也回不来了。符金玉正高兴着，见此也不由流下一行热泪，并嘱咐她们说："姐姐走了，和你们在一起的时候少了。你们要孝敬父母，谨遵父母教诲，好好读书。姐姐一有空闲就来看你们……"

符金玉和妹妹惜别了很久才转身上轿。

花轿启动时，符金玉又掀开轿帘，含情脉脉地对符彦卿说："父亲，昔日女儿不懂事，恣意任性，没少惹您生气。女儿要走了，方有所悟，深感不安。您已五十有一，国事缠身，一定要多多保重……"

"金玉懂事了……"符彦卿含泪而笑，亲自送到大门外。

李守贞为了彰显与符氏结亲的荣耀，大宴宾朋，朝中大臣苏逢吉、史弘肇、杨邠全被邀请，郭威作为媒人更不用说，天平军节度使加同平章事白文珂、河东节度使常思、三司使王章、原宰相冯道也邀请了。他曾经想把同级别的其他几个节度使也请来，最后考虑到他们距京较远，只得作罢。李守贞不仅邀请了朝中的大臣，一些年轻有为的小官也邀请了不少，像翰林学士范质，甲科进士第一名、才学出众的秘书郎王溥，郭威的侍从赵匡胤，等等。这些大臣看在符彦卿的面子上，一应赴宴。

李守贞大大的院子和几个厅室，都摆上了宴席。凡被邀请的大臣们都来了，但在席位的安排上李守贞却很费了一番脑筋，几位重臣当然都在客厅，因为他们中间相互有矛盾，谁坐主位，谁坐次位，如果安排不当，这酒席就不喜庆了。

杨邠是枢密使、中书侍郎兼吏部尚书、同平章事，任贤荐能，直言敢谏。他为政俭静，不收贿赂，不能拒者，收之交给皇帝刘知远。李太后之弟向他要官，他没给，刘知远欲立爱妃耿夫人为后，杨邠力谏，未能立成，因此引起皇戚不满。加上他出身小吏，又不喜文士，在朝中很不受欢迎。

王章是大名南乐人，与杨邠是同郡，因为跟杨邠关系亲近，也轻视文臣，又掌管财政，对那些与杨邠有嫌隙者的月俸，皆不按时发放。但是，由于他的妻子是天平军节度使白文珂之女，威震一方，大臣们虽然都敢怒却不敢言，心里都对他多有怨恨。一次，王章在家设宴款待宾客，讥讽几位文臣说："此等若一把算子，未知颠倒，何益于事！"史弘肇、苏逢吉听了很为不满，借助喝醉酒，喧嚷辱骂他一番而去，让王章丢尽脸面。从此杨邠、王章与史弘肇、苏逢吉结怨。

苏逢吉是一个很会察言观色的人，在刘知远的手下做事总是揣摩刘知远的好恶，留心其喜怒哀乐。刘知远平时很严肃，其他幕僚都不敢随便接近他，致使需要处理的文书堆积了许多。而苏逢吉则揣上一些比较急的文书，看刘知远高兴的时候就拿出来让他批阅，因此，刘知远和不少大臣都喜欢苏逢吉。由于善于投其所好，办事得力，苏逢吉得到刘知远的重用，很快就做上了节度使的判官。刘知远当了皇帝后，就让他做了宰相，命他草创各种制度，主持政务。苏逢吉虽然没有多少才干，但他确实很卖力，也没有拖拉懒惰。但是，自做了宰相后，办事独断，很多大臣对他怨声不绝。

郭威对他一向很谦让，但他居然多次乘醉羞辱郭威，以致得罪了郭威。史弘肇虽然出身农家，但他喜欢耍弄拳棒，只知练武不肯务农，他能日行二百里，赶得上奔马，被称为奇人。因为武艺超群，被选入了禁军。后来又在石敬瑭的手下做了贴身侍卫。石敬瑭建立晋朝称帝时，将史弘肇提为亲兵的一名低级军官。石敬瑭把刘知远调到太原驻守时，刘知远又把史弘肇要到自己的手下，提升为都将，并兼任雷州刺史。史弘肇治军严厉，凡是他手下的将士，不管是谁，只要违犯军纪，绝不宽恕姑息。后来，他为刘知远的帝业立下了不少功劳，所以两人的关系十分密切。尽管苏逢吉和史弘肇过去关系很好，由于郭威和史弘肇关系更近，史弘肇为人仗义，以致史弘肇对苏逢吉也多有不满。

李守贞深知几位大臣的亲疏，为了不让酒宴出现尴尬局面，就让他们分开而坐。李守贞是一个很精明的人，他知道这些大臣能来赴宴祝贺，都是看在符彦卿的面子上，因为符彦卿不因家族势力和战绩居功自傲，又善于审时度势，洁身自好，虚怀若谷，从不与谁结怨，大臣们都对他敬重有加，不然，凭他这个节度使是不能把他们请到的。这次宴请是显示自己亲近汉朝和拉近与几位大臣关系的绝好机会，所以，酒宴开始后他暗暗告诫自己：不论他们中间有何过节，我这次要借助符彦卿的影响，带上李崇训，逐个为他们敬酒，把他们都拉到自己这边来。

苏逢吉是宰相，自然要先从苏逢吉那儿开始。李守贞知道苏逢吉素不学问，随事裁决，汉室尤无法度，不施德政，为卖官得钱，毫无顾忌，不惜违背规制，随意升降官职，以致有的文盲也能当官，地方的小官吏都成了一些地痞无赖，因此，谤者喧哗。然而，因为刘知远相信他，所以没有敢告者。

李守贞来到苏逢吉面前，故意赞美他说："汉朝定鼎天下后，制度草创，朝廷大事皆出宰相，你对汉室功不可没也！今日适逢犬子和金玉大婚，宰相一定要多喝几杯。"

苏逢吉听了这赞美之词，也对李守贞赞美一番："你先为客省使、宣徽使，在平叛契丹之乱中是立了大功的人也，今复仕汉朝，皇帝器重，命为河中节度使，又与符氏喜结良缘，可喜可贺焉。"

李守贞一边大笑，一边把李崇训推到前面给他敬酒。李崇训躬身颔首，举杯相敬说："一杯薄酒不成敬意，还请宰相笑纳。"

苏逢吉知道符金玉不仅貌美、贤淑文雅，而且文武兼修，他端起酒杯，对李守贞连声夸赞道："金玉雍容高贵，端庄大气，是大家闺秀的典范，节度使能娶上符金玉这样的儿媳，是李家的福气也，我当多喝几杯，以示祝贺。"

给苏逢吉敬酒后，李守贞又与李崇训到了另一酒桌的史弘肇面前，笑逐颜开地对史弘肇说："中书令驾临，我李守贞蓬荜生辉。"

史弘肇祝贺说："李、符两家结缘，是汉室之幸事，理当大贺。"

李守贞忙赞誉他说："汉朝新立时,代州王晖反叛,投降了契丹,你奉命征讨,一鼓作气拿下代州,不久被授任许州节度使,还当上了侍卫步军都指挥使这样的亲军要职。当时驻守上党的王守恩请求归降,契丹命令大将耿崇美领兵越过太行山,想直取上党。你前去迎敌,刚到潞州时契丹兵就退走了。提起你的名字,天下无人不知焉。平时难得相聚,今日要多饮几杯。"

史弘肇高兴地说："李氏、符氏的喜酒当畅饮之。"说着,举杯一饮而尽。

到了枢密使杨邠酒桌前,李守贞知道他与苏逢吉不同,为官很清廉,不喜奉承,故而说："枢密使宵衣旰食,能屈驾臣下府邸是我李守贞的荣耀。"

李崇训照例躬身领首敬酒说："晚辈久仰枢密使盛名,请接受我的一片崇敬之意。"

杨邠接过酒杯说："今天我来一是祝贺你和符金玉喜结良缘,二是要送给你们白居易的一句诗:在天愿作比翼鸟,在地愿为连理枝。"

李崇训听了,连声致谢。

李守贞和李崇训到了天平军节度使加同平章事白文珂、河东节度使常思酒桌前,更加恭敬。白文珂已是七十二岁老将,刘知远称帝后,授他为河中节度使、西南面招讨使、检校太傅,后改为天平军节度使,加同平章事。李守贞心里想,他是我的前任,他的女婿王章是掌管盐铁、户部、度支的三司使,他今天能来,也是给足了我李守贞面子。白文珂很豪爽,未等李守贞父子相劝就举杯一饮而尽。

常思为太原人,初从唐庄宗,为一兵卒,后为长剑指挥使。唐、晋时为六军都虞候。刘知远称帝后命他为河东节度使,统领太原府以北诸军州。虽然没有白文珂年长,但已经六十多岁,也是一名老将了。他也像白文珂一样,未等李守贞父子相劝就接过了举杯。

郭威是媒人,李守贞更是要多敬几杯。郭威感到自己做了一件大好事,自然非常高兴,尽管不善饮酒,这次却完全放开,直到喝得脸红头晕,这才作罢。

一连几天,李守贞府邸车水马龙,人声鼎沸,欢声笑语。

婚礼结束,李守贞想,自己虽然在京城有府邸,毕竟自己是河中节度使,又刚刚归附汉室不久,便欲离开京城前往河中府尽职。

临行这天,李守贞又特别请那位总伦和尚到他府上置酒致谢。

酒至半酣,符金玉和家人说着笑着从厅堂门前路过,那声音清脆响亮,余音不绝。总伦和尚的酒杯举到唇边,忽然放下,问李守贞说:"这是谁的声音?"

李守贞不知其意,便说:"是儿媳符金玉的声音。"

总伦和尚连声说:"了不得,了不得。"

李守贞忙问:"怎么个了不得?"

总伦和尚说:"我不仅善用八卦预知未来,还善于听人声以知吉凶。"说着站起身,朝着门外望看了一阵,然后转过身神情肃穆地竖起大拇指,对李守贞说:"此女将为天下母也!"

李守贞一听,大笑不止,心下道:天下母不就是皇后吗?儿媳能为天下母,那就是说我儿子将来要做皇帝?儿子要做皇帝就要有我先给他打江山,我取天下有何疑哉?于是,与总伦和尚开怀畅饮。不仅感谢他的指点,又重重地封了礼金。

送走总伦和尚,李守贞把他的话给李崇训讲了一遍,忽然改变了只身赴河中府的主意说:"我要带上你和符金玉等亲眷,一同赴河中。"

李崇训不解道:"父亲为何突然这么选择?"

李守贞说:"不必多言,听父亲的话,跟我去河中就是。"

李崇训把这消息告诉符金玉,符金玉不禁一愣,说:"你我刚刚完婚,京城又有豪宅,为何要西去距京城近千里的河中府?"

李崇训把符金玉揽在怀里,亲切地说:"家父因为有了你这么漂亮的儿媳,引为自豪,想让河中的官兵、百姓都能目睹你的风采,长长俺李家的威风。"

按照父亲的吩咐,他没有把总伦和尚的话告诉符金玉。

符金玉听到这话,不禁笑了,她既为他们父子如此虚荣的做法感到可笑,又能理解他们的心情。符金玉想:即为人妻,就要为自己的夫君着想,他们既然因为自己而自豪,就要给足他们面子。俗话说,夫贵妻荣,他们家世显贵了,自己不是更尊贵吗?想到这里,便答应一同去河中府。

李守贞这次去河中,除了护卫以外,又带上两个特殊的人物,一个是开封浚仪人赵修己,一个是总伦和尚。赵修己很年少的时候就精天文推步之学,素善术数,李守贞在晋朝天福年间掌禁军、领滑州节制时,每逢出征,必让他跟从,赵修己每次都能给他预测很准,于是被留在门下。总伦和尚虽然才结识不久,因为他能预测到符金玉将为天下母,认为这是一个难得的谋士,这次也被带上。

河中府因位于黄河中游而得名,辖河中府、绛州、晋州、慈州、隰州五州,三十七县。黄河在它的西部折而向东,流经开封。所以,李守贞去河中选择了坐船。他们乘坐的是一艘船体较大,有两根桅杆,帆装为横帆的双桅横帆船,也是一艘战船,该船航速快,转向自如。

三月的黄河犹如沉睡中的狮子,虽然能看到它腹部呼吸时的起伏,样子很威猛,水面却显得很平静,没有夏季的奔腾咆哮。水面上摇动着一只只渔船,还不时响起漕运船只船工的号子声。天空中不断地有鸟群鸣叫着,和着船工的号子飞过。河岸两边的大堤上已经呈现出青草的绿色,杨柳也吐出嫩叶。冬日的北风已被暖暖的东风取代,一阵接一阵。他们的船虽然逆流而上,因为东风的助推,船速却是很快。没多久,巍峨的开封城已变得渐行渐远,朦朦胧胧。

符金玉站在船头,回望着这座古老的都城,想着此次离开而不知归期是何日,心中油然生出几多眷恋之情。李崇训看她面色郁郁的,亲昵地揽住她的肩膀,笑道:"夫人,我们新婚大喜,为何'心郁郁之忧思兮,独永叹乎增伤'?"

符金玉看他居然在自己面前卖弄起古诗文来,禁不住调侃他说:"夫君,我在开封很久了,却不知道开封为何叫开封,何时叫的开封?你能告诉我吗?"

李崇训顿时哑了口,尴尬地一笑,说:"这个还真不知道。"

符金玉说:"我听说是春秋时期郑国君主郑庄公在开封城南修筑储粮仓城,定名为'启封',取'启拓封疆'之义。战国时期魏国在此建都,改称大梁。汉初,因避汉景帝刘启之名讳将启封更名为'开封',这便是'开封'的由来。东魏时置梁州。北周灭北齐后改梁州为汴州,所以,这里也称汴梁。李世民建立的大唐王朝灭亡后,梁、唐、晋、汉四朝除唐都于洛阳外,其他三朝皆建都于此,都称开封。"

李崇训面露愧色说:"夫人不愧出身名门,崇训自愧不如。"

符金玉虽然跟着父亲住进了位于黄河边的开封,也读过古人很多关于黄河诗篇,却没有到黄河边目睹过黄河的容颜,更没有乘船游过黄河。她望着两岸的崇山峻岭,浑黄的河水,天上漂浮的白云,忍不住又考问李崇训道:"夫君可曾知道黄河名字的来历?"

李崇训又尴尬地一笑说:"不知。"

符金玉笑笑说:"汉朝以前,就是刘邦建立的汉朝,不是今天的汉朝,河不叫河,而叫水,如长江叫江水,黄河叫河水,今日汉朝与南唐边界河叫淮水。黄河有过多个名字,《山海经》中称黄河为'河水',《尚书》中称'九河',《水经注》中称'上河'。到了西汉,因河水中的泥沙增多,有人称它为'浊河'或'黄河',《史记》中称'大河'。《汉书》中虽然有'使黄河发带,泰山如厉'的记述,但直到李世民建唐朝时,黄河的名字才被叫响。"

李崇训听着,看着她,更为能与她结为伉俪而自豪,夸赞她说:"崇训能与你成婚是我一生的荣幸。"

符金玉没有回应他,眺望着无际的河水,忽然吟咏起唐朝刘禹锡咏黄河的诗句来:"九曲黄河万里沙,浪淘风簸自天涯。如今直上银河去,同到牵牛织女家。"

李崇训听了,想到自己也曾经背诵过一些唐诗,蓦然想起李白的《行路难》中有关黄河的诗句,立即对诗,以显示自己的才华:"欲渡黄河冰塞川,将登太行雪满山。闲来垂钓碧溪上,忽复乘舟梦日边。"

符金玉更不愿示弱,立即对上李白的《将进酒》:"君不见,黄河之水天上来,奔流到海不复回。"

　　李崇训立即又对上李白的《欲渡黄河冰塞川》："金樽清酒斗十千,玉盘珍羞直万钱。停杯投箸不能食,拔剑四顾心茫然。欲渡黄河冰塞川,将登太行雪满山。闲来垂钓碧溪上,忽复乘舟梦日边……"

　　符金玉立即又对上李白的《赠裴十四》："黄河落尽走东海,万里写入襟怀间。"

　　李崇训还想继续对下去,可是,却找不到了关于黄河的诗句,无言以对。符金玉见状,眺望黄河,又独自吟咏起几个古人的诗句来："河流迅且浊,汤汤不可陵。桧楫难为榜,松舟才自胜。黄河西来决昆仑,咆哮万里触龙门。西岳峥嵘何壮哉,黄河如丝天际来。黄河万里触山动,盘涡毂转秦地雷。黄河远上白云间,一片孤城万仞山。"

　　李崇训听着,面红耳赤,羞愧难当。

　　李守贞在船舱口望着符金玉娇嫩的容颜,听着她滔滔不绝地吟诗的气度,回想着她抚筝弹奏《月出》《宛丘》的优雅之态,一时不知道哪个才是真正的符金玉。不知过了多长时间,忽然又想起了总伦和尚的话:"此女将为天下母也"。开始窃笑,不一会儿,忍不住"哈哈"开怀大笑了几声。

　　符金玉不知道他为什么突然发出如此大的笑声,一阵愕然,转过身瞥了他一眼。李守贞自知失态,急忙收住笑,并转移话题,给符金玉讲起河中来:河中之地,中条山屏列于南,左右王都,黄河北来,太华南倚,总水陆之形胜,郁关河之气色。控山带河,形势险要。除了控制河漕转运外,还是通达关陕、河东之间的必经之路,是历代兵家必争之地。河中府在春秋战国的时候西部紧邻秦国,秦始皇统一天下后东巡时曾经经过河中。唐开元八年为河中府,同年改为蒲州,乾元时又改称河中府。唐至德二年设河中节度使,治所在蒲州。后来不断更名,近年又设为河中节度使。河中的西部有永兴节度使、凤翔节度使,刘知远命他为河中节度使,集军、民、财一身,就是让他西卫京畿。

　　符金玉对此不感兴趣,讪笑了一下,又转脸望着李崇训,再次吟咏起唐朝王昌龄关于黄河的诗句来:"白花垣上望京师,黄河水流无尽时。穷秋旷野行人绝,马首东来知是谁。黄河渡头归问津,离家几日茱萸新。"

李崇训还想立即应对,可搜肠刮肚地想了一阵,也没有想到还有哪些关于黄河的诗句,只得将一些与黄河无关的诗句应对起来,不仅没有换得符金玉的赞美,反而引得符金玉一阵讥笑。

李守贞见此情景,悻悻然转身回到了船舱。赵修己和总伦和尚看到李守贞这个样子,不禁相视一笑,既有对符金玉的赞美,也对李守贞父子只知打仗却没有文采的惋惜。

李守贞坐定下来,心情不禁有些沉沉的。随着船体的摇动,倏忽间追忆起几十年来的风风雨雨,感到有些愤愤不平,心中暗暗嘀咕道:昔日刘知远与我同为唐、晋两朝命官,论本事,他远不如我李守贞,如今他做了皇帝,我要看他的脸色行事,听他调遣。苏逢吉与我相比又能如何?不过是善于奉承谄媚罢了,如今也做了宰相。史弘肇不过是勇壮善行,跑起来就像奔马,现在却是侍卫步军都指挥使,跟在皇帝身边,耀武扬威。我如今才弄到一个节度使,有什么可在儿媳妇面前炫耀的?

不一会儿,李守贞又为自己开脱:不是我无能,是天不助我,总是让我跟错人。后唐时,石敬瑭镇守河阳时我就紧跟从戎,被命为客将。哪想到后来石敬瑭居然认贼作父,割幽云十六州给契丹,每年献帛三十万匹,并称比他小十一岁的契丹主耶律德光为"父皇帝",自称"儿皇帝",建立晋朝,被骂声一片。石敬瑭登上皇帝位后,任命我为客省使,对我还算不错。但他对契丹百依百顺,对百姓却如虎狼一般,凶恶狠毒,用刑十分残酷,朝纲紊乱。他不敢得罪手握重兵的刘知远,更不敢得罪"父皇帝"耶律德光,忧郁成疾,在屈辱中死去,时年五十一岁。我李守贞也陪着挨了不少骂名。

石敬瑭死后,他的养子石重贵即位,石重贵不愿依附契丹,契丹军不满,举兵南侵。早蓄异志的平卢节度使杨光远暗中勾结契丹,领青州兵马准备西去与契丹会师。我被石重贵授以义成军节度使,兼任侍卫亲军都虞侯,跟随他巡视澶州。没想到,我们刚到澶州,契丹将领率军出人意料地进入郓州,在马家口渡过黄河,在河东构筑栅栏,欲置石重贵于死地,是我李守贞率骑兵急速赶去攻破,才得以平安。不久,契丹军再次南下入侵中原,石重贵再次巡视澶州,命石敬瑭的妹夫杜重威为北面招讨使,我李守贞为都监。我先后攻占泰州,占领满城,杀敌两千多人。杀得契丹军闻风丧胆,狼奔豕突。因功,石重贵任我为侍卫亲军都指挥使,兼任天平军节度使,又兼领归德。

可是,杜重威品行不良,居功自傲。在镇州时,大肆搜刮民财,百姓怨声载道。契丹与晋军在滹沱之战后,杜重威作为主帅,领十万兵马降附契丹国,也想像石敬瑭一样当儿皇帝。不料耶律德光南下中原时,在临城得病,病死于栾城,他也没有当上儿皇帝,我李守贞也落下一个投降契丹的骂名。

后来,晋大将刘知远率军平定契丹,在京城东南的繁台把一千五百燕兵几乎屠尽。刘知远不满晋朝,自立为皇帝,改国号为"汉"。刘知远为稳定杜重威,遥拜杜重威为太尉、归德军节度使。不久,刘知远令杜重威移镇归德,与原归德节度使高行周对调。杜重威自知理屈,拒不受命,刘知远下令高行周与慕容彦超率军讨伐杜重威。杜重威誓死守城,后因城中粮草用尽,将士多逾城逃亡,杜重威着素服,跪在宫门口请降。我李守贞因功得到了刘知远的信任,归服汉朝,但他当皇帝不到一年就死去了。现在,朝中几位托孤大臣相互攻讦,相互猜忌,我李守贞经历曲折,刘承佑作为皇帝尚不被这些大臣放在眼里,我李守贞在朝中能有多大的位置?

李守贞想到这里,心中不由一阵胆寒:我跟谁谁倒,命运多舛,而今刘承佑即位才三个月,且朝臣也多有对我猜忌,刘承佑皇位稳固后,会不会也像他的父亲刘知远对杜重威那样对待我李守贞?

李守贞苦思冥想了半天,闷闷不乐。但是,一想起总伦和尚的那句话,又兴奋起来,自语说:大仙既然那么说,说明我命中不会屈居人下,还将有帝位,不会有杜重威的下场,不然,儿媳妇怎么能成为天下母?

想到这里,李守贞遂走出船舱,静静地望着符金玉,心里说:符金玉呀符金玉,我的好儿媳,原来你是我李家的贵人,以后我李家就靠你了,我李守贞以后一定要善待你。

十几日后，李守贞和符金玉、李崇训到了他的辖地。河中府的官吏们得知李守贞乘船回到河中，都到码头迎接。

李守贞下了船，和下属们寒暄几句后，立即介绍符金玉说："这是魏国公符彦卿之女，我的儿媳妇符金玉。"

众官吏听了，先是一愣，接着是一阵惊喜，纷纷向符金玉施礼说："久仰符氏盛名。"

李守贞十分自豪地说："金玉文武兼修，琴棋书画无所不能。"

符金玉不卑不亢，款款而行，一边远眺中条山，一边询问这里的风土人情。

符金玉长这么大，第一次沿黄河见那么多的山，第一次离开父母这么远，又第一次到西部来，一切都感到新鲜。她随着李崇训下了船，登到岸上，只见岸边有四尊铁牛，皆呈蹲伏状，高大雄伟，体阔胸圆，造型精美，头昂角矫，目似怒，耳如听，每尊身长丈余。铁牛的旁边各有一铁人，并有两座铁山，与牛、人、柱相连。铁人均作牵牛状，高大健美，栩栩如生。符金玉感到新鲜，走上前一边抚摸着牛头，一边问李崇训："这铁牛、铁人何用，什么时候冶铸？"

李崇训答不上来，忙问地方官员。一地方官员忙回答说："这里河水汹涌，造好的浮桥常被冲毁，人们出行十分不便。唐朝时，唐玄宗李隆基于开元年间下旨，重建浮桥，并冶铸了这几尊镇河大铁牛，置于城西门外黄河滩上，作为护桥之神。牛下有三十六根铁柱连腹，入地丈余。铁牛尾后有大轴，结铁锁链八条，链下连鉴千艘、横百丈，以此固定蒲津渡浮桥。只因近年战乱不止，浮桥毁坏，没有再修，只有这铁牛还卧在这里。"

符金玉感叹说："如此说来，这铁牛、铁人距今二百多年矣。"

众随行官员都笑道："是，是。"

由于河中城就在黄河东岸，距离黄河不远，没用几个时辰他们就到了城下。符金玉驻足仰视城墙，只见城墙高约数丈，城门上有门楼，城墙上的雉堞，状如锯齿状，一个接着一个，如兵卒站在墙上，有一种威武之气。符金玉遇事总爱探其究竟,忍不住又好奇地问随行的地方官说:"此城何时兴建?"

随行官员多数答不上来,十分尴尬,只有一个其貌不扬的官员忙走到跟前介绍说:"上古传说中的农神,即烈山氏之子柱,曾建都于此,舜帝也在此建都,名蒲板。这座城始建于周朝,战国时称蒲邑,秦汉时称蒲坂,北周时改为蒲州,设河东郡。隋文帝开皇三年,废郡为州,改为蒲阪县。但这里均为州郡县治所,历代都有重建扩修。唐太宗贞观元年分天下为十道,蒲州属河东道。唐开元八年定蒲州与陕、郑、汴、绛并称六大雄城。这里负山面河,自古是兵家要地。"

符金玉听完,又是一阵感慨,说:"此城易守难攻,不是都城,胜似都城,乃一块风水宝地。"

李守贞听了符金玉这话,喜不自禁:我来这里做官,节制一方,荣幸之至也。

入城后,符金玉没有按李守贞的安排先去府邸,而是在城中先转了一圈,看了看街市,再在官府的外面绕了一圈,这才随着李崇训走向自己的府邸。

这里的府邸虽然不如开封城的府邸气派,但院外粉墙环护,绿柳周垂,三间垂花门楼,四面抄手游廊。院中甬路相衔,山石点缀,五间抱厦上悬"怡红快绿"匾额,别有一番河中情调。看到这份景致和李崇训的殷勤体贴,符金玉不由得沉醉于新婚的喜悦之中。

安顿下来,李守贞心里依然不能平静,为了显示与符氏结亲的荣耀,也是因为符金玉将为天下母,他又在河中城府邸大摆筵席,宴请本地及各州县官员。一连几日,李守贞府邸主人和宾客互相敬酒,欢声笑语,好不热闹。

这天,他正在向宾客敬酒,忽然手下人前来禀报:"永兴节度使赵思绾、凤翔节度使王景崇反叛朝廷。"

李守贞听了先是一惊,进而大脑一阵翻江倒海,不知道是惊恐还是惊喜,以致手中的酒杯滑落在地,全然不知。

第三章

乾坤震动

永 兴、凤翔两地与蜀国紧邻，两地节度使秘密联络，暗流涌动，李守贞早有所闻，如果赵思绾反叛倒可理解，而王景崇作为刘知远宠信的大臣，年前，也就是刘知远患病后才派往凤翔接替侯益任节度使，减去路上的时间，他到凤翔还不足三个月就反叛朝廷，实在难以置信，不可理解。

永兴在河中的西南，凤翔在河中的西部，都与河中隔黄河为邻，与京城开封相距甚远。如今他们反叛了，我李守贞该如何是好？朝廷是否得知消息？此时是策马速报朝廷，还是立即领兵平叛？可是，没有朝廷的诏书，我怎么能贸然行事？如果不速报朝廷或者领兵平叛，日后皇帝会不会降罪与我？李守贞思前想后，左右为难。立即结束宴请，静候家中，以观其变。

李守贞虽然待在家中，心情却难以平静，对赵思绾、王景崇反叛深感蹊跷，百思不得其解。

原来，赵思绾曾经是河中节度使赵匡赞的牙将。赵匡赞五岁时就会背诵《论语》《孝经》，十六岁的时候就投奔到刘知远旗下从戎。在晋朝摇摇欲坠时，赵匡赞是劝谏刘知远称帝者之一。刘知远称帝后，十九岁的赵匡赞被封为检校太尉、河中节度使。当时，赵匡赞的父亲赵延寿供职于契丹，后被契丹设计陷害,囚于狱中。赵匡赞怕自己因为父亲的缘故终究不被朝廷所容,便与凤翔军节度使侯益秘密联系,派使者去蜀国联络,欲归降蜀国。后来在属下判官李恕的劝谏下,这才改变了主意。于是,派李恕奉表请求入朝。

李恕入朝后,刘知远问他道:"赵匡赞为何要归附蜀国?"

李恕回答说:"赵匡赞认为自己的父亲曾经在胡虏的朝廷里,怕陛下不谅解,所以才生出归附蜀国之意,以求苟且活命罢了。臣认为国家一定会加以存恤安抚的。"

刘知远说:"赵匡赞父子,本来就是自己人,其父赵延寿不幸身陷于虏庭,我怎么忍心加害赵匡赞呢?"

于是,诏令赵匡赞入朝。

然而,赵匡赞不等李恕回来报告,就已经动身去京城谒见刘知远。赵匡赞离开永兴时,让赵思绾率牙兵数百人镇守永兴。赵匡赞入朝后,刘知远对永兴不再担忧,但恰在这时,刘知远已因长子的死,一病不起。赵思绾认为兵权在握,利令智昏,密谋反叛朝廷。

病榻上,刘知远不知赵思绾谋反,对永兴不再担忧,对凤翔节度使侯益欲归降蜀国非常焦虑,便命客省使王景崇去凤翔任节度使,以取代侯益。为了不致凤翔生乱,又特地把王景崇召至卧室密授旨意道:"侯益表面上顺从朝廷,实则早有二心。尔去,如侯益来,即置勿问。如其迟疑不决,即可便宜行事。"王景崇领命,率禁军数千,沿黄河南岸一路向西,日夜兼程赶往凤翔。

因为赵匡赞、侯益的使者近期不断往返于汉、蜀之间,蜀国皇帝认为这是进攻汉朝的大好机会,即派兵分陇关道、陈仓道和子午道三路,向永兴进发,这时已经占据子午谷。蜀军没有想到,此时赵匡赞已经离开永兴,而王景崇已经领兵即将到达永兴。

王景崇得到蜀国进攻汉朝并占据子午谷的消息后,领兵迅速奔向永兴,联合岐州、雍州、泾州之兵,命赵思绾率兵将占据子午谷的蜀兵击败,然后命赵思绾与他一起西进攻打蜀国。王景崇怀疑赵思绾有异心,欲黥其面,探试他是否真心跟随他攻打蜀国。不料,赵思绾欣然接受,王景崇大悦,感到他对汉室非常忠诚,不再怀疑。

王景崇北上到达凤翔后,侯益却不离开凤翔,无归朝之意。王景崇知道侯益已死不改悔,便令禁兵分守诸门,欲杀侯益。这时,忽闻汉祖刘知远崩丧,刘承佑即位。他忧虑隐帝不知高祖密旨而生疑,非常犹豫。

这时,侯益派从事程渥对王景崇道:"君已官至高位,亦可知足,何必怀祸人之心,做过分之事?何况侯益亲戚爪牙甚众,事端若起,你的灾祸也不会久远!"

王景崇闻言大怒道:"你赶快滚开,别为侯益游说,再说,连你全家也杀掉!"

程渥回到侯益府上,把王景崇的话如实告诉给了侯益。侯益听了,甚为恐惧,当日即率数十骑离开凤翔奔向京城开封。恰在这时,刘承佑命侯益与赵思绾一起入朝。赵思绾接到诏令,想到自己曾经与赵匡赞密谋投降蜀国,非常害怕,对手下大将常彦卿说:"赵公已入人手,吾若也去开封,会一并被处死矣,奈何?"

常彦卿说:"事至而变,不可乱猜测也。"

也就在这个时候,侯益等人行至永兴,赵思绾让副使安友规出城迎接。赵思绾邀侯益在郊外一亭子下饮酒。饮酒结束,侯益便让赵思绾同他一起入朝,说只有得到皇帝恩宠才能大富大贵。赵思绾想了想说:"好,我愿与汝同行。"

侯益十分高兴。正欲行,赵思绾又说:"将士家属皆居城中,等我入城把他们的家属领出来,以免他们遭受不测。"

侯益信以为真,就在亭子下等他。

赵思绾与部下来到城下,见有州校坐于城门,夺佩刀将其斩之,并杀死守门者十余人,于是闭门劫库兵反叛。侯益得知消息,意识到将有大事发生,立即离开永兴,飞速奔向京城。

刘承佑听说侯益到达开封后,派侍臣问他暗中联结蜀军之事,侯益立即诡辩说:"臣欲诱蜀军出关,然后掩杀之耳!"

侍臣把侯益的话转告刘承佑后,刘承佑信以为真,把他留在京城。一日,刘承佑召见侯益,侯益趁机在刘承佑面前谗言王景崇,说王景崇恣行无忌,放纵专横,不把朝廷放在眼里。刘承佑对侯益更加相信,却对王景崇不再信任。侯益见刘承佑不再怀疑他,接着厚赂史弘肇,被授为开封尹兼中书令,不久,又封鲁国公。刘承佑不知他父皇的密旨,又被侯益谗言,虽然没有掌握王景崇谋反的事实,却认定王景崇反叛朝廷,把他定为讨伐对象。王景崇被逼无奈,真的起了反叛之意……

李守贞正不知道自己该如何对待赵思绾、王景崇反叛朝廷行为,侍者来报:"赵思绾的使者来到河中,求见节度使。"

李守贞心里嘀咕:赵思绾既然已经反叛,为何又派使者来见我?是害怕我领兵攻打,还是想求我什么?难道他知道我如今的苦衷,想与我联手叛汉?李守贞一时理不出个头绪,索性要试探一下赵思绾派使者来的意图,然后再做决定。于是,对侍者说:"让他进来。"

赵思绾的使者来到李守贞面前,先是呈上一袋银钱,说:"我们节度使听说贵府娶了一个多才多艺的漂亮儿媳妇,十分高兴,因不便前来,特派我送上贺礼,以示祝贺。"

李守贞看到贺礼自然欣喜,一是赵思绾赞美了自己的儿媳妇,就等于赞美了他,二是探明赵思绾是有求于他,在向他献媚。他正要说一番感谢的话还没说出来,只见使者又从行囊里掏出一件黄袍,给李守贞披在了身上。李守贞非常高兴,也非常明白,这是赵思绾要拥他为王。李守贞在披上这件黄袍的时候,又想到了总伦和尚的话,认为天命人心都预示他将要当皇帝。

李守贞送走赵思绾的使者,决定既不把赵思绾、王景崇反叛的事上报朝廷,也不去攻打他们,佯装不知,拭目以待。对于这些,李守贞对赵修己、总伦和尚毫不隐瞒,如实告知了他们。赵修己听了,对李守贞说:"天时未到,切勿妄动!"

李守贞一听,忍不住讥笑他说:"这次你说得不对。"

赵修己看他听不进自己的忠言,第二天便称自己有病,返回老家而去。

总伦和尚则向李守贞献媚说:"赵修己老矣,其术数尽焉,我敢断言,大人必为天子。"

李守贞听了十分高兴。当日把几个心腹将领请到家中,置酒祝贺,并取下墙上挂着的一副弓箭,指着墙壁上一幅名为《舐掌虎图》的图画说:"吾若有非常之福,当射中其虎舌。"说罢,引弓搭箭,一发中之。左右心腹将领看到此景,都为他祝贺。李守贞更加自信,认为这是天人协契,自己不久即为皇帝。

赵思绾通过使者探知了李守贞的虚实,明白李守贞不是效忠朝廷之人,没隔几日,便与王景崇一同来到河中,拥立李守贞为秦王。李守贞对被拥立十分激动,但不解他们为什么拥他为秦王。

赵思绾说:"李存勖灭朱全忠建立的梁朝,改国号为唐,是因为他和李世民同为李姓。石敬瑭灭唐建晋,是因为他的老家春秋时属晋国。刘知远灭晋改国号为汉,是因为刘邦建立大汉王朝,他也姓刘。"

李守贞忍不住问:"我一不是秦人,也不姓秦,为何拥我为秦王?"

王景崇说:"因为永兴、凤翔、河中三地昔日属秦国,后来秦始皇又建秦朝,统一天下,我们想让你像秦始皇一样先为王,再为帝,一统天下。"

李守贞听了,再次想到了总伦和尚的话,心里说:天子宁有种耶?兵强马壮者为之尔!我李守贞在几朝更替中也是名声显赫之人,今据关中要地,又被人拥立,足见距离当皇帝已经为时不远也。等我老了,李崇训即位,符金玉自然就是皇后了。如此看来,总伦和尚的话说得很对,我命中就该做皇帝!遂"哈哈"一阵大笑,接受拥立为秦王。

未几日,河中城满城张灯结彩,李守贞在河中官邸举行称王大典,并令河中各州县官员前来恭贺受封。大典上,也像历代皇帝即位时诏告天下一样,诏告各州县秦国立国,河中、永兴、凤翔已不再臣服汉朝,命赵思绾为晋昌军节度使,王景崇仍为凤翔节度使。并对各州县长官重新封赏。同时,还招纳一些流亡人士,组成敢死队,开挖护城河,以防汉军攻城。同时,修整盔甲武器,准备兵马战车,昼夜不息。为了抵抗汉军的讨伐,他亲自连夜写了几封书信,并把书信装在蜡丸里,派人偷偷地传送给吴、蜀、契丹,向他们示好,让他们出兵进攻中原,牵制汉军,使汉朝放弃或者减弱对河中、永兴、凤翔三地的讨伐。

李守贞起兵叛乱,开始时符金玉怎么也不相信:高祖建汉时不计李守贞降契丹之前嫌,依然委以重任。家父乃朝廷重臣,高祖驾崩前曾经把刘承佑托付给家父等大臣,如今符、李两家联姻,又是郭威保媒,李守贞在朝中也赫赫有名。刘承佑即位才三个多月,她与李崇训刚刚拜堂成亲,他怎么能做出此等事来?因为李守贞开始时是秘密进行,一切对她隐瞒,她不可能知道。当赵思绾、王景崇拥立李守贞为秦王,并出兵西进潼关,符金玉才确信李守贞真的反叛了朝廷。符金玉得知消息,大惊失色。她想直接去质问李守贞,但是忍了,大步走到厅堂,对着李崇训喝问道:"朝廷对你们父子恩宠有加,你们却知恩不报,天理难容!"

李崇训自知理屈,狡辩说:"不是父亲反叛,是赵思绾、王景崇胁迫父亲反叛,不然,我们就性命不保。"

符金玉岂是能被他蒙骗之人,厉色说:"赵思绾、王景崇在西,河中在东,他们怎能胁迫了他?"

李崇训知道隐瞒不下去,只得说:"吾父这是为你好。"

符金玉更怒:"我符氏历来讲究忠信,我刚到你家,你父即反叛朝廷,明明是对符氏的玷污,你却说是为我好,真是奇谬无比。"

李崇训无言以对,只得把总伦和尚的话如实相告。符金玉听了,不知是悲是喜,先笑又哭道:"你们父子身为朝廷命官,居然相信术士的江湖之言。我符金玉嫁到你家不求富贵,不求什么皇后,只求君得其志,民赖其德,苟利国家,一生相伴,白首到老。"

李崇训后悔说:"事已至此,覆水难收,只能走下去了。"

符金玉顿首说:"我全家都在京城,其命不保矣。你们父子不仅害了我,还害了我们全家,罪不可赦。"

李崇训安慰她说："你们符氏家族历朝恩宠,又势力强大,朝中大臣均敬畏之,皇帝岂敢加害符氏？"

符金玉知道一切都无可挽回,自己已成笼中之鸟,即使有翅膀飞回不了开封,只得听天由命,苟且偷生。为了防止意外,她很快做出一副笑脸,以见机行事。

但是,当天夜里,符金玉却再也睡不着。黎明时刚刚入睡,忽然梦见回到了开封。她刚到府邸附近,只见一队兵马杀了过来。士兵们手持大刀闯进院内,不一会儿,院内火光冲天,整个宅院成了一片火海。接着,那些闯进院内的士兵一个个提着血淋淋的人头奔了出来,第一个是父亲的,第二个是母亲的,然后是符金环、符金锭的,还有哥哥……她忍不住一声怒喝,夺过一个士兵的大刀向他们砍了过去。她还未靠近那些士兵,有几把大刀已经闪着寒光向她砍来。她一声惊叫醒了,才知道是一场噩梦,可是,再也未能入睡。

河中李守贞、凤翔王景崇、永兴赵思绾同时联兵反叛的消息传到京城开封,朝廷震动,皇帝刘承佑十分惊慌,急召大臣进宫,商议对策。宰相苏逢吉、侍卫亲军马步军都指挥使史弘肇、枢密使兼吏部尚书杨邠、枢密副使郭威,先期到达宫中。符彦卿接到传令官的紧急传令,虽然不知道发生了什么事,但意识到是发生了紧急大事,匆忙离家前往皇宫。

如今的汉朝皇宫,都是朱温废唐哀帝建梁朝后模仿唐朝都城长安皇宫的风格修建的,虽然规模没有那么宏大,色调是一样的:一律采用朱红与白色的组合,鲜艳悦目,简洁明快。依然遵循大唐的规制:皇宫用黄、红色调,皇室用黄色,红、青、蓝等为王府官宦之色,民舍只能用黑、灰、白等色。梁朝也就十七年时间,李存勖灭掉梁朝恢复国号为唐后迁都洛阳,这里没有再扩建。后来晋朝虽然又定都在这里,还没有时间修建就被刘知远灭掉了。如今汉朝才两年时间,皇宫依然选择在这里,所以,所有建筑也没有什么变化。符彦卿经常出入于此,对这里橙黄色或红色的墙面、朱红色的油漆柱,以及青石板的台阶、汉白玉的浮雕,闭上眼睛都能说得一清二楚,广政殿有几级台阶、万岁殿有多少明柱、崇元殿汉白玉浮雕都雕些什么图案,他都如数家珍。

符彦卿到了宫中议事的广政殿,只见大臣们多数已经到了。皇帝刘承佑坐在朝堂上方,满面怒火,眼露凶光,来回晃动着身子,显得极其不安。符彦卿一到,大臣们都把目光投到了他的身上。那目光里,有鄙夷,有不安,有惋惜,也有怒火。尤其是郭威,自从他进到殿内,目光一直盯着他不放,表情里流露出不安、痛苦和惭愧。符彦卿很奇怪:今天是怎么了?大臣们怎么是这种表情?怎么都以这种诡异的目光看着我?他扫了一眼刘承佑和各位大臣,想到与郭威的关系最近,就战战兢兢地站立了郭威的身边。

宰相苏逢吉见大臣们到齐了,看了一眼皇上刘承佑。刘承佑向他打了个手势,他立即说:"各位大臣,今晨从河中传来急报,永兴守官赵思绾、凤翔节度使王景崇、河中节度使李守贞联兵反叛朝廷,并立国为秦,李守贞为秦王……"

符彦卿没有听完,如雷轰顶,浑身战栗,感到一阵头晕目眩,如入云端,若不是郭威眼疾手快伸手拉住了他,就会立即栽倒于地。他以为自己是在做梦,用手掐了一下大腿,感到疼痛,确信不是梦以后,额头上不由冒出一层冷汗。下面苏逢吉又说了什么,全然不知,满脑子都是李守贞、郭威到他府邸提亲和符金玉出嫁的场景。李守贞啊李守贞,符金玉刚刚嫁到你家,你我刚刚做了亲家,你就背叛了朝廷,你这是在害我也!以后,这朝廷我还如何待下去?我符彦卿聪明一世怎么糊涂一时,就相信你的花言巧语,把女儿嫁给了你的儿子?你曾经背叛晋朝而投降契丹,脑后长着反骨,背信弃义,我符氏几代精英,满门忠烈,你怎么是能和我符家结为亲家之人?我符彦卿真糊涂焉!

符彦卿骂了一阵自己,满脸凄楚,又忍不住把怨怼的目光投向了郭威:郭威呀郭威,我有眼无珠,你怎么也老眼昏花?若不是你当媒人,不是为了你的情面,我怎么会想到把女儿嫁到李守贞家?

郭威看着他的眼神,明白他这时在埋怨自己,肚子里也满是苦水,心中自责道:彦卿兄啊你恨就恨我吧!你要知道我也是为你符家好,我也是看在我们是结拜弟兄的份上才做这个媒人,是看到你的几个女儿相继都长大了,这年头兵连祸结,天下不平,想给符金玉尽快找个安身处所,也是替你解忧啊,高祖建立汉朝时,是他李守贞主动归附汉朝朝廷,在高祖面前也是信誓旦旦,哪成想他忽然之间竟又做出背叛朝廷的事来?

符彦卿、郭威正埋怨、自责着,皇上刘承佑忽然高声道:"枢密使郭威、魏公符彦卿,李守贞反叛,尔等意下如何?"

符彦卿非常明白,皇帝之所以先让他们表态,是知道他们二人的关系,他们不首先表态,其他大臣恐怕都不敢坦言。符彦卿虽然因为恼恨而头晕目眩,但他在大是大非面前,头脑是十分清楚的:反叛朝廷是罪不可赦的死罪,还有什么可犹豫的?如果我这个时候祖护李守贞,岂不是引火烧身,自取其辱?他不假思索,立即回刘承佑说:"启禀陛下,李守贞虽然是我亲家,但他犯了死罪,不可饶恕,彦卿绝不姑息。请下令吧!"

郭威见符彦卿这么一说,立即有了底气,回皇上说:"臣以为,三镇联兵反叛事关大汉江山社稷,当断不断必受其乱,应尽快派兵讨伐。"

刘承佑听了他们的话,脸上不再那么阴沉。其他大臣见他们二人如此大义,没有私心,也都立即表态,请皇上下诏讨伐。但在派谁领兵讨伐时却一直争论不休。苏逢吉因为与符彦卿、郭威有隙,这时,佯装夸赞符彦卿,实则是借机报复说:"启禀皇上,魏国公符彦卿身经百战,无往不胜,臣以为由魏国公领兵讨伐定能不日凯旋。"

众臣听了,不由感到很可笑,禁不住在下面窃窃私议。因为他是宰相,他的话在皇帝面前举足轻重,都担心刘承佑年轻,看不透苏逢吉的险恶用心,忍不住都焦急地把目光投向了刘承佑。刘承佑虽然年轻,但这个时候并不迷糊:符彦卿威震朝野,又和李守贞是亲家,如果派符彦卿领兵讨伐,一旦他们再联起手来攻我开封,我汉室岂不倒塌?他立即予以否定说:"朕以为让魏国公领兵讨伐,欠妥。"

刘承佑这时这么说,既避免李守贞、符彦卿联手,也给了符彦卿面子,又在大臣面前显示出他依然相信符彦卿，既做到了不遗葑菲，又达到了一石三鸟之效。苏逢吉知道派符彦卿领兵讨伐失当，只不过是想借机打压一下符彦卿的气焰，出一口恶气罢了，并非真的要派符彦卿去。但听了刘承佑的话，仍然心存不悦。

杨邠进谏说："臣下以为郭从义有勇有谋，英勇善战，这次可令其率军西进。想当年郭从义任马步军都虞侯，屡率师破契丹于代北。高祖建汉，郭从义首赞其谋，被擢升为郑州防御使，充东南道行营都虞侯。杜重威据大名反叛时，以行营诸军都虞侯领兵讨伐，杜重威投降。高祖入开封时，命他为河北都巡检使。可谓战功赫赫，臣以为，郭从义能担此重任。"

三司使王章与杨邠关系临近，赞同他的看法。

侍卫亲军马步军都指挥使史弘肇对王章心怀忌恨，则反对说："当初杜重威在大名反叛，仅仅是一个地方，而今李守贞、赵思绾、王景崇三镇同时起兵，彼一时，此一时也，郭从义能力挽狂澜？"

接下来就派谁率兵讨伐的问题，一直争议不休。刘承佑提了几员大将的名字，史弘肇、杨邠都说他选的大将不懂用兵，都不被接受。刘承佑对他们两个那种居功自傲的样子十分恼火，但大敌当前，只得忍气吞声。接下来，杨邠、史弘肇和苏逢吉又互相攻伐，朝堂十分混乱。若在往常，符彦卿早站起身以其威严予以挽回局势，可是，这个时候他只有选择沉默。

郭威为了不让皇帝对他与符彦卿有所忌惮，谏言说："臣下认为，河中之地控山带河，形势险要，易守难攻，如今李守贞羽毛未丰，立足未稳，当疾风暴雨而击之。不然，如若他们三方联动，北取晋阳，东据洛阳，底定关陕，以太行之险，虎牢之固，再东进开封，则我汉朝危矣。臣下以为，天平军节度使加同平章事白文珂曾经是河中节度使，对那里十分熟悉。河东节度使常思距离河中较近，有利调兵。郭从义智勇双全，每战必胜。不如派他们三人领兵讨伐。"

刘承佑认为郭威说得很有道理，平叛李守贞事不宜迟，此时也不是和那些想威高震主的大臣计较的时候，立即颁布诏令：行营都部署郭从义为永兴军节度使领兵讨赵思绾。削李守贞官爵,天平军节度使加同平章事白文珂为河中府行营都部署与河东节度使常思领兵讨之。各大将皆赐戎装、器仗、金带。为了引诱控制王景崇,先避免他强力对抗,又以宁江节度使、侍卫步军都指挥使尚洪迁为西面行营都虞侯赴凤翔,代替王景崇节制凤翔,迁王景崇为邠州留后。

各位大臣还未退出广政殿,传令兵已飞奔出宫。

符彦卿不知道是怎么回到自己府邸的。金氏夫人看到他走路摇摇晃晃,又面色蜡黄,大惊失色地问:"夫君,你怎么了?"

符彦卿无力地坐到椅子上,半天无语。金氏夫人再三催问,他不得不如实相告。金氏夫人听了,忍不住哭起来:"夫君,这可如何是好啊,咱金玉就在河中城,这仗一打,凶多吉少啊……"

符彦卿何尝不知?他历经四朝十几代皇帝,哪一次不是腥风血雨、你死我活?哪一次不是相互残杀?李守贞啊李守贞,你任河中节度使才几个月时间,在河中城根基未牢,就模仿前几朝皇帝起兵反叛,想当皇帝,你太不自量了,你以为有我和郭威在朝中大权在握,皇帝不敢对你下手是吧?你太天真了,哪个皇帝会对反臣姑息迁就?我若阻拦,岂不有辱我一生忠孝的盛名?我符氏会有安宁之日?你害了我女儿符金玉!想到琴棋书画无不精通、漂亮贤淑的女儿将难逃血刃,一个沙场征战几十年不曾流泪的将军,此刻忍不住一串泪水顺着面颊流了下来。金氏夫人见他这样,知道他已无能为力,符金玉结婚相别将成永别,忍不住放声痛哭。

符彦卿没有阻拦她,让她哭吧,哭一哭也许心里不至于憋得那么狠,不然,就会憋出病来。金氏夫人哭了一阵,看着悲痛万分的符彦卿,抓住他的胳膊,再次说:"夫君,你说话呀,你说,咱金玉会不会有事啊?"

符彦卿擦去眼泪,不得不安慰她说:"金玉宽仁慈爱,勇敢沉稳。她命大,不会有事的。"

符彦卿自己也觉得这话说得没有一点分量,自己就不会相信。可是,他感到理屈词穷，找不到有什么可安慰夫人的话。

金氏夫人忍不住埋怨起来："夫君聪明一世，怎么糊涂一时，轻信李守贞之言，匆忙把金玉嫁给了他的儿子？我对他知晓不深，难道你也对他不明了？"

符彦卿忍不住说："我是看到汉室风靡云蒸，想尽快给女儿安家，哪想到李守贞刚归汉不久，皇帝又对他十分厚爱，他会起反叛之心？"

金氏夫人忍不住又哭出声来："如若金玉有个三长两短的，我也不活了。"

金氏夫人的哭声引来了符金环、符金锭。姐妹俩看到母亲哭得这么伤心，知道家中一定是发生了不测之事，一边劝慰母亲，一边也禁不住哭起来。当得知是李守贞反叛，皇帝派兵讨伐，意识到姐姐危在旦夕时，符金锭跪倒在符彦卿跟前，拉着符彦卿的手，摇晃着，哭问道："父亲，他们杀我姐姐吗？姐姐能回来吗？能回来吗？"

符彦卿怕把符金锭吓着了，忙把她搂在怀里，故作笑颜说："没事，有父亲在，他们怎么会杀你姐姐？再说，你姐姐聪明善良，谁会杀她，她没事。"

符彦卿这样说着，心里却在滴血。符金锭虽然幼小，但看到他和母亲的表情，明白姐姐是凶多吉少，忽然大声哭道："我想姐姐，我要找姐姐……"

符金环比符金锭更明白，李守贞据河中城反叛，姐姐也身在河中城，一旦汉军攻进城中，必定是一场厮杀，到那时……她不敢往下想了。符金环毕竟长大了，没有像符金锭那样在父母面前痛哭，而是咬着嘴唇，强忍着不让泪水流下来，转身去了母亲供奉神像的屋子。她虔诚地燃上香，跪地"扑通、扑通"磕了几个响头，祈祷道："人祖爷、人祖娘娘、玉皇大帝、王母娘娘、道德天尊，各路全神，姐姐知书达理，孝敬父母，疼爱弟妹，是个好姐姐，只要你们保佑姐姐平安无事，符金环每日给你们烧香磕头。"

李守贞、王景崇、赵思绾反叛的消息很快在京城传开，京师之民相互传言，奔走相告，无不惊恐万状。京都才平宁没有几年，每次改朝换代，京城都是战场，百姓都要遭遇一场罹难，如今刘承佑皇帝刚刚即位不久，皇纲未稳，大臣们明争暗斗，如果不能平定反叛，李守贞、王景崇、赵思绾攻进开封，岂不又是无数人头落地？即使不能杀进开封城，如果围困一年半载，首先饿死的岂不是咱百姓？几十年来，历朝历代围困反叛之城的例子太多太多了，哪一城不是饿死民众无数？于是，城中之民有的囤积粮食，有的准备外逃，到处鸡犬不宁。

刘承佑恐引起骚乱，派史弘肇出兵缉拿传言者，不论是谁，罪不论大小，皆予以杀戮。

这天，大白天天空中出现太白星，市民无不称奇，纷纷云集街头仰观这一奇怪天象，并议论纷纷，说长道短。有一自称阴阳家的人当众喋喋不休地说："太白星又称太白金星、启明星君、长庚星君，是掌管战争之事的战神，只要金星在特殊时间、区域出现，是'变天'的征象，是不祥之兆，是暴发战乱或朝廷变异的前兆，将有大事发生。"

消息传到宫中，刘承佑令史弘肇领兵把观星者全部抓获，并把那阴阳家腰斩于市。有一醉酒的市民不服军卒的驱赶，军卒便诬其讹言惑众，将其鞭打并捆绑弃于街头，不允许任何人为他松绑。有不少人替醉酒者说情，皆处以断舌、决口、斩筋、折足之刑。

没有几日，整个开封城，风声鹤唳，人人自危，乾坤震动。

第四章

兵困河中

乾佑元年四月，永兴军节度使郭从义，天平军节度使加同平章事白文珂，河东节度使常思，宁江节度使、侍卫步军都指挥使尚洪迁，兵分三路，分别向永兴、河中、凤翔进发。

郭从义师至永兴，赵思绾关闭城门，拒不出战。由于永兴城城墙高大坚固，郭从义虽然令兵把永兴城层层围住，但至八月，双方一直就这样僵持着，孰胜孰败，不见分晓。

尚洪迁至凤翔，按照皇帝的旨意，采取"引诱控制"之策，先避免与他直接兵戎相见，传令让他去邠州。可是，王景崇却一直拖延不去邠州赴任，撒谎说他正在聚集凤翔丁壮，准备攻打永兴，要讨伐赵思绾。王景崇拒不赴任，又掌控着凤翔兵权，尚洪迁无计可施。在他准备返回京城时，王景崇却不放行，反把他困于凤翔城。与此同时，王景崇派使者向西面的蜀国求援，蜀国很快派出军队来到凤翔相助。尚洪迁在城中一筹莫展。

白文珂、常思领兵到达河中后，虽然打败了李守贞，但是李守贞退居河中城，依仗城墙高大，城中粮草丰盈，拒不出战，白文珂、常思使尽浑身解数，从四月初攻打到八月中旬，也一直未能攻破河中城。

永兴、凤翔、河中三地的反叛几个月未能平定,朝中不禁一阵慌乱。皇帝刘承佑如坐针毡,朝中几位大臣互不服气,相互攻讦,又欺他年少,处处想威权震主。刘承佑恼羞成怒,又无计可施:如果其他地方再像永兴、凤翔、河中那样,大汉朝廷还有宁日可言?他的皇位岂不岌岌可危?刘承佑想到眼前最紧迫的是平定叛乱,忍辱负重,于是,再召大臣进宫,商议破敌之策。

召大臣进宫前,宰相苏逢吉因为对符彦卿、郭威不满,很久就想把他们置于死地。上次进谏让符彦卿领兵讨伐李守贞未成,这次便提前奏请皇帝刘承佑说:"三镇反叛至今不能平定,属用兵不当,以臣之见,唯有郭威领兵西进方能平定三镇之乱。"

苏逢吉之所以既想除掉郭威又在皇帝面前恭维他,是因为郭威为枢密使,是最高军事长官,职位已经到顶了,即使平叛成功也不会再升职。如果平叛失败,他苏逢吉由此便可借刀杀人。

史弘肇、杨邠、郭威、符彦卿等大臣到了广政殿后,刘承佑未等大臣们进谏,便对郭威说:"朕欲烦公率军西征,可乎?"

郭威听了刘承佑的话,立即知道这是苏逢吉在皇帝面前布好的局,但郭威没有一点不悦之色,心下道:如今叛臣发难,江山垂危,作为朝中大臣,不能顾及个人恩怨与安危。于是,直言道:"臣不敢相请,亦不敢推辞,陛下若命臣西征,虽赴汤蹈火,死亦无辞也。"

郭威生身于破落的官僚家庭,也是一个贫苦人家,他生性聪敏,喜欢舞文弄墨。从军后,经常阅读兵书,曾熟读《阃外春秋》等书,很年轻的时候就懂得了以正守国、以奇用兵、正兵当敌、奇兵制胜的用兵之策,并能明存亡治乱之理,辨贤愚成败之由。任将领后,延见宾客,褒衣博带,及临阵行营,幅巾短后,与士卒无异,临矢石,冒锋刃,必身先士卒,能与士卒分甘共苦,对稍立功效者,加倍赏赐,对稍有创伤和疾苦者都亲自安抚。因为他治军严明,并有儒将风度,深得将士之心,故所守必固,所攻必克。

刘承佑皇帝听了郭威的话,大喜,即命他率兵征讨,并统领前期西征诸将。

　　苏逢吉见阴谋得逞,心中暗喜:西征数将皆不能胜,你郭威难道有三头六臂?等到你兵败河中,我苏逢吉便可以你曾经为李守贞的儿子做媒人,私通叛敌为名,置你于死地。然后再以符彦卿与叛贼李守贞是亲家为由,翦除符彦卿及其符氏家族。到那时,朝中就没有人敢在皇帝面前对我苏逢吉说三道四、评头论足了,汉朝虽然是刘承佑为皇帝,其实就是我苏逢吉的天下了。

　　符彦卿看到郭威对西征李守贞没有丝毫犹豫,先是对他忠贞于朝廷的胸怀敬佩之至,接着忍不住面色也凝重起来:自皇帝派兵讨伐李守贞以来,他既希望汉军能把他及时平定,又害怕河中成为屠城,因为符金玉在那里,担忧女儿遭遇不测。汉军胜,他忧;败,也忧。他深知,这次郭威领兵讨伐,一定是不平李守贞不罢休,那里一定是一场恶战,河中城一定是刀光剑影,尸身遍地,这样,女儿的性命……符彦卿想到这里,忍不住把目光投向了郭威。

　　郭威领命后,心中最不能平静的也是这件事:如果不去,将愧对高祖的重托,也愧对大汉江山社稷。如果战死沙场,一切都无所谓了,如果凯旋归来,他和符彦卿这一对结拜弟兄可能就各奔东西、相望而不相识了。想到这里,心中不由一阵悲凉:郭威生逢乱世,处于漩涡之中,真是进退维谷,跋前踬后,上下为难。

　　史弘肇一直看不起李守贞,认为这老小子没什么了不得的,趁机给郭威打气说:"李守贞乃无能之辈,不足为惧。"

　　郭威心里清楚,李守贞虽然打仗不行,但此人很善于装出仗义疏财、很诚恳的样子来邀买人心,很多人也愿意替他卖命。故而,也是强敌,必须审慎对待。于是,特别向皇上奏请要带两个人:一个是李谷,一个是王溥。

　　李谷,字惟珍,颍州汝阴人,身高八尺,体貌魁梧,年轻时有勇气,力量大,善于骑射,文武兼备,经常把见义勇为、扶助弱小作为自己的事情来做。曾经被契丹所俘,连拷问六次,皆不屈服。他与郭威既是同僚,又是好友。所以,郭威奏请皇上任命李谷为西南转运使,让他参与军机,出谋划策。

　　王溥,字齐物,并州祁人,出生于官宦世家,不久前在科举殿试中获甲科进士第一名,得了状元,任秘书郎。王溥虽然才二十六岁,但才学出众,郭威对他非常欣赏,所以,奏请皇上,辟王溥为从事,一起西进。

同时,郭威为了显示这次西征的决心,还提议准许他带上亲外甥李重进和刚刚来投奔他不久的、夫人柴守贤的哥哥柴守礼一同西征。大臣们都知道,郭威无子,郭威的养子郭荣就是柴守礼的三儿子。他能把李重进、柴守礼也带上,足见他破敌的决心。

刘承佑最担心的不是他要带谁,而是郭威能不能从命,现在郭威既然愿领兵西征,心中悬着的石头落了地,这点小小的要求岂有不答应之理?于是,全都应允。并命保义节度使赵晖为凤翔节度使,随郭威西征。

一切既定,苏逢吉却又提出另外加派都监、内客省使王峻,一同西进。刘承佑不明白苏逢吉的用心,郭威则十分清楚:王峻是他一手提升的,这一仗胜了,可借机再为他晋级,如果不能胜,也可以讨伐有功为名为他晋级。郭威看透不说透,只等皇上发话。刘承佑见郭威无语,立即应允苏逢吉。

大局已定,郭威忍不住把目光转向了符彦卿。符彦卿非常理解他此时的心情,和他对视了一下,立即爽朗地一笑说:"枢密使当以国事为重,请无他虑。"

乾佑元年八月底,郭威领兵渡过黄河,从河北岸,跃马扬鞭,浩荡西进,直指永兴、凤翔、河中反叛之敌。

郭威自从在大名县招募到赵匡胤后,每逢出行,一定要把他带上,让他跟随左右,这次更不例外。赵匡胤自幼喜欢骑马射箭,练就一身好武艺,并勇于冒险,很早就期望能在战场大显身手,一试锋芒,见郭威这次带他西征,自是欣喜若狂。

临出京城前,郭威又想到了足智多谋的好朋友魏仁浦,随向他请教良策。魏仁浦,字道济,卫州汲人,小郭威七岁。他出生在一个贫民家庭。幼年丧父,母亲看他机敏聪慧,省吃俭用,把他送到乡塾里上学。有一天放学的时候,先生让学生们回家背《论语》一章。第二天,先生点魏仁浦背诵,他不仅背诵流利、只字未错,还多背了两章。从那以后,他的博闻强记传到了周围几百里,乡亲们都称他为"神童"。又过了几年,魏仁浦已经成长为一个满腹经纶的青年人。有一天,先生对他说:"现在是乱世,正是造就英雄的时代,你可以到外面闯荡了,一定有你的用武之地。"这一年,魏仁浦挥泪告别母亲,独自外出闯世界。几天后,他到了济河边,当船驶到河中央的时候,他脱下上衣并掷到江中说:"今生若不能得富贵显达,从此不再回家见父老乡亲。"后晋末年,魏仁浦有了一个官职——枢密院小吏,虽然官位不大,但由于他做事谨慎,很受枢密院承旨的赏识。契丹军入侵中原掠走了后晋出帝和太后,刘知远乘势在太原称帝建汉后,魏仁浦随着大军北上抵抗契丹军,曾在真定叩见了刘知远。大将郭威向魏仁浦问起契丹的兵力和战事,魏仁浦都能详尽地说出来,他的精细敏捷深得郭威的好感,从此受到郭威的重用,并成为好友。

魏仁浦见郭威如此礼贤下士,直言说:"李守贞自认为是老将,士兵之心都归附于他,望你不要吝惜官家的财物,要多多赏赐士兵,这样就夺去李守贞所倚仗的优势了。"

李守贞虽然被困于城中,却丝毫没有泄气:永兴、凤翔、河中三地同时起兵,相互不仅相隔遥远,中间又有黄河为天然屏障,汉朝能有多少兵力?你们攻打已经四个月了,不见胜负,说明汉军已经黔驴技穷。不仅如此,我领有河中一府和绛、晋、隰、慈四州,除了控制河漕转运,还是通达关陕、河东之间的必经之路,并拥有北方最重要的池盐基地。不说别的,就是那每年三千车的课盐,就能卡得朝廷吞咽困难,剩下的更能用来赡军扩兵。这里富庶一方,还怕你刘承佑一个小毛孩子?现在又是夏季,天气炎热,不用我来攻打,那些盔甲也能把你们汉军闷热致死。每每想到这里,他心中便生出一种自豪感:据守河中、贵人到家、总伦点化,我这个皇帝位是冥冥之中老天安排、命中注定的,天将降大任与我,我岂能坐失良机?眼下虽然暂时困于城中,乃是上天安排让我休养生息而已!刘承佑,你的宝座不久就要归我李守贞也!

这天中午,他控制不住自己的喜悦之情,率几位随从,登上了城墙,要看一看城外汉军的狼狈相。

李守贞登城墙的时候,让侍从为他打着遮阳伞,他手中摇着羽毛扇,得意洋洋。

李守贞远远地看到汉军在树荫下丢盔卸甲,还不停地用衣服当扇子扇着,十分的狼狈,忍不住朝着汉军"哈哈"一阵大笑,道:"如今天气是炎夏酷暑,奇热无比,黄河又是汛期,刘承佑小儿,想攻打我李守贞,自己先去死吧。北部的契丹军、西部的蜀军不久即赶来援助。等他们大军来到,前后夹击,不把你大军葬身黄河我就不姓李!"

说罢,又令侍从去唤符金玉、李崇训一块登城来观望,他要让符金玉知道,他这个秦王不久要称霸中原,要堂而皇之地做皇帝。等他老了,李崇训即位,她符金玉就是皇后。

符金玉、李崇训来到后,李守贞先是嘲笑一番汉军,然后自鸣得意地说:"汉朝江山气数尽矣,用不了多久,就是我秦王的天下也。"

符金玉没有说话,只是用目光看着他。李守贞看出符金玉的神情里流露出对他的话的怀疑,接着说:"刘知远驾崩后杨邠总机政,郭威主征伐,史弘肇典宿卫,王章掌财赋,权臣相争,刘承佑虽然身为皇帝,年幼无能,又看不惯这些顾命大臣的专权,每日寝食难安。这次派七十多岁的白文珂领兵打仗,可见朝中无人愿意为他卖命也。"

符金玉笑他说:"郭威不是很好的领兵大将?"

李守贞大笑说:"我和他交情甚好,他和你令尊是结拜弟兄,又是你和崇训的媒人,他能率兵攻打我?"

符金玉正色说:"郭威是个大义为上、憎爱分明之人,我对他崇敬备至。"

李守贞更自信地说:"这样,他就更不会率军伐我了。"

符金玉看着他那自信的神情,浅浅地一笑,许久无话。

李守贞以为她在担心河中城守不住,又说:"我已派人出城联络援军,不久,北部的契丹军、西部的蜀军就能赶来援助,到时候我们就能一举进攻中原,我秦王称霸天下已为时不远矣！"

符金玉面无表情地说："如今天下除汉朝外还有十国,整日征战不休,不知何时能天下太平,百姓安居乐业。"

李守贞笑道："等我当了皇帝,天下就太平了。"

符金玉看了他一眼,又把目光转向了李崇训。她的目光这么一转,李守贞的神经立即紧张起来:符金玉不想让我当皇帝? 是想按总伦和尚说的,让李崇训当皇帝,然后她当皇后? 他非常害怕符金玉不悦,因为他之所以有皇位,是因为符金玉到了他家,符金玉是他李家的贵人,不然,她没到他家前自己怎么没想过要做皇帝? 赵修己素善术,跟随自己很多年了,怎么没有预测到我要当皇帝?于是,忙解释说:"我当皇帝后,再把皇位传给崇训,到时候你就是皇后了。"

符金玉说:"我从来没有想过要当皇后什么的,平安就好。"

李崇训自信地说:"有些事不是你想不想,死生有命,富贵在天,你即使不想,到时候也会得到的。"

李守贞哈哈大笑道:"崇训儿说得极是。"

李守贞说罢,又带着他们巡视了一会儿,这才走下城墙,并边走边说:"河中城粮草充盈,不怕他白文珂围困。我不是畏惧他而让他围困,而是想等他锐气衰退后再出城击之。这就是兵法上说的:一鼓作气,再而衰,衰而竭。出其不意,攻其无备。"

李崇训听了父亲的这番话,更加欢喜,一边给符金玉扇着扇子,一边亲昵地说:"夫人,你就等着做皇后吧。"

因为皇上钦点,郭威不得不领兵西征。但是,永兴在黄河南,凤翔在黄河西,河中在黄河东,这一仗怎么打? 是先打永兴还是先打凤翔? 或者是先打河中?或者是对三地同时攻打?在朝中商议讨伐之事时,只议派谁为帅,而没有议怎么攻打,一切都交给了他。离开京城踏上征途时,郭威心里没有底,也没有考虑好这一仗如何才能克敌制胜。郭威身在马上,心也在随着马蹄声踢踏着。

永兴城，即昔日长安城，从西周到唐代先后有十三个王朝皆建都于此，城邑之大，城墙之高，远远超过开封城，又北濒渭河，南依秦岭，八水环绕，易守难攻。赵思绾之所以敢据城反叛，郭从义率军攻打数月不下，可想而知。

凤翔，夏朝属雍州之域。商为太史周任封地，称周国，三国时为扶风郡，唐朝设凤翔府，城邑虽然没有永兴城宏伟，却是今日汉朝的西部边境之地，与蜀国相连，梁唐晋三朝这里的节度使大多都与蜀国勾结，反叛朝廷，是一块是非之地，稍有不慎，就会开门揖盗，使其分离出去。

河中城也以城郭沟池坚固，久负盛名，白文珂曾经任过这里的节度使，对其了若指掌，尚且久攻不下，可见攻城之坚也！

我郭威和李守贞不仅是旧知，前不久又是他让李、符两家结为秦晋之好，这一切怎么办？这一仗怎么打……

郭威想到这里，不免有些不安，不由叹息道：一生没有败绩，这一次，要么名节如璧，要么身败名裂，成败在此一举也！

赵匡胤虽然才跟随他不久，却善于察言观色，揣摩他的心理。一路上看他不谈如何征伐之事，又听到他这么一声声的叹息，便意识到他还没有考虑成熟，于是，谏言郭威说："枢密使今领兵西去河中，恰好路过河阳，在下以为，有一个人应当一见。"

郭威忙问他："他叫什么名字？"

赵匡胤回答说："冯道。"

郭威听到这两个字，立即怔了一下。他怎能不知道冯道？冯道历经桀燕国皇帝刘守光、唐庄宗李存勖、唐明宗李嗣源、唐闵帝李从厚、唐末帝李从珂、晋高祖石敬瑭、晋出帝石重贵、辽太宗耶律德光、汉高祖刘知远九朝，皆为朝中重臣，唐、晋时为宰相，契丹灭晋后到契丹任太傅，刘知远建汉朝时任太师。冯道为人刻苦俭约，在晋、梁交战前线，他在军中只搭一茅屋，室内不设床席，睡觉仅用一捆牧草。部将送给他在战争中掠得的美女，他无法推却时就安置于别室，等找到她原来的亲人后再送回去。父丧丁忧期间，遇到饥荒，他尽自己所有，救济乡里，亲自种田背柴。发现有荒废田地不耕种的人家，和没有能力耕种的人家，他就不声不响地在夜里帮助耕种。事后人家十分惭愧，前来道谢，他认为这完全是应该做的。李嗣源在位期间，连年丰收，中原太平无事。不久，李嗣源便放纵自己，开始享乐起来。一天，冯道面见李嗣源说，有一次，他路过井陉地区的险恶山路时，因十分小心而没有出事，等走到平地时，以为可以放心了，反而跌伤了。李嗣源不解他为何给他说这么小的事，冯道提醒李嗣源说："臣所陈虽是小事，却可以喻大。陛下勿以清晏丰熟，便纵逸乐。兢兢业业，臣之望也。"李嗣源问他丰收年景的百姓情况时，他说："谷贵饿农，谷贱伤农。"并且特地吟诵了聂夷中的《伤田家诗》："二月卖新丝，五月粜新谷。医得眼下疮，剜却心头肉。我愿君王心，化作光明烛。不照绮罗筵，偏照逃亡屋。"李嗣源听了很受感动，命人抄下经常诵读。冯道还是官刻儒家经籍的创始人。他以端楷书写，能匠刊刻，主持开雕《易》《书》《诗》《春秋左氏传》《春秋公羊传》《春秋谷梁传》《周礼》《仪礼》和《礼记》九经，符彦卿回老家宛丘得到的《诗经》就是经他刊刻印刷的。只是，刘承佑即皇帝位后，他却称病辞朝，不断更换住址，现在不知隐身何处。

郭威想到如今朝中一片混乱，才意识到冯道不是真病，而是诈称。心下道：这个冯道善于审时度势，足智多谋，既明且哲，以保其身，真是太精明了。于是，忙问赵匡胤道："冯道现在何处？"

赵匡胤忙回答说："我听说回到老家河阳。枢密使不如顺道到他那里造访一下，看他有何锦囊妙计。"

郭威听了赵匡胤的话，对他更加欣赏。

没几日，郭威率军路过河阳，专程到冯道家询问对策。冯道问清情况，没有献什么计，反而问他说："你懂得赌博吗？"

郭威年轻时是喜欢赌博，听了此话，认为此时冯道在嘲笑自己，脸上的笑容立刻消失：我对你以礼相待，屈尊求教，你居然倚老卖老，居功自傲，目中无人。不予指点也就罢了，竟然又嘲笑羞辱我，揭我短处。忽然又想到李守贞也是河阳人,他们是同乡,更加恼怒:李守贞反叛,我郭威身为朝中重臣,奉诏讨伐,你不仅不以社稷为重来助我,反而因为与他是同乡而羞辱我!

郭威正要发火,冯道微微一笑,别有一番意味地说:"凡是赌博的人,钱多就会多赢钱,钱少就会多输钱,不足以说明他不善于赌博,他之所以失败,是由于气势不盛。你现在会合各将率领的兵马攻打一座城,单从人数多少来比较,是胜是败,不是很明显乎?"

郭威听了,茅塞顿开,爽朗地笑了几声道:"我明白了,此次不能强攻硬拼,要扬我优势,击其弱势,用围困之法,不战而屈人之兵。"

冯道点点头,浅浅一笑,算是回答。

离开冯道家时,冯道又嘱咐说:"李守贞自恃朝廷老将,深得士卒之心。你不要爱惜财物,多赏赐士卒,便能化解他所倚仗的优势。"

郭威听了,再三道谢。

如何攻打的策略定了下来,在先打赵思绾、王景崇还是先打李守贞的问题上,李谷、王溥、赵晖等将领各执一词,但多数都认为先攻打远处的赵思绾、王景崇为宜,把他们平定后,也切断了蜀国和赵思绾、王景崇援军的后路,李守贞就处在了他们的包围圈内,成了瓮中之鳖。赵匡胤也在下面附和,认为此计可行。

郭威认为众将领说得有道理,就率军向南渡过黄河,准备兵分两路,首先攻打永兴的赵思绾和凤翔的王景崇。

大军走到华州,华州节度使扈珣出城迎接,慰问。扈珣得知他们舍近求远,摇摇头,对郭威说:"三位叛乱者共同与朝廷为敌,推李守贞为主将,李守贞如果先败了,即可对赵思绾、王景崇用传达诏令之策,攻破他们。若是舍近求远,一旦让守贞从后面出兵切断退路,赵思绾、王景崇在前面抗拒迎战,三面夹击,汉兵非败不可也。"

郭威身为枢密使,在朝中位高权重,却能礼贤下士,乐于听取他人的意见,从不武断从事。他反复斟酌冯道和扈珣的话,又经过一番深思熟虑,于是下令:都监、内客省使王峻领兵讨伐永兴赵思绾,与在那里的行营都部署、镇宁节度使郭从义汇合。行营都部署、新任凤翔节度使赵晖领兵赴凤翔，讨伐王景崇。因为李守贞最难对付，郭威决定带李谷、王溥赴河中，与在那里的白文珂、常思汇合，攻伐李守贞。同时又下令道：各路大军赶到目的地，一律按围三阙一、虚留生路之法，围而不打，待叛敌城中粮绝，精力耗尽，适时诱敌出城，一举全歼。

王峻领命后率兵奔向永兴，赵晖领命后率兵奔赴凤翔。郭威率军折返，再渡黄河，与李谷、王溥、赵匡胤疾驰河中，攻打李守贞。

白文珂、常思得知朝廷派郭威率军前来增援的消息，早已兴奋不已，停止攻城，等郭威到了，定下良策，再一同进攻。这天中午，将士们刚刚用过午餐，只见城东的道路上远远地有一片尘烟滚滚而来，白文珂、常思便知道是郭威大军到了，急忙率众将迎接。

郭威率军到了河中城外，只见到处都是白文珂、常思的营寨，不知是因为天气炎热而造成的人困马乏，还是因为数月来这样的僵持让人锐气大减，将士皆无精打采。

郭威大军驻扎下来，白文珂便一脸愧色地自责说："白文珂不才，反叛至今未平，愧对朝廷。"

白文珂在高祖刘知远镇守并州的时候，刘知远就为他上表为副留守、检校太保。汉朝初建时，授他河中节度使、西南面招讨使、检校太傅，足见高祖刘知远对他的宠爱。如今他已是七十多岁的人了，还不负皇命率兵来河中平叛，已经是忠诚可嘉。郭威不仅没有责怪他，反而安慰他说："将军能把李守贞败退于城中，已属不易，何必自责？"

白文珂介绍战况说："此城墙高体宽，且有宽深的护城河，我汉军靠近不得，将士须仰视才能看到墙上的叛兵，箭头射到墙顶已无杀伤之力，而李守贞居高临下，用抛石机掷石如雨，我军死伤甚众。文珂实在找不到破敌之策，还望将军想罪。"

郭威认真听完他的诉说，依然没有一点不悦之色，不仅再次对他褒奖了一番，还下令对将士们进行犒赏。

郭威没有立即下令攻打，而是先让将士进行休整，让将士们吃饱喝足，等待命令。

将士们修整，郭威却一时也不闲着。他带上李谷、王溥、赵匡胤，骑上战马，绕城转了起来。在他转到第三圈的时候，赵匡胤抬头看到城墙上方出现了李守贞、李崇训的身影，于是，献计说："将军何不以你与李守贞的旧情，劝他投降？这样既可免得一场血战，也保护了城中百姓。"

在他们正商议是否劝李守贞投降的时候，李守贞也发现了他们。

原来，中午的时候李守贞为了庆贺即将迎来的皇位，让李崇训作陪，又请总伦和尚喝酒，正喝得高兴处，忽然一侍卫跑到他的跟前，说刚才在城墙上看到郭威带着几个人在城外转圈。李守贞不相信，一是事前没有一点消息，二是郭威和他关系不一般，是不会来河中的。他训斥那侍卫道："郭威怎么会来？他在城外转悠什么？你是不是看花了眼？你没看我在喝酒？"侍卫悻悻地走了，他则继续和总伦和尚喝酒，谈论称帝之事。可是，没等喝到最后，李守贞忽然意识到什么，坐不下去了，匆匆结束酒宴，即领着李崇训登上了城墙。

几乎是同时，在李守贞、李崇训看到了郭威和赵匡胤的时候，赵匡胤也看到了他们。李守贞看到郭威的那一刻，不由大惊：他怎么来了？他绕着城转悠什么？在他不知道怎么是好的时候，郭威抬头也看到了他。两个熟人相见，也是两个朋友相见，一时都不知道说什么话最为得体。李守贞想到不久前拜托他一同赴符彦卿府邸保媒，一同在符金玉、李崇训婚宴上喝酒，那种同为朝廷命官的自豪，那种兄弟般的情意，一幕幕浮现在眼前。但是，现在一个在城墙上，一个在城墙下，是敌是友？李守贞竟然一时难辨。可是，李守贞从一个本郡牙将，到客省使、宣徽使、义成军节度使、侍卫亲军都虞侯、同平章事、兵马都监，又为天平军节度使、河中节度使，也不是一个头脑简单的人：郭威是一个忠勇大义之人，忠君效国，爱憎分明，从不以友情亲情替代对江山社稷之情，他这次来一定是率军讨伐我李守贞的，不然，会及早通风报信。想到这里，他不由一阵胆寒。他知道事实会是这样，但是，依然希望郭威不与他为敌，否则，不是你死就是我活,或者是两败俱伤。

于是,他首先发话道:"城下可是枢密使郭威兄?"

郭威正考虑如何劝他归降,还没有找到合适的词,没想到他先发话了。于是,大声说:"李守贞,几个月前你我在符金玉、李崇训的婚宴上是那么开心,没有想到几个月后居然在这里、在这种场面下见面!"

李守贞"呵呵"一笑说:"是啊,《孟子》云:彼一时,此一时也。五百年必有王者兴,其间必有名世者。郭将军何时到的这里?怎么不提前通报一声?一切安好吧?"

郭威说:"你既然看到我了,还不赶快出城迎接?"

李守贞忙说:"我很想把你接到城里,不知道你是否乐意。"

郭威说:"你能出城迎接,我固然乐意焉。"

李守贞是个急性子,不再和郭威饶舌,直言道:"朝中黄莺歌唱,燕子飞舞,你来这里何干?"

郭威讥笑他说:"人可一时糊涂,不可大事糊涂,人可有大志,不可因小聪明而误了一生。"

李守贞忍不住说:"如果我没有猜错的话,你这次来河中,可称为是来者不善。"

郭威大笑道:"我善与不善,要看对谁而言,也取决于你。"

李守贞也大笑说:"我没想到你为了汉室,居然寡情绝义。事已至此,如果我们刀枪相见,实属遗憾。但我李守贞不得不奉劝:刘承佑无能无德,对你们顾命大臣心存不满,汉室摇摇欲坠,你何必为他死心塌地?既然来了,和我一起反了吧。如果和我齐心协力,我将拜你为宰相。"

郭威笑得更响了:"李守贞啊李守贞,我念及旧情,本想劝你迷途知返,到时候我在皇上面前替你美言,保你无事,没想到你倒先劝降于我。我的意思已经明了,你若再执迷不悟,休怪我手不留情。"

李守贞忽然不笑了,怒道:"既然如此,你无情也休怪我无义。"说罢,便不见了。

郭威也收住了笑脸,扬鞭催马,带领李谷、王溥、赵匡胤向营地奔去。

郭威回到军营,把白文珂、常思等众将领召到面前,怒而下令道:"即日起,绕河中城筑寨。"

众将领听了,不由目瞪口呆,就连李重进、柴守礼也不能理解:大军新到,士气高昂,不一鼓作气全力攻城,就此把河中城拿下,反而筑起营寨来,这不是坐失良机、自讨苦吃吗?

面对众将领的质疑,郭威不管不顾,下令道:"常思领军筑于城北门,白文珂领军筑于城西门,我郭威领军筑于城东门,留城南一门空缺,不设人马……"

没等他说完,众将领立即醒悟:大战开始了!南面是黄河,只留南门让李守贞出逃,何况,黄河中还有水军往来巡弋,这不是让他李守贞葬身黄河吗?

郭威不等众将领发话,继续命令说:"李谷、王溥到晋州、绛州、慈州、隰州四州县征调丁夫两万,绕河中城,再在东、西、北三个营寨之间垒筑一道高墙,把营寨连接起来。"

一向精明的赵匡胤这时也迷糊了,不知道郭威这是在准备打仗,还是在筑城,要筑到何时?这样修筑起来,不等于河中城外又多了一道城?这道墙不是像长城一样成了外城?河中城岂不成了内城?事关用兵大计,他虽然不解,但作为一个侍从,也不敢多言。

这天上午,郭威正带将士、丁夫筑城,忽然看到李守贞再次出现在城门楼上,而且跟三国时诸葛亮一样的打扮:披鹤氅,戴纶巾,并引两个少年携带一张琴,凭栏而坐,焚香操琴演奏。他笑容可掬,琴声悠扬。郭威看了一阵,忍不住笑了:原来他是学着诸葛亮搞空城计的样子!想当年司马懿不知道诸葛亮城中有多少兵马,却知道诸葛亮善于用计,被吓住了。你李守贞肚子里有多少东西我郭威难道不知道?可惜,你不是诸葛亮,我也不是司马懿,你吓唬不住我。郭威转身对着将士们大笑说:"今有李守贞为我们弹琴助兴,筑城岂不快哉?"

将士们听了,忍不住也都大笑起来。

三门的营寨开始修筑的时候,四州县的两万丁夫也很快被征调到位,开始筑起长长的城墙来,同时也开挖长壕。郭威每日亲临筑寨、筑城墙的工地,一有空闲,就和士卒、丁夫一起抬土、扛栅木,与大家同苦乐。士卒有一点小功就厚赏之,稍微有碰伤者就亲自查看询问安抚。对一些没有贤德和仁孝之心的人也都言辞温和地以礼相待。因此,全军将卒无不归心于他。

郭威在带领将士、丁夫筑寨修城的同时,也传令到永兴的郭从义、王峻和凤翔的赵晖,让他们采取同样的方法,筑城围困赵思绾和王景崇。并要求他们每过一段时间禀报一次进展情况。

王景崇和李守贞、赵思绾不同,他的反叛实属被逼无奈,开始时是因为朝廷对他的不信任,也只是暗中谋反,没有像李守贞、赵思绾那样公开。直到朝廷这次派尚洪迁代替他镇守凤翔,让他去小小的邠州任留后,不仅没有升,还被降职,才心灰意冷。他之所以迟迟不去邠州,并困住尚洪迁,依然抱有幻想,就是想让朝廷给他个说法。他没想到,朝廷却一直不相信他。尽管他跟赵思绾、李守贞联兵了,侯益去了开封,他依然善待侯益的家人,还希望朝廷能对他宽容对待。当得知郭威率军来讨伐,再派赵晖来任凤翔节度使时,知道一切都已无可挽回,反叛之心才更加坚定。尤其是这个时候他听说侯益被皇帝拜为开封尹兼中书令,一个真正反叛朝廷的人反被重用,才明白是侯益在皇帝面前献了谗言,他才不被朝廷信任,以致于此,于是,大怒,把侯益全家七十余人全部杀掉,并聚集凤翔丁壮及歧、邠二州之兵,彻底反叛朝廷。

东、西、北三城门外的营寨和连接营寨的长城筑好后,诸将认为进攻的时候到了,纷纷要求尽快攻城。郭威很平静地劝大家说:"李守贞是前朝宿将,健斗好施,屡立战功。何况河中城西临大河,楼堞完固,不可轻视。并且,他依城而战,居高临下,吾军则需仰而攻之,就像把汤投入火中!再勇的人也有盛衰,进攻有缓急之分。吾军洗擦兵器,喂养战马,粮食有朝廷不停地转输,温饱有余。而城中叛军的食物在一日一日地减少,等城中粮食用尽,公帑家财耗尽,没有抵抗之力的时候,先以皇帝诏令的名义,写成招降文书射入城中,军心必定涣散,然后我军再搭梯冲进城,李守贞必败无疑。"

众将领听了,无不悦服。

于是,郭威下令全军偃旗卧鼓,但沿着黄河岸边架设很多候望敌情的岗亭,连延数十里,让步卒日夜巡逻坚守。同时,遣水军把战船停泊在岸边,发现有敌寇潜水往来者,一律擒拿。

三个营寨都筑好了,寨前的堡垒也都筑好了,河边的岗亭也建好了,将士们认为那些征调来的两万丁夫应该让他们回家了,可是,郭威却没有让他们回去,也不给他们安排新的事情干,就让他们和将士们一起操练拔河、摔跤等。赵匡胤等不理解郭威要干什么,也不敢问,每天都和将士、丁夫拼命地玩耍,玩得身强力壮,十分开心。

郭威率大军来到河中城不仅不攻城,反而在城外大肆修筑营寨和长城,让将士们和丁夫玩耍的消息传到京城,所有大臣都惊愕不已。刘承佑也忧心忡忡,日夜不安,但却不敢催问:李守贞、赵思绾、王景崇已经联兵反叛,前期派出的讨伐大军四个月不能克敌,这次郭威又把朝廷的重军都带走了,如果催问,让郭威感到对他不放心,再起兵反叛,汉朝江山不就彻底完了? 所以,只能坐视。

郭威率军初筑城墙和营寨时,李守贞看到后感到很可笑:郭威啊郭威,都说你足智多谋,原来也不过如此耳!你是攻城无能,将士有力无处使了吧?他既嘲笑郭威,也为自己得意,所以,每天和他的将领们喝酒取乐。为给士卒鼓气,还进行赏赐,让将士们都认为河中城坚如磐石,更好的日子就在后面。同时,为了答谢总伦和尚,还拜他为国师。

不久,李守贞看到营寨和长城都筑起来后,而且那长城越筑越高,他才意识到情况不妙,进而害怕起来:汉军这样长期驻扎下来,依据营寨和长城,对外可抵御援军,对内可困死河中城,城中的人出不去,外面的援军到不了,城中的粮草再多也有耗尽的时候啊!郭威不需动用刀枪剑戟就把我李守贞灭掉了。李守贞意识到了自己的危机,于是,一天夜里忽然下令打开城门,让士卒拿起武器去捣毁营寨,拆除长城。

汉军很久以来一直在修筑营寨,没有发现李守贞有何异常动静,也就放松了警惕。将士们正在营中酣睡,李守贞的叛军突然杀到城外,让没有准备的汉军一片慌乱,只得放弃新筑的营寨,向外面撤退。可是,李守贞并没有乘胜追击,而是把新筑的堡垒、营寨捣毁后,又立即撤回到了城中,再次开始坚守。

将士们望着劳累几个月修筑的营寨、长城被捣毁很多,有的愤懑,有的惋惜,一些火气旺盛的大兵们开始骂娘,也有人在偷偷讥笑:这哪里是来讨伐反叛?这是像孩童玩泥巴一样玩游戏!于是,军营有人开始对郭威不满起来,甚至有人联想到他曾经给李守贞的儿子做媒的事,认为皇上不该派郭威领兵来讨伐,甚至还有人认为郭威在糊弄朝廷,说不定哪天还有可能与李守贞联手对付朝廷呢。

郭威看到了将士的神情,也听到了不少诋毁他的言论,但他装着没有看到,没有听见,好像什么事也没发生一样。天一亮,他就下令道:重新筑城。

将士听到郭威第二次筑城的命令,才忽然意识到他们的将军不是没有防备,而是早有准备,是故意以此引诱李守贞率军出城。也正是因为有这样的布局,所以,才没有让丁夫回家。将士们意识到下面将有好戏了,振奋起来,于是,干劲倍增,和丁夫们一起,很快又把长城和营寨修筑起来。

李守贞在城墙上看到郭威又把营寨和长城筑了起来,想到上次的胜利,就再次下令于夜里打开城门派兵去捣毁营寨。因为汉军早有准备,李守贞的反叛之军伤亡极其惨重,只得狼狈地逃回城中。而汉军则伤亡寥寥无几。

天一亮,郭威又下令修补长城和营寨,以等待李守贞再次派军来捣毁。这个时候的李守贞显得很有耐性:只要你郭威把营寨、长城修补好,我就要给你捣毁。并在将士们面前自豪地夸口说:"我就是不让他郭威的阴谋得逞。"

郭威也跟李守贞撑上了:你捣毁我就修,修了还让你捣毁。李守贞更牛气:我要看看是你修得快,还是我捣毁得快。李守贞每次下令捣毁刚刚修好的营寨时,就有一种胜利的喜悦。可是,他却没有意识到,他的士兵每次出城破坏营寨时,都会死伤很多人,还有的借机逃了出去,再也不回城中。

不久,李守贞意识到中计了,开始惶恐起来。

时至次年五月初,叛军死伤过半,河中城的粮食基本用尽,居民中有一半人被活活饿死。死者无处葬身,满城到处是尸臭。李守贞狗急跳墙,出兵五千余人,从城墙上方抛下云梯和过护城河的桥板,分五路攻打汉军长城之西北隅,意欲打开一道缺口,突围出去。汉军被养得兵强马壮,早已做好战斗准备。郭威遣都监吴虔裕领兵包围城西北,与李守贞叛军展开血战。此时的叛军皆面黄肌瘦,瘦骨嶙峋,怎能是汉军的对手?交战不久便死伤大半,余下的皆丢盔弃甲,败回城中,墙上的云梯和护城河上的桥板皆为汉军所有。

五月中旬,李守贞再次出兵,结果又是大败。其大将魏延朗、郑宾被生擒。

五月底,李守贞部将周光逊、王继勋、聂知遇率千余人出城投降。

这样反反复复相持到七月,几乎近一年的时间,城中的粮草也已用尽,城中出来捣毁营寨的士兵越来越少,捣毁不了的长城和营寨却越来越多,

就在这个月,郭从义也从永兴城那边派使者禀报战况:城中粮尽,赵思绾就杀妇女儿童为军粮,按一定的数目分给各部,每次犒赏将士时,就杀上百人。赵思绾爱吃人的肝,他把活的美女绑在木柱上,剖开肚子,割下肝脏,炒熟饱餐。等他把肝吃完,那被割下肝脏的美女还在惨叫。赵思绾还喜欢取活人之胆下酒,并对部下说:"食胆至千,则勇无敌矣!"几个月时间,赵思绾先后吃人肝六十六副。城中妇女儿童几乎被杀完了,再没有充饥之计,于是,就招募敢死之士挖掘地道,准备从地道逃出城,投奔蜀国。

郭威得到这一消息,令郭从义修书上表朝廷:如果赵思绾投降,许以华州节制,等他出城后再处置。刘承佑接到郭从义上表,从其计,立即下诏谕赵思绾为华州节制,并立即遣使把诏书送到永兴。郭从义把诏书用箭射入城中。赵思绾接到诏书,打开城门,降服郭从义。第二天,郭从义领兵入城,设伏兵把赵思绾生擒,并把其死党三百余人悉斩于市。

接着,赵晖又从凤翔那边传来消息:王景崇杀侯益家族七十余口后,招蜀

军为援,抵抗汉军。郭威令赵晖以围点打援之策,遣都监李彦从等率军迎击蜀国援军于散关。蜀军丧师三千余人,余众弃甲溃逃。汉军击退蜀国援军后,数次以精兵攻城,王景崇闭城不出,坚守待援。可是,蜀军一败涂地,他哪里还有援兵? 不久,赵晖也开始攻打凤翔城。

郭威见时机成熟,立即下令攻城。

汉军怒火和怨气已经憋了足足近一年,听到命令,扬旗伐鼓,喊声震天,鼓噪叫骂之声不绝于耳。有的架悬梯登上城墙,有的砸开城门。城内、城墙上喊杀一片,很快攻破外城。叛军迎战的士卒因为吃不饱而鸠形鹄面,无力抵抗,不是投降,便是被汉军杀死。李守贞看到这阵势,与他刚任命不久的宰相靖余、孙愿、枢密使刘芮,率领一些残兵败将,退守于城中的子城。李守贞的府邸也在这里,为了保护他的家人,退守于此。

诸将看到李守贞已是笼中之鸟,请命立即攻打,郭威笑道:"夫鸟穷则啄,况一军乎? 涸水取鱼,安用急为? "

李守贞知道大势已去,呼天唤地,想起他敢于反叛朝廷皆源于总伦和尚,奔到家中抓住他大骂道:"你个秃驴,是你害了我李守贞,也害了我全家,千刀万剐难解其恨也! "

骂罢,一刀将总伦和尚的头砍落于地。然后,一边在府邸放起大火,一边对长子李崇训、次子李崇玉嚎叫道:"把金玉找来一块儿自焚,我们全家绝不能死于汉军的屠刀之下。"

说罢,拉上妻子先身投入火海之中。李崇玉被大火吓坏,迟迟不敢近前。

符金玉早已预见到李守贞必败无疑,曾经几次想逃出城外,可是,大门紧闭,又有大兵把守,她无法逃出,只能望城兴叹,痛不欲生。她也曾经多次劝说李崇训投降朝廷,别再一错再错,可是,李崇训不听,李守贞更是不听。这时,李崇训听到父亲的喊声,杀死不愿投火自焚的弟弟和妹妹后,便寻找符金玉。

符金玉看到庭院燃起大火,听到李守贞命令李崇训的话,知道自己已性命难保,躲到卧室的帷幔之后,对着东方,扑通跪了下去,哭诉道:"父母大人,女儿金玉去了，再也见不到你们了。你们养育我近二十年，女儿还没尽孝，就这样走了，还会牵连你们，女儿对不起你们，女儿有罪，黄泉之下也不得安宁焉。只是女儿临走前放心不下你们：如今天下大乱，庶民罹罪，你们要多多保重。我若还有来世，宁为太平犬，不做乱离人。妹妹金环、金锭，我本打算婚嫁以后马上回家看你们，没想到，我的婚礼成了咱们的永别之礼。我走了，你们要好好孝敬父母，拜托了，姐姐给你们跪下了……"

符金玉还没说完，汉军已经高喊着杀进院内。李崇训手持利剑，慌乱中找了几间屋子也没找到符金玉，眼看汉军到了跟前，他惧怕落入汉军之手，遂挥剑自刎而死。

汉军又大喊着逐屋寻找杀戮对象。符金玉听到汉军乱哄哄向自己的屋子冲来，擦去泪水，整理好衣饰，快步走出帷幔，然后端端正正、大气凛然地往正堂的椅子上一坐，等待汉军的到来。

杀红了眼的军士冲进屋，看到一个毫无惧色的少妇端坐在椅子上，而且对着他们冷眼以对，都被她那气势给镇住了，一个个都傻呆呆站着，没人敢向前一步。符金玉大声对军士们说："吾乃魏国公符彦卿之女符金玉，你们的郭将军与我父亲是结拜兄弟，休得对我无礼，请速报郭将军，告诉他我在这里。"

满脸杀气的军士听了这话，更是吃惊：他们哪一个不知道符彦卿？哪一个不对符彦卿敬慕三分？尽管他们对她是否真的是符彦卿之女产生怀疑，但看到她那端庄美丽的仪态，临危不惧的气度，便知道她不是一般的女流之辈。于是，不仅没有一个人敢对她怒颜厉色，更没人敢有非礼之举。

为首的一个军士一边令几个士卒看护着符金玉，防止她逃离，一边急忙走出屋门，向郭威报告而去。

就在这时，河中城上空出现一片紫气，如楼阁华盖之状。

第五章

归途巧遇

郭威正在城中指挥将士清剿残兵败将，听到那军士的报告，不由又惊又喜：惊的是符金玉还活着，居然没有被乱军杀死。喜的是他终于可以在符彦卿面前有一个好的交代了。他不敢相信这是真的，多少勇武之人都被汉军砍杀，一个不到二十岁的女孩子怎么能震慑住一群杀气腾腾的汉军而安然无恙？他没有命令那军士带符金玉到他面前来，而是骑上马亲自和那军士朝李守贞的府邸奔去，一是要自己亲自辨别真假，二是显示他对符金玉的关心。

李守贞府邸大火虽然没有波及到符金玉的住处，但仍然在燃烧。汉军冲进屋的时候，符金玉没有怕，但迟迟不见郭威的消息，禁不住害怕起来：郭将军会来吗？尽管过去他与父亲是结拜弟兄，视自己如他的女儿一般，可是，现在她毕竟是李守贞的儿媳呀，郭将军曾经与李守贞交往很厚，如今既然能率军来讨伐李守贞，会顾及我们两家的旧情吗？会放过自己吗？时间已经过去很久了他还没有来，这些汉军都杀红了眼，如果有人等不及，或者不相信自己的话，挥刀刺来，我符金玉不是没命了吗？就在她极度惊恐的时候，听到外面传来一阵纷乱的脚步声。她还没有分辨出是不是郭威的脚步声的时候，郭威已出现在门前。

符金玉一看，扑通往下一跪，放声大哭起来："郭将军，郭叔叔，金玉没想到还能见到您……"

郭威一看真是符金玉,大惊道:"孩子,没想到真的是你,你还活着……"

符金玉听了郭威的话,知道已无危险,哭声更大:"感谢您的不杀之恩……"

郭威把她搀扶起来的时候也已泪流满面:"孩子,你是个好孩子,我怎么能杀你呀!叔叔没想到你还能活着,叔叔来迟了,让你受惊了。"

符金玉继续哭着说:"您初来河中的时候我就知道,日日呼唤叔叔来救我,可我出不了城,您也进不了城……"

郭威安慰她说:"我知道你来了河中,可叔叔在外,无法保护你,想安排将士关照,可他们不认识你,我也不知道你在哪里,无法如愿。今日你能在白刃交加、兵马混乱中安然无事,真乃一奇迹也。"

符金玉再次跪下道:"没有郭将军,小女已命归黄泉,如果不嫌弃,小女愿拜将军为义父。"

郭威听符金玉这么说,心里很高兴。他喜欢孩子,早些时候他跟妻子柴守贤结婚不久,柴守贤哥哥柴守礼的三儿子柴荣来投奔他,他便把柴荣收为养子。符金玉文武双全,多才多艺,郭威很早就喜欢她,这次在乱军中能如此精明果敢,临危不惧,对她更加喜爱,听了这话,立即喜上眉梢,于是,扶起她说:"好,好,我愿意,从今日起你就是我的义女了。"

符金玉听了,再次叩头道:"义父,女儿永世不忘您的大恩大德!"

既已答应收符金玉为义女,郭威就对她更加关照。考虑到讨伐反叛的战役还没有结束,河中城还是一片混乱,再说,她一个女孩子在军中孤身一人,多有不便,又不宜随军,于是,便派柴守礼带五百精兵护送符金玉回京城开封。

符金玉看到郭威对她如此关爱,喜不自胜,即日便骑上郭威给她的战马,与柴守礼离开河中城,一路向东而去。

此时的天气非常炎热。路上,卫兵们都热得满头是汗,符金玉却感到是那么惬意,既是因为在城中憋闷得太久了,也是因为浴火重生,所以,看到什么都感到新鲜,都开心。也就在这个时候,她才真正领悟到生命的珍贵,才知道这个世界的可爱。过去，她最不喜欢树上那些知了"知了、知了"的叫声，感到那声音尖细刺耳，十分难听，现在，听到树上那些知了的叫声，却感到旋律悠扬，余音不绝，什么《渔舟唱晚》《春江花月夜》《高山流水》，什么《月出》《宛丘》，哪一个曲子也没有知了的叫声好听。

符金玉高兴了一阵后，忽然想到了家中的父母，和亲如手足的妹妹们，尤其是符金环、符金锭。她知道，这一年来他们一定对她十分牵挂，夜不成眠，眼前禁不住浮现出父母可能因为她而变得苍老的面容，和因为愁绪而生出的一缕缕白发，不由一阵悲伤袭来，忍不住喜极而泣，并大声哭叫起来："父母大人，你们想女儿了吗？你们为女儿受苦了……女儿想你们啊，女儿要回家了，不用再牵挂了……"

五百护卫她的精兵看着她激动的神情，听着她的呼叫，也都忍不住泪眼蒙眬。

柴守礼劝慰她说："孩子，咱要回家了，你应该高兴才是，怎么悲伤起来？我听说，你的歌唱得很好，给大家唱一曲吧。"

符金玉听了他的话，才感到自己有些失态，急忙擦去泪水，转悲为喜，含羞而笑说："不好意思，是我太想念父母了。"

为了让大家高兴，她很想唱一曲，却一时不知唱什么好，想了半天，不知怎么居然想到了唐代的《阳关三叠》，就慢慢唱起来："清和节当春，渭城朝雨浥轻尘，客舍青青柳色新。劝君更进一杯酒，西出阳关无故人。霜夜与霜晨。遄行，遄行，长途越渡关津，惆怅役此身。历苦辛，历苦辛，历历苦辛，宜自珍，宜自珍……"

唱着唱着，忍不住又一次泪流满面。

柴守礼护送符金玉走到河阳，已是傍晚。想到郭威率兵西去时冯道的指点迷津，便特地到他府上看望，也是有意向他报告一下河中大捷的战况。

此时，冯道正在书房秉灯书写一首诗，还没写完，仆人进来禀报说："大人，有一个叫柴守礼的人求见。"

冯道以为是郭威凯旋归来，头也不抬，心里说：打了胜仗，却把我忘了，自己不登门，仅仅派自己的大舅子来，身为朝中大臣，居然如此无礼！于是，只说了句："请他进来吧。"依然奋笔疾书。

柴守礼走进书房到了他的跟前，依然称呼他过去的官职道："宰相近来一切安好？"

"呀呀呀……"冯道故作惊讶地抬起头说："是柴守礼呀，未出门迎接，失礼、失礼也。"

柴守礼知道他是个大文人，清高自傲，看着他书写好的字，故意讨好他说："您已著作等身，还写诗呀？"

冯道笑笑说："闲来无事，抄写一下年轻时写就的一首糟诗。"

柴守礼俯身端详一番，一边夸赞好书法，一边念道："莫为危时便怆神，前程往往有期因。终闻海岳归明主，未省乾坤陷吉人。道德几时曾去世，舟车何处不通津？但教方寸无诸恶，狼虎丛中也立身。"念罢，又夸赞说，"大人年轻时就胸怀大志，与众不同焉。"

直到这时，冯道才领柴守礼到客厅，让座倒茶。冯道得知郭威还在河中，柴守礼是奉命护送符金玉回京城时，才知道自己是错怪了郭威。他详细地问了问符金玉生还的经过，忙让他把符金玉带来一见，说："我要看看符彦卿的大女儿符金玉是何等女子。"

符金玉走来，对冯道躬身施礼。冯道让她坐下，问候了一番，接着夸赞说："汝乃天下一奇女也。大难不死必有后福。"

符金玉忙道谢说："谢谢前辈的吉言。"

客套一番后，柴守礼便领符金玉告辞，说："天色已晚，宰相也早早歇息，我们明天一大早还要赶往京城。"

冯道忽然说："符彦卿已经不在京城，你们不知道？"

柴守礼、符金玉听到这里都愣住了。

冯道得知他们还不知道符彦卿已经不在开封时，惋惜地说："难怪难怪，你们在河中城,怎知朝中的变故?符彦卿已经任泰宁军节度使,治所在沂州,你们只能往沂州去了。"

聪明的符金玉立即意识到父亲被调往远离京城的沂州,是因为李守贞的反叛,忍不住眼中盈满了泪水。

符彦卿因为与李守贞是亲家,河中城又一直攻不下来,朝中大臣对他多有排挤,刘承佑也听信谗言,对符彦卿不再信任和重用。符彦卿虽然感到自己对朝廷忠心不二,但亲家反叛这是事实,而且符金玉也在河中城,他有口难辩。朝廷每次议事都离不开李守贞反叛的话题,符彦卿无言以对,只能三缄其口,避而不谈。但大臣们都对他有一种诡异的目光。刘承佑一向对几个顾命大臣专权不满,讨厌被大臣所制,早想一个个剪除,但念及没有理由和眼下李守贞等三人反叛未平,便借机于两个月前改任符彦卿为泰宁军节度使。符彦卿知道妻女已不宜在京城安家,就带全家移居到泰宁军节度使治所沂州。

柴守礼虽然对符彦卿移镇沂州不感到吃惊,但还是不禁为之一愣:河阳距离开封还有三百余里,沂州在开封东,与开封有八百里之遥,加在一起就是一千一百余里,什么时候能赶到啊?又逢这炎热的天气,军中又只有符金玉一个女孩子,多有不便,本以为自己很快就把符金玉送到开封,他就轻松了,没想到还有如此长远的路程。但是,无论路途多么遥远,身心如何劳苦,一定要把她送到符彦卿的面前:这是郭将军的重托,不能有半点差池。

符金玉得知这一情况,归心似箭的她心中更加着急,但也别无他法。

第二天,柴守礼、符金玉辞别冯道,打消去开封的念头,一路向东而去。

这天傍晚,他们走到开封北部距开封有三百四十余里的澶州,已是兵困马乏,看到一家客栈,便驻扎下来。

柴守礼把符金玉安顿好,准备到自己的房间歇息时,却忽然看见他的亲生儿子竟然住在他的隔壁。他开始不相信,以为是自己一路劳顿,眼睛发花了。他擦了几下眼睛,又仔细端详一番,当确信无疑就是他的荣儿时,不禁惊喜异常:世间居然有这样的巧事?郭荣和他的心情是一样的,开始听到父亲的声音时,也以为是在梦境中，因为他在这里已经住了月余，仍然每天发烧，头脑迷迷糊糊的，当父亲到了他的房间，呼唤他的名字"荣儿"时，才不得不相信：眼前呼唤他的人就是自己的亲生父亲。因为郭荣年少时就跟随郭威，又经商在外，其妻也住在郭威家中。父子俩已经多年未见，忍不住都涕泪交加。

柴守礼经过询问才知道，去年，郭荣想弃商从戎，回到了开封，不料，这时郭威和柴守礼都西征河中去了。刘承佑念及郭威西去讨伐李守贞，让他做了左监门卫将军，负责朝参、奏事、待诏官及伞扇仪仗出入者的出入。他在京城等待近一年了不见他们归来，两个月前，因想念依然住在邢州老家的生母，便离开京城去邢州看望母亲。没想到，回京城路过这里时却生病了。他原以为住些日子，找郎中治疗几日，即可回京城开封，没有想到，在这里一个月了，带的钱花光了也没治好病，就在他无计可施的时候，竟然遇到了生父。

柴守礼听了他的讲述，不由泪下。接着，也给他讲了一遍一年来在河中平叛李守贞，和这次送符金玉为什么走到澶州，以及他的养父不久也要凯旋的情况。郭荣听了，喜不自胜，拜跪于柴守礼膝下说："自得知二位父亲大人去河中，孩儿每日寝食难安。今日看到父亲，知养父平安，孩儿实在是开心至极。你们功德无量，请受孩儿一拜！"

柴守礼激动地挽起郭荣说："孩儿，你受苦了，病这么重，还行什么礼呀？快上床歇息吧。"

柴守礼跟郭荣叙了一阵，不由回忆起郭荣被郭威收养的前前后后。

郭威和柴守礼都是邢州人，邢州在澶州北，距澶州有四百余里，距离开封七百余里。柴守礼是邢州隆尧柴家庄人，郭威是邢州尧山人，他们是一个县，相距不是很远。郭威的父亲郭简曾经做晋朝顺州刺史。后来契丹军攻破顺州城，郭简被杀。不久，郭威的母亲也去世了。那时郭威年方数岁，童年时期贫困不堪，曾经为村人牧牛，整天像个鸟雀一样飞来飞去，居无定所，所以，被人送了外号叫"郭雀儿"。无奈，郭威只得投靠潞州的姨母韩氏为生。十八岁时，郭威投潞州留守李继韬部下为军卒。

　　他们柴家则是富豪家族，李存勖建立唐朝定都洛阳后，柴守礼的妹妹柴守贤被选入朝做宫女。没想到，李存勖骄恣荒淫，朝政紊乱，不久，宫廷发生政变，李存勖为伶人所杀。这时，宣武军节度使、蕃汉马步总管李嗣源率兵进入洛阳，平定叛乱，做了唐朝皇帝，年号明宗。李嗣源不喜欢臣下阿谀奉承，也不喜欢声色淫乐，即帝位不久，就下令禁止中外诸臣进献珍奇玩物，后宫只留老成宫女一百人，宦官三十人，鹰坊二十人，御厨五十人，教坊一百人。因此，柴守贤和其他宫女一样被朝廷遣送回老家。柴守礼的父母得到消息，带着柴守礼一块儿渡过黄河，在约定的一个渡口会合，迎接柴守贤。他们接到柴守贤时，天色已晚，不得不在旅舍住下，准备第二天过河返回。不料，晚上大雨滂沱，第二天黄河浊浪滔天，舟楫难行，只得羁留在旅舍。

　　这天下午，柴守贤正站在窗前望着雨水发呆，蓦然看到一个壮汉大踏步冒雨来投宿，他虽然衣服破败，鞋子穿孔，但不掩英爽之气。柴守贤看到后，大惊，问旅馆主人道："此何人耶？"旅舍主人说："是马步军使郭雀儿。"柴守贤见他相貌英奇，便把他叫到跟前询问。经过询问，知道这个壮汉真名叫郭威，也是邢州人，和她是同乡，因酒醉与市井无赖相斗失手杀人，为官府拘押。潞州守将李继韬对他非常赏识，暗中将他放出来，让他逃命。因为遭遇大雨，所以投宿到这里。雨停后去哪里，尚不得知。柴守贤听到这里，看着他那英爽之气，立即命侍女送给郭威一床毯子御寒。不料，郭威很有骨气，以萍水相逢、不能平白无故受人之物为由，婉言拒绝。

　　一个落魄之人居然还讲究气节，柴守贤不由怦然心动。如果大雨很快止息，也许就各奔东西，再不相识，可是，那大雨一直不停。柴守贤因为已经喜欢他，便每天和他交谈，并把在宫中遇到的一些趣事讲给他听。让柴守贤没有想到的是，郭威讲的都是这几十年天下大乱，贤圣不明，道德不一，百姓如何疾苦，皇帝应该如何治国等大的谋略。还说：以天为宗，以德为本，以道为门，兆于变化，谓之圣人。以仁为恩，以义为理，以礼为行，以乐为和，熏然慈仁，谓之君子。柴守贤认识到郭威将是一个干大事的人，深深地爱上了他。于是，向父母请求，要嫁给他。父母恼怒地说："汝是皇帝左右的人，最低也要嫁节度使，奈何欲嫁一个衣不蔽体的人？"柴守贤说："此贵人也，不可失也。"父母训斥她说："一个无家可归的人，何以为贵？"柴守贤却坚定地说："吾已认定此人，愿将所带财物分一半给父母，自己留下一半。如若父母不答应，女儿不回邢州，愿和郭威一起游走天下。"父母知道她的意向不可更改，于是，便答应了她，就在馆舍中让她与郭威成了婚。有一次，柴守礼的父亲和村里人一块儿喝酒，有人问他为何把女儿嫁给一个穷困潦倒的人，他的父亲半天没有回答，最后说："上天有命，郭郎将为天子。"大家听了，都哭笑不得。

后来，柴氏家道中落，柴守礼还很年少的儿子柴荣就投奔了姑妈柴守贤。柴荣从小在郭威家长大，谨慎笃厚，还经常帮助郭威处理各种事务，深受郭威喜爱，被收为养子，改名郭荣，而柴守礼则依然叫他柴荣……

柴守礼想起妹妹柴守贤和郭威的婚事，想到郭威现虽然没有像父亲说的那样成为天子，但已是战功赫赫，位高权重之人，他不得不十分佩服妹妹知人识人的眼光。

柴守礼虽然因为儿子长期跟着郭威而不在他眼前，多次伤心落泪，但意识到儿子也会有大的作为，也很欣慰。柴守礼知道儿子的病情一时还不能回京城开封，便令士卒们也暂时住下，一是为了守护他，多和他叙叙父子亲情，二是要给他治病，让他尽快康复。

郭荣也很奇怪父亲为什么到了这里，当听完河中平定反叛和护送符金玉去沂州的情况后，也对符金玉死里逃生大为惊讶，进而高兴不已：符金玉被郭威收为义女，以后他们两个就是兄妹了。

柴守礼见儿子对符金玉十分欣赏，立即让符金玉来见郭荣，行兄妹之礼。郭荣、符金玉从此兄妹相称。

符金玉见郭荣病成这样，身边又没有人照料，对柴守礼说："去沂州不急，要等哥哥的病治好以后再说。"

柴守礼见符金玉这么理解人，体贴人，更加喜欢她，也才知道为什么郭威那么喜欢她,并乐意收她为义女了。

于是,柴守礼暂时放弃护送符金玉去沂州,就让大家住下来,等郭荣的病情好转后再做计议。

没想到,郭荣的病一直不好。柴守礼十分矛盾:如果送符金玉去沂州,郭荣没人照顾。如果一块儿回开封,符金玉在开封没有了家,无处安身,郭荣在途中也会病情加重。无奈之下,只能先在这里给郭荣治病。

为了让郭荣有个好心情,及早病愈,符金玉每日都服侍在郭荣跟前,就像对待亲哥哥一样,给他洗衣、喂药。还每日给他唱歌、吟诗,并不断地给他讲一些京城中的轶闻趣事。因为有亲人的陪伴,心情愉悦,郭荣的病情很快好了许多。

乾佑二年八月底,就在符金玉、柴守礼在澶州为郭荣治病的时候,郭威得胜还朝。回到开封的第一天,郭威立即询问符金玉到家的情况。然而,大臣们的回答却让他大失所望:都说没有见到符金玉,也没有见到柴守礼。郭威一听,如坐针毡,十分着急,以为他们在路途中遇到了不测。当得知符彦卿移镇沂州后,才意识到,他们可能是去了沂州。由于皇帝要在京城举行庆贺大典,他便把符金玉的事暂时搁置。

刘承佑对郭威赐金帛、衣服、玉带、鞍马,犒劳赏赐甚是优厚。不料,郭威却推辞答谢道:"臣能取得胜利,上赖陛下的洪福,下赖各位将校和士兵的奋战。臣率兵在外,凡保卫京师安全,供给亿万兵饷,都是各位大臣居中用事的结果,我怎敢独吞这些赏赐呢?请都奖赏吧!"

刘承佑听了郭威的话,对郭威十分敬佩,于是,遍赏宰相、枢密、宣徽三司、侍卫使等,九人一样待遇。

刘承佑赏赐朝官以后,郭威又建议道:"朝中执政官普遍受到皇恩,恐怕藩镇绝望,也应该遍赏藩镇,各有差等,以示功由众成,赏由众享。"

郭威这么大的功劳,受到犒劳赏赐是应该的,可是,郭威想到的不是自己,而是整个朝廷,是上下的戮力同心,是汉朝江山的稳固。朝廷内外对他不贪恋官物、心系社稷的品德无不叹服,上上下下,人心也都归向于他。

等庆贺赏赐完毕,郭威忽然得到澶州传来的消息:郭荣病在澶州,符金玉、柴守礼也没有赴沂州,而是在澶州为郭荣治病。

郭威听了这一消息,悲喜交加。悲的是郭荣自幼就跟随他,十六岁那年,就是晋天福二年,他的姑母柴守贤就去世了,他不愿在家"白吃",就开始自己闯天下,做贩运茶叶和瓷器的生意。他回到开封弃商从戎,又遇上李守贞叛乱。回老家看望生母,却一个人在这里治病一个多月,不见病愈。符金玉因为郭荣未能及时见上父母,符彦卿一定倍受煎熬。喜的是,柴守礼能在郭荣最为孤苦的时候巧遇,养子和义女也在这里很好地叙一叙兄妹情。他按捺不住激动的心情,立即带上赵匡胤,驱车奔向澶州。

郭威到了澶州,父子、父女见面,忍不住抱在一起,又哭又笑。

为了庆贺亲人的团聚,郭威便在给郭荣治病的同时,置酒欢宴。一连几日,一家人其乐融融。这个过去不知名的小客栈也因为郭威的到来而红火起来。

几日后,郭威忽然想到了符彦卿,不由焦虑起来:我郭威在这里喜庆一堂,符彦卿在沂州,不知女儿死活,岂不忧心如焚、愁肠百结?他虽然想尽快把符金玉送到符彦卿面前,却又不想让符金玉马上离开他,而是想在这里多和符金玉叙叙亲情:如果她去了沂州,不知道什么时候才能见上一面。于是,便想起一个主意:修书一封,派人送到沂州,让符彦卿来接符金玉。想到这里,立即展纸执笔,饱含深情地给符彦卿写起书信来:

彦卿仁兄:

去年李守贞等人举兵叛乱,汝为国家社稷计,不计亲疏,毅然决然支持讨伐,仁兄大义灭亲之举,满朝为之动容。京城相别,转眼已一年有余,郭威不负皇命,今已凯旋。至京城的当日吾即想见到仁兄一叙,没想到仁兄已全家去沂州,实属遗憾,郭威不禁为之垂泪。河中之战,吾最牵挂的莫过于爱女符金玉之安危,仁兄更是有过之而无不及。怎奈敌我无情,战场残酷,虽有关照之心,却也爱莫能助焉。然,你我爱国之心感动上天,金玉虎口脱险,毫发无损,吾亦收她为义女。为让你们父女及早相见,吾令柴守礼领精兵护送回到你跟前,不料在澶州遇到犬子郭荣生病在此,故不能亲往沂州也,盼遣人速速来接,以期亲人早日团聚。

郭威把书信封好,立即派遣两位士卒奔赴沂州。

士卒送书信走后,郭威为自己的这一"计谋"高兴了很久。由于郭威、柴守礼、符金玉的到来,郭荣心情愉悦,又请了当地的名医医治,病情大为好转,面色也逐渐红润起来。

这天天气晴朗,郭荣想到外面走走,散散步。符金玉对他放心不下,就一直陪他。郭荣走出房间,见院内拴着护送符金玉的战马,立即来了精神,随即解下缰绳,牵到门外,就要上马。

符金玉担心地问:"荣哥,你会骑马?"

郭荣不屑地说:"何止会骑?是骑得很好。"

符金玉说:"那也不行,你的病还没有好,还是等你的病好了再骑吧。"

郭荣是个要强的人,说了一定要做,这些日子因为有病才没有表现出来。既然已在符金玉面前夸下了海口,他们又刚认识不久,怎么可以在她面前显得怯弱?他也是有意想在她面前表现一下自己,就没有听她的劝阻,跃身上马,走到前面不远的一片开阔地,很快骑了一圈。

由于身体虚脱,额头上不觉间挂满了汗珠。符金玉忙给他擦拭了一下说:"快快歇息,等你病好了再骑不迟。"

郭荣不听,又从一士卒手里要过弓箭,再次骑上马。这时,空中有一只乌鸦飞落到一棵树上。郭荣张弓搭箭,一箭射了过去。那乌鸦一阵摇晃,砸落几片树叶,扑棱棱摔落在地。郭威、柴守礼、符金玉、赵匡胤及众士卒都为他鼓起掌来。

郭荣把马交给身边的士卒后,笑笑说:"若在往日,我会再骑上几圈,射下几只鸟来给大家美餐一顿。"

符金玉夸赞地问:"你何时学的骑马射箭?"

郭荣得意地说:"很小的时候就会骑马。后来经商,为了多赚钱,常骑马而行,并经常习武,防身健体。"

符金玉虽然是女儿身,也是争强好胜。本不想在第一次见面时就表现自己,这时忍不住也想在郭荣面前展示一番。于是,从郭荣手中拽过缰绳,左脚登上马蹬,还没等大家明白过来,她已纵身跨上了马背。众人看到此景,不由一阵惊诧唏嘘。接着,她示意郭荣把弓箭递到她的手中,然后双腿用力一夹马腹,那马便飞奔起来。恰在此时,一只乌鸦飞过上空。符金玉张弓搭箭,一箭射去,那乌鸦只转了一下身便落在地上。

赵匡胤在一边看得眼睛都直了,简直不敢相信。郭威趁机说:"赵匡胤一向马术精湛,不妨也来试一下。"

赵匡胤正想在郭荣、符金玉面前显示一下自己,于是,从符金玉手中接过马缰绳,也纵身上马。但他只骑了几圈,而没有射杀飞鸟。他很懂得审时度势:我一个将军的护卫,怎可在他们面前过于张扬?

结束骑马,符金玉走到郭荣跟前说:"有空闲了,还要再读些书,这样你就经商有道、文武双修,是个全才了。"

郭荣看了一眼养父郭威,对符金玉笑道:"养父早已教诲我多读书。我也没少读书也。"

符金玉不太相信,一个经常做生意的人,哪有时间读书?郭荣看出她的疑惑,于是,这才开始讲述他的经历。

柴荣投靠到郭威家时,郭威的家境也并不富裕,生活常常捉襟见肘。郭荣很懂事,为资助家用,便外出经商,往返于荆南江陵、南阳淅川等地,做茶货和瓷器生意。其间学习骑射,练就一身武艺。但是,由于居无定所,开始没有读多少书。郭威知道后,教诲他说:经商是为了生活,但作为一个年轻人,不能满足于衣食无忧,还要有更大的志向,一定要抽空闲多读书。郭荣牢记养父的教诲,用挣来的钱分出一部分买书,不仅《大学》《中庸》《论语》《孟子》四书和《诗经》《尚书》《礼记》《周易》《春秋》五经都通读数遍,还读了大量的史书,如《史记》《汉书》《三国志》,还有道家的很多书,如《道德经》《庄子》《列子》,等等,常常读到深夜,有时甚至彻夜不眠,以致影响生意。

符金玉听了他的讲述,钦佩之余,又有些不服气:你抽空读书,会有我符金玉读的书多?为了验证他是否真的读了这些书,便逗他说:"你都记住了《庄子》里的哪些名句?"

郭荣知道符金玉在考他,说:"我知道没你读书多,但我也能过目不忘。"说着,就背诵起来,"天地有大美而不言,四时有明法而不议,万物有成理而不说。君子之交淡若水,小人之交甘若醴。天下有道,圣人成焉;天下无道,圣人生也。孝子不谀其亲,忠臣不谄其君,臣、子之盛也。时势为天子,未必贵也,穷为匹夫,未必贱也。贵贱之分,在于行之美恶……"

符金玉没听完,眼神中即透出赞许的目光。但又考问他说:"《道德经》有哪些名句?"

郭荣不假思索道:"修之于身,其德乃真;修之于家,其德乃馀;修之于乡,其德乃长;修之于邦,其德乃丰;修之于天下,其德乃普。故以身观身,以家观家,以乡观乡,以邦观邦,以天下观天下。天下有道,却走马以粪。天下无道,戎马生于郊。民不畏威,则大威至。"

未等他再说下去,符金玉又问他道:"《列子》有哪些名言?"

郭荣立即答道:"治国之难在于知贤而不在自贤。吞舟之鱼,不游支流;鸿鹄高飞,不集污池……"

没等他继续说下去,符金玉脸上已透出惊羡之色,心下道:他所记下的名言,都是如何做人,如何治国之名言,由此可见他是一个胸怀大志之人。她确信他是切切实实地读了不少书,便不再考问。她过去认为自己熟读唐诗,也读过四书五经,感到很满足,没想到郭荣虽然读唐诗不多,读的史书却远远超过了自己。本想再跟他比试一下背诵唐诗,为了不过于展示自己,只得作罢。

赵匡胤听郭荣能对四书五经中的经典名句如数家珍,对他很是佩服,心中暗自嘱咐自己:日后也要多读书,这样才能不败于他人。他第一次见符金玉的时候,只是见她弹奏古筝,只是知道她文的一面,这次见了她骑马射箭的不凡武功,对她更加敬佩。

赵匡胤想到符金玉善古筝,忽然提议说:"今日大家高兴,让金玉弹奏一曲古筝如何?"

郭威听了,立即赞同,柴守礼、郭荣更是乐不可支。于是,郭威令旅馆主人找来一架古筝,让符金玉弹奏起来。符金玉也不谦虚,立即抚琴弹奏。这次,她是用汉魏乐府名曲的曲调弹奏白居易的《琵琶行》,并边弹边唱:"浔阳江头夜送客,枫叶荻花秋瑟瑟。主人下马客在船,举酒欲饮无管弦。醉不成欢惨将别,别时茫茫江浸月。忽闻水上琵琶声,主人忘归客不发……"

一曲弹完,符金玉忍不住转身看了郭荣一眼,这时她才知道郭荣的眼睛在直直地看着她。两人目光相遇的一刹那,郭荣脸红了,她的脸上禁不住也现出一片红晕。

符金玉为了掩饰自己,忙岔话问郭荣道:"荣哥,嫂夫人姓什么?现居何处?"

郭荣浅笑着答道:"姓刘,我们都是娃娃的时候,父母就定下了亲事。现居养父的府邸。"

符金玉又问他道:"荣哥大我几岁?"

郭荣大笑道:"我不知道你多大,怎么知道大你几岁?"

符金玉忍不住也笑了,说:"我今年十九岁。"

郭荣说:"我大你十岁。"

符金玉故作惊讶地说:"你不会欺负我吧?"

郭荣则把眼一瞪说:"你若淘气,可能会。"

符金玉拧了一下他的胳膊说:"你敢,到时候我会向义父告状的。"

说着,两个人都笑了起来。

赵匡胤也跟郭荣套近乎说:"我比哥哥小六岁,是弟弟,日后请多多赐教。"

看着他们高兴的样子,听着他们的对话,郭威、柴守礼都十分开心。

郭威看到他们没有因客居旅馆、远离京城而郁郁寡欢,也没有因为刚刚相识而有生疏之感,甚至比亲兄妹还亲,其乐融融,并有一种在家的感觉,心里很是喜悦。甚至想,如果二子郭侗、三子郭信、大女儿乐安、二女儿寿安、三女儿永宁都在这里,那该多好,多热闹啊!心里说:不久等回到开封,到那时,再把符彦卿一家接回来,一定要好好庆贺庆贺这热热闹闹的一家子聚在一起。

想到这里,郭威后悔派人给符彦卿送信送得太早了:朝中事宜繁杂,相互攻伐,太累太累了,在这里多住些日子,多与符金玉、郭荣在一起,多么开心焉。于是,又祈祷说:彦卿兄,金玉在这里很好,你放心好了,不要来接她那么早。

没想到事与愿违,就在他祈祷完的第二天,符彦卿派几名家将迎接符金玉的车马到了他们居住的客栈。

郭威面上高兴地迎接客人,心里却酸酸的,涩苦涩苦的。客人见到他,立即呈上符彦卿的手书。他未看几行,已是满眼泪光:

> 郭威贤弟:
>
> 　惊闻爱女生还,举家百感交集,一片声喧。自李守贞反叛,吾已心碎,未有再见爱女之想,每日都沉于悲愤之中,也为贤弟担忧。今见贤弟手书,如阳光突然覆盖黑夜,温暖至极。爱女平安出河中并至澶州,必是贤弟精心所为,愚兄心知肚明。因沂州有要事缠身,不能亲往澶州与弟相见,只得特派家将迎接。来日定当煮酒把盏答谢于堂前……

符金玉也一改往日的笑颜,变得呆滞起来。她望着大家,大家也望着她,本来是件高兴事儿,忽然之间像再也不能相见似的,都伤感起来。

郭荣帮她收拾行囊,赵匡胤帮她扶住车辕,郭威、柴守礼一前一后,再三叮嘱,让符金玉替他们向她父母问好。等到了车前要上车的时候,大家居然都不动,也没话了,符金玉也停了下来。

忽然,符金玉扑倒在郭威怀里,涕泪交加地说:"义父,金玉今生不会忘记您的大恩大德……"

郭威轻轻地抚摸着她的头说:"孩子,马上要见你的亲人了,怎么哭了起来……"郭威说着,自己竟然情不自禁地也泪眼蒙眬。

符金玉哭得更痛:"义父,今日一别,金玉不知道什么时候再能见上你和哥哥,我会想你们的……"

郭荣在一边也眼睛红红的,说:"妹妹,别伤心,我们会再见面的。到时候你可以去开封,我也可以去沂州……"

符金玉离开郭威的怀抱,走到柴守礼跟前,鞠躬施礼说:"感谢伯父大人一路辛苦相送,金玉感激不尽……"

柴守礼说:"孩子啊,你怎么越说越远了呢?人生无常,我等能在乱世之中走到一起,也是一种缘分,是大家的荣幸,当珍之惜之。"

符金玉再次回到郭威跟前,躬身施礼说:"义父,您要多多保重……"

郭威背过头去,说:"孩子,上车吧,你父母已在家望眼欲穿……"

符金玉终于在郭威的再三劝说下上了车。

车启动了,符金玉又转过身,朝着郭威再三跪拜。

郭威和郭荣、柴守礼久久地望着她,直到她的车消失在远远的树林中,这才慢慢转过身返回旅馆。

不知什么时候,远远的天空翻卷起乌云,很快覆盖了澶州城。不一会儿,一阵狂风袭来,澶州变得一派混沌弥蒙。接着,豆大的雨点借助狂风,把澶州城变成了一个雨城。

世事无常,人生无常,苍天无常,有缘人愁断肠。

第六章

风云再起

大雨下了两天两夜，终于止息。也就在这个时候，郭荣的身体彻底康复。天气放晴，路上积水退去，郭威、柴守礼立即和郭荣、赵匡胤及所带精兵，离开澶州，向京城开封而去。

路上，虽然泥泞不断，但丝毫不影响郭威愉悦的心情：这一生自从戎以来，经唐、晋、汉三朝，虽然打过无数胜仗，每打一仗就升迁一次，步步高升，直至今天的枢密使，什么时候遇到过像眼前这样平定反叛、皇帝厚赏、澶州奇遇、金玉归家、郭荣病愈，国事家事、朋友的事，一连串的喜事？

因为心里高兴，他感觉没用多长时间就到了黄河边。登上渡船，望着汹涌的黄河水，忍不住心潮澎湃，吟咏李白的诗句道："西岳峥嵘何壮哉！黄河如丝天际来。黄河万里触山动，盘涡毂转秦地雷。荣光休气纷五彩，千年一清圣人在。巨灵咆哮擘两山，洪波喷箭射东海……"

柴守礼、郭荣、赵匡胤等见他如此高兴，也都激动不已。

过了黄河，虽然距京城还有一段距离，但郭威感觉一转眼就到了。开封城在他眼里也从来没有像现在这样美丽壮观。他想象着这座昔日的大梁城，禁不住又吟咏起唐尧客的《大梁行》："客有成都来，为我弹鸣琴。前弹别鹤操，后奏大梁吟……"

郭威与柴守礼、郭荣、赵匡胤及所带精兵一路欢笑,不知不觉便回到了自己的府邸。此时已将近中午,郭威进了大堂,想到柴守礼这一段的辛苦,准备好好犒劳他一番。

还没坐下歇息,郭威便问柴守礼:"老兄喝酒怎么样?"

柴守礼说:"酒量不如你。"

郭威笑道:"不如我,也要陪我喝个痛快。"

柴守礼也笑起来:"今天想喝酒了?"

郭威说:"不仅今日喝,这几日我还要请几个朋友一起来喝。"

柴守礼故作惊讶地问:"不上朝了?"

郭威一脸的不在乎,说:"一年来难得这样与家人团聚,又有这么多的喜事,我要趁机和家人、朋友热闹热闹。"

柴守礼说:"那好,我陪你。"

郭威朝柴守礼美美地一笑,站起身,双手背到身后,又诗兴大发,吟咏起李白的《春夜宴从弟桃花园序》:"夫天地者,万物之逆旅也;光阴者,百代之过客也。而浮生若梦,为欢几何?古人秉烛夜游,良有以也。况阳春召我以烟景,大块假我以文章。会桃李之芳园,序天伦之乐事……"

他还没有吟咏完,忽然朝廷来了使者,传皇上谕旨说:"陛下宣枢密使进宫。"

郭威不由愣了一下:都什么时候了,早该退朝了,怎么又宣我进宫?柴守礼看着他的神情,想象着他刚才那得意的样子,不由朝他挤了一下眼睛。郭威"唉"地叹了一口气,只得急匆匆朝皇宫而去。

原来,在他去澶州给郭荣治病的这些日子,苏逢吉、史弘肇、杨邠为了自己和亲戚、亲信的官职爵位在朝中闹得不亦乐乎。苏逢吉、史弘肇、杨邠本来大权在握,却还要刘承祐对他们加官晋爵。刘承祐无奈,只得加苏逢吉司空,史弘肇兼中书令,加杨邠右仆射,加窦贞固司徒,苏禹珪左仆射。他们被加封完毕,还要胁迫刘承佑给他们的亲信加官晋爵，以致迟迟不能退朝。郭威一进京城，刘承佑立即得到了消息，感到这是拒绝他们的最好时机和说辞，所以，立即宣郭威进宫。郭威到了广政殿，但见几个大臣在笑，而刘承佑却脸色阴郁，两眼火光。

刘承佑看到郭威，先问他说："郭荣病愈了？"

郭威忙答道："托陛下洪福，病愈了，刚刚到家。"

刘承佑把给各位加官晋爵的事给他重复了一遍，说："三叛平定，满朝庆贺，朕已给各位大臣加官晋爵。汝功劳最大，不加官不以服众，朕不仅要再给汝加侍中一职，且要重赏之。"

郭威虽然不知详情，但从刘承佑的脸色便能悟出一切，推辞说："陛下，运筹建画，出于庙堂；发兵馈粮，资于藩镇；暴露战斗，在于将士；而功独归臣，臣何以堪之？上次为臣已经谢辞，还是不再赏赐为好。"

刘承佑听了郭威的话，环视一周那些欲壑难填的大臣们，说："有功者不摆功求赏，无功者却邀功希宠，是何道理？"

苏逢吉、史弘肇、杨邠看着眼前的郭威，无言以对，没人再敢出声。于是，刘承佑立即借机宣布退朝。

刘承佑本以为通过这次的拒绝，几位托孤大臣不会再得寸进尺，不料，数日后，这些人在朝议时再次逼迫刘承佑为他们的亲戚朋友加官，此事不答应，不议国事。刘承佑无奈，担心如此僵持下去朝廷不会安宁，不得不以他们的要求，加天雄节度使高行周守太师、山南东道节度使安审琦守太傅、河东节度使刘崇兼中书令。加忠武节度使刘信、天平节度使慕容彦超、平卢节度使刘铢并兼侍中。加朔方节度使冯晖、定难节度使李彝殷兼中书令。加义武节度使孙方简、武宁节度使刘赟同平章事。加荆南节度使高保融兼侍中。刘承佑虽然因为李守贞的反叛对符彦卿有疑心，改任其为泰宁节度使，但想到大臣们都加官了，碍于郭威的面子，且符彦卿对朝廷也没有不忠之举，不得不让符彦卿加守太保，以示安抚。

加封结束后,不少大臣都忍不住痛心疾首,叹息说:"郭威不专有其功,推以分人,信为美矣。而国家爵位,以一人立功而覃及天下,不亦滥乎!"

郭威虽然平定三叛功劳最大,但苏逢吉、史弘肇、杨邠的官职都比他大,他不便多言,只得三缄其口,笑而不语。

就在朝中为官位闹得纷纷攘攘的时候,从黄河北面的贝州和邺都相继传来契丹大举入侵的消息:契丹侵入贝州及邺都之境,所过之地,烧杀抢掠,节度使、刺史都据城自守,不敢出战。刘承佑不得不急召大臣入宫朝议讨伐之策。

然而,议了半天,众大臣没有一人敢领兵迎战,也没有提出让他们的亲信上前线者。郭威刚从河中归来还没有喘息,再让他领兵迎敌,刘承佑自己也感到不近情理,但因朝中无人愿意为将,只得再次像讨伐李守贞时一样,问他说:"朕欲再次遣汝北上,可乎?"

郭威仍然和上次一样回答说:"臣不敢相请,亦不敢推辞,陛下若命臣北征,虽赴汤蹈火,死亦无辞也。"

于是,刘承佑遣枢密使郭威为帅,并以宣徽使王峻为监军,督诸将赴黄河北御敌,以平定契丹之乱。

不几日,大军集结完毕,郭威只得告别家人,又率军北伐。

刚刚相聚,却又分别,郭威的二儿子郭侗、三儿子郭信、大女儿乐安、二女寿安、三女儿永宁,柴守礼和郭荣妻子刘氏,都依依不舍,不得不挥泪为他送行,直至送出京城。

十一月初,正在贝州及邺都之境烧杀抢掠的契丹军闻知郭威率兵渡过黄河,惊慌北撤。但是,郭威没有因为契丹军一时北撤而停止进军。

十一月底,郭威率军到达澶州北相距澶州三百多里的邺都,然后坐镇邺都,令王峻领兵,分两路北上,直抵北部相距邺都四百多里的镇州和相距五百多里的定州,时刻监视契丹军的动静。

然而,就在北方战事尚未平息之时,割据于淮水以南,以金陵为都的南唐国皇帝李璟又举兵渡过淮水,北上攻至汉朝的正阳,大有直抵京城开封之势。

汉朝被南北夹击,朝廷再次陷入一片慌乱之中。

就在郭威率军北上,离开京城开封的时候,符金玉到了沂州。

符彦卿自派家将去澶州迎接符金玉的那一天起,每天都掐着指头算日子,哪一天会到哪里,哪一天能回到沂州。在临近回到沂州的两天里,他和夫人金氏,女铆符金环、符金锭都要到城西门外等候。

这天下午,在他们以为符金玉快到的时候,天空忽然又下起雨来,并伴以大风。一家人见这种情况,以为金玉不可能到家了,只得悻悻然地相拥着往回走。就在他们走了几步,忍不住回头观望时,忽然看到了迎接符金玉的车辆在不远处出现。一家人欣喜若狂,不顾头上的雨水和脚下的泥水,跑步迎上前去。

符金玉看到父母和妹妹,未等车停稳,就掀开车幔跳下来,扑到父母面前,双膝下跪,大声哭叫道:"父母大人,孩儿不孝,让您挂心了……"

符彦卿眼含热泪,抚摸着她的头,连声说:"回来了就好,回来了就好。"

金氏夫人把她搂在怀里:"孩子,娘想死你了啊……"

符金玉呜咽着说:"娘,孩儿知道……"

金氏夫人又捧住符金玉的脸,左右看着,说:"自听说李守贞反叛,娘的心就如刀割一般,日日泪水洗面,夜夜梦魇不止啊……"

符金环、符金锭在一边也哭成了泪人。

符金玉被母亲扶起来后,伸手把两个妹妹抱在一起,她一遍遍地呼唤着"妹妹",两个妹妹一遍遍地呼唤着"姐姐",三个人哭成了一团。

直到符彦卿把她们一个个拉起来,这才上车进城。

到了府邸,金氏夫人急忙找出符金玉的衣服,把符金玉拉到房间,一边帮她换衣服,一边说:"来沂州的时候,我把你的衣衫都带了回来,如果再也见不到你,想你的时候就看看它,就当是你在眼前……"

符金玉说:"娘,孩儿知道,孩儿就是娘的心头肉。"

从傍晚到夜里,一家人一直说啊讲啊,先哭后笑,有着说不完的话。直到鸡叫两遍,天快亮的时候,才去卧室歇息。一家人都感到这一夜时间太短了,好像比过去少了几个时辰似的。

第二天起床后,一家人先一起洗漱,然后一起吃饭,饭后又围坐在了一起。昨天,符金玉只给父母和符金环、符金锭讲了拜郭威为义父、在澶州与郭荣叙了兄妹之情的事,却没有讲郭荣是多么的有才,多么的豪气,甚至也没说他的长相是多么英俊。这时,她把郭荣给妹妹们描述一番后,对她们说:"金环、金锭,过去咱总以为读的书不少了,自认识郭荣哥哥后我才知道,咱读的书太少。他一个做生意的人,每日走南闯北,却读了那么多书,还是忧百姓治国家的书,咱每日在家,读的也不过是一些诗文之类,从今日起,我要跟妹妹们一起多读些史书。"

符金环笑道:"姐姐是想做什么?"

符金玉没有笑,说:"男人能做的我们女人为何不能做?为什么一定要依附在男人的背后?"

符金锭似懂非懂地说:"那就走在男人的前头。"

符金玉忍不住笑道:"小妹妹不小焉!"

符金环意识到,这一年多姐姐不仅磨炼出了意志,也磨炼出了胆识,于是,开玩笑说:"姐姐想做武则天似的女人?"

符金玉没有笑,说:"历史上哪个皇帝是天生的?武则天也不是天生的女皇,她的父亲是做木材买卖的,咱出身官宦之家,自幼就饱读诗书,为什么不能像她那样呢?即使不能像她那样先做皇后,后做皇帝,至少要有能做蔡文姬似的女人的志气吧?"

符金环听了这话,对姐姐更加敬佩,说:"蔡文姬博学多才,通音律,能用听力迅速判断古琴的第几根琴弦断掉,是建安时期著名的女诗人。姐姐既能文又能武,和她相比不逊色也。"

符金玉忽然对符金环、符金锭说:"给姐姐把古筝抬过来。"

符金环、符金锭知道她想弹古筝了,急忙从屋子里把古筝抬了出来。

符金玉端坐于古筝前静默了一会儿，然后双手抚琴，弹奏起蔡文姬的《胡笳十八拍》，并边弹边吟咏道："我生之初尚无为，我生之后汉祚衰。天不仁兮降乱离，地不仁兮使我逢此时。干戈日寻兮道路危，民卒流亡兮共哀悲。烟尘蔽野兮胡虏盛，志意乖兮节义亏。对殊俗兮非我宜，遭恶辱兮当告谁？笳一会兮琴一拍，心愤怨兮无人知……无日无夜兮不思我乡土，禀气含生兮莫过我最苦。天灾国乱兮人无主，唯我薄命兮没戎虏。殊俗心异兮身难处，嗜欲不同兮谁可与语！寻思涉历兮多艰阻，四拍成兮益凄楚……"

符金环早就会背诵蔡文姬的这首诗，忍不住也随着姐姐吟咏起来："城头烽火不曾灭，疆场征战何时歇？杀气朝朝冲塞门，胡风夜夜吹边月。故乡隔兮音尘绝，哭无声兮气将咽。一生辛苦兮缘别离，十拍悲深兮泪成血……"

符金锭看着姐姐的表情，虽然不能理解她的整个内心，却也能体会到姐姐的凄苦。她虽然没有姐姐们背诵得流畅自如，却也能全文背下来，忍不住也在一边附和："十八拍兮曲虽终，响有余兮思无穷。是知丝竹微妙兮均造化之功，哀乐各随人心兮有变则通……"

姐妹三人正沉浸在曲子优美悲壮的旋律中，母亲抱着一摞书走了过来。符金玉忙停止弹奏，站起身向母亲施礼。一年来，符金玉每日都处在惊恐不安之中，没有读过一本书，看到母亲抱着书进来，很是高兴。可是，她接过书一看，不禁愣了，几本书分别是《金刚经》《法华经》，还有《道德经》《南华真经》《通玄真经》《冲虚真经》《洞灵真经》，全是佛教和道教书籍。

符金玉说："母亲，我不读这些书，我想读史书，像《史记》《三国志》。"

金氏夫人叹口气说："金玉呀，我在为你以后打算。"

符金玉不解道："母亲，我又没有打算当尼姑、道姑，让我看这些书干什么？"

金氏夫人说："我老了。我死了以后，你怎么办？"

符金玉更奇怪了，说："母亲，您今天怎么说出这样的话来？"

金氏夫人说："李崇训虽然死了，你们毕竟做过夫妻，如今夫家灭亡，而你独脱兵刃之间,以为天幸,应削发为尼,为他守节。"

符金玉大惊,说:"死生有命,天也。何况他们父子反叛朝廷,致无数人为之丧命,我多次劝阻,他们衷如充耳,独行其道,我为什么要为他削发为尼?为他守节?他有什么节让我可守?"

金氏夫人正色道:"君为臣纲,父为子纲,夫为妻纲,这是古训。"

符金玉讥笑说:"他们父子服从于君了吗?我若像他们一样自焚,您还能见到我这个女儿吗?"

金氏夫人依然坚持说:"削发为尼有何不好?那也是守身如玉也。历朝历代,皇后、后妃为尼者多了,不是丑事。北魏宣武灵皇后胡氏自愿落发为尼。这几十年里,梁朝有后妃六人,出家为尼者有二人。唐朝有后妃十人,出家为尼者有三人。她们都很显贵,不是也都出家了吗……"

符金玉不耐烦了:"母亲,我一不是皇后,二不是后妃,我出什么家呢?"

金氏夫人说:"李守贞毕竟做了秦王,你是秦王的儿媳呀……"

符金玉很想对母亲发火,但她忍了:刚刚回来,怎么能让母亲生气呢?于是说:"母亲,李守贞是什么秦王?河中城里无数百姓因为他被饿死,我看他是禽王。"

金氏夫人显得很有耐性,说:"金玉呀,你怎么能这么说呢?好歹咱做过人家的媳妇,不能忘记这个。咱符家历来讲究仁义礼智信。"

符金玉终于忍不住了,大声说:"母亲,这和仁义礼智信风马牛不相及也!我长这么大,还没有孝敬您和父亲,怎么可以躲进寺院,削发为尼呢?"

金氏夫人却不温不火,说:"这世道战乱不息,男子为不被抓为丁夫,女子为不被欺凌,就都躲进寺院和道观。不要说官宦之家的人,就是老百姓也纷纷皈依佛门,很多丧夫之女为了给丈夫守节,也都入了佛门……"

金氏夫人说的是事实,她曾经听说,仅中原就有大寺院四万多所,僧尼有六万多人,仅开封城就有民间私建的寺院六十多所。

符金玉蓦然扬眉道:"母亲,您想让我为李崇训守节,他配吗?"

金氏夫人愣住了，不知道说什么好。

符金玉又说："我不想做一个平庸的女子。"

金氏夫人听了，吃了一惊，瞪大眼睛，说："你还想怎么？"

符金环忽然在一边笑着插话道："姐姐想做武则天。"

符金锭也在一边笑起来："我也想做武则天。"

金氏夫人、符金玉都被她们两个给逗笑了。不料，金氏夫人又说："如若不愿削发为尼，蓄发出家修道也好。"

符金玉一字一句地说："母亲，我一不削发为尼，二不蓄发修道，我要为天下百姓做一些力所能及的善事，这样才不枉来到这个世上一场。"

金氏夫人见符金玉不听劝说，只得悻悻而去。

见母亲走了，符金环却好奇地问符金玉道："道姑与尼姑有何不同？"

符金玉很不想跟她再讲这个话题，停了一会儿，还是给她讲了："尼姑信仰的是佛教，道姑信仰的是道教；尼姑住的地方叫'庵'，道姑住的地方叫'观'；尼姑要剃光头，道姑可蓄发；尼姑戴佛珠，道姑提拂尘；尼姑穿浅灰色布衣，道姑穿黑色布衣……"

符金锭笑道："不好，都不好，那样姐姐就不漂亮了。"

符金玉通过这次劫难，比一年前成熟多了，想的事情也多了。由于清闲无事，便每天和符金环、符金锭在一起读书，不知疲倦。

符金玉平安到家，和亲人团聚，开始是那么开心，可是，自那天母亲让她削发为尼后，便开始心神不宁起来，常常一个人发呆，甚至在跟符金环、符金锭一起读书的时候也冷不丁地走神，并情不自禁地想起在澶州的那些开心的日子，眼前总是不断地出现郭荣跃身上马时的身影和他背诵《道德经》《庄子》名言警句时那自信、豪迈的神情。尤其是在她弹奏古筝时他静静地盯着她的那深情的目光。也就从这天起，她总是借助询问义父郭威的名义，向父亲打听郭荣的消息。

符金环不知道她在澶州的情景，以为她是想念李崇训，在为失去李崇训而惋惜。在符金玉结婚的时候,她曾经盼着自己也尽快找到一个如意郎君,也像符金玉那样风风光光地出嫁,成为人妻。当看到符金玉这短暂的婚姻,想到如果不是她机智果敢,现在已是一个女鬼时,不由一阵胆寒。尤其是听母亲讲了那么多当了皇后、后妃的女人最后都皈依佛门,居然害怕结婚了,心下道:原来结婚对一个女人来说要么是天堂,要么就是地狱。想到这里,不由自语说:"独身有何不可? 我符金环不结婚了,一个人独闯天下。"

她们姐妹俩从此都变得心事重重,只有年幼的符金锭每次笑呵呵地出现在她们身边时,她们的脸上才不时地挂上一些笑意。

符彦卿想得更多:符金玉做过反叛者的妻子,是一个结过婚的人,第一次婚姻失败了,以后能找到一个称心如意的人吗? 什么时候能找到这样的一个人? 一直这样跟着他怎么办? 朝中几位重臣相互掣肘,刘承佑年少驾驭不了乾坤,汉朝以后会是什么样?

符金玉虽然满怀凄苦,可是,她又怎么能理解父亲? 总是每隔几天就向符彦卿询问郭荣的情况。符彦卿心里清楚:符金玉喜欢上了郭荣。但是,有些话他不能说出唇:郭荣是个有妻室的人,你曾经是一个叛臣的妻子,喜欢他有何用?

几个月来,符金玉虽然用读书来排解胸中的郁闷和思念郭荣之情,但时间越长,那思念的情绪越重。到了乾佑三年三月,符金玉回到父母跟前已经五个月了,她忽然向父亲提出想去开封看看义父。符彦卿明白,这只是其一,更重要的是她想见见郭荣。然而,就在符彦卿为她准备车马,欲派人送她去开封的时候,皇帝的诏书到了,符彦卿被调任为平卢节度使,慕容彦超接替他为泰宁节度使。

符金玉无奈,只得随父亲举家往北迁往平卢节度使治所——青州。青州距离沂州六百多里,这样一来,他们距离开封就更远了。符彦卿很是恼火:到沂州也不过是半年多的时间,皇上为什么又调任我为平卢节度使?

到了青州,一切安顿好,已是乾佑三年四月。由于人地生疏,符金玉去开封的心情更加迫切,再次向父亲提出要去开封。符彦卿尽管不喜欢她这个时候去,但是,由于符金玉再三恳求,只得再次给她安排车马。不料,就在将要成行的时候,符彦卿得到消息:郭荣已升任天雄牙内都指挥使,已经离开京城。符彦卿立即把这一消息告诉符金玉,并对她说:郭威、郭荣从澶州回到开封没几天就领兵渡过黄河,北上千里之遥的镇州和定州,平定契丹之乱。今年一月郭威回到开封,可是不到三个月的时间,北方的契丹闻郭威回京,又再次南侵中原,朝廷只得再遣郭威领兵北上抗击契丹,现在已经在去邺都的路上,即使去了,也见不到郭威和郭荣。

符金玉欲哭无泪:我符金玉怎么总是时运不济,总是在要动身的时候出现变故? 无奈之下,她只得再次放弃去开封。

符彦卿只给符金玉讲述了一个大概,更多更详细的事没有告诉她,那样的话,符金玉会更加为她的义父和郭荣担忧。

郭威自乾佑二年十一月北上,契丹闻风落荒而逃,至乾佑三年一月,再也没有敢犯汉朝边境。为了防止他的大军撤离后契丹军再次南侵,郭威上表朝廷,请求陈兵到契丹边境,借此威慑契丹。因为南方唐军大军压境,也对汉朝虎视眈眈,刘承佑下诏予以制止,并命他速速回京,然后领兵南下,讨伐南唐之兵。

郭威接到诏令,率军快马加鞭,于乾佑三年一月回到京城。

郭威在京城未及休整,刘承佑又下令让他立即率军南下。郭威率军至颍州,坐镇指挥,令颍州守将白福领兵迎击,很快把南唐军击败。

乾佑三年四月,南北边境再无战事,朝廷应该平静下来。不料,因为史弘肇逼迫刘承佑提升王饶为护国节度使,朝廷内部却又起风云。

原来,李守贞叛乱时,朝中有不少大臣与李守贞私通。叛乱平定后,郭威缴获光禄大夫、开国侯王饶等一大批朝中官员与几个叛将往来私通的文书,郭威将名字记下,准备一一查实,然后报于朝廷,予以治罪。秘书郎王溥劝他道:"魑魅之形,伺夜而出,日月既照,氛沴自肖。愿一切焚之,以安反侧。"郭威认为王溥的话有道理,也是为了朝廷的安稳,把那些文书全部烧毁。郭威虽然把这些文书烧掉了,但因为王饶的行动异常,多数大臣都知道,只是心照不宣而已,都认为刘承佑不会对他迁就,至少也要让他居于偏远之地,防止他在京城有所不测。然而,因为王饶大肆贿赂史弘肇,他不仅没有离开京城,反而升为镇国节度使、检校太傅。不仅如此,史弘肇的其他几个没有任何功德的亲信也都被提升,有的在京城掌管要职,有的被提升为黄河以北几个藩镇的节度使,节制一方。大臣们知道后,无不惊秫。

刘承佑想到契丹最近不断南侵,横行河北,过去诸藩镇各自相守,没有能抵御者,而今史弘肇的亲信任这里的节度使,他不由更加担忧。郭威回到京城后,便召大臣进宫,再议抵御契丹之事。

朝堂上,刘承佑扫了一眼史弘肇等大臣说:"郭威领兵平定三叛,又北上威慑契丹,南震唐军,使其不敢再扰。然,契丹一向对中原垂涎不止,朕以为当严加防范,意欲进封郭威为邺都留守、天雄军节度使兼枢密使,河北诸州郡皆由郭威节制。"

史弘肇十分明白刘承佑的用意:想用郭威来节制他和他的亲信。于是,怒道:"陛下所言差矣。郭威领枢密使才可以指挥全军,诸军才能畏服,号令畅行,不然,军令不通。"

郭威不去争权夺利,沉默不语。刘承佑看史弘肇甚是愤怒,不敢再说。

苏逢吉一向对史弘肇不把皇帝放到眼里心生忌恨,不满道:"既然皇帝认为可行,你改变皇帝旨意,不是没事找事?"

史弘肇对苏逢吉善于在刘承佑面前谄媚非常反感,加上有一次在三司使王章府邸喝酒时苏逢吉曾经羞辱过他,这时对苏逢吉当面指责他更为不满,正要反击,苏逢吉又说:"以内制外,顺也;今反以外制内,其可乎?"

史弘肇怒道:"别以为做了宰相就了不起,我史弘肇是你教训的人吗?"

刘承佑不敢得罪史弘肇,只得按他的意思,让郭威为邺都留守、天雄节度使,仍然兼任枢密使,不再节制河北诸州郡。

第二天，刚刚晋升司徒不久的窦贞固邀请几位朝中重臣到他的府邸饮酒，史弘肇举着酒杯对苏逢吉大声呵斥说："昨日廷议，意见大不相同，心中十分不快，今日要为老弟多饮几杯。"

杨邠怕再引起不快，忙拉着苏逢吉，举起酒杯与他碰杯说："昨日是谈国家之事，何足介意！"

史弘肇不仅没有息怒，反而又对着杨邠厉声说："安定国家，在长枪大剑，安用毛锥子？"

在一边的王章看他居然对同乡杨邠也如此无礼，大怒，反击他说："无毛锥子，财赋从何而来？长枪大剑能吃吗？"

史弘肇也不搭话，抓起酒杯，把酒杯里的酒洒到了王章的脸上。

于是，将相之间针锋相对，水火不容。

次日早朝，史弘肇、杨邠又在朝中唇枪舌剑、寸步不让。王章看到这一情景，则请求皇帝把他调出京城到外地任职。杨邠再三劝阻，刘承佑也不答应，王章这才作罢。

朝臣之间的争斗刚刚有所缓和，北方又传来不好的消息：契丹再次南侵中原。刘承佑十分不安，急召大臣入朝廷议讨伐。可是，在派谁为将，谁为裨将的问题上，又争吵不休。刘承佑见朝议不成，知道只有郭威才能震慑契丹，只得直接下诏，让他再次领兵北上。史弘肇、杨邠不好再说什么，王章一言不发，这样算是定了下来。郭威虽然不得不接受，但连年西征叛军，北征契丹，南征南唐，身心疲惫，不由心情十分不快。刘承佑虽然看出他的不满，但因无所依靠，只得屈尊相求。为了激励郭威为朝廷再立新功，遂册封他的养子郭荣为天雄牙内都指挥使。

五月初，大军集结完毕，郭威再次挂帅出征，大将有侍卫步军都指挥使王殷、监军王峻，谋士有枢密吏魏仁浦，护卫有赵匡胤等。郭荣也随军北上。

离开京城之际，郭威想到高祖刘知远临终前拜他为顾命大臣，李皇后也对他不薄，眼下朝中纷乱不堪，恐怕他离开后朝中再起波澜，便真诚地对刘承佑说："太后跟从先帝很久，经历过很多天下大事，陛下富于春秋，有事宜禀其教而行之。亲近忠直，放远谗邪，善恶之间，所宜明审。苏逢吉、杨邠、史弘肇皆先帝旧臣，尽忠殉国，愿陛下推心任之，必无败失。至于疆场之事，臣一定尽忠报效，不负陛下重托。"

刘承佑听了，连声致谢。

刘承佑有七个舅舅，李洪信、李洪义、李业这三个舅舅都在宫中。李洪信为侍卫马军都指挥使、镇宁节度使、领武信军节度，做事比较懦弱、拘谨。李业为武德使，是弟兄七人中最年幼的，备受娇宠。他自幼就与刘承佑嬉游无度，加上善于花言巧语，很讨刘承佑的欢欣，因此，在宫中横行霸道，无所顾忌。史弘肇只知道和武将交往，信任武将，而对所有的文臣有偏见。李业因为文武皆无所长，受到史弘肇的压制，没有登上高位。李业听说廷议时史弘肇直接顶撞刘承佑，窦贞固宴请宾朋时他们又闹得一塌糊涂，就在郭威领兵北上的当天晚上，在刘承佑面前谗言说："史弘肇、杨邠、王章一直不把你这个皇帝放在眼里，如果听任他们专权，说不定什么时候就会心生异志，加害于你。"

刘承佑听了，对李业的话深信不疑，异常恐慌。李业走后，刘承佑听到皇宫下属的作坊里有锻造铁器的声音，就怀疑外面有军队来了，以致整夜没有睡好觉。

郭威因为讨厌李业一无所长又骄横跋扈，也引起了李业对他的不满，时隔没几日，李业又在刘承佑面前谗言说："郭威和史弘肇、杨邠一样居功自傲，无视朝廷，多次不向你奏报，就以枢密使头子更易大臣，像更换戍卒一样，现在又兵权在手，将来也必是朝廷一大隐患。"

刘承佑对他说郭威如何，有些怀疑，因为现在大事全靠郭威。李业看刘承佑这样，列举了郭威私自任用白文珂的例子说："郭威虽然不像史弘肇那样骄横，并不意味着他没有二心，只是他善于伪装罢了。"

刘承佑以为李业是他的舅舅，一定是真心对他，于是，也对郭威生出疑心来。

原来，郭威平定河中李守贞之叛于乾佑二年八月回师至洛阳时，本打算在这里停留一日，好好歇息一下，不料，洛阳留守王守恩因为贪财，又自恃位兼将相，坐着轿子前去迎接，对郭威很不恭敬。郭威大怒，辞而不见。王守恩还在外面等候的时候，郭威已派白文珂代他任西京留守，把王守恩给予罢职。这些事，刘承佑十分清楚，但念及郭威功高，从来没有追问过。

郭威正在战场浴血杀敌，怎么能知道宫廷中在发生着什么？怎么能知道刘承佑在想什么？怎么能知道京城的上空又起阴云？

第二天上朝后，因为廷议一件小事，苏逢吉、史弘肇、杨邠、王章针锋相对，争吵不休，刘承佑几次劝阻都不听，心中十分恼火，想到他们过去不仅不把自己当皇帝去跪拜，山呼万岁，还总是把自己当小孩子一样来对待，更是怒不可遏。心下道：你们虽然相互之间势不两立，但在节制我刘承佑的事情上是一致的，如今郭威带大军北上拒敌，正是利用他们的矛盾除掉这些心腹之患的绝好机会，一定不能错过。

当天晚上，刘承佑把李业叫到密室，问他怎么才可以把史弘肇、杨邠、王章、郭威铲除。李业奸笑说："很简单，等他们上朝的时候，设伏兵击之，然后以他们谋反为名，诏告天下。"

刘承佑说："郭威为汉朝屡立战功，一向效忠朝廷，杀他难以服众矣。"

李业说："郭威掌管军权，如果不把他除掉，你不依然要受人钳制吗？没有杀人心，难以掌乾坤。"

刘承佑疑虑道："郭威现在领兵在河北，怎么杀之？"

李业说："也很简单，你下一诏书，让你六舅舅、镇宁军节度李洪义持诏书赴澶州，以让他节制河北诸州郡为名，在他接受诏书的时候趁机杀之。"

刘承佑认为李业的计谋可行，当即诏令李业第二天就动手，事不宜迟。

第七章

天造地设

乾佑三年十一月十三日，上朝的时候一到，史弘肇、杨邠、王章一前一后，如期入朝。至广政殿前，忽然，数十个披着盔甲的士兵从广政殿奔了出来，迅速把他们按倒，塞住嘴，蒙上眼睛。他们还没有明白怎么回事，已被架到东廊房下面，转眼之间便已人头落地。

刘承佑见心腹之患已除，大喜，立即召宰相苏逢吉等朝臣到崇元殿，激动地说："史弘肇、杨邠、王章谋反，已被诛之，朕与众爱卿同庆！"

接着，又召诸军将领至万岁殿，说："史弘肇、杨邠、王章以小孩子视朕，朕自登基以来，就没有做过真正的皇上，朕今日才是真正的皇上。朕将重重地赏赐你们，你们皆再没有后顾之忧矣！"

诸军将领皆山呼万岁，拜谢而退后。接着，刘承佑又令开封府尹刘铢率兵收捕史弘肇、杨邠、王章的亲戚、党羽、侍从、仆役，把他们也都全部杀死。而后，李业又命刘铢领兵闯入郭威府邸，把郭威的继室张氏、二儿子郭侗、三儿子郭信、大女儿郭乐安、二女郭寿安、三女儿郭永宁、郭荣妻子刘氏，全部诛杀，甚至扬言要把郭威已故妻子柴守贤的尸体挖出砸碎。同时又把随郭威北上抗击契丹的侍卫步军都指挥使王殷、监军王峻家的大人小孩也全部诛杀。

这时，郭威已经领兵进军到距离开封六百余里的邺都，正在与契丹军激战。刘承佑杀掉史弘肇、杨邠、王章及其亲人和郭威等人的亲人后，又遣供奉官孟业带着密诏赶赴澶州及邺都，让孟业把密诏直接交给镇宁节度使、六舅舅李洪义。密诏直言说：令李洪义前去诛杀驻扎在澶州的侍卫步军都指挥使王殷，令邺都行营马军都指挥使郭崇威诛杀郭威及王峻。

为了防止与郭威亲近的平卢节度使符彦卿、永兴节度使郭从义、陈州刺史李谷、泰宁节度使慕容彦超、匡国节度使薛怀让、郑州防御使吴虔裕、天平军节度使高行周等人作乱，刘承佑又以讨伐契丹为名，急召他们入朝。同时诏谕使者，一旦路途中发现他们有异常行动，立即处死。并以苏逢吉权知枢密院事，前平卢节度使刘铢权知开封府，侍卫马军都指挥使李洪建权判侍卫同事，内侍省使阎晋卿权侍卫马军都指挥使，做好了应对异常情况的准备。

符彦卿任平卢节度使后，没有任何怨言，依然像过去一样忠诚于朝廷。这天中午，符彦卿正在青州府邸与符金玉、符金环、符金锭和夫人等亲眷有说有笑地一起吃饭，忽然看到朝中使者来到了门外，立即放下饭碗，迎了上去。没等他说什么，使者便立即宣旨让他入朝。看到这种情景，符彦卿意识到朝中又发生了大事，神情不觉间有些紧张。为不让家人为他担心，很快调整了情绪，故作镇静地对夫人和符金玉说："圣旨到了，我要马上赴京。"

符金玉十分明白，朝中发生了不一般的事，不然不会这么急。可是，又不能问。即使问，父亲也不会告诉自己，甚至父亲也不一定能知道。这些年，朝中狼烟四起已经司空见惯，他们也都见怪不怪了。但是，符彦卿、符金玉父女怎么也想不到这次郭威也有了杀身之祸。

符彦卿走出家门的那一刻，全家人都神情不安地给他送行。符金玉走到他跟前，忍不住说："父亲，我义父不会有事吧？"

符彦卿故意笑笑说："他在河北抵御契丹，会有什么事？"

符金玉又问道："郭荣哥哥他……"

符彦卿又笑笑说："他一个小卒子，不参与朝中大事，且也随父北上，更不会有什么事。"

符金玉再次端详了一下使者的眼神,感到里面有一种阴冷之光,担心是不是有什么事要牵涉到父亲,不安地说:"父亲与皇上……"

没等她说完,符彦卿就知道她想说什么,忙打断她说:"我为汉室如犬马一般,高祖一向对我恩宠有加……"

他还没说完,使者就催促他赶紧上路。符彦卿只得转身向京城方向而去。

供奉官孟业带着密诏到达镇宁后,立即把密诏交给了镇宁军节度使李洪义,让他去杀驻守在澶州的王殷。李洪义看着密诏,想到王殷是汉朝的有功之臣,郭威是汉朝的开国元老,功高如山,恩深似海,平时看到郭威那威风凛凛的身躯,就畏惧三分,不由浑身战栗。因为是皇帝诏令,他不敢不行动,但是却令孟业先去杀王殷,想等孟业杀掉王殷后再去杀郭威。

王殷虽然身在澶州,却始终关注着京城的动静,孟业还没到澶州,王殷已经听说了几位大臣被杀的消息,当看到孟业来到后,知道来者不善,没等孟业动手,便立即把他囚禁起来。王殷打开密诏,先是吃惊,进而庆幸自己动手迅速。随修书一封,把几位大臣和郭威全家被杀的事如实描述一番,立即遣副使陈光穗带上密诏和他的书信快速奔赴邺都,速报郭威。

郭威看了密诏和王殷的书信,仰天疾呼道:"皇上,我郭威为大汉江山赴汤蹈火,出生入死,如今你却要加害与我,何也?"

郭威哭喊了一阵,又对王殷副使陈光穗大声说:"我对汉室忠心耿耿,对他刘承佑披肝沥胆,我临出征前还对他嘱咐一番,他怎么会这样?不会是他所为,一定是有小人加害与我。"

郭威愤怒着,疾呼着,一向精明的他一下子竟六神无主、心慌意乱起来:刘承佑已经不是小孩子,也已做了几年的皇帝,难道真假不辨、良莠不分?他要干什么,为什么会如此残酷?这时,他想到了西征李守贞时曾经献计给他、机敏谨慎的枢密吏魏仁浦。于是,派人把魏仁浦、卢琰召来,并把诏书递与他,向他询问良策。卢琰是洛阳人,出身于贵族之家,高祖卢仝和曾祖卢云都是唐代名人,晋、汉以来一直在郭威麾下,很受郭威器重。

魏仁浦看了密诏,凝神思考了一会儿,说:"郭公,你是汉朝的开国大臣,功名一向清白,且为世人称颂,现在又握有重兵,据守着重镇,一旦被小人诬陷,灾祸来临是很难排解的。事态已到了如此地步,不能坐着等死呀!"

卢琰义愤填膺地说:"郭公,为这样的昏君卖命是我们的奇耻大辱,我们已经死到临头了,不如反了吧!"

郭威说:"想当年,我和众位顾命大臣跟随先帝披荆斩棘,夺取天下。接受先帝托孤的重托后,竭尽全力保卫国家。如今他们已经死了,我的家人也没有了,我还有什么心思独自活着?不如死了算了。"

魏仁浦说:"你白白送死有什么好处?不如顺应众人之心,领兵南行,这是天赐的良机呀!"

郭威想了想,含泪痛下决心道:"刘承佑小儿,我郭威从来没有异志,如果是对郭威有偏见尚可原谅,家人何罪之有,你居然全部杀戮?是你逼我造反啊!高祖皇帝,你在天之灵应该看到,不是我郭威无义,是刘承佑太无情耶!"

这时,赵匡胤献计说:"郭公可利用这一诏书做些文章,就说是皇上下诏让诛杀诸位将领,诸将领必奋起之。"

郭威采纳其计,立即召都行营马军都指挥使郭崇威、步军都指挥使曹威及监军、宣徽使王峻诸将,告诉几位重臣已经冤死,并把密诏在诸将前晃了一下说:"我与史弘肇、杨邠、王章诸公披荆棘,从先帝取天下,受托孤之任,竭力以卫国家,如今他们已死,皇上又令我诛杀各位将军,我怎能忍心让众将死而自己独生?君辈可取我首级以报皇上,众将家人也不再受连累。"

郭崇威等将领听了,痛哭说:"天子幼冲,此必刘承佑左右的一群小人所为,若使此辈得志,国家其得安乎?我们愿跟从郭公入朝荡涤鼠辈,以清朝廷。"

郭威故作迟疑不决状,说:"我已别无他图,只是担心诸将安危也。"

魏仁浦与诸将疾呼说:"人为刀俎,我为鱼肉,我等已经命悬一线,岂可苟全性命？"

郭威见群雄奋起，立即下令：集重兵返回开封。

但是，就在大军集结完毕将要回师的时候，他又想到了契丹军对这一带不停地侵扰，想到了无数百姓因之生灵涂炭。不觉间又愁肠寸断，涕血流襟。最后，他望了一眼已经跨上战马的养子郭荣，下令说：

"孩子，返京的事由我和其他大臣就行了，你留下来吧。"

郭荣惊愕道："父亲，为何？"

郭威叹息说："如果契丹军得知我们大军撤离，一定又要南下，犯我汉室疆土……"

没等郭威说完，郭荣就忍不住大哭道："父亲，如果不是王殷尊崇你，派陈光穗把密诏给你，我们早已没命。都这个时候了，您怎么还在想着他刘承佑的汉室江山？"

郭威说："这江山是老百姓的，不是哪一个人的，我们吃着百姓种的粮食，穿着百姓纺织的衣服，他们是咱的衣食父母，咱不能置他们于不顾。"

郭荣忽然像一头暴怒的狮子："不，我要杀回开封，我要把刘承佑家族杀个片甲不留，为我的弟弟妹妹们报仇雪恨！父亲，请您答应我，请您答应我……"

郭威忽然冷目以对，说："听父亲的，你带二千兵马留下来，与澶州、邺都等地守军驻守好北方，以防止契丹军烧杀抢掠百姓。"

郭威说罢，立即命令命郭崇威率骑兵为前驱，在前面开路，自己率领步兵跟后，全军向开封方向疾驰而去。

郭荣望着父亲远去的背影，对着开封方向，双膝下跪，失声痛哭道："母亲、夫人、弟弟、妹妹，你们死得冤枉啊，郭荣今日不能回家祭奠，来日一定报答你们，为你们报仇……"

也就是从这一天起，郭荣的脾气开始变得暴躁起来。

此时已是隆冬，北风呼啸，大雪纷飞，但是大军狂奔南下，却热气腾腾。郭威所经之地，各镇节度使纷纷倒戈拥戴。没几日，郭威南下到达澶州。李洪义见大事不妙,跪地投降。王殷得知郭威大军来到,出城迎接。看到郭威后,想到家人已被杀,自己又险遭杀戮,恸哭不止,立即率所有兵马跟从郭威南下。

乾佑三年十一月二十日,郭威领兵抵达开封城附近。刘承佑派慕容彦超与开封尹侯益率军到北郊迎战,两军遭遇于刘子陂。刘承佑认为郭威必败,为鼓舞士气,亲自出城犒劳将士,并在刘子陂观战,等待汉军大捷。

此时,赵匡胤的父亲赵弘殷也在刘承佑的左右,其官职是护圣都指挥使。赵匡胤的爷爷赵敬曾经在朱温建立的梁朝出任官职,李存勖起兵推翻梁朝时,赵弘殷为躲避父祸,逃难到洛阳郊外的夹马营,被乡绅杜爽招为赘婿。刘知远建立汉朝后,赵匡胤把父亲的情况介绍给郭威,被郭威招进开封,并举荐给刘知远,被刘知远重用。刘承佑即位时,仍为护圣都指挥使。没有想到的是,此时赵匡胤与父亲现在却成了对手。

刘承佑本以为会大获全胜,不料,刚刚开战没多久,侯益投降,慕容彦超逃往兖州,汉军溃不成军,一败涂地。

当天夜里,赵匡胤只身潜入汉军阵营,找到父亲,几经劝说,赵弘殷终于听从赵匡胤的话,不再为刘承佑效力,决定反汉。

二十一日清晨,刘承佑见大事不妙,匆忙领兵往回逃。赵弘殷见状,领兵倒戈,与刘承佑所率之军展开激战。刘承佑在贴身护卫的保护下,只带领一小部分兵力逃脱。让刘承佑没有想到的是,他到了开封城下,一向十分崇敬郭威的开封尹刘益起兵反叛,拒绝他进城。刘承佑见进城不得,后面的追兵很快就要来到,只带了苏逢吉、阎晋卿、聂文进和茶酒使郭允明等人,拼命向西北奔逃。

二十二日,刘承佑等仓皇逃到赵村,兵困马乏,刚要停下歇息,忽见后面尘埃大起,以为是追兵,他看到那追兵速度极快,再往前跑也跑不了多远就会被追上,急忙下马,打算躲入村民屋中。茶酒使郭允明见形势危急,想以刘承佑作为进见郭威之礼,投降追兵,便大步赶上刘承佑,狠命一刀,将他刺死。刘承佑仅在位三年,卒时二十一岁。其实后面并不是追兵,而是刘承佑的亲兵赶来护驾。郭允明见自己弄巧成拙,横刀自刎而死。接着,苏逢吉、阎晋卿也刎颈自杀。

郭威闻刘承佑遇弑，想到过去与高祖刘知远的感情和重托，想到这次也是要铲除那些小人，而不是要杀死刘承佑，忍不住大哭说："此乃老夫之罪也！"

郭威率军入城，至玄化门，刘铢领兵在城墙上对郭威万箭齐发，箭镞如雨。郭威见此门不通，又率军至迎春门，经过一番激战，终于进入城内。城中守军闻听郭威杀回京城，知道汉室大势已去，纷纷倒戈投降。

郭威回到自己的府邸，看到妻子、儿子、女儿的尸体还躺在院子里，依然保持着挣扎和痛苦之状，忍不住嚎啕大哭："夫人、孩子，郭威对不起你们啊……"

郭威哭了一阵，令士卒将他们入殓掩埋。同时，又令王殷负责寻找史弘肇、杨邠、王章及其家人的遗体，也一一入葬。

诛杀郭威、王殷全家的刽子手刘铢、李洪建很快被捉拿。众将都义愤填膺，恳求郭威把他们全家也一并杀死。郭威对公卿们说："刘铢杀我全家，我又杀他全家，怨仇反复，庸有极乎？"

郭威令人将刘铢、李洪建及其党羽斩首于市，而赦其家人，不得杀戮。

郭威报怨以德的做法，让将士们大为震动。王殷、郭崇威、王峻、赵匡胤等都高呼让郭威称帝，并说，只有郭威做了皇帝，中原百姓才有福祉。

郭威听到大家的拥戴之声，确实心动：几十年来，天下动荡不止，何时是个尽头？但又想：我本是讨伐乱世小人，如果趁机称帝，恐怕遭人误解，反遭后世恶名，便没有接受拥戴。但想到江山社稷不可无主，于是请皇太后李氏临朝称制，并请皇太后立刘知远的养子、武宁节度使刘赟为帝，以此来稳定汉室，安抚天下，防止再把百姓置于水火之中。

李太后临朝后，根据郭威的谏言，以王峻为枢密使、王殷为侍卫马步军都指挥使、郭崇威为侍卫马军都指挥使、曹威为侍卫步军都指挥使、陈州刺史李谷为三司使。然后，令平卢节度使符彦卿、永兴节度使郭从义、泰宁节度使慕容彦超、匡国节度使薛怀让、郑州防御使吴虔裕、天平军节度使高行周等都返回。

就在这个时候，镇州、邢州使者奏报：契丹主趁汉廷生变，领数万骑兵南下入侵中原，已攻至内丘，守军连续迎战五日不能破敌，死伤甚众。同时，已有成兵五百人投降契丹军,并引契丹军入城,又导致饶阳城陷落。太后知道如今只能依仗郭威,也只有郭威才能破敌,于是令郭威领大军北上,国事由窦贞固、苏禹珪、王峻负责,军事由王殷统领。

十二月中旬,郭威领兵告别开封,再次渡过黄河,快速北上。

郭威大军到达滑州,冯道率河阳附近州县的守将领数千人从西面赶来,站在道路两旁,像迎接皇帝一般为他送行,将士们皆齐声高呼“万岁”。

郭威领兵到达澶州,住在一个旅馆。第二天早晨准备出发,将士数千人忽然大喊着来到大门外。郭威命令关闭旅馆大门,不让进入。可是,将士有不少人纷纷翻墙跳进院内,群情激昂。经郭威上表被晋升为邺都副留守的王仁镐走到郭威面前,大声说:“天子须侍中才能为之,将士已与刘氏为仇,不可再立为皇帝也。如今众望攸归,你就答应吧!”

郭威没有答应。王殷、郭崇威、王峻、王仁镐、赵匡胤等撕破黄旗当做黄袍,硬是披到了郭威身上。这时,旅馆大门打开,院内挤满了将士,一起振臂高呼:“万岁、万岁、万岁……”其声震地,经久不绝。郭威依然推辞,但是,众将士的情绪已经不可控制,一起簇拥着郭威,向外面走去。

走出旅馆,众将士呐喊着回师京城。

此时虽然天寒地冻,滴水成冰,路面像铁块一样坚硬,但经不住战马的铁蹄和将士的热血,不一会儿就扬起阵阵尘烟。大军浩浩荡荡,人欢马叫,直指京城开封。沿途百姓感恩郭威屡次平定契丹南侵,纷纷集结到路边,敲锣打鼓,欢呼相送。

武宁节度使刘赟接到太后让他回京称帝的书信后,立即从徐州回开封。他没有想到,在传诏使出京城奔向徐州时,侍卫马军都指挥使郭崇威已经率兵赶赴他回京的必经之地——宋州,在那里早已设好埋伏。刘赟到了宋州,便被郭崇威软禁起来,仅仅封为湘阴公。

乾佑四年正月初四,郭威大军到达开封。初五,郭威领兵从皋门进入皇宫,李太后知道汉室因为刘承佑已是日暮途穷,她也回天无力,于是,颁下诰令,授予郭威传国玺印。

郭威在崇元殿即位，下制书说：朕是虢叔的后裔，周代宗室的子孙，国号应该叫周。于是，改国号为"周"，年号为"广顺"。

刘赟听说郭威在开封称帝，知道被骗了，破口大骂。郭威的将士岂容他这样，立即把他杀死。刘赟的父亲刘崇是刘知远的弟弟，刘知远称帝后，把刘崇封为太原留守，镇守河东。刘崇得知消息，据河东十二州自封为皇帝，在太原登基，仍用乾佑年号，国号依然为汉，并任命节度判官郑珙为中书侍郎，观察判官赵华为户部侍郎，均为同平章事。任命次子刘承钧为侍卫亲军都指挥使、太原尹，任命节度副使李存为代州防御使，副将张元徽为马步军都指挥使，陈光裕为宣徽使。扬言与郭威决一死战，灭掉周朝。

郭威称帝的消息很快传到平卢节度使符彦卿那里，符彦卿和夫人金氏、符金玉、符金环、符金锭听说后，激动万分，喜极而泣。符金玉忍不住奔到古筝前，弹奏起唐代的《秦王破阵乐》来。符金环则随着乐曲的旋律，高声吟唱："四海皇风被，千年德水清；戎衣更不着，今日告功成。主圣开昌历，臣忠奉大猷；君看偃革后，便是太平秋。"

全家之所以如此激动，是意识到中原大地将出现一个明君。符彦卿对女儿们说："我与郭威相处几十年，他那一颗爱民之心，是一般的帝王所不能相比的。国家有望矣！"

没几日，符彦卿便收拾行囊，准备奔赴开封，他要马上见郭威，与他开怀畅饮，向他祝贺：郭威一向礼贤下士，善于听取他人的建言，他要以兄长的身份，向他献计献策，把周朝治理好，给百姓带来福祉。几十年来，乾坤倾覆，民生凋敝，是改天换地的时候了。

就在符彦卿将要成行时，郭威已经先于他行动了，此时已派传诏使来到了他的门前：加封符彦卿为淮阳王，还把他在京城的府邸赐予符彦卿，并让符彦卿带着夫人、符金玉、符金环、符金锭等家眷，速速进京，共商国是。郭威之所以加封符彦卿为淮阳王,是因为符彦卿老家今日虽为陈州,但战国时因为在淮水之北,就称为淮阳,刘邦建立汉朝时曾为淮阳国、淮阳郡。

符彦卿及家眷在家将的护卫下,分乘三辆车,出了青州,一路向西而行。虽然北风呼啸,符彦卿却感到那不是寒风,而是由无数乐师在一曲又一曲地吹奏洞箫。符彦卿忽然想起由李白的《关山月》谱写成的洞箫曲,心下道:若有洞箫此时吹奏该有多好。惋惜之后,却忍不住掀开车幔,迎着寒风,吟咏起来:"明月出天山,苍茫云海间。长风几万里,吹度玉门关。"

符金玉也一改往日的郁闷、压抑,脸上挂满了灿烂的微笑。自从河中到沂州,再从沂州到青州,这一年多来,她总是逃脱不了母亲让她"出家"的阴影,母亲虽然不敢再强迫她,却总是拿着那些《金刚经》《法华经》《南华真经》《通玄真经》什么的,在她面前晃来晃去,讲讲这个尼姑,说说那个道姑,以致影响得符金环总是时不时地翻阅起这些佛家、道家的书来。她深深感到,她没有出嫁的时候,母亲是那么的疼爱她。李崇训死后,她在母亲眼里好像不再是自己的女儿了,依然是李崇训家的人,是一个丧夫的人,一个暂时栖居在娘家的人,并常常为她的婚事唉声叹气,总担心她这个丧夫的人嫁不出去,成为这个家的累赘。

符金玉在家感到憋闷,常常独自出去散步。但每逢出去散步,母亲又总是不放心的样子,再三叮咛:男女授受不亲,不能互相亲手递受物品,不要和不认识的男人说话,和男人说话的时候,动作不要亲密。好像她一跟男人说话,就成了红尘女子似的。她不能说母亲不疼爱她,但又总是感到有一种说不清道不明的东西萦绕在她和母亲之间。

符金玉想着不几日就要见到义父了,心中很是痛快,暗自说:义父不仅是深明大义的人,还是一个善于关爱他人的人,见了他一定要好好地诉说一番这一年多来对他的思念。想到义父,她就禁不住又想到了郭荣:他回到京城了吗?现在他是皇子了,还会像过去那样对自己像个大哥哥一样吗?历来皇子都比较骄横,他也会变得这样吗?如果他变得高人一等,目中无人,自己还会喜欢和他谈古论今,骑马射箭吗?她越想越多,想着想着,禁不住又变得郁郁寡欢起来。

符彦卿吟咏了李白的诗,想着符金玉也会应和,没想到她却沉默不语,禁不住看了她一眼说:"金玉,你一向爱说爱笑的,今天何以寡言少语?"

符金环也附和说:"是呀,姐姐怎么变得好像不高兴似的?"

符金锭也有话了,说:"路还远着呢,姐姐教我背诵唐诗好吗?"

符彦卿笑道:"金锭变成大孩子了,知道读书背诵诗文了。"

金氏夫人也一改在家的时候那种不苟言笑的样子,眼神里一直是笑吟吟的,听了符金锭的话,忙对符金玉说:"你妹妹说得对,就趁这机会教教她。"

符金玉想到此时应该高兴,而不是沉闷,忍不住吟咏起李商隐的《暮秋独游曲江》:"荷叶生时春恨生,荷叶枯时秋恨成。深知身在情长在,怅望江头江水声。"

但是,等到吟咏完,又感到这首诗与眼下的气氛不吻合,忽然想到了陶渊明的《归去来辞》,忙说:"今天我教妹妹《归去来辞》吧。"

符金锭听了,拍手称快:"好,好!"

符金玉先教她第一段道:"归去来兮,田园将芜胡不归!既目以心为形役,奚惆怅而独悲?悟已往之不谏,知来者之可追。实迷途其未远,觉今是而昨非。舟遥遥以轻飏,风飘飘而吹衣。问征夫以前路,恨晨光之熹微……"

符金锭很聪明,符金玉只教了她两遍,她就能熟练地背诵下来。记不清走了多远,符金锭已经把这首长长的《归去来辞》全部背会了。

几日后,符彦卿和家人到达开封。他们到距离城门还有很长一段距离的时候,赵匡胤已经带着人马迎接到跟前。

赵匡胤说:"微臣赵匡胤奉皇上之命特来迎接淮阳王回京。"

符彦卿笑笑说:"一年多未见,匡胤变得更加英俊了。"

赵匡胤躬身说:"谢谢符公夸奖。"

符彦卿到了郭威府邸门外,郭威忙走出来迎接。符彦卿本想着见了郭威会是一阵仰天大笑,不料,当看到府邸依旧,却不见了他的夫人和孩子,忍不住抱着郭威号啕大哭起来："夫人和孩子的欢声笑语犹在,怎奈转眼之间阴阳相隔,不得相见也。"

郭威本想抑制住自己,不料也和符彦卿一样哭成了泪人。

符金玉一边为郭威擦拭泪水,一边说:"义父,您女儿在这里,女儿来看您了……"

郭威破涕为笑,说:"女儿,看到你我好高兴啊……"接着,又走到金氏夫人面前说,"嫂夫人近来安好?"

金氏夫人先是一笑,接着也忍不住呜咽起来,不知道此时说什么是好,半天才叫了一声:"皇上……"

郭威责怪道:"嫂夫人,你怎么如此称呼我?我们两家没有皇上……"

郭威又把符金环、符金锭揽在怀里,说:"看到尔等,我心悦矣。"

符金环忙擦去泪水说:"看到叔父,金环更是开心。"

赵匡胤看了郭威一眼,很适时地说:"皇上,外面寒冷,还是进屋叙谈吧。"

郭威、符彦卿等进了屋,宾主落座后,郭威直言道:"今日宣兄长来京,一为讨教治国安邦之大计,二是要把我这处宅邸赐予你……"

符彦卿没等他说完,忙说:"彦卿虽无什么大计,但定会以浅见拙识建言献策,但若赐宅邸与我,为兄实难接纳。"

郭威说:"李守贞反叛后,刘承佑忌惮你,把你迁任至沂州,并把他父皇赐予你的宅邸收回,让你举家东迁,实乃不义也。如今我家人全部遇害,郭荣在邺都,我要此宅邸何用?"

符彦卿打断他说:"如今你做了皇帝,身边岂能无人?当再续娶一位年轻貌美的妻室才是。"

郭威摇首说:"前妻柴守贤与我在黄河边一旅舍相遇,她是一个娇贵仕女,我一个起自贫寒荒村茅店中的粗犷之人,她能喜爱我,是我一生的荣幸。不料,她过早地离开了人世。后来在朋友的劝说下,又续娶了杨氏,可杨氏也早早地离开我。后来又续娶了张氏,她对我也像柴氏一样,情深义重,没想到却被刘承佑杀害。我一时忘不了她们，不会很快续娶。"

符彦卿感到很不理解，忍不住说："历代皇帝都是嫔妃妻妾成群，已成天经地义，你何不可以如此？"

郭威正色说："我即帝位之后，有的奉献祥瑞，以示上应天意，下从人愿。有的上表大摆酒宴，以示庆贺。更有的上表云：'不睹皇宫壮，安知天子尊？'奏请大造宫殿。我皆一概否之，并下诏：'帝王之道，德化为先，崇饰虚名，朕所不取，敬致治未洽，虽多瑞以奚为。今后诸道所有祥瑞，不得辄有奉献。'"

符彦卿感叹说："像贤弟这样的皇帝，恐怕前无古人、后无来者也。"

郭威说："我少孤微，艰辛备历，逢时丧乱，享帝王之位，安敢所供养的只给朕一人，而受损害的却普及黎民百姓？贡品贮存在官府之中，大多成为无用之物，于民有何益处？我前几日下诏：应乘舆服御之物，不得过为华饰，宫闱器用，务从朴素，大官常膳，一切减损。诸道所有进奉，以助军国之费。诸无用之物，不急之物，一律不准操办，并将宫中的珠玉金银等奢侈品，击碎于殿庭，以警示诸大臣。接着，又下诏书：朕生长在军中，没有亲自从师学习，不懂治理天下的道理，文武官员有利国利民的良策，各自上书奏报，让我知道，而且应直陈其事，不要讲究辞藻。不少大臣均劝我像过去的皇帝一样选美，什么三妻四妾，我皆回绝，柴氏虽然离开我多年，每每想起，皆垂泪不止，在我心中她依然是我的妻子，我已册封她为圣穆皇后。册封杨氏为杨淑妃，张氏为张贵妃。平定李守贞之乱回师经过洛阳时，遇到早年丧夫的董氏，过些时候娶她即可。"

郭威的第一任是柴氏，后汉天福十二年去世。第二任杨氏是镇州真定人，结婚没几年也去世了。第三任妻子张氏原嫁武氏，后来武氏卒，寡居在家，杨氏去世后嫁给郭威，不料被刘承佑杀害。前些年路经洛阳时，遇到董氏，见董氏美貌出众，自幼聪慧，既有音乐天分，又多才多艺，但因丈夫早年死于契丹兵乱，一直寡居于洛阳，很为她惋惜，当时只想以后帮助她，没想到这时却要娶她为妻。

符彦卿想到历代皇帝妻妾成群，而郭威仅欲娶一个丧夫之妇，不禁对他更加崇敬。符彦卿知道不宜再和他谈论续妻之事，忙转移话题，问他选择重臣的情况。

郭威说："今日宣贤兄来京,就是想让兄指点一二。"

符彦卿道："诸葛亮说过,夫为将者,必有腹心、耳目、爪牙。无腹心者,如人夜行,无所措手足;无耳目者,如冥然而居,不知运动;无爪牙者,如饥人食毒物,无不死矣。"

郭威问他说："你看都是谁可为腹心、耳目、爪牙?"

符彦卿说："冯道是一老将,才学出众,能深谋远虑,可重用。刘承佑即位时他就托病隐居,可见他有远见卓识。"

郭威道："所言极是。我领兵西进平李守贞之乱时,曾经向他问计,围困之法就是得益于他。刘承佑死后,李太后命我领兵北上抵御契丹,他从河阳领各州县将士数千人送行,并高呼万岁。我已任他为太师、中书令。"

符彦卿又推荐说："范质,九岁能诗文,十三岁攻读诗经,十四岁开始招生收徒做老师。唐长兴四年考中进士。晋朝时他携带写好的文章去见宰相桑维翰,因文采出众,深得器重,历任监察御史、翰林学士等。汉初年升中书舍人,官居户部侍郎。也可重用之。"

郭威笑道："自我在邺都起兵,进取京城,范质为避战乱,藏匿民间,经四处查访,才被找到。当时正值大雪纷飞,我脱下龙袍给他披上,然后便让他为李太后起草诏书。虽为仓促撰成,却是文采飞扬,便禀报太后封他为兵部侍郎,枢密副使。当下我已加封他为中书侍郎兼集贤殿大学士。"

符彦卿笑道："陛下如此爱惜人才,在皇帝中绝无仅有。"

郭威给他介绍几位已经重用的大臣说："我西征河中时,李谷为西南转运使,后到你的老家陈州任刺史,他为人厚重刚毅,雅善谈论,议政事能近取譬,言多诣理,辞气明畅,我已加封其为户部侍郎,拟再为中书侍郎、同平章事,掌管三司。王溥曾经也跟随我西征河中,很有智谋,已授左谏议大夫、枢密直学士。魏仁浦任枢密承旨、羽林将军。卢琰为荣禄大夫、开国上将军,食禄三千七百户,钦赐金绯鱼袋。"

符彦卿正色道："你重用了那么多有才之士，为何有一个人却没有用？"

郭威诧异道："何人？"

符彦卿说："张永德。"

郭威笑了："历朝皇帝都把权柄交给自己的亲人，我认为这样不利于国家社稷。他是我的女婿，我岂能步过去皇帝的后尘，也给他重权？"

符彦卿说："过去那些皇帝重用有亲缘者，不讲贤能，故不久便衰败之。但，举贤不避亲，张永德有勇有谋，定当重用。"

郭威和柴氏结婚生儿育女后，家境依然很贫寒，以致收郭荣为养子后，郭荣不得不在江陵贩茶，以弥补生活不足。其大女儿也以到处做佣工来糊口。一次，郭威领兵攻打淮南路过宋州时，宋州官吏慰劳于一个驿站。不久前，这个驿站来了两个穿着破旧的年轻男女，不知从哪里来，要在这里佣力为食。驿站的一个老人可怜他们，给酒食、衣服，让相配为夫妇。郭威领兵到了这里，周围的人都来围观，不料，那女子在众人中大呼说："那为首的是吾父也。"围观的人都嘲笑她，纷纷驱赶她。郭威听到了那呼喊声，走到她跟前，才知道真是自己的女儿，父女二人不由得相拥而泣。郭威要带女儿一块儿走，女儿笑着说："我已嫁人了。"说罢就让那年轻男子走了出来。郭威见了，非常喜欢，说："此亦贵人也。"于是，把他置于军中。这个人就是张永德。

刘承佑屠杀郭威的亲人时，张永德正在节度使常遇的军营中押送朝廷的生辰礼物，常遇亦接到命他杀掉张永德的诏书。张永德探听到诏书的内容，沉着应变，主动去说服常遇："永德即死无怨，恐怕要连累君侯你全家也。"常遇愕然说："为什么？"张永德说："奸邪败坏朝政，我岳丈必定起兵清君侧，你如果加害于我，你和你的全家必有后患。"常遇知道郭威重兵在握，相信他的话，令壮士对张永德严加保护。没多久，郭威大军便攻到开封。常遇在给张永德祝贺并感谢时，感慨地说："若不是你对老夫直言，老夫将酿成大错也。"

郭威想了想，最后采纳符彦卿的谏言，决定先封张永德为左卫将军、驸马都尉，掌管京畿一带的兵权和御乘舆车，如若确有出众的才干，以后再委以重任。

符彦卿还想再向他举荐人才和谈论治国之道，郭威却忽然转换话题道："国事暂且到此，今日请兄长来京，还有一要事想和你相商。"

符彦卿听了不由一愣：国事就是要事，除此，还有什么能称得上是要事？郭威看到他这个样子，笑笑说："符金玉是我义女，一年多来尚未婚嫁，你可曾考虑过她的婚姻大事？"

符彦卿忍不住笑了："你说的原来是如此大事呀？"

郭威也笑笑，说："这是小事？"

符彦卿叹口气说："曾经有人给她介绍过几个，她都回绝了。我也很着急，可是，也很无奈，不知她有何打算。"

郭威沉默了一会儿，说："养子郭荣妻儿皆被刘承佑所杀，现在也是孤身一人。如若他是我亲生儿子倒可不急于让他完婚，他是我养子，我不能愧对于他。"

符彦卿笑了："如今你是皇帝，他是皇子，何愁找不到儿媳妇？"

郭威没有笑，说："凭他的相貌和皇子之位，找一个美貌之女不难，若找一个才貌双全、贤淑聪慧的就难了。历代皇帝、皇子都是妻妾成群，都冲着荣华富贵来的，有多少是能辅助他们成功立业者？"

符彦卿一时语塞，感到他要求的条件实在是太高了，这样的女人去哪里才能找到？

郭威看他不语，笑笑说："我曾经给义女保媒，不料让她险遭杀身之祸，至今感到愧对于她。今日我再为她保媒，不知你同意与否？"

符彦卿说："李守贞反叛，是他所为，与贤弟何干？你更不该自疚。"

郭威直言道："我遣柴守礼护送符金玉去你家时，郭荣和符金玉在澶州一个客栈相遇，相互都有好感，我想让他们结为连理，不知你意下如何？"

符彦卿听了，十分惊讶，半天没有回答：符金玉爱慕郭荣，他早已觉察到，可是，他哪里敢想一个丧夫之女去嫁给皇子？

郭威说:"他们一个是我的养子,一个是我的义女,你和我又是结拜弟兄,他们又是那么般配,实乃是天造地设的一对也。"

经郭威这么一说,符彦卿忍不住"哈哈"大笑说:"这么一说,还真是如此。只是,我家金玉乃是叛夫之妇,不知郭荣介意否?"

郭威说:"在澶州时,他们相互都非常钦敬,如若他们结为伉俪,郭荣定会喜不自胜。"

符彦卿想了想,对郭威说:"我们两家联姻,实乃是件大好事。然而婚姻是孩子一生的大事,你不如找个人做媒人到澶州,再看看郭荣的意思。如若郭荣乐意,我们何不乐而成之?"

郭威听了,当即答应下来:"好,明日即派人去澶州。"

郭威说罢,让符彦卿一家就住在这里,他则驱车去了皇宫,准备找一个人做媒,让他去澶州面见郭荣。

郭威去皇宫的路上,心里有说不出的喜悦:派人去澶州,只不过走走过场,上次符金玉和郭荣在澶州客栈的相悦之情,我郭威难道看不出来?想到他们将要成婚,心中不由又生出一种感慨:我与柴守贤相遇于黄河北面的一家客栈,儿子又与符金玉也相遇于黄河北面的一家客栈。柴守贤是因为唐朝宫廷发生叛乱被遣送回家,符金玉是李守贞叛乱而被护送回家。柴守贤是因为大雨致黄河水暴涨不能通行而居于客栈,郭荣是因为患病而居于客栈,都是萍水相逢,一见倾情。我郭家的婚姻大事,难道都是上天特意安排的?

郭威走后,符彦卿立即把金氏夫人叫到跟前,把郭威提亲的事给她讲了一遍。金氏夫人听了,自是喜欢得合不拢嘴:她一直在为符金玉的婚事发愁,并想让她出家皈依佛门,哪想到皇帝亲自提亲。何况两家又是患难之交。符彦卿本打算等郭荣回信后再告诉符金玉,金氏夫人因为高兴,就私下把这事告诉了符金玉。

符金玉听了,激动不已,立即把这一喜讯告诉了符金环和符金锭。姐妹三个都兴奋得一夜未眠。

没几日,郭荣从澶州派人回信说,因为刘崇正在太原集结兵力要大举进攻周朝,他又刚刚被封为澶州刺史、镇宁军节度使,正在澶州操练大军,近日将举行阅兵式,时刻准备迎击刘崇的汉军,不得回京,请符金玉务必赴澶州观看阅兵。

符彦卿全家都十分清楚,什么是去澶州观看阅兵?就是同意了这门婚事。符金玉知道他那里战事吃紧,本想过些日子再去,但知道不久就会是周、汉大战,对郭荣便不放心起来,她按捺不住忧虑和急切的心情,第二天就要独自去澶州。

郭威得知消息,赐她一匹红色战马,又给她派了数十名卫兵。于是,符金玉在卫兵的护卫下,奔向澶州。

第八章

金玉良缘

郭威称帝后，知道刘崇必会趁周朝新立，起兵进犯边境，北部的契丹也会借机南侵，所以，晋封郭荣为澶州刺史、镇宁军节度使，镇守北方。并特别为郭荣府中安排了一位掌管文案的记室——王朴，让他辅佐郭荣。

王朴是郓州东平人，年轻的时候就很机警，聪明过人，喜欢读书，文章也写得很出众。王朴在汉时以他不凡的才学考中了进士，殿试及第后，任校书郎，从此踏入仕途。杨邠很喜欢他这个才华出众的年轻人，就让他住进了自己的府中，当了幕僚。王朴善于观察分析当时的形势，他见杨邠、郭威、史弘肇和隐帝、李业、苏逢吉两派矛盾日益加深，预见到不久的将来两派必有大的冲突，到时候自己必然要受牵连，他依附的杨邠又站在和刘承佑对立的一方，危险性更大。所以，就找了个借口回到东平老家，躲了起来。不久，朝中发生了政变，史弘肇、杨邠等人被诛灭全族，一些和杨邠有关系的人都受到牵连被杀害，唯独王朴幸免于难。郭荣知道他是一个睿智和有才华的人，很器重他。

郭荣每日操练兵马，严阵以待，时刻关注着刘崇的动静。但每到晚上，他便忍不住思念被惨杀的妻子和孩子，仇恨、孤苦，让他常常夜不能寐。这天，父皇派人来给他提亲，他十分感激父皇在周朝新立，国事缠身的时候，还为他着想，想着他的婚事,他既高兴又担忧。高兴的是一年前他与符金玉已在澶州相识,非常喜欢她。担忧的是符金玉是大家闺秀,又才识相貌如此出众,追求高雅,会不会看上他这个曾经的商人。因此,回信让符金玉来澶州观看操练兵马,以试探她的反应。如果符金玉能来,则证明她乐意他们的婚事,否则就是拒绝。

很多日子未见京城来信,郭荣心中不禁闷闷不乐。这天中午,操练结束,他命令将士们原地歇息的时候,心里还在反复掂量,还在疑惑符金玉能否到澶州来。就在他左思右想快快不快的时候,部下一大将快步来到他的跟前,说:“将军,有一自报姓名叫符金玉的女子,带十几名护卫来到澶州,说是要见你。”

郭荣喜形于色,说:“快快把她迎接到这里来。”

说罢,整理了一下凌乱的头发,就要进入营帐等候。但是,刚到营帐前,便又转身唤住了那位大将,随即让一士卒牵过一匹战马,跃身而上,和那大将一起去迎接符金玉。

来到军营外,郭荣远远地看见符金玉端坐在马背上,正给身边护卫们指指点点。呼啸的北风吹乱了她的头发也全然不顾,白白的脸庞被寒风吹打得红红的似乎也没有一点感觉。身下的战马不时地摆动着头,呼出的热气在冷空气的挤压下变成了白色的雾状,并打着旋儿,不愿离去。郭荣激动地跳下战马,大声喊着“玉妹”,奔跑过去。符金玉听到叫声,这才回过神来,也跳下战马,大声喊着“荣哥”,朝他奔来。等到靠近了,他们都望着对方,居然很久无话。

郭荣首先打破沉默说:“玉妹一路迎风而来,辛苦了。”

符金玉笑笑说:“很久没有看到过操练兵马了,也没有观看过阅兵,很想来看看,不知郭将军是否欢迎?”

郭荣也笑道:“不知玉妹是否愿意来澶州观看阅兵,因之不敢奢望也。”

符金玉道:“既然郭将军相请,符金玉岂敢不来?”

二人说着,都忍不住大笑起来。

郭荣忙说:“我已在宅第为玉妹安排好住处,只等玉妹的到来。”

符金玉笑道:“今日不住你的宅第,路上我已想好住在哪里。”

郭荣不由一阵忐忑,忙问:"你已想好?"

符金玉别有一番意味地说:"是啊!"

郭荣一向口齿伶俐,这时却显得笨嘴拙舌,说:"是什么地方?"

符金玉笑道:"客栈。"

郭荣恍然大悟,赔笑道:"是我们第一次相见的那家客栈?"

符金玉说:"所言极是。"

郭荣笑道:"还是玉妹想得周全,虽然不是奇思,但却是妙想。"

符金玉莞尔一笑,算是回答。

郭荣忙说:"那我们就先去客栈。"

符金玉说:"不,天色未晚,先去客栈何益?"

郭荣不解其意,静静地望着她。符金玉说:"我要先去军营,看看你是如何操练兵马的。"

郭荣阻止说:"前面有一酒馆,等吃了饭,而后……"

符金玉打断他的话说:"不,我想到你们军营去吃。"

如此一番对话,郭荣更加欢喜。于是,和符金玉重新跨上战马,一起朝军营而去。

路上,符金玉无话找话说:"上次在澶州,没能知晓这里的人文地理,这次要好好地向你请教。"

郭荣忙说:"每日忙于操练,我也知之不多。"

符金玉道:"身为这里的朝廷命官,要对自己地盘的风物人情了若指掌才是。"

郭荣忙说:"听这里的一位私塾先生说,澶州古称帝丘,五帝之一的颛顼曾以此为都,故有帝都之誉。春秋时属卫国,称顿丘,战国时期,因位于濮水之阳而取名濮阳。隋开皇十六年,分濮阳县一部置昆吾县,析临河、内黄、顿丘各一部分置澶渊县。隋朝出了个大孝子张清丰,为了纪念张清丰,唐大历七年,钦定更名为清丰县。李世民建唐朝,为避唐高祖李渊之讳,改澶渊县为澶水县。唐武德四年置澶州,辖澶水、顿丘、观城等县。唐末至眼下,这一带又成了战场,仅梁、唐两朝,这里的征战就有二百余场。因为长期兵燹战乱,使唐代前期一百多年的城池、殿宇都遭到破坏。"

符金玉叹气说:"恐怕战乱一时难以止息也。"

郭荣忙说:"正因为如此,我才每日操练兵马,一日不敢懈怠。"

郭荣说罢,忙把北汉的情况给符金玉介绍了一番:刘承佑被杀时,河东节度使刘崇在晋阳聚集兵马,准备领兵南下进攻开封,但听到朝中迎立他的儿子刘赟时,也就停止了,说:"我儿为帝,我又何求?"太原少尹李骧私下对他说,看郭威之心,决不会甘心屈居人下,更不会立刘氏后代当皇帝,你不如马上领兵过太行,据孟津,陈兵于汴,观时局变化。这样或许公子尚能坐得帝位,到那时再罢兵也不为晚。刘崇大怒,说:"你这个腐儒,想离间我们父子吗?"于是,命令左右将李骧拖出斩首,停止出兵。不久,刘赟被废为湘阴公。刘崇想把儿子领回晋阳,但是,派出的使者到了宋州时,刘赟已被处死。刘崇得知儿子死讯,想起李骧的话,哭着说:"我不听忠君之言,以至于此!"于是,又为李骧修筑祠堂,对他岁时祭祀。

符金玉没等郭荣讲完,便忍不住笑道:"他们刘氏杀了那么多人,即使刘赟称帝,天下会太平吗?"

郭荣说:"刘崇亡我之心不死,前不久写信给北面的辽国,自称比他小几十岁的辽国皇帝为叔,向辽国求援,准备合兵攻打周朝。"

符金玉说:"晋阳即太原,也叫北京,历代都是兵家必争之地,辽国的契丹兵善骑射,弋飞走无不中,不可小觑。"

郭荣点头说:"当初父皇领兵进开封时让我留下,我很不理解,现在想来,父皇是未雨绸缪、计深虑远也。"

说话间,他们已经到了军营。

吃过午饭,郭荣正要领符金玉观看操练兵马,忽然一探马来报:"刘崇以太原尹刘承钧为招讨使,率步骑万人,分五路南下进攻晋州。"

郭荣忙对符金玉说："你先在客栈住下，等我击败来犯之敌，再一叙澶州风情。"

符金玉说："我愿与你一起迎击。"

郭荣笑道："你敢上战场杀敌？"

符金玉没有笑，说："有何不敢？"

郭荣担忧说："你没有上过战场，不可。"

符金玉正色说："正因如此，我才要一试。既然机会来了，岂可坐失？"

郭荣不想让她去，但见她决心已定，知道不可改变，只得让她加入军营，配以战马、盔甲及弓箭，一同西进，直奔晋州。

晋州位于澶州西北部，与刘崇的汉朝南境连壤，距离澶州八百余里。郭荣率骑兵、步兵万余人，日夜兼程。此时是正月，虽然时令已经进入春季，但依然若隆冬一样的寒冷，地上依然残留着积雪，行军十分困难。符金玉骑在马上，一路与郭荣谈笑风生，好像此次西征不是去打仗，而是去游山玩水一般。并时不时地还吟咏一些古代描写将士出征的诗词，什么王昌龄的《出塞》："秦时明月汉时关，万里长征人未还。但使龙城飞将在，不教胡马度阴山。"还有王翰的《凉州词》："葡萄美酒夜光杯，欲饮琵琶马上催。醉卧沙场君莫笑，古来征战几人回。"郭荣听着她的吟咏，看着她完全像一个久经沙场的英雄，对她更加敬佩。进而，眼前禁不住浮现出一片她和汉军厮杀的场景。

刘承钧率军攻到晋州城下，晋州节度使王晏领兵迎战没几个时辰，便以害怕之状，下令全军进入城中，闭城不战。刘承钧以为王晏已被汉军震慑，不敢出战，在城外辱骂叫阵。但王晏始终不出兵。这是汉军与周军的第一次交锋，刘承钧为了一举攻下晋州城，讨得刘崇的欢心，令千余步卒像蚂蚁一样密集地攀墙登城。汉军登城时没有遇到一点抵抗，千余步卒很快进入城中。他们哪里知道这是王晏的示弱诱伏之计？哪里知道王晏早已令周军埋伏在城内城墙附近？等这千余人嚎叫着要打开城门让汉军入城时，王晏一声令下，周军突然把他们分割包围，很快被歼殆尽。

刘承钧知道中计,恼羞成怒,正要再次攻城时,郭荣率大军赶到。两军在晋阳城外展开激战。符金玉毫不畏惧,冲锋在前,连续射杀数名汉兵。

两军交战不到一天时间,汉军死伤惨重,向北奔逃。

汉军兵败后,郭荣以为刘承钧不敢再战,想到符金玉也在军中,便欲率军回师。不料,在他刚刚准备撤离时,有消息传来:刘承钧向北奔逃了一阵后,又率军折而向西,分兵两路攻打周朝的隰州。隰州刺史许迁派步军都指挥使孙继业在长寿村迎击汉军,捉住汉将军程筠等人。在孙继业与汉军交战的时候,刘承钧率军进攻隰州州城,但多日不能攻克。

郭荣得知这一情况,立即率军奔向隰州。郭荣赶到隰州城下,两军相遇,喊杀声此起彼伏。符金玉再次冲锋陷阵,箭无虚发。交战不几日,汉军又大败,伤亡惨重,仓皇逃回晋阳。

郭荣在隰州休整大军,时刻准备再次迎击汉军。可是,等了近一个月,汉军再未敢入侵周朝边境。于是,郭荣下令回师澶州。

回到澶州后,郭荣犒赏将士,群情振奋。符金玉的英名也在军中如雷贯耳。

符金玉是为和郭荣的婚姻大事而来,没想到二人没来得及叙谈,却先上了战场。郭荣心里很内疚,符金玉则感到十分有趣。他们回到澶州的当晚,根据符金玉的要求,她被郭荣安排在他们曾经相遇的客栈。郭荣和符金玉到了客栈,主人一下子惊呆了:"郭荣、符金玉,你们从哪里来的?"

郭荣的侍从立即呵斥说:"你怎么可以直呼我们将军的名字?"

客栈主人愣住了,一时不知道说什么好。郭荣则训斥侍从说:"来到这里就是客人,没有什么将军,休得无礼。"

客栈主人知道郭荣和符金玉的身份后,吓得语无伦次。他怎么也没想到昔日住在他客栈的人,郭威现在是皇帝,郭荣现在是澶州刺史、镇宁军节度使、天雄牙内都指挥使,符金玉原来是淮阳王、平卢节度使符彦卿的女儿。客栈主人再也没有过去的那份从容,显得非常拘谨。然而,当想到皇帝曾经住过他的客栈,又忍不住的自豪,对他们更是毕恭毕敬:"我们只知道新来的节度使为政清肃,盗不犯境,吏民赖之。却不知道就是俺客栈原来的客人。"

当晚,客栈主人专门设酒宴为符金玉接风。郭荣心里高兴,自然就多喝了几杯,符金玉也浅尝了几口。二人乘着酒兴,咏诗作赋,十分开心。客栈主人知道符金玉喜欢弹奏古筝,特别为她找来一架,让她再次弹奏。符金玉也不推辞,把筝放置在筝架上,端坐于前,手臂松弛,曲肘置手于筝弦上,腕部放松,指型自然展开,头部略微俯视,右手职弹,用大、食、中、无名四指弹弦发声,控制节奏和音的强弱变化,左手司按,用食、中两指按抑筝弦。不一会儿,整个客栈,古筝之声环绕,一派诗情画意。

客栈主人十分精明,找来笔墨纸砚,让符金玉给他的客栈重新起名并题写匾额。符金玉想了想,把她和郭荣名字的最后一个字结合在一起,取了个"玉荣客栈",并挥毫泼墨,一气呵成。客栈主人甚为高兴,也十分清楚:郭荣现在是皇子,将来就是皇帝。他也看出来,符金玉也将成为他的夫人,到时候,也就是皇后了。有了这个名字,他的客栈就会受用不尽。郭荣对这个名字也很感兴趣,夸赞不已。

郭荣、符金玉聊到深夜,却都不提婚姻之事。这都是心照神交的事,无需多说,此时无声胜有声。郭荣让符金玉住在客栈,自己则回了军营。

不久,就在他们要回开封,确定婚姻大事时,又从晋阳传来消息:刘崇派礼部侍郎、同平章事郑珙携带着他的亲笔书信及厚礼至辽国,自称"侄皇帝致书于叔天授皇帝",请行册礼,请求借兵攻击周朝。郭荣得知这一情况,知道不久两军又有一场恶战,便放弃回京,重新集结兵马,并定于数日后举行阅兵,以鼓舞士气,重振军威,做好迎击汉军的准备。

举行大阅兵的日子很快来到。这天一大早,郭荣把符金玉接到了澶州城西郊外阅兵场。那是一片空旷的场地,数万将士铁马步甲,广亘数里。旌旗猎猎,戈甲照耀,势动天地。阅兵台是新筑的一个高台。郭荣带符金玉及部将侍御史、节度使判官王敏、右补阙、观察判官崔颂、校书郎、掌书记王朴,登上高台,一阵金鼓齐鸣,阅兵便开始了。

首先表演的是骑兵飞奔。那骑兵头戴盔甲，手持剑戟，马蹄声脆，喊声震天。

接下来是步兵列阵。士卒边前进边做前后左右攻击之状，刺射之态，并伴以喊杀之声，很是威猛。

步兵列阵表演结束，是战车及强弩之阵。战车隆隆而过，好像万弩齐发，面前的敌人纷纷倒下。

看到这些阅兵的情景，符金玉忽然想起唐朝薛存诚的《观南郊回仗》，便吟咏道："传警千门寂，南郊彩仗回。但惊龙再见，谁识日双开。德泽施云雨，恩光变烬灰。阅兵貔武振，听乐凤凰来……"

阅兵将要结束的时候，符金玉忽然对郭荣说："我们结婚吧。"

郭荣先是一愣，接着忙问："何时？"

符金玉说："就今天。"

郭荣又是一愣："不择个黄道吉日？"

符金玉笑道："今天岂不是最好的黄道吉日？"

郭荣连声说："是，是，今天最好不过。"接着又说，"我原打算等阅兵结束，再举行一个隆重的仪式……"

符金玉打断他说："父皇喜欢节俭，登基后连下诏书，禁止铺张浪费，我们若大肆操办岂不是违背父皇诏令？"

郭荣说："我是想，就在那客栈举行个仪式，也不宴请宾朋……"

符金玉忍不住笑道："你也想像父皇那样，在客栈成婚？"

郭荣也笑道："确有此意。"

符金玉说："我们在客栈相遇，已经在客栈叙了很久，虽然没有同榻，但已心照不宣。我想，等阅兵结束，我们都骑上战马，在阅兵场上飞奔一遭，就算是我们的结婚仪式了。"

郭荣仍然感到有些遗憾地说："也不找个证婚人什么的？"

符金玉笑道："这么多将士，不是很好的证婚人？"

郭荣忍不住赞道："好，我们就在这里马上举行结婚仪式。"

　　郭荣说罢，吩咐部将去安排两匹红色战马，然后大声说："各位将士，今日既是阅兵之日，也是我和符金玉结婚大典之日。下面，请诸将士为我们作证。"

　　将士们听了，欢呼雀跃，掌声雷动。郭荣、符金玉下了阅兵台，分别跨上战马，在将士面前，飞奔而过。

　　就在这时，天空飘下雪花。时值三月，已经极少下雪，但这时却下了，这就是谚语中说的"三月桃花雪"。那雪花飘飘摇摇，好似翩翩起舞。看到此情此景，符金玉忍不住对郭荣说："此刻，我为我们的婚礼赋诗一首，以作纪念。"

　　郭荣大悦，说："郭荣洗耳恭听。"

　　战马跑着，符金玉吟咏着："千古大中原，朝代屡更迭。山河依旧在，豪杰尽忠烈。天空乌云起，大地飘白雪。玉如你我心，荣辱共舟车。"

　　符金玉把他们名字都嵌入到诗中，就像她为那客栈题写的匾额一样。郭荣听了，高声重复道："玉如你我心，荣辱共舟车。"

　　阅兵结束，符金玉随郭荣到了郭荣的宅第。他们的婚礼，在澶州城传为美谈。这一年，符金玉二十岁，郭荣三十岁。

　　郭荣、符金玉蜜月未满，又从北方传来消息：辽国出兵南下，欲再次与汉军联合进攻周朝。郭荣得知情报，不得不再次集结操练大军，准备迎战汉军。不久，他们却得到一个喜讯：辽国发生内乱，刘崇与辽国联兵攻周的计划受阻。原来，刘崇向辽国称侄皇帝，又答应每年向辽国输钱十万缗，辽世宗耶律阮十分高兴，于六月册封刘崇为大汉神武皇帝，刘崇也更名刘旻。辽世宗耶律阮也应刘崇的请求，召集各部酋长商议出兵攻打郭威。酋长们由于连年征战，民力耗损，不愿意南侵。耶律阮强令他们按期率众南下，自己也统率本部人马南下。途中，耶律阮设宴招待群臣和各部酋长，喝得大醉，被左右扶入内帐。深夜，燕王耶律察割率领一班酋长冲入内帐，把沉睡中的耶律阮砍死。随征在军中的辽世宗耶律阮的侄子、二十一岁的寿安王耶律璟，诛杀耶律察割后继皇帝位。辽国也处于内部混乱，自身难保的境地。

　　郭荣想到辽国正处于内乱之时，短时间内不会与刘崇的汉军联兵南侵，便修书一封,派使者送达京城,报告父皇,请求带着符金玉回京城看望父皇和岳丈、岳母。不久,郭威便回书,准许回京。

夏季的中原正是鸟语花香、桃红柳绿的季节。他们乘车出了澶州城,一路向南。澶州距离开封有三百里路程,由于心情愉悦,觉得刚出澶州不久就到了黄河边。他们换乘渡船,在船上眺望着滔滔的河水,禁不住吟诗作赋,笑声不绝。

自符金玉去澶州后,符彦卿和夫人金氏、女儿符金环、符金锭每天都不停地念叨他们。当看到他们一块儿出现在家门口时,便知道已经水到渠成,如愿以偿,都不胜欢喜。金氏夫人为自己过去让符金玉出家而感到自责,忍不住落下泪来。符金环看到他们,先是激动地和符金玉抱在一起,然后对郭荣笑着说:"哥哥,以后要对姐姐好耶。"

郭荣赔笑说:"你姐姐那么好,我能对她不好乎?"

符金环说:"我还没有去过澶州,那里好吗?"

郭荣又笑着说:"等我们回澶州时,随我们去看看吧。"

符金环说:"好啊,真的想去。"

符金锭也在一边说:"我也去。"

大家听了,都忍不住笑起来。

符金环有意逗郭荣,也是有意想借机向他讨教,说:"我听姐姐讲,你读了很多史书,一些名言警句脱口而出,能不能也跟我背诵几句?"

郭荣笑了,说:"你想知道哪本书或者谁的名言呢?"

符金环也笑了笑说:"说几句《道德经》里的吧,看看有没有对我有用的。"

郭荣想了想,说:"大道废,有仁义;智慧出,有大伪;六亲不和,有孝慈;国家昏乱,有忠臣。"

符金环忙接续说:"天地不仁,以万物为刍狗;圣人不仁,以百姓为刍狗。"

符金玉不知符金环是在逗郭荣,也随着说:"大直若曲,大巧若拙,大辩若讷。合抱之木,生于毫末;九层之台,起于累土;千里之行,始于足下。"

符金环笑道:"姐姐,我没问你,你这是若何?刚刚嫁给他就不和我亲近了?"

郭荣听了，这才意识到符金环是在考他，不由也笑起来。接着，全家人又是一阵开心的大笑。

郭威自听到郭荣在澶州与符金玉结婚的消息后，就悲喜交加：悲的是，自己如今是皇帝了，没能给养子举行一场像样的婚礼，内心愧疚。喜的是，郭荣能理解他一心要治理好这个国家的胸怀，并垂范于先，将来一定有大的作为。他对柴氏一往情深，将来郭荣也会对符金玉感情笃厚。未等郭荣到朝中去看他，他便急不可耐，很快到了符彦卿这里。父子相见，都激动得满眼泪光。符金玉躬身施礼说："符金玉拜见父皇大人。"

郭威哈哈大笑说："我能有你这样的儿媳，也是我的福分也。"

符金玉忙答谢说："感谢父皇夸奖，金玉有不到之处，还请父皇指教。"

郭威对郭荣说："你们结为伉俪实乃是天作之合，定要好好善待金玉。"

郭荣说："儿子记下了。"

符彦卿则对符金玉说："如今周朝新立，郭荣有大事在身，你要多多辅助，并要懂人臣之道，尽夫妻情分。"

还没等符金玉说话，郭威就笑着说："金玉名如其人，像金子一般珍贵，似美玉一般纯洁。"

一家人说着笑着，好不热闹。

郭荣想到父皇如今孤身一人，本想在京城多待几日，多陪陪父皇，不料，澶州那边又传来急报：辽国皇帝耶律璟派大将萧禹统兵五万南下，刘旻亲自领兵两万，与辽军三面包围晋州，日夜攻城。

郭威听到这一消息，令郭荣急速回澶州领兵迎敌。符金玉不放心郭荣，也随他一起回了澶州。

郭荣走后，郭威担心他从戎时间较短，领兵的阅历尚浅，难以应对如此强大的敌人，便下诏由枢密使兼同中书门下平章事王峻统兵，疾驰晋州，与郭荣一起迎击强敌。

第九章

一哀三叹

郭 荣回澶州、王峻领兵西去后,郭威坐在朝堂之上,心情久久不能平静:即位九个月来,虽然京城大臣都忠心耿耿,但边境却一波未平一波又起,刘崇再三犯境不说,居然称比他小三十多岁的辽国皇帝为叔皇帝,又联合辽国进攻周朝。此战结果如何,是胜是败,对新立的周朝乃是一次考验,他深深感到了做这个皇帝的艰辛,不由又一次心潮起伏。

我郭威没有想着要做皇帝,是刘承佑诛杀大臣及其家族,逼我走到这一步,我郭威是不得已而为之。我当初起兵进攻开封,是要肃清小人,也并没有杀你刘承佑之心,但是,你被自己的所谓亲信杀害,这是报应,也是天意也!我郭威是怕天下大乱,百姓再陷水深火热之中,才不得不接受拥戴即皇帝位。你刘崇自认为是刘知远的弟弟,又据太原十二州与我郭威对抗,把天下置于战火之中,我郭威岂可坐视不问!几十年时间,五个朝代更迭,国无宁日,民无乐时,有识之士,无不痛心疾首:唐朝末年,因为边患不稳、藩镇割据、宦官专权、党争内耗、崇信佛教,引起农民造反,导致唐朝灭亡,中原被朱温的梁朝所统治。虽然李存勖又推翻了仅仅十七年的梁朝,重新建立唐朝,也仅仅十四年就被石敬瑭的晋朝所取代。但晋朝仅仅统治了十年,又被刘知远的汉朝取代。刘知远本是雄心勃勃,不料出了个昏庸的刘承佑,汉朝也仅仅存在了四年。在这期间,前唐西川节度使王建不服朱全忠统治,在成都建蜀国。接着,淮南节度使杨行密建吴国。不久,吴国被唐王室的后裔李昪推翻,以金陵为国都,也建唐国,被称为南唐。前唐的镇海、镇东节度使钱镠在杭州建吴越国。前唐武安军节度使马殷改潭州为长沙府,作为国都,建楚国。前唐清海军节度使刘隐以广州为都,建汉国。荆南节度使高季兴以江陵为都建荆南国。如今我周朝建立了,刘崇又沿袭刘知远的国号在太原建立汉。如今前后算来,几十年间,天下有五代十国。诸国争雄,弱肉强食,父子相残,兄弟反目,如此四分五裂,要走向统一将要付出多大的代价?需要多长时间?过去一个个朝代为何走向灭亡?这几十年的时间里,中原有五个朝代更迭,为何至此? 上有暴君,下有酷吏,皆不以百姓为天也!

我郭威出身贫苦,最知道百姓渴望什么。如今天下到了我郭威的手里,一定要记取历代的教训,以民为本,整顿吏治,强大周朝,以不负天下。历代皇帝称帝后,都是妻妾成群,大兴土木,贪图享受,荒淫无度。我如今也做了皇帝,不仅不要什么嫔妃,也不再续娶什么美女,要一心治理国家,要好好培养郭荣,让他像自己一样,休源风范强正,明练政体,以天下为己任。等到自己老去的时候,也让他做一个好皇帝。等他与符金玉有了孩子,也要一代代传承下去,一心为民。

郭威思前想后,思绪又回到了眼前:要想治理好国家,继而统一天下,必须先击破来犯之敌,不然,一切都是梦想。

这天中午,正当郭威感到此战将稳操胜券,有些沾沾自喜的时候,有消息传到了京城:王峻领兵到达陕州,让军队停了下来,而没有前去解救晋州。

郭威心中不由十分惊恐:王峻是怎么了? 出征时不仅没有表现出怯战之意,还在我面前信誓旦旦。我郭威对他非常信任,还授他便宜行事之权,军需尽量满足,将吏任他挑选。临行时我还亲自为他设宴饯行,另赐他御马和玉带,如今何以至此?

于是,郭威急忙把赵匡胤召到跟前,叮嘱道:“你火速赶往陕州,催王峻火速进兵,解晋州之围。你告诉他,如果再不进攻,朕将亲征。"

赵匡胤领命后,立即策马奔向陕州。不几日,赵匡胤到了陕州。王峻见到赵匡胤,十分惊讶。听了赵匡胤转述郭威的话后,表情凝重地对赵匡胤说:"你回去转告陛下,就说晋州城墙坚固,不容易攻下,刘崇兵势正强,不能和他硬拼。我之所以驻兵不进,并非畏怯惧敌,是要等他士气衰落时再攻击。陛下刚继位,不宜轻举妄动。现在朝中听命的将领只有李谷和范质几个人,陛下如果亲征而离开京城,那泰宁军节度使慕容彦超便会乘虚攻进开封,到时候大势去矣。"

赵匡胤听他这么一说,立即返回京城。

赵匡胤把王峻的话原原本本给郭威做了禀报。郭威听了,悬着的心这才落地。只是王峻关于慕容彦超的话,让他大为吃惊。慕容彦超是刘知远同母异父的弟弟,曾冒姓阎,因体黑又麻脸,号阎昆仑。早年担任后唐明宗李嗣源的军校,累迁至刺史。后坐法当死,因刘知远相救,免死流放房州。契丹灭晋后,刘知远在太原起兵,慕容彦超自房州前往投奔,被刘知远拜为镇宁军节度使,曾与天平军节度使高行周讨伐杜重威。二人各持己见,慕容彦超数次侮辱高行周。刘知远得知后,遣使慰劳高行周,并命慕容彦超道歉。杜重威出降后,刘知远以高行周为天雄军节度使,徙封慕容彦超为泰宁军节度使。郭威率军攻打京师时,慕容彦超与开封尹侯益在北郊抵抗,结果侯益投降,慕容彦超败逃兖州。郭威称帝后,赐诏书安慰慕容彦超,并呼其为弟。可是,王峻刚刚领兵西进,慕容彦超却派遣掌领侍卫仪仗并稽察军法之执行的官员至京师求入朝,接着又上书说他管辖的地方多强盗,指责说是周朝的过失。想到这里,郭威恍然大悟:王峻早已看出慕容彦超有反叛迹象,我还在对慕容彦超迁就礼让,万一王峻失利,慕容彦超再从东面反叛,东西夹击,我周朝的麻烦就大了。他忍不住自己揪着自己的耳朵说:"若不是王峻提醒,将会坏我大事也。"

于是,不得不做好提防慕容彦超的准备。

广顺元年十月,晋州传来消息:汉军和辽军攻城久而不下,疲惫不堪,士气低落,王峻突发奇兵猛扑晋州。汉军和辽军一听说王峻大军攻来,没等交战,便向北溃逃而去。

慕容彦超看到东西两面夹击周朝无望,广顺元年十二月底,终于据兖州反叛。

广顺二年正月,慕容彦超征发乡兵入城,并引泗水河的水注于兖州城濠之中,以阻止周朝大军攻城。郭威听到消息,大怒,颁诏把沂州、密州从泰宁军中分割出来,不再归属泰宁军管辖,并下令由都部署曹英、客省使向训率军讨伐。慕容彦超早与南唐秘密联络,共同伐周。此时,南唐出兵五千增援慕容彦超,却被周军大败于沭阳,损失千余人,仓皇南逃。

曹英、向训率军到达兖州,在城外修筑长堤,把兖州城整个围了起来。慕容彦超见情景不利,数次率军出战,想逃出城外,皆被打败而归宿城中。两军相持到四月,郭威亲征兖州。五月初,郭威到达兖州城外,慕容彦超依然拒不投降。

郭威住在城外,夜里忽然梦见一个人,身穿王者服装,相貌奇异,对郭威说:"陛下明日当得到此城。"梦醒后,天色尚未亮。郭威仔细琢磨梦中人的话,感到这是将攻下该城的征兆。于是,天亮后亲自监督将士,戮力急攻。至中午,周军破城而入。郭威的车驾正欲入城,侍卫看到两军交战正处于胶着状态,担心不够安全,请他由陌生的路径,扬着响鞭而进。郭威听了,遂走向别的街巷。转了几圈,见一处大的院子,门墙特别高大,经询问,才知道是孔子庙。郭威忽然想到了夜里的那个梦,对身边的大臣说:"寡人所梦的那个人,难道就是孔夫子?不然,何取路于此?"于是,下车进庙。到了大殿,看到孔子圣像和梦中所见的人一模一样,不由大喜,再三叩拜。

一大臣说:"孔子,陪臣也,不当以天子拜之。"。

郭威反驳说:"孔子百世帝王之师,敢不敬?"

郭威出了孔庙来到城外,准备入城时,恰好慕容彦超正站在城墙上向外眺望,观看其军抵抗周军的情况。当看到郭威御驾亲征,不畏矢石,知道已经势不可当,非常害怕,便与妻子投井而亡。其子见父母已死,率五百人拼死逃到城外。但奔到城濠外面就被擒拿。

郭威率兵亲征，很快平定慕容彦超的叛乱，在兖州和朝廷引起巨大震动，郭威也因此皇威大震。

为了防止京城发生意外，郭威在评定叛乱后即返回京城。回京途中，又下诏迁符彦卿至开封东相距仅三百余里的郓州，为郓州节度使，管辖郓州、兖州、青州、齐州、曹州、濮州、密州、海州、沂州、莱州、淄州、登州十二州七十三县，看守东方，拱卫京城。

自此，朝内安定，边境也再无战事。

这时，郭威便把精力集中在治理国家上，等国力强盛，再谋统一天下的大计。之所以这样做，是因为他的这个周朝的面积比晋、汉两代还要小，只有九十八州。北汉有十二州，南唐有三十六州，南汉有六十二州，蜀国有五十二州。郭威十分明白，虽有大志，因国家贫弱，必须一步步地往前走，不然，大计就不能实现。

郭威在民间时，素知"营田"之弊，为了让百姓安居乐业，下令废止前朝的一些苛绢杂税，禁止官吏再以"斗余""称耗"的名目榨取百姓。取消"牛租"，允许农民销售自家的牛皮。并诏令全国，废除"营田制"，将"营田"所属田、舍、桑土、耕牛等，分赐给佃农为永业，并鼓励垦荒，所有无主荒地，听任农民耕垦为永业。接着又颁布诏令：农桑之务，农食所资，一夫不耕，有艰食之虞，一妇不织，有无褐之虞。今气正阳春，候当生发，宜勤用天之业，将观望岁之心，应诸道州府长吏，宜劝课耕桑，以丰储积。

自唐朝以来，太行等地到处谣传：前不栽桑，后不栽柳，即门前不栽桑树，因为桑的谐音为"丧"。房后不栽柳树，因为柳树是挽幛用木，也有"溜"的意思，否则不吉，将招致家破人亡。这一谣传严重影响着蚕桑生产和林木的发展。郭威破除迷信，诏令全国，要求"野无旷土，庐有环桑"，使百姓生产积极性大大提高。同时，招抚流民，给授荒田，均定田赋，鼓励农耕。对于前代朝廷每年向辖地索求特产的惯例，一概禁止。并废除前朝"盗一钱即死"的酷法。还下诏给朝中的文武臣僚，凡有益国利民之事，速具以闻，知人善任，察纳雅言。

　　正当郭威全身心治理国家的时候，不料，到了秋季，天灾降临。东起青州、徐州，南到安州、复州，西到丹州、慈州，北到贝州、镇州，都发生洪涝灾害，黄河也因此而决口，郑州、开封一带皆被黄河水淹没。

　　也就在朝廷全力救灾的时候，契丹军乘中原大灾之机，侵犯定州，把义丰军整个包围。定和都指挥使杨弘裕夜晚袭击敌营，大获全胜。契丹军队逃跑离去。契丹军队又侵犯镇州。郭荣在澶州一面指挥救灾，一面又不得不派兵北上迎击契丹军。

　　郭荣身在澶州，虽然一次次打败南侵的契丹军，却也常常惦记京城中的父皇，替父皇担忧：一年多的时间里，北汉数次侵犯周朝，慕容彦超在兖州反叛，北部大水，黄河决口，契丹犯边，又废除酷法，治理朝政，这连续不断的战事和灾害，需要付出多大的心血啊！父皇承受得了这么多、这么大的事端和压力吗？他多次请求入朝看望父皇，不料，却屡受枢密使兼同中书门下平章事王峻的阻挠。王峻虽然已经掌握重权，却居功自傲，忌恨郭荣的英武勇烈，担心郭威授大权于他，而影响自己的地位，总是竭力阻挠，使郭荣一直未能入朝看望父皇。

　　黄河决口后，郭威为受灾地区的百姓忧愁，王峻请求前往巡视，郭威准许。这时，郭荣又请求进京入朝，因为王峻外出在黄河边上，郭荣才得以成行。没多久，王峻回到京城，得知郭荣在京，竟然对郭威大发脾气。郭威也因此对王峻心存芥蒂。

　　广顺三年三月初五，郭威不顾王峻的阻挠，任命镇宁节度使郭荣为开封尹、晋王，让郭荣回到了京城。同时，拜王朴为右拾遗、开封府推官，让他负责谏议、推勾狱讼之事。

　　三月初十，王峻以郭威为郭荣加官为借口，再三请求兼领藩镇。郭威无奈，只得任命王峻兼任平卢节度使。不久，王峻又奏请任用端明殿学士颜衎、枢密直学士陈观取代范质、李谷为宰相。

　　郭威劝他说："调换宰相，不可仓促行事，待朕再考虑一番。"

　　王峻极力陈述己见，言语愈来愈不恭敬。太阳已近正中，郭威还未进食，王峻却争执个没完。

郭威说:"如今正是寒食节,等过了节就照爱卿所奏办理。"

王峻见郭威答应了,这才退下。

三月十三日,郭威不得不紧急召见宰相、枢密使入朝,将王峻软禁在别的地方。郭威既惋惜又痛心,见到冯道等重臣,忍不住流下眼泪说:"王峻欺朕太甚,依仗功高,想将大臣全部驱逐,翦除朕的左膀右臂。朕只有一子,王峻却专门设置障碍,不让他进京。朕临时让他进京入朝,王峻得知便已满腔怨恨。况且,岂有一身既主持枢密院,又兼任宰相,还要求遥领重要藩镇的道理?观察他的志向意趣,永无满足。朕即皇帝位才两年他就这个样子,以后岂不是更加有恃无恐? 目中如此无君,谁能忍受得了? "

三月十四日,郭威忍无可忍,只得忍痛贬谪王峻为商州司马。

王峻到达商州,得了腹泻病。郭威仍然可怜他,命他的妻子前往探视。不料,王峻不久便去世了。

没有多久,又从北方传来消息:邺都留守、天雄节度使兼侍卫亲军都指挥使、同平章事王殷恃仗有功,专横不法,凡是河北藩镇卫戍部队应有皇帝敕书才能处理的事,王殷却直接用自己的手帖就实施了,同时大量盘剥百姓财产。

在郭威非常悲痛的时候,郭荣告诉他:符金玉已经身怀六甲。郭威听了,这才一改长期以来愤懑的心情,情绪稍微好转。

广顺三年八月四日,符金玉生下一子,取名宗训。郭威喜不自胜,和符彦卿一家设宴庆贺,并册封符金玉为卫国夫人。

然而,让郭威想不到的是,入秋以来,因为受了风寒,他得了痹病,肌肉、筋骨、关节等部位酸痛、麻木、肿胀、屈伸不利,进食困难,行走不便。术士说应该散发财物,以祛病消灾,并要祭祀百神和祖庙,求先祖和神灵保佑。

按古代帝王祭祀的规矩,冬至祀天于南郊,夏至则祀地于北郊。之所以选择郊区,班固《白虎通义·郊祀》里说:天体至清,故祭必于郊,取其清洁也。郭威打算在南郊举行祭祀,以驱疾病,又因自朱温建梁朝以来,祭祀天地常在洛阳举行，而今，周朝的都城在开封，所以，连日来疑惑未决。朝廷执政官说，天子所在都城，便可以祭祀百神，何必非在洛阳。于是，郭威下令在南郊开始建筑祭祀天地的圜丘、社稷坛，并建造太庙。

几个月后，圜丘、社稷坛和太庙相继建好。郭威派遣冯道到洛阳迎来太庙、社稷的神主牌位，供奉于圜丘和太庙。

广顺三年十二月二十九日，郭威首先祭祀太庙。太庙共有四室：信祖室，供奉的是郭威的高祖父睿和皇帝郭璟。僖祖室供奉的是郭威的曾祖父明宪皇帝郭谌。义祖室供奉的是郭威的祖父翼顺皇帝郭蕴。庆祖室供奉的是郭威的父亲章肃皇帝郭简。

祭祀开始，乐队奏降神曲《肃顺》：我后至孝，祗谒祖先。仰瞻庙貌，凤设宫县。朱弦疏越，羽舞回旋。神其来格，明祀惟虔。郭威穿戴衮衣冠冕，随着降神曲，由左右人搀扶着登上台阶。

上了台阶，乐队奏《治顺》曲：清庙将入，衮服是依。载行载止，令色令仪。永终就养，空极孝思。瞻望如在，顾复长违。

郭威进到信祖室，乐队奏《肃雍之舞》：周道载兴，象日之明。万邦咸庆，百谷用成。于穆圣祖，祗荐鸿名。祀于庙社，陈其牺牲，进旅退旅，皇舞之形。一倡三叹，朱弦之声。以妥以侑，既和且平。至诚潜达，介福攸宁。随着曲子，郭威斟酒进献，然后跪拜。

出了信祖室，刚到僖祖室门口，乐队奏起《章德之舞》：清庙新，展严禋。恭祖德，厚人伦。雅乐荐，礼器陈。俨皇尸，列虞宾。神如在，声不闻。享必信，貌惟寅。想龙服，奠牺樽。礼既备，庆来臻。这时，郭威便感到体力不支，虽然低下头，却不能行拜。于是，不得不命令晋王郭荣完成义祖室、庆祖室的祭祀。

郭荣进了义祖室，乐队奏《善庆舞》曲：卜世长，帝祚昌。定中国，服四方。修明祀，从旧章。奏激楚，转清商。罗俎豆，列簪裳。歌累累，容皇皇。望来格，降休祥。祝敢告，寿无疆。随着音乐，郭荣斟酒进献，然后跪拜。

祭祀了义祖室，郭荣立即进庆祖室祭拜，乐队奏《观成舞》曲：穆穆王国，奕奕神功。愍祀载展,明德有融。彝樽斯满,簠簋斯丰。纷缛旄羽,锵洋磬钟。或升或降,克和克同。孔惠之礼,必肃之容。锡以纯嘏,祚其允恭。神保是飨,万世无穷。郭荣又斟酒进献,然后跪拜。

祭祀礼毕,郭威因为病情严重,已不能回京城皇宫,当晚就住宿在南郊的临时住所,文武大臣和郭荣一直守候在身边。到了半夜时分,郭威的病情才稍有好转。至第二天中午,郭威忍痛起驾回京城皇宫。

经过两天的医治,郭威病情好转了许多。为了得到上天的保佑,广顺四年正月初一,郭威又到圜丘祭天。圜丘是一座圆形的祭坛,坛分上下两层,上层为天地之位,下层分设五帝之位,坛外有两重围墙。圜丘坛正南台阶下东西两侧,陈设着编磬、编钟、镈钟等十六种、六十多件乐器组成的中和韶乐,排列整齐,肃穆壮观。时辰一到,斋宫鸣太和钟。郭威起驾登圜丘坛,鼓乐声起。此时,圜丘坛东南燔牛犊,西南悬天灯,烟云缥缈。郭威慢慢走到主位、配位前奠玉帛,再进俎,行初献礼,跪献爵。

然后司祝跪读祝文:"皇皇上天,照临下土。集地之灵,降甘风雨。各得其所,庶物群生。各得其所,靡今靡古。维大周皇帝敬拜皇天之祜,薄薄之土。承天之神,兴甘风雨。庶卉百物,莫不茂者。既安且宁,敬拜下土之灵……"

祝文读毕,郭威行三跪九拜礼。可是,这时他已经体力不支,跪下后就很难站起来,仅能抬头瞻仰一下天空,表示一下致敬,下面便无力再拜。无奈,其他事宜只得由有关官员代劳。

回到皇宫后,郭威意识到自己的日子已经不多,不得不考虑后事:直系血亲全部被刘承佑杀死,李重进虽然是自己的亲外甥,但在智谋、勇武上却都不如郭荣,且郭荣的背后又有智勇双全的符金玉和符彦卿这位老将辅助,皇位交给郭荣他才放心,周朝才有希望。

广顺四年初五,郭威在慈德殿为义子郭荣加官,兼侍中,管理京城内外兵马事务,并宣布实行大赦,改年号为显德。这些日子,群臣很少能见到皇上,便知道他的病情十分严重,朝廷内外都惊恐害怕。当听说郭威让晋王郭荣掌管军队时，人心才渐渐趋于平静。

郭威想到自己的病情一日比一日严重，为了将来郭荣能有忠心于周朝的大臣协助他很好地治理朝政，又任命端明殿学士、户部侍郎王溥为中书侍郎、同平章事，任命枢密副使王仁镐为永兴军节度使，任命殿前都指挥使李重进兼任武信节度使，马军都指挥使樊爱能兼任武定节度使，步军都指挥使何徽兼任昭武节度使。何徽早年是李重进的部下，深得郭威倚重。他安排完毕，命令赶快起草制书，并立即宣读。

十七日，制书起草好，并立即宣布。身边的人将此事奏告给郭威后，郭威微微一笑说："我没有遗憾了。"

说罢，郭威心里依然不够踏实，又把王溥、王仁镐、李重进、樊爱能召到跟前说："诸位是朕倚重的大臣，我走后，请汝等辅助郭荣，齐心治理天下，壮大我周朝。"

四个人皆饮泣跪拜说："陛下敬请放心，我们定当鞠躬尽瘁。"

郭威又特别对李重进说："历朝历代帝王皆传位给自己的血亲，朕以为，从社稷着想，并不可取，国家应该交给有贤能的人，这样，国家才能兴盛。你是我的外甥，我自幼就疼爱你。郭荣虽然是我养子，与朕没有血缘，然而他不仅智勇双全，胜你一筹，又有符金玉为内助，符彦卿为砥柱，大周江山传给郭荣，我才无忧矣。"

李重进泣拜说："舅舅救国救民之心，外甥深谙，我当鼎力相助。"

郭威又说："你年长于郭荣，但今日要在朕面前拜见郭荣，行君臣之礼，确定君臣之间的名分。"

于是，宣郭荣进慈德殿。郭荣进殿后，李重进立即向郭荣行了君臣之礼。

郭威让他们退下，又宣符彦卿进殿。符彦卿来到郭威面前，看到他面色蜡黄、少气无力的样子，呼唤一声"陛下"，泪如泉涌。

郭威扭动了一下身子说："我们是亲家，还喊什么陛下？"

符彦卿随改口说："亲家有什么吩咐尽管讲就是。"

郭威强笑说："我们都是辅助几个朝代的人,都是胸怀大志,愿为天下百姓置生死与度外之人,我即位后,一腔抱负,不想天不助我……死不瞑目矣……我已下制书,将皇位传给郭荣,祈望贤兄竭力助之,捐躯赴国难,视死忽如归。"

符彦卿掷地有声地说："贤弟,你我不是亲家时尚且如此,而今更应当是身既死兮神以灵,子魂魄兮为鬼雄。"

郭威欣慰地笑笑,又宣符金玉进殿。符金玉怀抱着才三个多月的柴宗训来到郭威面前,双膝跪下,泪流满面:"父皇……"

郭威也忍不住哭了,一边示意让她站起来,一边对符金玉说："孩子,你来到郭家,受委屈了。你和郭荣结婚,应该有一个排场的婚礼,为父的没有给你们举办,一直感到很歉疚……"

符金玉大哭说："父皇,是您救了金玉的命,金玉还没有报答、尽孝……"

郭威艰难地说："孩子,你的心我领了,只是……"

符金玉打断他的话说："不,不,父皇……您不会有事的……"

郭威凄苦地笑笑,说："你为我生下孙子,我郭威后继有人了……"

符金玉说："父皇,您应该高兴才是。"

郭威点头说："是,是……"

郭威说着,示意郭荣把他扶起来,让符金玉把柴宗训抱到他的面前。郭威亲吻着柴宗训的额头,笑啊笑啊,说："乖,笑一个,给爷爷笑……笑一个……"不觉间老泪纵横。

柴宗训不知道他在说什么,却伸出白嫩的小手,不停地抚摸着郭威的脸庞,并望着他笑个不停。

郭威哭着,又笑着,转脸对符金玉说："你的诗文好,以后要多教教宗训。"

符金玉呜咽道："父皇,符金玉会的……"

接着,郭威转脸又看看郭荣说："符金玉是咱家的贵人,你要善待于她。"

郭荣忙说："父皇,请您放心为是。"

郭威停顿了一下,说："你自幼跟着我,没少受委屈,一直随我的郭姓,孝心天地可鉴也。从今日起,还是把你的姓改为柴姓吧。"

郭荣大哭道:"父皇,为何要改过来?"

郭威说:"为人在于心,岂在外表乎?"接着又说,"吾出身贫寒,对害民蠹国的贪官污吏深恶痛绝,你即位后,一定要对贪官污吏严惩不贷,多做有益百姓的事,这样才能不负天下,才是一个好皇帝。"

郭荣听到这里,忍不住痛哭失声:"父皇,儿子记下了,一定要像父皇那样做一个爱民的皇帝。"

郭荣哭着,禁不住想起父皇的一件件惩治贪官、体恤百姓的往事:平定李守贞反叛时,军中禁酒,他的爱将李审犯令,他挥泪斩之。莱州刺史叶仁鲁,自以为是父皇的老部下,无人敢惹,贪污绢一万五千尺、钱一千缗。父皇得知后,叶仁鲁又以老母无人奉养,妻儿无人照管为由,请求父皇赦免。父皇不徇私情,只答应替他奉养老母,照管妻儿,遂即赐叶仁鲁死,并说:"汝自抵国法,吾无如之何?"叶仁鲁死后,父皇依然善待他的家人。

自唐明宗李嗣源兴起臣下献钱财以参与国君所设的宴会,被称为买宴。广顺二年甲午,静难节度使侯章献买宴绢千匹,银五百两,父皇不受,说:"诸侯入勤,天子宜有宴犒,岂待买邪?从今日起,再有如此者,朕皆不受。"

父皇年少时无依无靠,常常吃住于常思家,以常思为叔。汉乾佑三年,刘承佑听信谗言,在杀死父皇全家的那天,也派昭义节度使常思前去杀死张永德一家,常思却将张永德囚而不杀,后又释放,可见常思对于父皇确有大恩。父皇称帝之后,尊常思夫妇如既往,拜之如家人长者之礼,常常称呼"常叔、常婶",对常思恩顾尤加。广顺二年,常思出镇宋州,后改任平庐军节度使,常思即将赴任的时候,启奏父皇道:"臣出镇宋州期间,征得丝十余万两,今特敬献陛下。"随手将征丝契券递给父皇。父皇没想到他一向敬重的恩人竟是一个盘剥百姓的酷吏。父皇虽十分感谢常思的大恩大德,但觉得恩德再深,也不能徇私违法,当场焚毁征丝契券,并立即下诏晓谕宋州百姓,不再征收这里的蚕丝。从此以后,父皇也不再重用常思。

由于父皇不徇私情，执法严明，不少官吏都廉洁自律。鄂州节度使周行逢，掌管军政大事，他的女婿唐德好吃懒做，不务正业。一日，唐德献上厚礼，跪请周行逢给他谋一高官。周行逢说："为官一任，必须造福一方。凭我的权势，给你谋个一官半职并不困难。但你不学无术，暗于大理，怎样胜任？再说你又放荡惯了，如若为官，万一违法乱纪，我又不能不对你依法严惩，到那时，就顾不得岳父、女婿的情分了。依我看，你还是不做官为好。"结果，周行逢只给唐德买了一头牛、几亩地，并反复耐心地劝导唐德亲自耕作，养活全家。周行逢虽然位居高官，但其妻潘氏从不跟随他在外坐享荣华富贵，而是一直在老家，亲率奴仆家人耕织自给，并争先交纳钱粮国税。潘氏常说：如果大帅家属不能做出榜样，不能争先交纳钱粮国税，那么大帅怎么能严格要求下属？父皇对周行逢这样的廉官良吏，多次下诏全国嘉奖，人们争相效仿，广为传颂……

郭荣越想越感到父皇可亲可敬，更知道父皇是因为操劳过度才至于此，哀叹父皇不该才即皇帝位三年就一病不起。就在他要劝慰父皇时，柴宗训"哇哇"大哭起来。为了不影响郭威的心情，符金玉抱着柴宗训退到了一边。

郭威说了那么多的话，感到累了，闭上眼睛，许久没有说话。停了一个时辰，又睁开眼睛，对郭荣说："你还记得我去年十一月颁诏禁止厚葬的事吗？"

郭荣听了这话，忍不住再次失声痛哭："父皇，儿子记得……"

郭荣怎么能不记得？郭威不仅曾经对郭荣说过多次，而且对很多大臣说：厚葬的礼俗源于朝廷。官绅效仿，平民百姓也争相效仿，有的长期停丧、厚殓丰祭、大墓高坟，搞得非常热闹，一定要改。朝中有人反对说，这都是儒家经典所规定的：天子死，停七月而葬；诸侯死，停丧三月；大夫死，停丧三月；士死，停丧一月；百姓死，停丧七日，这是圣人遗制，怎能不从？有的说，停丧越久，越能显示子女的孝心。郭威力排众议，说："人死后，费财厚葬，死者不知，生者不得，实在太愚蠢了。"于是诏令全国：古者封树之制，定丧葬之，着在经典，是为名教。但以先王垂训，孝子因心，非以厚葬为贤，只以称家为礼，扫地而祭，尚可以告虔，负土成坟，所贵乎尽力。宜颁条令，用警因循，庶使九原绝抱恨之魂，千古无不归之骨,缙绅人士,当体慈怀。

郭荣想到这里,不由对天慨叹:天下去哪里还能找到像父皇这样的皇帝啊!郭威又对他说:"我诏令他人做的事,当自己先行。我不行了,你赶快替我修建陵墓,不要让灵柩留在宫中太久。陵墓务必从简,不要惊动扰害百姓,不要用许多工匠去修陵,更不要修地下宫殿,不要派宫人为我长年守陵,也用不着在陵墓前立上石人石兽,只用纸衣装殓,瓦棺作椁就可以了。安葬后,可以招募陵墓附近的百姓三十户,蠲免他们的徭役,让他们守护陵墓。陵前立一石,镌字云:'大周天子临晏驾,与嗣帝约,缘平生好俭素,只令着瓦棺纸衣葬。'若违此言,阴灵不相助。"

郭荣饮泣说:"父皇,儿子记下了。"

停了一会儿,郭威又告诫郭荣说:"朕从前西征时,见到唐朝帝王的十八座陵寝统统被人发掘、盗窃,这都是由于陵墓里藏着许多金银财宝的缘故,而汉文帝因为一贯节俭,简单地安葬在霸陵原上,陵墓到今天还完好无损。你到了每年的寒食节,可以派人来扫我的墓,如果不派人来,在京城里遥祭也可以。千万千万莫忘朕言。但是,你要叫人在河间府、魏府各葬一副剑甲,在澶州葬一件通天冠绛纱袍,在东京葬一件平天冠衮龙袍。这件事你切不可忘了。"

郭荣再次说:"父皇,儿子记下了。"

郭威又说:"打天下可以靠武力,治天下却不然,要依靠文人,不然,天下不会安宁。我看当世的文才,莫过于范质、王溥,如今他两人并列为宰相,你有了好辅弼,我死也瞑目了。"

符金玉哭着问:"父皇对金玉有何嘱咐?"

郭威深深地望了符金玉一阵,说:"好好辅助郭荣……"

符金玉叩首说:"父皇放心,金玉会的……"

郭威微笑着,点了点头。

广顺四年二月二十一日晚,郭威于慈德殿驾崩,终年五十一岁,在皇帝位三年零九天。

当日，郭荣在郭威的灵柩前三拜九叩，致辞道："惟彼岐阳，德大流光。载造周室，泽及遐荒。于铄圣祖，上帝是皇。乃圣乃神，知微知章……"礼毕，即皇帝位，尊郭威为太祖。改年号为"显德"，改广顺四年二月为显德元年二月。

郭荣为了有一定的时间来控制朝野，稳定局势，对新旧臣子进行权力、官位的安排和分配，秘不发丧。等一切安排到位，朝廷稳定，才于三天后发丧。

太祖在位时，拜柴守礼为银青光禄大夫、检校吏部尚书、兼御史大夫。郭荣即位，为自己的亲生父亲加金紫光禄大夫、检校司空、光禄卿。

郭荣尊太祖遗训，改名柴荣，并册封符金玉为皇后。

第十章

殿后辅君

周太祖郭威驾崩的消息传到北汉，刘崇十分高兴，认为这是灭掉周朝，恢复汉室的大好时机，于太祖郭威驾崩的第十日，请兵于契丹。契丹立即派武定节度使、政事令杨衮率领万余骑兵和北汉军会师晋阳，准备合兵南下。

柴荣得知后大怒："刘崇庆幸我国有大丧，轻视朕年轻新近即位，颇有吞并天下之心，我要与他决一雌雄！"然后，跪到周太祖灵柩前发誓说："父皇，您把大周江山传授于我，我岂能坐视，任人宰割？我要领兵亲征，讨伐刘崇，请父皇在天之灵佑我！"

符金玉劝慰他说："父皇驾崩，举国悲伤，朝政待稳，如今你是一国之君，遇事要冷静镇定，周密部署，不可贸然行事。"

柴荣听了符金玉的话，稍微镇静了一些。但是，领兵亲征的决心未变。他到了广政殿，立即颁诏，任命岳丈符彦卿为大名尹、天雄军节度，加封为卫王，让他以最快的速度奔赴澶州北部的大名。

三月初，符彦卿还未赶到大名，驻守在西北边境的昭义军节度使李筠已经派部将穆令均率领两千人马从治所潞州迎击北汉军队，自己率领主力在后面扎营。北汉前锋都指挥使、武宁节度使张元徽设下埋伏，佯败诱敌。穆令均中计被杀,士卒折损了上千。李筠退回潞州,凭城固守,不敢出战,北汉乘胜进逼潞州。

柴荣得到禀报,义愤填膺:刘崇步步紧逼,如此下去,大周岂不危险?于是,立即准备亲自出征。大臣们想到太祖皇帝刚刚驾崩,怜惜他心情悲痛,纷纷劝阻,都认为:刘崇自晋州惨败以后,势力缩小,士气沮丧,必定不敢亲自再来。陛下新近即位,太祖还没有安葬,人心容易动摇,不宜轻易出动,命将领去抵抗即可。

柴荣愤怒地说:"朕若怯弱,将士怎能奋勇杀敌?刘崇意在乘人之危,这次必定亲自前来,朕不可不前往。"

宰相冯道担心他因为愤怒容易指挥失当,一再劝阻。柴荣不听,说:"昔日唐太宗李世民平定天下,未尝不亲自出征,朕何敢苟且偷安!"

冯道说:"不知陛下能不能成为唐太宗?"

柴荣说:"以我兵力的强大,打败刘崇犹如大山压碎鸡蛋罢了。"

冯道说:"不知陛下能不能成为大山?"

柴荣见他对自己这样没有信心,很不高兴。王溥则说:"这一仗至关重要,皇上应该亲征,而且必须取胜,这样才能壮我国威。"

柴荣对王溥的话非常赞赏,决定亲征。

柴荣还没有调集好兵马,前线又传来消息:刘崇亲自统帅三万人马,乘胜推进,已经逼近潞州。柴荣诏令天雄节度使符彦卿为统帅,任命镇宁节度使郭崇为副职,从磁州固镇出现在北汉军后面。郭崇即郭崇威,郭威称帝后,为了避讳改名为郭崇。同时,又诏令河中节度使王彦超为主帅,任命保义节度使韩通为副职,领兵从晋州东北拦截北汉军。又命马军都指挥使、宁江节度使樊爱能、步军都指挥使、清淮节度使何徽及义成节度使白重赞、郑州防御使史彦超、符彦卿的五弟耀州团练使符彦能领兵先赶赴泽州,宣徽使向训监督各部。柴荣既然决定御驾亲征,就把生死置之度外。初九这天,任命郑仁诲为东京留守,命冯道护送太祖灵柩前往山陵,安葬父皇,大有破釜沉舟之势。

154

十一日,柴荣兵马调集到位,立即率军出发。符金玉知道已经阻止不了他亲征,特别安排供奉官潘美跟随,让他始终侍奉在柴荣左右,保证柴荣的衣食住行。同时,嘱咐赵匡胤要保证柴荣的安全。

柴荣跨上战马后,符金玉又为他送行,并再三嘱咐说:"如今你已经不是昔日的澶州刺史、镇宁军节度使、天雄牙内都指挥使,是皇上,大周江山在肩,要多保重。"

柴荣正色道:"这一仗是朕即位后的第一仗,御驾亲征才能扬我皇威。"

符金玉担心地说:"若不是宗训年幼,我将随你出征。"

柴荣听了这话,十分感动,禁不住眼睛潮热,和她拥别说:"好好照顾皇子,朕不日即会凯旋而归。"

符金玉望着他远去,依依不舍。

十六日,柴荣率军到达怀州。他想日夜兼程快速前进,控鹤都指挥使赵晁私下对通事舍人郑好谦说:"贼寇气势正在强盛之时,应该稳健持重才能挫败它。"郑好谦立即把他的话讲给了柴荣。柴荣听后,大怒说:"你是从哪里得到这话的?必定是被人所支使,说出那人你就活,不然定叫你死。"郑好谦据实回答后,柴荣命令将郑好谦、赵晁一起关押在怀州监狱。柴荣率军,继续向前。

十八日,柴荣经过泽州,住宿在州城东北。

刘崇以为郭威刚刚驾崩,柴荣不会亲征,更没想到柴荣不仅亲征,而且已经到达泽州。所以刘崇率军经过潞州时也没有进攻,而是领兵继续向南,准备直取开封。当晚,刘崇令军队驻扎在高平城南。

十九日,北上的周军前锋与南下的北汉军在高平城南相遇,周军立即发起攻击。北汉军由于准备不足,很快败下阵来,急忙北撤。柴荣顾虑敌军逃跑,催促各路军队急速前进。刘崇见周军穷追不舍,率中军在巴公原摆开阵势,令张元徽率军在东边,杨衮率军在西边,布阵十分严整。

因为周军前锋前进过快,河阳节度使刘词率领的后军被落在后面。大家看到敌众我寡,感到惧怕。而柴荣则毫不畏惧,命令白重进与侍卫马步都虞侯李重进率领左路军在西边,樊爱能、何徽率领右路军在东边,向训、史彦超率领精锐骑兵居中央,殿前都指挥使张永德率领禁兵保卫柴荣,也摆开三个阵势。柴荣全身披挂,自己跨马到阵前督战,双方都严阵以待。

刘崇看到周军人数不多,后悔召来契丹军,对众将说:"我独自用汉军就可破敌,何必再用契丹? 今天不但要一举击败周军,还要让契丹人看看我们汉军的厉害。"

杨衮在阵前观察了一阵周军的阵势和军容,对刘崇说:"是劲敌啊,不可轻易冒进! "

刘崇大笑说:"时机不可丧失,将军就不要再说了,试看我出战! "

杨衮沉默不快。当时东北风很大,不料突然又转为南风。北汉副枢密使王延嗣派司天监李义向刘崇进言,劝刘崇下令出击。枢密直学士王得中认为风势不利,不宜出击。刘崇不听,命东军先进攻,张元徽亲自率领千余精骑冲击后周的右军。

交战不多时,周军败阵,樊爱能、何徽带着骑兵首先逃跑,右路军队溃败,一千多步兵脱下盔甲向北汉军投降。柴荣看到形势危急,立即带上贴身亲兵,冒着流矢飞石,驰骑于阵前,先犯其锋。

禁军将领赵匡胤见此情景,对同伴说:"主上如此危险,我等怎么能不拼出性命?"接着,又请张永德率军从左翼出击,自己率军从右翼出击。并说,"贼寇只不过气焰嚣张,全力作战可以打败! 你手下有许多能左手射箭的士兵,请领兵登上高处出击作为左翼,我领兵作为右翼攻击敌军。国家安危存亡,在此一举。"

张永德听从其言,与赵匡胤各自率领两千人向前冲去。赵匡胤快马冲向北汉军前锋,士兵拼死战斗,皆奋命争先,无不以一当百。内殿直马仁禹一边激励同伴进击,一边也跃马冲到阵前,一阵猛射,连毙数十敌军,周军的士气更加高涨。殿前右番行首马全义也率领部下几百骑兵向前猛攻,又毙敌无数。刘崇知道柴荣亲自出战,下令嘉奖张元徽,催促张元徽乘胜进攻。张元徽前进时战马被射倒,他被周军斩杀于阵前。汉军见状,士气低落,纷纷撤退。周军乘着越来越大的南风,猛烈进攻,北汉军很快溃败。

杨衮看到周军如此英勇善战,不敢救援,而且痛恨刘崇不该吹嘘说大话,为了保全他的军队,急速撤退。

周军一路追杀到高平,北汉兵尸体布满山谷,丢弃的军资器械到处都是,另有数千北汉兵投降。刘崇仅仅率领百余骑兵狼狈脱逃。投降北汉的周军也大部分被截获。当天傍晚,柴荣不顾天寒,宿营在野外,把那些投降北汉的周军步兵全部杀死。

樊爱能、何徽等听说周军大捷,这才率领逃跑的士兵逐渐返回。但是,有的直至天亮还没到。

二十日,柴荣在高平休整队伍,挑选北汉投降士兵数千人组成"效顺军",命令前武胜行军司马唐景思率领,让他们南下淮水边,戍守淮上,其余两千多人给予路费服装,释放遣返回北汉。二十三日,柴荣到达潞州。

刘崇从高平溃败后,换上百姓的粗布衣服,戴上斗笠,乘着契丹赠送的黄骝骏马,率一百多骑兵,狼狈地从雕窠岭逃跑。夜晚,他迷了路,便俘虏村民为向导,结果错向晋州走去,行了一百多里才发觉。刘崇遂杀死向导,日夜向北奔走,未敢停下吃一点东西。他到了一个村庄,准备停下来吃上一口得到的食物,忽然有人说周军队追到,便扔下筷子,仓皇离去。刘崇衰老疲惫,伏在马上,日夜奔驰,勉强进入晋阳,下马后便瘫坐于地。

柴荣想诛杀樊爱能等人以整肃军纪,但犹豫未决。由于过度劳累,便躺在行宫的帐篷中歇息。二十五日,柴荣拿此事询问妹夫张永德,问他如何处理为好。张永德立即回答说:"樊爱能等人平素没有大功,白当了一方将帅,望见敌人首先逃跑,死了都不能抵塞罪责。况且陛下正想平定四海,一统天下,如果军法不能确立,即使有勇猛武士,百万大军,又怎么能为陛下所用?"

柴荣将枕头掷到地上,大声道:"好!"于是,立即下令拘捕樊爱能、何徽以及所部军使以上的军官七十多人。柴荣望着这些望敌而逃的将领,斥责他们说："你们都是历朝的老将，不是不能打仗。如今望风而逃，没有别的原因，正是想将朕当作稀有的货物，出卖给刘崇罢了！"

柴荣说罢，立即下令将他们全部斩首。柴荣因何徽先前守卫晋州有功，打算赦免他，但马上又认为军法不可废弃，于是将他也一起诛杀，但赐给他一个小棺材送归老家安葬。从此，骄横的将领、怠惰的士兵开始知道军法的可怕，姑息养奸的政令再不敢通行。

二十六日，柴荣赏赐高平战役中有功将士，任命李重进兼忠武节度使、向训兼义成节度使、张永德兼武信节度使、史彦超为镇国节度使。张永德极力称赞赵匡胤的智慧勇敢，柴荣命他为殿前都虞侯兼严州刺史，任命马仁为控鹤弓箭直指挥使、马全为散员指挥使、潘美迁西上阁门副使。其余将校军官升任职务的共几十人。

刘崇逃回到晋阳，收拾残兵，修缮武器装备，加固城池守卫工事，以防备周军乘势进攻。杨衮率领他的部众也狼狈北上。刘崇为了讨好杨衮，派遣大将王得中相送，趁此向契丹请求救援晋阳。杨衮屯驻代州，王得中又面见契丹主。契丹主遣送王得中，让他回去报告刘崇，答应发兵援救晋阳。

二十八日，柴荣任命符彦卿为河东行营都部署兼知太原行府事，任命郭崇为副职、向训为都监、李重进为马步都虞侯、史彦超为先锋都指挥使，率领步兵、骑兵两万从潞州出发，进攻北汉都城晋阳。并且诏令王彦超、韩通从阴地关进入，又任命刘词为随驾部署，保大节度使白重赞为副职，与符彦卿会师进军。

四月初，后周大军抵晋阳城下。

王彦超率军进攻到汾州，北汉守将投降。但进攻辽州、沁州时则受挫，后来，北汉辽州刺史被周军劝降。接着，十万周军聚于太原城下，把太原城围了起来。由于粮草未能及时送到，军士便四处抢劫掠夺。北汉百姓看到这一情景，对周军很失望，不少人不得不逃入山谷自保。

柴荣得知这一情况，下诏禁止抢劫掠夺，安抚农民，停止征收当年租税，募民入粟拜官。同时，又征发泽州、潞州、晋州、绛州、慈州、隰州及山东近使诸州民众,运粮进献周军。

不久,北汉宪州、岚州、石州、沁州、忻州、代州六州先后归属周朝。

五月,符彦卿率军至晋阳城下,旗帜环城四十里。辽国派骑兵屯于忻州和代州之间,增援北汉。符彦卿先率万余步骑,后又增援两千,与辽兵交战,仅取得小胜。史彦超等轻敌深入,为辽军所杀,周军伤亡甚众。符彦卿见不能取胜,退保忻州,后又退到晋阳。周军倾河南兵力攻晋阳,久攻不克,又值大雨一直下个不停,六月初,柴荣自晋阳撤军。

回师途中,柴荣想到父皇突然驾崩,未能安葬父皇就亲征北汉,没有最后尽到孝心,不禁一阵悲伤。于是,率军从郑州渡过黄河,然后从郑州直奔新郑郭店。到了父皇的嵩陵,一声声哀嚎,长跪不起:"父皇啊父皇,您一生南征北战,心系百姓,扭转乾坤,但壮志未酬,却撒手仙去。因北汉犯我大周,儿子未能亲自安葬您,实感不孝,祈望父皇在天之灵能原谅儿子……"

众将士听了,无不痛哭失声。

拜祭后,柴荣谥父皇为"圣神恭肃文武孝皇帝",庙号"太祖"。

柴荣回到京城,看到已经四个月没有见面的儿子柴宗训胖了许多,而且也已会"呀呀"说话的时候,沉重的心情才有好转。

符金玉十分关心他亲征北汉的整个过程,前后询问十分细致。当听柴荣讲起战场上樊爱能、何徽这些皇帝的亲兵遇到大敌非逃即降,符金玉不禁一阵神伤,对柴荣说:"这些禁军,几代以来累朝相承,务求姑息,不加简选,因此赢老者居多,且骄傲不听命,没有多少战力,如此下去,怎么能行?"

柴荣正对此深恶痛绝,经符金玉这么一说,更深知其弊,决心予以整治。

七月,柴荣先拜范质为司守徒兼门下侍郎、同平章事、宏文馆大学士,李谷为守司徒兼门下侍郎、同平章事、监修国史,王溥为中书侍郎兼礼部尚书、同平章事、集贤殿大学士。接着,经过三个月的准备,于十月大简诸军,精锐者升为上军,淘汰老弱者。升赵匡胤为殿前都虞侯、张永德出任殿前都指挥使。同时,招募天下壮士,不以草泽为阻,均到阙下,亲自阅试,充实禁军。选择武艺超绝及仪表出众者,分署为殿前诸班。其他骑兵、步兵诸军,也下令由将帅认真选拔。于是,禁军将帅得力,士卒精强,近代无比。

柴荣看到禁军强大起来,十分高兴。一日,柴荣问王朴说:"朕这个皇帝能当得几年?"

王朴回答说:"臣固陋,辄以所学推之,三十年后非所知也。"

柴荣听后十分欣喜地说:"若如卿所言,朕当以十年开拓天下,十年养百姓,十年致太平,足矣!"

晚上,柴荣见了符金玉,把王朴和他的话都如实告诉了符金玉。符金玉听了,沉吟了一会儿,说:"有些话我不知当讲否?"

柴荣说:"皇后,自我当了皇帝,你说话怎么不像过去那样……而变得拘谨起来?当以往日那样,无话不谈。"

符金玉说:"你的意思是前十年开拓天下,中间十年养百姓,最后十年让天下太平?"

柴荣说:"是啊。不可?"

符金玉摇摇头:"不可。"

柴荣有些惊讶:"以你之见,朕当如何?"

符金玉说:"我以为不能等开拓天下后才去养百姓,而应一边开拓天下,一边养百姓。几十年来,战乱频仍,百姓苦不堪言,要把百姓放在第一位。父皇在世时再三嘱咐你,你要尊父皇遗言而行事。"

柴荣听了,面色羞愧地说:"你说得太好了,朕记下了。"

符金玉接着说:"近年,水灾频发,黄河多次决口,我以为,如今进入冬季,边境也无战事,不如征发民夫,治理黄河。这样,即使汛期来到,你也不用担忧,百姓也安居乐业矣。"

柴荣听了,禁不住抱住符金玉,亲了又亲,说:"你说得太好了,朕将快颁诏治理黄河。"

符金玉说:"四月,你亲征平定北汉之乱时,我老家陈州守臣来报,州城北面的蔡河因为水患,连年决口,致多次水淹州城,我当时就向中书侍郎、同平章事李谷提请疏导蔡河。李谷做过陈州刺史,对那里熟悉,亲赴陈州征发民夫疏导蔡河通颍水,今年再无水患,水运也畅通。陈州百姓都盛赞朝廷。"

柴荣感叹说:"有你辅助,朕今生有幸焉。"

停了停,符金玉又说:"我们当初相识的时候,你脾气很好。我听父皇讲,自刘承佑杀害全家后,你的脾气变了,我很理解。然,据我观察,你当皇帝后,脾气更大了,我很为你担心。"

柴荣知道她还有话要说,就静下心来让她讲。符金玉继续说:"冯道作为宰相,父皇在世时都敬他三分,西征河中,特别去问计于他。刘承佑为乱兵所杀后,父皇以为大臣一定会推戴自己为帝,也做好了称帝的准备。可是,在见到冯道时,冯道却一点表示都没有,父皇依然像往常一样先向他行礼,冯道仍像平时一样受之。父皇当时就意识到时机尚未成熟,所以,才提出立刘赟为帝,并且派冯道到徐州去迎接,之后才成功称帝。他阻止你亲征北汉,本是善意,你却对他很反感,以致亲征时不要他随行,而让他去处理父皇的后事。结果冯道把父皇安葬完毕,还没来得及祔祭太庙,便因生气患病去世,周朝损失一重臣也。"

冯道死的时候,柴荣正带兵征战北汉军,他闻讯后,下令废朝三日,册赠尚书令,追封瀛王,谥文懿。柴荣听了符金玉的话,联想到廷议征讨北汉时的情景,不由叹息说:"是如此,朕不该这样。"

符金玉又说:"听你讲,在征讨北汉时,控鹤都指挥使赵晁私下对通事舍人郑好谦说:贼寇气势正在强盛之时,应该稳健持重来挫败它。这也是善意,你却发怒,并以死威胁,郑好谦据实回答,你将他连同赵晁一起关押在怀州监狱。如果这样,以后谁还敢向你谏言?"

柴荣惭愧地说:"现在想来,十分后悔。"

符金玉说:"一个人的威,不是靠发脾气而显现的,而是靠德才学识,让众人心悦诚服。如果靠发脾气,臣下不服,看似有威,则实无威也。"

柴荣连声说:"你说得极是。"

符金玉接着又说:"父皇也是一个很有脾气的人,但他做皇帝后谦恭地对大臣们说:我长期生活在军中,没有什么大学问,不知道治国平天下的道理。你们文武大臣,不论有什么建议,只要利国益民的,都可以向我提出,不过文字要简洁、切实,不要冗长、修饰。于是,臣下大胆谏言,提出的不少好建议,他都能虚心接受、采纳。其他,诸如善抚将士、削减严刑峻法、重农恤民就不说了。你当以父皇为楷模。"

柴荣听完,禁不住流下感激的泪水。

显德元年十一月,柴荣接受符金玉的建议,开始治理黄河。黄河杨刘至博州一百二十里河段,连年泛滥,向东分为两条支流,汇为大泽,弥漫数百里,又向东北冲毁堤坝,淹齐州、棣州、淄州直至入海处,漂没民田农舍不可胜计。柴荣派李谷往澶州、郓州、齐州察看堤坝,征发劳役六万,筑坝清淤,三十日完工。

显德二年正月,定难节度使李彝殷不满与之相邻的府州折德扆升为节度使,与自己的职位并列,拒绝府州使节通过其辖境入周。柴荣听取符金玉的忠告,没有发脾气,而是与宰相商议。宰相以为夏州是边镇,向来加以优恤,而府州偏小,无关大局,宜抚谕李彝殷。柴荣认为,定难节度使首府在夏州,那里只产羊马,贸易百货全部仰仗中原。府州治所在府谷县,折德扆忠于周朝,对抗北汉,不可一旦弃之,朝廷不能厚此薄彼。于是,柴荣遣供奉官齐藏珍带着诏书斥责李彝殷心胸狭窄,不顾大局。李彝殷见到诏书,忙向朝廷谢罪,并主动联系折德扆,从此两地交好。

柴荣听说两地交好,十分高兴。也就在这个时候,他的第二个儿子出生,取名柴宗让。大臣们都为他祝贺,说大周朝喜事连连。

符金玉虽然哺育着柴宗让,依然不忘给柴荣献计。一日,她对柴荣说:"春秋时期,秦国只是一个边远的弱小之国,为什么最后能成为强国并统一天下?就是通过商鞅变法后,能够吸纳各国的人才到秦国去,而不是像其他国家那样只重用自己的血缘姻亲。我认为,治理国家要靠人才,良策要靠好的人才才能得以实施,不然,欲速则不达。"

柴荣接受符金玉的谏言，当月即下诏：朝官举荐人才，各举为令录者一人，即使是近亲亦无妨嫌。授官之日，各署举荐者姓名，若在为官期间贪浊，或者不能胜任，连坐举主。太仆卿剧可久为举官所累而停任。右补阙王德成也因举官不当，左迁右赞善大夫。

显德二年四月，柴荣看到自周朝建立后，开封城人口迅速增长，商业繁荣，店铺增多，由于房屋过于密集，民宅占了官道，致使车马无法顺畅通行。于是，下诏拓展外城，把开封城内不适当的建筑全部拆毁，位于城内的坟墓要全部迁往城外重新安葬。这一做法遭到了许多人的非议和唾骂。柴荣却依然坚持自己的立场，丝毫没有畏缩。

柴荣对大臣们说："这样的事情总得有人来做，这样做的好处你们会在几十年以后看到的。"

柴荣命手下大将赵匡胤从开封城内骑马飞奔出城，直到跑出五十里，赵匡胤的马跑不动停下来。柴荣就以赵匡胤骑马跑到的范围为界限，令王朴设计，先立标帜，其中由县官区划街道、仓场、公廨，其余空地则由百姓随便建屋，有葬者则埋于标帜七里之外的地方。

为了让柴荣实现大志，符金玉建议让大臣们写出《为君难为臣不易论》《平边策》各一篇，以拥有良好的安邦治国之策，更好地选拔人才。柴荣再次接受符金玉的建议，令近臣每人都撰写这两篇文章。

没有多长时间，曾经在澶州柴荣府中做掌管文案记室的王朴把他的《平边策》献给了柴荣。柴荣一口气读完，不禁拍手叫绝："这不就是我要的治国良策吗？符金玉这一谏言对朕太有益了！"

第二天上午，柴荣把此文交给符金玉看。符金玉看着看着，忍不住轻声诵读起来：

臣闻唐失道而失吴、蜀，晋失道而失幽、并，观所以失之之由，知所以平之之术。当失之时，君暗政乱，兵骄民困，近者奸于内，远者叛于外，小不制而至于大，大不制而至于僭。天下离心，人不用命。吴、蜀乘其乱而窃其号，幽、并乘其间而据其地。平之之术，在乎反唐、晋之失而已。必先进贤退不肖以清其时，用能去不能以审其材，恩信号令以结其心，赏功罚罪以尽其力，恭俭节用以丰其财，时使薄敛以阜其民。俟其仓廪实，器用备，人可用而举之。彼方之民，知我政化大行，上下同心，力强财足，人安将和，有必取之势，则知彼情状者，愿为之间谍，知彼山川者，愿为之先导。彼民与此民之心同，是即与天意同。

与天意同，则无不成之功矣。凡攻取之道，从易者始。当今惟吴易图，东至海，南至江，可挠之地二千里。从少备处先挠之，备东则挠西，备西则挠东，彼必奔走以救其弊。

奔走之间，可以知彼之虚实，众之强弱，攻虚击弱，则所向无前矣。攻虚击弱之法，不必大举，但以轻兵挠之。南人懦怯，知我师入其地，必大发以来应；数大发则民困而国竭，一不大发，则我可乘虚而取利。彼竭我利，则江北诸州，乃国家之所有也。既得江北，则用彼之民，扬我之兵，江之南亦不难平之也。如此则用力少而收功多。得吴则桂、广皆为内臣，岷、蜀可飞书而召之。若其不至，则四面并进，席卷而蜀平矣。吴、蜀平，幽州亦望风而至。惟并州为必死之寇，不可以恩信诱，必须以强兵攻之。然彼自高平之败，力已竭，气已丧，不足以为边患，可为后图……

符金玉正诵读着，恰好符金环前来看望外甥柴宗训和柴宗让。柴荣知道符金环也很有文采，等符金玉读完，又把这篇文章递给符金环阅读。

符金环读完，激动地对柴荣说："此文不到一千字，但对当前如何治国安邦有独到见解。进攻避实就虚，扰敌令其疲惫，说得多好啊！"

柴荣说："王朴对于天文、历法和音乐也有很高的造诣。"

符金环说："陛下，这个人当重用之。《平边策》应是陛下的治国之策。"

柴荣笑道："金环如有高见，不妨亦赐教也。"

符金环笑道："如今你是皇上，我怎敢对你赐教？"

柴荣说："天下兴衰，人人有责，何况你是皇后的妹妹。"

符金环止住笑说："我听姐姐讲，太祖在澶州与圣穆皇后相识时曾经说过：以天为宗，以德为本，以道为门，兆于变化，谓之圣人。以仁为恩，以义为理，以礼为行，以乐为和，熏然慈仁，谓之君子。你与姐姐在澶州相遇时，曾经给姐姐背诵《道德经》名言：天下有道，却走马以粪。天下无道，戎马生于郊。民不畏威，则大威至。还背诵《列子》名言：治国之难在于知贤而不在自贤。吞舟之鱼，不游支流；鸿鹄高飞，不集污池。我也给陛下背诵几句《庄子》名言：小人则以身殉利，士则以身殉名，大夫则以身殉家，圣人则以身殉天下。鹪鹩巢于深林，不过一枝；偃鼠饮河，不过满腹。鹏之徙于南冥也，水击三千里，抟扶摇而上者九万里……"

柴荣忍不住笑道："金环有气壮山河之势，文采也不次于你的姐姐。"

符金环看着柴荣和符金玉得意的神情，忽然说："想当初，如果姐姐听信母亲的话，削发为尼，不知皇后是谁，大周朝又是什么样子。"

三个人笑了一阵，又把话题转移到了《平边策》上。符金玉说："王朴人才难得，陛下当重用之。"

第二天上朝后，柴荣即拜王朴为比部郎中、左谏议大夫、左散骑常侍、端明殿学士、知开封府事。符彦卿因为镇守北方有功，加封为太傅、魏王。然后，廷议统一天下大计：从易者始，先南后北。

同时，根据过去因战乱造成赋役沉重，驱使更多的丁壮和人口流入僧侣阶层这一状况，想到符金玉曾经被母亲要挟削发为尼，柴荣下诏：天下寺院，非朝廷颁诏修建和赏赐的寺庙一律废之，所有功德佛像及僧尼皆并于当留寺院中，今后不得再造寺院。并禁止私度僧尼，凡欲出家者，须先取得父母、伯叔同意，方许出家。唯两京、大名府、京兆府、青州置戒坛外，其他地方不得设置，违者重惩；严禁奴婢、奸人、细作、恶逆徒党、山林亡命、未获贼徒、负罪潜窜人等出家；废除所有无敕额寺院，并不许再建任何寺院；鼓励僧尼还俗。其中对革除佛教旧弊的规定尤其精彩:僧尼俗士,自前多有舍身、烧臂、炼指、钉截手足等诸般毁坏身体,以及什么还魂坐化、圣水圣灯妖幻之类,皆是聚众眩惑施俗,今后一切禁止。

同时,柴荣下令,用废除寺院的佛像铸成铜钱"周元通宝"。诏令一出,却遭到佛教徒和满朝大臣的反对。柴荣耐心地用释迦牟尼"舍身饲虎"的典故对这些反对者说:"释迦牟尼过去曾经是国王摩诃罗陀的幼子摩诃萨埵,一天,他在竹林中看见七只小虎围着一只饥渴羸弱的母虎,遂生大悲心,舍身以饲饿虎。佛祖说:以身世为轻,以利和为急,使其真身尚在,敬利于世,犹欲割截,岂有所惜哉?就是说,佛是造福众生的,假如他活着,为了救人,他的真身都可毁去,又为何舍不得铜像呢?"

反对者哑口无言,只好服从。

正当柴荣全身心谋划治国良策的时候,从西部传来消息:后蜀侵犯边境。柴荣听说后,大怒:弹丸小国,居然敢侵我大周!于是,立即派军西征。七月,西征之师因军需供应不继,战事陷于僵局,派去的将领请求罢兵。柴荣为了确定是否罢兵,派赵匡胤作为特使前往秦州前线视察战局。赵匡胤回到京城,具以事实上奏,说秦、凤诸州可取。柴荣拜王景兼西南面行营都招讨使、向训兼西南面行营都监。不久,周朝大破西川军,秦州、成州、阶州、凤州相继归附。

周朝与南唐的分界线是淮水,历来在冬季淮水河浅时,南唐皆把兵戍守,称"把浅",但寿州监军因边境久无战事,停罢把浅。柴荣看到南唐这一薄弱之处,决定采用王朴的先南后北之策,首先攻取南唐。但汴水埇桥至泗州的河道已经壅塞,水运不通。于是,柴荣令武宁节度使武行德征发民夫疏浚河道,打通开封至东南的水路,以备攻取南唐和攻取南唐之后的漕运之利。

十一月,开封至东南的水路全部打通。柴荣见时机已到,以李谷为淮南道前军行营都部署兼知庐州、寿州等行府事,王彦超为副,率韩令坤等十二员大将伐南唐。南唐闻讯,以刘彦贞为北面行营都部署,领兵两万赴寿州,由皇甫晖、姚凤领兵三万屯于定远以为应援。

　　十二月，李谷指挥周师自正阳搭浮桥过水，连续在寿州城下、山口镇、上窑击败数千南唐军。虽然打了不少胜仗，但是因为几座城都是城墙高大，周围护城河深广，久攻不下，战事陷入僵局。

　　柴荣原以为很快就能攻下南唐，听到这一消息，十分着急。他用木头刻了一个农夫和一个蚕妇，放在宫廷中，以表明他的心目中装有民众。遂召大臣进宫，廷议对策。大臣们一致认为：此战事关统一天下之大计，一定要克敌制胜。

　　中午，柴荣和将相们在殿上会餐时，对将相们说："这两天很冷，我在宫中吃着好饭菜，不觉得冷。无功于民而坐享天禄，实在惭愧。我既不能耕田食力，只有亲临战阵为民除害，心里也许安稳些。"

　　显德三年正月初六，柴荣下诏亲征南唐，令白重赞、李重进、赵匡胤、范质等为先锋，将兵出征。

第十一章

随驾南征

柴荣下诏亲征南唐的消息传开后，朝廷上下无不欢呼：显德元年一月，周太祖未及安葬，柴荣就御驾亲征北汉，大战于高平，败北汉与契丹联军，威震四海。七月回到京城，治理朝政，疏浚黄河，整顿寺庙，举国安定。逾年收复秦、凤等四州，疆土大增，今又亲征南唐，不久就要天下一统也。

符金玉闻知柴荣御驾亲征，劝阻说："陛下即位才两年，其中亲征北汉半年有余，在京城治理朝政不足一年半时间，根基待稳，百废待兴，金玉认为陛下不易亲征。"

柴荣不以为然，说："百姓苦于战乱久矣，我怎能坐视不问？再说，如今朝廷上下齐心合力，我岂能贪图安逸，像过去那些昏庸的皇帝那样，享受什么歌舞升平？"

符金玉说："治理国家要做的事很多很多，如若事必躬亲，就是一匹骏马也会累垮的。"

柴荣笑道："我正当年轻，如果这时不身体力行，何以服膺朝廷百官？"

符金玉说："统一天下非一日之功，令大将率兵即可。"

柴荣再次笑着说："想当年秦始皇统一天下，多次亲征。刘邦也是御驾亲征而统一天下的皇帝,曾经领兵平定韩王信余寇,击败韩王信与匈奴勾结势力。三国时,刘备亲征东吴。隋朝时隋炀帝杨广亲征吐谷浑。唐太宗李世民亲征高句丽。古代皇帝尚且如此,我为何不能?"

符金玉打断他说:"你不要忘了,汉高祖刘邦亲率大军攻打匈奴时,曾经被围于白登,整整被困了七天,没法脱身,险些送命。"

柴荣说:"作为皇帝怕死,将士怎能敢为天下捐躯?北汉入侵周朝,如果不是我御驾亲征,能让刘崇一蹶不振,不敢再犯吗?我们能安安稳稳地坐在京城吗?如今是我统一天下的第一仗,只能胜而不能败,不然,何以能鼓舞士气,征服天下?"

符金玉再次劝阻说:"寿州我是知道的,素有中原屏障、江南咽喉之称,战国时期,楚考烈王从我老家淮阳迁都到寿州,秦始皇统一六国时,派大将王翦率六十万大军攻楚,先攻淮阳,一年后才攻占寿州。"

柴荣笑道:"此一时彼一时也。你不要忘记,著名的以少胜多、以弱胜强的战例——淝水之战也是发生在这里。还留有风声鹤唳、草木皆兵、投鞭断流等成语典故。我周朝李谷、李重进、赵匡胤都善于用兵,不亚于秦国的王翦,也不亚于东晋的谢安、桓冲。何况我又亲征?"

符金玉见他去意已决,只得说:"陛下若一定亲征,我符金玉愿随行。"

柴荣惊呆了,问:"你为何要这样?你已经随我上过前线。"

符金玉说:"只有在你身边,我才放心。"

柴荣笑了:"你原来是不放心我呀?我身边都是精兵强将,也不乏谋略之人。"

符金玉说:"我想助你一臂之力。"

柴荣知道她做事也非常果决,想做的事不会改弦易辙,忽然道:"两个儿子都还幼小,你去了,他们怎么办?"

符金玉笑道:"宗训已经两岁多了,宗让也一岁多了,他们身边有我母亲,还有符金环、符金锭及侍女,不必挂念。"

170

柴荣见用孩子幼小这一理由也阻止不了她，只得同意。

符金玉之所以执意随军，是因为看到柴荣近年变得脾气暴躁，曾经有将士稍微不随他的心愿，他就大动肝火，甚至对兵将施暴。此次南征不同于迎击北汉，是一场大战，如果在战场上再这样，就会影响军心，贻误战机。同时，也担心他因为求胜心切，对敌我力量造成误判。所以，选择随行。不仅如此，她的话他都能静心而听，有她在身边，就会减少他的失误。

将要出征时，符金玉对柴荣说："太祖壮志未酬撒手人寰，把统一天下大业托付给你，今御驾亲征南下，适逢太祖庙落成，应该到南郊太庙告知太祖，求得太祖护佑。"

柴荣听了忍不住泪水洗面：天下去哪里能找到如此善解人意的皇后？

柴荣令掌管祭祀的官员准备好牛羊豕三牲和五谷、玉帛等祭品，立即带众大臣赴南郊的太庙祭拜太祖。

至太庙后，柴荣对这次拜祭非常重视，先逐一试奏乐器，并询问庙内钟磬的悬挂制度，得知有的钟磬之类，虽然摆设在此，祭祀却没有用，忍不住问负责这些事宜的工匠，工匠们却回答不出来。柴荣很为他们感到悲哀。于是，命翰林学士、判太常寺事窦俨参详其制，又命枢密使王朴考正其声。王朴则用古累黍之法，以审其度，造成律准。接着，又令太常卿田敏为太祖室撰写乐章《明德之舞》。

一切准备就绪，柴荣至太庙致祝文道："惟彼岐阳，德大流光。载造周室，泽及遐荒。于铄圣祖，上帝是皇。乃圣乃神，知微知章。新庙奕奕，丰年穰穰。取彼血膋，以往烝尝。黍稷惟馨，笾豆大房。工祝致告，受福无疆。"

祭祀结束，任命宣徽南院使、镇安节度使向训暂时代理东京留守。端明殿学士王朴因为规划并主持重修开封城，被任命为副留守，继续修建京城。彰信节度使韩通代理点检侍卫司以及在京内外都巡检。

正月初八，柴荣命令侍卫都指挥使、归德节度使李重进领兵先赶赴正阳关，支援李谷在寿州作战。河阳节度使白重赞带领亲兵三千屯驻颍上。然后，以赵匡胤、范质、永兴军节度使刘词等为文武大臣,跟随其左右,领兵从开封出发,一路向南,出征南唐。同时,赵匡胤的父亲、侍卫马军副都指挥使赵弘殷,也随军出征。

符金玉与柴荣同乘一辆车。出京城几十里后,柴荣还为符金玉随驾亲征耿耿于怀,希望符金玉能改变初衷。符金玉则转换话题,给他吟咏起唐太宗李世民的《赠萧瑀》:"疾风知劲草,板荡识诚臣。勇夫安知义,智者必怀仁。"

柴荣闻听,只得一笑了之,再也不提让她留下来的话题。符金玉为了让他高兴,故意挑逗他说:"我赠你一诗,你不回我一首?"

柴荣笑笑,用岑参《轮台歌奉送封大夫出师西征》里的诗句回应她道:"轮台城头夜吹角,轮台城北旄头落……古来青史谁不见,今见功名胜古人。"

两人一路欢笑,不觉间到达距离开封一百多里远的圉镇。这时,有快马从寿州来报:李谷进攻寿州虽然许久没攻下,寿州守将也十分害怕,向南唐主求救,南唐派刘彦贞领兵三万救援,已到达来远镇,距离寿州仅二百里。又派战舰数百艘赶赴正阳,造成攻击浮桥的态势。李谷召集将领僚佐商量说:我军不善于水战,倘若贼寇截断浮桥,周军就会腹背受敌。不如退守浮桥来等待皇上。于是,决定退守正阳关。

寿州濒临淮水,东枕淝水,西边与正阳关相距很近,是淮水南北的重要通道,只有迅速攻克寿州,以此作为基地,才能顺利向淮南各地推进。柴荣认为李谷的这一计谋不可取,立即派遣朝廷使臣乘着驿站车马,火速前往,予以制止。

正月十三日,柴荣率军至陈州,因天色已晚,军队驻扎在陈州城东。陈州民众和地方官吏皆到营寨前献送军粮。

军队安顿下来,为了不让柴荣为前线战事而忧心,不让将领们过于压抑和紧张,符金玉指着陈州城方向,问柴荣、李重进、白重赞、赵匡胤说:"诸位都是第一次经过我的家乡,因为是在傍晚时分,不能一睹陈州城的风采,这时军中没有什么可以助兴,可曾想知道陈州是多么的人杰地灵?"

赵匡胤立即附和说:"想知道,非常想知道。"

其他将领也都大声说:"好,给我们介绍一下"

符金玉笑了笑,便滔滔不绝地讲起陈州的历史来:五千多年前,中华民族的人文始祖、三皇之首太昊伏羲氏,带领部落从今天的秦州一带出发,沿黄河游牧东下,到了一个水草丰美、四季分明的宛丘之地,定居下来,以此为都,画八卦、刻书契、定姓氏、制嫁娶、兴礼乐、以龙纪官,从此,华夏大地升起文明的曙光。四千多年前,炎帝神农氏以伏羲建都之旧址再次建都,改称为陈。在此尝百草、艺五谷,开创了我国农业的先河。周武王灭商建立周朝,访求前代帝王后裔,在妫水寻访到帝舜的后裔妫满,封于陈。妫满到陈后,筑陈城,建陈国,为陈国开国之君,被尊为陈胡公,死后葬于陈城南。其后裔以国为姓,陈姓从此始。出生于陈国苦县的老子李耳,为道家创始人,后被尊为道教始祖。儒家文化创始人孔子三次到陈讲学,居陈达四年时间,为他儒家思想的形成奠定了基础。秦朝末年,陈胜、吴广不堪秦朝暴政,揭竿而起,在这里建立了'张楚'政权。《诗经》载有《陈风》十首,描写的就是这里的风情。三国时期才高八斗的曹操之子曹植被封为陈王,在此留下《伏羲赞》《女娲赞》《神农赞》,唐代的李白、李密、李商隐、张九龄、张继、卢纶、岑参、温庭筠、白居易均在此留下华章。

柴荣听着,不禁对陈州这片土地肃然起敬,笑着夸赞符金玉说:"你每逢提到老家就引以为自豪,并对老家的历史了如指掌,真不愧是陈州人。"

赵匡胤则激动地说:"若不是南下,我一定在这里住上几天,好好领略一下这里的文化。"

李重进、白重赞同声说:"等收复了南唐,我们一起来。"

这时,柴荣忽然想起刚出开封时有人向他告密说,赵匡胤的车辆里装载的不是箭镞等武器,而是私物,其中都是财宝。他不相信,但也一直没得机会查问。如果赵匡胤真的是这样,必定会乱我军心。于是,等符金玉讲完,借机把她拉到一边,把这一情况告诉了她。

符金玉笑笑说:"想查证此事还不容易?"

柴荣担心这个时候做这些事,稍有不慎就会影响将士的士气,不得不问符金玉："你如何查证？"

符金玉说："交给我办理即可。"

符金玉说罢，立即走到赵匡胤面前说："赵匡胤，听你刚才的话，你好像也爱读书，喜欢文化？"

赵匡胤不知她的深层意思，以为是在夸他，忙自豪地说："过去只知道骑马射箭，自从到你家认识你，后来又与王朴等一起共事，感到自己粗俗，十分惭愧，又看到那些没有文化的武官总是说错话、做错事，就开始读书了。"

符金玉说："我来的时候忘记了带书，你车上可否带有书籍？借我一卷如何？"

赵匡胤岂敢不借？于是，立即领符金玉到了他的车前，打开了车厢。符金玉看到，里面不仅没有什么财宝，而且全是书籍，不禁哑然一笑。回到柴荣身边后，立即把这一情况告诉了柴荣。柴荣听了，立即把赵匡胤召到跟前，问他："你是武将，要书有什么用！"

赵匡胤回答说："我没有好的计谋贡献给陛下，只能多读些书以增加自己的见识，这样才能好好地效忠朝廷。"

柴荣听了，十分喜欢，对他更加欣赏。

第二天拂晓，大军拔营，继续南下。想到要几天时间才能到达，符金玉一路上不停地给大家背诵一些描写将士征战沙场的诗句，一会儿是李白的《从军行》："骝马新跨白玉鞍，战罢沙场月色寒。城头铁鼓声犹震，匣里金刀血未干。"一会儿是张乔的《宴边将》："一曲梁州金石清，边风萧飒动江城。座中有老沙场客，横笛休吹塞上声。"还有屈原的《国殇》："操吴戈兮被犀甲，车错毂兮短兵接。旌蔽日兮敌若云，矢交坠兮士争先……"

将士们听着这些荡气回肠的诗句，士气异常高昂，柴荣十分开心。

就在这时，寿州方面又传来奏报：派出的使者到达寿州时，李谷已焚烧粮草，退守正阳浮桥。于是，柴荣立即命李重进领兵急速奔赴正阳附近的淮上，增援李谷。接着，率军从陈州向南挺进。

十七日,李重进还未到达淮上,柴荣还未到达淮上北部的颍上,李谷的奏书又来到了:贼寇战舰在淮水中央前进,周军弓弩石炮的射程不能到达,倘若浮桥失守,就会人心动摇,必定退兵。如今贼寇战舰每日前进,淮水日益上涨,倘若皇上大驾亲临,万一粮道断绝,那危险就难以预测。希望陛下暂且驻在陈州或者陈州东南部的颍州,等待李重进到达,臣下与他共同商量如何阻止贼寇战舰,如何保全浮桥。届时会立即奏报,那时陛下再南下不迟。倘若我军厉兵秣马做好准备,春去冬来等待时机,足以使贼寇疲惫不堪,到那时再取之未晚。

柴荣阅完奏报,很不高兴:我已经快到颍上,岂可中途退却? 如果这样,朕岂不成了贪生怕死之人? 岂不成为世人的笑柄? 他正要发怒,看到了符金玉那柔中带刚又温和微笑的目光。那意思是说,事已至此,在这里发怒有何益处?要灵活应对才是。于是,下令大军加速行进。

原来,南唐刘彦贞素来骄横宠贵,既无才能谋略,又不熟悉军事,历次任职藩镇,专行贪污暴虐,积累财产达万万,用来贿赂当权要人,因此,魏岑等权臣争相称誉他,认为他治理百姓如同西汉的龚遂、黄霸,用兵打仗如同西汉的韩信、彭越,所以周军来到后,南唐主李璟首先起用他。刘彦贞的副将咸师朗等人都有勇无谋,他们来到寿州,听说李谷退兵,大喜,欲领兵直接抵达正阳。寿州守将刘仁赡和池州刺史张全约再三劝阻刘彦贞说:你的军队未到而敌人先跑,这是畏惧你的声威啊,怎么能用速战速决的办法?万一失利的话,大事就完了。刘彦贞不听,坚持进军正阳。各色旗帜、军需运输前后长达数百里。刘仁赡说:果真遇上敌人,必定失败。于是增加士兵登上城楼做好战备。

李重进渡过淮水,在正阳东面与尾追李谷的刘彦贞大军相遇。刘彦贞以为李重进长途跋涉,士兵疲惫,一定没有战力,于是,未等他的将士吃早饭,便下令布上一道"拒马枪阵"。那拒马枪是用木材做成人字架,将枪头穿在横木上,使枪尖向外,利刃相连,并以铁绳维之。同时,还刻木为猛兽,为抓取弓弩状,绘上各种各样的颜色,立于阵前。又以革囊装上铁蒺藜布于地,以阻挡周军。士兵则像疯子一样呼喊着,对周军极尽嘲笑。

　　李重进及其将士看到南唐军这副虚张声势的样子,知道是心里害怕,十分可笑,不由锐气大增。交战不到一天,南唐军大败,刘彦贞被斩杀,咸师朗等被活捉,士卒首级被斩一万多,地上的尸体长达三十里。看到这一情景,皇甫晖、姚凤率军后退到清流关,滁州刺史王绍颜弃城逃跑。张全约收集残余的部众投奔寿州。刘仁赡为笼络张全约,上表荐举张全约为马步左厢都指挥使。

　　因为长江、淮水一带长久平安无事,百姓不懂打仗,刘彦贞战败的消息传开后,南唐人大为恐慌。

　　柴荣至正阳,任命李重进代替李谷为淮南道行营都招讨使,任命李谷兼理寿州行府政务。下令将浮桥迁至寿州以北的下蔡镇,诸军围攻寿州。

　　十八日,柴荣领兵到达寿州附近的永宁镇,还没有围困寿州城,忽然看到符金玉心事重重的样子,忍不住问她道:"你怎么了?"

　　符金玉叹口气,半天没说什么。柴荣再次问她,她才说:"想到寿州城将被围困,我想到了当年太祖率军围困河中城的情景。"

　　柴荣忍不住笑道:"那是七八年前的事了,与这有何相干?"

　　符金玉对柴荣说:"自周军攻打寿州,百姓都弃田躲进城中,田地都没人耕种了。围困解除后,百姓都才回家种田,如果再次围困寿州,恐怕他们又要弃田躲进城中,这样,百姓就苦了。"

　　说罢,又向柴荣讲了太祖郭威西征围困河中城,无数百姓被饿死的情景。柴荣听了符金玉的话,对她如此关心百姓,倍感敬佩,立即对身边的大臣们说:"寿州围困解除后,百姓大多回归村落,如今,如果听说我大军再次到达,必定再次入城。可怜他们聚集起来会成为饿殍,应先派遣使者到城外村落去安抚百姓,让他们各自安心务农,不要再往城里躲,并告诉他们:周军只攻打对抗大周朝廷的守将,不会伤害他们。"

　　大臣们听了,无不对符金玉和柴荣崇敬三分,并立即派数十名使者,到各个村里去安抚百姓,让他们安心务农。

　　二十二日,柴荣领兵到达寿州城下,在淝水北岸宿营。二十三日,柴荣下令征发宋州、亳州、陈州、颍州、徐州、宿州、许州、蔡州等地壮丁数十万来攻城,昼夜不停。

南唐皇帝李璟见寿州危机,派都监河延锡率军一万多人乘船增援寿州,当晚将船只停靠在淮水岸边,并在涂山脚下宿营。柴荣得知这一情况,命令赵匡胤领兵出击。赵匡胤领命后,立即调遣一百多骑兵,并挑选一勇猛的大将为率。临出发前,赵匡胤对那将领耳语了一番,那将领立即领兵杀向南唐军营。他们烧了几座军营后,又假装惧怕而狼狈地往回逃跑。南唐军见状,以为周军是败逃,立即起兵追杀。追到涡口,被埋伏那里的赵匡胤骑兵包围,被打得大败,南唐都监河延锡等人被斩杀。赵匡胤夺取战舰五十多艘。

二月初三,下蔡浮桥架成。为了部署下一场战役,柴荣带符金玉亲自前往察看。符金玉是第一次见到作战用的浮桥,不由细细地观看:该浮桥用几十个木筏做桥墩,横排于河中,上铺梁板做桥面,桥与河岸之间用跳板连接,木筏之间系固于由棕、麻制成的缆索上,两岸由石锚固定,整座桥可以随着水位的起落,自行调节。

看着这浮桥,符金玉感到十分自豪,忍不住好奇地问柴荣:"这种浮桥是什么时候开始有的?"

柴荣笑道:"《诗经》中记载,周文王为娶妻而在渭水上架起一座浮桥,距今有两千年了。战国时期,秦景公的母弟因自己所储存的财物过多,恐怕被景公杀害,在临晋附近的黄河上架起浮桥,带了'车重千乘'的财富逃往晋国,那浮桥是第一座黄河大桥。汉朝光武帝刘秀在与公孙述作战中,公孙述在荆门和硖州虎牙之间,架起一座浮桥,取名江官浮桥,以断绝刘秀的水路交通,后被东汉水师利用风势烧毁。应该算是第一座作战用的浮桥。"

柴荣和符金玉又交谈了一阵兵力的部署,这才离开。

初五,这边还没有完全部署好,庐州、寿州、光州、黄州巡检使司超传来捷报:在盛唐镇击败南唐军队三千多人,擒获都监高弼等人,缴获战舰四十多艘。去年,李谷率军南征时,司超跟随李谷担任先锋副都指挥使。柴荣见他屡立战功,命他遥领黄州刺史。

接着,柴荣立即命令赵匡胤日夜兼程,袭击滁州西部的清流关。南唐节度使皇甫晖和副将姚凤率兵在山下列阵,正与周军前锋部队交战,看到赵匡胤领兵从山后出来,皇甫晖等大吃一惊,急忙率军向东逃向相距二十多里的滁州。皇甫晖率军到达滁州城,毁断护城河桥,准备坚守滁州城。赵匡胤看无桥可以进入城中,跃马指挥军队涉水而过,直抵城下。皇甫晖在城门上看到赵匡胤涉水到了城下,很为赵匡胤的胆量震惊:你前面是我大军,后面是水,岂不是死路一条?接着很不屑地对赵匡胤喊道:"我们都各为自己的主子效力,希望容我排好队列再战。"

赵匡胤笑着答应他道:"好,我在这里等你。"

皇甫晖整顿部众出城,走到阵前,威风凛凛地望着赵匡胤,等赵匡胤出战。

赵匡胤朝他冷冷地一笑,问道:"列阵好了吗?"

皇甫晖大笑着回答说:"列阵好了,你出战吧……"

皇甫晖话音未落,赵匡胤忽然一声"驾",身下的骏马便向前狂奔而去。赵匡胤伏身抱住马脖子,一边向敌阵猛冲,一边向南唐将士大喊道:"我只取皇甫晖,别的都不是我的敌人!"喊罢,手持长剑直刺皇甫晖。皇甫晖还没有反应过来,赵匡胤已经到了跟前,正要持枪迎击,赵匡胤的长剑已刺中他的头部,立即掉下马来。皇甫晖的部众见状大骇,纷纷逃回城中。皇甫晖及其副将姚凤都被生擒。未逃进城中的士兵知道赵匡胤不杀他们,不做任何抵抗,纷纷投降。于是,赵匡胤率军进入滁州城。

赵匡胤的父亲赵弘殷开始时领兵攻打扬州,这时已经奉命撤回到滁州。滁州城被攻克后的第二天晚上,赵弘殷以儿子为骄傲,半夜领兵到达滁州城下,传令呼喊开门。赵匡胤在城门上方却对他说:"父子虽然最亲,但城门开启是王朝大事,不敢随便从命。"

赵弘殷听了,更为儿子自豪。赵弘殷少时骁勇异常,擅长骑马、射箭。刘知远建汉时被拜为都指挥使。后来,因为赵匡胤投靠郭威,赵弘殷在赵匡胤劝说之下倒戈攻汉。郭威建立周朝，赵弘殷历任铁骑第一军都指挥使、右厢都指挥、领岳州防御使，累官至检校司尉，受爵天水县男。柴荣即位后，赠敬左骁骑卫上将军，与赵匡胤分典后周禁军。赵匡胤对待自己的父亲尚且这样不徇私情，在军中深受将士的爱戴。

柴荣得知滁州城破，派遣翰林学士窦仪清点登记滁州库存的物资，赵匡胤派心腹官吏找到窦仪，想提取一些库藏的绢帛。窦仪说："你在攻克滁州城之初时，即使把库中东西取光，也无妨碍。如今已经登录为官府物资，没有诏书命令，是不可取得的。"

赵匡胤听了，对窦仪非常器重，感到他是一个难得的治理国家的人才。

为了尽快让滁州城恢复平静，柴荣诏令左金吾卫将军马崇祚主持滁州政务。

这时，范质领着一个人来到柴荣面前，介绍说："这个是蓟州人赵普，其父赵迥，曾任相州司马。后唐时连年征战，家国不宁，迁居洛阳。赵普为人淳厚，沉默寡言，当地的豪门大户魏员外很欣赏他，将女儿许配给了他。显德元年七月，他投奔于我，被辟为从事，可命赵普为滁州军事判官。"

柴荣看赵普非常稳重，接受范质的举荐，命赵普为滁州军事判官。

这时，赵匡胤的父亲赵弘殷忽然患病，不得不在滁州城养病。赵普朝夕侍奉药饵，赵弘殷于是以宗族的情分来对待他。赵匡胤曾经与他交谈，觉得他的见识很不寻常。当时捕获盗贼一百多人，律当斩首，赵普怀疑其中有无辜的人，请赵匡胤讯问他们后再做决断。通过审讯，确有很多无辜的人，结果活下来的占十分之七八。赵匡胤愈发认为赵普是个奇才。

通过攻克滁州城，赵匡胤的威名日益盛大，每当亲临军阵，必定用精美的辔马绳带装饰坐骑，铠甲兵器锃亮耀眼。这天，他的部下对他说："像这样，会被敌人所认识，很危险。"

赵匡胤很得意地说："我本就是想让敌人认识我，看谁能与我决战！"

符金玉想到赵匡胤当年和李守贞、郭威到她家的那个谦恭的样子，在一边忍不住发笑,也佩服赵匡胤的勇猛。

不久,南唐皇帝李璟派遣泗州牙将王知朗携带书信抵达徐州,称:唐皇帝奉上书信致大周皇帝,请求休战讲和,情愿把大周皇帝当作兄长来侍奉,每年贡献货物财宝来襄助军费。徐州守将立即把书信奏报给柴荣。柴荣看后,不作回答。接着命令前武胜节度使侯章等人进攻寿州水寨,在护城河的西北角打开决口,将护城河的水引入淝水,为攻打寿州城做准备。

这时,赵匡胤派遣使者带着皇甫晖等战俘来到了柴荣面前,以炫耀自己的战功。皇甫晖伤势很重,见到柴荣,也只能卧着,说:"臣下不是不忠于所事奉的主人,只是士兵有勇敢有胆怯的不同罢了。臣下往日屡次与契丹交战,未曾见到过像你这样精锐的军队。"

接着,又盛赞赵匡胤的勇敢。柴荣看他是个忠勇之人,把他给释放了。不料,没有几日,皇甫晖因伤势过重而去世。

柴荣探知扬州没有防备,又命令韩令坤等领兵袭击扬州,告诫不得残害百姓;对那里的李氏陵墓、寝庙,要派人与李氏族人共同守卫看护。

南唐皇帝李璟因军队屡遭败绩,惧怕灭亡,于是又派遣翰林学士、户部侍郎钟谟和工部侍郎、文理院学士李德明奉持表书称臣,前来请求和平,进献皇帝专用的服装、药物以及金器一千两、银器五千两、缯帛锦缎二千匹,犒劳军队的牛五百头、酒二千斛,于十九日到达寿州城下。

钟谟、李德明一向能说善辩,柴荣知道他们打算游说他,命全副武装的士兵严整列队而接见,说:"你们君主自称是唐皇室的后裔,应该懂得礼义,同别的国家有区别。与朕只有一水之隔,却未曾派遣过一位使者来建立友好关系,反而漂洋过海去勾结契丹,舍弃华夏而臣事蛮夷,礼义在哪里呢?再说了,你们是准备向我游说让我休战吧?我不是战国时代那样的愚蠢君主,岂是你们用口舌所能改变主意的人?你们可以回去告诉你们的君主:马上来见朕,下跪再拜认罪谢过,那就没有事情了。不然的话,朕打算亲自到金陵城观看,借用金陵国库来慰劳军队,你们君臣可不要后悔也!"

钟谟、李德明听着柴荣的话,浑身发抖,不敢说话,最后悻悻而去。

三月初一,柴荣和符金玉一起巡视寿州水寨,为攻打寿州城做准备。他们到达淝桥,柴荣看到桥上有很多石块,亲自捡取一块,抓在手里。符金玉问他:"你捡石块干什么用?"

柴荣说:"砲车需要很多石块,多一块不就多一份力?士兵不就少拉一块石头?"

所谓的砲车就是抛石机,也叫抛车、投石车、霹雳车,以石头当砲弹的远程抛射武器,用来攻守城堡。符金玉见柴荣想得这么细,也捡取了几块石头。随从官员看到他们的皇帝还这样,也都捡取一块或者多块石头带在身上。

赵匡胤要求乘坐牛皮船进入寿州护城河中绕城查看情况,柴荣答应了。赵匡胤正和几个士兵划船绕城而行,忽然,城上的守军用巨大的机械车弩射击起来,发出的弩箭像房屋上的椽子一样粗大,而且都是朝着赵匡胤发射的。赵匡胤和他的士兵毫无防备,也来不及掉转船头。千钧一发之际,牙将张琼立即扑上去把赵匡胤按倒,用身体遮挡住了赵匡胤。那箭没有射中赵匡胤,却射中了张琼的大腿,张琼当即就昏死过去。赵匡胤等把张琼架到岸上好一阵呼叫,张琼这才苏醒过来。由于箭头射进骨头,用手无法拔出。符金玉看在眼里,疼在心里。

在大家都不知道如何是好的时候,张琼微微一笑,说:"给我来一碗酒。"

符金玉立即令人给他端来一碗酒。张琼接过酒,一饮而尽,说:"砸破腿骨,拔出弩箭。"

士兵依照他的话,弩箭才得以拔出,但血流了很多,张琼却若无其事,神态仍从容自如。

符金玉看到这一情景,对张琼倍加赞赏,亲自抚摸着他的伤口,对他进行安慰。进而想到前不久进攻十八里滩砦时,周军被南唐的战舰包围,敌军中有一个人手持甲盾趁势鼓噪着向前冲,周军没人敢于阻挡。张琼挽弓急射,一箭射死了那个嚣张的小兵,大大挫伤了对方的士气,凭借地理优势的南唐军便迅速退却了。

符金玉一边安慰张琼，一边对柴荣说："周朝有这样的勇士，怎能不胜？一定要犒赏重用。"

南唐皇帝李璟见不能胜，再次求和。这时，南唐江北之地，一半已为周军所占据。李璟请去帝号，割江北寿州、濠州、泗州、楚州、光州、海州六州之地，岁输金帛百万求罢兵。柴荣欲尽得长江以北，没有接受南唐的求和条件。

四月，南唐派大将陆孟俊自常州领一万多人赴泰州，周军因为兵力不足，退出泰州。陆孟俊占据泰州后，又转攻扬州。柴荣命赵匡胤率军驻扎在六合，以防备已至扬州城外的陆孟俊大军逃遁。殿前都虞侯韩令坤因为攻取扬州、泰州有功，被加封检校太尉、领镇安军节度使。韩令坤坚守扬州，与陆孟俊展开激战。当得知赵匡胤率军驻扎六合后，率军出城，冲进陆孟俊阵营，把陆孟俊打得惨败。

南唐皇帝李璟见求和不成，派其四弟、齐王李景达率两万兵马渡过长江，进攻六合。但在距离六合二十余里处设置栅栏不再前进。周众将领想出击，赵匡胤说："他们设置栅栏固守，是怕我们啊。如今我们部众不满两千人，倘若前往攻击，他们就看出我们兵力的多少了，不如等待他们来时再出击，这样必定能打败他们。"

过了几天，南唐出兵进攻六合。赵匡胤见时机一到，下令奋勇出击。战斗中，赵匡胤假装督战，发现有不卖力的，就用剑砍那些士兵的皮斗笠。第二天，赵匡胤一个个检查皮斗笠。他见上面有剑砍痕迹的有数十人，毫不姑息，全部推出斩首。从此，所部士兵没有敢不拼死作战的。

由于将士拼死作战，南唐军大败，杀死抓获近五千人，余下部众一万多人，逃奔渡江，因为争夺渡江的舟船，很多士兵被溺死。于是，南唐的精锐之军丧失殆尽。

几个月来，符金玉虽然感到很累，但又感到很欣慰。因为她一直守护在柴荣的身边，柴荣再没有再像过去那样稍不如意就大发脾气，将士都对他十分敬畏,作战勇敢,所以,周军每战必胜。符金玉本想一直陪伴柴荣到攻取南唐,没想到的是,在柴荣再次下令攻打寿州的时候,她却患了病,头晕目眩,不能进食。在军中医治几日后,仍然不见好转,柴荣只得派人护送符金玉回京。符金玉开始不同意,见实在没有别的办法,才答应下来。

柴荣把符金玉送到车上,再三嘱咐说:"回去后好好治病,不要为我担心。"

符金玉说:"我的病可能是劳累、思虑过度而致,回去后不几日就会好,你不要牵挂我。"

柴荣说:"你要时隔不几日就把病情向我奏报一次。"

符金玉说:"你也要把战况及时传送京城。"

符金玉终于上路了。那嘚嘚的马蹄声,噜噜的车轮声,既有几分欢快,又有几分凄凉,还带着几分震动和不安。

他们来的时候还是天寒地冻,都穿着棉衣,如今是四月天,都已经换上了单衣。来的时候,天空的云是厚重的、浑浊的,如今的云是黑白相间,层层叠加,而且翻卷不定。来的时候,万树枯萎北风寒,如今是百花盛开东风暖。符金玉向北眺望着京城,又不时地回望寿州,想到与柴荣同来而不能同归,回味着柴荣与她送别时那恋恋不舍的神情,不由泪眼蒙眬。留亦难,回亦难,万千思绪,萦绕心头。

第十二章

千古遗恨

符金玉刚刚离开寿州不远，天空由晴变阴，不一会儿就淅淅沥沥下起雨来，虽然让人感到凉爽，但是，路上却是泥泞不堪。既然踏上了归途，就希望尽快到家。说也奇怪，路上尽管没有及时吃药，符金玉的病却好转了许多。

路过陈州时，符金玉忍不住让车停了下来，并走下车久久地眺望了一阵陈州城，又眺望了一阵一望无际的湖水和宛丘台。眺望中，耳边似乎响起悠扬的《月出》《宛丘》古筝曲，眼前也幻化出一片朦胧的月光之色，似乎看到月光下有一个美丽的女子和一个英俊男子在追逐嬉戏，十分开心。那女子正是她符金玉，那男子正是他的夫君柴荣。

当她回过神后，忍不住为自己的这些想象哑然失笑：才分别不久，怎么又这么想他呢？笑过之后，又想起那一场场血战，不禁为柴荣纠结起来。她很想回老家到符氏宗祠为柴荣烧香祈祷，让祖先保佑他平安，保佑他尽快收复南唐。可是，身体不允许她在路上有过多的停留，必须尽快回到京城，医治疾病。

上车后，忽然又想到了曾经任过陈州刺史的皇甫晖，心中叹息说：皇甫晖啊皇甫晖，想当年你曾经被后唐明宗封为陈州刺史，如果不是投靠南唐，如果不是死心塌地效忠南唐，怎么会被赵匡胤一剑刺中头颅？

　　两天后,符金玉回到了京城开封。因为随柴荣南下的时候,她把柴宗训、柴宗让托付给了母亲和妹妹符金环,所以,她没有首先进入皇宫,而是直接到了母亲的宅第。柴荣自登上皇位后,曾经多次让符彦卿全家搬进皇宫,符彦卿拒绝了。母亲和符金环、符金锭等看到符金玉回来,都喜不自禁地流下眼泪。柴宗训看到娘,一头扑进她的怀里,"哇哇"大哭起来。柴宗让看到哥哥哭了,也哭起来。一家人本该高兴,此时却是一片唏嘘之声。

　　柴宗训哭了一阵,终于大笑起来。他已经快三岁,能跑步,什么话都会说了,拉着符金玉的手,不停地喊着:"娘、娘……"又蹦又跳。

　　符金玉很想随着他又蹦又跳,可是,只一小会儿就又感到头晕目眩,加上怀里抱着柴宗让,只得坐下来。

　　母亲知道她是因为患病才回来的,又看到她这个样子,忍不住说:"你也太任性了,非要随柴荣亲征。他现在是皇帝了,你还有什么不放心的?"

　　符金玉强笑说:"娘,有些事您不懂啊!"

　　母亲既疼爱她又有些不高兴地说:"你太任性,玉环太寡言,金锭太淘气,你们总让娘操心。"

　　符金环劝阻母亲说:"娘,姐姐回来了,应该高兴才是,你怎么又唠叨起来?"

　　符金玉眨眨眼说:"母亲就是个絮叨嘴子。"

　　母亲有些不好意思地说:"好,好,我不说了。"

　　符金环劝符金玉躺下歇息。符金玉也想歇息,可是,很久没有看到亲人了,怎么能忍心躺下来?为了不让大家为柴荣担心,她把这几个月一连串的胜仗都讲了一遍。母亲和符金环也把京城发生的一些事讲给她听。尤其是母亲,对女儿做了皇后很自豪,更为柴荣不凡的作为而骄傲,说起来笑得合不拢嘴:"柴荣南征后,王朴遵照诏令,在京征发开封府、曹州、滑州、郑州的百姓十多万修筑开封外城,周长四十八里。修筑城墙时,因为开封附近的土质多碱,黏性差,不易夯实,就从数百里外的虎牢关取土,夯筑的城墙坚如磐石。用不了多久,新城就建好了,那时,京城更好看了。"

符金玉听了,想象着未来壮观的京城,也很自豪。

符金环说:"宗训很听话,从没有哭闹过,不仅认识了很多字,还会背不少唐诗,如骆宾王的《咏鹅》,孟郊的《游子吟》。"

柴宗训听到夸奖,挣脱符金玉的怀抱,一边学着鹅走路的样子,一边用稚嫩的声音背诵起《咏鹅》:"鹅鹅鹅,曲项向天歌。白毛浮绿水,红掌拨清波。"

符金玉看着柴宗训欢快的神情,十分高兴。符金环禁不住欣喜地把柴宗训抱起来亲了又亲。因为这些诗都是她教给柴宗训的,她不由感到很自豪。符金玉忍不住说:"宗训能有这么大的长进,金环功不可没。"

符金环笑笑说:"谁叫他是我的外甥。"

听了她的话,一家人都笑起来。

停了一会儿,符金玉望了符金环一阵,欲言又止。符金环见状,不由问她道:"姐姐怎么了?为何闪烁其词?"

符金玉浅笑说:"你年龄也不小了,也该找个人成家了吧?"

母亲听了,在一边叹气:"给她提亲的有几个,她总是挑三拣四的,都不同意,为娘的给急坏了,她还跟没事一样。"

符金环笑笑说:"娘,您不是曾经让姐姐出家吗?我不嫁人了,准备出家呢。"

符金玉笑了,母亲却以为在揭她的短,显得很不高兴。符金环赶快又安慰母亲说:"娘,我是给您开玩笑的,有了合适的就嫁,不会让娘老为我操心。"

母亲对符金玉说:"你三妹、四妹出嫁了,她还守在家里,还说不让我为她操心。我是娘,能不操心?"

符金锭看着符金环被母亲说红了脸,忍不住在一边"呵呵"地笑起来。符金环正不知道如何发泄,趁机揪住符金锭的耳朵说:"笑,我看你再笑!"

一家人说笑了一阵,符金玉终于扛不住,只得躺下歇息。

符金玉回到京城后,立即派使者奔赴大名向父亲报平安。符彦卿听说符金玉因病回京,十分忧虑,接到消息的当天就急急忙忙从大名赶往京城。

符彦卿回到京城,父女相见,忍不住百感交集,有说不完的话。符金玉不讲自己的病情,却把父亲先问候了一遍:饭食是否可口,天气是否比京城要凉,北汉和契丹是否又有入侵周朝之举,等等。接着又说:"父亲领兵在外,家人都不在身边,一定要懂得照顾好自己。"

符彦卿看到符金玉比随军出征前瘦了许多,脸色蜡黄。他问了一遍南方的战况后,劝她说:"国事、家事都不要你担忧,你当下应该每日按时服药,尽快把病治好。"

符金玉看到父亲因为自己的病而满脸忧郁,很想立即转换话题,可是一时却不知道说什么好。她迟疑了一下,忽然问父亲:"父亲可曾认识一个叫韩熙载的?"

符彦卿以为是有什么大事,忙问她道:"你说的是南唐的韩熙载?"

符金玉看父亲没有了忧郁的神情,强笑说:"是啊。"

符彦卿不假思索地说:"我做过青州节度使,怎么能不认识韩熙载?他小我四岁,青州人,后唐同光进士,因其父被李嗣源所杀而逃离中原南奔。韩熙载伪装成商贾,经正阳渡过淮水,逃入吴国境内。韩熙载之所以选择这条路线,是因为他的好朋友李谷是汝阴人,颖州的治所就在汝阴,而淮水的重要渡口正阳镇,就在颖州颍上县境内淮水岸边的颍水入淮处,其对岸便是吴国疆土,交通十分便捷。他与汝阴人李谷是好朋友,两人分手时,李谷为他饯行,举杯痛饮。韩熙载对李谷说:吴国如果用我为宰相,我必将长驱以定中原。李谷笑着回答他说:中原如果用我为宰相,我取吴国则如同探囊取物。韩熙载投奔吴国时,曾经写了一篇介绍自己的籍贯、出身、投吴原因以及平生志愿的《行止状》,虽然是请求对方能够接纳自己的行状,却丝毫没有露出乞求之意,而是写得文采斐然,气势恢宏,其中写道:'某闻钓巨鳌者不投取鱼之饵,断长鲸者非用割鸡之刀。是故有经邦治乱之才,可以践股肱辅弼之位。得之则佐时成绩,救万姓之焦熬;失之则遁世藏名,卧一山之苍翠。'李昪灭吴国建南唐后,韩熙载任秘书郎,辅太子李璟于东宫。李昪死后，李璟即位，迁韩熙载为吏部员外郎，史馆修撰，兼太常博士，拜中书舍人，并没有做上什么宰相。所以，柴荣征讨南唐时首先令李谷领兵南下。"

符金玉故意笑笑说："我在寿州时听说，韩熙载感李璟的知遇之恩，唯知尽心为国，全然不知如何保护自己，对于朝中大事，或驳正失礼之处，或指摘批评弊端，章疏连连不断，引起朝中权要的极大忌恨与不满，就连李璟的儿子李煜也对他猜疑。韩熙载看到这一情景，便沉湎于声色，以避免引起别人的猜忌而遭遇不测。李煜不放心他，派画家顾闳中到韩熙载家窥探。顾闳中回去后，凭目识心记，作了一幅《韩熙载夜宴图》上呈李煜。全画分五段：第一段为听乐，描绘韩熙载与宾客们听歌妓弹琵琶，每个人的视线和精神都集中在弹琵琶女子的手上。第二段为观舞，描绘韩熙载亲自为跳六幺舞的家伎击鼓，众人边观赏边拍手、击板助兴。第三段为歇息，画韩熙载在中间休息时坐在床上一面洗手，一面与几个女子谈话。第四段为清吹，画韩熙载袒腹坐在椅上听众姬合奏管乐的场面，似与一近身侍女闲谈。第五段为散宴，画韩熙载手执鼓槌送别宾客，还有未离去的宾客与歌女们调笑。李煜看了《韩熙载夜宴图》，才对他放心。如今李谷为宰相，而韩熙载在南唐却无所作为。"

符彦卿感叹说："感情用事，仗义执言，不知保护自己，这是文人书生的一大弱点也。"

符金玉看父亲的心情好了许多，心里这才踏实，最后又劝父亲说："我没什么大碍，不久就会好的，不用为我担心。"

符彦卿很想在家多停留几日，陪她治病，等她的病痊愈后再回大名。可就在这个时候，又有消息从北边传来：契丹军南侵。他作为守卫周朝北大门的重臣，不得不离别女儿，火速返回大名。

符彦卿临行前又对御医嘱咐再三，让他们好好为符金玉治病。御医躬身施礼，说一定会尽心尽力。符金玉尽管在御医的安排下配合治病，但想到南方战事正紧，北方契丹又来犯边，每日心里总是忐忑不安，想的都是大周江山的稳固，都是柴荣的安危。因为有病和思虑过度，符金玉的神情变得恍惚起来。

　　符金玉记不清是回到京城的第几天，天空下起了大雨。望着这雨，心里不由得焦躁起来，于是走出屋门，到了廊庑下。她仰望着压得很低很低的乌云，看着那被大风吹得左右摇摆的树枝，忍不住叹息：这风是南风，是从南边刮过来的，这里有大风，寿州那边能会没有大风吗？那里的风应该比这里更大些吧？这里下了这么大的雨，那里能会没有雨？那里夏天的雨水就比北方多，那里的雨岂不下得更大？下着雨，战车不能跑，人也睁不开眼，那仗是不能打了。不打仗了，将士就要躲在营寨里。那营寨都是搭建在地上，里面一定会很潮湿，也会有蚊子，他现在是皇帝了，忍受得了吗？唉，应该能忍受得了，想当年去南方做茶叶生意，什么样的苦没有受过？什么样的草棚没有住过？那草棚应该没有现在的营寨好。想到这里，她的心里稍微踏实一点，就回到了屋子里。

　　符金玉在外面站得有些累，进了屋就躺在了床上。可是，刚刚躺下，脑子里又是这场大雨。想到雨，接着又想到了河流。这么大的雨水，不都是流到河里去吗？没去过寿州的时候不知道淮水流域有那么多的支流，不知道淮水每年在雨水季节都会泛滥成灾。听不少人讲，淮水流域东面靠海，北南西三面环山，中间为广阔平原。淮水南岸支流都发源于大别山区及江淮丘陵区，源短流急，北岸支流全都是平原排水河道。上游基本上是山区丘陵地带，坡大流急，每当发生流域性降雨时，淮水上游的洪水和南岸山区的洪水竞相抢占淮水中游河道，中游水位迅速上涨，形成淮水中游长时间、高水位运行。大的支流就有汝水、颍水、涡水和汴水、泗水、沂水、沭水等，小的支流不计其数，加上许多河段河道弯曲狭窄，支流洪水快速汇集后，极易造成行洪不畅。流经陈州的颍水就通向淮水，小时候就见过颍水决堤导致两岸被淹没的情景。寿州一带的淮水两岸地势更低洼，而河道平槽泄洪量更小，每逢遇到中小洪水，水位都要高出两边地面的高度，就会形成涝灾。如果这样，周军的营寨不就麻烦了？

　　大雨下了几天后终于停了。但是，没有几天，天气又热得让人难受，屋子里热得像个火炉，闷得人喘不过气来。符金玉走出屋子，想到庭院里乘凉。可是，经过那没有树荫的地方时,那太阳火辣辣的,照在脸上就像烧热的錾子靠在脸上一样。她不由又不安起来:京城还这么热,南方的寿州岂不更热?我在家里穿着单衣还热得难受,将士们穿着盔甲,岂不热得更难受?不穿盔甲怎么能打仗?不要说面对面的刀枪,就是那箭镞也不行啊,肉体怎么能顶得住箭镞?想到这里,她的眼前又浮现出张琼被寿州城上的强弩射中大腿的情景:穿着盔甲尚且如此,不穿盔甲岂不更甚?柴荣会不穿盔甲?她一遍遍地问,却没有答案,忍不住又想到了柴荣打起仗来不怕死的情景:想当初随他讨伐北汉,他一马当先。即皇帝位后亲征北汉,高平之战他不畏矢石,跨马到阵前督战。在寿州时,对城上的弓弩视而不见,还谈笑风生,万一有哪一支箭朝他飞来……想到这里,不禁又为柴荣担忧起来:夫君啊夫君,你现在是皇帝了,怎么都是要御驾亲征呢?御驾亲征也就罢了,怎么能总是冲在最前面呢?

由于每日替柴荣担忧,刚刚好转的病情又加重了:睡不好觉,好不容易睡着了,又常常做噩梦。一天,她刚刚入睡,就看见淮水决堤,寿州城外的周军营寨眨眼之间就被洪水淹没了,很多将士被淹死,柴荣在水中拼命地呼喊:“金玉,快来救我!”她呼喊着他的名字飞过去救他,可是,在空中找了半天也没有找到他。最后找到了,但看到的却是他漂浮着的膨胀的尸体。她一声惊叫,醒了,这一夜再也没有睡着。

第二天,她又做了一个噩梦:她和柴荣一起来到寿州城下,只见城周围布满了二轮或四轮的砲车。柴荣走到一辆砲车前,用手晃了晃车上立着的木柱和木柱顶端架着的横轴,又晃了晃横轴中间的砲杆,端详了一阵砲杆长臂的一端系着的皮窠和皮窠里那装满的石块。又用手拉了拉短臂的一端系着的几十条绳索,大喊一声“攻城”,众将士猛拉绳索,一辆辆砲车上的砲杆长臂突然由下而上,甩向空中,那皮窠中的石块像利箭一样都被“射”到了城墙上方。城墙上面的南唐守军猝不及防,被石块砸得大呼小叫,死伤无数。正在将士们齐声欢呼的时候,忽然,城上万箭齐发,飞石如雨,柴荣的头被一飞石砸中……符金玉大叫一声,惊醒过来,浑身是汗,不一会儿又头疼得很厉害。

想了柴荣一段时间,不知怎么竟然又想到了柴荣的亲生父亲柴守礼,符金玉又是一阵叹息:柴荣即位后,不少大臣都劝柴荣封他的生父当太上皇,但是,他没有,认为他是太祖养大的,只能认太祖为父,对待生父敬归敬,但礼仪方面皆是"以元舅礼之"。柴守礼即使是老国舅,见皇帝也要下拜。但从宗亲人伦孝道方面,他又是皇帝生父,亲爹给儿子下跪,于礼也不合。因此,自从柴荣当了皇帝,柴守礼便移居洛阳,一次也没有再来京城。她一直想让柴荣打破过去的所谓礼仪,把柴守礼请到京城来,可是,柴守礼和当朝将相王溥、王彦超、韩令坤等人的父亲在洛阳,一直坚持不来京城。她禁不住埋怨起柴荣来:很多过去的规矩你都改了,对待父亲怎么能不宽容一些呢? 等柴荣回师京城,或者等自己的病痊愈后,一定要亲赴洛阳,好言相劝,各退一步。亲人一定要在一起。

符金玉生病离开寿州后,时令已经进入五月,柴荣想乘周军大获全胜之势一举攻克寿州,不料,却久攻不克。接着,又遇上阴雨天气,开始是小雨,接着是大雨,而且连续数日一直下个不停,寿州城护城河水位暴涨,周军的营寨多数被大水冲毁,粮草不能及时送达,攻城的士卒伤亡惨重。不得已,柴荣乃令放弃滁州、扬州等已经占领的州城,整饬军纪。南唐军则乘机复占失地,李景达等又率兵五万,进驻濠州,威逼周军。柴荣由于思念符金玉,加上每次作战都伤亡惨重,深知无水军难取淮南,只得暂时放弃收复南唐的计划,留李谷、李重进继续军围寿州,司超留守淮南的光州,并担任刺史。然后,他则率师返回京城。

五月下旬,柴荣回到了开封。

符金玉听说柴荣到了京城,让符金環搀扶着激动地走出屋子,在院子里翘首以待。等了一会儿不见柴荣,又走出院门外,望眼欲穿。可是,等了很长时间,依然没有等到柴荣。她感到站立不稳,只好向院内走去。就在这时,柴荣的乘御到了。原来,柴荣到了京城以为符金玉住在皇宫,便直奔皇宫。到了那里不见符金玉才快速奔向这里。

柴荣下得车来,看到符金玉病怏怏的样子,惊愕得说不出话来,倒是符金玉先问候起他来："夫君,你瘦了,瘦了很多很多。"

柴荣没有回答她,却惊讶地望着她说："你的病一直没好?你怎么没有告诉朕呢?"

符金玉关切地说："你在寿州日夜操劳于军国大事,我不能相助,怎么能再给你添乱,让你分心?"

柴荣悔恨道："早知如此,朕就不御驾亲征了……"

符金玉忙宽慰他说："看到你凯旋归来,金玉喜不自胜,别说这些了。"

柴荣一时不知怎么回答符金玉才好,忙伸手搀扶着她说："快快进屋。看你这个样子,在外等了很久了吧?"

进了屋,两个人相拥而泣,泪水不止。符金玉终于说："我日思夜想,看到你平安归来,我放心了。"

柴荣说："如果不是你带病而回,朕放心不下,不等收复南唐朕是不会回师京城的。"

符金玉也说："如果不是生病,我也不会回来的。"

柴荣感慨地说："你在的时候,周军每战必胜,所向披靡,你一离开,却节节失利,步步受挫。"

符金玉问了战况,说："陛下不能那样说,那是因为周军不习水战,又缺少战舰。加上南方到了雨季,天不助你也。陛下若再取南唐,一定要大造战舰,不然,难以克敌制胜。"

柴荣连连点头说："你说得太好了,朕当如此而为之。"

符金玉说："不仅要造战舰,还要操练水战之术,不然,也不能战胜敌人。"

柴荣钦佩她的见识,说："我回来了,你放心了,要尽快把病治好,等你病愈了,依然随朕出征,朕离不开你。"

符金玉想了想,又说："我通过到南唐境地,看到那里水泽较多,南唐军也常常设置栅栏以阻挡周军,战马常常也不能发挥优势。回到京城后,我看到不少从西域来的骆驼驮运货物,曾经想:骆驼可以运货,也能驮人,而且耐饥渴,可否组成一支骆驼军，以应对南唐的水泽和栅栏……"

柴荣未等她说完，就激动地说："这是一个好主意！我周朝西部边境与陇西接壤，与西域互市，我马上下诏从西域购买骆驼，争取使之早日成军。"

符金玉说："这只是我的想法而已。"

柴荣说："等我骆驼军成军后，让你骑骆驼随我再征南唐。"

符金玉欣慰地笑笑说："一定的，再去，不会仅仅是观战，而是要披挂上阵，冲锋在前，奋勇杀敌。"

柴荣说："那大可不必，若如此，将士们怎能心安？"

柴荣与符金玉话了一阵分别之情，这才把柴宗训抱在怀里。柴荣望着柴宗训白白胖胖的面容，禁不住亲了又亲。问他说："儿子，想父皇了没有？"

柴宗训也把嘴唇附到柴荣的脸上，亲了一下，回答说："想，很想很想。"

柴荣看他说话已经很响亮，激动地说："父皇也想你呀。"

柴宗训没有再说什么，却紧紧地抱住柴荣的脖子，很久没有松开。

柴荣又抱了一阵还不会说话的柴宗让，又问了问其他事宜，这才把符金玉和柴宗训、柴宗让接到皇宫滋德殿，并令御医全力给符金玉治病。

柴荣想到亏欠符金玉的太多，几天来一直不离她的左右，亲自为她服药。符金玉既感激他，又劝阻他说："你是皇帝，有很多军国大事，岂可一直守在宫中？"

柴荣说："能把你的病治好也是大事。"

符金玉再次劝他说："我的病有御医就行了，其他的事还有金环、金锭和侍女照应，你就忙朝政大事去吧。"

柴荣眼含热泪说："有你这样的皇后，朕今生知足矣。"

没几日，柴荣接受符金玉谏言，颁诏征集工匠，于京城西面汴水的一侧，打造战船战舰。这次打造的舰船有两种，一种是海鹘战船：仿照海鹘的外形，体型不大，头低尾高，前宽后窄，船的左右各置浮板八具，形如海鹘的翅膀，可以在恶劣天气下作战，能平稳航行于惊涛骇浪之中。另一种是斗舰，船身两旁开有插桨用的孔洞,舰周围建有可作为侦察用的女墙,女墙上皆有箭孔,用以攻击敌人。船尾有高台,供士兵观察水情。在建造舰船的同时,又调来黄河上的舰船,命南唐降卒训练周军水战,日夜不停。

自造战舰开始,柴荣每日都到工地察看,督促,并亲自参加水战训练。符金玉因为他的安抚,一个多月来病情好转了许多。

让人没有想到的是,进了七月,符金玉的病忽然又加重了,以致下床都很困难。这天,符金玉望着身边才三周岁的柴宗训和不足两岁的柴宗让,想到自己的病几个月来越来越重,眼前已经不能自理,意识到自己已经时日不多,不由潸然泪下,对柴荣说:"陛下,我可能不行了。"

柴荣饮泣说:"你才二十六岁,怎么能说出这样的话来?"

符金玉说:"这个我知道,可是,几个月了,病情一天比一天重,怕是无力回天了。"

柴荣深知她说的是实情,但依然爱抚着她的脸庞,安慰她说:"不会,不会的,你不要想得太多,安心治病才是。"

符金玉摇摇头,说:"我走了,最放心不下的是皇子宗训和宗让……"

柴荣制止她说:"不要再说不吉利的话,你的病会好的,朕离不开你……"

符金玉攥住柴荣的手,说:"金玉也不想离开你呀,只是,天不随人愿,我不能不安排我的后事了……"

柴荣几乎要大叫起来:"不,不,你不会离开朕的,朕马上去圜丘祭天,求得上天保佑。朕离不开你,大周也离不开你……"

符金玉微微一笑,说:"你的心意我是理解的,可是,已经回天乏术……"

柴荣打断她说:"不要这样说,你不能离开朕……"

符金玉再次抓住柴荣的手,眼里盈满泪水说:"我每日在想,我一旦撒手人寰,宗训、宗让怎么办?谁来照顾他们?他们都太小太小啊……"

柴荣看到符金玉这个样子,强忍着才没有哭出声来,尤其是想到宗训和宗让,心如刀绞一般:前面的几个儿子被刘承佑杀害了,太祖把皇位传给了自己,自有了宗训，太祖高兴，我柴荣更高兴，可是，如今宗训、宗让一步也离不开自己的娘亲，符金玉真地走了，他们怎么办？谁来照顾他们?谁照顾他们才能放心？我柴荣靠谁照顾皇子啊?

符金玉望了柴荣一阵，说:"有一句话,我想了很久,不知当说不当说……"

柴荣急切地说:"金玉呀,有什么话不能对朕说呢?"

符金玉说:"你还年轻,你是皇帝,我走了,你不能不续娶,可是,你能保证她们对待宗训、宗让像亲生儿子一样吗?"

柴荣一时语塞。是啊,他能保证吗?谁能保证得了?符金玉见他这样,不得不说:"我想,我走了,只有把宗训、宗让交给金环我才放心,因为宗训、宗让是她的亲外甥,自宗训、宗让出生,金环就视他们如亲骨肉一般……"

柴荣想到自己自幼就跟着姑母长大,没有得到过父爱,自己做了皇帝后,父亲就移居在了洛阳,这是什么父子呢?怎么能让宗训、宗让再像自己一样呢?况且,宗训、宗让和自己年少的时候也不一样啊,他们是皇子,我老了的时候,他们要继承皇位的,怎么能离开我柴荣呢?再说了,我那时候投靠姑母,是因为姑母已经成了家,现在,符金环还是一个姑娘家,以后嫁了人,她的夫君能像太祖对待自己一样对待宗训、宗让吗?于是,柴荣不安地说:"她一个姑娘家,你让她把宗训、宗让带走,那怎么能行呢?"

符金玉说:"我不是让金环把他们带走,是想让你娶金环为妻。"

柴荣听她这么一说,不由一愣。想到金环不仅温文尔雅,也喜读史书,心里还是很喜欢,但又感到有些别扭:我是皇帝,符金玉对自己如此恩爱,我怎么好意思续娶她的妹妹为妻?符金环一向很清高,早该嫁人而至今还独身,她会乐意吗?再说了,岳丈符彦卿及其家族名扬唐、晋、汉、周四代,如今的地位更不待言,他是否乐意?如果他们不乐意,事情传出去了,我柴荣该多难堪?

柴荣说出了自己的想法和疑虑后,符金玉说:"这事你先装作不知,待我言之金环后,再做定夺。"

第二天,符金玉差人把符金环叫到跟前,久久地望了她一阵,说:"金环,姐姐不行了,有一件事相求于你。"

符金环忍不住泪下道:"姐姐,我们是姐妹,你怎能说出这样的话来? 有什么事需要妹妹办,你尽管说就是。"

符金玉抓住符金环的手说:"我不行了,不久就会……"

符金环急忙打断她说:"姐姐,你怎么老说不吉利的话? 你不会的。"

符金玉说:"你的心情我领会,可是,我的病我知道,我没有多少日子了。我想,宗训、宗让太小,我一旦走了,打算把他们托付给你,只有托付给你我才放心……"

符金环立即答应说:"姐姐,你放心好了,我宁肯终身不嫁,也要把宗训、宗让带好……"

符金玉说:"我怎么能让你为了他们而终生孤苦一人? 我是想,我走后,让你嫁给柴荣,你有了归宿,宗训、宗让也有了依靠,这样姐姐才放心……"

符金环忍不住哭出声来:"姐姐,我原打算不再嫁人,可是,为了宗训、宗让,我答应你……"

符金玉欣慰地望着她说:"有你这句话,姐姐就放心了。"

符金环忍不住又问她说:"姐姐还有什么嘱咐的?"

符金玉想了想,说:"柴荣脾气暴躁,我走后,他更会难以克制,你也要像姐姐一样,好好辅助柴荣,让他多为百姓做事……"

符金环扑到符金玉的怀里,说:"姐姐,你放心好了,妹妹愿效犬马之劳。"

符金玉见符金环这样,也禁不住哭成了泪人。

第二天上午,柴荣来到符金玉病榻前的时候,符金玉把与符金环的话如实告诉了柴荣。柴荣听了,感激涕零地说:"金玉,若有来世,朕定当厚报。"

符金玉强笑说:"人生没有来世,我也不求你厚报。今生咱们两个有缘走到一起,我知足了。"

柴荣看她精神很疲惫,说:"你歇息一阵吧,不要太累。"

符金玉轻轻地摇摇头说:"我还有一事相求。"

柴荣望着她,有些责备地说:"什么相求? 你尽管吩咐就是。"

符金玉说:"是太祖救了我,才有咱们的缘分。可惜,我还没有尽孝,太祖就离开了我们。我死后,要把我葬在太祖之侧,我要在阴间好好地伺候太祖……"

柴荣没等她说完,再也控制不了情绪,叫了一声"皇后",哽咽不止。

符金玉抬手拭了一下柴荣的眼泪,又伸手攥住宗训和宗让的小手,对柴荣说:"宗训、宗让的事安排妥当了,我没有后顾之忧了……"

符金玉还没说完,忽然咳嗽不止,一口气没有上来,撒手而去,但眼睛瞪着,没有瞑目。

显德三年辛亥日,即七月二十一日,符金玉辞世于滋德殿,终年二十六岁。

符金玉停止呼吸的那一刻,两手还攥着柴宗训、柴宗让的小手没有松开,柴宗训不知道母亲已经离他而去,还在不停地叫着:"娘,娘……"

柴宗让瞪着眼睛,不知道发生了什么事。直到金氏夫人和符金环、符金锭齐声痛哭,他们弟兄两个才知道他们的娘亲死了。

符金环一把把柴宗训、柴宗让搂在怀里,失声告诉他说:"宗训、宗让,你们娘亲再也不能抱你们了,以后我就是你们的娘亲。"

柴宗训、柴宗让听了符金环的话,一头扑到符金环的怀里,"哇哇"大哭不止。柴宗训忽然挣开符金环的怀抱,扑到符金玉胸前,摇晃着两只小手,大声呼叫起来:"娘,娘,我要娘……"

柴荣扑倒在符金玉的身边,大哭道:"金玉啊金玉,我好后悔未听你的劝谏而亲征南唐,不然何以至此? 苍天啊苍天,为何让金玉这么早离开我柴荣? 我柴荣离不开她也……"

几位大臣哭着劝他不要过度悲伤,可是,柴荣依然大哭不止。几位大臣拉他起来,刚刚站起,他又扑倒在符金玉的遗体前,往复几次,痛不欲生。

符皇后过早去世,整个京城都被震动,停嫁娶,辍音乐,无数百姓纷纷到皇宫外哀祭,朝中上下大小官员均为之脱去朝服而祭。柴荣下令辍朝,按照周礼,脱去龙袍、素衣、素裳、素冠等,并取斩衰、齐衰、大功、小功、缌麻五服制度中最重的,换上用生麻布制作的斩衰服,亲为符金玉服丧七日。并下令在滋德殿停棺三个月。文武官员皆到滋德殿三跪九拜,听宣举哀。

符彦卿听说女儿病逝,从大名回京城的路上,泪水不止,及至京城,需要部将搀扶着才能行走。到了滋德殿,望着符金玉的灵柩,捶胸顿足,号啕不止:"黄梅不落青梅落,白发人却送黑发人。乖女儿,你怎么舍得抛下老父亲而去啊……"

符彦卿的三哥符彦图、五弟符彦能、六弟符彦琳、七弟符彦葬、八弟符彦伦、九弟符彦升,符彦卿的长子符昭序、次子符昭信、三子符昭愿、四子符昭寿、五子符昭远,及六子符昭逸、七子符昭敏,听说后也都从外地赶回京城,皆释服而祭。

符金环一手抱着柴宗让,一手扯着身穿孝衣、哭叫不止的柴宗训,劝着他们不让他们哭,自己却哭成了泪人。符金锭一遍遍叫着"姐姐",也哭得死去活来。

农历十月,柴荣按厚礼殡葬符金玉。出殡这天,文武百官素服泣送,无不为符金玉的早逝悲痛欲绝。符金玉的灵柩被抬出皇宫后,哀乐齐奏,京城军民垂首立于道路两旁,哭送至城西数十里。

京城距离新郑二百余里,沿途百姓听说符皇后葬于新郑,集结在道路两边,举哀哭迎。

十月十日,符金玉灵柩到达新郑周太祖郭威陵地。这时,天空淅淅沥沥下起雨来,但附近数十里百姓却不顾雨水,纷纷赶来参加葬礼,哭送符金玉。百姓说:这是符皇后感动了苍天,苍天也在为之垂泪。

符金玉被安葬于周太祖郭威的嵩陵之侧,陵曰"懿陵",谥号为"宣懿皇后"。

第十三章

闪光金环

符金玉走了，人们再也见不到她了。但是，她的音容笑貌依然在人们的心目中挥之不去，总感到符金玉并没有死，而是随柴荣南征还没有回来。

符金玉临终前遗言让柴荣娶符金环为妻的事已为朝中上下所知，符彦卿和金氏夫人及其兄弟、子女也都赞同。符金环因为照顾柴宗训、柴宗让两个皇子，也一直住在宫中，但她却没有立即和柴荣举行婚礼。朝中大臣们不安，符彦卿及其家人也感到不安：柴荣有很多军国大事，柴宗训、柴宗让幼小，夫妻的名分不明确下来，柴荣怎么能安心处理朝中大事？

在符金玉安葬后的几天里，柴宗训、柴宗让一直哭闹不止，常常不吃不喝，符金环每日陪着他们，照看着他们，笑在脸上，疼在心里。为了尽快让柴宗训、柴宗让跟她走近，真正像母子一样，更为了他们的将来，符金环就找来很多书，什么《论语》《诗经》和汉代的学童读物、唐诗等，教他们读书。无论他们能不能听懂，她都要教他们。柴宗让因为才不到两岁，听了不一会儿就会哭闹，闹了一阵就会瞌睡。每当柴宗让睡了，她就一边给柴宗训读，一边给他讲解，然后又一字一句地教他。符金环原以为柴宗训年龄幼小，又会因为母亲的去世不够听话，不会听下去，没想到，柴宗训却不再哭闹，还不时"呵呵"地发笑，听得很认真。符金环叫他跟着读的时候,虽然有些地方吐字不是那么清楚,却能很快背诵下来。慢慢的,符金环终于不再那么蹙额颦眉。

为了让柴宗训多学些知识,符金环又找来一卷《急就篇》,先教姓氏名字部分。柴宗训看到她手中的书,笑眯眯地一下子抱在怀里。符金环把书要过来说:"我教你背书好吗?"

柴宗训点点头。符金环把他揽在怀里,一字一句地教他道:"宋延年,郑子方。卫益寿,史步昌。周千秋,赵孺卿……"

柴宗训虽然不懂,却能一字一句地跟着学,样子很认真。他们正一个教,一个跟着学,柴荣走了进来。柴荣听着,忍不住问符金环:"教他的什么书?"

符金环有些吃惊地说:"是西汉元帝时史游所著的《急就篇》,你不知道?"

柴荣略显尴尬地说:"没有听到过这书。"

符金环想告诉他说:《急就篇》和《仓颉篇》《训纂篇》《凡将篇》《滂喜篇》都是汉代教学童识字的书。《急就篇》有三十二章,分姓氏名字、服器百物、文学法理三大部分,成三言、四言、七言韵语。首句因有"急就"二字,固为《急就篇》,是识字教育所用的书。仅姓氏名字部分就收录了汉代三百多个姓氏,可以说是百家姓。它从姓氏名字到衣食住行,从家具制备到农牧生产,从道德修养到刑法惩治,又是用韵语写成的,在古代一直很受欢迎。但符金环怕伤他自尊,就没有开口。

柴荣急了,说:"赶快跟朕讲一讲。"

符金环看他是真切地想知道,就告诉了他这是一本什么样的书,接着又告诉他说:"姓氏名字部分不仅告诉我们每个姓氏的始祖是谁,还对汉代以后如何起名产生了很大影响。"

柴荣更感兴趣,说:"你是说,汉代以后人们的名字和过去不一样,特别讲究,就是从这里开始的?"

符金环笑道:"是啊,汉代以前,人的名字多是一个字,也都怪怪的,像春秋时期陈国第十任国君叫燮,第十一任国君叫圉,第十二任国君叫鲍,第十三任国君叫佗。楚国国王是熊姓,楚威王名商,楚怀王名槐,楚顷襄王名横,楚考烈王名完,前面是姓,后面再加上一个字,也就是两个字,三个字的很少。自有《急就篇》教人如何起名以后,人们起名字的时候才讲究起来。"

柴荣恍然大悟说:"原来是这样。你是说,我的名字是两个字,依然像古人的名字?"

符金环笑道:"也不尽然,如今两个字的名字依然不少,只是在字义上都考究了而已。"

他们正说得热闹,柴宗训却慢吞吞地背诵起符金环教他的前几句来:"宋延年,郑子方。卫益寿,史步昌。"

柴荣望着柴宗训那可爱的神情,忍不住笑起来:"呵呵,宗训已经会背诵了。"

符金环很欣慰地说:"宗训很聪明,一学就会。"

柴荣忙说:"今日朕无大事,也趁机学一学,长长见识。"

符金环迟疑了一下,接着继续教柴宗训,道:"爰展世,高辟兵。邓万岁,秦妙房。郝利亲,冯汉强。戴护郡,景君明。董奉德,桓贤良。任逢时,侯仲郎。由广国,荣惠常。乌承禄,令狐横。朱交便,孔何伤。师猛虎,石敢当。所不侵,龙未央……"

柴荣没等她再教下去,忙问:"都是什么意思呢?"

符金环笑笑,给他解释说:"第一个字是说的姓氏,后面的字则是赞词。宋延年:宋是说宋姓的得姓始祖是微子启。延年是寿考无疆之意。郑子方:郑,是说郑姓始祖是郑桓公,子,是对男子的美称,方是指品行正直。卫益寿:卫姓始祖是卫康叔,益寿是增益寿命的意思。史步昌:史姓一支的祖先为史佚,步昌是超群出众,高视阔步而且昌盛的意思。周千秋:周姓源于姬姓,其祖先是周文王,千秋是长寿之意……"

符金环说着,忽然意识到什么,忙打住说:"陛下,你是一国之尊,我怎么能这样给你讲呢?"

柴荣忙说："朕喜欢你像过去那样无拘无束，不要因为我是皇帝就拘谨起来。"

符金环为缓解拘谨的神情，忙对柴宗训说："你记住姨娘教你的什么了吗？你背诵个试试。"

柴荣听符金环这么一说，便瞪着眼睛等柴宗训回答。他没有想到柴宗训居然能背诵下来。他激动得一下子把宗训抱在怀里，亲了又亲。最后，又转过身对符金环说："以后不要再让柴宗训叫你姨娘了，从今后，你就是他的娘亲。"

符金环笑笑说："我们还没有成婚，怎么可以这样称呼呢？"

柴荣惊讶地问："你不准备和朕成婚？"

符金环说："金环担心配不上陛下。"

柴荣沉下脸来："你是答应了朕的，难道想反悔？"

符金环忙笑笑说："没有啊，我是说咱还没有举行婚礼，我还不能算是你的妻子。"

柴荣说："是你没有答应朕马上举行婚礼，不然，这婚礼就已经举行过了。"

他们虽然谈论了婚礼，符金环依然没有答应什么时候举行。柴荣不觉间有些怏怏不快。

符金环教会了柴宗训《急就篇》，又教他读《论语》，她先教他背诵原文，然后给他讲解："子曰：见贤思齐焉，见不贤而内自省也。什么意思呢？就是说：看见贤明的人，要想着向他看齐，看见不贤明的人要反省有没有跟他相似的毛病。子贡问曰：有一言而可以终身行之者乎？子曰：其恕乎！己所不欲，勿施于人。什么意思呢？子贡问：有没有一句可以终身奉行的话？孔子说：自己所讨厌的事情，不要施加在别人身上。"

等柴宗训把这几句会背诵了，符金环接着又教他说："子曰：富与贵是人之所欲也，不以其道得之，不处也。贫与贱，是人之所恶也，不以其道得之，不去也。君子去仁，恶乎成名。君子无终食之间违仁，造次必于是，颠沛必于是。什么意思呢？就是发财做官是人人都想得到的，不用正当的方法得到的，不要接受;贫穷和地位低贱是人人厌恶的,不用正当方法摆脱的,就不要摆脱。君子扔掉了仁爱之心,怎么能成就君子的名声?君子没有短时间离开仁道,紧急时不离开仁道,颠沛时也不离开仁道。"

柴宗训听着,虽然瞪着两眼,不知道她说的是什么意思,却很认真地听。

这天中午,柴荣退朝回来,看到柴宗训学得津津有味的样子,忍不住在一边看着,听着,十分高兴。符金环由于全神贯注,没有看到他。继续边读边给柴宗训解释:"君子坦荡荡,小人长戚戚。什么意思呢?君子心胸宽广,能够包容别人;小人爱斤斤计较,心胸狭窄。君子成人之美,不成人之恶。小人反是。意思是说,君子成全人家的好事,不帮助别人做坏事,小人相反。小不忍则乱大谋。就是小事不忍耐就会坏了大事。"

柴荣终于忍不住说:"这个时候教他《论语》为时尚早。他听不懂。"

符金环看到他,笑了笑,不服气地说:"项橐七岁被孔子拜为师。甘罗十二岁被秦王拜为上卿。曹植自小非常聪慧,才十岁出头,就能诵读《诗经》《论语》及先秦两汉辞赋。道教创始人张道陵七岁读老子道德二篇。唐朝的骆宾王七岁能诗,王勃十四岁时在宴会上写出《滕王阁序》。宗训怎么就不能像他们那样?姐姐和陛下把宗训和宗让托付于我,我一定要把他们好好栽培。虽然不能让他们像项橐那样七岁被孔子拜为师,至少也要让他们像骆宾王那样七岁能诗,像王勃那样十四岁能诗作赋。等他们长大了,也能像太祖和陛下那样做一个好皇帝。"

柴荣听了她的话,再也忍不住,一把把她抱在怀里,流着泪水说:"金环,咱们结婚吧。"

符金环笑着,依偎在他的怀里说:"你真的想娶我?"

柴荣急切地说:"难道你看不出来?"

符金环推开他,看着他的眼睛说:"你要给我准备一个什么样的婚礼呢?"

柴荣也盯住她眼睛说:"你想要什么样的婚礼,朕就答应你什么样的婚礼。"

符金环说："太祖在世时,诏令一切从简,咱们岂能大肆操办?太祖结婚时在客栈,你和姐姐结婚时,在阅兵式上。当下正是朝堂上下张扬正气、见贤思齐的时候,我们岂可大操大办,以坏风气?"

柴荣忙说："结婚是一个人一生的大事,总得有个仪式吧?"

符金环笑笑说："我很想像你和姐姐结婚时的样子,在阅兵式上让众将士为我们证婚,可是,这时也没有那样的阅兵式,我想……"

柴荣急不可耐地说："你想怎么样尽管说。"

符金环说："新的京城建好了,大路通畅,民居整齐,堂前屋后还种植了很多菊花,可惜,我还没有看上一遭。你备一辆车,咱坐车沿每条街道观光一下,赏赏花就可以了。"

柴荣不安地说："这怎么可以呢?"

符金环说："咱们也不举行什么繁缛的婚礼仪式,也不收受任何人的贺礼,等看了一圈京城,然后把家人请到一起,庆贺一下就行了。"

柴荣听了她的话,感慨地说："朕能有你,也是朕的荣幸。"

符金环说："若能把宗训、宗让教育好,我今生无悔也。"

没有几天,柴荣择了吉日,备了一辆马车,一起穿上婚服,沿着新城的主要街道,观看着新城新景,算是结婚仪式开始了。符金环一边看,一边赞叹柴荣说："历代皇帝都首先修建宫殿,只有太祖和你不修,一切都为京城的生产和百姓生活着想。新城有皇城、里城、外城三道城墙,三条护城河,道路井格,以宫城为中心,也有斜街,水工设施多,四水贯都。过去城内街道上一律不准开设店铺,晚上街上会实行宵禁。现在大街上店铺栉比,熙熙攘攘。还建了几十座固定的玩闹场所'瓦子',里面表演小唱、傀儡、般杂剧、小说、讲史、散乐、影戏、弄虫蚁、说诨话、商谜、叫果子等,花样很多,不以风雨寒暑,诸棚看人,日日如是,这在过去是想都不敢想的,我看了很开心。"

柴荣欣慰地笑笑说："能为百姓做好事,我感到很幸福,很自豪。"

将要返回皇宫时,符金环意犹未尽,又与柴荣登上城墙门楼,从高处眺望京城。欣喜之时,符金环忍不住说:"咱们相互赠送一首诗,相互祝贺一下吧。"

柴荣十分高兴,问:"你喜欢谁的诗? 什么诗? "

符金环笑笑说:"这不可强求,就看你能为我送上谁的诗,什么诗了。"

柴荣正不知送她什么诗为好, 忽然看到城墙内外不少庭院前前后后都种植着菊花,那些菊花开得正艳,就说:"我送你元稹的《菊花》吧:秋丛绕舍似陶家,遍绕篱边日渐斜。不是花中偏爱菊,此花开尽更无花。"

符金环听了,十分开心,也回赠他说:"我送你一首刘禹锡的《竹枝词》吧。"说罢,立即吟咏道,"杨柳青青江水平,闻郎江上唱歌声。东边日出西边雨,道是无晴却有晴。"

两人说笑了一阵,挽着手走下城楼,返回宫中。

中午,柴荣把岳丈符彦卿和岳母金氏,及符彦卿的弟弟和儿子、女儿符金锭等请到宫中,摆了几桌酒宴,就算正式结婚了。酒宴中,一家人谈笑风生,很是开心。除符彦卿和金氏夫人嘱咐符金环要好好辅助柴荣和照顾好柴宗训弟兄两个以外,议论最多的是京城的修建,免不了都对王朴大加赞扬。

符彦卿说:"京城建得恢宏别致,王朴功不可没。他写出治国的《平边策》,又设计监工修建如此宏大的工程,将载入史册也。"

符彦卿这样说,虽然是夸奖王朴,也等于夸奖柴荣有气魄,善于发现人才,使用人才。

柴荣见岳丈如此说,借助几分酒劲,也大赞王朴说:"王朴做事认真,对改建开封城极为重视,经常亲自巡视督查。有一次发现一个小官吏消极怠工,就当众让人抽了他几十鞭子。王朴走后,这小官忿忿不平,跟别人发牢骚说,他已经是院虞侯,很快就要升官为乡虞侯了,怎么能打他?王朴听说后,马上派人把他抓来,立毙于马前。呵呵,这个不知高低的院虞侯,怎么能敢在王朴面前夸口? "

晚上入了洞房之后,柴荣看着符金环,又想到符金玉,感叹说:"你姐姐不仅教宗训读书,也常常献计于朕,每当发现朕有不能冷静或者处事考虑不周的时候,总能暗示或提醒朕,规劝我。你也要像你姐姐那样,不仅要教宗训,也要献计于朕,助朕安邦治国平天下。"

符金环自谦地说:"我没有姐姐那样的才华,可能会让陛下失望。"

柴荣说:"往日未能常在一起切磋,不知你也如此有才华。近来,朕看到你不亚于你的姐姐。"

符金环不好意思地说:"多谢陛下夸奖,我有什么看法和想法,一定会对陛下直言不讳。"

柴荣说:"这就对了。你最近可有什么好的谏言?"

符金环想了想,说:"我说了不知道陛下是否怪罪?"

柴荣装作生气的样子说:"你这样说,不是对陛下不相信吗?"

符金环说:"八月,端明殿学士王朴撰成新历,命曰《显德钦天历》,并开始行用。陛下因其功,于九月升任王朴为尚书户部侍郎,枢密副使。我听姐姐讲,赵匡胤在随陛下征南唐时,视死如归,屡立战功,为什么不去重用呢?难道是因为他才三十岁,很年轻吗?古人云:举贤不避亲仇,举亲不避嫌。我认为赵匡胤也应该提升。"

柴荣说:"太祖在世时在大名发现他,从此悉心栽培。太祖称帝后补东西班行首,拜滑州副指挥使,朕为开封府尹时,他为开封府马直军使。高平之战后,朕命他为殿前都虞侯,领严州刺史。殿前都虞侯仅次于殿前都指挥使,已是侍卫亲军的高级统率官。"

符金环说:"用人当以他的才能,赵匡胤对陛下如此忠心,又英勇善战,当不拘陈规。"

柴荣听了,对符金环十分佩服。说:"你说得很好,我记下了。你还有什么好的谏言?"

符金环想了想,又说:"汉高祖刘知远时,曾制定严禁百姓买卖和私用牛皮的酷法,牛皮无论多少,一律交给官府,否则处死。对于盐、酒之禁,也是特别残酷,私贩或私造者,动不动就处以死刑。太祖即位后下令免除这一切酷法,并严

208

惩贪官污吏:唐州方城县令陈守愚,擅自克留户民蚕盐一千五百斤,饱入私囊,被处斩。供奉官武怀赞坐盗马价,攫为己有,被处斩。户部尚书张昭,其子张秉为阳翟县簿,因为张秉犯法,张昭也被贬为太子宾客。中书舍人杨昭俭不亲其职,革职为民。常思因为不廉洁不再重用。正是因为太祖被朝野上下尊为明君,清廉的官吏不断涌现,周行逢的女婿找周行逢要官,周行逢却给他买牛,太祖对周行逢大加褒奖。最近我听说襄邑县令刘居方清正廉洁,百姓称赞,陛下何不把他树为楷模,予以重用,以扬正气?"

柴荣沉思了一下说:"朕倒是听说过这个县令为官清廉的故事,不知道真假虚实。最近,朕就派人到那里走访一下。他的事迹若属实,朕定当颁诏树为楷模。"

符金环笑笑说:"襄邑县在京城东南,距离京城不远,陛下不妨亲自去走访,这样岂不更好?"

柴荣忙说:"我若亲自去,能得到真情实况吗?"

符金环再次笑笑:"你去,岂能像御驾亲征南唐那样耀武扬威的?"

柴荣也笑了:"你是让朕微服以巡民家?"

符金环笑笑说:"难道不可以吗?陛下若乐意,我愿与你扮作商人,一同前往襄邑县。"

柴荣认为这一计可用,第二天就与符金环微服离开京城,去了襄邑县。

襄邑县距离开封不足二百里,两日即到。

到了襄邑县,柴荣原打算和符金环一起先到民间走访,听听百姓对刘居方的看法。到了县城后却又改变了主意,决定自己先到县衙走一遭,直接面对,先试探县令刘居方一下。他与符金环先到了一家客栈,住下后,柴荣给县令刘居方写了一封信,信中说:"刘县令,我是朝廷一个官员的家丁,有一个亲戚是襄邑县人,期盼能予以照顾,在县衙给他谋好的个职位……"信写好,又在信中夹了一张银票。然后让符金环留在客栈,自己去了县衙。

到了衙门口,柴荣对侍卫说:"我来自京城,是朝廷一官员的家丁,麻烦你把这封信转给县令刘居方。"

侍卫听说他来自京城,又在一个官员家做事,不敢怠慢,立即到大堂把信转交给了刘居方。刘居方拆开信一看,脸色大变,立即命侍卫把柴荣带上县衙大堂。刘居方身为一个县令,哪有机会见到皇上?所以,不知道皇上长什么样子,更不会想到皇上会微服来到他的县衙。所以,看到柴荣便怒斥道:"你究竟何许人士?胆敢光天化日之下贿赂本官,且数目不小,该当何罪?"

柴荣微微一笑,说:"本人的身份已写在信中,盼县令能给予关照。"

刘居方说:"本官一向秉公守法,公私分明,对你今天的所作所为一定要有个定论。如若你不说个是非黑白,本官定打不饶!"

柴荣笑了笑,没有说话。

刘居方气急败坏地说:"你敢藐视本官,给我重打二十大板……"

此刻,柴荣方才知晓刘居方的确是个清官,并不是沽名钓誉之人。但接着又想:他是真打还是假打?如果仅仅是故弄玄虚、装腔作势给人看的呢?如果怕挨打,泄露自己的身份,怎么能验证他是个清官?想到此,他只得硬撑下去,看他是否言行一致。刘居方见柴荣不动声色,没有一点"悔改"之意,更加恼怒,把银票撕碎抛到他的脸上,令人把柴荣打了二十大板。

符金环放心不下柴荣,走出客栈,来到县衙大门不远的地方等他。当看到柴荣一瘸一拐地走出县衙大门时,不由大惊失色,忙走上前搀扶着他问:"陛下,你怎么了?"

柴荣忙捂住她的嘴说:"小声点,等会儿我再告诉你。"

柴荣和符金环回到客栈,这才把情况给符金环讲了一遍。符金环歉意地说:"都是因为我多言,才让你挨打……"

柴荣忙说:"这二十大板打得好,朕虽然疼在身上,却甜在心里。"

符金环忙问:"为何?"

柴荣自豪地说:"大周有这样清正廉洁的官吏,朕怎么能不高兴呢?"

柴荣回宫后,立刻召见刘居方。

刘居方忽然接到皇帝的诏令，不由诚惶诚恐：我作为一个县令，何以能得到皇帝的召见？刘居方急急忙忙来到京城，立即奔赴皇宫。等登上广政殿看到柴荣时，不由大惊失色：被自己下令打了二十大板的人居然是皇帝，必死无疑。

刘居方吓得满脸大汗，急忙跪下说："微臣当时不知是圣上，微臣有罪，罪臣该死！"

柴荣却笑笑亲自上前把他扶起来说："你不仅无罪，还有功。大周朝能有你这样的官吏，国之幸也，民之幸也！"

于是，颁诏褒奖刘居方，命全朝文武大臣和地方官吏，以刘居方为楷模，清廉为民。同时，命年仅三十岁的赵匡胤为匡国军节度使兼殿前都指挥使，赵匡胤从此跻身于后周大将行列。

赵匡胤被重用，对柴荣更是尊崇。一天，柴荣把赵匡胤召到宫中，对他说："如今四方未服，朕求贤若渴，如听说哪里有豪杰之士，可为朕荐举。"

赵匡胤想了想，立即说："有一个叫陈抟的，亳州真源人，字图南，号'扶摇子'。陈抟年少时，好读经史百家之书，一见成诵，悉无遗忘，颇有诗名。后唐长兴年间举进士不第，遂不求仕进，娱情于山水，已经二十余年。自言曾遇孙君仿、麞皮处士二人，说武当山九室岩可以隐居，因此入武当山隐居起来。他日饮酒数杯，每当睡下来，可百余日不起，有'睡仙'之称。曾经作诗道：我谓浮荣真是幻，醉来舍辔谒高公。因聆玄论冥冥理，转觉尘寰一梦中。著作易类有《先天图》《太极图》《无极图》《易龙图序》《心相篇》《正易心法》。养生类有《指玄篇》《赤松子八戒录》《入室还丹诗》《阴真君还丹歌注》。五行相法类有《人伦风鉴》等。诗文类有《三峰寓言》《高阳集》《钧潭集》等。"

柴荣听了，对陈抟很感兴趣，说："不得志而隐，必有奇才远略，你尽快把他给朕召到阙下。"

这天，柴荣正在与符金环议论如何培育柴宗训、柴宗让，赵匡胤奏报说，已把陈抟带到了京城。柴荣立即让赵匡胤把陈抟带来面见。

陈抟来到后，符金环见他相貌奇特，走路飘飘欲仙，忍不住问："听说你很有奇才,为何隐居?"

陈抟毫不掩饰地说:"经史百家之书虽然一见成诵,但却数举不第,且这几十年战乱不止,令人厌倦,故而隐居也。"

符金环又问他说:"隐居与你何益?"

陈抟答非所问,说:"臣爱睡,臣爱睡,不卧毡,不盖被,片石枕头,蓑衣履地,南北任眠,东西任睡。轰雷掣,泰山摧,万丈海水空里坠,骊龙叫喊鬼神惊,臣当凭时正酣睡。闲想张良,闷思范蠡,说甚曹操,休言刘备。两三个君子,只争些小闲气。争似臣,向清风岭头,白云堆里,展放眉头,角开肚皮,打一觉睡,更管甚红日西坠。"

柴荣忍不住问他说:"老是睡,又有何益?"

陈抟笑笑说:"睡分为世俗之睡与至人之睡。世俗之睡是饱食逸居,汲汲惟患衣食之不丰,饥而食,倦而卧,这种人是名利声色累其神识,酒膏擅昏其心志,只能是觉来无所知,贪求心愈动。至人之睡则是至人则无梦,其梦乃游仙。至人亦无睡,睡则浮云烟。炉里常存药,壶中别洞天。欲知睡梦里,人间第一玄。"

柴荣见他不正面回答,则又问他说:"你对周易八卦见解独到,所著《心相篇》广为传颂……"

未等柴荣说完,陈抟便笑道:"心者貌之根,审心而善恶自见;行者心之发,观行而祸福可知。"

柴荣又问他说:"相传道家有烧炼丹药、点化金银的法术,你能说说吗?"

陈抟"呵呵"一笑说:"陛下为天子,当以治天下为务,安用此为?"

柴荣意识到他是一个有大智慧的人,以为他对自己还不够相信,便命他为谏议大夫,渴望把他留在朝中。可是,陈抟却坚辞不受。一个月后,柴荣见留不住他,赐他"白云先生"之号,只得放他归山。但诏令华州刺史对陈抟每事须供,岁时存问。

陈抟走后,符金环想到陈抟如此超凡脱俗,对他十分敬重。她对柴荣说:

"此人面对荣华富贵,美食胜景,能淡然以视,超然处之,不就是已经到了《道德经》里说的'虽有荣观,燕处超然'的境界吗?"

柴荣说:"是啊。可惜的是,他不能为朕所用。"

十二月十日,正当柴荣为未能挽留住陈抟而惋惜,要提升襄邑县令刘居方时,不料,刘居方因病猝死。柴荣听说后极其悲痛,感其廉洁,赠他为右补阙,赐他的儿子刘士衡为学究出身,以奖廉吏。柴荣对一个清廉的县令如此关爱,在朝野上下引起极大震动,到处传颂。

十四日,柴荣任命张永德为殿前都点检。

同时,想到赵匡胤英勇善战,是统一天下难得的人才,他的父亲赵弘殷在征讨南唐时也冲锋在前,回京后却于七月二十六日因病去世,仅与符金玉去世的时间相差没几天。赵匡胤在弟兄五个中排行老二,哥哥赵匡济和五弟几年前就去世了,如今赵匡胤在京城,而他的母亲杜氏,他的妻子和几个儿女,及三弟赵匡义、四弟赵匡美都还在洛阳郊外的夹马营,就赐给他一座宅第,让他把母亲、儿女和弟弟也接到京城来。

赵匡胤得到皇帝的赠赐,喜不自胜,很快就把母亲、妻儿和三弟赵匡义、四弟赵匡美接到了京城。赵匡胤的这座宅第距离郭威赐给符彦卿的宅第虽然隔了两条街,但两条街的中间有小巷可以相通。这天,赵匡胤听说符金环带着柴宗训、柴宗让回到了娘家看望她的母亲金氏,就备着礼物,和母亲、赵匡义、赵匡美一块儿到了符彦卿家,说是看望符金环的母亲,其实是一箭三雕:既表达了对皇上的感谢,也表达了对皇上的忠心,也是为更好地拉近与符氏的关系,为以后的升迁做好铺垫,打好基础。

符金环的母亲金氏夫人对赵匡胤带着母亲来看望,很是高兴,因为赵匡胤自从在大名投奔郭威后,就一直跟随郭威,深受郭威的喜爱和重用。郭威驾崩后,对柴荣也是忠心不二,在柴荣亲征南唐时,符金玉亲眼目睹了他的视死如归,一马当先,柴荣一直把他当作亲信,符金玉和符金环也都对赵匡胤非常欣赏,两家关系近了,对大周是件大好事,所以,十分欣喜。金氏夫人过去听说过赵匡胤有个弟弟叫赵匡义,只是没有见过面,今天见了,又看他骨骼挺直,神气清高,体态端庄,禁不住就围绕赵匡义拉开了话匣子,问杜氏夫人说:"匡义今年到了弱冠之年没有?"

杜氏夫人说:"还不到,才十八岁。"

金氏夫人对赵匡义笑笑说:"男人家,到了这个年龄应该在外面闯一闯了,怎么还一直在家呀?"

赵匡义笑笑还没说出话来,杜氏夫人忙说:"这孩子孝顺,不愿离开我。平时爱听故事,还喜爱书法,能写一手好字。"

金氏夫人说:"如今全家都在京城了,不用担心你的母亲了,有你哥哥在,皇上不会亏待你。皇上喜欢文人,你有空了多习书法。"

赵匡义向金氏夫人躬身施礼的同时,也看了一眼在一边微笑的符金环,说:"匡义不才,还望多多关照。"

杜氏夫人也趁机夸赞赵匡义说:"我怀他前的一天夜里,梦见神仙捧着太阳授予我,不久就怀下了他。他出生的那天夜晚,红光升腾似火,街巷充满异香。这孩子自幼就很聪颖,与别的孩子游戏时,同伴们都畏服于他。"

金氏夫人不由惊讶地"哦"了一声。杜氏夫人又看了一眼赵匡胤说:"这孩子出生的时候,赤光绕室,异香经宿不散,体有金色,三月不变。"

赵匡胤不好意思地说:"母亲,不要再讲我的过去了。"

杜氏夫人说:"匡义比匡胤小十二岁,遇到事情,匡胤总是让着匡义。"

金氏夫人又指着赵匡美说:"匡美几岁了?"

杜氏夫人说:"今年才九岁。"

他们正说着,听到院子里传来一阵读书声:"大丈夫处其厚不居其薄,处其实不居其华。"

接着是一个童声在随着朗诵:"大丈夫处其厚不居其薄,处其实不居其华。"

大家朝门外一看,是符金锭扯着柴宗训从外面回来了,她一边教柴宗训背诵着《道德经》里的名句，一边往院子里走。来到正堂门口，符金锭看到里面有几张不认识的面孔，怔了一下，知道是来了客人，接着向杜氏夫人颔首施礼，并问符金环说："不知是从哪里来的贵客，也不知道怎么称呼，失礼了。"

符金环忙给符金锭介绍赵匡胤和杜氏夫人说："这位是都虞侯赵匡胤，这位是都虞侯的母亲……"

没等她说完，符金锭就指着赵匡胤说："我岂能不认识都虞侯？八年前太祖和李守贞来咱家给姐姐提亲时，他跟随太祖到过咱家。"

赵匡胤忙说："金锭小妹好记性呀。"

符金锭眨了一下眼，说："我岂止是记性好？琴棋书画、诗词歌赋也不亚于姐姐。"

她的话把大家都给逗笑了。柴宗训看了一眼赵匡义，冷着脸问："你是谁？"

赵匡义忙笑笑说："我叫赵匡义。是赵匡胤的弟弟。"

柴宗训分不清"胤"和"义"，皱了一下眉，问："你们一个名字？"

他的话逗得众人都忍不住大笑起来。

赵匡义为了拉近和柴宗训的感情，说："你给我背诵一下《道德经》如何？"

符金锭为了借机显示一下自己的成绩，提示柴宗训说："有一句开头是'信'，下面是什么？"

柴宗训立即说："信不足焉，有不信焉。"

符金锭忙问他："什么意思呢？"

柴宗训想了想，说："诚信不足，就会失去信任。"

符金锭得意地说："宗训不仅长得可爱，已经会背诵了很多唐诗，还有《急就篇》的前几章。《道德经》名言更不在话下。这都是姐姐的功劳。"

符金环笑笑说："用不着你夸我。"

杜氏夫人问金氏夫人说："这个也是你的女儿？"

金氏夫人忙回答说："我的六女儿，叫符金锭。"

杜氏夫人夸赞说："难怪满朝文武大臣都羡慕你们符家，儿子个个英姿飒爽,女儿个个如花似玉。"

金氏夫人笑笑说:"你谬奖了。她们姐妹几个就她淘气。"

杜氏夫人问:"金锭也到了束发之年了吧?"

金氏夫人说:"是的,已经十七岁了。"

赵匡义虽然在一边不敢多言,眼睛却不停地在符金锭的身上飘来飘去,眼神里流落出一种仰慕、艳羡。赵匡胤不经意间看到了这一幕,脑海里顿时荡起一阵浪花。他看看母亲,向母亲递了个眼色,然后忍不住也把目光转向了符金锭。接着一个念头油然而生:弟弟喜欢上了符金锭,如果弟弟能与符金锭结为伉俪,我赵氏家族岂不就出人头地了?在周朝岂不是呼风唤雨、心想事成?柴荣皇帝对我这么宠信,又对我全家这么关爱,并宅第相邻,这岂不是上帝眷佑、天赐良机? 想到这里,他忍不住激动得"呵呵"笑出声来。他的笑声很突然,很清脆,所有人都把目光集中在了他的身上。他的母亲及弟弟赵匡义和金氏夫人、符金环、符金锭不知道他为什么这样,也都莫名地陪着笑起来。

第十四章

金锭婚嫁

柴荣赐给赵匡胤的这座宅第虽然不是很大,却很宏丽,前堂后寝,两侧有耳房和偏院。院内种着很多花草,别有风味。赵匡胤和母亲、弟弟回到家里,他的母亲一坐下就忍不住问赵匡胤说:"匡胤,你在符家忽然笑什么?"

赵匡胤又是一阵笑,却没有回答。这样一来,他的母亲也给搞糊涂了,忍不住问:"你为何笑个不止?"

赵匡胤却反问说:"母亲,您猜一猜?"

杜氏夫人有些不耐烦地说:"你心里的事,我怎么能猜得出来?"

赵匡义也说:"是啊,哥哥今天是怎么了?"

赵匡胤说:"符彦卿为魏王、天雄军节度使,在朝中位高权重。他的两个女儿符金玉、符金环都嫁给了皇上柴荣,符金玉被封为皇后,符金环虽然还没有封为皇后,那还不是早晚的事?"

杜氏夫人不高兴地说:"这是明摆着的,大家都知道,还用你说? 我以为是什么大不了的事呢!"

赵匡义也说:"是啊,这有何好笑的? 咱只有羡慕的份。"

赵匡胤终于向母亲说出了他的想法:"我想,符金锭也到了婚嫁的年龄,我弟弟匡义也到了该娶未娶的年龄，如果咱赵、符两家联姻，我们赵家的地位岂不是仅次于皇帝？到时候朝野上下哪一个不对我们赵家刮目相看？"

杜氏夫人和赵匡义听了，先是一愣，接着又都笑逐颜开。但很快又都对赵匡胤讥笑起来。杜氏夫人说："亏你想得出。符彦卿几代人都被朝臣尊崇，威名大振，咱家就你有幸被周太祖发现并器重，又因为有了战功，才有今天。咱家怎么能配得上他们符家？"

赵匡义也自嘲说："婚姻不是打仗，敢打敢拼就能取胜。"

赵匡胤则不以为然地笑笑，不是回答，也是回答。

杜氏夫人又说："符彦卿的女儿都出身名门，不仅长得漂亮，还温文尔雅，满腹诗文，你们弟兄都是武夫，咱能高攀得上了？"

赵匡胤说："母亲，您不能这样说，我自从投靠了太祖，和第一次去了符彦卿家，就很注重读书了，随皇上南征时，我的车里都装了很多书，得空就读。"

杜氏夫人说："你是你，匡义是匡义啊。"

赵匡胤不服气地说："符彦卿是几朝的重臣，每朝皇帝都很恩宠，人家的风范可不像咱想的那样。"

杜氏夫人说："从古自今，哪个儿女婚配不讲究门当户对？"

赵匡胤说："想当年李守贞拉着太祖郭威去符彦卿家为他的儿子李崇训提亲，没怎么说，符彦卿就答应了，他们父子也是武夫，也没多少学问，如今皇上对我如此厚爱，对我们赵家又如此关照，为什么就不可能呢？"

杜氏夫人听赵匡胤这么一说，激动起来，认为赵、符两家联姻很有希望。赵匡义听了，也在一边合不拢嘴，说："我若能娶上符金锭，那我就太有福气了。"

他们高兴了一阵子，终于冷静下来。杜氏夫人叹口气说："能和符家这样的皇亲国戚联姻确实是好事，可是，咱家的地位和人家差距太大，想想可以，做起来没那么容易。"

赵匡义听了，很不高兴，怏怏地回自己的房间去了。

赵匡胤听了母亲的话，也有些灰心，但他忽然想到了一个人：太祖郭威的女婿张永德。他比张永德年长一岁,一起随太祖郭威起兵,南征北战,又一起跟随柴荣征讨北汉和南唐,亲如兄弟,张永德现在是殿前都点检,他们之间又无话不谈。于是,当天就直接去了张永德家。

张永德见赵匡胤来到家门,甚是欢喜,一边让座倒茶,一边问道:"匡胤兄光临敝宅,有何见教?"

赵匡胤笑道:"见教不敢,却有事相求。"

张永德示意赵匡胤一同坐下,问道:"兄长不必客气,直言便是。"

赵匡胤说明来意,张永德忍不住笑道:"兄长确实是个聪明且有远见之人。"

赵匡胤见他这么说,很有些不好意思,不知他是在嘲讽还是在赞美,说:"都点检不愿相助?"

张永德见他称官职,也称官职,反问他说:"都虞侯何出此言?"

赵匡胤说:"是你没有答应焉。"

张永德说:"事是好事,只是感到由我出面欠妥。"

赵匡胤忍不住问:"你认为谁出面合适?"

张永德皱了下眉头,没有回答他。

赵匡胤见张永德这样,尴尬地笑笑,说:"符氏,大家,我家贫寒,又地位卑微,恐怕……"

张永德说:"符彦卿既不贪财,也不因为位尊而小视他人,像他这样的家庭,朝堂上下去哪里找?他看重的是人,就是这个人是否有才识。"

赵匡胤听张永德这么一说,更加没有底气,开始的那种自鸣得意,忽然间变成了垂头丧气:赵匡义虽然很聪明,读书也不少,可是怎么能跟他们符家的几个女儿相比?

张永德看出了他的心思,忙说:"我倒有个主意……"

还没等他说完,赵匡胤就急不可耐地问:"什么主意?"

张永德看他急切,故意卖关子说:"我这个主意不知道是否可行。"

220

战场上英勇无敌的赵匡胤这时却抓耳挠腮起来，说："行不行你先说说看。"

张永德依然没有告诉他这个主意是什么，却问他说："如今皇上是否对你很器重？"

赵匡胤笑笑说："无可置疑。"

张永德又问："宣懿皇后在世时是否很欣赏你？"

赵匡胤点点头："是。"

张永德又问："据我所知，符金环被皇上纳为继室后，符金环也常常在皇上面前为你美言，你被辍升为匡国军节度使兼殿前都指挥使，也是符金环再三相谏，你应该知道的。"

赵匡胤忍不住说："我知道，十分感激。可是，这件事怎么办为好呢？"

张永德故意停了一会儿，说："当下皇上对你十分恩宠，我可将此事言于皇上，由皇上言于符金环，再由符金环言于符金锭和魏王，我想此事可成也。"

赵匡胤忙拱手致谢说："那就拜托都点检了！"

未几日，张永德在早朝结束后，直接面见柴荣，把欲为赵匡义与符金锭保媒的事如实相告。他们虽然在朝中是君臣关系，张永德毕竟是柴荣的妹夫，现在又是殿前都点检，掌握着军权。柴荣听了，想到现在正是用人之际，赵匡胤屡立战功，又与张永德亲近，如果符、赵联姻，对我周朝岂不更有益处？他赵匡胤岂不是对朝廷更加义胆忠肝？于是，立即答应说："这是好事，等我告之符金环，由她从中周旋。"

当天晚上，柴荣便把张永德的话告诉了符金环。符金环听了，问柴荣说："陛下以为如何？"

柴荣笑道："当然于两家和我周朝都是好事。"

符金环说："只要陛下认为可以，又对大周有益，我当尽力促成。只是这事要等与金锭和父母商议后，才能给以答复。"

柴荣点头说："此事就由你来办了。"

　　第二天，符金环回到娘家，私下先给符金锭讲了讲。符金锭莞尔一笑，说："《孟子·滕文公下》有言：不待父母之命，媒妁之言，钻穴隙相窥，逾墙相从，则父母国人皆贱之。我听父母的。"

　　符金环又给母亲讲了讲，母亲说："金锭是到了谈婚论嫁的年龄了，她的婚事定下来，为娘的也就没有挂心的事了。只是，这事要由你的父亲来做主。"

　　当天，符金环给父亲修书一封，差人送往大名。

　　符彦卿接到符金环的书信，因为这是最后一个女儿的婚姻大事，他又没有见过赵匡义，无法答复，便很快回到了京城。

　　柴荣听说后，想到岳丈此次回京一定是为了符金锭的事，就与符金环一同来到了符彦卿家。翁婿讲了一阵国事，话题便转到了为符金锭提亲的事上。

　　符彦卿没有直接回答是否同意，而是讲起知人识人的道理，看似叮嘱符金锭，实乃也在说给柴荣和符金环："婚姻大事和治国一样，都要善于知人识人，既要会从相貌鉴别人，也要善于从性格、特长、言谈，也就是善于从神、精、筋、骨、气、色、仪、容、言九征去鉴别人。三国时魏国的刘邵在《鉴人智源》中说：平陂之质在于神，明暗之实在于精，勇怯之势在于筋，强弱之植在于骨，躁静之决在于气，惨怿之情在于色，衰正之形在于仪，态度之动在于容，缓急之状在于言。其为人也：质素平澹，中叡外朗，筋劲植固，声清色怿，仪正容直，则九征皆至，则纯粹之德也。九征有违，则偏杂之材也。"

　　符金锭说："父亲说的这些我不太明白。"

　　符彦卿笑笑，给她解释说："正直或偏邪表现在人的神色上，聪慧或愚钝表现在人的精气上，勇敢或怯弱表现在人的筋肌上，强健或纤弱表现在人的骨架上，急躁或沉稳在于人的气血上，悲伤或愉快显露在脸色上，衰弱或严肃显露在仪表上，做作或自然表现在容貌上，缓慢或急切显示在人的语言上。如果一个人的本性平静淡泊，内心聪明而外表清朗，筋脉强劲而骨骼坚挺，声音清朗而神色和悦，仪表庄重容貌也端正，九种类型的特征都具备了，就是一个德才兼备的人。若不能具备，只能称之为偏杂之才。"

符金环笑笑说:"父王,德才兼备之人,说是好说,真正做到这样绝非易事,也很难寻找啊。"

符彦卿说:"正因为如此,唐代韩愈才说:千里马常有,而伯乐不常有。"

符彦卿这么一说,众人都不知道如何回答,因为都把握不了他是同意还是不同意。符彦卿看了一眼符金锭,问她说:"你总是贪玩,不像你的姐姐那样爱读书,这也是我最不放心你的地方。"

符金锭朝符金环和柴荣眨了一下眼说:"我最近一边教宗训读唐诗、《论语》,还有《道德经》,一边自己也读,已经读了不少了。"

符彦卿听了,点点头说"这就对了。不要说现在正是乱世,就是太平盛世也要读书,也要从书中懂得怎样知人识人用人,否则不仅会误国,也会误人误己。如今是英雄辈出的年代,不是英雄,就难以出人头地。什么是英雄?刘邵说:花草之精粹优秀者为英,禽兽之出类拔萃者为雄;聪慧明智超出众人的是英才,胆识力量超过众人的是雄才。张良聪明能谋,始明能见,机胆能决之,是英才。韩信力气过人,勇能行之,智足断事,算是雄才。英可能为相,雄可以为将。如果一个人同时具有英才和雄才,那就是难得一见的世之英雄了。"

符金环明白,父亲是想让符金锭善于识人,能找一个有作为的人,忙说:"我让人把赵匡义叫到家里来,父亲先看看怎么样?"

符彦卿说:"我还不了解他,若先由我来拍板,太唐突了。我们两家住这么近,我会在不经意间就能见到他,不要先特意领来让我看,先让他和金锭私下聊一聊,看看能否聊得来,有没有缘分。"

符金环忽然生出一计,说:"如今大家都喜欢到瓦子里去看热闹,我抽空请他们一家和咱家人一块儿去瓦子里看傀儡什么的,借机让他们多聊聊,这样就能看出他们是否谈得来,是否有缘分了。"

符彦卿忍不住笑道:"这倒是个好主意。"

柴荣也说:"这样可行。"

第二天,符金环和母亲带上符金锭到了赵匡胤家。符金环说:"今日天气晴好，我和母亲、金锭难得清闲，咱两家一块儿去瓦子里看看热闹，散散心如何？"

赵匡胤心里明白，给母亲递了个眼色，杜氏夫人也立即会意，就答应说："咱想到了一块儿了，我也正想这样呢。"

赵匡胤忙说："你们去吧，我有事需要上奏，就不陪你们了。"

于是，符金环便带领两家人一块儿走向有瓦子的地方。

路上符金锭无话找话，问赵匡义说："匡义，你说这些表演傀儡、影戏、弄虫蚁、诸宫调、说诨话、商谜的地方为什么叫瓦子？"

赵匡义立即回答说："瓦子也叫瓦肆、瓦舍，因为来玩耍和看热闹的人忽聚忽散，犹如砖瓦之属，固叫瓦子。"

他们来到一家叫莲花棚的瓦子，里面正在上演马术之类的杂技。赵匡义心里十分明白，这次来到瓦子看热闹，其实是哥哥找张永德提了亲，符金环故意让他和符金锭多在一起聊一聊，是在撮合他们。当看到一个玩马术的人骑着一匹马，一会儿直立在马身上，一会儿倒立在马身上，那马不紧不慢，十分听话时，就趁机给符金锭讲起一个关于马的故事来："春秋时期，楚庄王十分钟爱他的一匹马，衣以文绣，置之华屋之下，席以露床，啖以枣脯。可这匹马由于养尊处优，无所事事，生了肥胖病，不给楚庄王面子——死了。于是，楚庄王下令群臣为死马服丧，并要用一棺一椁装殓，按大夫的礼节举行葬礼。百官纷纷劝阻，庄王大动肝火，下令谁再劝阻就定为死罪。宫中有个叫优孟的人，进宫就号啕大哭。庄王问他为什么这样大哭，优孟说：'这匹马是大王的心爱之马，以楚国之大，什么东西弄不到？现在却只以大夫的葬礼来办丧事，实在太轻慢了。我请求以君王的礼仪来埋葬。'楚庄王一听甚为高兴，便问：'依你之见，怎么个埋葬法？'优孟说：'最好用雕琢的白玉做棺材，用精美的梓木做外椁，还要建一座祠庙，放上牌位，追封它为万户侯。这样，天下的人就知道大王是多么轻贱人而重马了。'楚庄王一听，如梦初醒，惭愧地说：'我竟然错到了这种地步！'"

符金锭一听忍不住笑起来："没看出来，你还知道春秋时的故事，还这么风趣。"

赵匡义得到符金锭的夸赞，十分喜悦，但却谦虚地说："和你相比还相差很远很远。"

符金锭又笑着说："第一次见你，你少言寡语的，没想到你还挺会讲话。"

他们看了一阵马术，又到了一个叫牡丹棚的瓦子，有人在那里讲史，也有人在那里比赛书法。赵匡义又借机显示自己的才学说："南齐太祖萧道成是一位能文能武的君主，他对书法也有些造诣，听说朝中有位书法名士王僧虔，是晋代大书法家王羲之的四世族孙。他的楷书继承祖法，造诣很深。一天，齐太祖萧道成提出与王僧虔比试书技，一决雌雄。于是，君臣二人竭尽己力各书楷书一幅。写好后，齐太祖立即问王僧虔道：你说说，你我两人谁第一，谁第二？王僧虔既不愿抑低自己，又不敢得罪皇帝。怎么办？紧急之中，他眉头一皱，从容答道：臣的书法，人臣中第一；陛下的书法，皇帝中第一。"

符金锭说："这个故事很好，王僧虔的回答机智巧妙，既不失自己的尊严，又顾及了皇帝的面子，虽然答非所问，但问者和答者都很满意。"说到这里，符金锭忽然问赵匡义道："我听说你喜欢书法，你都喜欢谁的书法？是隶书还是篆书、楷书？"

赵匡义忙说："我既喜欢篆书、隶书，也喜欢行书、草书，尤其是狂草，像东晋王羲之的书法，飘若游云，矫若惊龙。我还喜欢杨凝式的书法，兴发若狂，信笔挥洒，且吟且书。"

说起杨凝式，符金锭自然知道：他历仕梁、唐、晋、汉、周五代，官至太子太保，外号杨疯子。太祖郭威进京城时，他还亲自到城门外迎接，向郭威说自己年事已高，难以做事。郭威不仅没有责备他，还抚慰他一番。郭威称帝后，杨凝式感到他没有为郭威登基出力，所以趁势提出致仕还乡。郭威痛快地答应了，并赐他以右仆射的显要身份回乡。柴荣继位后，又下诏让杨凝式回朝任职。杨凝式或许是闲居时间一长，也烦闷了，他接受了柴荣的任命，升为左仆射，另加太子太保之衔。可是，任职不久，当年年底就去世了。

符金锭带着一种期待对他笑着说："我知道他的《韭花帖》，雅逸风流，沉静自若。望你像王羲之、杨凝式那样将来成为一个大书法家。我们是邻居,等你成了名家大家的时候,不要忘了赠我一幅墨宝。"

赵匡义看符金锭对他有了好感,十分得意。在听着讲史的人讲说历代兴废和战争故事,尤其是讲到汉高祖刘邦时,他也给符金锭讲起刘邦来:"刘邦不修文学,不事生产作业。这样一个既没有高深的学问,也没什么特殊本领的小人物,却能在天下大乱之际力压群雄,问鼎中原,靠的就是一颗仁爱的心和知人善任的本领。刘邦不但有知人之智,还有自知之明,所以当项羽提出要和他单打独斗、决一雌雄时,他则说:'吾宁斗智,不能斗力!'由此可见,真正的英雄是斗智而不是斗力。"

到了中午该吃饭的时候,赵匡义为了讨好符金锭,特意到一家酒馆请大家吃饭。符金环为了让他和符金锭多些时间在一起,就答应了。赵匡义喜欢喝酒,尽管符金环、符金锭都说不喝酒,他依然要了一壶酒,独自喝起来。

符金锭想到赵匡义已经讲了几个故事,看到他喝酒,就又耍起调皮的性子,故意逗他,也讲起一个楚国人喝酒的故事来:"春秋时有一个楚国人,得到一个形状像马的古物,这古物造得十分精致,颈毛和尾巴俱全,只是背部有个洞。他不知道这究竟是干什么用的,就自以为是地猜想:古代有犀牛形状的酒杯,也有像大象形状的酒杯,这个东西大概是马形的酒杯吧?于是,他在一次设宴款待贵客的时候,把这古物拿出来盛酒。没想到有个客人是个行家,惊讶地说:这是尿壶呀,你怎么可以用来做酒杯呢?这人听了,脸刷地红到了耳根,羞愧得恨不能在地上挖个洞钻进去。"

赵匡义故意逗大家说:"你不是在讥笑我吧?我用的是酒壶,不是尿壶。"

他们的话让大家笑得前仰后合。

符金环他们从瓦子回到家里,符彦卿听符金环和符金锭讲述了赵匡义喜爱的这几个故事,意识到赵匡义是一个有大志的人,也是一个很有心计的人。但是,他又想到了符金玉的婚事:当时没有认真了解,就答应嫁给了李守贞的儿子,如果不是符金玉聪慧,就遭到了杀身之祸。于是,便对符金锭说:"婚姻大事不可操之过急，等我观察一番再说。"

符金环觉得父亲的话很有道理，也不再强求，便于当天晚上把父亲的意思告诉给了张永德。

第二天，张永德让侍者把赵匡胤叫到家中，对他说："这门婚事魏王没有反对，你应该和匡义主动登门取悦于魏王。"

赵匡胤感到此事宜早不宜迟，回到家中，立即带上赵匡义到了符彦卿府邸。赵匡胤一见符彦卿，立即施礼说："很久不见魏王，十分想念，闻魏王回来，特与愚弟前来拜望。"

符彦卿笑笑说："都虞侯愈来愈精神了。"

赵匡胤忙说："魏王，您老叫晚辈匡胤就可以了，怎能称微臣的官职？"

符彦卿说："你英勇善战，所向无敌，都虞侯当之无愧也。"

赵匡胤说："托魏王和皇上的福，赵匡胤才有今天。不久前皇上又赐宅第，且与魏王为临，不胜荣幸，不然，家人都还在洛阳，所以今天特和弟弟登门致谢。"

符彦卿故作不知地问："这位是你的弟弟？"

赵匡义忙回答说："晚辈赵匡义久仰魏王大名，今日特来拜望。"

符彦卿让他们落座后，问了一些赵匡胤随皇帝南征的事，不经意间便观察了赵匡义一番：年纪不大，又是第一次相见，却不怯生，并能沉得住气，面色激奋亢厉刚毅，仪态威猛豪迈，话语平缓有力。心下道：果然与之前判断的一样，是一个有大志且有心计的人。但是，他故意不与赵匡义多说，则问赵匡胤道："我听说你很喜欢读书？都喜欢读什么书？"

赵匡胤忙回答说："以前不知道读书，自跟随太祖后，见太祖爱读书，才养成读书的习惯。既读《史记》，也读《孝经》《易》《礼》《大唐创业起居注》。"

符彦卿说："多读史书好，唐太宗说过，以铜为鉴，可正衣冠；以古为鉴，可知兴替；以人为鉴，可明得失。人道之极，莫过爱敬，《孝经》以爱为至德，《易》以感为德，《礼》以敬为本。这些书读后，能够使人体道修德，积善立功，物顺理通。"

赵匡胤忙说："感谢前辈指点。"

未等符彦卿再说什么,赵匡胤忙对赵匡义说:"魏王历经唐、晋、汉、周四朝,披坚执锐,威加四海,又读书万卷,明察秋毫,知人诚智,我辈当毕生敬之。你初来乍到,更应常来求教。"

赵匡义忙起身向符彦卿躬身施礼说:"晚辈年少无知,祈望前辈多多教诲。"

符彦卿见赵匡义如此谦恭知礼,不觉间对他生出好感来。

几日后,符金环再问父亲对符金锭与赵匡义的婚事,符彦卿说:"只要金锭喜欢,为父的答应。"

符金环故意试探父亲说:"论门第赵家与我们符家不般配呀。"

符彦卿冷眉说:"你父亲在乎的是才识之人,并非讲究门楣高低。高者未必贤,下者未必愚,何况如今大周朝已经不是'上品无寒门,下品无士族'的时候了,而是智者的天下。"

由于两家相距很近,符金锭与赵匡义又相互爱慕,不久,便在赵匡胤和张永德的撮合下,又有柴荣的穿针引线,两家就把他们的婚事定了下来。

金氏夫人想到两家是近邻,符金锭与赵匡义又来往甚密,恐怕发生什么意外之事,就找了一个术士,择下良辰吉日,定下了婚期。

婚期临近,就举办什么样的婚礼,赵匡胤一家犯难了。赵匡义给母亲和赵匡胤要求说:"咱赵家没有符家显贵,婚礼要尽力办得排场一些,不然,会遭人家小视。"

杜氏夫人说:"我也想排场,可咱家就是倾家荡产也排场不到哪里去,何况你下面还有弟弟,你哥哥还有几个孩子。"

赵匡胤说:"符金锭既然能看上你,就不会嫌弃咱家没有钱财,更不会在乎婚礼排场不排场。"

赵匡义不服气地说:"符家是皇亲国戚,是不在乎钱财,也不在乎排场不排场,就像皇帝,他就是穿布衣,依然是皇帝,都会对他顶礼膜拜,不需要排场,咱正是因为没人家尊贵,才要排场一些。"

赵匡胤不满他的话说:"太祖和当今的皇上,他们的婚礼不是都很简单吗?"

赵匡义说:"我要是皇帝也不讲究。"

赵匡胤瞪了他一眼说:"为什么要和皇帝比呢?不可乱说!"

赵匡义不满地说:"难道不是吗?咱要是有谁能当皇帝,就什么也不发愁了……"

还没等他说完,杜氏夫人立即怒斥他说:"畜生,怎么能乱说!"

赵匡胤也训斥他说:"这是在家,倒还好,若是在外就会惹祸的,以后一定要谨言慎行,不得口无遮拦!"

杜氏夫人说:"咱能跟符家攀上亲戚已经是做梦也没想到的事,你能和皇帝连襟,也是皇亲国戚了,该知足了。"

赵匡义忽然笑了,说:"母亲说得对。不过,人都是往高处走,哪有满足的?"

赵匡胤还想说他什么,杜氏夫人阻止了他,对赵匡义说:"你跟符金锭说,看她怎么说,咱听人家的。"

赵匡义叹口气,只好答应说:"我试试吧。"

第二天,赵匡义找到符金锭,问她想要什么样的婚礼。符金锭爽朗地一笑说:"我虽然不是公主,也是魏王的女儿和皇后的妹妹,在朝廷声名显赫。因此说,我的婚礼即使赶不上皇帝的女儿,至少要有装饰着珍珠和九只五彩锦鸡、四只凤凰的凤冠,以及绣着雉鸡的华美衣服,并要有珍珠玉佩、金革带、玉龙冠、绶玉环、累珠嵌宝金器、涂金器、贴金器和出行时乘坐的贴金轿子等物品吧?就是少上几件,也不能少太多吧?"

赵匡义听到这里,脸色就白了,头上立即冒出了汗珠子。

符金锭不管不顾,又说:"结婚时告庙、辞庙、同牢、合卺这些程序不说,至少也要像唐代婚礼中有音乐歌舞烘托气氛,有诗歌贯穿了整个婚礼过程吧?第一步:下婿,就是戏弄新郎。新郎迎娶新娘的路上,新娘的亲戚好友会拿着秸秆打新郎,而新郎不仅要给他们发彩钱,还需要吟诗赞颂新娘,直到他们满意为止。第二步:催妆诗。到了新娘家门前,新郎要在马上吟诵催妆诗,催促新娘赶紧梳妆打扮,如果新娘对诗歌满意,才会出闺阁拜别父母上车。第三步:障马车。新郎迎娶新娘回家,路上好事者会以马车挡道。新郎要当场写一篇漂亮文章,才能放行。第四步:青庐对拜。婚礼当天,新人须住屋外青庐,行夫妻对拜之礼。第五步:却扇诗。新郎要一睹新娘芳容,须做却扇诗,夸得新娘心花怒放,新娘才会和新郎相见。第六步:执手礼。新人双手相扣,一起吟诵古诗词。就是说,你不仅要准备丰厚的彩礼,还要多准备一些诗……"

赵匡义还没听完,头就懵了,不知道如何回答符金锭为好。这么多、这么珍贵的彩礼他家哪有能力去办?若是一起吟诵古诗词还好说,那些赞颂新娘诗、催妆诗、却扇诗也不是易事啊!我过去虽然读过一些书,知道一些故事,但哪里吟咏过什么诗?

他正要说这两项都达不到她的满意,符金锭又说:"你如果不知道怎么写,我告诉你几首催妆诗和却扇诗,你学一学。唐朝徐安期的《催妆诗》:'传闻烛下调红粉,明镜台前别作春。不须面上浑妆却,留着双眉待画人。'黄滔的《催妆诗》:'北府迎尘南郡来,莫将芳意更迟回。虽言天上光阴别,且被人间更漏催。烟树迥垂连蒂杏,彩童交捧合欢杯。吹箫不是神仙曲,争引秦蛾下凤台。'"

赵匡义听着,尴尬地笑着,不停地擦汗。

符金锭故作没有看见,继续说:"却扇诗当学南北朝时何逊的《看伏郎新婚诗》:'雾夕莲出水,霞朝日照梁。何如花烛夜,轻扇掩红妆。良人复灼灼,席上自生光。所悲高驾动,环佩出长廊。'周弘正的《看新婚诗》是这样写的:'莫愁年十五,来聘子都家。婿颜如美玉,妇色胜桃花。带啼疑暮雨,含笑似朝霞。暂却轻纨扇,倾城判不赊。'唐朝杨师道的《初宵看婚诗》也可借鉴:'洛城花烛动,戚里画新娥。隐扇羞应惯,含情愁已多。轻啼湿红粉,微睇转横波。更笑巫山曲,空传暮雨过。'"

赵匡义听着,知道自己写不出这样的诗,不觉间已是大汗淋漓。符金锭看他这个样子,大笑说:"看把你吓的,我是逗你呢!我一不要什么彩礼,二不让你吟诗,到那天,你家置一顶轿子,你随着轿子,抬着我在京城重要街道绕一圈就行了。"

赵匡义如释重负，长出一口气，尴尬又惊喜地说："真的？"

符金锭正色道："那还能假？我两个姐姐都不要什么隆重的婚礼，我符金锭能坏了符家的规矩？况且，自周朝建立以来，从太祖到柴荣皇帝，都诏令一切从简，我符金锭能不遵从皇帝的诏令？"

赵匡义虽然希望他们的婚礼要排场一些，那是他不甘被人轻视的虚荣心在驱使，但听了符金锭的话，心中不由暗喜：不花钱财又能娶上魏王的女儿，并和皇帝攀上了亲戚，以后何愁没有出人头地的日子？这是何等美事呀！

符金锭因为是姐妹中最小的，符彦卿特别溺爱她。同时，符彦卿对赵匡义外柔内刚的性格也很喜欢。为了显示对他的关爱，符彦卿不仅给符金锭多置了嫁妆，还对赵匡义举办婚礼暗中给予了资助。

显德四年正月吉日，赵匡义、符金锭完婚。婚礼这天，赵家依照符金锭的要求，置了一顶大红花轿，仅仅多了一项笛箫吹奏，以此代替了音乐歌舞。

花轿由赵家启动，很快就到了符家。符金锭上轿后，在一阵欢快的笛箫声中，抬出符氏府邸，走向大街。轿夫很是卖劲，摇首摆臂，前仰后合，把一顶花轿舞动得飘飘然，悠悠然。几个笛箫的演奏者也很卖力，一会儿《梅花三弄》，一会儿《高山流水》，笛声悠扬，经久不绝。花轿所到之处，百姓纷纷围观、喝彩。

一些在瓦子里表演音乐演奏、舞蹈的人听说后，纷纷走出瓦子，在路边演奏起音乐，表演起舞蹈，以此表达对符家的崇敬，对当下百姓安居乐业的赞美。符金锭看到这一情景，心中异常喜悦。

看到符、赵两家联姻，赵匡义和符金锭终成眷属，婚礼又是如此受百姓赞扬，柴荣、张永德、赵匡胤和符彦卿一家也都十分开心。

也就在这喜庆的日子里，留在南方围困寿州的李谷遣使把奏折送到了京城：自去年围困寿州以来，寿州危困，破在旦夕，但就在这个时候，南唐增兵数万救援寿州，周军腹背受敌，十分危机。奏请皇上增派兵力，并再次亲征，以鼓舞士气，一举拿下寿州。不然，会功亏一篑。

第十五章

旷世悲欢

显德三年五月，柴荣因为担忧符金玉的病情和连续的暴雨，没有亲自率兵攻下寿州便返回京城，但留下李谷、李重进领兵继续围困。寿州守将刘仁赡困兽犹斗，知道长此下去十分危险，多次派人潜出城外向驻守在濠州的南唐军主帅、齐王李景达请求增援，以里应外合，摆脱围困。濠州在寿县东部，淮水南岸，距离寿县近二百里，其水军很快就能到达。李景达虽然为南唐皇室中第一军事强人，在濠州拥兵五万，但因十分惧怕李谷、李重进，仅远远地造些声势，根本不敢靠近寿州与他们决战。

到了显德四年正月，周军已经围困寿州一年有余，城中也已粮尽，李景达才不得不遣应援使许文稹、都军使边镐等领数万水军沿淮水溯流而上，增援寿州。许文稹、边镐到达寿州后，在淮水南岸的紫金山南安下十余营寨，连亘相望，与城中烽火相应。同时，又修筑通往寿州的甬道，欲运送粮食援助寿州守军。可是，他们增援的军队还未到达寿州城边，便遭到周朝大将李重进的突然袭击，丧师五千余人。此战虽然大胜南唐军，但却引起南唐皇帝李璟的极度恐慌，除诏令李景达与周军决一死战外，又派重兵增援，所以，周军情况十分危急。战报传到京城，朝中不少大臣十分担忧，纷纷上书柴荣，说周军已经围寿州超过一年，一直未能攻下，如今南唐又派重兵增援，请求撤军。李谷得到这一消息，认为大胜在即，不能撤军，所以亲自起草奏书，派使者送到京城，奏请皇上再次亲征。

柴荣看到奏书，认为李谷说得很对。同时，想到符金玉曾经因为随驾亲征而患病不起，从而失去心爱的皇后，怒火中烧，于是，决定再次御驾亲征，一定要把南唐尽快收复，以告慰宣懿皇后符金玉的在天之灵。

显德四年二月初，百余艘海鹘战船和斗舰已经全部造好。二月十七日，柴荣命在汴水训练水军的右骁卫大将军，即卫军第六军将领王环，率水军驾驶战船，自闵河经陈州南四十余里远的颖水，向东南而下，进入淮水，直抵寿州。柴荣与大臣送王环出发后，当日即集结兵马，以张永德、赵匡胤为先遣，也火速挺进寿州。同时，赵匡义也加入张永德、赵匡胤的先遣军中。随后，柴荣亲自率领步兵和骑兵，离开京城，浩浩荡荡，迅速南下。遗憾的是，因为时间紧急，这时购买的骆驼还少，没有来得及训练，还不能成军，所以没有出动骆驼军。

出发前，符金环、符金锭都站在队伍的一边，为他们送行。符金锭望着赵匡义，又喜又忧。喜的是他也加入大军之中，将会成为捍卫大周江山的一份力量，忧的是他第一次从军打仗，会吃不少苦。加上又新婚不久，实在是与他恋恋不舍。符金环望着柴荣，想到姐姐符金玉曾经给她讲述柴荣在矢石如雨的情景下依然和将士并肩作战，眼神中既有骄傲，又有不安。符金环已经怀孕七个多月，行动多有不便，她右手扯着柴宗训，左手牵着柴宗让，走到柴荣面前，很想说一番祝福和保重的话，但话到嘴边又打住了，忽然对柴宗训说："你的父皇要上前线打仗了，给父皇吟咏一首《击鼓》如何？"

柴宗训仰望着父皇的脸，吟咏道："击鼓其镗，踊跃用兵。土国城漕，我独南行。"

柴荣望着怀了身孕的符金环和如此懂事的柴宗训，及年幼的柴宗让，不禁眼睛潮潮的。他对柴宗训笑笑说："好好读书，父皇不几日即凯旋而归。"说罢，朝符金环挥了一下手，纵身跨上战马，"啪"地甩出一声响鞭，向南飞奔而去。

柴荣率军离开京城,沿陆路向南,不久即到达陈州。大军在陈州稍作休整,接着南下直奔寿州。

三月初三,柴荣率领大军到达紫金山南,安下营寨。

南唐军正为将要全歼周军而兴奋的时候,忽然得知柴荣再次亲征,并已到达紫金山南,不禁惊慌起来。他们还没有做好迎战准备,柴荣已令赵匡胤率军发起进攻。

赵匡胤跨上战马,冲锋在前,交战不久,便夺取南唐先锋寨及山北一寨,并切断了唐军修筑的甬道,使唐军首尾不能相救。赵匡义虽然是第一次参战,但作战也十分勇敢,一直冲锋在前。

初五,柴荣下令把军营移至淮水北岸、凤台东部的赵步。

第二天早晨,柴荣眺望了一下南唐的营寨,笑问赵匡胤道:"敢乘胜追击吗?"

赵匡胤"哈哈"一笑说:"只等陛下一声号令。"

柴荣用手一指说:"全部拿下!"

赵匡胤率军刚刚出发,柴荣也随之赶赴前线,亲自到阵前督战。

赵匡胤见柴荣亲自到阵前督战,更加勇猛,一边指挥,一边呐喊着冲在前面。周军所到之处,喊杀声此起彼伏。交战不久,南唐军便溃不成军。不到两日,便斩南唐军万余人,并生擒许文稹、边镐等将领。

南唐军见许文稹、边镐被擒,余部纷纷乘船沿淮水向东而逃。这时,王环率领的水军恰好也到达这里。柴荣立即命令王环驾战船顺流而下,进行追击。自己亲率步兵和骑兵,在淮水两岸夹岸追击,以防他们登岸逃窜。南唐军被三面夹击,战死、溺死及投降者近四万人,大批船舰、器械落入周军手中。

黄昏时分,柴荣率骑兵向东奔驰到距离赵步二百多里远的荆山洪。当夜,住宿在镇淮军。由于他的骑兵神速,随从官员拼命追赶也未能追赶上,直到第二天早晨才到达荆山洪与柴荣会和。柴荣看到这一情景,忍不住自豪地仰面"哈哈"大笑。

初七，柴荣下令征发附近州县壮丁民夫修筑镇淮军城，同时，在淮水南北两岸又建造两座城，并将位于下蔡的浮桥迁移到两城之间，从而掐断濠州与寿州之间南唐军接应救援的道路。

可是，就在准备对南唐军发起进攻时，淮水忽然上涨，水流湍急。一时不能进攻，柴荣只得下令暂时休整，等待时机。

南唐濠州都监郭廷谓得知周军因淮水上涨而暂时停止进攻，自以为自己的水军强大，立即派水军沿淮水而上，以攻周军不备，重创周军。这天夜里，南唐水军到达镇淮军城，郭廷谓派敢死之士千余人，上岸袭击周军大营，放火烧毁许多车辆和营寨。面对南唐军的突然袭击，赵匡胤下令对南唐军猛烈进攻，其弟赵匡义首当其冲。南唐军寡不敌众，被四面包围，死伤无数。

据守在濠州的李景达、陈觉看到周军势如破竹，郭廷谓的水军也不堪一击，自濠州领兵逃往都城金陵。

寿州守将刘仁赡拼命死守，最后一线希望就是援军和由援军运送的粮食。可是，他没有想到，援军根本靠近不了寿州城，粮食也无法运达。寿州粮断援绝，已成一座孤城，但守将刘仁赡仍在坚守顽抗。刘仁赡的儿子刘崇劝谏他出城投降，被他挥刀斩首。属下士卒看到这一情景，无不感动得泪如雨下，立誓死战。但是，只有节节败退。刘仁赡知道自己已经是孤军奋战，寿州城不可能守得住，感到十分绝望，又气又怕，一病不起。十九日，守城监军使周廷构、营田副使孙羽趁刘仁赡病危昏迷，假借刘仁赡名义，出城投降。

柴荣率军打败南唐军，占领寿州和濠州等重要城池，准备继续南下时，京城传来加急奏报：契丹军借皇帝亲征南唐之际，乘虚入侵。加上新造的太庙建成，神主牌位需要放入太庙，柴荣令李谷、赵匡胤、李重进留下继续向南推进，自己仅与张永德带少数护卫，与四月初四自扬州北上回返。

四月二十一日上午，柴荣回到京城。他刚到宫中，侍者便奔到他的面前，笑逐颜开地说："恭喜陛下，符夫人刚刚为你生下一对双胞胎儿子。"

柴荣一听，激动得一阵大笑。他奔到殿内，看到正在床上歇息的符金环，伏到她跟前,吻着她的额头,眉开眼笑地说:"夫人受苦了。"

符金环撒娇说:"我以为陛下不回来呢,没想到你回来得这么巧。"

柴荣抱起两个儿子,眯着眼睛端详了一番,又分别轻轻吻了一下他们的额头,说:"儿子啊,你们太像你的父皇了。"

符金环说:"你来给孩子起个名字吧。"

柴荣想了想,说:"一个叫熙谨,一个叫熙诲,如何?"

符金环问:"为何不叫宗什么呢?"

柴荣说:"熙的意思是光明、兴起、兴盛。古同禧和福,吉祥。熙熙攘攘形容人来人往、喧闹纷杂的样子。他们一起来到这个世上,也是熙熙攘攘。谨是让他以后做事谨慎,诲是让他要记取父皇的教诲。再者,也区别他们的生母。"

符金环听他这么一说,忍不住笑起来:"你怎么忽然之间变得这么儒雅?"

柴荣笑道:"不都是跟你学的?这样给他们起名字,不都是通过你教柴宗训《急就篇》学来的?"

大臣们听说后,纷纷前来祝贺,宫中到处洋溢着吉祥喜庆的气氛。

柴荣没有因为得了儿子而疏忽国事,第二天便令张永德领兵北上,到北部边界抵御契丹军,确保北部边境平安。然后令成德节度使郭崇,攻拔辽朝的束城。然而,到了五月初一,发生了一个不寻常的天象:中午的时候天空发生日食。京城中的居民认为这是因为一条龙吞掉了太阳,是不祥之兆,很多人都走上街头打鼓,朝天空射箭,并置供品祭祀太阳神。

消息传到宫中,柴荣笑道:"《尚书》《诗经》都有日食的记载,是经常发生的事,多是发生在朔日,就是每月的初一,这是自然天象,有什么大惊小怪的?"

于是,让大臣走上街头,劝说居民不要相信这些传言。

同时,柴荣想到近年来大臣们为周朝殚精竭虑,鞠躬尽瘁,便颁诏重赏有功将士:赵匡胤兼领忠武节度使。宰臣范质、李谷、王溥并封爵位和食邑,改为功臣。枢密使魏仁浦加检校太傅进封开国公。八月,又提升王朴为枢密使、检校太保。

张永德领兵北上后,不久便击退了南犯的契丹军,北部边境很快稳定了下来。九月底,张永德凯旋回京。

这时,负责组建骆驼军的内殿直康保裔已经购买了数百匹上等骆驼,并进行了很好的训练。康保裔是洛阳人,出身将门,祖父和父亲都是捐躯沙场、马革裹尸的武将。康保裔自幼习武,精于骑射,射空中飞鸟,箭无虚发。屡立战功,以勇猛著称。他把骆驼军的训练情况向柴荣禀报后,柴荣十分惊喜。

为了实施"先南后北"的大计,十月中旬,柴荣在新落成的太庙祭祀了先祖后,率领步兵、骑兵和康保裔的骆驼军,第三次亲征南唐。

十一月初四,柴荣率军到达涡口。当夜五更时分,由涡口渡过淮水,到达濠州城西。濠州城东北十八里有一大片滩地,南唐守军在滩上设置栅栏,认为周军必定无法渡河,没有派兵防御。初六,柴荣亲自率军攻城,并命令康保裔率领骆驼军为先驱,涉水在前面开路。骆驼军的将士们,一个个高举灯笼火把,远观如银龙飞舞。守卫这里的南唐兵士都是南方人,未见过骆驼,皆以为神兵天降,魂飞魄散,纷纷溃逃而去。

赵匡胤见南唐军不战而逃,率领骑兵紧随在康保裔的骆驼军后面,拆除栅栏,为大军开辟通道。康保裔与赵匡胤相互配合,进军十分顺利。

南唐军见周军步兵、骑兵势不可挡,急忙又在城北面聚集数百条战船,同时在淮水中竖起大木头,以阻拦周朝水军。柴荣得知这一消息,命令水军对南唐水军展开猛烈进攻,先是拔掉大木头,接着冲向南唐战船,烧毁南唐军战船七十多艘,并斩其水军首级二千有余。消息传到濠州城中,城中南唐守军无不恐慌万状。

在柴荣率军大败南唐城外守军的时候,李重进已经率军进攻濠州城,并于当天攻破南关城。

十四日夜晚,南唐濠州团练使郭廷谓知道不能自保,修书上表给柴荣说:臣下家在江南,如今倘若马上投降,恐怕被唐人诛灭全族,请求先派遣使者到金陵请命,然后出城投降。柴荣虽然知道其中有诈,但想到濠州城已是囊中之物，为了让他心悦诚服，也为了他的家人免遭不测，答应了他，对濠州城围而不打。

十九日，柴荣听说南唐有数百艘战船出现在涣水东面，准备救援濠州，便亲自领兵，于夜晚派出水军、陆军对涣水东面的南唐水军发起进攻。两日后，在洞口大败南唐军队，斩首五千余级，投降士兵两千多人。柴荣乘势击鼓向东行进，所到之处，攻无不克。

二十三日，柴荣率军到达泗州城下，赵匡胤先攻城南，乘势焚烧城门，攻破水寨和月城。柴荣住在月城楼上，监督将士攻打泗州城。

濠州团练使郭廷谓修书上表柴荣，说是请求先派遣使者到金陵请命，其实是想让南唐皇帝派兵增援，可是，等了十天也不见援兵来到，且泗州城也被攻破，于是，把守军集中在军营的正门之外，南望都城金陵，一阵大哭后，向周军投降。

攻克濠州、泗州城后，柴荣下令乘胜沿淮水东进，相继攻占楚州、海州等地，夺得战船三百余艘，将南唐淮上水军歼之殆尽。随后，遣军破天长，趋扬州。周军刚至高邮，扬州守军知不能胜，焚城南逃。

显德五年正月，柴荣率军引战舰数百艘自楚州南下入江，于三月大破南唐屯瓜步及东州水军。当时淮南只有庐州、舒州、蕲州、黄州没有攻下，李璟害怕柴荣渡江南下直抵京城金陵，又耻于贬降帝号改称藩臣，于是派遣兵部侍郎陈觉奉持表章，请求传位给太子李弘冀，让他听从周朝的命令。陈觉到达迎銮镇，看到周朝军队极其强盛，向柴荣禀报，请求派人渡过长江拿取表章，进献庐州、舒州、蕲州、黄州土地，划江为界，言辞非常悲哀。

柴荣听后说："朕兴师出兵本只为取得江北之地，你的君主能够率国归附，朕还要求什么呢！"

陈觉叩拜道谢而退下。第二天，陈觉请求派遣他的属官阁门承旨刘承遇前往金陵。柴荣赐给南唐主书信，说："皇帝恭问江南国主。"李璟接到柴荣的书信，立即再派刘承遇奉送表章自称唐国主主动献出庐州、舒州、蕲州、黄州四州,并许下诺言:以江为界,岁贡称臣。同时,为避周朝锋芒,防备万一,李璟迁都洪州。周朝尽得淮南十四州六十县,遂罢兵休战,柴荣领兵回师京城。

五月,南唐皇帝李璟因避讳周太祖郭威高祖父郭璟之名,改名为李景,并下令去帝号,称国主,去交泰年号,称显德五年。柴荣遣使赐南唐御衣、锦帛、羊马及犒军帛十万,及后周所行《显德钦天历》,遣返所俘南唐士卒五千多人。又因江南无盐场,每岁支盐三十万斛给江南。

显德六年初,柴荣命令王朴前往河阴巡视黄河堤防,在汴水入河口建立放水闸门。命令侍卫都指挥使韩通、宣徽南院使吴延祚征发徐州、宿州、宋州、单州等地壮丁民夫数万人疏通汴水。命令马军都指挥使韩令坤从大梁城东面引汴水流入蔡水,以打通陈州、颍州的运粮水道。命令步军都指挥使袁彦疏通五丈渠,向东经过曹州、济州、梁山泊,打通青州、郓州的运粮水道,开始实现"养百姓"的目标。

柴荣在为他的"养百姓"计划踌躇满志的时候,却发生了一个让他意想不到的事情:三月初三这天,枢密使王朴在和朋友谈话时突然倒在座位上,不省人事,抬回家的当天晚上就撒手人寰。柴荣听到噩耗,急忙赶到王朴的府第,伏在王朴的灵柩前大哭起来,并用手里的玉钺触地不止:"枢密使啊枢密使,你是朕的心腹、耳目,朕正是养百姓的用人之际,你怎么舍得离开朕啊⋯⋯"

众大臣劝止后,他刚刚离开灵柩,忽然又返回伏在灵柩上大声哭叫,前后有四次,一次比一次悲痛。王朴只有四十五岁,英年早逝,大臣们都惋惜不已。

厚葬了王朴后,柴荣想到了他的《平边策》,想到了他献于朝廷的治国安邦的大计,对大臣们说:"今京城规制,都是王朴所为,设计、扩建、运筹合理,街道畅通,壮阔宏伟。朕依王朴计,尽得南唐江北之地。朕三次率军南征,他守开封,保京城无事。没有他,京城哪有今日之貌?没有他,大周疆域哪有今日之阔?王朴给朕献计'先南后北',如今南唐已归顺,如果不收复北部领土,何以能告慰王朴在天之灵?"

说着,又忍不住哭起来。大臣们劝他说:"陛下的心情我们都知道,可人死

240

不能复生，陛下不能一直陷于悲痛之中，一定要保重龙体。"

柴荣说："朕要依王朴计，御驾亲征，收复北部疆土。"

大臣们听了，纷纷表示要听命于皇上。

十九日，柴荣诏令义武节度使孙行友捍卫西山路，任命宣徽南院使吴延祚代理京城留守、判开封府事，三司使张美代理大内都部署。二十日，任命韩通为陆路都部署，赵匡胤为水路都部署。二十二日，命令侍卫亲军都虞侯韩通等人率领水路、陆路军队率先出发。

二十九日，柴荣与四个儿子亲热了一阵，辞别符金环，然后大步走出皇宫。随后，率领步兵、骑兵数万，从京城出发，向北而去。赵匡胤紧紧跟随在柴荣的身边，神采飞扬，意气风发。赵匡义也欣然从军，并披坚执锐，跟随在柴荣和赵匡胤的身后。他虽然面色严峻，但眼神里却飘溢着内心的扬眉吐气和自豪。

四月十五日，柴荣率军行进到距离沧州一百余里的时候，韩通派使者奏报：已经打通从沧州进入契丹国境的水道，并在干宁军南面设置栅栏，修补好损坏的堤防，挖开排水口三十六个，可以直通瀛州、莫州。

十六日，柴荣到达沧州，他没有顾上休息，当日即率兵从沧州出发，直奔契丹国境。他领兵北上的时候，黄河以北的州县，凡不是柴荣的车马所经过的地方，当地百姓都不知道皇帝御驾亲征。十七日，柴荣率军到达沧州北一百多里的干宁军，契丹守将王洪听说后，魂飞魄散，立即率军出城投降。

二十二日，柴荣下令大军乘战船沿着水流北上，他与赵匡胤同坐一艘龙船。这次的战船有数百艘，船只头尾相接长达数十里。二十四日，柴荣率大军到达独流口，又沿水道向西，于二十六日到达北部距离沧州四百余里的益津关。契丹守将终廷辉闻知干宁军守将王洪已降，对王洪很不屑。得知周军乘船已到益津关，便登关探望，以查看虚实。当看到周军乘坐的都是艨艟大舰，如一字排在关前，且旌旗飞扬，刀枪密布，禁不住不寒而栗，也像王洪一样，立即领兵出城投降。

取得益津关后，下一个目标是瓦桥关。从益津关往西行走几十里后，水路逐渐狭窄,舟师难进。见此情景,柴荣下令舍舟登陆。当将士们下了舟舰全部登陆后,天色已晚,因为不靠村镇,柴荣就和将士们一样,都住宿在野外。

此时,柴荣皇帝先期而至,而大军还未到达。第二天一早,未等大军到来,柴荣便令赵匡胤领兵先行,直奔瓦桥关。

二十八日下午,赵匡胤所率大军到达瓦桥关,在瓦桥关附近停了下来,准备等大军会合后再一同进攻。赵匡胤没想到,瓦桥关守将姚内斌听说周军已至,未等周军进攻,便率领守关的五百将士出城投降。柴荣领兵赶到后,与赵匡胤进入瓦桥关,任姚内斌为汝州刺史。

二十九日,柴荣率军挺进莫州。莫州刺史刘楚信知道莫州不能守,未等周军到达,他已经领兵出城,也率军以城投降。

五月初一,侍卫亲军都指挥使、天平节度使李重进等人率领的兵马陆续到达契丹边境。当到达瀛州城下时,契丹瀛州刺史高彦晖也以本城归顺。

至此,瓦桥关以南的三关三州,共十七县全部平定。

初二,柴荣为鼓舞将士,宴请众将,商议夺取幽州。众将认为:陛下离开京城四十二天,兵不血刃,不折一将一卒,取得燕南之地,这是罕见的功绩。如今契丹骑兵都集结到幽州北面,不宜继续深入。柴荣听了很不高兴,当天即催促都指挥使李重进首先出发,占据固安。柴荣亲自到达安阳河岸边,命令架桥,直到夜幕降临,才返回瓦桥关歇息。

当天夜里,柴荣忽然患病,头痛、骨节酸痛、浑身发热,一动也不想动。大臣们都劝他说:"陛下,北上这四十多天,日夜奔波,废寝忘食,你这是劳累过度,是该安歇一段时日了。"

柴荣想到幽州距离较远,几天来身体一直不见好转,不得不放弃攻打幽州的打算,下令停止进军。

初五,柴荣下令将瓦桥关改为雄州,割出容城、归义二县隶属于它;将益津关改为霸州,割出文安、大城二县隶属于它。征发滨州、棣州壮丁民夫数千人修筑霸州城,命令韩通监督工程。初六,命令李重进领兵从土门而出,进攻北汉。

初七,任命侍卫马步都指挥使韩令坤为霸州都部署,义成节度使留后陈思让为雄州都部署,各自率领所部士兵守卫。

五月初八,柴荣从雄州启程,南下返回。

契丹主不知柴荣下令开始返回,害怕周军乘势北上,派遣使者日行七百里赶到晋阳,命令北汉皇帝发兵骚扰周朝边境,以分散周军兵力。北汉皇帝正要发兵,听说柴荣南下返归,于是休兵,也没有敢南下侵犯周朝边境。

柴荣乘坐龙舟南归,经过几天休息,病情略有好转。柴荣御驾北上后,下令凡供军之物及各地奏折,不得延误,一律快速送到他的跟前,他都及时批阅。由于生病,多日没有理政,军情奏报和各地奏章等公文堆积了很多。他强撑着坐起身,忽然看到四方进奏的文书中混有一只二三尺长的皮囊,因为和别的奏折不一样,显得很醒目。他拿起皮囊一看,见里面装着一段二尺多长的木牌,遂好奇地掏出来把玩开了:从木片的颜色看,是一块朽木,没什么值得用皮囊装起来的价值,怎么这样珍贵?这样想着,心中不由感到有些奇怪:朕的龙舟上一向很干净,怎么能有这样的东西? 奇怪的同时,又埋怨起赵匡胤来:你向来很细致,来的时候和朕一块儿坐在这龙舟上,怎么把这些东西混进奏折里? 他正准备扔到河里去,却发现木牌的另一面竟写着五个醒目的大字:点检做天子。他一下子惊呆了:此牌从何而来?寓意何在?他反复把玩着,一种不祥的预感袭上心头,暗忖:这是上天向朕示警,还是有人在点化朕? 朝中做都点检的就一个人,他是自己的妹夫张永德。难道他有篡位之心?他一直对自己言听计从,可谓死心塌地,我对他也没有不周之处,他怎么会⋯⋯在他不相信张永德会这样的时候,忽然想到了石敬瑭:他是后唐明宗的女婿,后来不是篡夺了唐明宗的天下,创立了后晋吗?今张永德也是长公主的夫婿,我柴荣又是太祖的养子,难道张永德过去的表现都是假象?难道他也想像石敬瑭那样篡夺我柴荣的天下?当初商议夺取幽州时,他曾经反对,难道⋯⋯左思右想,满腹狐疑,也不询问左右此木牌的来由,便将木牌仍旧收贮于囊中。

回京途中,柴荣满脑子都被这个木牌的事纠缠着,挥之不去,反反复复都在思考"点检做天子"这五个字：这是上天在冥冥之中提醒自己？这是谶语？谶语可信吗？如果不可信，从古至今，有很多谶语不是都应验了吗？秦始皇在位的时候，《录图书》内有"亡秦者胡也"五个字，秦始皇知道后，以为是北方胡人匈奴，于是修长城，派兵攻打匈奴，始终不知道"胡"就是指他的二儿子胡亥，最后确实亡于胡。东汉的第一个皇帝光武帝刘秀，是西汉第一个皇帝汉高祖刘邦的九世孙，因为父亲早死，兄弟几个由叔叔刘良抚养，但成为平民。有一次，刘秀和姐夫去拜访一个懂算命的人物蔡少公，蔡少公给他占了一卦说："刘秀当为天子。"后来刘秀真就做了天子。隋朝时有民谣《杨花落梨花开》说："桃李子，得天下；皇后绕扬州，宛转花园里。勿浪语，谁道许？"隋文帝杨坚以为是姓李的大臣要夺取他的皇位，虽然杀掉了大臣李浑、李敏，最后还是被李渊得了天下。看来，这个木牌上的几个字不能小视，张永德这个都点检必须罢免，不能再让他掌握军权。

　　五月三十日，柴荣回到京城。木牌的事让他夜不成眠：张永德是自己的妹夫，他真的会取代朕吗？木牌到底从哪里来的？是谁写的？开封至沧州一千多里，所有的奏折都要经过很多的驿站传递，各地的奏折也都是通过一个一个的驿站传递来的，是经谁的手，从哪里传到朕的龙舟上的？这个事要查一查！刚想下令盘查，又打住了：牵涉的人员太多，牵涉的驿站也太多了，怎么查？被查的人能承认吗？能查出结果吗？算了吧，不仅解决不了问题，反而会闹得满城风雨，还是秘而不宣为好。接着又想：如果免了张永德的殿前都点检，谁来接任为好呢？侍卫都指挥使、归德节度使李重进是自己的表兄，作战也很勇敢，但他和张永德关系不好，有一次张永德曾经密表李重进有二心。当时二将各拥重兵，众将都忧虑和恐慌。一日，李重进单骑到张永德军营，从容宴饮，对张永德说："我与公幸以肺腑俱为将帅，为何相疑若此之深呢？"张永德见李重进这样不计前嫌，认识到了自己过去的荒唐行为，向李重进认错，二人握手言和。如果这个时候用他，他们之间必定再生嫌隙，岂不让自己的妹夫和表兄相互猜忌和攻讦？朝中其他大臣岂不人人自危？李重进不能任这一职。接着，柴荣想到了李谷和赵匡胤：李谷为人厚重刚毅，能言善辩，王朴能荐士，李谷能知人，当是合适的人选。可是，王朴已经不在。平定南唐时，李谷的贡献很大，也能胜任其职。赵匡胤开始跟随太祖，从平定李守贞之乱，到拥立太祖即皇帝位，再到跟随自己参加高平之战和收复南唐，他都是一马当先，视死若归，战功累累。他们都很合适，但他们两人之间还是赵匡胤更合适一些：他弟弟赵匡义娶了符金锭，和自己是连襟，柴、符、赵这三家是亲戚，如果用他，会对自己更有利。想到这里，终于安静地进入梦乡。

柴荣虽然病情很重，却没有躺下休息，第二天，即六月初一，依然坚持上朝。

他看到昭义节度使李筠奏报进攻北汉的情况，说拔取了辽州，擒获辽州刺史张丕，很高兴。看到郑州奏报黄河在原武决口，立即下令，让宣徽南院使吴延祚征发附近县二万多民夫堵塞决口。

又处理了几分奏折，刚想歇息一下，南唐清源节度使留从效派遣使者入朝进贡，请求在京城设置进奏院，直接隶属朝廷。柴荣不顾身体不适，立即诏书回复说："江南新近归服，正在设法安抚，爱卿长久侍奉金陵，不可改变注意。倘若在京城设置进奏院官邸，同金陵相抗衡，接受你而拥有了你的泉州，罪过就在朕身上。爱卿远道而来进奉贡品，足以表示忠诚勤勉，努力事奉旧日君主，应该一切如故。这样的话，对于爱卿来说可以加深始终如一的情义，对于朕来说可以尽到安抚四方的义务，希望你通情达理，体谅朕的本意。"

第二天，南唐主派遣他的儿子纪公李从善与钟谟一道来到京城，入朝进贡。柴荣听说后，又坚持上朝，问钟谟说："江南也在操练军队进行战备吗？"

钟谟回答说："既已臣事大国，不敢再这样了。"

柴荣说："不对。昔日是仇敌，今日已成一家，我朝同你们国家的名分大义已经确定，保证没有其他变故。然而人生难以预料，至于后世，则事情更不可知晓。你回去后对你家君主说：可以趁着我在的时候加固城郭，修缮武器，据守要塞，为子孙后代着想。"

　　大臣们看到他们的皇上在这样的病情下还亲历朝政，心系百姓，无不感动得热泪涟涟。

　　连续几天的劳累，致柴荣病情加重，不得不停止上朝。

　　宰相范质看到这种情况，非常担忧，建议册立太子。柴荣知道范质的意思，可是，想到这一层却感到心里冷飕飕的：我才三十八岁，怎么就想到立太子？过去皇帝立太子，一是自己年老了，一旦自己辞世，由太子即位。二是儿子过多，早早地册立储君，就等于确定了皇位的继承人，以防日后生乱。立太子主要是以"立长、立嫡、立贤"为则。立长，所选的继承人，年纪足够大，防止由于皇帝年纪太小而过分依赖外戚，导致外戚专权。立嫡，所谓母以子贵，子以母贵，老妈家地位够高，当然更给力！立贤，就是哪个更贤能，就立哪个为太子，外戚惹不起，大臣惹不起。可自己没有三妻四妾的，不会有后宫之争，也没有太多的子嗣，宗训虽然弟兄四个，宗训才七岁，宗让才五岁多，熙谨、熙海都才一岁多，要立太子，不用说就是宗训。如果现在册立太子，不就是认为自己快不行了吗？我才三十八岁，怎么就不行了呢？柴荣想了两天，没有颁诏，他不是不想立柴宗训为太子，而是感到太可怕了。

　　柴荣认为休息几天就会好转，不料，到了夜里却头疼得难受，而且胸闷得老是喘气。

　　六月初九，他把符金环叫到跟前，忍不住泪下说："夫人，我真的不行了吗？"

　　符金环忍不住哭道："陛下，怎么会呢？你还年轻，天下和百姓都需要你……"

　　柴荣说："是啊，朕许下的'十年拓天下，十年养百姓，十年致太平'的宏愿还没实现，怎么能就不行了呢？"

　　符金环强忍泪水，既是安慰也是鼓励他说："陛下生逢乱世，国贫民弱，外敌四起，年少时即往来于南北各地贩卖茶叶和瓷器，你即善于理财，又深知民间疾苦，深受百姓爱戴。你即位不到十天便有北汉勾结契丹大举入侵，你不顾太祖未葬，力排众议，御驾亲征，大树国威。不久，重建京城，发展商业，善待文人,严惩贪官污吏,革故鼎新,视百姓为父母,罢黜正税以外的一切苛捐杂税。又兴修水利,疏通漕运,节约简朴,正大光明。你奉行人道,注重法制,对前四代法律重新修订,以人道措施对待犯人,还制定了完善的《大周刑统》……你五次御驾亲征中,三次亲征南唐,历时两年五个月,夺取江淮之间十四州六十县,南唐归服。这次北征,兵不血刃,收复三州三关十七县。你整顿骄将惰卒,南征北战,战无不胜。大邦畏你力,小邦怀你德,你当欣慰也。"

柴荣听了符金环的话,忍不住热泪盈眶,抓住她的手说:"朕没那么好,做的还不够。还有很多未竟的事业啊……

符金环哭道:"陛下,我懂你……"

柴荣定定地望了她一阵,说:"朕还有一个遗憾,这一生对不起的有两个人。"

符金环忙问:"陛下,我怎么没有听你说过?这两个人是谁?有什么需要我去弥补的?"

柴荣又是一串泪水流了下来:"可惜,你弥补不了……"

符金环不安地问:"为什么?相信我,我会尽心尽力的。"

柴荣说:"这两个人,一个是你的姐姐,一个是你……"

符金环忙摆摆手制止他说:"陛下,你怎么能这么说呢? 一日夫妻百日恩,夫妻之间当肝胆相照。孔子说过:朝闻道,夕死可矣。自和陛下结为夫妻那天,我明白了很多做人做事的道理,明白了什么是高尚,什么是富有,我很满足。"

柴荣用手重重地抓了一下符金环的手说:"你姐姐因为我,早早地离去。你刚刚为我生下两个儿子,他们都还幼小,我又要离你而去,你要受苦啊……"

符金环再也控制不住,放声痛哭说:"陛下……你……你不会的……"

柴荣再次重重地抓了一下她的手说:"你不要再哭了,再哭,我心里会更难受。把儿子叫来,我想他们……"

符金环答应着,急忙走了出去。不一会儿,她两手分别抱着柴熙谨和柴熙诲,柴宗训、柴宗让跟在她的身后,来到了他的面前。柴荣望着他们,笑了笑,问柴宗训说:"近来又读什么书?"

柴宗训忙回答说:"在读《论语》。"

柴荣点点头,说:"能给父皇背诵几句吗?"

柴宗训立即背诵道:"知者不惑,仁者不忧,勇者不惧。君子坦荡荡,小人长戚戚。夫子温良恭俭让以得之。夫子之求之也,其诸异乎人之求之与?"

柴荣听了十分高兴,连声说:"好、好、好。"然后又对符金环说,"朕要册封你为皇后。"

符金环说:"陛下还是以治病为重,别的先不要考虑。"

柴荣感到已经很累,没有再说什么。

显德六年六月九日,柴荣感到自己的病已不可救治,于是,颁诏册封符金环为皇后,立柴宗训为太子,加封为梁王,兼领左卫上将军,封柴宗让为燕公,兼领左骁卫上将军。

接着,柴荣把几位重臣召进宫中,打算任用枢密使魏仁浦为同平章事。有人认为魏仁浦不是从科举及第,不可以担任同平章事。柴荣说:"自古以来任用有文才武略的人作为辅佐,哪里全是从科举及第的呢?"

魏仁浦虽然处身权力要津,而能谦虚谨慎,柴荣性格严厉急躁,周围官员有违反旨意的,魏仁浦大多将罪过归于自己,来拯救他们,所保全救活的占十分之七八,所以,他虽然是出身于办理文书的小吏,大多数人都认为魏仁浦官至宰相是应该的,对他们来说并没有什么耻辱。

十五日,柴荣下诏:王溥加官为门下侍郎,与范质都参与主持枢密使院事务。任命魏仁浦为中书侍郎、同平章事,枢密使之职照旧。又任命宣徽南院使吴延祚为左骁卫上将军,充任枢密使;免去驸马张永德殿前都点检的职务,改任检校太尉、同平章事之职。改用赵匡胤为殿前都点检,兼检校太傅。

张永德被撤销了一切军职,觉得莫名其妙,不知道自己做错了什么,想问,考虑到柴荣已经病成这个样子,便没敢开口。

十九日,柴荣病情急剧恶化,于是,召范质、王溥、魏仁浦、赵匡胤等人入宫接受遗嘱,说:"诸君跟随朕南征北战,才有大周朝今日之天下,可是,天不助朕,恐怕朕不能和你们一起共事了。朕若一病不起,只能拜托各位辅助太子来完成拓天下、养百姓、致太平之大业了。我的后事也要像太祖那样,一切从简,不扰民,不修地下宫殿,不立石人、石兽什么的。太子年幼,皇后贤良,你们要善待他们,辅助他们治理好大周江山。"

赵匡胤首先顿首痛哭说:"请陛下放心,我们一定善待太子和皇后。"

柴荣听了赵匡胤的话,看看其他大臣。其他大臣也立即表态说:"请陛下放心,我等定不负你的付托。"

接着,柴荣迷迷糊糊中又想起了翰林学士王着,他不仅书法写得好,还是从前幕府的僚属,多次想用他为相,但又因他嗜好喝酒不检点而作罢。这是他多年埋藏在心中的愿望,这时,忍不住望一眼左右的大臣,说:"王着是我在藩镇府第的老人,应当起用他为相。"

范质见皇上这么说,立即答应,但却示意大臣们和他走出宫殿。到了殿外,范质对大家说:"王着终日醉生梦死,哪配当宰相? 想必是皇上病糊涂了,说的是昏话。我们不必遵循皇上的口谕,不要将这件事泄露出去。"

众大臣都表示一定会守密。

当天夜里,柴荣驾崩于万岁殿,年仅三十八岁。

符金环看到柴荣闭上了眼睛,一手扯着柴宗训,一手抱着柴宗让,号啕大哭道:"陛下啊陛下,你不爱其身而爱其民,以信念御群臣,以正义责诸国。江南未服,亲冒矢石,期于必克。既服,则爱之如子,推诚尽言,为之远虑。你英武贤明,宏观大度,无偏无党,王道荡荡,是一代英主啊! 你统一天下的美志不就,怎么如流星般划过天空,这么早就离开我们啊……陛下,你怎么舍得抛下我们母子,你怎么舍得抛下爱你的百姓撒手而去啊! 我恨你,我好恨你,我也不想活了……"

符金环哭着,以头碰地,痛不欲生。柴宗训跪在地上,一边喊着"父皇",一边喊着"母亲",嗓子都哭哑了。柴宗让不知道自己的父皇已经死了,看到母亲和哥哥这样,看着躺着的父皇,才意识到父皇死了,也"哇哇"大哭。柴熙谨和柴熙诲被侍女们抱着,也被哭声吓得"哇哇"大哭不止。

大臣们回忆着皇上昔日对他们的恩宠,视百姓为父母的情怀,和未竟的大业,看着他妻儿的悲伤,也都忍不住哭作一团,整个皇宫天摇地动。

符彦卿和夫人金氏、女儿符金锭及其他家人听说后,不顾深夜,也都来到了宫中,又是一片撕心裂肺的哀号。

第二天,范质作为第一宰相,按照柴荣的遗嘱,召群臣进殿,在万岁殿东侧楹柱前宣读皇帝遗诏,让柴宗训穿上龙袍,即皇帝位,依然沿用周太祖年号"显德"。柴宗训时年七岁,尊皇后符金环为皇太后,下诏由皇太后垂帘听政。范质、王溥、魏仁浦并相,执掌朝政,处理军国大事。安排就绪,于是,对外发表。

这时,魏仁浦想到柴荣皇帝对他的关爱,忍不住再次跪在灵柩前大哭道:"陛下处理政事,朝夕不倦,摘伏辩奸,多得其理。臣下有过,当面责之。驾驭豪杰,有过失者则明言之,有功者则厚赏之,文武参用,莫不感恩。你悯黎民之劳苦,每日思于康济,民无不感其德也。今日仙去,国之悲也,民之痛也!"

于是,从即日起,除丧葬事宜,一律辍朝,文武百官素服行奉慰礼,并祭告太庙,请回睿和皇帝郭璟、明宪皇帝郭谌、翼顺皇帝郭蕴、章肃皇帝郭简、太祖皇帝郭威的神主牌位奉于万岁殿。

京城百姓得知消息,停止一切娱乐活动,商铺歇业,家家关门闭户,纷纷涌向皇宫,到了皇宫外,跪在地上,哭声、哀乐此起彼伏。因道路堵塞未能到达皇宫附近者,则朝着皇宫,跪拜呼喊,日夜不息。

柴荣虽然限制建寺庙,但大批的和尚、道士、尼姑、道姑深感其德,身着法衣,手执法器,不断地吹奏、诵经,表示哀悼。

第十六章

垂帘听政

皇帝晏驾已经对外发丧,当务之急是处理丧事和殡葬事宜。如果柴宗训是成年人,能决断一切,什么事都好说,可是,柴宗训才七岁,所以,大臣们对朝政都很揪心,尤其是联想到梁、唐、晋、汉、周这五代闪电般的更迭,大臣们对周朝的前景更是担忧,神情都有些异样。范质、王溥、魏仁浦是柴荣皇帝的托孤大臣,柴荣又对他们恩重如山,所以,自柴荣病重后,尤其是发丧之后,都处处谨慎行事,尽心尽力,一丝不苟。

柴宗训虽然年龄幼小,但已经是皇帝,就要登上朝堂,坐在御座上听取大臣们的奏报、奏请和谏言,所有的作为都要由他下令颁诏才能实施。柴宗训尽管很聪明,但毕竟是一个才七岁的孩子,不要说治理朝政,就是丧葬的场面也没见过。太祖郭威晏驾时他虽然也在皇宫中,但那时他才一岁多,还不知道发生了什么事,如何处理的后事也没有什么记忆,如今朝中大臣们的名字虽然能叫上来不少,但是,都是什么官职,这些官职都是管什么的,都说不清楚。他只知道同平章事就是宰相,殿前都点检就是掌管军权的,其他的几乎都不大明白。但是,他已经是皇帝,他必须坐在皇帝的宝座上。

符金环由于过度悲痛,身体明显虚脱,加上从一个衣食无忧的年轻母亲一下子成为皇太后，并要登到朝堂之上，协助柴宗训处理国事，感到无所适从。自显德三年八月与柴荣结婚，柴荣南征北战，在京没有多少日子。中间她为柴荣抚养两个儿子，又怀孕和生下两个双胞胎儿子。这两个儿子才一岁零一个月，柴荣因病还京。她一边哺育孩子，一边守护柴荣，日夜操劳。被册封皇后仅十天柴荣即驾崩。现在又成了皇太后，一个没有做过一天官，没有料理过大事的她，却又要辅佐柴宗训料理国政，个中滋味，向谁倾诉？范质、王溥、魏仁浦都理解她此时的心情，又因为是第一次上朝，所以一块儿到寝殿去接他们母子。柴宗训也因为过度悲伤，昔日嬉笑不止的他也像傻了一般，神情呆滞。

范质走到他的跟前，帮他穿上龙袍，对他说："你现在是我们的皇上，你要坐在昔日先帝坐的位置上，听大臣们的奏报、奏请和谏言，一切大事都要由你下令才能办理。你要振作精神，正襟危坐，拿出威风凛凛的架势，这样，大臣们才尊崇你，惧怕你，才听你的诏令。"

柴宗训点点头，并抖了抖龙袍，瞪大眼睛，面容也严肃起来。范质浅浅地一笑说："对，就是这个样子。"

王溥对符金环说："太后，我们遵先帝遗诏，已经在御座的后面拉起一道帘子。上朝后你要坐在皇上身后的帘子后面，为皇上壮胆，不要让他怯阵，大臣们廷议的事，如何处理，由你决断，但要通过皇上的口下令。"

符金环说："这个我懂，只是今天有些紧张。"

魏仁浦说："日子长了就习惯了。"

说罢，柴宗训走在前面，符金环跟着柴宗训，范质、王溥、魏仁浦依次跟在后面，走向广政殿。符金环知道此时一定要摆出镇定自若的样子，不能让大臣们小视。他们从大门走向御座的时候，脚步都很有力，大臣们都很惊奇。他们拾阶而上，柴宗训直接坐在了龙椅上，太后符金环走到帘子的后面，也坐了下来。那帘子与柴宗训龙椅的后背距离很近，几乎挨着。

大臣们列队两边，都目不转睛地盯着御座上柴宗训的一举一动，惋惜者有之，不安者有之，忧虑者有之。也有人在悄悄地垂泪。

往日柴荣上朝时总先有一句话："众爱卿，有事请奏。"接着，有事者便开始启奏。柴宗训坐定了，大臣们也都等他说话，等了好一阵子，柴宗训却没有一句话。范质忽然意识到御座上现在坐的柴宗训，是他第一次坐在御座上，急忙救场，往前跨了一步，拱手施礼道："启禀陛下，先帝仙去，当下急需定下相关事宜，即由谁主持陵墓的修建，由谁负责祭奠时的礼仪，由谁负责卤簿（即仪仗队），由谁负责卤簿所需的旗伞，由谁负责置备酒食邮驿以供军用的顿递事宜，而后才能各行其职，稳妥进行。"

符金环在帘子后面对柴宗训说："你说：以爱卿之见当如何？"

柴宗训立即说："以爱卿之见当如何？"

范质说："臣身为宰相，愿担当修建陵墓的山陵使。臣认为，窦俨可为礼仪使，张昭可为卤簿使，边归说可为仪仗使，昝居润可为桥道顿递使。"

窦俨是晋天福六年进士，历仕晋、汉、周，屡任史官。显德四年，上疏陈述"礼、乐、刑、政、劝农、经武"治国六纲之言，被柴荣皇帝采纳。

张昭少年聪颖，七岁就能背诵古乐府、咏史诗一百多篇。不到二十岁，遍读《周礼》《仪礼》《礼记》《左传》《公羊传》《谷梁传》《诗经》《书经》《易经》九经，并能了解其中大义。后唐庄宗时，被举荐为府推官。后改任为驾部郎中，知制诰，撰修"皇后册文"，升为中书舍人，赐金紫。后又历任判史馆兼点阅三馆书籍，校正添补，礼部侍郎、御史中丞。草修《明宗实录》三十卷。晋天福二年改任户部侍郎、翰林学士。天福五年，张昭与他人续《唐史》，并设史馆，张昭为判院事。后汉初年，为吏部侍郎，乾佑二年被加封检校礼部尚书。周广顺初年被任命为户部尚书，他奏请设置临时考试科目"制举"，推举能直言极谏、详细吏治的人，不论官民与职业，都可应召，各州依照贡举的形式选拔。此建议被郭威皇帝采纳。显德元年被迁为兵部尚书。显德二年，又撰写《制旨兵法》，是有名的史学家。

边归说二十岁左右即以精通儒学而闻名，晋、汉、周三朝历任河东节度推官、秘书省校书郎、太原府推度、大理评事、监察御史、殿中侍御史、礼部员外郎、户部判官、水部郎中、右谏议大夫。柴荣即位后，知道他正直无私、高风亮节,提升他任尚书右丞、枢密直学士,不久转任尚书左丞。后来为解决长期以来朝纲不振的问题,又任命边归谠为御史中丞。

昝居润文章写得好,而且聪明过人,并因爱帮助人而出名。周初,经白文轲向太祖郭威推荐,任军器库使。后因跟随柴荣征高平有功,升为客省使,知青州。显德二年,昝居润跟从向拱西征秦、凤二州,为行营都监,战事平定后,知秦州,后历知凤阳、河中府。显德三年,升为客省使,代王朴知开封府。柴荣南征,为副留守。柴荣南征还京后,复命判开封府。显德四年,为宣徽南院使。

符金环知道这几个人的才识和为人,立即对柴宗训说:"准奏。"

柴宗训说:"准奏。"

于是,任命范质为修建柴荣皇帝陵墓的山陵使,窦俨为礼仪使,兵部尚书张昭为卤簿使,边归谠为仪仗使,昝居润为桥道顿递使。

范质想到自己身为宰相,虽然主管修陵,但还有很多事需要主政处理,修陵的事还需个助手,再次奏请,任命户部尚书李涛为山陵副使。

李涛是后唐天成初年举进士甲科出身,自晋州从事拜监察御史,迁右补阙。后晋天福初年,改为考功员外郎、史馆修撰。后汉皇帝刘知远起兵抵达洛河时,李涛从汴梁带百官表书迎接。刘知远问他自从契丹人离去后,京师财赋还剩下多少,李涛一一回答,十分具体。刘知远非常欣赏他,先给予嘉奖,接着命为他翰林学士。杜重威在邺州叛变时,刘知远命高行周、慕容彦超两将讨伐,但这两帅不合。李涛密疏请刘知远亲征,刘知远看后,认为他能够担任宰相,于是拜为中书侍郎兼户部尚书、同平章事。刘承佑继位后,杨邠、郭威共掌机密,史弘肇握兵柄,与武德使李业等中外争权,威福相争。李涛上疏请外派杨邠等外出镇守,以清理朝政。刘承佑不能下决定,求教于他的母亲李太后,而李太后则直接告诉了杨邠等人。于是,李涛反受杨邠排挤,被罢免宰相归家,杨邠却做了宰相兼枢密使。周太祖郭威率兵反汉后,太后仓惶落泪道:"当初不听李涛的进言,致使国家灭亡。"郭威建立周朝后,起用李涛为太子宾客,历任刑部尚书、户部尚书。

符金环知道李涛对国家的安危有预见性,对他很欣赏,就同意了范质的奏请。于是,柴宗训说:"准奏。"

接着,魏仁浦拱手躬身道:"启禀陛下,按照礼制,皇帝晏驾,需撰写谥号、庙号的谥册和下葬时的祭文,即哀册,还有关于皇帝生平事迹的谥议,此三项皆需要择定专人承担。"

柴宗训回头看看皇太后,符金环忙说:"按刚才回答范质的话说。"

柴宗训立即问魏仁浦:"以爱卿之见当如何?"

魏仁浦说:"臣下愿承担谥号、庙号拟定的责任。同时,臣认为王溥才华横溢,可撰写哀册,窦俨可撰写谥议。"

柴宗训又回头看看皇太后,是在问母后的意见。符金环想到这几个人都是柴荣的心腹,一定都能够写好,就对柴宗训说:"准奏。"

于是,柴宗训下诏:令中书侍郎、同平章事魏仁浦撰写谥号、庙号的谥册文,中书侍郎、同平章事王溥撰写颂扬功德、遣葬日所读的哀册文,翰林学士兼判太常寺窦俨撰写柴荣皇帝生平事迹的谥议文。

退朝后,各位大臣各尽其责,朝政井然。

然而,就在大臣们退朝后,忽然狂风骤起,一阵大风过后,瓢泼似的大雨一直下个不停,白昼如夜。从这天开始,大雨数旬不止。不仅京城如此,全国很多地方也都如此,先后有十六个州、郡派使者赴京奏报大雨连旬不止。朝野上下十分惊悚,都说柴荣皇帝不该这么早就仙去,是皇帝的作为感动了上天,上天也垂泪不止。有的说是上天错把柴荣皇帝收走,痛哭不止。

直至七月十八日,大雨几乎下了整整一个月天空才出现骄阳。十九日上朝后,王溥奏报说:"启禀陛下,先帝驾崩后,人心浮动,又大雨连旬,各地川渠涨溢,漂溺庐舍,损害苗稼,灾情严重,局势不稳。北部的北汉和契丹自先帝驾崩后多次骚扰边境,臣以为,京城周围当严加防范,以防不测。"

柴宗训已经被太后教会了遇到大臣的奏请、奏报和谏言时如何应对的话,忙说:"以爱卿之见当如何?"

王溥谏言说："臣以为当令重臣各职一方,以拱卫京城。"

柴宗训问他道："爱卿认为如何设防为好?"

王溥见太后和柴宗训都很信服他,就把他的部署和盘托出。于是,柴宗训根据王溥的意见,任命侍卫亲军都指挥使李重进兼领淮南节度使,防御南唐。副都指挥使韩通兼领天平节度使,防御开封东北面。殿前都点检赵匡胤兼领归德节度使,防御开封东面。山南东道节度使、同平章事向拱为西京洛阳留守,加检校太师、河南尹,防御开封西面。

二十三日上朝后,王溥首先启奏说:"启禀陛下,历代皇帝在登基、更换年号、立皇后、立太子等情况下,皆颁布赦令,除贪官污吏外,都赦免一批罪犯,以示仁政,叫大赦天下。臣以为,今皇帝即位,当效仿之,施恩四方。"

皇太后符金环认为很好,就示意柴宗训准奏。柴宗训立即下诏实行大赦。

接着,一大臣奏报说:"启禀陛下,南唐自从割让长江以北土地向大周朝臣服以来,每年按时上贡进献,国库储备空虚耗尽,钱币越来越少,而物价猛涨。礼部侍郎钟谟请求铸造大钱,一当五十,中书舍人韩熙载请求铸造铁钱。南唐主开始都不采纳,钟谟陈述请求不止,于是听从。当月,开始铸造一当十的大钱,钱上文字为'永通泉货'。接着,又铸造一当二的钱,钱上文字为'唐国通宝',与唐开元钱同时通行。请陛下定夺,是否准许。"

柴宗训听不懂什么意思,皇太后符金环也不知当如何处理。于是对柴宗训说:"让大臣共议。"

柴宗训说:"此事由大臣共议。"

大臣们纷纷纳谏说,先帝刚刚晏驾,很多大事尚待处理,不易招惹南唐,以稳定南方。皇太后符金环认为大臣们说得很有道理,现在知道这个情况即可,等安葬了先帝,稳定了大局,再做处置。于是,柴宗训说:"朕知道了,日后再议。"

赵匡胤听了,叹了一口气,心下说:南唐既然已经归顺周朝,怎么不事先奏报就擅自做主行事?这不是得知先帝晏驾,有意而为之吗?如果这样放任下去,岂不危险? 如果先帝在世,他们敢吗?

退朝后，符金环、柴宗训回到寝殿，柴宗让走到他们跟前撒娇，柴熙谨、柴熙海都还走不稳，由侍女抱着，可能是饿了，也可能是想母亲了，看到符金环，一起"哇哇"地哭起来。符金环看到眼前的四个孩子，想着朝中的大事，不由暗自落泪：我一个女人家，跟前既有嗷嗷待哺的孩子，又要垂帘听政，我能受得了这个苦吗？当她想到吃苦的时候，想到姐姐那祈求的眼光，想到了柴荣临终前那再三的嘱咐，不由爱恨交加：如果不担当起这份责任，既对不起姐姐，也对不起先帝，更对不起大周朝的臣民。可是，柴宗训年纪太小了，一切要由她来决断，这个太后的担子太重了。

想到这里，符金环禁不住想到了历史上几个幼年的皇帝：最小的皇帝是东汉的殇帝刘隆，刚生下来一百多天，和帝去世。按照传统，继承皇位应是和帝的长子刘胜。但刘胜有病，多年不愈。故先立刘隆为皇太子，接着在当天夜里，襁褓中的刘隆正式即皇帝位。邓皇后也升称为邓太后，临朝听政。比起邓皇后，自己又好多了。西汉昭帝刘弗陵即位时只有八岁，比柴宗训仅仅大了一岁，强不到哪里。想到汉昭帝，正痛苦的她又高兴起来：始元元年春二月，八岁的汉昭帝看到黄鹄下太液池，立即作了一首《黄鹄歌》诗："黄鹄飞兮下建章，羽肃肃兮行蹌蹌，金为衣兮菊为裳。唼喋荷荇，出入蒹葭，自顾菲薄，愧尔嘉祥。"根据柴宗训现在的才气，他才七岁就能背诵那么多唐诗和《论语》名句，要他像汉昭帝那样八岁作诗是没问题的。正高兴着，又想到前朝十八岁即皇帝位的汉隐帝刘承佑：刘知远临终前托孤于朝中几位大臣，可是，这几位大臣除周太祖郭威以外，都依仗权势不把刘承佑放在眼里，如今朝中的大臣会怎么样对待柴宗训呢？现在还没有看出谁有什么异常，以后呢？想到这里，又想到眼前几个幼小的儿子，符金环不由担忧起来，禁不住心乱如麻。

她正不知如何是好，符金锭来到了这里。符金环忍不住跟符金锭倾诉了一番苦衷和忧虑。符金锭听了，忙说："历来皇帝年幼都容易被大臣挟持，你现在垂帘听政，遇事能够决断，几位大臣也很尽心尽力，日子长了会是什么样，很难预见，因此，你不可掉以轻心。我认为，应该依照过去皇帝、太后的做法，给柴宗让、柴熙谨、柴熙海封上官位，以壮皇威。前几朝几代皇帝都尊崇父亲，如今父亲为大周朝守卫北方，也应显示一下尊崇之意。"

符金环钦佩地望了符金锭一眼说："没想到妹妹想得这么周全。"

符金锭又说："等过了这一段时间，也应给赵匡义封个官衔，好让他为大周朝尽力。"

听了符金锭这句话，符金环忍不住笑起来："这样更周全了。"

八月十七日上朝后，柴宗训颁诏：柴宗让加检校太傅，进封曹王，改名柴熙让，食邑三千户；柴熙谨拜光禄大夫、检校太保、右武卫大将军，封纪王，食邑三千户；柴熙海拜金紫光禄大夫、检校司徒、左领卫大将军，封蕲王，食邑三千户。天雄军节度使、检校太师、守太傅兼中书令、魏王符彦卿加守太尉。

赵匡胤听到这里，心里有点酸酸的：我跟随太祖和柴荣出死入生，也才弄了个殿前都点检，他们都还是幼儿就封王了，看来当皇帝就是好。想到这里，禁不住想到了投奔太祖郭威前，在襄阳古寺遇见空空和尚的情景：空空和尚指点他去大名投奔太祖时，曾经赠送他一幅用黄绢绘制的大唐地图，他曾经雄心勃勃地在黄绢地图的右上方书写了"汉唐今何在？承者赵匡胤"十个字。想起空空和尚给他的这幅大唐地图和自己在上面写的字，心里禁不住叹息说：宏志早已立，不知道什么时候能实现！

当天晚上，赵匡胤想到赵家与符家已经是亲戚，何不利用这层关系，在朝中提升一些自己的故交？这些故交被提升了，哪一个不感激自己？日后用着的时候岂不一呼百应？于是，就与弟弟赵匡义一起，带上符金锭，以看望几个孩子的名义，一块儿到了皇宫。此时，柴宗训在读书，柴熙让在自己玩耍，符金环正在为柴熙谨、柴熙海两个才一岁多的儿子喂奶。符金环听说赵匡胤和赵匡义、符金锭来了，忙把柴熙谨、柴熙海递给侍女，整整衣服，到了大堂。

尽管在朝堂上大家正襟危坐，现在是到了家里，两家又是亲戚，自然就轻松多了，说话也随便。

客套了一番后，赵匡胤对符金环直言道："太后，皇帝年幼，朝臣多有猜忌。

你的几个儿子都封了王,为何不借此机会多提升一些人,让更多的大臣都能体会到皇帝的恩宠,让更多的人为大周朝卖命?"

符金环听了这话,想了想,感到赵匡胤的话很有道理,心里说:赵匡胤一直是先帝器重的大臣,临终前又把军权交给了他,两家又是亲戚,他又是执掌护卫皇帝的禁军首领,他一定会为大周朝着想,一定会对大周朝忠心不二,不采纳他的谏言还采纳谁的?但是,由于过去对大臣们了解不多,不知道哪些大臣有哪些超人之处,便忙问他有哪些人需要重用,给予什么职位合适。

赵匡胤忙说:"眼下殿前司一直空缺殿前副都点检一职,当补上。"

符金环问他道:"补谁为宜?"

赵匡胤说:"以微臣之见,慕容延钊最佳。"

符金环又问他说:"慕容延钊战功如何?"

赵匡胤立即介绍说:"慕容延钊,字化龙,太原人,开州刺史慕容章之子,汉初从军。柴荣皇帝即位后为殿前散指挥使都校。显德元年高平之战中,引军出战北汉军,突袭获胜,以功升虎捷左厢都指挥使,迁殿前都虞侯。显德五年,跟从先帝征淮南,大破南唐军,迁殿前副都指挥使、领淮南节度使。"

符金环问:"还有哪些职位空缺?"

赵匡胤忙答:"殿前都虞侯一职还空缺。"

符金环忙问:"谁来担任此职为宜?"

赵匡胤说:"王审琦。"

符金环没在问,看着他,等他介绍。

赵匡胤忙介绍说:"王审琦,辽西人,后迁居洛阳。曾经跟随太祖平定李守贞,因功任厅直左番副将。广顺年间,历任东西班行首、内殿直都知、铁骑指挥使。后随先帝北伐刘崇,南征淮南,历任东西班都虞侯、铁骑都虞侯、本军右第二军都校、勤州刺史、散员都指挥使、控鹤右厢都校、铁骑右厢都校。"

赵匡胤介绍了空缺的职位,又说:"韩令坤这个人也应委以重任。"

柴宗训听了一会儿,想到自己是皇帝,忙正正衣冠,模仿母后的样子,声音很高地问他说："韩令坤有何战绩？"

赵匡胤对柴宗训用这样的口气跟他说话，感到心里很不爽，但还是立即回答说："韩令坤是磁州武安人。广顺初，任铁骑散员都虞侯，控鹤右第一军都校、领和州刺史。世宗即皇帝位时，授殿前都虞侯。高平之战有功，为龙捷左厢都虞侯、领容州团练使。从征淮南时，在攻取扬州、泰州后，加检校太尉，领镇安军节度使。他从征南唐、北击契丹，均有功勋。"

赵匡胤介绍了这几个人后，又特别介绍石守信、高怀德说："石守信是开封浚仪人，曾经跟从先帝征晋阳，在高平遇敌力战，迁亲卫左第一军都校。师还，迁铁骑左右都校。从征淮南时，下六合，入涡口，克扬州，遂领嘉州防御使，充铁骑、控鹤四厢都指挥使。从征关南，为陆路副都部署，以功迁殿前都虞侯，转任都指挥使、领洪州防御使。高怀德，其父高行周，太祖建周朝初，召怀德为东西班都指挥使，领吉州刺史，后改铁骑都指挥使。太原刘崇进犯周朝边境，世宗皇帝以高怀德为先锋，因他战功突出，迁为铁骑右厢都指挥使。后又随世宗皇帝征淮南，又因功迁为龙捷左厢都指挥使，领岳州防御使。因此，臣认为应当重用。"

赵匡胤在介绍这些人时，却没有说石守信是他赵匡胤的结拜兄弟，慕容延钊是他儿时在洛阳的旧友，也是结拜兄弟。在介绍了这些武将后，赵匡胤又对几个与自己关系特殊的文臣作了一番介绍。首先赞美赵普说："赵普，字则平，祖籍幽州蓟州，后唐时期，幽州主将赵德钧连年征战，家国不宁，赵普之父赵回不堪战乱，率领全族人迁居常州，晋天福七年又迁居洛阳。赵普为人忠厚，寡言少语，镇阳豪门大族魏氏把女儿嫁给他为妻。显德三年先帝南征时，赵普曾经跟随作战。先后为永兴军节度使从事，滁州、渭州军事判官，同州、现在是我的推官、掌书记，很有谋略。"

接着，赵匡胤又介绍几个人说："我部下王仁赡年轻时风流倜傥，先在刺史刘词门下做事。刘词升任永兴节度使时，任命王仁赡为牙校。刘词临终前，留下遗表向朝廷推荐王仁赡有才能可以任用。臣为殿前都点检时，听闻王仁赡的名气,便向先帝举荐,将王仁赡收用在军中。臣认为王仁赡也可重用。"

符金环问他说:"你想怎么用他?"

赵匡胤忙说:"臣认为他担当节度掌书记最为合适。"

接下来,在文臣方面,还对幕僚中的楚昭辅、李处耘等一批他的智囊人物介绍了一番。楚昭辅,字拱辰,宋州宋城人。年轻时在永兴军节度使刘词帐下任职。显德元年七月,刘词去世后,楚昭辅转而侍奉赵匡胤,甚得赵匡胤的信任。李处耘字正元,潞州上党人,生性勇武,尤善射箭,他还未成年,一个人保卫里门,射杀十几个士卒,其他的士卒不敢进攻。显德二年,李处耘到镇守河阳的李继勋手下任属官。有一次李继勋举行宴射,李处耘接连四发中的,李继勋大为奇异,立即下令升堂礼拜他的母亲,不久让他掌管黄河渡口。李处耘对李继勋说:"这个渡口来往的人中恐怕有奸细,不可不察。"几个月后,果然捉到契丹间谍,发现他们身上有写给西川、江南的蜡书,李继勋就派李处耘把间谍押送到朝廷。柴荣任命赵匡胤为殿前都指挥使时,让李处耘在赵匡胤的军中,补任都押衙,从此成为赵匡胤的亲信。

赵匡胤和符金环议了很多人,却没有提到赵匡义。赵匡义在一边肚子憋得鼓鼓的:你这个哥哥,只说你自己的事,却不管我这个弟弟,如果不是我和符金锭成亲,符、赵两家哪会是亲戚?他刚想张口提要求,忽然想到:如果不是哥哥托张永德保媒,自己怎么能成为符家的女婿?怎么能与柴荣皇帝连襟?怎么能成为太后的妹夫?怎么能成为皇亲国戚?于是,也不再说什么。符金锭看着他的神情,知道他在想什么,但也没有敢说出来,因为赵匡胤和姐姐一个是大臣,一个是皇太后,他们谈论的是军国大事,再说,赵匡义还没有什么出人头地的地方,姐姐又是愁肠百结的时候,也不好意思把提升赵匡义的意思说出来,相信以后会有机会。

次日上朝,符金环和柴宗训先跟范质、王溥、魏仁浦议了议赵匡胤的谏言。三位宰相想到符、赵两家是亲戚,也没有对赵匡胤想要提升的这些人提出异议,只是为了稳固大周江山,又介绍了一些应该提升的人。

　　于是，太后符金环授意，柴宗训立即颁诏：以邢州节度使王仁镐为襄州节度使，进封开国公；以侍卫步军都指挥使、曹州节度使、检校太保袁彦为陕州节度使、加检校太傅；以右羽林统军、权知邢州事、检校太保李继勋为邢州节度使，加检校太傅；以滑州留后、检校太保陈思让为沧州节度使；以侍卫马军都指挥使、陈州节度使、检校太傅韩令坤为侍卫马步都虞侯，依前陈州节度使，加检校太尉；以虎捷左厢都指挥使、岳州防御使、检校司徒高怀德为夔州节度使，充侍卫马军都指挥使、检校太保；以虎捷左厢都指挥使、常州防御使、检校司空张铎为遂州节度使，充侍卫步军都指挥使、检校太保；以郓州节度使、充侍卫马步军都指挥使、检校太傅、兼侍中；以李重进为淮南节度使、检校太尉、兼侍中，依前侍卫马步军都指挥使；以襄州节度使、检校太尉、同平章事向拱为河南尹，充西京留守，加检校太师、兼侍中；以宋州节度使、充侍卫马步军副都指挥、检校太尉、同平章事韩通为郓州节度使；以澶州节度使、检校太尉、同平章事、附马都尉张永德为许州节度使，进封开国公；以淮南节度使兼殿前副都点检、检校太保慕容延钊为澶州节度使、检校太傅，依前殿前副都点检，进封开国伯；以殿前都指挥使、江州防御使、检校司空石守信为滑州节度使、检校太保；以散员都指挥使、控鹤右厢都校、铁骑右厢都校王审琦为殿前都虞侯；以王仁赡为节度掌书记；以虎捷左厢都指挥使、常州防御使、检校司空张令铎为遂州节度使，充侍卫步军都指挥使、检校太保。

　　八月十八日上朝，翰林学士、判太常寺事窦俨首先奏报："启禀陛下，臣拟写的大行皇帝的谥号已经完稿，为'睿武孝文皇帝'，庙号为'世宗'。请陛下过目，定夺。"

　　柴宗训听不懂是什么意思，忙转身问太后："母后，孩儿不懂。可否？"

　　符金环说："我也不懂，让他给解释一下。"

　　柴宗训问窦俨道："你又称大行皇帝，又称睿武孝文皇帝，朕都听糊涂了，给朕解释一下。"

　　窦俨说："大行皇帝是在皇帝去世后至谥号、庙号确立之前，对去世皇帝的正式称谓，'行'是离去的意思，'大行'就是永远离去的意思。大行皇帝的谥号、庙号一旦确立，就改以谥号、庙号来作为他的正式称号。睿武孝文即睿智、勇武、大孝、文治。世宗，即守成令主、一世之宗的意思。"

柴宗训又问："守成令主什么意思？"

窦俨道："回陛下，守成令主就是守着祖宗打下的江山，承继前辈的传统并使之显赫盛大。"

太后符金环听了，在后面忍不住笑起来。柴宗训知道母后很满意，于是，大声说："准奏。"

接着，山陵使范质奏报说："启禀陛下，臣已为大行皇帝的皇陵拟定好名称，并已写下来，请陛下过目。"

范质说着，把奏折呈送到柴宗训面前。柴宗训打开一看，只见上面写着：庆陵。柴宗训忙问："为何称庆陵？"

范质忙给他解释说："先帝在位时间虽短，仙去时年仅三十八岁，但是，臣尽观这几十年的五代十国风云，认为他是最英明的君主。他五年多所做的事，是其他帝王十年乃至二十年所不能做到的。他勤政爱民，胸襟宽广，情怀高尚，将世代称颂。《尚书》中有这样一句话：'一人有庆，兆民赖之，其宁惟永。'一人，特指天子。庆，善也。兆，万亿，极言其多，兆民指广大民众。意思是：天子有善，广大民众共享其利，则可以获得长久的安宁……"

没等范质说完，符金环就赞道："很好。"

于是，柴宗训道："准奏。"

十月二十日，哀乐齐奏，柴荣灵柩出万岁殿，从皇宫起驾，前往新郑。兵卫以甲盾居外为前导，乐队随之，之后是灵柩，接着是符金环与柴宗训的车驾。文武百官皆身穿素服。仪仗举旗伞，列队两边。

柴荣灵驾离开皇宫时，天空忽然飘起雪花。那雪花很大，很白，飘飘摇摇，似垂手顿足，似撕心裂肺，如泣如诉。雪花落在每个送葬者的身上，不肯落到地上，并化成一滴滴水，好似符金环和柴宗训的泪水。

京城百姓得知消息,不顾雪花飘洒,纷纷走向灵驾必经之路,跪在路边,手举自制的旗伞,如丧考妣,大声哭喊不止,然后随灵驾哭送京城外几十里。符金环与柴宗训坐在车上,看到百姓对世宗皇帝如此的敬仰,想着大周的江山和黎民百姓,泣不成声。

十月三十日,柴荣的灵驾到达新郑,然后缓缓走向圣神恭肃文武孝皇帝郭威陵墓——嵩陵之侧。

十一月初一,安葬仪式隆重举行。葬礼由礼仪使窦俨主持,卤簿使张昭先宣读谥册:谥柴荣皇帝为"睿武孝文皇帝",庙号为"世宗",陵曰"庆陵"。接着,王溥宣读哀册道:

> 皇皇大周,乔乔盛世。南破九合,北伐八荒。伟哉世宗,戍边定方。受命于天,帝业永昌。时不假年,追思高阳。羲昊迄今,尧舜以降。明君止兮,显德汪洋!享祚冲折,万载国殇。

仪式结束,由礼仪使把谥册、哀册跪奠于世宗皇帝柴荣的印玺之西,这才封土埋葬。

当世宗皇帝的灵柩被封土的那一刻,符金环、柴宗训又是一阵呼天唤地的哀号。符彦卿及其兄弟、儿子,还有符金锭,也都再次大放悲声,所有大臣和附近赶来送葬的百姓也都哭声一片。

第十七章

风云突变

世宗皇帝没有安葬的时候，大臣们都因为感恩于他，总以为柴荣皇帝还在他们的身边，朝政之事无不勤勉。安葬结束，都感到好像少了什么，没有了依靠，变得无所适从，上朝时无精打采。也可能是因为进入了寒冬，皇宫忽然变得异常生冷。

皇宫生冷，赵匡胤的宅第也不暖和。这天傍晚，赵匡义因为没有得到官职，正与符金锭喋喋不休地闹别扭，一再说："朝中提升了那么多的人，我是皇太后的妹夫，皇上的连襟却没有给个一官半职，这让我有何面目出入皇宫？"

符金锭劝他说："现在提升的都是有功之臣，等你立功了，太后不会忘记你的。"

赵匡义不服气道："柴熙让、柴熙谨、柴熙诲都还是个孩子，有何功何德？怎么都封王，还食邑三千？"

符金锭白了他一眼说："皇帝给自己的子嗣和弟弟封王是历朝历代形成的规矩，你不应该不悦。"

赵匡义说："看来当皇帝就是好，一人得道，鸡犬升天。"

符金锭面露怒色说："我们一块儿去太后家，你哥哥举荐了那么多人，不是也没举荐你吗？你为何不对你哥哥发怒？"

赵匡义自知理屈，顿时无语。停了一会儿，又发怒说："你们都小瞧我！"

符金锭反驳他说："我什么时候小瞧过你，如果是那样，我怎么会嫁给你？"

赵匡义自知失言，脸红道："我没有说你，是说他们。"

符金锭不悦地说："一时一点的得失就如此计较，怎么能是大丈夫的气概？"

赵匡义听符金锭这么一说，半天没有说出话来，最后说："你对我好，我不会忘记的。战国时范雎说过：一饭之德必偿，睚眦之怨必报。我就不相信没有崭露头角的那一天。"

符金锭还要说他什么，想到他正是心里窝气的时候，只得作罢，等以后再说。

赵匡义的话被在院内散步的赵匡胤听到了，赵匡胤不好意思到他们那里，而是让母亲把他叫了出来。

赵匡义到了母亲的房间。赵匡胤问他说："你刚才在说什么？"

赵匡义看了看母亲，不敢说。赵匡胤教训他说："你初到京城不久，才二十多岁，又是太后的妹夫，说话怎么不知高低深浅？一个想做大事的人，要深谋远虑，喜怒不形于色，你这样怎么能行呢？"

杜氏夫人说："你哥哥跟过两朝皇帝，是个跌打滚爬过的人，现在朝中又身居要职，遇事可多向他请教，不得妄言。"

他们正说着，大门口传来一阵敲门声。赵匡胤打开门一看，原来是赵普来到了他们宅第。赵普朝周围扫了一眼，急忙进了院子，

赵普年长赵匡胤五岁，因为他们都姓赵，又被赵匡胤的父亲赵弘殷视为本家，赵匡胤对他都是以兄长相称，两人亲如兄弟。赵匡胤多次向赵普畅谈远大抱负，赵普也对赵匡胤无话不谈，经常为赵匡胤如何领兵、如何辅佐世宗并能得到世宗的欢欣，献计献策，赵匡胤遇事总向他请教，礼让三分。他们常常在一起谈论国政，相互从不避讳。所以，赵匡胤看到他，十分喜悦，一边让座，一边沏

茶。茶沏好，亲自端到赵普面前，说："老兄许久没有到寒舍来了。"

赵普笑笑说："世宗晏驾，知道你国事繁忙，所以来得少了。如今世宗已经安葬，朝臣都对军国大事一片迷茫，所以，特来一叙。"

赵匡胤赔笑道："莫非老兄有了治国安邦大计？"

赵普想说，却欲言又止，而是吟咏起白居易的《折剑头》来："拾得折剑头，不知折之由。一握青蛇尾，数寸碧峰头。疑是斩鲸鲵，不然刺蛟虬。缺落泥土中，委弃无人收。我有鄙介性，好刚不好柔。勿轻直折剑，犹胜曲全钩。"

赵匡胤大笑说："老兄从来没在这里背诵过唐诗，今天是怎么了？"

赵普没有笑，正色说："兄弟本是一把宝剑，今日却屈居在都点检这个职位，就像一把被折的剑头，落在泥土中无人收起。但不要轻视那折断了的直剑，它比弯曲的全钩还要强硬！"

赵匡胤以为他在夸赞自己，忙说："谢谢老兄抬爱。"

赵普没有在意赵匡胤说什么，又吟咏起元稹的《和乐天折剑头》："闻君得折剑，一片雄心起。讵意铁蛟龙，潜在延津水。风云会一合，呼吸期万里。雷震山岳碎，电斩鲸鲵死。莫但宝剑头，剑头非此比。"

赵匡胤不知他今天何以诗情大发，并一直"谈剑"，再次报以大笑。

赵普没有笑，却叹息说："太祖和世宗在近代堪称最英明的君主，可惜天妒英才，一个在位三年，一个在位五年半，如今皇帝年少，太后涉世不深，身后又有几个嗷嗷待哺的幼儿，大周危矣。"

赵匡胤静静地瞅了他一阵，忍不住问："老兄何出此言？"

赵普摇摇头："汉高祖刘知远在位两年，临终托孤于杨邠、王章、苏逢吉、郭威、史弘肇等大臣，最后……"

赵普说到这里故意停下来。赵匡胤说："汉朝灭，都怪刘承佑与舅舅李业只知道嬉戏，昏庸无能，又厌恶那些大臣掌权执政……"

赵普打断他说："谁能保证少主以后不会这样？"

赵匡胤也打断他说："如果不是刘承佑杀害苏逢吉、郭威、史弘肇全家，何以引起太祖造反？"

赵普反问他："刘承佑何以杀害苏逢吉、郭威、史弘肇全家？"

赵匡胤说："那是这些大臣争权夺利，相互攻讦……"

赵普打断他说："刘承佑即位已是十八岁，尚且这样，如今少主才七岁，谁能保证这些托孤大臣不会重蹈汉朝的覆辙？"

赵匡胤一时无语。

赵普又说："谁能保证少主不会像刘承佑那样最后对托孤大臣下狠手？"

赵匡胤看了看赵普，不知道他要说什么。

赵普接着说："历史上幼主即位的不少，但没有一个有好结局的。东汉的殇帝刘隆即位后，邓皇后也升称邓太后，临朝听政，但仅做了八个月皇帝。秦王子婴，仅做了四十六天秦王。刘承佑十八岁即位，其结果……"

赵匡胤说："秦始皇十三岁即王位，三十九岁称皇帝，统一天下……"

赵普说："秦始皇那是孤例，但是，多数都被篡权。"

赵匡胤忙问："这样的话，将如何是好？"

赵普说："纵观历史和梁、唐、晋、汉、周这五代，莫不是拥有军权者得天下。现在是英雄的时代，《隋书·元胄传》有言道：兵马悉他家物，一先下手，大事便去。"

赵匡胤终于明白赵普要他干什么，既激动又不安地说："太祖和世宗都对我恩重如山，我怎么能……"

赵普说："少主被取代是早晚的事，你也是胸怀大志之人，若不先下手，恐怕要屈居别人之下。"

赵匡胤问："如何为之？"

赵普笑了笑："你现在军权在握，副点检慕容延钊、殿前都指挥使石守信、殿前都虞侯王审琦、侍卫马军都指挥使高怀德等人及驻守在淮南扬州的韩令坤，都是你的结义兄弟。京城中只剩下副都指挥使韩通不是你的兄弟，但，他势单力薄，不足为惧。"

赵匡胤说："太祖和世宗待我甚厚,我若乘人之危起兵,大逆不道也。"

赵普说："我说让你先下手,并非让你像刘承佑那样去杀人。"

赵匡胤不解道："那又如何为之?"

赵普说："你和太祖曾经参加平定李守贞,李守贞是如何做的?你和几位大将拥立太祖郭威,你们是如何做的?"

赵匡胤激动起来："你是说让我也像李守贞和太祖那样黄袍加身?"

赵普笑而不语。

赵匡胤说："李守贞是谋反叛乱,太祖起兵是因刘承佑诛杀大臣及其全家,太祖被黄袍加身是大家看到只有太祖才能为天子,他又是真心想匡扶天下,强国富民……"

赵普举起拳头,击案说："你不是早有匡扶天下之志吗?我不是想叫你早日强国富民吗?"

赵匡胤叹气说："太祖和世宗及如今的皇上和太后都对我那么倚重,符彦卿视我如子,符、赵两家又都是亲戚,柴荣皇帝又刚刚安葬,我怎么能忍心去杀害他们?如果那样,我即使得了天下,岂不是万世恶名?"

赵普讥笑道："我们为什么要先杀他们呢?我们只是胁迫他们禅位与你。只要符金环让柴宗训让位与你,你做了皇帝,以后天下岂不是任你摆布?"

赵匡胤摇摇头："虽然不杀,也是乘人之危,夺权于孤儿寡母,于情于理,实在是离经叛道……"

赵普愤愤地说："现在这世道,国不国,家不家,战火连天,哀鸿遍野,到处都在流血,遍地都是横尸,哪里还顾得那么多?天下历来都是强者的,谁强,谁下得了狠手,天下就是谁的,所以,我劝你及早动手,不然就会寄人篱下,甚至有杀身之祸。"

赵匡胤担心地说："我母亲和孩子都在京城,如果我这样做,范质、王溥、魏仁浦和少主像刘承佑那样杀我全家怎么办?"

赵普胸有成竹地说："这事还不好办。"

赵匡胤猜测说:"先把家人转移到京城外怎么样?"

赵普讥笑道:"这不是此地无银三百两,不打自招?"

赵匡胤说:"那样的话,我只有破釜沉舟了?"

赵普刚要说什么,这时,在外面听了半天的赵匡义走进来说:"哥哥不用担心,柴宗训不谙世事,符金环心地善良,不会下令杀人。"

赵匡胤还是不放心,说:"太祖家人被杀了,但那时太祖在外,还有养子和驸马张永德、外甥李重进,我们呢?我们全家都在京城,如果只剩下我们弟兄两个,我们即使得了天下,还有什么意思?"

赵匡义一时语塞。停了一会儿又自信地说:"他们不会杀符金锭吧?符金锭刀子嘴豆腐心,也不会让他们杀我们家人的。"

赵匡胤又问赵普:"现在京城风平浪静,一片祥和,我以什么理由起事呢?"

赵普把嘴附到赵匡胤耳边,耳语道:"北汉对周朝恨之入骨,世宗兵不血刃收复契丹三关三州十七县,契丹主也对周朝恨之入骨,他们多次联兵南侵,我们不妨借他们对周朝的仇恨大做文章,乱中取之。"

赵匡胤激动地站了起来:"怎么乱中取之?"

赵普笑笑说:"我已深思熟虑:几个月前因为水灾,朝廷已把兵力都放在了京城的外边,京城兵力有限。新年即将到来,朝野上下都会忙于迎接,我想,我们借此机会,秘密找人从北边谎报军情,说北汉和契丹联兵南犯,皇帝必派你领兵迎敌,到时候我们就可以来个瞒天过海,领兵出京。然后,我在军中为你煽动群情,让几位近臣拥戴你做皇帝。你则装作被逼无奈之状,这样,你就可以做出顺民意之态取天下,岂不是完美无缺?"

前前后后,赵匡胤不是不懂赵普的话意,也不是没有取天下之心,当初在世宗的龙舟里放置那个木牌就是要柴荣对张永德生疑,以罢黜张永德的军权,然后取而代之,为以后做铺垫。他没有想到柴荣这么早就驾崩,机会来得那么快。柴荣还没有安葬时他就在日夜谋划,只是总感到心惊肉跳,良心不安,迟迟没有行动。赵普说那么明显他之所以装糊涂,是没想到要这么早就行动,是还没有考虑成熟怎么行动,也是有意让赵普能献一个万全之策。所以,等赵普说完,他已十分欣喜。

赵匡义不知哥哥赵匡胤是如何一步步谋划的,自恃才高地说:"近日我就在京城四处鼓动,说少主年幼,天下将倾覆,以乱人心,届时就顺理成章了。"

赵匡胤望着他,微微一笑说:"匡义已是一个会做事、有谋略的人了。"

赵普见要说的都说了,此行的目的已经达到,于是起身离开了赵匡胤的宅第。

没有几天,朝中流言四起,进而扩散到整个京城,都说皇帝年幼,太后仁慈,如果没有一个有远大志向,又能主宰乾坤之人,天下必定大乱。流言传到皇宫,符金环不由忧心忡忡。这正是她所担心的,她害怕人们这样认为,这样议论,因为长此下去,人心一乱,后果将不堪设想。同时,西南部边境传来消息:蜀国屡犯边境,南唐也不再按时朝贡。为了扭转这一局面,她要先做出几件实事:先出兵蜀国,以振国威,再威慑南唐,以防南方生乱。

就在她将要发兵讨伐蜀国时,从蜀国传来消息:蜀国发生内乱,因惧怕周朝讨伐而撤军。原来,几年前柴荣下令进攻秦州、凤州时,蜀国人心惶惶,都官郎中徐及甫以有雄才大略而自负,暗中勾结党羽,阴谋拥立前蜀高祖的孙子少府少监王令仪为君主来发动叛乱。后来因为周军撤退而放弃拥立王令仪。如今又听说周朝将再次攻蜀,徐及甫想再次行事时,被他的同党告发,蜀主拘捕了徐及甫,徐及甫自杀。十二月二十三日,蜀主又赐王令仪自杀。

得到这一消息,符金环立即让柴宗训迁窦仪为兵部侍郎,出使到南唐,以行使南唐主人的权力。

窦仪领命到南唐后,适逢天下大雪,南唐主准备在廊檐下接受诏书。窦仪说:"使者奉持诏书而来,不敢有失从前旧礼。倘若害怕雪花沾上衣服,那就等待他日。"南唐主不敢得罪窦仪,只得在殿前庭院拜受诏书,南唐对大周称臣依旧。

前一个时期,南唐暗中与契丹勾结,准备联兵进攻周朝,恰在这个时候,契丹主派遣他的舅舅来到了南唐。南唐泰州团练使荆罕儒怕事情暴露,夜晚在清风驿宴请契丹主的舅舅。酒喝到酣畅时,契丹主的舅舅起身出去解手,荆罕儒借机把他杀掉了。从此契丹与南唐断绝关系。

由于符金环辅助柴宗训治理天下,大臣们都勤于朝政,北汉不敢南犯,蜀国畏惧三分。契丹因与南唐关系断绝,加上柴荣在世时兵不血刃收复三关三州共十七县的震慑,再也没有南侵的举动。大周边境稳定,内政有序,朝野上下,一片称赞之声。

显德七年正月初一,是新年的第一天,京城官民都为大周在这样的情况下出现这样的祥瑞之气而庆贺,家家户户张灯结彩,到处都是喜气洋洋,整个京城沉浸于一片节日的欢乐气氛中。

朝中的大臣们一大早就奔向皇宫,向符太后和柴宗训小皇帝朝贺新年,祝贺新的一年大周繁荣昌盛。符太后和柴宗训十分高兴,也向大臣们恭贺新年。

就在朝臣欢天喜地、兴高采烈的时候,镇、定两州的使者忽然骑着快马来到皇宫外。他们下了战马,神色紧张地跑步进宫。

他们奔到广政殿前,看到符皇后和柴皇帝正与大臣们相互道贺,单膝下跪道:"启禀陛下、皇太后,契丹和北汉趁我大周欢度新年,联兵大举南侵,一路烧杀抢掠,十万火急。"

大臣们听了,慌作一团。柴宗训和太后符金环也都愣住了。柴宗训还是个孩子,不知道契丹和北汉合兵大举南侵深浅,呆呆地站着,傻了一般。太后符金环涉世未深,封皇后才一个多月便成了寡妇,哪里见过如此阵式? 柴宗训想问是怎么一回事,当看到母后吓得脸色发白时,立即意识到是遇上了惊天大事,脸色也白了。

符金环忙问身边的范质、王溥说:"两位爱卿,该如何应对如此变故?"

范质、王溥都是文弱书生,不知道如何带兵打仗。他们只晓得先皇在的时候,每逢打仗,都是叫赵匡胤带兵为先遣,而且赵匡胤打仗百战百胜,叫人放心。于是,急忙向符金环建议说:"殿前都点检赵匡胤智勇双全,勇冠三军,可命令他为统兵大元帅。"

符金环也知道世宗三次南征、两次北战都带着赵匡胤，他有勇有谋，世宗最信任他，同时赵匡胤的弟弟赵匡义又是自己的妹夫，这个时候不依靠他依靠谁？于是，立即答应，让柴宗训下令，命赵匡胤领兵北上御敌。

不料，赵匡胤接到诏令来到皇宫后却面露难色，对范质、王溥说："现在正是新年，官兵都没有丝毫准备，几位大将皆在百里之外，京城兵少将寡，让我怎么领兵出战？"

范质、王溥不安地说："都点检，边境危机，军机岂可延误？你有什么想法尽管说就是。"

赵匡胤立即说："眼下只能首先启用身在京城的大将了：慕容延钊骁勇善战，是一员悍将，可以命令他为先锋；赵普善于谋略，可令其为谋士，散员都指挥使王彦升勇猛无敌，可为大将。侍卫马军都指挥使高怀德，殿前都指挥使、都虞侯王审琦都英勇善战，可领兵守护京城。然后再命令各镇将军紧急调兵赴京会合，一同北征。这样，定能打败来犯之敌，内外无忧也。"

范质、王溥见赵匡胤思路清晰，言之切切，于是，全部答应赵匡胤。太后符金环不懂用兵，见范质、王溥都答应了赵匡胤的要求，于是，令柴宗训颁旨：赵匡胤做统兵大元帅，慕容延钊为先锋，调度全国各镇兵马，会师北征。凡出征将士，统一归赵匡胤节制指挥。符金环虽然对王彦升为领兵大将感到信心不足，既然赵匡胤挑选他，可能有非同凡响之处，也没有提出什么异议。

王彦升原是蜀地人，前蜀灭亡后迁居洛阳，后事奉宦官孟汉琼，因矫捷勇猛被举荐给唐明宗，补任东班承旨。他生性残忍，膂力过人，而且擅长击剑，人称"王剑儿"。晋天福年间，王彦升改任内殿直。开运元年，契丹南下围攻大名，少帝石重贵亲自到澶州抵御，并招募勇士，王彦升应募，因功升任护圣指挥使。广顺元年，向拱领兵在虒亭南部迎击北汉军，王彦升也在军中，他阵斩汉军大将王璋，立下大功，被升任为龙捷右第九军都虞侯。此后，累迁至铁骑右第二军都校，并遥领合州刺史。显德三年周世宗柴荣亲征南唐，王彦升随刘崇进、宗偓攻破金牛水砦,生擒唐军军校阎承旺、范横。十月,王彦升在盛唐再败唐军,斩首两千级。显德六年世宗北伐时,王彦升随张永德攻瀛州,破束城,改任散员都指挥使。他与赵匡胤在洛阳时就相识,交往深厚。

赵匡胤接到领兵出征的诏令,立刻调兵遣将。正月初三,赵匡胤率兵从爱景门出城。跟随他的除了归德军掌书记赵普、殿前副都点检慕容延钊外,还有刚刚命为内殿祗候供奉官都知的赵匡义、散员都指挥使王彦升,殿前司散指挥都虞侯罗彦瓌,还有已经官至客省使的潘美。荣禄大夫、开国上将军卢琰也要求北上抗击契丹,但被赵匡胤安排在王审琦麾下,一起守卫京城。

罗彦瓌是太原人,他父亲曾任后晋泌州刺史,因而得以任皇帝的亲卫内殿直。开运元年春,后晋出帝亲征抗击契丹至澶州,想遣使前往大名府宣慰以安抚人心,挑选勇士十人随行,罗彦瓌入选,以功升兴顺指挥使。开运三年末,契丹灭后晋,次年初,派罗彦瓌部送马千匹赴南京,行至元氏,他得知后汉建立,遂将马送给后汉,被命为护圣指挥使。柴荣患病时,安排他在赵匡胤的身边,被赵匡胤提升为殿前司散指挥都虞侯。

大军出城后,赵匡义对军校苗训耳语了一番,苗训忽然指着太阳对众人说:“天上有两个太阳。”并转身煞有其事地对身边的楚昭辅说:“一日克一日,要出新天子,这是天命。”

苗训、楚昭辅两人一问一答、一唱一和,既形象又逼真,周围兵士很快一传十、十传百,流传整个兵营。

苗训,潞城宋村人,少年时即很有抱负,西上华山,拜当时著名的道士陈抟为师。由于他聪颖好学,才智过人,深得恩师喜爱,对他倾心教诲,从此善天文占候术,并以谋略见长。一日,在江湖上闯荡的赵匡胤路经柳叶镇,见一卦棚前人头熙攘,便翻身下马,走进卦棚探视究竟。苗训见赵匡胤气宇轩昂,忙起身相迎。二人交谈后,很是投机。苗训感到赵匡胤胸怀博大,志存高远,劝他说:汉水以南局势比较稳定,而北方却战乱不止,应在北方广结天下英雄豪杰。赵匡胤听从他的话,从此北上,不久便在河北投靠了郭威。柴荣即位,赵匡胤被任命为殿前都虞侯时,把苗训招致帐下,委以重任。

当天下午,大军到达开封北部四十里的陈桥驿。这里紧傍黄河,位于陈桥与封丘之间,是京城通往北方的第一驿站。唐朝时始设驿站,称上源驿,后来又改称班荆馆,是北方小国的使臣迎接赏赐的地方。多少年来,这里一直车水马龙,征尘飞扬。这时天色尚早,本来还可以继续行军北上,赵匡胤却下令停止前进,就地驻扎下来。

大军刚刚驻扎下来,赵普便对郭延斌等一些亲信说:"今皇帝幼弱,不能亲政,我们为国效力破敌,有谁知晓?倒不如拥立都点检做皇帝,然后再北征。到时候都点检定会重赏将士。"

亲信们听了,明白他的意思,纷纷把这番话也在士兵中传说。尤其是郭延斌,慷慨激昂,到处煽动,不少士兵被他蒙蔽,都认为有道理。于是,将士们都不再睡觉,相互鼓动,要拥立赵匡胤做皇帝。

赵匡胤故作不知,与慕容延钊、王彦升和罗彦瑰等将领在他居住的驿馆里喝酒。赵普看到已经把火点燃起来,也和赵匡义来到赵匡胤的卧室喝酒。赵匡胤故意装作喝得醉醺醺什么都不知道的样子,让慕容延钊、赵普、王彦升和赵匡义各自回到自己的住处,然后自己倒在床上呼呼大睡起来。

赵普的亲信郭延斌看到已经把将士们拥立赵匡胤的火焰点燃起来,就找到赵匡义和赵普说:"将士们已经商量定了,非请都点检做皇帝不可,明日便可依计行事。"

赵匡义和赵普相互递了个眼色,对郭延斌说:"你告诉弟兄们,都点检还不知此事,等我们给都点检禀报了再说。"

郭延斌不知是计,信以为真,大声说:"大家决心已定,不然就返回京城。"

赵匡义看郭延斌忠贞不二,命令他说:"你扮作商人,连夜秘密返回京城,向留守在京城的大将石守信和王审琦如实告知这里的情况,让他们守好京城内外大门,做好内应。"

郭延斌挺胸道:"遵命!"于是,立即化装了一番,离开军营。

郭延斌离开后,赵匡义和赵普把来时就准备好的黄袍看了又看,禁不住得意地笑起来。赵普眨眨他那双小眼睛,又举起拳头在赵匡义肩上捶了一下说:"大事已成功一半焉。"

第二天早晨,赵匡胤还在熟睡中,就听到门外一片嘈杂之声。他起身撩开窗帘一看,只见诸将摆甲执兵于门外,想要的效果已经达到,他故意又躺在床上装睡。

这时,有人推开房门,高声地叫嚷说:"请都点检做皇帝!请都点检做皇帝!"

赵匡胤装作醉意蒙眬的样子,边起床边说:"怎么了?你们这是要干什么?"

将士们接着又喊:"请都点检做皇帝!请都点检做皇帝!"

赵匡胤又装作迷迷糊糊地说:"皇帝在京城,没有亲征,不在这里呀。"

众将士呐喊说:"都点检就是我们的皇帝,我们要拥立都点检做皇帝!"

赵匡义见时机成熟,便示意在身边等候的将士走到赵匡胤面前,把准备好的黄袍披在了赵匡胤身上。

赵普见赵匡胤已经黄袍在身,首先跪下并高呼:"吾皇万岁、万万岁!"

众将士见赵普跪拜,也急忙一起跪拜,齐呼:"吾皇万岁、万万岁!"

赵匡胤却显得被迫和不安的样子说:"你们贪富贵,立我为天子,能从我命吗?若不然,我不能做你们的皇帝。"

众将士齐声表示:"惟命是听。"

赵匡胤抖了一下身上的龙袍,大声说:"好,我答应将士们的拥立,即刻回师京城。但是,回到京城后,对太后和幼主不得惊犯,对朝廷大臣不得欺凌,对京城府库不得侵掠,服从者有赏,违反者诛族。"

众将士都回应说:"惟命是从!"

赵匡胤还要说什么,赵普、赵匡义便示意几名士兵牵来赵匡胤的战马。众将士一见,立即前呼后拥,呐喊着把赵匡胤扶到了马上。赵普立即牵着马,令将士们拔营回师京城。赵匡胤威风凛凛地骑在马上,环顾一下左右的将士,正色问："我刚才的话你们都记住了吗？"

众将士齐声说："记住了！"

赵匡胤又问："能做到吗？"

众将士齐声回答："一定牢记皇命！"

赵匡胤看一切比原来设想的还要顺畅如意，神色不再迷糊，很快神采奕奕，容光焕发。此刻，赵匡胤忽然想到了当年拥立郭威为皇帝的情景，心中暗自感叹说：彼一时，此一时，情景多么相似啊！没想到当年所做的一切都是对今天的演练。赵普看着赵匡胤得意的神情，"哈哈"一笑，与赵匡义为前锋，领兵直抵京城开封。很快，骑兵、步兵、战车浩浩荡荡，向南而去，所经之地，扬起的尘土若狼烟一般。

四十里路在战马和激情如火的将士们脚下算不了什么，不到中午，他们便到了京城仁和门外。仁和门附近的居民看到这一情景，很是奇怪，纷纷议论说：昨天他们才从京城出发，说是讨伐契丹，今天怎么就又回来了？大家还没有明白是怎么一回事，只见城门已经打开，慕容延钊、王彦升、楚昭辅首先领兵涌入城中。

原来，守卫都城的禁军主要将领石守信、王审琦等人自夜里接到郭延斌的密报后，再也没有休息，令将士们环列在大门内，早已做好迎接赵匡胤的准备，所以，当慕容延钊、王彦升等率军返回时，便立即放下吊桥，打开城门。

京城百姓看到大军归来，开始以为是凯旋而归，欢呼雀跃，当看到将士们神情诡秘，杀气腾腾，尤其是看到赵匡胤在马上身披黄袍入城时，这才意识到是发生了兵变，纷纷跑回家中。

慕容延钊、王彦升进入城中，按照赵匡胤的部署，令楚昭辅及潘美部署在内城，他们则直接奔向皇宫，很快把皇宫包围了起来。等大军全部入城，石守信、王审琦则下令关闭城门，四门戒备森严，所有人不得出入。

赵匡胤看到一切顺利，可谓万事俱备，只欠东风，则面带微笑，悠然自得地直接去了皇宫左掖门内他的殿前都点检公署。进了公署大堂，脱下龙袍，在他都点检的宝座上坐下，坐镇指挥。

这时的皇宫广政殿，早朝还未退。太后符金环、皇帝柴宗训在与范质、王溥、魏仁浦等大臣廷议关于兴修水利和整顿史治的事。

这些内容廷议结束，王溥又奏请道："很久以前，皇室就编撰专记某一皇帝在位时的大事和祖先事迹的文字，叫实录。据《隋书·经籍志》记载，最早的实录是南朝周兴嗣编撰的《梁皇帝实录》和谢昊编撰的《梁皇帝实录》。唐朝有韩愈编撰的《顺宗实录》。唐朝以后，继嗣之君让史官据前朝皇帝起居注、时政记、日历等编撰实录，历代相传，沿为定制。世宗皇帝为一代明君，臣以为当编修《世宗实录》。"

太后符金环说："这是好事，当抓紧编修。王爱卿家藏万卷，博学多识，尤长史学，就由你担纲编修吧。"

于是，柴宗训立即颁诏，命王溥与右拾遗、直史馆、知制诰扈蒙等四人共同编修《世宗实录》。

王溥的奏请被批准后，太后符金环和柴宗训又与范质、王溥、魏仁浦等大臣，廷议如何继承世宗皇帝的遗志，即用十年养百姓的大计。范质对众臣说："世宗在位五年半，三次亲征南唐，两次亲征北汉和契丹，皆大获全胜。如今北汉和契丹南侵，已有殿前都点检赵匡胤领兵讨伐，大家无须担忧。我等都是朝中大臣，尽管没有世宗的气魄和才能，至少应该想想如何养百姓的大计吧？"

魏仁浦说："是啊，各位有什么妙计，当谏言之……"

魏仁浦的话还没说完，宫门口一卫士惊慌失措地奔到殿内，惊叫道："大事不好，赵匡胤兵变，他身穿龙袍，已率军进入京城……"

太后符金环听了大惊失色，柴宗训被吓得大哭起来。

范质、王溥急忙下殿，准备令兵应对。范质一边走，一边用右手抓住王溥的手说："不辨真伪，仓卒遣将，吾辈之罪也。"

范质的手由于用力过狠，指甲掐入王溥肉中很深，几乎流出血来。他深悔自己不察赵匡胤奸谋，有负世宗托付之责。王溥恼怒、后悔得咬牙切齿，浑身打颤，无言以对。范质、王溥下殿还没走出多远，赵匡胤的将士已经闯入宫中，冲到他们跟前，立即把他们围困起来，挟持着他们向殿前司公署走去。范质、王溥不想跟他们走，可是，他们赤手空拳，怎么能抗得住身披盔甲、手握刀剑，如狼似虎的将士？

天平节度使、同平章事、侍卫马步军副都指挥使韩通看到这一情况，自内庭偷偷奔出宫，准备调集兵力进行抵抗。不料，刚刚走出不远，便与散员都指挥使王彦升相遇。韩通看到王彦升，急忙往一窄道奔跑躲避。王彦升看到韩通的神情和动作异常，知道他要率兵反抗，跃上战马，狂追不止。韩通为了掩盖自己的行踪，奔向自己的宅第。王彦升仍然不放过，一直紧追不舍。韩通见已无退路，转身怒斥王彦升道："王彦升，你反叛朝廷，该当何罪？"

王彦升也不答话，以他超人的臂力，挥刀向韩通砍去。韩通还没反应过来，头颅已被他一刀砍掉。王彦升感到还不解恨，又闯进韩通的院内，把他全家老小全部诛杀。

赵匡胤坐在他的殿前司公署，悠然自得地喝着茶，耳朵一直静听着外面的动静。等了一会儿，不见有他预计的情景出现，不由不安地站了起来。就在这时，他的几位将士挟持着范质、王溥到了公署门口。他微微一笑，立即又坐下喝茶。

范质被挟持到赵匡胤跟前，看到赵匡胤得意忘形的样子，想发怒而没有发，极力控制着自己的情绪，期待赵匡胤回心转意，质问他说："先帝养太尉如子，符、赵两家又是亲戚，今先帝刚刚下葬，身骨未冷，你为何如此？"

范质没有称他什么皇帝，依然以当时对中高级军官的"太尉"来称呼他。赵匡胤无言以对，愣了半天，忽然样子很可怜地呜咽流涕说："我受世宗厚恩，永世不会忘记。只是今为六军所迫，不得已才至此，惭负天地，你说，我将如何是好呢？"

赵匡胤说着看了一眼身边的殿前司散指挥都虞侯罗彦瓌，又看看范质、王溥。范质还没来得及回答，罗彦瓌立即举起手中的利剑，声色俱厉地对范质、王溥大叫道："我辈无主，今日一定要请点检当天子！"

罗彦瓌是赵匡胤的亲信,赵匡胤早已安排他在什么时候、什么情况下,要有什么样的态度、什么样的动作,所以,当他看到范质不仅不对他们的主子称臣,反而面若冰霜地质问他们的主子,便举起利剑来。

赵匡胤假装发怒,对罗彦瓌呵斥说:"休得对宰相无礼。"

罗彦瓌明白赵匡胤在做样子给范质看,所以,依然面目凶神恶煞,来回挥舞着利剑,一步也不往后退。

王溥看出赵匡胤对帝位已经志在必得,知道已势不可遏,虽有志维护大周,但已感到回天乏力,若不顺从,将会遭到杀身之祸,于是,只得降阶先拜,给赵匡胤一边叩头,一边口喊"万岁"。

范质见王溥已经下拜,更感绝望,忍不住眼泪掉了下来。但是,依然不肯拜,且直言说:"隐帝刘承佑诛杀顾命大臣的所作所为已为世人不耻,遭万世唾骂。他刘承佑及其部将的下场,你也是亲眼目睹者,不需我在这里重复。事情既已发展到如此地步,你想做皇帝已是迟早的事,但也不要太匆忙废周朝而建立新皇朝,等我们回宫面见太后,劝谏她偕幼主禅位,商议一下什么时候举行禅位之礼。这样,你也可以留下好的名声,也能避免相互残杀。"

赵匡胤立即说:"是众将士黄袍加身,拥立我做皇帝,并非我赵匡胤有意为之。但我已在军中立下誓言,对太后和幼主不得惊犯,对朝廷大臣不得侵凌,对京城府库不得侵掠,服从者有赏,违反者诛族。"

赵匡胤之所以极力与范质周旋,因为能得到他的支持,才不至于朝中大乱,也才能保证他的家人不受其害。他参与过拥立太祖郭威,他知道怎么样才能一步步稳坐江山:太祖郭威第一次自邺都兵变回京后,因为得不到宰相冯道的支持,未能立即代汉建周,只得议立刘赟为汉帝而自任监国。之后,才又乘出兵北上抗辽之机,在澶州再次起兵,回师开封,废汉建周。所以,范质说什么,他都答应,只要能让柴宗训先退位,把皇帝的宝座给他,等皇位稳固了,一切的一切,日后有的是时间。

范质见赵匡胤答应了他,于是,慢慢跪拜下去。他跪下去的那一刻,头是低垂的,眼睛是闭着的。他跪得很慢,但心跳却急遽加速。他眼睛闭着,是为了不让眼泪流出来。他没有哭,是想挽留住他这个宰相的最后一点尊严。也是想用缓兵之计,为挽救大周政权作最后的努力。同时,也在担心符太后和小皇帝以及自身与家人的安危。

第十八章

大义金锭

赵匡胤领兵离开京城的当天下午，皇宫内外传言四起：都点检将做天子。这个谣言谁也不知道从哪里传出的，更不知是何人所传，无从对证。尽管听到者和跟着传言者都对这种可能性发生怀疑，但是，心里免不了感到恐慌。因为这几十年来朝代更迭频繁，反叛、篡位司空见惯，加上柴宗训年龄幼小，听到者心中恐慌和不安则是正常的。朝中文武百官大多也都听到了，只是他们不传而已。

符金锭也听说了，是她送赵匡义踏上征程的下午在皇宫外听说的，她感到很可笑，回到家里，看到婆婆杜氏夫人正在规劝赵匡胤十三岁的儿子赵德昭说："不要贪玩，要好好读书，这样长大后才有出息。"

符金锭没等赵德昭说话，就大笑着对杜氏夫人说："婆母，您猜我在外面听到了什么传言？"

杜氏夫人赔笑说："我怎么能猜到呢？"

符金锭说："都点检要做天子。"

杜氏夫人惊呆了，立即说："这是谁在作践匡胤吧？这话咱可不能乱传！"

符金锭不在乎地说："谁相信呢？匡义和世宗是连襟，世宗对匡胤兄又有厚恩,符、赵两家是这等亲戚,匡胤兄怎么能会起兵篡位呢?"

杜氏夫人没有笑,却随着符金锭说:"是啊,他正在领兵抵御契丹的路上,是谁在胡乱传言,离间符、赵两家关系啊?"

符金锭跟婆母议论了一会儿,又奔向皇宫。到了姐姐的寝殿,看到柴宗训正在读书,柴熙让正在拿着一个名为孔明锁的玩具玩耍,姐姐正在给柴熙谨和柴熙诲两个儿子喂奶,便笑嘻嘻地逗姐姐说:"符金锭给皇太后请安了。"

符金环好笑又好气地说她:"已经是人妻了,还像过去那样没大没小,整天嘻嘻哈哈的。"

符金锭收住笑,对符金环说:"你听到传言了吗?"

符金环不解地反问她说:"什么传言?"

符金锭说:"都点检将做天子。"

符金环的脸色立即沉了下去,推开怀里的柴熙谨和柴熙诲,把他们放到床上,问符金锭说:"你在哪里听到的?"

符金锭看看姐姐这个样子,立即又笑着说:"看你那一惊一乍的样子,怎么会呢?很可能是一些人妒忌赵匡胤被朝廷重用和符、赵两家的亲密,故意损他的。"

自世宗离世后,符金环因为跟前有这几个孩子,柴宗训又七岁即位,她对这样的话题最敏感,也最忌讳这些话题,所以,心里快快不快。但想到自己现在是皇太后,家国的重担都在自己的肩上,忙换上笑脸,装作若无其事的样子说:"是啊,赵匡胤今年才三十三岁,位高权重,备受恩宠,难免遭人妒忌。"

符金锭后悔不该跟姐姐讲这样的话题,但已无法挽回,接着宽慰了姐姐一阵,便回到了自己的宅第。

初四上午,符金锭在家里读了一会儿《论语》,感到累了,便操起古筝,想弹奏一曲,以放松一下。她拨动琴弦调试好音准,刚刚弹奏,忽然听到一阵"踏踏踏"的马蹄声到了宅第门口,接着是一阵急促而杂乱的脚步声。她放下古筝,跑到大门外一看,不由大骇:门外环列着很多步兵和骑兵,一个个披挂整齐,虎视眈眈，好像马上要有一场恶战似的。但是，这些士兵只注意着远处，并没有要进入院内的意思。她看到几张熟悉面孔，是她为赵匡义送行时见到过的，其中一个叫楚昭辅。符金锭看他们对自己家没有敌意，便问门口几个士兵："发生了什么事？你们这是在干什么？"

一个士兵惊奇地反问她说："你不知道？我们是奉命在此护卫。"

符金锭更糊涂了，说："我们的家谁敢侵扰？你们不是北上了吗？"

楚昭辅走过来，笑道："你真不知道？赵匡义和众将士拥立都点检为皇帝了，大军已经全部回到京城。"

符金锭一听，不禁大惊失色，一阵头晕目眩，险些栽倒。她踉跄着奔到屋里，对杜氏夫人大叫道："婆母，您儿子逆天了，逆天了……"

杜氏夫人不知道发生了什么事，看到符金锭这副神情，听了她的话，想到那天赵普深夜来访，赵普和赵匡胤弟兄两个嘀咕了半夜，和不久就紧急出兵，意识到一定是发生了惊天大事，忙问符金锭说："什么事，发生了什么事？"

符金锭浑身颤抖着说："赵匡胤兵变，黄袍加身要做皇帝，已经回到京城……"

杜氏夫人也傻了一般，说不出一句话来。符金锭摇晃着她的胳膊，一遍遍地问："您说，这怎么是好，这怎么是好？我符金锭有何颜面见我的姐姐和父母？"

符金锭看婆母答不上话来，想到既然他们发动兵变要当皇帝，一定会像过去发动兵变和反叛者一样残忍杀害皇帝的家族，如果自己的姐姐和外甥，还有母亲都被杀戮，自己活着还有什么意思？于是，带上两个家丁，不顾一切地奔了出去。

杜氏夫人见符金锭走了，自语道："我儿一向胸怀大志，现在果然如此。"

符金锭奔到母亲门口，只见那里也有士兵把守，她不顾一切，只管往里闯。还没有到门口就被士兵拦下，其中一个伸手抓住她，呵斥说："你是谁，要干什么？"

符金锭不管那么多，毫无惧色，呵斥他们说："你们是干什么的？这是我的娘家！我是赵匡义的夫人符金锭！看你们哪个敢对我无礼？"

士兵听她这么一说，立即低头哈腰："我们有眼无珠，请多多包涵。"

符金锭到了院内，看到母亲，不由大哭起来："母亲，赵匡胤和赵匡义兵变了，他们要篡夺皇位，京城已被他们控制……"

金氏夫人被符金锭的话给搞懵了，这对她来说太突然，太意想不到了，忽然脸色蜡黄，一边哭一边颤抖地问："是真的吗？我是在做梦吗？"

符金锭哭得更痛了："母亲，这不是梦，是真的……"

金氏夫人还是不敢相信，瞪着双眼，嘴唇哆嗦着说："赵匡义……也参加了？他们要篡夺皇位？你姐姐和宗训、熙让、熙谨、熙海他们都怎么样了？罪孽呀……"

符金锭哭着说："我是看到家门口突然来了很多士兵才知道的，我刚到您这里，还没去皇宫……"

金氏夫人双手往外一推符金锭，说："你快到皇宫去，看看他们怎么样了。我老了，不要管我……"

符金锭把母亲拉到椅子上说："您千万不要动，哪里也不要去。我到皇宫看看就回来。"

符金锭安顿好母亲，快步走出家门，直接奔向皇宫。一路上，只见到处都是身披盔甲的士兵，几乎不见行人，店铺也都歇业，居民们都躲进家里不敢出来，家家关门闭户。她还没走多远，忽然听到后面响起一阵杂乱的脚步声，回头一看，发现是赵匡义和几个士兵一块儿向她追来。她知道躲不过他们，忽然停下脚步，朝赵匡义怒目而视。赵匡义也不搭话，拉着她就往回走。她已经做好拼死的准备，毫无怯意。因为还不知道真实情况，她要弄清真相，所以，不得不随着他走。符金锭没有想到赵匡义拉着她直接回到了家里。

一进家门，符金锭就大怒道："你赵匡义有种，居然做出如此大逆不道的事来！"

杜氏夫人故作惊恐地问他："儿子啊，你们弟兄两个在做什么？"

赵匡义知道隐瞒不过去,只得说:"哥哥率军走到陈桥驿,将士们忽然停止前进,说主幼国疑,宰辅统政,内忧外患,世危时乱,便黄袍加身,拥立哥哥做皇帝。"

杜氏夫人看了看符金锭,说不出话来。她虽然感到事发突然,但她从赵匡胤、赵匡义、赵普前些日子鬼鬼祟祟的言行中,已经知道他们是早有预谋和准备,只是此时不便说什么。符金锭对赵匡义冷笑说:"你说得冠冕堂皇,真是这样吗?"

赵匡义说:"是镇、定两州使者来京奏报,说契丹和北汉……"

符金锭怒目而视说:"你们骗得了别人,难道骗得了我吗?开始我也以为是真的,现在想来,纯属你们弟兄两个谋划好的!我父王在大名就是为了抵御契丹和北汉,凭父王的兵力抵抗不了?如果是契丹和北汉南侵,父王会不知道?为什么不是父王派使者来报?时间已经过去这么多日子,为什么现在还没有父王告急的消息?"

赵匡义实在忍受不了符金锭的蔑视和喝问,正要发怒,想到岳丈及其符氏家族,还是忍了:如果他此时不冷静,京城大乱起来,所有的谋划就会落空,不一定鹿死谁手,小不忍则乱大谋。

符金锭接着说:"我父王雄踞北方,精于野猎,勇略有谋,契丹军望而生畏。他弟兄九人,除有两个辞世外,还有兄弟七个,并还有七个儿子。我三叔符彦图是大将军,五叔符彦能是奉国节度使、楚州防御使,六叔符彦琳为剑南宣抚副使,七叔符彦彝是武安节度使,八叔符彦伦是定远节度使,九叔符彦升是昭庆节度使。我大哥符昭序为徐州衙内指挥使,二哥符昭信是天雄军衙内都指挥使、贺州刺史……如果符氏起兵,你赵家也距离灭族不远了!"

赵匡义过去没有想得那么细致,经符金锭这么一说,不由吓得汗水直流,声音颤抖着说:"哥哥也是被逼无奈……再说,皇帝年幼,太后又带着几个更小的娃娃,柴宗训能治理好国家吗?顾命大臣会始终如一地辅助他吗?刘知远的几个顾命大臣在刘知远去世前也是信誓旦旦,以后如何?我们也是为天下着想,我也想做一番大事……"

符金锭打断他说:"你怎么能把大周与汉朝相比?刘承佑的后面有我姐姐这样的太后吗?"

赵匡义没有了底气,声音很低地继续为自己和哥哥辩护说:"刘承佑后面不是有李太后吗,她也很有智慧……"

符金锭又打断他说:"她有智慧怎么不去阻止刘承佑滥杀无辜?李涛上疏请外派杨邠等外出镇守,以清理朝政,李太后不仅不听,反而把李涛的话告诉杨邠等人,出卖李涛,她能和姐姐相比吗?"

赵匡义怎么能是符金锭的对手?许久无言以对。

符金锭接着说:"你有大志,我很高兴,可是,你们这样做是不仁不义不忠,会被万世唾骂的。我们符家兄弟姐妹亲如手足,上下和睦,你这样做,让我在符氏家族里如何立身?我和姐姐如何相处?我有何颜面再见他们?"

赵匡义禁不住大汗淋漓,结结巴巴地说:"哥哥想做大事,想统一天下……我也想……我们弟兄已经立下誓言,善待太后和幼主,对朝廷大臣不得侵凌,对京城府库不得侵掠,违反者诛族……"

符金锭没等他再说下去,怒目而视说:"你说你也想,你想什么?"

赵匡义再次结巴起来:"你太好了,有朝一日我做了皇帝,让你也做皇后……"

符金锭冷笑说:"我从没想过要做什么皇后,也不想这样做皇后。再说了,你拥立你哥哥做皇帝,他做了皇帝,会退位再让你做皇帝?他在利用你,你却浑然不知,我为你感到可悲……"

赵匡义忍不住哭起来:"事已至此,我该怎么办?"

符金锭也忍不住哭起来:"覆水难收了啊,如果不及时补救,恐怕又是相互残杀,生灵涂炭……"

符金锭说着,忽然站起身,朝门外走去。赵匡义惊慌地说:"外面正乱,你要去哪里?"

符金锭头也不回地说:"我要去皇宫面见我的姐姐。"

符金锭走出门,外面的守兵都把目光集中在了她的身上。符金锭看到一个骑兵站在马前惊愣着两眼盯着她,她忽然走上前,从他手中夺过缰绳,纵身上了战马。等那骑兵明白过来,她已奔出很远。

符金锭来到皇宫大门外,只见已是重兵层层把守,守兵们一个个面目狰狞。符金锭不管那么多,径直往前走。她未及靠近,就被守兵拦下。符金锭没等他们问话,就大声说:"我是赵匡义的夫人,都点检的弟媳符金锭,谁敢阻挡?"

士兵们听了,面面相觑。就在这时,赵匡义也在不远处出现,对守兵打了个放行的手势。

符金锭来到宫中,只见里面也到处是赵匡义弟兄们的守兵,每座殿宇都被守兵包围着。符金锭到了广政殿前,跳下战马,守兵正要阻拦,看到后面有赵匡义,就放她进去。此时,殿内只有姐姐和柴宗训。姐妹两个一见,忍不住抱头痛哭,几乎是同时说:"人心叵测,世事难料啊……"

哭了一阵,符金锭说:"事已至此,我们只能考虑怎么面对了。"

符金环说:"我有眼无珠,用人失察,愧对大周,愧对百姓,愧对世宗啊。"

符金锭说:"也是苍天无眼,让世宗早早离开,不然,何以至此?"

接着,符金锭把与赵匡义的对话,以及京城已被赵匡胤的叛军所控制的情景全部告诉给了符金环。符金环听了,禁不住目瞪口呆。

符金锭叹息了一阵,不得不从这几十年几个朝代的更迭来安抚姐姐:"自梁朝到今天的周朝,战争频仍,政权屡有更迭。梁朝维持的时间最长,也只有十七年。其次,唐十四年,晋十一年,汉仅仅四年,即使在一朝之内,其权位之争亦超乎寻常。梁太祖朱温登上皇位才五年,就被其次子朱友珪所杀。而朱友珪即位不久,又被其弟朱友贞所杀。唐明宗李嗣源的儿子秦王李从荣,亦曾以兵夺权,未能成功,反丢了性命。明宗去世之后,其弟五子李从厚继位,仅一年时间,他的皇位即被明宗的养子李从珂所夺……"

符金环忍不住再次哭起来,哀叹说:"我们这个国家是怎么了? 春秋时期,各诸侯国相互侵凌,战国时弱肉强食,三国时诸雄争霸。如今这五代,杀旧主、诛功臣,父子相残,兄弟相戮,今又出现皇亲相害,一代不如一代,人性扭曲,道德沦丧,泱泱大国,何以至此也!"

符金锭也哀叹说:"是啊,春秋无义,战国强食,三国争雄,五代丧伦,何时是个尽头!"

符金环忽然昂起头,问符金锭道:"父王知道吗?"

符金锭忙说:"事发突然,父王又远在大名,无人通信,怎么能知道?"

符金环无助地望望符金锭,说:"你说,我该怎么办?"

符金锭停顿了一下,咬咬牙说:"我说了,姐姐不要生气。你也读过不少史书,历朝历代,幼主即位都不能长久,往往还要遭到杀身之祸。宗训幼小,实难执掌国政,你身为太后,除宗训外,膝下还有三个幼弱的孩子,你能把他们抚养成人,已属不易,如果像现在这样日夜操劳,迟早会积劳成疾。赵匡胤想当皇帝,却没有像过去的篡位者那样大开杀戒,在历代反叛者中也算是有道义的了。只要赵匡胤能像他承诺的那样,善待你和幼主及世宗旧臣,不妨让宗训把皇位禅让于他。"

符金环禁不住饮泣道:"我不是没有想到这一层,只是担心世宗创下的伟业会毁于一旦。如果赵匡胤不能像世宗那样勤政为民,只为自己享乐,日后又是一将功成万骨枯,华夏大地又是伏尸百万,血流千里,从此,天下百姓会再次陷入水深火热之中……"

符金锭说:"我之所以想让宗训禅位,就是不想让百姓再次陷入战火之中。"

符金环捶胸顿足,一时不知如何是好。

符金锭望着姐姐悲痛的神情,心如刀绞,但不得不说:"京城已被赵匡胤控制,如果你不退让,恐怕他已不会就此罢休。"

符金环又一次饮泣说:"我现在脑子里很乱,你能否到大名一趟,把这里的情况告诉父王,让他给我拿拿主意?"

符金锭立即答应说:"好,我这就去。"

符金锭说完,走出广政殿。经过姐姐的寝殿外,只见那里也被围着,有些混乱。她顾不了那么多,直接朝宫外而去。

皇宫外,赵匡义在给将士们训话,要求他们必须做到秋毫无犯,否则格杀勿论。并讲了刘邦攻进咸阳秋毫无犯,深得民心,最后得天下的例子。符金锭听了,心里踏实了很多。她也明白,赵匡胤大军围困皇宫只是在逼迫柴宗训退位。但是,无论他们如何,她都不能原谅他们。

符金锭没有理会赵匡义,径直往家走。赵匡义见状,急忙追了上来。到了家,赵匡义忍不住先问符金锭说:"太后怎么说?"

符金锭此刻变得很淡定,因为怨气、怒气都无济于事。她没有回答他,却冷言厉色地说:"给我备马和派兵。"

赵匡义惊愕道:"你要干什么?"

符金锭说:"我要去大名。"

赵匡义感到符金锭的发怒不可怕,而害怕她这样的淡定,他眼睛死死地盯着符金锭,说不出话来。

符金锭提高嗓门说:"我的话你听到了吗?给我备马和派兵,我要去见父亲,把这一切的一切都告诉他……"

还没等她说完,赵匡义便慌了起来:"你要干什么?让父王起兵?"

符金锭冷笑说:"你与世宗是连襟,居然做出这样惊世骇俗的举动,能瞒住父王吗?你想过没有,当父王得知他的小女婿要篡夺大女婿的江山会有什么感想?他会不会以为是我符金锭也在协助自己的丈夫去篡夺姐姐和外甥的江山?会怎么看我?父王一旦不能自制,挥师南下,你应战吗?你胜得了他吗?"

赵匡义毕竟才二十多岁,对符金锭一向言听计从,对符彦卿一向敬惧三分,只想着像过去的李守贞和郭威一样,只要掌管兵权,黄袍一加身就能称王或做皇帝,以后善待符家就可以了,他哪里想到这一层?一时无言以对。

符金锭说:"这消息只有我首先告之父王,并晓以利害,京城才会免遭战火,不然,后果不堪设想。"

赵匡义想不到此时符金锭会如此大义,激动得几乎掉下泪来:他们过去只想到以宽旧僚、善姻亲来收买人心,并通过武力胁迫柴宗训退位,以做到名利双得,而没有想到符氏家族一旦破釜沉舟,再联合契丹、北汉、南唐、后蜀等,从四面八方围攻京城,和他们决一死战,他们不仅不能顺利取得皇位,即使最后靠武力夺得了皇位,接下来也将是连年征战,尸骨遍野。他们弟兄也会遗臭万年。于是,忙对符金锭说:"我答应你,立即给你备马和护卫,不行的话,我陪你去。"

符金锭说:"你不可以去,万一父王不能克制,会事与愿违。"

赵匡义见符金锭决心已定,立即为她备马和挑选十多名精兵为护卫。战马和护卫刚到面前,符金锭一刻也不迟疑,立即跨上战马,在卫兵的护卫下,出京城,渡黄河,一路向北,赶赴大名。

由于路途遥远,马匹跑得又快,颠簸十分厉害,符金锭又很长时间没有骑过马,夜里困了的时候,到了一个驿站,就换成车辆。她在车上解困,而北上的步子却没有停息。到了下一个驿站,等困意稍解,就又换乘战马。一路上,符金锭马不停蹄,日夜兼程,于次日中午便到了大名。

大名有大名府和大名县两种称谓。大名府的治所和大名县的治所均在大名县城。"大名"一词源于春秋晋献公十六年,是兴旺强大起来的吉词。汉朝时置魏郡,建元城县,东晋时期的前燕在该县,当时在一个叫贵乡的地方设置了贵乡郡和贵乡县,是该地郡、县之始。北齐文宣帝天保七年,魏县、元城县废,并入贵乡县。北周又在这里设置了魏州,唐朝时把魏州改作冀州,还在这里设置大都督府。后又复称魏州。唐肃宗在魏州设置魏博节度,派遣节度使,管辖魏、博、贝、卫、澶、相六州。田承嗣为魏博首任节度使,因功,被赐号天雄军,所以,大名也因人名被称作天雄军。唐德宗建中三年,魏州节度使田悦叛唐称王,首次把魏州改作大名府。李存勖推翻梁朝建立后唐,即在此称帝,为取"吉兆"之意,将魏州改为兴唐府,把元城县改为兴唐县,贵乡县改为广晋县。石敬瑭灭后唐建晋朝,又把兴唐府改为广晋府,广晋县未变,把兴唐县复改为元城县。刘知远灭晋建汉,认为"汉"已代"晋",又将广晋府改为"大名府"。郭威灭汉建周,仍然沿用大名,也称天雄军。大名府是黄河北面一座重要的军事重镇,掌控着黄河以北的大片疆土,坚守住大名,就堵塞了契丹军南渡黄河的通道,又钳制着北汉,可谓是控扼河朔,北门锁钥,是把守着周朝北大门的要地。所以,周世宗柴荣即位后拜岳丈符彦卿为大名尹、天雄军节度使,以镇守此地。如果符彦卿在此起兵南下,中原肯定会再起战火。

这时,符彦卿为庆贺周朝在女儿符金环的辅助下国家太平,百姓安居乐业,正在府中与大臣们饮酒,忽然,侍卫报告说:符金锭来到。符彦卿一听,十分震惊,以致手中的酒杯滑落在地:一个刚刚结婚不久的女儿,怎么在这个时候来到遥远的大名? 一种不祥之感瞬间出现在大脑中。符彦卿正要去迎接,符金锭已经到了门口。她看到父王,忍不住声泪俱下:"父王,京城发生兵变,姐姐和小皇帝柴宗训已被困于宫中……"

符彦卿抓起桌上的酒杯猛掷于地:"何人如此大胆? "

众大臣也忽然掷杯于地,怒道:"魏王,下令吧,我们即刻南下,扫平开封! "

符金锭说:"殿前都点检赵匡胤……"

符彦卿更加恼怒:"是他? 世宗最恩宠的就是他,他居然……"

符金锭没等父王说完,又补充说:"还有赵匡义……"

听到这里,符彦卿一下子晕坐在地上。如果是其他人,他不加思考,立刻就能起兵,而兵变者偏偏是自己的女婿和他的哥哥! 符彦卿即恼恨又羞愧,心如刀绞,肝肠寸断,忍不住一串老泪滚落下来。他不顾将士们在跟前,失声呜咽道:"我符彦卿谦恭待人,忠心为国,爱戴部下,严教儿女,怎么造了这等罪孽? 金玉刚刚嫁给李守贞之子李崇训,李守贞父子便反叛,险些送命,再嫁世宗仅五年就命归黄泉。金环续弦世宗不足三年,封皇后仅十天,世宗就辞世而去,成为寡母。金环凤夜不懈,握发吐哺,辅助幼主料理朝政,世宗刚刚入葬,朝野刚刚稳定,没想到自己的小女婿居然又与哥哥同恶相济,狼狈为奸,篡夺皇权,这叫我如何是好……"

符金锭等父王发泄一番,情绪稍微稳定了一会儿,便对父王说:"我在宫中见到了姐姐和幼主,他们都很平安……"

没等她说完,符彦卿立即问:"范质、王溥、魏仁溥、韩通呢?"

符金锭奔向皇宫的时候,范质和王溥已经被挟持到殿前司公署,韩通已被杀害,魏仁浦不甘心后周就这样被颠覆,他组织一部分朝臣反抗,终因势单力薄,没有成功。因为发生这一切的时候符金锭身在家中,对这些一无所知。听到父王的问话,符金锭不由一愣,说:"我没有看到他们,不知身在何处。"

符彦卿的脸色白了又黄,黄了又白,更加难看。凭他经历过的几十年来朝代更迭、宫闱政变和对人的洞察,他得出结论,他们要么是遭到不测,要么是已经屈居人下,于是,伸手取下墙上的一把宝剑说:"他们真的是大开杀戒,老夫只有一条路可走了。"

符金锭从父王手中夺过宝剑,把与符金环的话说了一遍后,又说:"父王的心情孩儿理解,事情尚未弄清,还是镇定为好。金锭虽然涉世不深,但没少读史。女儿以为,我们当以史为鉴,审时度势,三思而后行。"

符彦卿不是不沉着冷静,几十年来征战沙场,百战百胜,就是得益于他的沉着冷静。他发怒是发怒,但还是一边唉声叹气,一边听符金锭述说。

符金锭扶父王坐下,向他讲起过去几个朝代皇子年幼登基所遭受不测的事例来:北魏孝明帝元诩与宫嫔潘充华生有一个女儿,也是孝明帝唯一的骨肉,出生后因时局危险,所以她的祖母皇太后胡氏对外宣称她是男孩,胡太后立皇元氏为帝才一天不到,见人心已经安定,当天便发下诏书宣布皇帝本是女儿身,便废黜女婴皇帝,改立北魏孝文帝元宏第三子元愉的次子元钊为皇帝。隋炀帝杨广之孙杨侑,初封陈王,后改封代王。隋炀帝亲征高丽时,命杨侑留守长安。大业十一年随隋炀帝巡幸晋阳,担任太原太守,大业十三年李渊攻入长安,拥立杨侑为帝,改元'义宁'。第二年李渊废黜杨侑,自立为帝,降封杨侑为酅国公,闲居长安。不到一年时间,杨侑被害,年仅十五岁,谥号恭皇帝。唐殇帝李重茂是唐中宗幼子,先被封为北海王,后进封为温王,唐中宗被毒死后,韦皇后立年仅十六岁的李重茂即位。不足一个月，临淄王李隆基和太平公主联手发动'唐隆政变'，诛杀了当政的韦皇后、安乐公主以及上官婉儿，李重茂被废。第二年，李重茂不服李隆基自行称帝，起兵叛乱，失败后投水自尽于房州，年仅二十岁。

最后，符金锭含泪道："类似的例子还很多，女儿不再多说。纵观历史，皇帝年幼，迟早会被朝中大臣觊觎，结局都十分堪忧……"

符彦卿听了，很久没有说一句话，他什么不懂？他比符金锭懂得更多。此刻，他想得很多很多，符金环和几个皇子都在京城，自己的夫人金氏、几个孩子及其子女、几个兄弟及其子女也大多都在京城，如果起兵讨伐赵匡胤，赵匡胤必定要反击。世宗倾力营造的京城不仅要毁于一旦，自己的亲人也会从此与自己阴阳相隔。不仅如此，刚刚有了温饱的百姓也会再次饱受战乱之苦，再无宁日。我符彦卿的一世英名也会付诸东流。他一声长叹，忍不住问符金锭说："你这么急来大名见我，是想让父王怎么做？"

符金锭感到很难说出口，感到自己说出来对不起姐姐和幼主。

符金锭虽然没有说，符彦卿也心如明镜，他也知道眼下最好的选择是什么，但是，他实在接受不了这样的事实。

符金锭思虑再三，含泪道："赵匡胤兄弟若能像他们承诺的那样，为保姐姐和幼主的平安，符、赵两家姻亲的延续，国家免于战火，百姓免遭生灵涂炭，就让幼主禅位吧。"

父女俩说完，忍不住抱头痛哭起来。

哭了一阵，符彦卿说："历来军变诡异无常，变化多端，处置不当，就会造成遗憾。你迅速返回，把我的话如实告诉你姐姐，以天下为重吧。"

符金锭问父王道："父王怎么办？是否也回京城？"

符彦卿长叹一口气说："我回去怎么应对？我的脸面放到哪里去？我就不回了，一切听天由命吧。再说，我一离开这里，契丹和北汉若趁机联兵进攻中原，不也是一场灾难？我怎么对得起这里的百姓？"

符金锭起身要与父王告辞时,符彦卿又说:"你的叔叔、哥哥和弟弟,由我派使者前去稳定。"

符金锭又一次泪下:"父王,您要多多保重。"

符金锭刚刚跨上战马,符彦卿忽然又喊住了她:"熙让、熙谨和熙诲是否平安?"

符金锭顿时脸色蜡黄:"我没来得及去寝宫,尚不知道他们是什么样子。"

符彦卿把手一挥说:"你速速回京,一刻也不得耽误!"

符金锭情绪刚刚稍有稳定,听了父王的话,忽然又惶恐不安起来。符金锭挥泪辞别父王,不顾来时一路的劳顿,冒着严寒,在卫兵的护卫下,快马加鞭,急速返往京城。

第十九章

偕子禅位

赵匡胤见范质和王溥皆已下拜，便同意范质的要求，让他们回宫。当他看到范质和王溥走出门口的那一刻，嘴角禁不住挂上了得意的微笑：昔日威风凛凛地对我发号施令，今日则拜倒在了我的脚下！当皇帝的滋味就是如此惬意！你们的所思所为，我赵匡胤心如明镜，想在我面前施展计谋，恐怕没有多少施展的机会。

范质和王溥以为既然已经拜过，离开殿前司公署后就不会再被挟持，他们想错了，身前身后，依然和来时一样，没有一点自由。他们回到皇宫，恰好符金锭离开皇宫回到家中让赵匡义备马北上大名不久。范质、王溥看到符太后和小皇帝在宫中相拥而泣，想到自己已经跪拜于赵匡胤面前，口呼"万岁"，想到昔日世宗对自己的恩宠和临终前对自己的重托，不由撕心裂肺，痛不欲生，一起朝太后和小皇帝跪了下去，齐声痛哭。

范质边哭边说："我范质今年已经五十岁，受太祖和世宗厚爱才有今天，乾佑三年在太祖还是枢密使的时候就上表刘承佑，升微臣为枢密副使。太祖即位后的当年六月，就把微臣升为宰相，作为心腹。世宗即位后，又让微臣兼参知枢密院事，掌握军政大权。世宗病危时，以老臣为顾命大臣……是老臣昏庸无能，未察赵匡胤之奸，委以重权，才致周朝倾危，微臣罪孽深重也。"

王溥也哭着说："微臣自汉乾佑中进士及第，太祖就视我如子，平定李守贞之乱时亲自奏请刘承佑带我西征，一步步扶我走上仕途。太祖临终时，我才三十二岁，他所作的最后一件事就是任命微臣为中书侍郎、同平章事，并说：'吾无忧矣。'太祖对我的恩情苍天可鉴。世宗即位后，北汉乘太祖之丧，由刘崇亲自率兵大举南侵，世宗召集群臣商议准备迎敌，微臣力主世宗御驾亲征，世宗得胜还朝后，为褒扬我王溥，加封兼礼部尚书，监修国史。世宗发兵攻打秦、凤二州，微臣推荐向拱担任主帅，世宗欣然接受。大获全胜后，世宗设宴庆贺，赐酒给微臣说：'为吾择帅成边功者，卿也。'世宗知人善任，关爱无所不至，对微臣尤其恩爱，微臣却未能很好地辅助幼主建功立业，并不能明辨是非，致使今日之兵变，微臣亦有罪也……"

符金环拭去泪水，问他们道："赵匡胤现在何处？"

范质忙回答说："在殿前司公署。"

王溥接着说："我们刚刚走出广政殿准备调集兵马，就被他的将士挟持。"

符金环问："你们见他了吗？"

范质说："我们就是从他那里回来的。"

符金环恨恨地说："你们让他来见我！"

范质、王溥面面相觑，都不敢发话。他们知道，赵匡胤已经不是过去的赵匡胤，他不会来。符金环看他们都不说话，知道他们有苦难言，明白事情更加严重，明知故问道："他都跟你们说了什么，想要如何？"

范质垂首说："让小皇帝退位，他来做皇帝……"

符金环又一次泪下，叹口气问："你们怎么想？"

王溥羞愧地低下头，说："纵观历代篡位者都是因为掌管着军权，赵匡胤现在已经做到了这一步，并已接受黄袍加身，我们都已成为笼中之鸟，如果幼主不退位，恐怕不会善罢甘休，接着是天下大乱，兵连祸结。"

符金环把目光投向范质。范质面红耳赤，也低下头去，半天才说："王溥所言甚是。"

符金环说："自得到这一噩耗，一切的一切我都想到了，我不是没有想到让幼主禅位，而担心的是赵匡胤即位后只为贪图享受，而不是真心治理国家。战国后期，燕国有一个国君要学尧舜禅让，废掉了太子，把王位禅让给一个大臣，不料，这个大臣搞得国家大乱。幸亏国人将太子迎接回来，继承王位，太子又励精图治，广招人才，使燕国强大起来，国家才得以太平。接受禅让的人如果没有高尚的品德，我怎么能放心让幼主禅让呢？"

范质、王溥听了，半天无语。是啊，我们把军权委任给赵匡胤已经错了，再错下去，岂不更有罪于太祖和世宗，更有罪于天下？

符金环言犹未尽，又说："西汉末年的王莽你们知道吧？"

范质、王溥齐声说："知道。"

符金环说："王莽出任掌管军政大权的大司马时，王氏一门已先后有十人封侯，而作为侄辈的王莽最为出色，他孝母尊嫂，生活俭朴，饱读诗书，结交贤士，声名远播，做官后特别廉洁。有一次他母亲患病，公卿列候携带夫人前去探视，王莽的夫人穿着短衣布裙到大门外迎接，公卿列候的夫人们看她穿得那么寒酸，以为是王莽家的粗使女仆，后来得知是王夫人时，都惊得发呆。王莽品德即使是没有超过尧舜，也应该是赶上了尧舜，赶上了孔子，朝廷中的大臣多数都支持他，认为他是和孔子一样的圣人。汉平帝死了，王莽立两岁的宗室子弟为帝，并把他的名字改为孺子，王莽表示要学习古代的周公辅佐小皇帝。可是，东郡太守翟义不满，拥戴汉高祖刘邦的侄子刘信起兵，反对王莽掌权，于是王莽就像周公讨伐管、蔡一样讨伐叛乱。后来，小皇帝为了天下，把皇位禅让给了王莽。王莽对着小皇帝和皇太后哭得死去活来，说他不想做皇帝，不忍心接受禅让，他只想做周公。王莽做了皇帝后没有想着享受，而是想着治理国家。他的博学，让当时的几个大学者都自叹弗如。这样的一个圣人做皇帝，比起刘家的那些窝囊废应该好得多，对天下应该是好事。但是，王莽做皇帝后，刘家的那些人却不答应了，又有人起来造反，王莽最后被砍下了脑袋。我说这些，不是不想让宗训禅位,是担心接受禅让的人品行低劣,百姓遭殃,也担心接受禅让的人不被世人接受,又战火频仍。我现在真的是左右为难啊……"

范质、王溥听了,想到自己已经拜过赵匡胤,以后国家社稷不知要走到哪一步,不由羞愧难当,忍不住再次潸然泪下。

符金环还想说什么,却说不下去了,忍不住痛哭起来:"世宗啊世宗,你为何这么早就匆匆而去,为何狠心抛下我们幼儿寡母受此煎熬啊……"

范质、王溥看到符金环伤心、痛苦到这个程度,一时也不知道如何是好。

符金环忽然说:"符金锭已经去了大名,暂且等上一两日再说。"

范质、王溥听了这话,大惊失色:如果符彦卿起兵,京城大乱,朝中相互残杀自不待言,赵匡胤不会再相信他们,符氏家族知道他们已经拜赵匡胤为皇帝,也不会再相信他们。这次兵变本是符、赵两家亲戚的事,他们二人岂不是成了替罪羊? 岂不是符、赵两家为刀俎,他们成了鱼肉?

范质神色慌张地说:"魏王一旦不能忍受,恐怕事态难以收拾了。"

符金环说:"现在父王尚不知赵匡胤兵变,我担心他突然听说后不能接受,愤然起兵,所以才让符金锭赶赴大名。"

范质、王溥听了这话,才长长地松了一口气。符金环一为拖延时间,以等待父王的消息,二为防止柴宗训禅位后,赵匡胤不能像现在承诺的那样善待旧臣及她和柴宗训,便又说:"你们再去见赵匡胤,让他陈述做皇帝后能否像先帝那样有统一天下之志,视百姓如父母,勤政为民。要把承诺的事写到纸上,立下凭证,如果他能做到,我立即偕子禅位。"

范质、王溥见太后说到这个份上,只得答应再见赵匡胤,商议禅让的有关内容和具体步骤。

范质、王溥回到殿前司公署。赵匡胤早已等得不耐烦,看到他们才回来,面色十分难看,故意不说一句话。范质为了避免赵匡胤发火而有异常举动,把符金环的话前后颠倒一下,首先说:"太后为江山社稷和天下百姓着想,已经答应让小皇帝禅位。"

赵匡胤听了，立即改变了脸色，笑着，并让座说："坐下说，坐下说。"

王溥故意先赞美赵匡胤"宽旧僚、善姻亲"的承诺，然后才说出符金环的要求道："太后说，都点检胸怀大志，谋略超群，但，既然要把皇位禅位给你，很想让臣下转述一下你即位后能否像先帝那样有统一天下之志，视百姓如父母，勤政为民。简言之，就是让你说说怎么样做一个好皇帝。"

赵匡胤听了这话十分不悦，心里说：如果不是看在两家是亲戚的份上，我早已杀进皇宫，现在居然还像过去的太后那样来要求我。但是，为了尽快登上皇帝的宝座，他还是立即表白说："即位后，定当以太祖和世宗为楷模，体察民间疾苦，严惩贪官污吏，礼遇贤才，勤政不辍，宽仁大度，崇尚节俭，以身作则。口说无凭，我愿立字为凭。"

说罢，便拿起毛笔，把自己的话写了下来，写好，递给范质说："你呈给太后，以后以此鉴证我。"

范质说："等我们回到宫中禀报太后，择吉日举行禅让仪式。"

赵匡胤听了，立即答应说："可行。"

范质、王溥走后，赵匡胤立即差人把弟弟赵匡义召来，把范质、王溥和太后的话给他说了一遍，然后说："太后已经愿意把皇位禅位于我。"

赵匡义激动地说："这样好。我听过这样的故事，尧禅让给舜，舜又禅让给治水英雄禹，禅让就是帝王把首领的位置或帝位让给他人，他们都被后人称赞。符太后这样做，真的是了不起，可以称为人杰了。"

赵匡胤笑道："咱们既不像前几朝那样大肆杀戮，又取得了皇位。"说罢，别有一番意味地对赵匡义说："这是他们自愿让给我的，你可以作证啊！"

赵匡义笑笑，没说什么。

第二天下午，赵匡胤、赵匡义正在殿前司公署焦急地等待着，忽然，一个侍卫快步奔了进来，对赵匡义说："夫人符金锭回到了京城。"

赵匡胤立即警觉起来，问赵匡义道："符金锭去了哪里？怎么没听你讲过？"

赵匡义叙述了一遍前后经过，赵匡胤怨怼地瞪了他一眼，立即下令做好迎

304

击符彦卿的准备。

赵匡义虽然不满哥哥对他的态度，但也只能先看看情况再说。于是，急忙与侍卫一块儿去迎接符金锭，他要首先知道大名那边的情况，不能让她先进宫。符金锭本想先进宫见姐姐，没想到赵匡义先截住了她。赵匡义看到符金锭脸色十分平静，便猜测到了结果。于是，对符金锭格外亲热。

回到他们的宅第，没等赵匡义追问，符金锭便把父王"以天下为重，让幼主禅位"的话告诉给了他。赵匡义激动地说："我们以后一定要善待魏王。"

符金锭思绪万千，心情沉重地说："符、赵两家发生这样的事，父王十分震惊，权衡再三，是为了你，才放弃兴兵讨伐。"

赵匡义听了，垂下头去。

符金锭把要说的话说完，立即奔向皇宫。姐妹两个见面后，符金锭把父王的嘱托一一告诉了符金环。符金环知道父王一向宽大为怀，心系社稷，一定会让小皇帝禅位，加上已无退路，感到晚一时不如早一时，当即让范质派人通知赵匡胤，立即在皇宫举行禅让仪式。

赵匡胤接到通知，立即率领赵普、赵匡义、石守信、王审琦、郭延斌、慕容延钊、王彦升、潘美及卢琰等赶向皇宫。按照符金环的安排，仪式在广政殿进行，但赵匡胤不同意，说要在崇元殿进行，意思是既然要改朝换代了，就不能在原来的位置接受帝位。

赵匡胤等进了皇宫，见两个宫女一人抱着一个男孩正往外走，立即拦住她们，问道："抱的是谁的儿子？要去哪里？"

宫妃忙回答说："是世宗之子纪王柴熙谨、蕲王柴熙诲。"

赵匡胤问身边的赵普、潘美："怎么处置？"

赵普回答说："应该除去，以免后患。"

赵匡胤立即令左右侍卫从宫女怀中夺过纪王柴熙谨、蕲王柴熙诲奔向别处。两小孩大惊失色，哭声动地。潘美在赵普身后，看到如此惨状，以手掐殿柱，低头不语。卢琰想到昔日周太祖郭威对他的恩宠，听到那凄惨的哭声，冒着生命危险,走上前劝谏赵匡胤说:"尧舜授受不废朱均,今受周禅安得不存其后?"

赵匡胤看到潘美那痛心的样子,问他道:"你以为不可吗?"

潘美叹息说:"臣岂敢以为不可?但感到这样做于理未安。"

赵匡胤想了想,说:"我接人之位,再要杀人之子,实在不忍心。"

于是,命两侍卫回来,把纪王柴熙谨交给潘美,把蕲王柴熙诲交给卢琰说:"你们来抚养吧。"

潘美、卢琰接过孩子,令人送回家中。赵匡胤也不再问。

周朝皇家亲军侍卫中有四大虎将,东虎将张威,西虎将陈武,南虎将扬勇,北虎将李猛。符金环在命宫女抱着纪王柴熙谨、蕲王柴熙诲出宫时,命南虎将扬勇和北虎将李猛护卫曹王柴熙让从侧门逃出宫去。

符金环见柴熙谨、柴熙诲被抱了出去,柴熙让从侧门逃出宫去,才在范质、王溥、魏仁浦、窦仪及翰林承旨官陶谷等大臣的簇拥下和小皇帝柴宗训到了崇元殿。不一会儿,赵匡胤等来到崇元殿外。于是,符金环宣赵匡胤进殿。

范质、王溥虽然在不得已的情况下,降阶下拜,但内心却一直不能平静。尽管符太后要把幼主的皇位禅让给赵匡胤了,他们知道赵匡胤在这样的情况下不会事前安排人书写禅位诏书,他们也没有接到赵匡胤的命令,所以,也没有安排人去写,甚至应该有哪些议程,谁来主持,也没有告诉他,也不帮他料理,要借机让他出出丑,看看他的笑话,出一口恶气。

赵匡胤及其拥立者都显得很激动,熙熙攘攘地走进崇元殿,却不知道该干什么,依然像过去上朝一样,站在下面,尽管都带着一种胜利者的自豪和霸气,但神情中都流露出猥琐和不安之状。符金环十分镇定,带着小皇帝柴宗训稳步登上殿堂上方,让柴宗训坐在了御座上。赵匡胤的拥立者见柴宗训又坐在了龙椅上,面面相觑,感到很奇怪:他不是皇帝了,怎么还坐在皇帝的宝座上?一个个呆呆地站着,傻子一般左顾右盼,不知道干什么。趾高气扬的赵匡胤也乱了手脚,一脸的迷茫,一时也不知道如何是好了:是站在下面,还是坐在上面?站在下面,还是什么皇帝?如果坐在上面,没有一个人说话,自己怎么走上前去?

如果自己径直走上去,岂不让人耻笑?他的脸红一阵,白一阵,十分尴尬。来的路上,在他的意识里,他和他的大臣来了,太后和小皇帝就应该立即让他坐在皇帝的位置上,他就是皇帝了。看到这个局面才意识他考虑得太简单了,他太激动、太匆忙,太像个不谙世事的武夫了。他站着不是,走上去也不是,感到好羞愧,心中难受地说:昔日上朝或者举行阅兵式什么的都有人主持,现在谁来主持?他来主持吧,不合情理,因为他还没有在位。按规矩,该范质、王溥来主持,可是,他没有授权,此时他也没有名分授权。让自己的亲信主持吧,他事前也没有安排,那些人也都不懂,自己怎么没有事前考虑到呢?由此看来,主持军国大事没有文人是不行的。他尽管很后悔,可是已经晚了。他的几位重臣也意识到了这些,也感到十分难堪,但无所适从,禁不住都瞻前顾后,东张西望。

符金环看着眼前乱糟糟的样子,知道是范质、王溥在作弄赵匡胤,扫视了一下文武百官,心中带着几分忌恨地对赵匡胤道:“都点检。”

赵匡胤正不知道如何是好,忽然听到叫声,立即像过去一样答道:“臣在。”

赵匡胤答应罢,才感到不应该这样回答,但已经不能收回,不由脸色通红。

符金环接着:“我现在这样称呼你,你不介意吧?”

赵匡胤忙说:“不介意,不介意。”

符金环没有说禅让的事,却把话题拉到了过去:“自后汉天福十三年二月太祖带你到我家,至今已经十二年了吧?”

赵匡胤不知道符金环为何突然提起这事,尴尬地一笑说:“是,是。”

符金环说:“我没记错的话,自你投靠太祖那一天起,太祖一直待你如子,每次出兵,都把你带在身边,言传身教。太祖即皇帝位时,任你为禁卫军长。当时世宗任开封府尹,太祖特别把你安排在世宗的麾下。世宗即位,把你当作心腹,作为身旁的要臣,最后又任你为殿前都点检,掌控禁卫军……”

没等符金环说完,赵匡胤已经羞愧得低下头去。符金环继续说:“为了你的母亲和你的家人,世宗赐给你宅第。看到你的弟弟赵匡义二十多岁尚未婚娶,又从中撮合,把符金锭嫁给了赵匡义。我的父王因为欣赏你的才智,才同意这门婚事,世宗和符家,对你可谓是亲如手足,情同骨肉。"

赵匡胤忍不住挥涕道:"太祖、世宗和符家对我和我全家恩重如山,我赵匡胤永世不忘!"

符金环继续说:"你知道就好。既然你想做皇帝,今日我就令幼主把帝位禅让给你……"

没等符金环说完,赵匡胤便痛哭起来:"我本无意于皇位,是手下的将士逼迫,我才不得不接受黄袍加身。"

符金环冷冷地浅笑了一下说:"一切的一切我都知道了。现在我想知道的是你做了皇帝后,怎样善待旧臣,怎样治理这个国家。"

赵匡胤说:"我已立下誓言,定当不负众望。"

符金环知道已经没必要再多说了,便坦然地对他说:"你把禅位诏书交给兵部侍郎窦仪,让他宣读一下,你马上就可即位了。"

赵匡胤听符太后这么一说,才知道禅位要有诏书,脸色立即就白了:是啊,没有禅位诏书,怎么能是正式禅位?这么大的事没有诏书岂不成为后人的笑柄?之前只顾高兴着要做皇帝,怎么没有想到这一层?时间这么紧,又是在这样的情况下,谁能立即写好?叫谁去写?他怎么可以令人写禅位诏书?即使有人写,写诏书的这段时间怎么办?就一个个在这里傻愣着?赵匡胤顿时头上冒出了汗水:这样的大事弄得像小孩子闹着玩似的,成何体统?当皇帝的第一天就闹出笑话来,以后在朝中还有何威?赵匡义、赵普及所有拥立者都慌乱起来,相互埋怨,不知所措。

这时,翰林承旨官陶谷不慌不忙地从后面走到赵匡胤跟前,故意迟疑了一下,才慢慢从袖筒里取出一个文告类的东西。赵匡胤狐疑地望着他,不知他在搞什么名堂。陶谷得意地对赵匡胤说:"禅让诏书我早已写成了,不知可行否?"

赵匡胤听他这么一说,惊愕不已,如释重负地长出一口气,终于安下神来。赵匡胤望着陶谷,眼神里显示出对他的感激和敬佩。

陶谷,字秀实,邠州新平人,今年已经五十七岁。他本姓唐,后晋时因避高祖石敬瑭讳，改姓陶。陶谷自幼习学儒家经典，后以文章闻名天下，强记嗜学，博通经史，诸子佛老，咸所总览，为人隽辨宏博，并擅长隶书，历仕晋、汉、周三朝。显德三年迁兵部侍郎，加翰林承旨，显德六年加吏部侍郎。陶谷并未参与兵变密谋，只是通过自己的观察，知道要走禅让这条路，必定需要禅让诏书，就事先起草好了。当时他就想：如果有人写了，他就不再拿出来。如果没有人写，就适时拿出，给赵匡胤救急，赵匡胤以后一定善待于他。因为他不知道是否已经有人写好，所以也不便事前告诉任何人。陶谷见此情景，便把早已写好的禅位诏书拿了出来。

赵匡胤哪里还顾得上行不行？加上他知道陶谷的文采，又是在没有被安排的情况下就写了出来，可见他对自己的拳拳之心，所以，对他写的诏书深信不疑，看也不看，大声对他说：

"承旨的文章闻名天下，一份诏书岂在话下？"

赵匡胤说罢，即让他把诏书递给窦仪。也就在这一瞬间，赵匡胤心里忽然说：这个陶谷，未经人安排就私下写好禅位诏书，背叛周朝，以讨好于我，如果遇上他人对我赵匡胤心怀不轨，他难道不会像这次一样趋炎附势，背叛我吗？虽然文章写得好，做人却是卑微、奸诈的，如此无德之人以后要严加提防，不可重用。

窦仪接过诏书，望了一眼幼主，又望了一眼赵匡胤，慢步走到御座台阶前，抖着双手，展开诏书，一字一句地当众宣诏道：

天生蒸民，树之司牧，二帝推公而禅位，三王乘时以革命，其极一也。予末小子，遭家不造，人心已去，国命有归。咨尔归德军节度使、殿前都点检赵匡胤，禀上圣之姿，有神武之略，佐我高祖，格于皇天，逮事世宗，功存纳麓，东征西怨，厥绩懋焉。天地鬼神享于有德，讴谣狱讼附于至仁，应天顺民，法尧禅舜，如释重负，予其作宾，呜呼钦哉！祗畏天命。

窦仪诏书宣读完毕,把诏书呈给柴宗训。然后,让宣徽使昝居润引领赵匡胤走到红色台阶的空地上,拜受禅位诏书。柴宗训走下御座,把诏书递与赵匡胤。

赵匡胤接过诏书,正欲登上御座,范质跨前一步,又一次对他说:"太尉既已以礼受禅,望以后事太后如母,养少主如子,无负先帝旧恩。"

赵匡胤再次挥涕许诺说:"匡胤定会如此。"

赵普等人怕范质再说什么,立即上前替赵匡胤戴上皇冠,穿上衮龙袍,拥至殿堂上方。

赵匡胤在龙椅刚刚坐定,赵普立即拜贺:"吾皇万岁、万岁、万万岁!"

文武百官见赵普这样,也都立即下跪拜贺,齐呼:"吾皇万岁、万岁、万万岁!"。

大臣们呼喊朝贺了一阵,赵匡胤立即下令,奉柴宗训为郑王,太后符金环号"周太后",从东宫迁居西宫。

柴宗训看着昔日对自己跪拜口呼万岁的人,现在都朝着赵匡胤跪拜,口呼万岁,问母后说:"母后,我们还来这里吗?"

符金环说:"不来了。"

柴宗训不解地问:"我不是皇帝了?"

符金环耐心地说:"不是了。"

柴宗训又问:"你为什么让我把皇位让给他?"

符金环没有回答,不知道怎样向这个七岁的孩子回答,眼圈红了。

柴宗训又问:"母后还是太后吗?"

符金环哽咽说:"是,不过不是皇太后了,而是周太后。"

柴宗训又问:"母后,赵匡胤为什么要坐我的位置?我们不是亲戚吗?"

符金环把他搂在怀里说:"孩子,别问了,母后心里难受,等你长大了,就知道了。"

符金环说完,急忙带柴宗训快步出崇元殿,走向寝殿。为了防止意外,临上朝前她让宫女把柴熙谨、柴熙诲抱出宫,送到娘家去,命南虎将扬勇和北虎将李猛护卫小曹王柴熙让从侧门逃出宫去。不知道现在情况怎么样了。所以,走出广政殿的第一件事就是先询问这三个儿子的情况。

符金环回到寝殿,只见几个宫女正围在一起哭泣,忙问:"情况如何?"

几个宫女说:"两个妹妹把熙谨、熙诲抱了出去,被赵匡胤、赵普拦住了,不知如今情况如何。"

符金环惊慌地问:"那两个宫女呢?"

宫女们齐声回答说:"未见回宫。"

符金环再问扬勇和李猛护卫柴熙让的情况,都回答说:"不知道。"

符金环听了倍感焦急,急忙出宫,奔向娘家。符金环自走出寝殿,就发现有人在注意她,她走到哪里就感到有人在远远地跟踪着她。她已顾不了那么多,记不清用了多长时间,终于到了娘家。她刚刚跨进大门,还没有看到母亲,便大声问道:"母亲,有两个宫女把熙谨、熙诲送到您这里没有?"

金氏夫人听到符金环的声音,急忙从屋里走了出来。她没有听清楚刚才符金环问的是什么,却关心的是柴宗训禅位的事,说:"把皇位让给赵匡胤了?"

符金环没有回答她,问她说:"我的两个宫女把熙谨、熙诲送到这里没有?"

金氏夫人吃惊地说:"没有啊,什么时候送的?"

符金环说:"我陪着柴宗训去崇元殿,担心熙让、熙谨、熙诲有不测,临出寝殿时,命南虎将扬勇和北虎将李猛护卫曹王柴熙让出京城,让几个宫女送熙谨、熙诲到这里来……"

还没等她把前后情况说完,金氏夫人便意识到情况不妙,立即与符金环一起出门去寻找那两位宫女。此时天色已晚,他们找了半夜也没有找到。符金环忍不住哭泣起来。金氏夫人安慰她说:"可能是那两位宫女抱着熙谨、熙诲躲到其他地方了,他们不会有事的。"

第二天,她们又到城内四处寻找,依然没有找到。她们走到护城河边时,看到几个人从河里打捞起两具女尸,符金环一看,那两具女尸正是她的宫女。母女俩便意识到凶多吉少,忍不住放声大哭起来。很多人也劝慰她们,说不会有什么事，但她们怎么也控制不住自己。她们不知道，两位宫女因为柴熙谨、柴熙诲被赵普等人夺走，感到对不起太后，便大步出宫投河自尽了。

符金环也不知道南虎将扬勇和北虎将李猛护卫小曹王柴熙让逃出京城后，日夜兼程，在符金环和母亲第二天继续寻找柴熙谨、柴熙诲的时候，已经逃到了开封西方三百多里的孟州虢庄，并隐居下来。

符金环和母亲在护城河边悲痛欲绝的时候，赵匡胤已坐在朝堂的御座上，开始了他即位后的第一次早朝。赵匡胤颁诏，定国号为"宋"，都城为开封，改年号为"建隆"。因为他任归德军节度使的藩镇所在地是宋州，所以，国号为宋。为了兑现他"宽旧僚、善姻亲"的诺言，维系旧臣之心，稳定大权，依然拜范质、王溥、魏仁浦为宰相。又遣使奔赴各节度使，依然保持原职，符彦卿的弟弟和儿子的官职也依然不变，只是和其他官吏一样，以大宋朝的名义，重新诏赐。

对旧臣安抚完毕，赵匡胤这才颁诏任用拥立他为皇帝的亲信：石守信自义成节度使、殿前都指挥使升为归德节度使、侍卫马步军副都指挥使，高怀德自宁江节度使、马步军都指挥使升为义成节度使、殿前副都点检，张令铎自武信节度使、步军都指挥使为镇安节度使、马步军都虞侯，王审琦自殿前都虞侯、睦州防御使升为泰宁节度使、殿前都指挥使，张光翰自虎捷左厢都指挥使、嘉州防御使升为宁江节度使、马军都指挥使，赵彦徽自虎捷右厢都指挥使、岳州防御使升为武信节度使、步军都指挥使。赵匡义为殿前都虞侯。然而，对赵普这样的心腹，暂时仅给了他右谏议大夫、充枢密直学士这样一般的职位。

同时，为了笼络人心，对王彦升杀害的韩通赠中书令，并以厚礼葬之，嘉奖他临难不苟的君子品格，并不再提升不听诏令的王彦升。不久，又赐文武近臣、禁军大校袭衣、犀玉带等。接着，又释放周显德年间江南降将周成等三十四人复归于唐，遣使往诸州赈贷，并命几位大臣代替他到南郊祭祀周太祖郭威的太庙，到新郑祭祀周太祖的嵩陵和世宗的庆陵。又特别加封天雄军节度使、魏王符彦卿守太尉兼中书令。符彦卿虽然为了大局而没有起兵，但是，自赵匡胤即位后，在大名一直不进京城，虽然赵匡胤颁诏加封太尉兼中书令，他也回书表达谢意,但不久又修书上表,乞求朝臣不要称他的官职,直呼其名即可。赵匡胤明白他的心情,但是,却下诏不允。

自赵匡胤即位皇帝后,符金锭看到姐姐和柴宗训迁居西宫,柴宗让、柴熙谨、柴熙海下落不明,又想到这一切的一切都有赵匡义的参与,深感对不起姐姐,每日以泪洗面。不久,便病卧在床。

金氏夫人忍受不了这个现实,搬出自己的府邸,锁上大门,离开京城,去大名府投符彦卿而去。

第二十章

驾临陈州

新旧大臣安抚完毕,军国大事稳定下来,赵匡胤这才让自己的母亲杜氏,儿子赵德昭、赵德芳和女儿,以及弟弟赵匡美和妹妹迁居皇宫。

赵匡胤先后有三位夫人,第一位夫人是贺氏,生赵德秀、赵德昭二子,可惜贺氏和赵德秀都早亡。第二位夫人是王氏,夫妻恩爱四年,生子赵德林,不幸的是王氏在二十二岁时病逝,赵德林也早亡。现在的是宋氏,去年生一子,取名赵德芳。现在他只有十二岁的赵德昭、一岁多的赵德芳两个儿子。

他们都迁居皇宫了,然而,符金锭却依然坚持住在现在的宅第,以大病未愈为由,拒绝迁居皇宫。赵匡义问她说:"如今皇宫属于咱的了,里面有护卫把守,宫女伺候,你为什么坚持住在这里?"

符金锭面无表情地说:"皇宫是皇帝的,只有皇帝的父母和子女才能住在皇宫东宫,你是弟弟,我是弟媳,怎么能住在那里?"

赵匡义听她这么一说,忽然很尴尬:是啊,我赵匡义住在那里算什么?怎么可以冠冕堂皇地搬进皇宫?但是,忽然又趾高气扬地说:"大宋江山也有我的功劳,咱们怎么不可以住在那里呢?"

符金锭轻蔑地一笑说:"东宫曾经是我姐姐的地方,现在姐姐迁居西宫,我和你们去住东宫,你让我如何面对姐姐和外甥?"

赵匡义又是一脸的尴尬:符金锭说的不是没有道理,可是,我帮哥哥兵变,黄袍加身,不就是想享受帝王的待遇?如果还屈居在这个宅第,我有什么颜面?朝臣们又将如何看待我赵匡义?

符金锭看他不说话,又问他说:"如果是你处在我这样的处境下,你会怎么想?怎么做?"

赵匡义脸红起来。他过去哪会想到这些问题?一向认为自己口齿伶俐、无所畏惧的赵匡义这个时候却口拙和胆怯起来:符金锭多才多艺,对自己又是那么好,在他和哥哥兵变后,她先劝姐姐让小皇帝退位,又亲赴大名劝阻父王休兵,他和哥哥能有今日的平安,符金锭也是有大功的,我怎么能负她,而让她不高兴呢?自己虽勇,论智慧却和她相差甚远,我怎么可以没有她?接着,他想到了哥哥的夫人宋氏:她和符金锭相比差距太远了,可是,她很快就会当皇后,而符金锭这样的才女却仅仅是一个人妻,这太不公平了。

赵匡义正烦乱不堪,符金锭又提醒他说:"你哥哥现在做皇帝了,已经不是你过去的那个哥哥了,你的名字也应该改一改?"

赵匡义不解,忙问她说:"为何?"

符金锭说:"历朝历代,父子、兄弟打江山的时候都情同手足,一旦得天下,为了自己的皇位就会不择手段。"

赵匡义说:"这与名字何干?"

符金锭说:"历朝历代,大臣若有与帝王的名字相重复的地方,就都会避讳开,重新起名。远的不说,近的,像周太祖郭威,在他没有当皇帝的时候,有一大臣叫郭崇威,太祖即位后,他马上改名叫郭崇,把'威'字去掉了。南唐归顺大周后,皇帝李璟因避讳周太祖郭威高祖父郭璟之名,改名为李景。翰林承旨陶谷,本姓唐,后晋时因避高祖石敬瑭讳,改姓陶。"

赵匡义认为符金锭说得有道理,忙问她说:"我的名字应该如何改呢?"

符金锭说:"把中间的那个字改一下,不和哥哥的重复就可以了。"

赵匡义想了想，问她："你说改成什么字好呢？"

符金锭想了想，说："叫赵光义，如何？"

赵匡义立即说："这个名字好，以后我就叫赵光义了。你再叫个试试，我看好听不好听？"

符金锭笑笑，叫了一声"赵光义"。叫罢，两个人都笑起来。符金锭接着说："只有我们两个人知道还不行，你还要告诉母亲和皇上，最好让皇上赐予你这个名字，这样，皇上才感到你对他的尊重。"

赵匡义看符金锭遇事考虑得这么周全，对她更是佩服。

改了名字，赵匡义又把话题转到了迁居皇宫的事。符金锭再次拒绝说："这座宅第是世宗赠赐的，看到它就想到了世宗的情怀。再者，也想远离貌合神离、尔虞我诈的宫闱，你若嫌弃它，可以搬到皇宫去，我住在这里。"

赵匡义知道符金锭的决定很难改变，忽然说："等我当了皇帝，一定让你住在皇宫的东宫。"

符金锭笑了笑说："历代皇帝都是父死子继，你怎么去当皇帝？再说了，我也没有想过当什么皇后，只要你能免遭猜忌，我们能平安一生，我就满足了。"

赵匡义半天无语。停了一会儿，愤怒地说："为什么皇帝位一定要父死子继？哪辈子的规矩？"

符金锭没有回答他这个话题，说："你现在是大宋王朝皇帝的弟弟，不是昔日横冲直撞的赵匡义了，说话做事要处处谨慎。我相信你是个有作为的人，不仅要书法好，还要多读书，一定好好辅佐你的哥哥，让大宋做到国泰民安，这样，我就一生无悔了。"

赵匡义还想说什么，符金锭制止他说："我累了，想一个人躺下歇息歇息。"

赵匡义知道她有病在身，就打住了话题。符金锭慢慢睡着了，赵匡义却趁这个机会，大步出门，直接去了皇宫。

赵匡义见到母亲，把符金锭不愿搬进皇宫的话说给母亲后，忍不住流泪说："我帮助哥哥夺得了江山，如今他当了皇帝，我才是个殿前都虞侯，一个芝麻大的官……"

杜氏夫人说:"你哥哥刚刚即位不久,当以国事为重,哪能先考虑自己呢?你是他的弟弟,等过了一段时间,他能会亏待你?赵普对他那么忠心,眼下也不是才当了个右谏议大夫、充枢密直学士? 你急什么呢? "

赵匡义说:"如果不急,说不定皇帝的宝座就是其他人的了。"

杜氏夫人责怪他说:"你这是什么话? "

赵匡义说:"不是吗? 世宗刚安葬不久我们就动手了,不然,会轮到我们? "

杜氏夫人说:"这也是命吧。"

赵匡义忙问母亲说:"皇位都是父死子继吗? "

杜氏夫人对他的问话感到很奇怪:一个二十多岁的人,哥哥才即位,怎么就关心起这事来?停了一会儿,说:"这是几千年的规矩了。不过也不尽然,如果皇帝没有子嗣,或者子嗣太小,也可兄终弟及。像周太祖,不顾血缘,只讲品格,直接把皇位传给了养子柴荣。"

赵匡义忙说:"如果哥哥死了,我不是也可以继位? "

杜氏夫人不高兴地说:"你哥哥才当皇帝,你怎么能说这话? "

赵匡义不服气地说:"人都是要死的,这有什么? "

杜氏夫人想了想,认为他的话有道理,说:"以后再说吧。"

赵匡义却继续说:"大宋江山有我一半的功劳,到时候母亲要替我说话,哥哥去世了,由我来做皇帝。"

杜氏夫人看看他,对他敢于这么想感到很惊奇,由此也勾起了她的一段回忆:后唐年间,契丹侵犯中原,百姓流离失所,纷纷南逃。一日,她挑着两个竹筐,一个坐着赵匡胤,一个坐着赵匡义,一路往南逃。路上遇到一个叫陈抟的人,慈颜微笑,拦住去路,凝视了赵匡胤和赵匡义一会儿,拱手道贺说:"夫人好福气,夫人好福气!"杜氏夫人惊疑地问他说:"贱妾因夫君身在行伍,正在军中抗敌,无暇顾及家眷,我们母子三人出于无奈,只好逃难至此,衣食无着,性命难保,哪有什么福气?你何出此戏言?"陈抟没有再解释什么,于是周济她一些银两,叫他好生抚养两个孩子,杜氏夫人千恩万谢。杜氏夫人挑着赵匡胤、赵匡义重新上路时,陈抟面对过路的人群,吟道:"谁说当今无真主,两个皇帝一担挑!"

想到这里,杜氏夫人不由再次望了一眼赵匡义:这孩子,哥哥才当皇帝,他就想着要当皇帝,难道,他命里该接替哥哥的皇位?于是,安慰他说:"这话不要乱讲,以后由我来跟你哥哥说。"

赵匡义见母亲答应了,又把符金锭让他改名字的事说了一遍。杜氏夫人赞叹说:"符氏,是咱赵家的贵人呀。"

赵匡义还要说什么,赵匡胤退朝回来了。杜氏夫人把符金锭不去皇宫和赵匡义嫌官位小的话,都讲给了赵匡胤。赵匡胤感叹说:"符家对我们赵家恩重如山,也对大宋王朝的建立功不可没。他们家族世代忠良,男尊女贵,人丁兴旺,举世无双焉。陈州是个什么神奇的地方,居然有符氏家族这样的人物?等大局稳定,我一定要到陈州去巡视,看看那里是什么样的风水宝地。"

没几日,赵匡胤又升赵匡义为殿前都虞侯,领睦州防御使,赐名光义。

二月初五,赵匡胤尊母亲杜氏为皇太后。大臣们都向杜氏夫人表示恭贺,杜氏却郁郁不乐。一个文臣走到她跟前说:"臣听说过'母以子贵',现在你的儿子做了皇帝,你为什么不高兴呢?"

杜氏夫人说:"我听说'为君难',皇帝位在亿万兆民之上,如果治国有方,则皇位可尊;一旦国家失去驾驭,即使想当匹夫也不可能,这是我所忧虑的啊!"

赵匡胤再次向母亲拜道:"我一定听从母后的教诲。"

赵匡美见赵匡义改名,也改名为赵光美。不久,赵匡胤升赵光美为嘉州防御使。同时,为司徒、兼门下侍郎、同平章事范质加侍中,为右仆射、兼门下侍郎、同平章事王溥加司空,为枢密使、中书侍郎、兼刑部尚书、同平章事魏仁浦加右仆射,枢密使吴廷祚加同中书门下二品。

八月,赵匡胤立他的夫人王氏为皇后,妹妹为燕国长公主。又以赵光义殿前都虞侯、睦州防御使领泰宁军节度使。不久,又把燕国长公主嫁给了忠武军节度使高怀德。

　　赵匡胤十分孝顺,以为自己当了皇帝,要让他的母后好好享受一番,不料,到了建隆二年五月,他当皇帝才一年多,杜太后在滋德殿忽然患病,赵匡胤、赵光义和符金锭都一直在她身旁服侍,不离左右。

　　杜太后对赵匡胤和赵光义的精心伺候不感到奇怪,因为,他们是她的亲生儿子,然而对符金锭能在面前形影不离、嘘寒问暖,感到惊讶:她不仅仅是一个儿媳妇,还是一个刚进她的家门就蒙受屈辱的儿媳妇。一年前,两个儿子夺取了她外甥的皇位,改朝换代,用宋代替了周,她为了京城免于战火,从中做了大量牺牲不说,如今还能这样对待被不少人斥为不仁不义的儿子的母亲,是何等的宽容大度啊!在惊讶和欣喜之余,不由对符金锭生出几多愧疚。她一遍遍地看着符金锭,感到有很多话要说,却一时不知道从何说起,如何说才能表达自己的心意。这天,她带着一种感激和不安,明知故问地找话问符金锭说:"你老家是陈州宛丘县?"

　　符金锭笑笑,心里说:早就知道,问过多次,又问,是病迷糊了,还是忘记了?但是,符金锭依然耐心地回答说:"是的,陈州宛丘县。"

　　杜太后又问:"那地方一定很好吧?"

　　符金锭又笑笑,借《滕王阁序》里的一句话,骄傲地回答说:"物华天宝,龙光射牛斗之墟;人杰地灵,徐孺下陈蕃之榻。"

　　赵匡胤插话说:"显德元年一月,我随世宗皇帝南征路过陈州时,听大符皇后讲过,知道一些,可惜的是,我们是驻扎在陈州城东面数里远,又赶上夜晚,没能到州城去看一看,实乃遗憾。"

　　杜太后说:"金锭啊,我很想去陈州看一看,可惜,今生去不到了,你能否给我讲一讲,我能听一听也能瞑目了。"

　　符金锭为了满足她的要求,除了讲述一遍符金玉给周世宗柴荣讲过的内容外,又介绍说:"陈州,在远古时代太昊伏羲氏定都的时候叫宛丘,炎帝神农氏在此定都的时候叫陈。周武王建立周朝后,这里为陈国,后来楚国灭陈国,又以此为都。战国末年秦始皇统一六国时,因为这里在淮水之阳,改称淮阳。刘邦建汉朝后,建淮阳国。南北朝的时候,始称陈州。因为这里也叫淮阳,所以我的父王在周太祖建立周朝后被封为淮阳王。大家熟知的成语典故,如大义灭亲、卖国求荣、与人为善、面若桃花、明知故问、歃血为盟、一言九鼎、鸿鹄之志、楚河汉界等五十多个都源于这里。陈州城在一个万余亩的湖水中,只有四关四条路可与外面相通,州和县的治所都在城中。夏天,满湖都是蒲苇、荷花。所以,《诗经》里描写道:彼泽之陂,有蒲与荷……彼泽之陂,有蒲菡萏……"

没等符金锭说完,杜太后忍不住说:"我好悔呀,为何不早问你呢?早知道陈州这么好,说什么也要到陈州去看看啊!"

赵光义也忍不住问:"陈州原来这么美丽神奇呀?"

杜太后对赵光义说:"你能娶上金锭,又与陈州结缘,真是你的福气,你要好好善待金锭。记住我的话了吗?"

赵光义忙说:"记住了。"

符金锭还要说什么,没等她张口,赵光义望着赵匡胤说:"什么时候我们到陈州去仔细看一看?"

赵匡胤说:"等母后的病好了,我们一起去。"

可是,杜太后的病不仅没有好,反而一天比一天严重。

到了六月二日,杜太后时而清醒时而昏迷,病更加严重。杜太后是一个非常聪明而且富有智慧的人,曾经多次参与赵匡胤的大政决策。清醒后,她知道自己将不久于人世,恰好又看到赵匡胤才十三岁的儿子赵德昭也来看她,忽然想到之前赵光义关于皇位传续的事,进而又想到了那个叫陈抟的老道说过的话,担心大宋王朝重蹈后周的覆辙,就命赵匡胤把赵普召到跟前,说有要事安排。她特别喜欢赵普,见了赵普总是称他为"赵书记"。杜太后对赵光义特别疼爱,从没有对他发怒训斥过。赵光义每次外出,都嘱咐说:"必与赵书记偕行,不然不得外出。"外出前,她还要让赵光义说出归家的具体时间,杜太后便在赵光义说的时间在门口等他,因此,赵光义从不敢违背太后。赵普也因为杜太后这样器重他,对杜太后唯命是从。

赵普很快来到了滋德殿。杜太后看到他，却没有先问他话，而是先问赵匡胤说："你知道你是怎么得天下的吗？"

赵匡胤不理解母后为什么忽然问这样的话题，以为是母后在这个时候良心发现，有意在责怪他，呜咽哭泣，却不敢回答。

杜太后说："我老了，该死了，哭有何用？我刚才问你大事，你只哭而不回答，为什么？你回答我：你知道是怎么得天下的吗？"

赵匡胤忙说："我所以得天下，是祖先及太后之积庆也。"

杜太后浅笑说："不然。是因为周世宗英年早逝，使幼儿统治天下，群心不附。假如周氏有长君，天下岂为你所拥有？我将不久于人世，最不放心的是大宋王朝的江山如何才能长治久安。"

赵匡胤忙跪下说："谨遵母后的教诲。"

杜太后说："《易经》里说：有天地，然后有万物。有万物，然后有男女。有男女，然后有夫妇，然后有父子。有父子，然后有君臣。有君臣，然后有上下。周代以前，王位是'兄终弟及'，周代以后，才变为'父终子及'。我今年近六十岁了，经历了几个朝代，悟出了很多东西。你的儿子都还幼小，你与光义皆我所生，以前面汉、周两朝的教训，你以后当传位给你的弟弟，四海至广，能立长君，国家之福也。不然，大宋不稳也。你要记住我的话。"

赵匡胤顿首饮泣道："孩儿记住了！"

杜太后见赵匡胤如此保证，看了一眼赵光义，又转过身对赵普说："你是赵姓的本家，皇上的心腹，也要记住我的话，不可违背也。"

赵普忙说："臣记下了。"

杜太后让赵普来，就是要让他作为证人，但是，杜太后还不放心，又让赵普在她的床前把"兄终弟及"的遗言写成誓书。赵普不敢不从，立即书写下来：

大宋皇帝母后召赵普、赵匡胤、赵光义于床前，为大宋江山建久安之势，成长治之业，令皇帝立盟曰：皇位传续，子年幼，兄终弟及；子年长，父终子及。

建隆二年六月二日

赵普写完,忙呈到杜太后面前。杜太后看了看,又令赵普在后面签上"臣普书"三字。然后,吩咐赵匡胤:"藏之金匮。"

赵匡胤遵照母后的安排,把盟书藏在了金匮之中。杜太后看到这里,十分欣慰。因为说话过多,又昏迷了过去。当天晚上,杜太后安详中辞世。

赵光义极其悲痛,他不仅需要这个盟约,为以后接替皇位做到顺理成章,更希望能在母亲的督办并见证下即位,因为只有这样才能稳操胜券。可是,他未能如愿。

赵匡胤是因为母后临终的嘱咐和安排,才不得不当着母后和赵普的面订下盟约,他意识到这是赵光义在母后面前的要求,等他死后,赵光义一定要接替皇位。如果到了自己病逝后赵光义接替皇位倒还不足为惧,他害怕赵光义也像过去弟弟弑兄的悲剧一样在他这里重演,因此,如何保护皇位成了他的一块心病。所以,盟约签订后的一些日子里,他心神不宁,夜不能寐:自己冒天下之大不韪夺得了皇位,难道兄弟间又相互争斗?想到赵光义尚且如此,忍不住又想到了这几十年的朝代更迭:大凡有了军权的人都对皇帝的位置虎视眈眈,石守信、高怀德、王审琦、张令铎、赵彦徽、罗彦环都是拥立我的功臣,如今都兵权在握,虽然现在都对自己言听计从,以后还会这样吗?周太祖、周世宗对我恩重如山,我赵匡胤居然在周世宗死后,欺凌符金环、柴宗训孤儿寡母,举兵篡位,一旦以后我们弟兄间出现不测,或者我老去后,他们这些人会不会像我一样乘危起兵,篡夺我的皇位?他越想越感到后怕和不安。因此,他没等安葬母后,这天便把赵普召到跟前问:"从唐朝结束以来的几十年里,朝代已经更迭了六次,皇帝已经换了八个家族了,战争频繁,无休无止。朕想结束天下的战争,使国家长治久安,如何才能做到?"

赵普回答说:"陛下能认识到这一步,乃是天地之福,人神之福啊。造成天下的混乱,并非别的原因,就是藩镇的权力太大,君主弱而臣子强。如今想要解决这样的问题,只有削弱藩镇的权力,将他们的精锐军队没收,这样天下就会和平了。"

赵匡胤听了顿觉茅塞顿开。七月初九,赵匡胤在退朝后留下石守信、高怀德、王审琦、张令铎、赵彦徽、罗彦环诸高级将领饮酒,酒至半酣,宋太祖对他们说:"朕若没有诸位,也当不了皇帝。朕虽身为天子,还不如做节度使快乐。当了皇帝之后,朕从来没有好好睡过觉。"

他的话令石守信等人大惊失色,纷纷说:"陛下为什么这么说,现在天命已确定,谁敢再有异心?"

赵匡胤说:"谁不想要富贵?假如有一天,你们的部下一样对你黄袍加身,拥戴你当皇帝。纵使你不想造反,还由得着你们吗?"

石守信等将领立即悟出赵匡胤的弦外之音,忙跪下哭着说:"臣等愚昧,不能了解此事该怎么处理,还请陛下可怜我们,指出一条生路。"

赵匡胤说:"人生苦短,犹如白驹过隙,何不释去兵权,出守大藩,多累积一些金钱,买一些地产,传给后代子孙,家中多置歌妓舞伶,日夜饮酒相欢以终天年?这样,君臣之间没有猜疑,上下相安,不亦善乎?"

石守信看赵匡胤已经把话挑明,立即答谢说:"陛下为我们想得这么周全,对我们有起死回生的恩惠啊!"

第二天,石守信、高怀德、王审琦、张令铎、赵彦徽等上表声称自己有病,纷纷要求解除兵权。赵匡胤欣然同意,一个个大加赏赐后,让他们罢去禁军职务,到地方任节度使,并废除了殿前都点检和侍卫亲军马步军都指挥司。

赵匡胤解除了帅强则叛上的疑虑,稳固了皇权,才于十月份祔葬杜太后于安陵,谥号明宪太后,不久,又改谥号为昭宪太后。

石守信、高怀德、王审琦、张令铎、赵彦徽等人的兵权解除,母后隆重安葬,政权稳固,赵匡胤心里踏实了。他每每想起这些,都十分感激赵普:如果不是他献计,我还真不知道如何处置石守信等人。现在,赵匡胤虽然没有后顾之忧了,但每当想起陈桥兵变时的那段日子,还不由得感到后怕:即位之初,为了笼络李筠,他遣使为李筠加兼中书令,喻示李筠入朝受封。李筠拒绝受命,但被左右苦苦劝阻,不得已才勉强下拜。等到使者升阶,排酒奏乐,李筠却突然把周太祖郭威的画像挂在墙上,痛哭流涕。不久,李筠又派遣使者向北汉睿宗称臣,北汉皇帝睿宗以蜡丸封书,约李筠联合伐宋。李筠答应,派人杀死宋朝泽州刺使张福,占据了泽州城,北汉睿宗也率兵前来增援。李筠在太平驿以臣下的礼节拜见睿宗,睿宗当即封李筠为西平王,并与他长话。李筠陈述自己身受郭氏大恩,也不考虑周朝同北汉曾经是世仇,决心要联合北汉,伐宋报周。睿宗听他这么一说,默然不语,从此心里怀疑李筠,反而命令宣徽使对他监督。李筠没有想到睿宗这样对待他,怏怏不快,留下儿子李守节守卫上党,而自己亲自率兵南征。不料,赵匡胤已抢先一步,派遣大将石守信和慕荣延钊等从两路出兵,夹击李筠。慕荣延钊北出长平,首战打败李筠的军队,斩获三千人。紧接着,赵匡胤又御驾亲征,同石守信等会师,在泽州以南打败李筠的三万主力部队,李筠被迫北还坚守泽州。赵匡胤亲自督战,攻下泽州城池,李筠赴火自焚而死。如果睿宗聪明一点,不怀疑他,和他联兵,后果不堪设想也!

李重进是周世宗的表兄,赵匡胤即位后,为了笼络他,以韩令坤代为侍卫都指挥使,加李重进为中书令,既而移镇青州,加开府阶。赵匡胤担忧他有疑心,又遣六宅使陈思诲赏赐铁券,以安其心。但是,李重进依然修筑城隍,整治武器,大肆反宋。赵匡胤派遣石守信、王审琦、李处耘、宋偓四将率禁兵讨伐,才予以平定。

赵匡胤回忆起李筠和李重进的起兵反宋,禁不住又再次心生对符氏家族的感激之情:世宗刚刚安葬,我就乘人之危,夺天下于孤儿寡母之手,符氏居然没有动一兵一卒,符金锭怕父王起兵,还亲去大名劝阻父王。这样的大仁大德大义,放到我赵匡胤的身上,我能做到吗?我肯定做不到!如果不是符氏家族对我赵匡胤放过一马,我赵匡胤今天能平安地坐在皇位上? 想到这里,为了表达对符氏的感激之情和对符金锭的钦佩之意,没几日,便册封符金锭为汝南郡夫人,符金锭三伯符彦图迁幽州衙内指挥使,七叔符彦彝任骁骑将军,九叔符彦升任骁骑将军。不久又改封符金锭为楚国夫人。

赵匡胤做了这些,感到有些地方依然不能释怀,经常一次次自问:陈州是个什么神奇的地方,居然辈出如此人物? 他百思不得其解,忍不住把其他事压在一边,于建隆三年五月,由赵普、赵光义跟随,欲驾临陈州。

之前,赵匡胤为了解群情向背,常常微服私访,不少大臣劝谏说:陛下新得天下,人心未安,今数轻出,万一有不虞之变,能不后悔吗? 赵匡胤笑着说:"帝王之兴,自有天命,求之亦不可得,拒之亦不能止。周世宗见诸将有方面大耳者皆杀之,然而,我终日在他的身边,他却没有害我。若应为天下主,谁能图之?不应为天下主,虽闭户深居何益?"这次,几位大臣怕途中遭遇不测,又谏言阻止。赵匡胤听了,想到有一次乘驾出宫,经过大溪桥时,突然飞来一支冷箭,射中了他的黄龙旗。禁卫军都大惊失色,他却拍着胸膛说:"谢谢他教我箭法。"禁卫军要前去搜捕射箭者,他却阻止了,以后果然也就没事了。想到这里,赵匡胤对劝谏他的大臣笑道:"有天命者,任自为之,我不惧也。"

于是,便毅然决然离开京城,前往陈州。

前几朝,州一级的长官为刺史,前不久,赵匡胤颁诏,以朝臣充任各州长官,称"权知某军州事",简称知州。陈州知州也是才上任不久,赵匡胤此行,也有巡视知州尽职情况之意。

陈州在开封南,相距二百余里。赵匡胤这次南下不同于过去随周世宗南征,都是急行军,这次的目的是去陈州探寻一些秘密,所以,一路比较轻松。两天后,赵匡胤到了陈州。

陈州辖宛丘、项城、南顿、商水、西华五县,州城居五县中心。在军事上,陈州一带在后梁时设忠武军节度使,后晋时为镇安军节度使,后汉废镇安军节度使,后周广顺二年,周太祖复建镇安军节度使,宋朝建立后依然为镇安军节度使。因为这里是京城的南大门,历代为兵家必争之地。

赵匡胤到了陈州境地,陈州知州及宛丘县令已在边境迎接。他们走了大约几十里路,忽然看到前面出现一片一望无际的湖水,只有一条南北垂直的路通向湖中。湖水清澈见底,鱼儿在水中嬉戏着,穿梭于随风飘摇的蒲苇荷花间。天空中一队队鸣叫不止的白鹭、水雀,和叫不出名的飞鸟,上下盘旋。数不清的渔舟上站立着头戴斗笠的渔翁,渔翁们一边撒网,一边唱着渔歌:"陈州城湖白鹭飞,荷花下面鲤鱼肥。青箬笠,绿蓑衣,清风斜阳不思归。"

知州望了赵匡胤一眼,朝湖中指了指,说:"陛下,陈州城就在湖中,且雄伟壮观,天下绝无仅有。"

赵匡胤忍不住下车,对这美景驻足观看。他举目向南远望,只见湖中的州城城墙高耸,殿宇楼阁鳞次栉比,煞是壮观。笑道:"真像符金锭说的,只有四关四条路可通城内,这样的古城确实是举世无双焉。"接着,又忍不住问知州道:"陈州城建于何时?"

知州忙回答说:"回陛下,始建于西周,为陈姓始祖陈胡公始建。"

赵匡胤感叹说:"那就是说距今已有两千多年了。"

知州忙回答说:"是的。战国时期楚国都城被秦国攻破,顷襄王迁都于此,就是在这里亡羊补牢。秦始皇统一六国时派王翦率六十万大军攻打楚国,首先攻打的就是这个地方。王翦曾经围困该城一年,秦始皇亲来督战,并先拜了太昊伏羲陵。他统一六国后之所以称始皇帝,就是认为是得到了伏羲皇的保佑……"

赵匡胤忽然想起符金玉曾经的介绍,打断他说:"太昊伏羲氏的陵墓在哪里?"

知州朝西面一指,说:"就在湖的北岸,距我们有一里远。"

赵匡胤环顾左右,立即说:"到了这里岂有不先拜祖先之理?"

赵匡胤说罢,立即在知州的带领下,前往太昊伏羲陵。赵匡胤往前走着,忽然悟出什么似的,感慨地说:"怪不得这里贤达辈出,原来这里不仅风水好,还有祖先长眠在此,有祖先保佑也。"

知州紧紧跟随,边走边给赵匡胤介绍说:"春秋之前,人死后挖坑埋葬,叫做墓。春秋时,陈州人为了祭祀朝拜太昊伏羲氏,在祖先的埋葬地封土,始有坟头。上面的叫坟,下面的叫墓,这是坟墓的来历。帝王的坟墓称陵,诸侯的称冢,圣人的称林,百姓的称坟。汉以前,太昊伏羲陵前即修建有祠堂,也是陵前建祠堂之始也。唐太宗李世民曾经为太昊伏羲陵颁诏:禁民刍牧。"

赵匡胤听到李世民曾经颁诏保护太昊伏羲陵,更感到自己也应做些事情。赵匡胤来到太昊伏羲陵前,只见坟头还没有如今帝王的坟头高大,陵前的祠庙也矮小破旧,陵周围野草萋萋,一派荒凉。不由叹息说:"这哪里像祖先的陵墓?历代帝王都为自己的祖上大修陵墓,怎么都没有想到我们华夏族共同的祖先?数典忘祖啊! 这是我辈责也,你们这些知州、县令有失职责也!"

刺史诚惶诚恐地回答说:"是,是,臣下当尽快整修。"

县令也忙说:"也是微臣失职也。"

赵匡胤又说:"仅仅不让放牧怎么行呢?"

知州忙说:"是,是,微臣失职。"

赵匡胤又问:"设有守陵户吗?"

县令汗颜说:"当下还没有。"

赵匡胤听了,十分不悦。接着,在陵前行三拜九叩之礼后,又伫立良久。赵光义也在陵前行三拜九叩之礼,念念有词。

当天,赵匡胤住在州城。这一夜,他很久没有入睡,心里一直在琢磨如何修陵,如何对这里常年祭祀。

第二天,去州城西北面的西华县。当走到该县城东北三十里处时,又见有一座坟墓,周围也是杂草丛生,忍不住问:"这是谁的坟墓?"

知州忙回答说:"回陛下,此乃商代高宗武丁之陵寝。武丁又称商高宗,系商代第二十二任国王。他是商代鼎盛时期很有作为的君主,堪称一代明君。武丁早年生活在民间,知稼穑艰难,即位后志向远大,思兴复殷。当年武丁从商都率群臣前来西华捕灭蝗灾,因积劳成疾而病逝这里,葬于现址。古时的陵冢规模宏大,有'望之如山'之说。陵后两侧分置高宗最器重的大臣傅说和甘盘的陵墓。因历史上无数次黄河泛滥淤积,加上几十年来战乱不止,无人修缮,庙宇毁废。"

　　赵匡胤看到武丁的陵寝也如此荒凉，本打算到其他县再巡视一番，却没有了心思，立即返回京城。动身前，面色冷峻地对陈州知州说："你知道为什么陈州人杰地灵吗？"

　　知州支吾着回答不出。赵匡胤说："是祖先太昊伏羲氏在保佑也。"

　　知州忙不迭声地回答说："是，是，陛下说得极是。"

　　赵匡胤接着说："尊祖敬宗是我等民族的美德，陈州是祖先定都和长眠的地方，是风水宝地，要修建、保护好祖先的陵庙，不然，我们上对不起祖先，下愧于子孙后代也。"

　　知州、县令连连称是。

　　起驾后，赵匡胤又问刺史说："魏王符彦卿的老家在何处？"

　　知州立即明白赵匡胤的意思，马上回答说："回陛下，就在陈州城北三十余里。"

　　赵匡胤忙问："他老家建有祠堂吗？"

　　知州忙回答说："有。"

　　赵匡胤说："朕要到那里看一看。"

　　知州闻言立即带路前行。到了符氏的祠堂。赵匡胤下了车，走进去，整理了一下御袍，对着符存审及其先祖的画像深深鞠了一躬。

　　赵普在一边说："陛下贵为天子，他是前朝的大臣，怎么能向他行礼？"

　　赵匡胤听了，想起他当皇帝后有一次和大臣们路过后周的功臣阁，正好有阵风将门吹开了，他刚好面对王朴的画像，赶忙停下脚步，肃立不动，像现在一样整理了一下御袍，朝王朴的画像深深地鞠了一躬。大臣中有人对他说："陛下贵为天子，王朴是前朝的大臣，不该这样过分地行礼！"他指着自己身上的御袍说："如果王朴还健在，那朕就不可能穿上此袍了。"赵匡胤回想到这里，对赵普说："正是符氏先祖的美德惠及他的后人，符氏家族才与众不同，如果不是符氏的大义，大宋能有今天的朝野安定吗？我们怎么不该对这样的人崇敬呢？"

　　赵普听了，羞愧难当。

赵光义见哥哥能这样，也对着符氏祖先画像深深鞠躬。

赵匡胤回到京城没几日，立即颁布《修陵奉祀诏》，并派使臣快速送往陈州。诏书曰：

> 历代帝王，或功济生民，或道光史载，垂于祀典，厥惟旧章。兵兴以来，日不暇给，有司废职，因循旷坠。或庙貌攸设，牲牷阙荐；或陵寝虽存，樵苏靡禁。仄席兴念，兹用惕然。其太昊葬宛丘，在陈州；高宗武丁葬陈州西华县北，各给守陵五户，蠲免地役。长吏春秋奉祀。他处有祠庙者，亦如祭享。

符金锭听说赵光义跟随赵匡胤去陈州，不仅对她的家乡大加赞赏，还拜祭太昊伏羲氏，赵匡胤又颁布了《修陵奉祀诏》，还亲自到符氏的宗祠对他们的先祖施礼，因此，对赵匡胤多了不少赞许，对赵光义也更加关心。

让符金锭更没想到的是，到了八月，赵匡胤又晋升她的父王符彦卿为守太师兼中书令、上柱国、魏王，赐誓书，并铸成铁券，誓书的文字让她更是感激不已：

> 咨尔崇仁昭德、佐运宣忠、保正翊亮功臣守太师兼中书令、行凤翔府尹、上柱国、魏王，食邑三万五千户，食实封三千六百户符彦卿：朕昨以菲躬，获承丕绪。思继国守成之道，缵重熙累盛之休，夙夜兢兢，惧不克荷。徭是听政之暇，辄思佐运之臣。当迟疑惑惧之秋，属缔构艰难之日。周非吕召，安能定不拔之基；汉非萧曹，无以肇兴之运。今则有我功臣符彦卿，蕴负鼎之良材，总经邦之大略，一言契天地之心，万世建盘维之祚。长河有似带之期，泰华有如拳之日。惟朕念功臣之旨，永将及子孙，使卿长袭荣宠，克保富贵。恕卿九死，子孙五死，元孙三死。如犯常法，所司不可加责。承我信誓，永维钦哉！
>
> 宣付史官，颁行天下。
>
> 建隆三年八月十三日誓书下

第二十一章

出居房州

赵匡胤对符氏颁布誓书,在朝中引起巨大震动,认为符氏受唐、晋、汉、周几代尊崇,又有功于大宋,如今陛下驾临陈州赴符氏宗祠致祭,给符氏以荣耀,又给予如此优待和特权,是符氏积善累德所致,也是赵匡胤胸怀宽大、善待旧臣的体现,因此,都摒弃了过去因兵变篡位而引起的异议,又对新立的宋朝信心大增。但是,作为赵匡胤心腹的赵普,当天晚上便又像陈桥兵变前一样到了赵匡胤的宫室。赵匡胤对赵普的夜晚造访虽然并不感到惊奇,但也意识到他必定又有秘事跟自己商谈。于是,依然很客气地以兄长相称道:"兄长很久没有夜晚来访了,今必有要事相商吧?"

赵普浅浅地一笑说:"陛下即皇帝位的两年多来,对符氏宠爱有加,是否会让其他大臣有受冷落之感?"

赵匡胤不解道:"凡有功者都给予了赏赐和重用,怎么会有被冷落之感?"

赵普冷笑说:"石守信、高怀德、王审琦、张令铎、赵彦徽等被解除兵权,你做何解释?"

赵匡胤一时无语。

赵普说:"糖是甜的,如果连续吃,就感觉不到甜了。一个人过于宠爱,就会骄横，就感觉不到你的恩惠了。此乃久糖不甜、久恩无畏也。为君之道，须与臣不即不离，无缚无脱，恩威并重，让臣下对你敬畏，才能更好地驾驭也。"

赵匡胤问他道："你的意思是想让朕如何呢？"

赵普没有回答他，却反问他说："周太后与周郑王虽然居于西宫，却常和大臣们相见，每每见到他们，他的旧臣就会想起你篡夺皇位之事，长期下去对你何益？"

赵匡胤如醍醐灌顶，忍不住"哦"了一声，说："过去我怎么没有想到这些呢？老兄提醒得好。以老兄之见，当如何是好？"

赵普说："当迁出皇宫。"

赵匡胤忍不住问："迁往何处？"

赵普没有直接回答，却不厌其烦地讲起从秦朝到唐朝被迁徙和流放的事例来，说："《史记·秦本纪》载：秦始皇母亲赵姬的情人长信侯嫪毐作乱，秦始皇平定叛乱，车裂嫪毐，诛其宗族，并将嫪毐舍人夺爵迁蜀四千余户，家居房陵。秦相吕不韦因举用嫪毐不当而遭免职。两年后，吕不韦饮鸩而死，其舍人和邻国数千人前去吊唁，秦始皇将吕不韦舍人、官吏等一律夺爵迁往房陵。秦大将王翦攻破赵国国都邯郸，俘获了赵王迁。秦始皇令赵王迁及其宗室成员迁往房陵。汉高祖九年，高祖刘邦的女婿赵王张敖，因赵相贯高谋反受到牵连，被免去诸侯王，废为宣平侯，不久将张敖等流放房陵。汉武帝建元三年，济川王明坐杀太傅、中傅废迁房陵。汉武帝元鼎三年，常山王刘舜薨，子勃嗣立。武帝斥其父病时照顾不周，办丧事未遵守礼仪，被废，迁置房陵。汉宣帝地节三年，清河王年，因图谋反叛被发配房陵。汉元帝建昭元年，河间王元，因滥杀无辜，被废，迁置房陵。汉哀帝建平三年，东平王云废徙房陵。唐高宗永徽三年，唐太宗女儿高阳公主与夫婿房遗爱因谋反罪被贬房州，遗爱为房州刺史。房州即房陵。房遗爱夫妇在房州居住一年后，朝廷权臣长孙无忌等在审理逆案中，确认房遗爱等谋反罪，房遗爱被处斩，高阳公主被赐死自杀。唐高宗显庆元年，唐高宗李治初立的太子燕王李忠被降任房州刺史。燕王李忠是唐高宗长子，后宫刘氏所生，因高宗王皇后无子,被过继给王皇后为子,唐高宗永徽三年被立为太子。唐高宗永徽六年,高宗废掉王皇后,立武则天为皇后。次年,立武则天三岁的儿子李弘为太子,废李忠为梁王,当年又转任房州刺史。唐高宗麟德初年,唐太宗女儿城阳公主与夫婿薛绍被贬房州,为房州刺史……"

赵匡胤明白了赵普的意思,打断他说:"你的意思是把他们迁往房州?"

赵普说:"房州在很早的时候就是个流放皇亲国戚的地方,你这样做也不算亏待他们。"

赵匡胤说:"你说的那些被流放者,都是因为谋反什么的,才把他们迁居房州,符金环母子把皇帝位禅让于我,我怎么能再将他们流放呢?"

赵普笑笑:"他们眼下是没有谋反什么的,那是因为势单力薄,翅膀不硬,等柴宗训长大后,谁能保证他不会谋反呢?"

赵匡胤许久无语。

赵普接着说:"历代皇帝都是这样,你有何不可?再说了,也不都是废徙不管,也可在那里任职。例如:房遗爱为房州刺史,薛绍也为房州刺史。再说了,他们一直居于皇宫,也不是长久之计呀。"

赵匡胤说:"容我再想想。"

赵普说:"卧榻之侧,他人安睡,以后可有隐患乎?给他们找个地方迁出皇宫,也是陛下给他们有了安置,陛下才高枕无忧也。"

赵匡胤思虑再三,终于在十二月中旬颁布了一道诏令:周郑王柴宗训出居房州。诏令一出,朝中又一次引起极大震动:八月铸造铁券誓书,符氏享有特权,不到四个月,周郑王柴宗训被赶出皇宫,而且是千里之外的房州,周郑王虽然不是符姓,毕竟他的母后是符姓,周郑王被赶出宫,岂不等于也把周太后赶出去?周太后是符彦卿的二女儿,周郑王是符彦卿的外孙,这是朝野上下都知道的事,怎么忽然之间有这么大的变故?为什么从三伏天一下子变成寒冬?皇上是怎么了?一时间,各种传言和猜测四起,有的说是符氏遭到个别朝臣嫉妒,在皇上面前上了谗言。有的说铁券誓书可能是皇上为了笼络符氏,做的假象而已。有的说,这是皇上在试探符氏是否真心依附皇上,是否有异心。有的则感觉到宫中将有大事发生,因而装聋作哑,三缄其口,静观其变。

符金锭不敢接受这个现实,立即找到赵光义追问道:"皇上为何突然这样做?周郑王还是一个未满十岁的孩子,远去千里之外的房州,岂不是置他于死地吗?"

赵光义红着脸,支吾半天没有说出一句话来。

符金锭怒道:"你为何不说话?"

赵光义说:"我也不知道。"

符金锭不相信,质问他说:"这么大的事,你会不知道?"

赵光义羞愧地说:"这次我真的不知道。"

符金锭脸色铁青地说:"你的哥哥一会儿把我们符氏视若神灵,一会儿视若魔鬼、仇敌,到底是想怎么着?"

赵光义发誓说:"我赵光义对你绝对没有二心!"

符金锭最挂念的是姐姐和柴宗训,不再跟他多言,立即奔向西宫。

符金锭到了西宫,只见姐姐符金环在收拾行装,但神情异常淡定,好像什么事也没发生一样。符金环看到符金锭,面无表情地看她一眼,算是打了招呼,一句话也没有。

符金环越是这样,符金锭越是感到难受,她知道姐姐的内心此时是何等的痛苦,忍不住抱住姐姐痛哭起来。符金环呆呆地站着,任她拥抱,任她哭泣。甚至符金锭的手指抓得她的背像火烧一样疼痛时,也没有动一动。符金锭哭着说:"姐姐,怎么办?怎么办?"

停了很长时间,符金环长长地叹口气:"怎么办?还能怎么办?"

符金锭几乎是吼叫,说:"我们慈善待人,为什么遭到的都是恶报啊,这世道,好人遭暗算,禽兽着人皮,这是怎么了……"

符金环苦笑说:"自禅位那天起,我就想到事情还不会完。赵匡胤既然能兵变篡位,还能会让我们在皇宫久留?"

这时,周郑王柴宗训走了过来,十分不安地问:"母后,我可以不去吗?"

符金环抚摸着他的头,半天才说:"儿子,这是圣旨,怎么可以不去?我们去了,皇帝身心才安,不然……"

柴宗训想到了自己曾经也下过的圣旨,知道圣旨的分量,慢慢低下头,问母后说:"母后,你随儿子去吗?"

符金环忽然泪下,说:"儿子,娘不随你去,谁来照顾你呀?"

柴宗训忙给母后擦拭着泪水说:"母后不哭,母后不哭。"

柴宗训虽然也才十岁,毕竟坐过皇帝的宝座,他知道,这一切的一切都是因为他,他无论如何不能哭。符金环望了他一阵,说:"你先到外面去吧,母后想跟你姨娘说说话。"

柴宗训见母后这么说,立即走了出去。

符金锭久久地望着姐姐,想让她哭一阵,发泄一下。可是,符金环没有哭,而是拿起一本书看起来。符金锭忍不住说:"姐姐,你怎么还有心思去看书?"

符金环放下书,说:"再说什么,又能奈何?"

符金锭说:"说说,心里会好受些,不然……"

符金环说:"你还记得白居易的《祭李侍郎文》吗?浩浩世途,是非同轨;齿牙相轧,波澜四起。公独何人,心如止水……我原来读这首诗的时候,体会不到个中的滋味,不知道白居易为何会有如此疼痛。现在才知道,什么是人,什么是鬼,什么是人话,什么是鬼话,什么是世道险恶。"

符金锭此时不知道说什么才能劝慰,再次哭泣起来。她正哭着,没想到符金环反而笑起来,并劝慰她说:"没事,姐姐是个经历过大风大浪的人,能承受得了。流放到房州并非都是悲剧。唐中宗李显是唐高宗李治的第七子,母亲是武则天。唐高宗驾崩,遗诏皇太子李显柩前即帝位。武则天则临朝称制,改元嗣圣,于嗣圣元年二月废唐中宗李显为庐陵王,先幽禁别所,当年五月徙居房州。圣历元年,武则天召四十二岁的李显还东都洛阳,又立为皇太子。这一时期武则天宠男张易之与弟弟张昌宗阴谋逆乱。神龙元年正月,凤阁侍郎张柬之等率羽林兵诛杀了张易之、张昌宗,迎皇太子李显临国,总理朝政。武则天病中被迫传位于李显。李显徙居房州达十四年,最后还是做了皇帝。李显是武则天的亲生儿子尚遭到流放,我们被流放,还有什么可奇怪的?所以,人不能灰心,不能一受挫折就一蹶不振。"

符金锭知道姐姐在自我安慰,可是,事已至此,还能如何?如果过于悲伤,岂不加重姐姐的伤痛?于是,马上改变语气说:"还是姐姐心胸宽广。姐姐说得对。姐姐能接受,金锭也宽心了。"

符金环说:"《三国志》云:行万里者,不中道而辍足;图四海者,匪怀细以害大。我们符家为天下计,做了我们该做的,可谓对得起天地,对得起百姓,他人如何待我们,那是他们的事,没必要太在乎。"

建隆三年十二月下旬的一天,周太后符金环与周郑王柴宗训,携带着起居的物品,迁出西宫。

符彦卿得知外孙被迁往房州的消息,带着金氏夫人,急匆匆从大名赶回来为他们送行。看到符金环和外孙,夫妻两个面容呆滞,走路也摇摇晃晃。

赵匡胤把符金环和柴宗训逐出了西宫,却把送行的场面搞得很大,不仅派出几辆车,还有几十名士兵护送。按赵匡胤过去给符氏的特权和后来的铁券誓书,此次朝中大臣来送行的人应该很多,可是,送行的人除符彦卿和金氏夫人、符金锭等亲人外,只有范质、王溥等几位旧臣,赵光义虽然也来送行,那是因为符金锭在此,他只能说是亲戚,还不能代表朝臣。

上车前,符彦卿和金氏夫人把柴宗训揽在怀里亲热了一阵,说:"你姨母为你没少受苦,一定不能惹姨母生气……"

柴宗训含泪说:"姥姥、姥爷,我心里只有母后,母后就是我的亲生母后,没有姨母。母后为我操碎了心,我一定要在母后面前尽孝。我和母后离姥姥、姥爷远了,你们要多保重。"

符彦卿和金氏夫人听了忍不住掉下泪来。

符金环自走出西宫,怀里就一直抱着周世宗柴荣的画像,这是她每天必做的一件事,就是对着柴荣的画像看上几个时辰,然后祷告一番。这时,她又对着柴荣的画像祷告说:"夫君,我们要去房州了,这里没有我们的位置了,也没有你的位置了,只好委屈你,也和我们一起去房州了。金环没有辅助好儿子守住大周江山,你不要怪儿子,只怪我一个人就行了。一路上,你要保佑我和孩子。"

符金环说着,把脸贴在柴荣的画像上,很久很久。最后,又深深地望着符金锭,说:"父王和母亲就拜托你来照顾了。"然后,扑通朝父母跪下说:"父母大人,孩儿还未报答养育之恩却已远去,原谅孩儿。等安顿好,我再回来看望你们。"

符彦卿一直没说话,他知道,几个儿女什么都懂,什么都不需要说,一个眼神就足够。这时,他却忍不住说:"过些日子,我和你母亲去看你们。"

他们的车将要启动时,柴宗训忽然又跑回到室内,抱着一架古筝出来了。符金环埋怨地说:"说好的不带了,母后没心情弹了,你怎么又抱了出来?"

柴宗训说:"我知道我娘和母后都喜欢弹古筝,想家的时候就弹一曲,到时候我陪母后……"

没等他说完,符金环再次把他揽在怀里。

车慢慢启动,徐徐离开皇宫。不久,驶离了京城,向南而去。

此时正值隆冬,虽然没有下雪,但是,那风像锥子似的刺骨,刮在脸上,生疼生疼,刮在衣服上,能透过衣缝直刺肌肤。那风不时地掀起车帘,把扬起的沙尘直往车厢里抛撒,让人睁不开眼。

符金环不知道走了多长时间,不知道走了多少山路,不知道拐了多少弯,不知道住了多少次驿站,也不知道是次年一月的哪一天,他们走了一个月还是二十多天,终于到了房州。

符金环和柴宗训到了房州才知道赵匡胤已经改了年号,把"建隆"改成了"乾德",这一天即乾德元年一月的一天。她记不清这一天是什么日子,也不再像过去那样在乎什么日子做什么事,因为现在什么日子对她已经没有意义,说是迁居,其实就是流放。被流放的人,就是被人监视和控制的人,自己决定不了自己,什么日子不是一样?

来之前,她从《史记》里知道这里到处是山,由于她没有到过山区,对山区没有一点概念,到了这里后才知道这里的环境是多么的险恶。在刚到房州的时候,遇事总爱问个究竟的柴宗训,看见到处是山,忍不住问她说:"母后,这里为什么叫房州?"

符金环说:"这里纵横千里,山林四塞,其固高陵,如若房屋,故而得名房州。"

柴宗训又问:"赵匡胤为何让我到这里来?"

符金环很想说出实情,但害怕伤了他的心,只得说:"这里山水好。"

柴宗训不服气地说:"再好,也没有皇宫好啊!"

符金环很不想回答他的这些问题,但还是耐心地说:"你已经不是皇帝,不得不听人家的。再说,这里历代都是皇亲国戚迁居的地方,所以……"

接着,她把历史上都有哪些皇亲国戚被流放到这里讲了一遍,以此来宽慰柴宗训。柴宗训听完,半天没有说话。

到了州城,符金环原以为会住在城里,那样的话,他们就会安全一些。出乎意料的是,他们被安置在房州城南面不远处的一个宅院里。这宅院很大,但已经破败不堪,房顶瓦当脱落,门窗多处破损,上面结满了蜘蛛网。负责安置他们的当地的一个官员告诉她说,这是庐陵王,即唐中宗李显流放这里时建造的故居。

符金环走进院子,看到这是一个长方形的两进院落,由前堂、后寝、廊房、亭台和园林构成。如果不是破旧,在州城中可称得上是豪宅。

为了尽量减少柴宗训的失落感,符金环对他说:"这里虽然破旧了一点,打扫一下还是蛮好的,很安静。"

附近的百姓听说来了前朝的皇帝和皇后,都好奇地赶来围观。他们看到符金环如此年轻漂亮,皇帝才十岁,得知是被流放到这里的,纷纷叹息和鸣不平。符金环装作没有听见,像老邻居似的跟大家打招呼。由于她没有一点太后的架子,几日后,便和这里的老百姓像一家人一样。

当地一个被称作"热心肠"的六十来岁的老太太知道符金环一个女人家带着孩子从千里之外来到这里,每天都到她的宅院来跟她聊天,还给柴宗训带些吃的,给他们讲房州的风土人情和故事,柴宗训很快消除了生疏和恐惧感。

这天,老太太领着他们走出院子,对柴宗训说:"这里不像中原那样平坦,而是到处是山,道路曲曲弯弯,你初来乍到,年龄又小,要多走走,多看看,熟悉了,就好了。"

符金环和柴宗训对老太太非常感谢。老太太领他们到了院子的外边,指着一个高台说:"你们知道这个高台叫什么吗?"没等符金环回答,便接着说,"这个台叫'望北崇台',是唐中宗李显在这里时建的。他每逢想娘亲的时候,就登台北望长安。望北崇台边原来有一个梳妆台,是李显的皇后韦氏梳妆的地方。梳妆台下还有一个莲花池,夏天的时候荷花很多,很好看,只是现在正值冬天,看不到什么荷花了。"

老太太领他们走到院子的西面,见有一个巨大的石碾盘,柴宗训好奇地问:"老太太,这是什么?是做什么用的?"

老太太说:"那是碾米盘。据说李显在房州期间喜爱喝米酒。于是,就找来当地的能工巧匠凿制了这个碾米盘,碾米制作黄酒,这石碾盘就是他的碾米盘。李显登基后,封这里的黄酒为'皇帝御酒',故又称皇酒。"

老太太见柴宗训听得津津有味,又喋喋不休地给他们讲起武当山天柱峰的故事来,说:"东面下琼台的深谷里,有一座好看的小山峰,就像一颗玉石珠子。人们说它是跟武当山比出来的。传说,武当山以前的七十二峰,又矮又小又难看,真武大帝却端坐在这七十二峰正中间的天柱峰上。房州的一座山峰很不服气。有一次,真武大帝到王母娘娘那里吃蟠桃,一去几天。要知道天上几天,地上就是几年。房州的这座山峰趁真武大帝不在家,就和武当山天柱峰比起高来。它直直腰、耸耸身子,'忽啦'一下子,山头就挨着了天。天柱峰一看,着了慌,也呼呼地猛长,一下子把头伸在了云彩里。房州那座山一看比高不行,就和天柱峰比排场、比气魄、比陡峭、比险峻。可是,依然比不赢天柱峰。正在这时,真武大帝回来了,他一看自己的天柱峰高了很多,更加壮观,高兴极了,后来知道房州的那山峰曾经跟他天柱峰比高低,很生气,一剑将那座山峰削去一节。那被斩的山峰更不服气,说:你武当山的高、雄、险、奇、秀全是跟我给比出来的,你真武大帝不问青红皂白把我给斩了,我倒要看看你的天柱峰往后是不是还能再长!它刚刚说到这里,竟然呼啦啦一下子落到下琼台的山谷里。所以人们说,武当山今天的好看,是比赛比出来的。"

老太太的故事把符金环和柴宗训都给讲笑了。

开始,柴宗训对这里的一切都感到很新鲜,很有趣,可是,不到一个月时间,他便厌倦了,嚷嚷着要回京城,要回皇宫。符金环耐心地劝他说:"哪能刚来就回去呢?"

柴宗训忙问:"什么时候回去?"

符金环想了想,说:"现在天太冷,等天暖和了就回去。"

柴宗训说:"母后,我想姥姥、姥爷了。"

符金环忙说:"过些日子他们就该来看咱们了。"

柴宗训忍不住又问她说:"姥姥、姥爷什么时候来看我们?"

符金环忽然眼圈红了,欺骗他说:"快了,快来了。"

柴宗训又说:"母后,我也想小姨。"

符金环忙说:"你小姨也快来看咱们。"

柴宗训不安地说:"小姨会来吗? 小姨、姥姥、姥爷不会不要咱们了吧?"

符金环再也忍耐不住,把他紧紧地搂在怀里,哽咽起来。

从这天起,柴宗训知道母后不喜欢听这样的话题,以后也不再跟母后提回京和想姥姥、姥爷和小姨的事。他知道母后喜欢他读书,就每天读书,先是《急就篇》,接着是《论语》《史记》。

过些日子,他感到这些东西很枯燥,不能尽意,就又学起唐诗来。他最喜欢的几首诗,首先是李白的《静夜思》:"床前明月光,疑是地上霜。举头望明月,低头思故乡。"其次,是王勃的《山中》:"长江悲已滞,万里念将归。况属高风晚,山山黄叶飞。"还有杜甫的《春望》:"国破山河在,城春草木深。感时花溅泪,恨别鸟惊心。"他感到百读不厌,每次读到这里,都忍不住泪流满面。为了不让母后看到,他常常一个人躲到院外,望着北方,一遍遍诵读。一次,他正在读着哭着,无意中一转身,看到母后就在他的身后,也在哽咽不止。他禁不住扑到母后的怀里,又是一阵痛哭。

也就从这天起,柴宗训再也不去读那些思乡和关于家仇国恨的诗篇,每当思念父皇,思念京城和姥姥、姥爷、小姨的时候,就独自登上庐陵王李显的望北崇台,北望开封,独自饮泣,不再发出声音。

为了能让母后高兴一些,每次看到母后,他就背诵母后喜欢听的《论语》中的名句:"笃信好学,守死善道。危邦不入,乱邦不居。天下有道则见,无道则隐。邦有道,贫且贱焉,耻也;邦无道,富且贵也,耻也。父母在,不远游,游必有方。"

符金环知道柴宗训都是为了让她高兴才背诵《论语》的,所以也装出很高兴的样子,母子俩从此都"高兴"起来。

第二十二章

人心叵测

符金环与柴宗训南下房州后，符金锭悲痛得哭了几天，质问赵光义说："我们符氏对你赵家恩重如山，姐姐偕子禅位时，你的哥哥也曾经信誓旦旦说要宽旧僚、善姻亲，没想到才两年时间，就出尔反尔，言而无信，当面一套，背后一套。如此下去，赵氏何以服天下？大宋何以能长久？"

赵光义无言以对，羞愧难当。第二天便面见赵匡胤，言明他这一做法的利害。并把符金锭的话和盘托出。赵匡胤理屈词穷，张口结舌。他没有想到符金锭如此无所畏惧，又言辞犀利。他知道赵光义虽然性情粗暴，但特别喜欢符金锭，对符金锭言听计从，百依百顺，如果得罪了他，以后就会麻烦不断，便不得不对他和颜悦色，问他有什么想法。赵光义考虑到哥哥去世后将由他来做皇帝，从现在起，他必须像哥哥在柴荣驾崩后立即培植自己的力量一样，也要尽快造就自己的支持者。于是，便以挽回流放柴宗训给赵氏带来的不利影响为由，要求哥哥赐岳丈符彦卿以兵权，一为讨得符金锭的欢心，二为换得岳丈的支持。

赵匡胤听了赵光义的话，心中也忍不住难受了很多日子。不久，又听到朝臣和京城百姓的一些议论，都对他过去"宽旧僚、善姻亲"的承诺发生了质疑：

如果周郑王柴宗训是一个成年人倒还说得过去,一个不足十岁的孩子,怎么能给流放到千里之外?还有人引用《晋书》里的话说:积善三年,知之者少;为恶一日,闻于天下。面对朝野的议论,赵匡胤十分不安,后悔不该接受赵普的这一谏言,让他遭人非议。可是,木已成舟,已经不可挽回,只能拿符彦卿做文章,以期从他身上对符氏给予弥补,以掩人耳目,稳定朝政。

乾德元年二月,丙午,赵匡胤诏天雄军节度使符彦卿进京。符彦卿来到京城,赵匡胤把他召至广政殿,免去君臣之礼,与他并坐,甚为亲近,说:"因为魏王镇守大名,北方才如此安定,朕才无忧矣。"

符彦卿笑笑说:"陛下还是直呼我的名字为好。"

赵匡胤忙说:"魏王功德卓著,朝野敬慕,朕怎能那样?"

符彦卿忙谦虚地说:"微臣乃一介武夫,陛下过誉了。"

赵匡胤又对符彦卿美言了一番,接着又赐袭衣、玉带。符彦卿知道赵匡胤是在安抚自己,也不客气,笑而纳之,却只字不提符金环和柴宗训被流放房州的事。

赵匡胤看他这样,心里轻松了许多。接着说:"朕欲令魏王入朝统领军队如何?"

符彦卿说:"臣已历仕唐、晋、汉、周、宋五代,虽无大的德才,却一直在为国家社稷尽心尽力。"

赵匡胤忙说:"魏王戎马一生,身经百战,丰功伟绩,名震华夷,也是大宋的功臣也。"

符彦卿不知道赵匡胤忽然这样讨好他的意图何在,笑了笑,许久无话。

次日,赵匡胤召枢密使赵普,说想把符彦卿调回京城统领军队,掌管军事。赵普想到自己对符氏的所作所为,担心符彦卿掌握了军权对自己不利,立即说:"彦卿名位已极,不可复委以兵权。"

赵匡胤说:"没有符彦卿的大义,能有今日大宋的安宁?这样德才兼备之士不委以重任,还委以谁呢?"

　　赵普说："陛下夺的虽然是柴氏的江山，其实也等于是符氏的江山，怎么能对他这样放心呢？"

　　赵普屡谏，但赵匡胤担心赵匡义找他闹事，也担心朝臣对他非议，不听赵普的谏言，并于次日令颁布诏书。赵普得知，很是不满，扣下诏书不宣，并请求面见。赵匡胤碍于情面，宣他上朝。赵普来到广政殿，赵匡胤依然施以厚礼，迎上去说："爱卿欲见朕，岂非依然是符彦卿的事？"

　　赵普说："非也。"

　　赵匡胤问："爱卿有何事奏报？"

　　赵普奏报完所谓要奏报的事，接着，忍不住又提起符彦卿被授予军权的事。

　　赵匡胤笑道："果然还是因为符彦卿的事，你为何又讲起他来？"

　　赵普不悦地说："臣屡谏，陛下不听，依然要把军权交给符彦卿，请陛下深思利害，到时候别后悔。"

　　赵匡胤说："爱卿一直怀疑符彦卿，对他放心不下，为何也？朕待彦卿至厚，彦卿岂能负朕？"

　　赵普笑道："周世宗待陛下也很厚，陛下何以能负周世宗？"

　　赵匡胤忽然沉默不语。

　　赵普接着又说："符皇后待陛下也很厚，不是也把她迁出皇宫？"

　　赵匡胤尴尬地一笑，依然未置一辞。诏书虽然制好，却未能宣布。

　　符彦卿未能入朝掌握军权，赵匡胤不免耿耿于怀，深感愧疚。没几天，有大臣奏报说，武成王庙已按照诏书修建完工，请他审视。赵匡胤十分欣喜，立即赶往武成王庙。赵匡胤看了该庙，对建筑很满意，但是，当看到两边的廊房里所画的名将中有战国时的白起，忍不住拿起一根棍指着白起的画像说："白起曾经坑杀四十万赵国降兵，怎么能受飨于此？"

　　于是，命令把白起的画像去掉，并诏吏部尚书张昭、工部尚书窦仪与锡别加裁定，在殿内配享历代名臣像，并特别嘱咐，符彦卿的父亲符存审仗义行侠，卫国忠君,是有名的贤臣,当在其中。赵匡胤此举,意在安抚符彦卿。

乾德元年三月十九日,赵匡胤想到符彦卿现在仍然在京城等他的诏令,而他这里已把诏令废止,一时不知道如何面对符彦卿,心情十分郁闷,于是,独自到了金凤园,想在此游玩散心。时至中午,忽然召符彦卿也到了金凤园,并在园中设宴,与符彦卿一同饮酒。同时,还让几位大臣陪同。符彦卿不解其意,以为还有要事和他相商,所以,自始至终都非常高兴。酒后,赵匡胤又邀符彦卿等在园中一起比赛射箭。符彦卿欣然从命。赵匡胤连射七箭,箭箭中的。符彦卿大笑说:"陛下的箭法愈来愈好了。"

赵匡胤并没有显得多么高兴,只是浅笑了一下而已。符彦卿不知他的心事,没有在意,并特别向他贡献名马,以示对赵匡胤箭法的称贺。

到了四月,符彦卿仍然不见赵匡胤的任命诏书,心中不禁犯起嘀咕,也意识到情况有变,但不知道是赵普的谗言,而以为是赵匡胤在玩弄他,却又不敢相信。到了四月底,整整一个月也没有再被召见,进而联想到符金环和柴宗训被赶出皇宫,更加坚信之前的判断,于是,心灰意冷,便向赵匡胤告辞,返回大名。

符彦卿回到大名,思前想后,不仅感到再也没有被重用的可能,甚至感到会有不测,不禁忧心忡忡,便只在府中每日读书,一切皆委政于牙校刘思遇。

符彦卿读书之余,喜爱上了喂养鹰犬,吏卒有过,都以名鹰犬以献,符彦卿虽然愤怒,也都会给予宽纵赦免。符彦卿不喜欢饮酒,颇谦恭下士,与宾客相处,不分地位高低,不摆架子,谈笑风生。

符彦卿本意是不再张扬自己,以逃避朝中大臣和赵匡胤的猜忌,没有想到的是,刘思遇善于花言巧语,表面上勤于政务,背地里却仗着他的权势,并用他的名义,贪赃枉法,借势敛财,公府之利多入其家,而符彦卿还蒙在鼓里。

乾德二年正月,赵匡胤见朝中与地方政权稳定,罢黜了留用的旧臣范质、王溥、魏仁浦宰相之职,任命赵普为门下侍郎、同平章事、集贤殿大学士。赵普见中书省没有宰相签署敕令,看到自己晋升的机会来了,以此为由上奏赵匡胤,要赵匡胤命他为宰相。赵匡胤说:"卿只管呈进敕令,朕为卿签署可以吗?"

赵普说："这是有关部门官吏的职责而已，不是帝王做的事。"

赵匡胤命令翰林学士讲求旧制，窦仪说："现在皇弟赵光义任开封尹、同平章事，正是宰相的责任。"

赵匡胤对赵光义不放心，不得不顺水推舟，下令签署权赐给赵普。从此，赵普接任了宰相。赵普任宰相后，赵匡胤把他看作左右手，事情无论大小，都向他咨询以后决断。赵光义看到自己的权力被削弱，很为不满。

六月己酉，赵匡胤让赵光义兼中书令，让山南西道节度使赵光美兼同平章事。

九月，范质抑郁而死，终年五十四岁。将死的时候，告诫他的儿子不要向朝廷请赐谥号，不要刻墓碑。赵匡胤听到这件事，为之感到悲痛而罢朝。追赠中书令，送绢五百匹，粟、麦各一百石，为范家办理丧事。

赵匡胤称帝后，开始的年号是建隆，三年后改年号为乾德，乾德年号仅用了四年，又改年号为开宝。

开宝二年正月，赵匡胤赐十二位勋臣以名马，为首者即天雄军节度使符彦卿。可没过多久，即有人告发符彦卿谋反。赵普趁机面见赵匡胤说："当初臣下劝谏不要授予他兵权，是对的吧？"

赵匡胤不知道是赵普从中做的手脚，于是，召宰相赵普等大臣朝议择官代之。最后赵匡胤决定由王祐取代符彦卿之职，符彦卿改任为凤翔节度使，并令其立即赴任。

符彦卿得知消息，悲愤交加，开宝二年六月在赴凤翔途径西京洛阳时候，因身心憔悴而患病，遂上书朝廷，请求在洛阳医治。赵匡胤正为找不到解除他兵权的理由，立即诏许他在洛阳治病。

王祐祖籍大名府莘县，以文学见长，先仕晋，后仕汉、周，宋朝建立后，赵匡胤拜其为监察御史，颇得赏识，官职不断升迁，此时官至尚书、兵部侍郎、知制诰，并于乾德三年让他举家迁至京城开封。赵匡胤之所以选择他取代符彦卿之职，就是让他有衣锦还乡、光宗耀祖的感受，让其能尽心尽力地去办理符彦卿

348

的案子。王祜赴任前,赵匡胤准许他斟酌事宜,不拘陈规,可自行决断处理,并说:"卿此次前去,若能察出符彦卿不法罪状,朕当与卿王溥的职位。"

王祜心知肚明,赵匡胤的真实用心在于通过这件事,用他王祜的手,除去符彦卿。王祜至大名接任后,明察暗访,却查无实据,数月无闻。赵匡胤十分不安,则策驿马传召王祜至京,直接当面垂问。王祜不为宰相官职所动,直言禀报说:"微臣经过认真调查,符彦卿非跋扈,逆上意,无谋叛事实,仅仅察得符彦卿两个家僮,在当地仗恃势力,有任意非为的情事。一些严重的不法行为,也皆是牙校刘思遇所为。"

赵匡胤听了极为不悦,问:"你能保符彦卿无异意乎?"

王祜说:"如果所言不实,愿以全家百口性命担保。"

赵匡胤面露怒色,但也无计可施。

王祜接着又直谏说:"五代之君,多因猜忌,杀戮无辜,故享国不永。愿陛下引以为戒。"

赵匡胤对他这么直接地说他猜忌,大怒,于是,把王祜改派为襄州知州。

王祜不为没有被升迁为宰相而懊悔,赴襄州任前,在其宅院内亲手植槐树三棵。亲友们都来送行,对王祜说:"本来料想王公必定会做宰相呢,没想到……"

王祜笑着,看了一眼身边的儿子王旦,指着那三棵槐树,说:"别看我不能担任宰相,我的子孙一定会有位列三公者。"

符彦卿病愈后,却受到御史的弹劾,没有让他再去凤翔赴任。赵匡胤想到符彦卿已无兵权,又以姻旧特免推鞠,过去的事也不再追究。至此,符彦卿虽有凤翔节度使,领凤翔府、陇州之衔,而不能赴任,实际上丧失了一切权力。

罢黜了符彦卿的军权,赵匡胤除却了一块心病,此时又想到了流放到房州的周郑王柴宗训和周太后符金环:他们已经在那里五年,柴宗训日渐长大,符金环也因为为人很好,在那里备受尊崇,如果得知其父被罢军权,会不会有异常之举?于是,当年十二月二十五日,任命他最为信得过的辛文悦为房州知州,对他们进行监视。

辛文悦是赵匡胤幼时的老师,赵匡胤被周世宗任命为殿前都点检时,辛文悦来京很久没有获得接见。一日夜里,辛文悦梦见赵匡胤派车驾接他请见。也就在这天夜里,赵匡胤也梦见辛文悦来拜见他。天亮时,赵匡胤便令左右寻访,辛文悦果然来到,赵匡胤特别惊奇。赵匡胤登上皇帝位后,立即召见辛文悦,授太子中允的职位,主管宫廷储藏部。赵匡胤认为辛文悦是一个忠厚的长者,是自己的老师,对自己忠贞不二,最了解自己的心思,所以有这样的任命。辛文悦自以为能够理解赵匡胤任他为房州知州的意图,到了房州没有几天,便亲自到符金环与柴宗训居住的地方查看。符金环和柴宗训听说知州来看望他们,出门迎接。柴荣在世的时候,辛文悦已经在赵匡胤的安排下,留在京城,他们早已相识。赵匡胤授他太子中允后,他们也时常见面。

辛文悦在随从的陪伴下,边往院子里走,边对符金环说:"自建隆四年正月太后到房州至今天,不觉间已经整整六年了吧?"

符金环笑笑,意味深长地说:"是啊,说起来六年不长,过着却很长很长。"

辛文悦忙说:"自周郑王和周太后来房州后,皇上一直很牵挂。微臣动身出京时,皇上再三嘱咐,让微臣代他前来看望,如有需要相助的地方,请直面微臣。"

符金环知道这些都是虚词,忙说:"感谢皇上的牵挂。我们在这里很好。"

进屋后,分宾主坐定,柴宗训望着辛文悦,若信若疑地问:"皇上还惦记着我们?"

辛文悦笑笑说:"你是周郑王,符、赵两家又是亲戚,皇上能不惦记?"说着,又惊讶道,"没想到六年不见,周郑王已经长成大人了,算起来今年十六岁了吧?"

符金环说:"虚岁十七了。"

辛文悦说:"到了成婚的年龄了。"

符金环欣慰地笑笑:"宗训常到民间访问,关爱他人,体察民情,在这里很受百姓爱戴,已经有几个人给他介绍对象了,其中一个蓝氏家的女孩很喜欢宗训,近日就准备订婚呢。"

辛文悦"呵呵"一笑说:"好,好。"忽然又收住笑,问柴宗训,"周郑王还经常到民间访问?"

柴宗训对辛文悦那种居高临下的口气十分反感,也看出了他神情的变化,忙转移话题,问他道:"我姥爷可好?"

辛文悦想了想,说:"魏王如今已移任凤翔节度使,很好。"

辛文悦没有告诉他们符彦卿为什么移任凤翔,更没有说现在正在洛阳,而没有到凤翔赴任,并已没有军权。

柴宗训又问:"我小姨可好?"

辛文悦笑道:"这还需我说?"

符金环继续给他介绍柴宗训的情况说:"宗训很听话,除关心百姓疾苦外,每日在家读书,很用心。"

辛文悦笑笑,忙问柴宗训说:"都是读什么书?"

柴宗训说:"《论语》《急就篇》《史记》等。"

符金环赞美柴宗训说:"《论语》他能全文背诵。"

辛文悦又笑笑,问柴宗训说:"可否给我背诵几句?"

柴宗训也朝他笑笑,随口道:"不知命,无以为君子;不知礼,无以立人也;不知言,无以知人也。巧言乱德。小不忍,而乱大谋……"

辛文悦不知为什么脸色有些不自然,未等柴宗训在背诵下去,立即笑着夸赞道:"好,好。"

辛文悦说着,忽然垂眉陷入沉思之中。符金环一时也不知道再说什么。

柴宗训打破沉默,又问他说:"范质、王溥、魏仁浦依然为相?"

辛文悦听他这么一问,先是一愣,接着笑道:"他们皆于五年前的正月,即乾德二年正月罢相,范质已与当年辞世。王溥任太子少保,魏仁浦为尚书右仆射。今年二月,皇上亲征北汉,魏仁浦从行,因疾病返回,不久辞世。"

柴宗训听了,忍不住大哭起来:"范质一生勤政爱民,从不受四方馈送,自己前后所得俸禄、赏赐也多送给孤遗,自己生活却很简朴。他身为宰相,带头严格遵守朝廷律条。魏仁浦为人清静俭朴,宽容大度,能言善辩,足智多谋,他博闻强记,殚精竭虑,为我大周统一北方立下了汗马功劳……他们死得太早了……"

柴宗训知道,赵匡胤陈桥兵变后,魏仁浦竭力想保住后周政权,但终因势单力薄,以失败告终。常常自责,孤独寂寞。但他不知道魏仁浦是在随赵匡胤北征途中,重走昔日走过的地方,想到了当年随周世宗北征的情景,以及周世宗对他恩宠,十分怀念,自责、悲伤过度,不幸染疾,回到京城不久,即含恨而死。

辛文悦看到柴宗训如此怀念旧臣,深深感到他虽然远离京城,依然对军国大事念念不忘,依然怀念周朝。想到这里,不由脸色沉了下来。

符金环想到范质、魏仁浦这样一心为国为民的宰相,不被重用,五十多岁相继死去,不由黯然神伤。得知北汉和辽国至今仍然割据一方,想到了世宗亲征辽国,兵不血刃,仅四十二天连收三关三州共十七县,忍不住说:"如若世宗在世,恐怕北汉和辽国早已收复。"

辛文悦感到,再说下去他们母子将会继续讲述周世宗及周世宗旧臣的功德,已经话不投机,起身告辞说:"文悦初来乍到,有很多事要处理,就先告辞了。以后若有困难,直接到城中找我便是。"

符金环、柴宗训表示感谢,并送他至大门外很远。

辛文悦离开符金环的宅第,一边走一边反复回味她和柴宗训的话,暗自思忖道:周世宗的旧臣范质、王溥、魏仁浦同一天被罢相,接着改任符彦卿并罢黜了他的兵权,说明现在军国大事已经今非昔比,朝廷已经不需要他们了。周郑王柴宗训和周太后已在房州五年,赵匡胤是否担心他们在这里心怀不轨,有异常举动?派我来名义上是知州,是不是就是让我来监视他们?如果不是,为何不派别人来,偏偏派我? 我是他的老师,之所以派我来,说明对我信任,尽管他没有做这样的安排,难道不是这个意思吗?历代皇帝初登基时总是要做一些收买人心的事,什么大赦罪犯、减免赋税,等等,赵匡胤是一个很有心机的人,岂不懂得这样?难道不是这样?臣下不能只听皇上如何说,最重要的是看他如何做,要通过他做的事,揣摩他的心思,做事要做到他嘴上不说,而心里想做的事,这样才能得到他的欣赏和重用……想到这里,辛文悦长长地松了一口气。

符金环回到院内,心中倏忽间生出几多欣喜:到房州五年来,家里和朝中的事一无所知,好像与世隔绝一般,这一次虽然只是知道一些个别人、个别事,毕竟知道了一些。然而,短暂的欣喜之后,不禁又勾起对周世宗柴荣的怀念:年未童冠就投奔姑妈,为资助家用,外出经商,做茶货生意,往返江陵等地,饱受他人不能承受的疾苦。即位区区五六年间,取秦陇,平淮右,复三关,威武之声震慑夷夏,而方内延儒学文章之士,考制度,修《通礼》,定《正乐》,议《刑统》,其制作之法皆可施于后世。其为人明达英果,论议伟然。整军练卒、裁汰冗弱、招抚流亡、减少赋税,使后周政治清明、百姓富庶,中原开始复苏。可惜……她不敢再想下去。但是,却又禁不住想起姐姐符金玉、父亲、母亲、几个孩子以及那些忠诚于周朝的旧臣,顿时又愁肠百结,思绪万千。

她不敢把自己的悲戚之情流露给柴宗训,进了屋,随抱起古筝,走出家门,登上望北崇台,一曲又一曲地弹奏起思乡曲。她反复弹奏,不知疲倦。当夜幕降临时,方才停住。她放下古筝,站起身眺望着北方,忍不住潸然泪下。她独自哭泣了一会儿,不觉间又想到了汉代的一首《悲歌》诗,忍不住吟咏起来:"欲归家无人,欲渡河无船。心思不能言,肠中车轮转。"

符彦卿的病不是身体上的病,而是心病。他一次次伤心地说:你赵匡胤兵变篡位,我符彦卿为了百姓免遭生灵涂炭,忍辱负重,助你平安建立宋朝,你一会儿说宽旧臣善姻亲,一会儿又是什么铁券誓书,一会儿又说许以军权,没想到你所做的这一切都是为了收买人心,都是骗局:一些忠于周朝的旧臣没有多久就罢职或降级,范质、魏仁浦含恨而死,女儿和外孙被赶出皇宫,迁居千里之外的房州,你许我典军不兑现也就罢了,却又相信谗言,派人查我,欲置我于死地。我符彦卿戎马几十年,你已骗我不少,难道还会再被你蒙骗?我不会再相信你,不会再为你的宋朝尽心尽力。如果不是你言而无信,让我心灰意冷,我能会

353

委政于牙校刘思遇?我既不去凤翔,也不回京城,我已无欲无求,你奈我何?从此,你做你的皇帝,我做我的百姓。

所以,符彦卿就在洛阳定居下来,并脱下朝服,换上便装,每日与夫人金氏乘小驷,由家僮一二跟从,广游僧寺名园,优游自适。并一改过去冷言厉色的样子,时常跟夫人逗笑取乐。

一日,他们走到白马寺,符彦卿问夫人说:"你知道这里为何叫白马寺吗?"

夫人说:"我没来过这里,怎么会知道?"

符彦卿说:"那是你老了,不然怎么会不知道?"

夫人说:"你嫌弃我老了呀?"

符彦卿说:"是啊,你已是'荷败莲残,落叶归根成老藕'了。"

夫人笑了,她知道这个故事:唐朝有位名叫麦爱新的人,考中功名后嫌弃妻子年老色衰,便想另结新欢。但老妻毕竟照顾了他大半辈子,他感到直言休妻太过残忍,于是写了一副对联的上联:"荷败莲残,落叶归根成老藕。"故意放在案头。老妻在给为他整理书房时,一眼便看到了,立即提笔续写了下联。金氏夫人知道符彦卿是开玩笑,但她却不笑,立即对下联道:"禾黄稻熟,吹糠见米现新粮。"

符彦卿忍不住笑起来:"你知道这个故事呀?"

夫人赔笑说:"你以为就你知道?"

符彦卿忙问:"后面的呢?"

夫人说:"麦爱新的妻子见丈夫回心转意,又写道:老公十分公道。麦爱新亦挥笔续写道:老婆一片婆心。"

符彦卿笑起来:"我公道,怎么没见你有婆心?"

他们进了寺院内,符彦卿收住笑,给她介绍说:"白马寺是佛教传入我国后由官方营造的第一座寺院。它的营建与我国佛教史上著名的'永平求法'紧密相连。相传汉明帝刘庄夜寝南宫,梦见金神头放白光,飞绕殿庭。次日得知梦为佛,遂遣使臣蔡音、秦景等前往西域拜求佛法。蔡、秦等人在大月氏遇上了在该地游化宣教的天竺高僧迦叶摩腾、竺法兰。蔡、秦等人于是邀请佛僧到中国宣讲佛法,并用白马驮载佛经、佛像,跋山涉水,于永平十年来到京城洛阳。汉明帝敕令仿天竺式样修建寺院。为铭记白马驮经之功,遂将寺院取名白马寺。"

夫人说:"其实我知道,是我故意考你。"

符彦卿愣住了,惊讶地说:"原来你知道呀?"

夫人大笑起来:"我是在逗你,没想到你真信了。"

符彦卿被逗笑了,说:"你的话到底哪一句是真的?你是真知道还是假知道?"

夫人笑得更响:"你还什么天雄军节度使、太尉、太师、魏国公、魏王、凤翔府节度使呢,哪一句是真哪一句是假都分辨不出,怎么能不乘小驷游僧寺名园?"

符彦卿听了,知道夫人话中有话,不由一阵羞愧。他没有想到一向寡言少语的夫人原来是大智若愚。为了挽回尴尬局面,他一边走,一边煞有其事地说:"前不久我听说这样一件事:某奸夫正在情妇家中与情妇狂欢,忽闻其夫归,急欲潜遁,情妇则令其静卧在床。丈夫进门,见床上躺有一人,问:'床上何人?'妻答:'快莫做声,隔壁王大爷被老婆打出来,权避在此。'丈夫大笑说:'这死乌龟,老婆那么可怕!'"

金氏夫人知道他既是取乐,也是巧"骂"她,故作不知,挽着他的胳膊,一边往前走,一边也煞有其事说:"从前,有一个老秀才,他老来得子,很高兴,把他的儿子取名为年纪。一年后,他的老婆又生了一个儿子,他就把第二个儿子取名为学问。又过了一年,老秀才又有了一个儿子,他觉得这像是一个笑话,于是,把他的第三个儿子取名为笑话。十几年之后,有一天老秀才叫他的三个儿子上山去砍柴,当他的儿子们回到家时,老秀才就问他的老婆说:儿子们砍柴的情况怎样?老婆回答说:年纪一大把,学问一点也没有,笑话倒有一箩筐。"

符彦卿听了,知道夫人也在嘲笑自己,忍不住哈哈大笑起来。于是,夫妇俩嬉笑着进了白马寺。这一日,他们游玩得十分开心。

次日，他们夫妇又转向游玩园林。洛阳的园林是全国最有名的。早在西周时，洛阳园林开始被皇家贵族建造享用。《孟子·梁惠王下》曰："文王之囿，方七十里。"这里的园林，里面有野鸡、兔子、麋鹿等，不仅可供文王等贵族游玩，还可在里面狩猎。秦始皇统一六国后，置洛阳为三川郡，丞相吕不韦被封为文信侯，在洛阳食邑十万户。吕不韦在成周城的基础上，大兴土木，扩建城池，修建南宫，规模宏大，风景秀美，属于园林式建筑。西汉伊始，汉高祖刘邦曾定都洛阳，在南宫居住三个月。东汉明帝永平三年又新建了北宫，并修筑御道，相连两宫，南北二宫成为皇帝的宫苑，皇室成员一年内定期居住于此。除了南宫，洛阳的皇家园林多达十余处，有城内的宫苑四处：北宫以北的濯龙园、东城的永安宫、西城的西园和南宫西南方的直里园。城外近郊的行宫御苑九处：上林苑、广成苑、平乐苑、西苑、苹圭灵昆苑、显阳苑、鸿池、鸿德苑和光风园。

隋朝时，隋炀帝杨广亲自察看天下山势图，以求胜地建造都城，最终选址于洛阳。他征发大江以南、五岭以北的奇材异石、嘉草异木、珍禽奇兽，运到洛阳去充实各个皇家园苑。其西苑，周二百里，其内为海，周十余里，为蓬莱、方丈、瀛洲诸山，高百余尺。海北有渠，萦纡注海，缘渠作十六院，门皆临渠，穷极华丽。西苑布局以人工叠造山水，龙鳞渠为园内的主要水系，贯通十六个子苑园，这样，每个子苑园三面临水，显得格外有灵性。唐朝时洛阳是东都所在，建造园林更多。唐初，改隋炀帝时的皇家园林西苑为芳华苑，武则天时，定名为神都苑。因为这里园林很多，皇室贵族、文人墨客云集，很多诗人都在这里留下很多著名诗篇，所以，这里号称诗都。

符彦卿之所以选择居住这里，除了避开京城、远离是非的因素外，就是看上了这里的风景。他们先到了"归仁园"。该园位于洛阳归仁里，它借助伊、洛两河的有利条件，引流水入园，配以叠石，产生潺潺溪水。符彦卿边欣赏园林中的奇景，边给夫人介绍说："这个园林是唐代宰相牛僧儒所建。牛僧儒两朝为宰相，一生为官清正廉洁，淡泊名利，但因为陷入'牛李党争'，功过评述不一。当他归隐洛阳时，归仁园成为他以诗会友的最好居所。"

金氏夫人说："看来历朝历代都是好官难做也。"

符彦卿说："是啊,想想他们,我们有什么放不下的? 所以我现在一切都不在乎了。"

游了归仁园,他们又到了"平泉山居"和"仁丰园"。园中有书楼、瀑泉亭、流杯亭、西园、双碧潭等建筑,及各种珍草、异木和奇石。符彦卿给夫人介绍说:"这两个园是唐代另一宰相、牛僧儒的对手李德裕所建。李德裕在唐代文宗和武宗时两度为相,力主平定藩镇叛乱,因反对进士科举,与牛僧儒、李宗闵为首的牛派一直不睦,双方展开长达四十余年的'牛李党争'。李德裕多年苦心经营才建成这个园林,可惜的是,由于他晚年被贬,客死南方,并未在洛阳他的这两个园林居住太久。"

金氏夫人听完,不由叹息说:"看了这些皇家园林和私人园林,才更知道郭威和柴荣是多么可敬的皇帝,他们是前无古人,恐怕以后难有来者。"

符彦卿也叹息说:"是啊,两个女儿成为柴荣的皇后,虽然没有享上什么福贵,老夫我今生满足矣。以后不论我命运如何,无遗憾了。"

金氏夫人说:"有的人,有了权势,恨不能把天下财富掠为己有,却不知道最后来什么也不是自己的,得到的却是万世的骂名。"

符彦卿也不顾夫人在说什么,浏览着园林中的奇花异草,不时地用石块投掷一下树林中穿梭的动物,迈着悠闲的脚步,又讲一段笑话后,忽然引吭高歌起来:"意气凌霄不知愁,愿上玉京十二楼。挥剑破云迎星落,举酒高歌引凤游。千载太虚无非梦,一段衷情不肯休。梦醒人间看微雨,江山还似旧温柔。"

赵匡胤在京城得知符彦卿退避三舍,不问政事,意识到是因为对他的查处和调离心存不满,所以,开宝四年六月,赵匡胤又令符彦卿为魏州节度使,以扭转符彦卿对他的态度。可是,符彦卿依然不去赴任。

为了安抚符彦卿,不让他有非常的举动,赵匡胤又于九月十日下了一道《敕魏州节度使符彦卿诰文》:

　　紫坛承祀，严报本反始之心；宣室受厘，广记功忘果之义。载稽叙法，难后迩臣。兵部尚书侍郎符彦卿，厌握控外之庐，出临冯翊之地。不屑为于细故，乃轻用贪夫，人实难知，情有不及。驭罚难先于贵近，涤瑕无闻于久新。王者之法如江河，信阔疏而易避。君子之过如日月，虽薄蚀而能更。益思远猷，庸封休命。可特授金紫光禄大夫进封开国侯，食邑一千二百户赐如故。奉敕如右，牒到奉行。

符彦卿看了诰文，"哈哈"一笑，放到了一边。第二天，依然带着夫人和家僮，一会儿哼着小曲，一会儿轻吟古诗词，优哉游哉，畅游洛阳寺院名苑。

第二十三章

生离死别

符金环以为已经远离京城，没有了是非和猜忌，一切都平安了，但事实让她醒悟：人一旦到了一定的高位，什么时候都有人惦记你，想躲也躲不过去。

辛文悦任房州知州的当年，经人介绍，柴宗训娶妻蓝氏。符金环了却一件心事，心情好转了许多。第二年，蓝氏生下一子，取名柴永崎。第三年又生下一子，取名柴永廉。不料，柴宗训的二儿子六个月的时候，蓝氏在上山砍柴的路上，被一辆疾驰的马车撞倒在山下死亡。为了两个幼子，柴宗训又续娶了郭氏。一年后，即开宝六年三月，郭氏生了双胞胎儿子，取名柴永惠、柴永孝。这天，一家人正欢快不已，柴宗训被辛文悦召至城中饮酒，说是祝贺他喜得贵子。不料，当天晚上柴宗训却在回家的路上离奇死亡，年仅二十岁。

符金环听到柴宗训死亡的消息，望着眼前四个幼小的孙子，晕厥于地，两天不省人事。在儿媳郭氏的精心照料下，才慢慢恢复。

知州辛文悦得到柴宗训死亡的消息，并未到符金环的住处安抚符金环，而是立即派驿马急速奏报京城。赵匡胤接到房州"周郑王殂"的奏报，为了显示他对前朝皇帝的关爱，再次让朝野上下坚信他依然"宽旧僚、善姻亲"，下令朝臣素服发哀,辍朝十日,并封柴永崎为郑国公。同时,差人赴洛阳告知符彦卿。

符彦卿和夫人得知消息,数日闭门不出,一为外孙的死不能自制,悲痛欲绝,二是感到自己的处境十分危险,与夫人商议要尽快逃出洛阳,如若迟疑,说不定下一个被害的将是他们。于是,在闭门几天后,带足远行的衣物和盘缠,借外出游玩的假象,乘车与家僮离开了洛阳。

符金锭听到柴宗训死亡的消息,愤怒、伤心,几天不吃不喝,每日泪水洗面,刚刚怀下的身孕,又流产了。赵光义守在她的身边,寸步不离。十几年来,他从哥哥对符氏的行为中,也对哥哥承诺的"兄终弟及"的盟约发生了怀疑,他每次官职的擢升都是符金锭在后面为他出谋划策,才争取到的,没有符金锭在身后,他不知道自己现在的处境是什么样子。也正是因为赵匡胤对符氏的言而无信,变化无常,符金锭几次怀孕,都因为伤心过度而流产。第一次是在符金环和柴宗训被迁居房州,以后很久未能怀孕。第二次是在她怀孕六个月后,父王被调查和改任凤翔节度使。这次的打击更大,听说消息的两天后,再次流产。

符金锭望着赵光义,不顾身体虚弱,质问他说:"符氏对你们恩深义重,你们赵氏何以如此对待符氏?"

赵光义自知无言以对,转移话题说:"你现在身体虚弱,先不说伤心的话题。"

符金锭恼怒地说:"自你们兵变,熙让、熙谨、熙诲至今下落不明,你哥哥如今又害死宗训,以后还想怎么?"

赵光义替哥哥辩护说:"柴宗训他们在房州,相隔千里,怎么会是哥哥相害?"

符金锭冷笑说:"你说是谁呢?"

赵光义红着脸说不出话来。

符金锭又问他说:"宗训二十岁,是个大人了,以前也没有什么病?怎么会突然死去?为什么又是辛文悦请他喝酒以后?"

赵光义垂下头去。

符金锭说:"你去问问你的哥哥,将怎么安葬郑王,怎么安置周太后!"

这时她没有叫柴宗训的名字,也没有称姐姐,而是称他们的封号。

赵光义忙说:"我会说服哥哥厚葬郑王的。"

符金锭说不下去了,既是因为悲痛,也是因为体虚。她闭上眼睛,不停地喘气。赵光义不安地问:"夫人,你怎么了?"

符金锭许久无话,最后,又愤怒地说:"历代能像周太后这样禅位的有几个?你哥哥言而无信,登基两年多就把他们赶出京城。他自知难以服众,又假惺惺地说要让父王入朝,授以兵权,一会儿让父王陪他习箭,一会儿让父王陪他饮酒,最后,什么也没有。我父王在周世宗在位时也没有典兵欲望,何况是你的哥哥篡位后?他为何玩弄欺骗一个老臣?"

赵光义想说这是赵普的主意,话到嘴边又打住了。符金锭不依不饶地说:"不授予父王兵权也就罢了,说父王昏聩无察、不理政务尚可,怎么不问他为何会这样?为了达到不可告人的目的,居然还说父王贪财好利,岂不荒唐至极?父王不爱财,更不会贪财。一生中,有许多时候他能拥有过大量金钱,但他都没有收取。每次取得胜利立下战功之际,朝廷前后赏赐钜万,他都全部分给帐下将校士卒,这是一个贪财好利之人能做到的吗?"

到了这个时候,赵光义不得不为哥哥辩护说:"这一切都是赵普在背后谗言才导致这等局面……"

符金锭讥笑他说:"他们两个谁是皇帝?谁说了算?"

赵光义为了进一步给哥哥洗清责任,把赵普扣下诏书不宣,才导致没有授予父王统领兵权的事如实说了一遍。符金锭听了,吃惊地说:"杜太后临终前曾经把他叫到床前订下兄终弟及的盟约,如今你哥哥即皇帝位已经十三年,历代王朝兴起之时封同姓宗室为王可以说是惯例,不管有没有实权,至少名号上是要尊崇的。但是,像现在宋朝已经十几年却未封同姓王的,却十分少见,你不感到不正常?按你们的盟约,你也早该立王了,迟迟不被立王,是你哥哥想毁约,还是赵普从中作梗?如你所说,赵普不是皇帝,却已是半个皇帝了,他会不会有朝一日也想篡你哥哥的皇位?"

赵光义说:"他不会。"

符金锭冷笑说："为什么不会？"

赵光义说："我们弟兄对他甚厚，他怎么能会负我们？"

符金锭再次冷笑说："周世宗对你们不厚？你们怎么负他？"

赵光义禁不住冒出冷汗。

符金锭恳切地说："如果不是赵普从中作梗，那就是你的哥哥根本没准备让你接替他的皇帝位。"

赵光义忽然悟出什么，眼睛都直了。他虽然没当面承认符金锭的话，心中不由得波澜起伏，不得不佩服符金锭看事情入木三分。

赵光义为了不让自己太难堪，忙转移话题说："有人传说柴宗训的死是辛文悦所为，但也无从查起。"

符金锭说："即使是辛文悦所为，那也是因为你哥哥一次次对符氏的不恭造成的。一些小人为了讨他的欢心，曲意奉迎。"

赵光义再次说不出话来。

符金锭哀叹说："有的人为了自己，不惜丧尽天良去残害别人，真是世道浇漓，人心不古啊。"

赵光义发誓说："我赵光义一定信守诺言，善待夫人。"

符金锭淡淡地一笑，说："我已不相信什么诺言，只看事实。"

符金锭的话深深刺痛了赵光义。不久，赵光义在一个深夜面见赵匡胤，把符金锭的话变成自己的话，毫不遮拦地说了出来。赵匡胤听了，倍感忧虑，既感到愧对符氏，又担心在这个人心浮动的时候赵光义大闹朝廷，威胁其皇帝位，立即答应赵光义的要求。

九月，赵光义被封为晋王。符金锭由楚国夫人被改封为越国夫人。赵匡胤接着颁诏，厚葬周郑王于新郑周世宗的庆陵之侧，让朝野相信他善姻亲的诺言，并借此来安抚符氏。

柴宗训死的时候天气已经炎热，因为他们在这里没有自己的田地，符金环只得就地找一个相对平缓的山坡，在当地百姓的相助下，把柴宗训草草埋葬。

她没有想到,也没有奢求朝廷安葬柴宗训,所以,安葬后不久,她正准备带儿媳和孙子远离这块伤心的地方,游走他乡的时候,房州知州辛文悦到了她的家。

房州知州辛文悦自上任时来了这里一趟后,再没有官府的人来过这里。柴宗训死后,也没有人询问。辛文悦接到诏令,立即换了一种姿态,和奏报前判若两人。他亲率州城的官吏,先到符金环的住处表示哀悼,接着,由官府出资购置棺材,从山坡上将柴宗训尸体起出,重新入殓。然后,亲自率官员一路护送北上。

符金环带上儿媳和四个孙子,也随着护送柴宗训灵柩的队伍向北而去。她原打算不再回北方,现在,为了柴宗训和四个孙子,不得不这样,一是投靠父母,二是亲人都在北方,能有人帮助。

柴宗训灵柩到了南阳淅川县,符金环想到当年周世宗柴荣做茶叶生意的时候,经常住在这里,触景生情,想起柴荣,故特意让柴宗训的灵柩在这里停留。淅川县人听到这一消息,纷纷前来哀悼。一个茶商李员外,曾经与柴荣一道做生意,是柴荣的好友,得知消息,悲痛不已,见到符金环,忍不住痛哭失声。符金环担心路上照顾不好四个年幼的孙子,问李员外能否暂且收留儿媳和四个孙子。李员外体谅到符金环的难处,满口答应由他来抚养,并把他们当作自己的孙子。符金环千恩万谢,只得让儿媳和孙子暂且交给李员外抚养。

九月底,周郑王柴宗训灵柩到达新郑郭店。新郑百姓得知消息,纷纷赶来奔丧,一个个如丧考妣。

十月甲申,是朝廷选定的柴宗训安葬日。这天,赵匡胤颁诏,文武大臣皆不上朝,以示对周郑王的哀悼。

符金锭尽管因为流产身体虚弱行走不便,但不顾赵光义再三劝阻,执意从京城赶到新郑,参加柴宗训的葬礼。她们姐妹已经十年未见,如今姐姐又是孤身一人,又是这种场合,是最需要亲人的时候,她怎么能不去?再说,姐姐这次回来,何去何从,她不去关心,还能依靠谁去关心?

符金锭到了墓地,当她看到姐姐俯身在柴宗训灵柩前痛不欲生的悲惨情景,和她那与年龄极不相称的苍老的面容,不敢相信这就是想当年如花似玉的姐姐。她奔到姐姐跟前，紧紧地抱住她，放声大哭起来。符金环看到她，看到有了可以倾诉、可以发泄的亲人，哭得更痛。

葬礼由朝廷派来的礼仪使主持，卤簿使宣读哀册后，安葬于周世宗柴荣的庆陵之侧，谥号"恭皇帝"，陵曰"顺陵"。因恭帝是亡国之君，故陵冢卑小，仅高丈余，周长十二丈。

葬礼结束，朝廷官员撤离。前来参加柴宗训葬礼的百姓却久久不肯离去，他们看到周太祖郭威、周世宗柴荣、符皇后符金玉和柴宗训的陵墓与百姓的坟墓没有多大区别，想到周太祖郭威和周世宗柴荣视百姓为父母，在世时殚精竭虑，节衣缩食，死后陵前没有一间祠堂，没有一尊石人石兽。符金玉为大周江山，竭尽全力，随帝亲征，最后患病而死，符金环为了让周世宗全身心投入治理朝政，为周世宗抚养几个幼儿，直至垂帘听政，辅佐恭皇帝，最后为了国家社稷和百姓，偕子禅让，而今却沦落到无家可归的局面，都忍不住齐声痛哭："周太祖、周世宗、宣懿皇后、恭皇帝，俺百姓不能为你们做什么，一定要好好守护你们的陵墓，愿你们在天之灵也好好保护俺百姓……"

安葬了柴宗训，符金环跟跄着走到周世宗柴荣的陵前，扑通跪下，大哭说："夫君，符金环没有辅助好宗训守住大周江山，也没有为你抚养好儿子，我有负你的重托，罪不可赦，我已不想再活下去……今日我把孩子送到了你的跟前，他还小，你还要好好照看他……"

符金锭一面搀扶一面劝慰她说："姐姐，你已经尽力了，也无愧于他，是他走得太急，是他无情，把这一切都甩给了你，是他愧对于你，你没必要再自责了。"

符金环离开周世宗柴荣的陵墓，又走到姐姐符金玉的陵前，给姐姐跪下道："姐姐，金环没有辅助好他这个皇帝，没有抚养好宗训，金环有负你的重托……金环把宗训送到了你的跟前，你看到了吗？愿你们在阴曹地府相互照应，也愿你在天之灵能够原谅妹妹……"

符金锭看着姐姐如此悲痛，也想放声大哭一阵。可是，她知道这个时候姐姐最需要的是照顾和安慰,所以,只得忍痛搀起她,再三相劝说:"姐姐啊,人死不能复生,让他们安息吧。"

可是,无论她怎么劝,符金环依然痛哭不止。无奈,符金锭只得以看望父母的名义,劝她起来,对符金环说:"你已经十年未见父母了,该去看看老人家了。"

符金环忽然止住了哭泣,愧疚地问:"父母现在何处?"

符金锭说:"现在洛阳。"

符金环十分惊诧:"父王不是去了凤翔吗?"

符金锭把前后情况讲了,符金环才知道父王的遭遇,不由心急如焚。于是,立即启程,与符金锭急忙奔向洛阳。

新郑到洛阳有三百多里,他们乘坐马车,一路向西,终于于第二天到了洛阳。不料,她们找到父母居住的地方,看到的却是大门紧闭,而不见父母的身影。问及周围的人,也都说不知去向,都说几个月前见过他们,近来就再也没有见到过。有的说可能去了京城,有的说可能去了凤翔,有的说可能去了房州。当得知符金环和符金锭是符彦卿的女儿,一个来自京城,一个来自房州时,所有回答者不由都愣住了,都意识到符彦卿和夫人可能遇到了什么麻烦。符金环、符金锭看到没有人能说出父母的去向,顿时惊呆了,一种不祥的预感袭上心头。

符金环忍不住双手抓住门锁,摇晃着,呼喊道:"父王、母亲,女儿来看你们了,你们去了哪里?"

符金锭抑制住泪水,安慰符金环说:"姐姐,先不要这样,父母不会有事的,父王赋闲在家,可能是寂寞了,外出游玩去了。"

符金环不安地说:"他们到哪里游玩会几个月不回?"

符金锭说:"他们也可能去哥哥或弟弟家了。"

符金环埋怨她说:"你身在京城,距离父王这么近,就没有来看望过父母?"

符金锭忙说:"我曾经来过两次,后来,父王不让再来,说不要担心他们,他们活得很好,哪知……"

符金锭看门锁已经生锈,知道父母一时半会儿不会回来,劝符金环说:"姐姐,父母不知什么时候回来,你先跟我去京城吧。"

符金环摇摇头说:"不,我不会再去京城,那里已经不是我能去的地方……"

符金锭再次落泪说:"姐姐啊,父母不见了,你不跟我去京城,还能去哪里？"

符金环说:"我就在这里等父母。我过去没有在父母面前好好尽孝,今后我要陪父母安度晚年。"

符金锭再次劝她说:"父母已经几个月没有音信,你一个人在这里怎么办？你想去找他们?天下这么大,你去哪里找他们?等我告诉赵光义,让他帮助我们找吧……"

符金环打断她说:"不,你不要管我,你先回京吧!我已经习惯了离群索居,厌恶京城的喧嚣。"

符金锭生气道:"你是放不下架子,还是有寄人篱下之感？"

符金环说:"你说的都不对。我已十年未见父母了,我要在这里等,如果等不到,我就只身去找他们,直到找到为止。"

符金锭看姐姐这样,知道她正在悲伤的时候,只能抚慰,所以只得顺着她的意思,让侍者把门锁砸开,然后和她进了院内。符金环看到父母的用品和父亲的画像,想象着父王戎马一生而今被冷落和罢黜兵权,且不知去向,忍不住再次放声大哭:"父母大人,你们去了哪里?女儿回来了,为何不能相见?难道十年前的相别将成为永别？"

姐妹两个在洛阳住了几日,四处打听,依然没有打听到父母的音信。符金环不知道自己的路在哪里,要走向何方,哪里是自己的归宿。经过几个昼夜的苦思冥想,这天,她忽然变得十分坦然和淡定,连符金锭也感到吃惊。

符金环好像什么也不曾发生过一样,微微一笑问符金锭:"洛阳有寺院、道观吗"

符金锭不知其意,忙回答说:"有,而且很多。"

符金环说："我们到那里看一看，看看他们是不是皈依佛门，或者出家修道了。"

符金锭想了想，感到这是找到父母的最可行的途径，只好答应。

姐妹两个先到了白马寺。进了院内，见里面的人并不多，但是，大殿内的僧人却是满满的，一个个盘腿打坐，腰部挺直，双手捧住经书，都在全神贯注地诵经：

> 人生曲曲弯弯水，世事重重叠叠山。
> 古古今今多变故，贫贫富富有循环。
> 将将就就随时过，苦苦甜甜命一般。
> 贪利求名满世间，不如破衲道人闲。
> 笼鸡有食汤锅近；野鹤无粮天地宽。
> 富贵百年难保守，六道轮回易循环。
> 劝君早觉修行路，一失人身万劫难。
> ……

她们耐心地等僧人们诵经结束，见一方丈从殿内走出，忙迎上去说："请问方丈，可曾见过一个叫符彦卿的人来过这里？"接着把父亲的相貌特征描述一番。

方丈听她描述完，合手施礼说："阿弥陀佛，回施主，符彦卿和金氏夫人两位施主确实经常来此，但已经几个月没有光顾了。愿佛祖保佑他们。"

在这里没有找到，她们接着去了上清宫。上清宫始建于唐高宗龙朔二年，初称老君庙。乾封元年，唐高宗李治追封老子为太上玄元皇帝，故又称玄元皇帝庙。后因避玄宗讳，改称元元皇帝庙，之后再改为上清宫。她们来到这里，只见门外有石狮、石马，院内殿堂巍峨。她们走进院内，见几座殿宇的外墙分别有吴道子所作壁画《吴圣图》和《老子化胡经》，十分辉煌壮观。其中一座殿宇的前面还书写有杜甫描写该庙的诗句："山河扶绣户,日月近雕梁。"姐妹俩再往里走,但见院内十分静穆,只有一片木鱼、提钟、磬、铃、鼓、铛之声不绝于耳。每座殿堂内不仅有很多道士,还有很多道姑。一个个身穿交领、宽袍、大袖,绣有山、龙、日、八卦等图案的道服,手捧经书,双膝下跪,随着乐器的声音,朗朗地诵经,对窗外的一切皆视而不见,一副超然物外的样子:

> 人身难得,中土难生。假使得生,正法难遇。多迷真道,多入邪宗。多种罪根,多肆巧诈,多恣淫杀,多好群情,多纵贪嗔,多沉地狱,多失人身,如此等缘,众生不悟,不知正道,迷惑者多。我今哀见此等众生,故垂法教,为说良缘,令使知道,知身性命,皆凭道生。了悟此因,长生人道,种子不绝,世世为人。不生无道之乡,不断人之根本,更能心修正道,渐入仙宗。永离轮回,超升成道,我故示汝妙法,令度天民归真知命……

她们等诵经结束,分别询问道士和道姑,可是,问了很多人,都说以前见过,但很久没有看到他们来过了。

她们出了上清宫,又去了下清宫。下清宫又名青牛观。当年老子担任东周守藏室之史,一直居住在洛阳城中。后来,周王朝内外交困,发生了争夺王位的内讧,守藏室的图书典籍都被王子朝偷运到了楚国。诸侯国势力越来越强大,每每觊觎朝廷。老子见周室日渐衰落,自己又无书可管,只好来到城北邙山上,结庐最高处翠云峰,静心炼丹养生,不再过问朝政。老子在这里悟道,决定西出函谷关传道化胡。他来到翠云谷,牵起正在吃草的青牛就走。那牛眼见要离开此地,对着西方吼了三声,这就是"青牛吼峪"典故的由来。到了唐朝,人们为了纪念这位道教始祖,在翠云峰巅建了一座庙宇,称为上清宫,在拴牛处建了一座庙宇,称为下清宫,也称青牛观。这里在隋炀帝时期,就已经有了简易的老子祠和青牛观。老子祠祭奠老子,青牛观纪念青牛。后因老子祠晋升为上清宫,为配合这个"上"字,青牛观就更名为下清宫了。在道教建筑中,凡祀神的祠庙,统称为宫观。帝王居处、规模大者为"宫"，民间自发而建，规模较小的为"观"。她们到了这里，也没有打听出父母的音信。

出了青牛观，他们又去了城北邙山上的吕祖庵。吕祖庵又叫吕祖庙，相传八仙之一的吕洞宾曾在这里小憩，后人为纪念他，遂在此处修庙塑像。庙宇小巧玲珑，槐柏葱蔚，西临邙崖，东临瀍河，清幽别致，堪称洞天福地。相传吕洞宾入道后东游洛阳时，曾在此楼庵修道。道教称仙人住所为洞，吕洞宾号纯阳子，故庙名"纯阳洞"。符金环、符金锭在这里询问了一番，依然没有打听到父母的一点音信。

找不到父母，符金环的心彻底凉了，长叹一声，对符金锭说："你有家，留下我来寻找父母，你回京城吧。"

符金锭看到姐姐那要与她分别的果决的神情，吃惊地问："你去哪里？"

符金环反问她说："你说我去哪里？"

符金锭一时不知如何回答。是啊，她去哪里？已经被赶出京城的周太后，能再回京城吗？房州是朝廷给她的家，可是，儿子死在那里，那里是她最为不堪回首的地方，能回吗？何况又相隔千余里，她一个女人家到那里举目无亲，怎么生活？在洛阳吧，如果住在父母的宅院，父母又不知去向，她在这里独居，空守宅院，无依无靠，孤家寡人，每每看到父母亲手植下的花草和留下的衣物，岂不触景伤情，每日悲伤？

符金环看到符金锭悲戚的神情，苦笑着说："不要替我担忧，我自有安排。"

符金锭疑惑地说："你怎么安排？"

符金环说："先住在父母的宅院。"

符金锭不解地问："那以后呢？"

符金环忽然很淡定地说："我已经想好了，找到了我应该去的地方。"

符金锭对她情绪的变化感到很吃惊，担心她走极端，不由轻声问她："是什么地方？"

符金环没有直接回答她，说："你先回京城吧，到时候我再告诉你。"

符金锭说:"我不知道你的安身之处,我以后到哪里去找你?"

符金环强笑说:"我不是已经说过,就住在这里吗?"

符金锭知道,如果姐姐坚持一直住在这里,她不可能一直在这里陪伴,可是,姐姐在这里怎么办?于是,劝慰说:"姐姐,你不要再想着自己是什么周太后,放下吧,跟我一块儿回京城,我们在一起。"

符金环笑笑说:"你以为我还把自己当成什么周太后?我很想把自己当成平民百姓,也已经把自己当平民百姓,可是,别人却不会这样看我,我到哪里就会有人不放心,就会视若瘟神。所以,我不想让你也因为我受到牵连,成为众矢之的。现在全家只有你在京城,因为赵光义,你才免遭不测,如果我到了你那里,你也不会安宁了。"

符金锭听姐姐这么讲,知道她已经是清心寡欲,超然物外,看淡了世间冷暖,但又不忍心把姐姐一人抛在这里于不顾,思前想后,进退两难,忍不住抱住姐姐又一次痛哭起来。最后,只得安慰姐姐说:"姐姐既然有诸多顾虑,就先委屈在这里一段时日吧,一是等父母回来,二是静心休养一段。京城与洛阳相距不是太远,我会时常来看你……"

符金环说:"你也不要牵挂我,我已经是九死一生的人了,知道自己该怎么做。宫廷乃是非之地,你要保护好自己。"

符金锭无奈,只得和符金环依依惜别。符金环在寒风中目送着符金锭登上马车远去,想到昔日姐妹一块儿在京城庭院弹奏古筝,父王在一边其乐融融,而今却不得相见,忍不住含泪轻吟:"昔日庭院古筝鸣,今日亲人各西东。生离死别不相问,世道人间寒风冷。"

符金环住下来后,每日早出晚归,四处打听父母的下落,当她几乎把整个洛阳城跑遍,依然没有一点消息的时候,一天,一个不愿透露姓名的老者,偷偷来到她的门口,告诉她说:"我和魏王是朋友。他的去向只告诉了我一个人,他说如果有家人来找他,就告诉他们别找了,已经带着夫人,去了南方,具体什么地方他也没说清楚,但说不会再回来。"

符金环听了,心灰意冷,放弃了再找父母的想法,也没有了再住下去的心情。连日来,耳边全是那天去白马寺找父母听到的僧人们吟诵佛文的声音:

> 天也空来地也空,人生杳杳在其中。
> 日也空来月也空,来来往往有何功。
> 田也空来地也空,换了多少主人翁。
> 金也空来银也空,死后何曾在手中。
> 妻也空来子也空,黄泉路上不相逢。
> 大藏经中空是色,般若心经色是空。
> 朝走西来暮走东,人生恰似采花蜂。
> 采得百花做成蜜,到头辛苦一场空。
> ……

僧人吟诵佛文的声音刚刚在耳边隐去,却又响起上清宫道士的诵经之声,萦萦绕绕,不绝于耳:

> 观见众生亿劫漂沉,周回生死。或居人道,生在中华,或生夷狄之中,或生蛮戎之内,或富或贵,或贱或贫。暂假因缘,堕于地狱。为无定故,罪业牵缠,魂系阴司,受苦满足,人道将违。生居畜兽之中,或生禽虫之属,转乖人道,难复人身。如此沉沦,不自知觉,为先世迷真之故……当得罪业消除,灾衰洗荡,福寿资命,善果臻身。凡有急难,可以焚香诵经,克期安泰……

她回忆着,品味着,闭目细思了一会儿,虽然还不知道这些佛文和经文叫什么名字,却感到其文中犹如黑夜中现出的一道亮光,给自己点明了前行的方向,顿觉浑身如释重负,心情也忽然开朗了许多:去寺院或者道观,远离尘嚣,超然象外,可能是自己最好的归宿。于是,第二天便向白马寺走去。

第二十四章

玉清仙师

符金环来到白马寺，决心皈依佛门，以求眼、耳、鼻、舌、身、意六根清净。但是，当她走到大佛殿前的时候，忽然想到周太祖和周世宗柴荣在世时，停废敕额外的寺院，禁私度僧尼，禁僧俗舍身，并下诏毁铜佛像以铸钱，而今自己却去皈依佛门，岂不是有负于他？柴荣的在天之灵能原谅自己吗？她犹豫了。犹豫中似乎看到柴荣来到了她的身边，而且瞪着一双蔑视的眼睛。她不由脸红心跳：别人负他，我怎么能负他？于是，忍不住慢慢又退了出来。

出了白马寺，她却又很久没有离开。眼睛里忍不住盈满了泪水：夫君啊，你走了，再也不管我了，我该怎么办？在尘世难，出家也难，何处是我的立身之地？在她准备回家时，忽然想到道教尊道家创始人老子为道教鼻祖，老子是陈国苦县人，也就是今天的陈州人，符金环没有出嫁的时候就曾经读过《道德经》和不少道教的书。道教以"道"为最高信仰，以神仙信仰为核心内容，以丹道法术为修炼途径，以得道成仙为终极目标，追求自然和谐、国家太平、社会安定、家庭和睦，教人不仅"尊道"还要"贵德"，融"道"与"德"为一体，如果去修道，既不负柴荣，也远离了红尘，也算是不忘故土和对家乡的一种回馈。于是，转身朝上清宫而去。

路上,符金环依然纠结,思前瞻后,想象着以后的日子将是远离红尘,一派清静,蓦然间想起了报国无门的屈原,想起了他的《远游》:"悲时俗之迫阨兮,愿轻举而远游。质菲薄而无因兮,焉托乘而上浮?遭沉浊而污秽兮,独郁结其谁语!夜耿耿而不寐兮,魂茕茕而至曙。惟天地之无穷兮,哀人生之长勤。往者余弗及兮,来者吾不闻。步徙倚而遥思兮,怊惝恍而乖怀……"

到了上清宫,她又犹豫了,在大门外踟蹰良久,迟迟没有往里走。就在这个时候,恰遇她和符金锭来找父母时遇见的那位道长出门。道长以为她又是来找符彦卿,未等她开口,就施礼问候说:"善家,还没找到你的父母?"

符金环点点头说:"谢道长还记得此事,还没有找到。"

道长问:"贫道不知道还能为善家做些什么?"

符金环说:"本人愿辞亲遣爱,脱落红尘,在此修道成真。"

道长喜上眉梢说:"善家若来本宫修道,实乃本宫幸事。"

符金环说:"谢道长。"

符金环还在犹豫间,道长向她打了个"里面请"的手势。符金环情不自禁地随着道长向里走去。道长把符金环领到殿内,直言道:"善家之前可曾对道教有所了解?"

符金环说:"不甚了解。但知道老子是春秋时期陈国人,即今日我的老家陈州人,我读过他的《道德经》。"

道长惊讶地说:"《道德经》又称《道德真经》《老子》《五千言》《老子五千文》,是古代先秦诸子百家前的一部著作,为其时诸子所共仰,是道教经典。老子在三清中被尊为太清道德天尊,又称太上老君。老子虽然是道家创始人,道教创立后,就尊老子为道教始祖,你来自道教始祖的家乡,更能得道悟道也。"

符金环说:"还望道长指点迷津。"

道长沉思了一下说:"出家修道,就是要离开家庭,进入道门,不论父母儿女,不论贫穷富贵,都要舍得掉,放得下,要淡泊人生,清静无为,时刻摄持身心,不可随便放逸。你能放得下吗?"

符金环说:"我已为红尘所累,无牵无挂,无欲无念,已经没有放不下的。"

道长摇摇头说:"此言差矣。道教虽然追求长生不死、得道成仙,但还要济世救人,也不能只为自己。"

符金环不解地望着道长,一时不知道说什么是好。

道长知道她对道教还不甚理解,解释说:"世间有三才,曰天、地、人。天地谓自然,人居其中,三者皆由道生。老子曰:道生一,一生二,二生三,三生万物。即是说:道生混沌一气,一气分剖阴阳,为一生二;阴阳变化,而生天、地、人,为二生三;三才即具,万物资生,为三生万物。可见道为气,散则成形,聚则成神,故万物皆由神而生,天、地、人亦不例外。人居天地间,虽同为神而生,但受之而制,如《正一法文天师教戒科经》曰:人生受命,制之在天,天实不言,故在圣人。因为荒古之世,未尝有人,曰之混沌,混沌始判,阴阳变化,人起呿呿,卧吁吁,茹毛饮血,与鸟兽无别,时江海虽成,未加浚凿,时有大雨浸淫,山水暴发,平原皆成泽国,居民易遭沉溺,以死亡相继,孳生不蕃。所以人在天地间,首先受到自然的约束,然后再受神的管制。"

符金环被道长的解说深深吸引,洗耳恭听。

道长接着说:"道教的核心是神仙信仰。言及神仙,有人就以为高居人间之上、主宰人间万事、超脱人间之外的东西。进而以为,信仰神仙之徒必然消极人世,远离人世乃至对抗人世的行为。贫道一生信道,自然崇拜神仙,但绝无此类消极人世、远离和对抗时代之情绪,即使是在颠倒黑白、举国遭灾之时,贫道始终相信天道有情,眷顾华夏。爱国爱教,积功行善,乃是学道之人必要品质。因此,贫道以为,有神与无神之别并无彼此截然对立之必要。何以故?道教之神仙乃天地纯阳之灵气,道教信徒也来自天地之气。既然人神之构成相通,自然就能天人感应。信道者只要积功行善,长年修持,就可以祈求神仙,学习神仙,自身成仙。道教之神均遵天道行事,天道贵生,因此道教神灵都是爱护生灵,忠于国家,热爱百姓,捍卫疆土,救灾治病,度化信众,累有功绩。道教之中,绝无因区区私利而能获得神位,受人崇敬之神。唯其如此,才能修道、得道、悟道。"

符金环忙说:"道长一席话让我茅塞顿开。"

道长接着说:"道教源于春秋战国的方仙家,是一个崇拜诸多神明的宗教,自东汉顺帝时张道陵于蜀郡鹤鸣山创立了五斗米道,于是道教兴矣。道教之所以受人尊崇,在于修道者遵守忠孝诚信、行善积德的道诫,和奉道诫积善成功、积精成神、神成仙寿。历代帝王为什么追求道教神仙?当平民百姓还在为生计、为仕途四处奔波之时,帝王们早已拥有了一切。但是有一点帝王与百姓是平等的,那就是生与死。不管帝王拥有多大的权力和多么殷厚的财物,不管百姓多么贫寒,在死亡阴影降临的时候,都有求生的欲望。尽管帝王是天帝之子,但要能够真正回到天帝身边,那就需要一番曲折了。于是,帝王们选择了寻求长生不老之药的方法。道教不仅教人做人之道,还有修仙方术,修仙阶次,能让人长寿。修道非一日之功,需耐得住寂寞。"

符金环忙说:"我已做好准备。"

道长说:"那好,从今日起,贫道就接纳你。不过,我首先要告诉你,入得本宫,早晚功课是必须的,每日要读书诵经,除老子的《道德经》外,经籍中还有先秦两汉的《山海经》《列仙传》《汉武帝内传》《汉武帝外传》《老子想尔注》《周易参同契》,魏晋南北朝时期的《抱朴子》《大洞真经》《度人经》《三五历纪》等三十多种和隋唐时期的《广黄帝本行记》《太上混元真录》等二十多种,道士的礼仪繁多,诸如入道礼仪、日常信仰礼仪、生活礼仪、师徒礼仪、宫观礼仪等等,如果不能接受,可退出本宫。"

符金环忙说:"我意已决,请道长不必担忧。"

道长又说:"中国人讲究师道尊严。师者,人之模范也。传道授业而解惑也。无师不度,非师不仙。如是为师,行持斋醮,俯仰无愧高厚,幽明无所不格。入得本宫要谨记师徒之道:师与弟子言,皆称吾、我、卿弟子,弟子亦如此,天亲也。凡事师门,外称弟子,内称名,不称姓。师之师,准祖师。祖师之师,准曾祖。曾祖之师,准高祖。高祖之师,一号宗师。宗师至弟子身,是为五代。祖师至敬礼讯,言语书略同,悉称弟子,不得慢言。弟子不得唤师作道士,皆言家师、和师、大师、尊师、师主也。你能做到吗？"

符金环忙道："弟子记下了。一定能做到。"

道长见她诚心于道，不再考问。于是，引领她至三清殿行出家第一礼：三拜礼。道长念及她不懂礼仪，先做示范：长跪于玉清元始天尊、上清灵宝天尊、太清道德天尊塑像前，叩首、再叩首、三叩首。然后，点燃香火，双手捧住，恭恭敬敬地上香。上香毕，对符金环说："以出家礼仪，面北朝三师长跪，向三师述说出家因缘。"

符金环依照礼仪，俯伏叩拜，点燃香火，向三师述说道："玉清元始天尊、上清灵宝天尊、太清道德天尊，符金环出生武将世家，历代效忠朝廷，心系百姓。我兄弟姐妹皆谨遵祖训，以天下为重，谨慎行事，忠厚待人。怎奈生逢乱世，人心不古，屡遭不测，今全家妻离子散，家破人亡，亲人各奔东西，不能相顾。符金环续弦周世宗柴荣，不料夫君壮志未酬，英年早逝，四个儿子，三个不知所踪，恭帝死于非命。父母也不知去向，生死不明。符金环今无家可归，肝肠寸断，无以解脱，祈望三师佑护、赐福。今进本宫，当内外修炼，脱胎换骨，远离苦海，渡己渡人。守此用为深固，置清虚于度外。"

三拜礼毕，是第二礼，即行三辞礼：谢先祖、辞父母、辞亲知朋友。符金环依照程序，再拜三师，然后对三师表述三辞之辞说："符氏自始祖符雅，一脉相承，瓜瓞绵绵。至高祖父吴王符楚、祖父秦王符存审、父亲魏王符彦卿，符氏声名显赫。符金环来到这个世上，是父母之恩，先为皇后，后为太后，乃先祖荫庇也。在此对先祖千恩万谢，不敬之处，祈望海涵。"

谢过先祖，接着是辞父母。符金环含泪道："父母生我养我，恩重如山，然符金环却未能在跟前尽孝。自嫁给周世宗柴荣，每日让你们担惊受怕。自十年前迁居房州，至今未能晤面。如今金环隐居道观之中，恐怕再无见面之日。本想等见到你们再来此地，不料，久等苦寻，均未如愿，女儿不得不在此挥泪相别。愿你们相互搀扶，颐养天年……"

符金环说不下去了，半天未能缓过神来。停了一会儿，才辞亲知朋友道：

"兄弟姐妹和朋友,符金环走到今日之四十一岁,离不开你们的帮扶相助,符金环理当知恩图报,然天有不测风云,只得来世再报答你们了……"

三辞礼过后是皈依和成服。度师先为她穿戴太上巾袍,接着,冠巾师授予冠巾状。拢发师为她梳发盘髻,并边梳发边训诫:一梳四大险关,无染无着,早起清静之心,速登大乘之路。万般恶意,一概消除。二梳浮华名利,勿贪勿争,常存敬思之心,休行败教之事。万般妄想,一概消除。三梳虚情幻境,勿入勿迷,速发刚勇之心,早断红尘之锁。万般俗念,一概消除。四梳四恩高厚,常存报答,悟三乘之妙法,结三界之良缘。非礼之事,一概消除。五梳五行攒簇,万法归一,举心运念之愆,前世今生之罪。皈依法门,一概消除。

接着是第四道礼仪:传戒说法。符金环再次长跪于三师像前,由律师教戒:一戒贪财无厌。二戒踌躇不决。三戒莽撞从事,操之过急。四戒假公济私。戒用宫观用具物品,为个人发财。五戒亵渎神明。六戒无帮杀生。七戒好色酗酒。八戒铺张扬厉。九戒朋比为奸。十戒滥收学徒,传非其人,泄露天机。

律师每讲一戒,就要问一句:"此戒能持否?"符金环要答:"依戒奉行。"

在道教中,凡入道者,身心顺理,唯道是从,从道为事,故称道士。其中女性为"坤道",又称女冠,俗称道姑。男性道士称为"干道",也称道人、羽士、羽客、黄冠等。行完出家礼仪,即已进入道门,于是,便由律师颁发戒牒。戒牒上有受戒者的法名、道号和俗名,及出生年月,受戒地点、时间。符金环号"玉清仙师"。

到了中午用膳的时候,符金环才知道用膳也有一整套的礼仪:以梆子三声为准,道士们要顶冠束带,衣帽齐整,齐聚斋堂院前,排班站队,分左右两行,对面站候,由经师执磬带班。这时,管斋堂的堂头从厨房请斋供,香烛进入斋堂献香供。出食后,堂头敲三声磬,饭头接磬,开梆打点,然后经师鸣磬,带班进入斋堂,分左右两行,按班就序,拱手站立,由经师起诵"供养咒",全堂道众随声同念。供养念讫,经师化食,道众稍进几口斋饭即止,大众接着再念"结斋咒"。念讫,堂头撤供走出斋堂后,经师喊"大众请斋",大众便落座正式进餐。在进餐用斋时,须严肃镇静,不得交谈喧哗吵闹,不得声振筷碗。斋堂进餐有行堂者二人，各持其桶，专供菜饭，需要菜饭多少，均以执筷划圈为令，甚忌言语。用斋结束，各自朝上拱礼而退。

符金环用了膳退出斋堂，道长告诉她说："下午诵经以击鼓为令，一通鼓，殿主上香，经师准备。二通鼓，大众朝礼。三通鼓，开始诵经。诵经时，开卷展经，不得手触经典，或舔指翻经，须用经签拨经，不得签头指字。拱手静听，如对圣真，目不斜视，耳不旁听，聚精会神，念念不违。诵经时，不得随意咳嗽吐痰，往复出入振挠经坛。不得交头接耳，摇足摆手，或打瞌睡。不得随意进厕，如非去不可，要解脱衣冠。便讫，即净手面，否则不得登坛。在经坛上，不得任意出虚公，以防秽气冲坛。以上六条科仪禁忌，务须慎重遵守，不得轻犯。"

符金环听完，点头称是。

因为今天是她修道的第一天，下午的诵经又是第一次，所以，十分谨慎，半点不敢疏忽。到了进殿诵经的时候，第一通鼓响，只见经师们立即斋沐盥漱，严整衣冠，安神镇静。道众各自朝上拱手一礼，班到就序，面向圣真，拱手站立，视殿主上香。二通鼓时，符金环随众道士一同朝上三礼，即行三礼三叩礼。礼讫，经师点三通鼓，开坛诵经。这次的经文是《太上老君说消灾经》，开头说：老君以庚寅年四月二十八日丙午，与诸天大圣俱坐碧霞之殿、五云之座，真仙侍卫，无鞅数众建节捧香，罗列左右，一时同会。即召天仙地仙、五岳众仙、天仙三十六皇主、地仙二十四皇主、神仙十皇主、飞仙大圣众，又别国主上仙三十六万人，中仙二十五万人，下仙十四万人，八大龙主、八大鬼主、八大畜主、三五之君、二十四性，悉皆来集。是时诸真大仙，欢喜踊跃，稽首而作颂。这时，符金环禁不住跟众道士一起提高了声音：

道言甚微妙，普济度天人。习者皆成道，背者悉殃身。此经能消灾，荡秽绝嚣尘。众生无智慧，违者信邪神。死入寒冰苦，受罪甚艰辛。回心归正道，方可受真身。一心归仙路，乃得度天津。永享无期寿，分形百万真。九幽长披散，七祖离冥津。自然天厨食，皆赖圣皇恩。灵歌唱玄路，万劫保清真。随世人人度，三真应圣皇。五方而静默，道法渐时光。似如人半日，妖魅入心藏。阴阳或衰盛，百姓并饥荒。真人将去世，混杂实难当。潜龙欲重起，闭目在幽房。狂人颠倒业，不久自遭殃。沉沦地狱下，痛毒被刑伤。皆由心邪见，致使受燋惶。金刚令上道，威力破迷荒。行歌而交泰，至道永开张。风调而雨顺，五谷满盈仓。四方皆宾伏，麟凤自呈祥。明君时有道，万劫保年长。"

众道士诵经结束，共同朝上三礼，然后两班道众面向中路，双行对面，一同拱手，作礼而退。

这一天，符金环感到很累，不仅是因为一直听道长讲述入道的清规戒律，更难以承受的是一次次下跪行礼、叩首，以及长跪诵经。大众诵经结束，至傍晚宫内钟板声响起，才可以在院内散步，宽袍休息。一更天时，梆子响起，就寝的时间到了，符金环立即就倒在了床上。

她刚刚入睡，忽然听到一阵吟诗声："杨柳青青着地垂，杨花漫漫搅天飞。柳条折尽花飞尽，借问行人归不归？"她寻声一望，看到柴宗训、柴熙让、柴熙谨、柴熙海弟兄四个手拉着手，蹦着跳着，来到了她的室内。她激动得张开双臂迎了上去，说："孩子们，你们这些日子去了哪里？娘想死你们了。"

柴宗训首先跪下，说："母后，孩儿就在房州玩，哪里也没去。那天，我们回到家里不见了母后，就向北而行……"

接着柴熙让、柴熙谨、柴熙海也跪了下去，齐声说："我们先在京城找您，找不到，就去了房州。又没找到，就来了这里……"

符金环忍不住泪下，问他们道："孩子们，一路山山水水的，你们走了多长时间？"

孩子们齐声说："我们腾云驾雾，一点也不累。我们在天空中飞呀飞，后来就看到你在上清宫的院子里了……"

符金环惊奇地问："你们都会腾云驾雾了？"

柴宗训说:"是啊,想去哪儿就去哪儿,谁也管不住我们。"

柴熙让、柴熙谨、柴熙海说:"我们没有忘记母后的教诲,每日都在一起读书,十分开心。"

符金环高兴得说不出话来,伸手就去抱他们。忽然,他们都不见了,她扑了一个空。她醒了,才知道刚才的一切都是梦。她再也睡不着,坐起身饮泣起来。

天即将黎明的时候,符金环才恍恍惚惚地入睡,忽然耳边传来柴荣的呼叫声:"皇后,你最近可好?"

符金环朝四周环顾了一圈,却没有看到柴荣的身影,禁不住笑道:"陛下,你怎么也学会开玩笑了,你在哪儿? 你知道我是多么的想你吗?"

柴荣说:"你想我,我也想你呀。"

此刻,符金环很想一下子扑到他的怀里,给他撒娇,让他爱抚,可是,却依然看不到他的身影。

她正左右逡巡着,柴荣又说:"孩子们呢? 你怎么一个人在这里,不管孩子们了?"

符金环生气地说:"你把孩子交给我,你什么都不管了,我好恨你呀!"

柴荣说:"我知道你恨我,可是,我也不想那样。我在为大周的江山社稷忙碌,顾不了那么多了。"

符金环想到他即位的几年里南征北战,勤民听政,不再埋怨他,说:"我知道,我没有埋怨你,你去为天下忙碌吧,我很好……"

她还没有说完,柴荣忽然来到了她的跟前,把她抱在怀里,左右端详了她一番说:"皇后,你瘦多了,朕好心疼你。"柴荣说着,眼圈红了。

符金环惊慌道:"陛下,你怎么了,你怎么哭了?"

柴荣蓦然把她推开,怒吼道:"我把大周江山交给你,你却没有守住,你愧对天下百姓……"

符金环激灵一下被吓醒了,浑身是汗,再也没有入睡。这一夜的两次梦,她既想要,又害怕,她知道这是自己还没有完全放下,还在想着孩子和夫君。她又想起刚来时道长的一番话：出家修道，就是要离开家庭，进入道门，不论父母儿女，不论贫穷富贵，都要舍得掉，放得下，要淡泊人生，清静无为，时刻摄持身心，不可随便放逸。她反复回味着道长的话，想到自己依然不能放下儿子和世宗，心中不禁一阵战栗，忍不住蒙头嘤嘤哭泣起来。

就在这个的时候，忽然听到了外面响起清脆的梆子声，连着敲响了五下，开始的三下比较慢，后面的两下较快。她知道，这里的早晨梆子敲响为开静，晚上的梆子敲响为止静。开静的梆子声一响，全宫的道士都要及时起床，苦行道士和初来的道士都要立即到院子里除草、担水、洒扫殿堂，或做早饭。上层的道士也立即起来，梳头、洗脸、穿袍、戴冠、系绦。因为她是刚来，便急忙起床穿衣，到院子里担水、洒扫殿堂。大家知道她是周朝的皇后和太后，都对她礼让三分，但她没有把自己当作皇后和太后，不仅是到了这里，就是在房州也是这样。也正因为她这样，道士们对她更加敬重。

刚刚吃过早饭，只听大殿的钟板声响了，先是三下钟声，接着是三下板声。随着钟板声，道士们都奔向大殿进行早坛功课。法师领七个道士首先上殿，接着，其他道士排队进殿。各自入位后，先行开经礼：两次三上香，然后熏经、诵神咒和偈。诵神咒是净心神咒、净口神咒、净身神咒、安土地咒、净土地咒、祝香咒、金光神咒、玄蕴咒。诵神咒结束，是开经偈，全体道士齐诵：寂寂至无宗，虚峙劫仞阿。豁落洞玄文，谁测此幽遐。一入大乘路，熟计年劫多。不生亦不灭，欲生因莲花。超凌三界途，慈心解世罗。真人无上德，世为仙家。

接下来，请法师升高座，执简礼经。法师坐定，首先讲："今日诵修道成仙经。道教认为万物皆有灵：日、月、风、雨、雷、电等是神灵；天、地、山、川、水、火等由神灵主宰；人死归鬼，树木有灵，顽石能思，鸟兽会言，无物不神。主宰天地者为神，长生不死者为仙。西汉刘向的《列仙传》记载了自三皇五帝至汉成帝时的神仙七十余位，东晋葛洪的《神仙传》传记神仙一百九十二位，唐末五代道士王松年的《仙苑编珠》记述了三百多位神仙。神仙实有，仙学可得。尊道贵德，长生成仙。道法自然，和光同尘。性命双修，生道合一。形神相依，神炁合一。长生久视，我命由我。柔弱不争，无为抱朴。仙道贵升，无量度人。慈善利人，积功累德。"法师讲罢，然后引领众道士诵读经文《抱朴子》。

诵经结束为结经。结经时，要行洒净仪：三上香。然后由高德一人，叹经启愿："周太后符金环入道本宫，号玉清仙师，实乃本宫幸事，道教幸事。愿上天诸神保佑她早日得道成仙。"

下午，由法师讲述修道成仙之法术。主要内容有心斋、守一、定观、坐忘、缘督、内观、导引、存想、吐纳、存思、听息、内视、踵息、守静、服气、辟谷、服食、行炁、房中、胎息、外丹、内丹。

符金环被法师精彩的讲解所吸引，完全进入了忘我的境地，摒弃智欲，澡雪精神，除却秽累，断绝思虑，虽然很累，心里确实轻松，犹如已经进入仙境一般。她过去对道教的了解都是只言片语，不知道里面还有如此高深的学问，还有如此多的成仙之法术。

法师讲经结束，众道士列队作礼而退。然后，各自走向自己的住处。男女道士虽然同坛诵经，但起居要求却非常严格，男道士居东院，女道士居西院，相互不得跨越。

回到住处，有几位女冠邀请符金环宽袍到宫外散步，符金环本想随她们出去走一走，可是，道袍换下后，却又放弃了。她躺在床上，苦思冥想，一片茫然。

吃过晚饭，符金环感到无所事事，又拿起经书独自读起来。她想把自己沉入读书中，以阻止思念亲人。可是，刚读了没有几行字，眼睛就迷糊了，脑海里全是父母的音容笑貌。更让她不能释怀的是她和柴宗训离开皇宫时父母那悲戚的神情。她没有想到，那次的分别居然是永别。自责说：父母年事已高，如今去向不明，生死未卜，做女儿的不去寻找，今日倒在这里遁入道门，独享清静，情何以堪？妹妹金锭体弱多病，不知道她去寻找父母没有，找到父母没有。想到这里，不觉间又泪如泉涌：父母大人，是你们怨恨女儿呢还是别有隐情？千不该万不该，不该这样不给子女留下一丝音信，独自漂泊啊！你们怎么没有考虑到做子女的感受？想到这里，又不安起来：即使找到了，回到了家，你符金环已经遁入道门,他们也见不到你啊!我符金环与亲人不是阴阳相隔,就是相思不相顾,我的命运为什么如此多舛?

就在她仰屋兴嗟、对天长叹不止的时候,耳边忽然响起法师领众道士诵读《洞玄灵宝内观经》的声音:"夫欲修道,先能舍事。外事都绝,无与忤心。然后安坐,内观心起。若觉一念起,须除灭务令安静。其次,虽非有贪着,浮游乱想,亦尽灭除。昼夜勤行,须臾不替。唯灭动心,不灭照心……"

于是,她急忙擦去眼泪,起身祈祷并谢罪说:三清四御,诸路全神,原谅符金环六根不净,但愿你们保佑我父母早日回家,平安长寿。我一定舍弃一切念想,在这里悉心修道,以敬仙师。

第二十五章

魏王南迁

符彦卿带夫人去了南方，最终到什么地方，开始时他自己也说不清楚，只为了先离开洛阳免遭不测再说。

符彦卿打算晚年一直居住在洛阳，直至老去，不料，柴宗训突然死去的噩耗让他惊恐不已。先是和夫人抱头痛哭了一场，接下来对夫人说："赵匡胤即位的第二年七月，便罢黜了石守信、高怀德、王审琦、张令铎等拥立他的功臣的军权，第三年十二月，金环和柴宗训被逐出京城迁往房州。他即位的第四年正月，范质、王溥、魏仁溥同一天被罢相，九月，范质死去，年五十三岁。第五年五月，魏仁溥随赵匡胤征讨北汉，在经过曾经与周世宗北伐经过的地方时，触景生情，不由心神郁结，因为思念周世宗而患病，卒年五十九岁。临死前还一直念着后周世宗柴荣的名字，自责没能保住后周的江山。同年，赵匡胤又听信谗言，以谋反的名义加害于我，若不是王祜以全家百口性命担保，我符彦卿也会性命难保。不久即罢黜我的凤翔节度使官职。去年五月，我的弟弟，剑南宣抚副使、金吾上将军符彦琳去世。而今外孙又是这个结局，女儿符金环吉凶未卜。我符彦卿虽然有功于大宋，但如今已经成了他赵匡胤的眼中钉，是他最不放心的人。俗话说：害人之心不可有，防人之心不可无。赵匡胤之心，已是司马昭之心，路人皆知。洛阳已经不是我们逍遥的地方,而是个陷阱,如果不尽快离开这里,怕是要掉进去。"

金氏夫人感慨道:"天下这么大,难道没有我们的存身之地?"

符彦卿叹息说:"天下很大,可为我之天下太小啊!"

金氏夫人一时不知道说什么好,问他说:"我们去哪里为好呢?"

符彦卿叹口气:"去一个朝廷找不到的地方。不然,我们也性命难保啊!"

金氏夫人不安地说:"你是朝廷命官,哪里不知道你呀?朝廷若找咱们,怎么会找不到?"

符彦卿陷入苦痛之中:是啊!唐、晋、汉、周、宋五朝都声名显赫,不仅是皇亲国戚,又曾经是国丈,如今也是皇帝弟弟的岳丈,天下谁人不知?金氏夫人劝慰他说:"赵匡胤有过承诺,更有铁书,两家又是亲戚,你现在已经没有兵权,他还会对你怎么样?"

符彦卿说:"我曾经是那么的相信他,可是,一桩桩、一件件的事,让我无法再相信他。如今柴宗训已经不明不白地死去,我又是柴宗训的姥爷,前朝的国丈,赵匡胤已经久有加害之举,其他官员都一个个剔除了,下一个恐怕就是我也。"

金氏夫人说:"你如今已经没有军权,已不是什么武将,也不问朝廷之事,有何理由再问罪于你?"

符彦卿叹息说:"古人说过:欲加之罪何患无辞。何况我符彦卿已经是被问过罪的人。"

金氏夫人听了他的话,半天无语。最后说:"去哪里?我们走了,昭序、昭信、昭愿、昭寿、昭远、昭逸、昭敏七个儿子,还有几个女儿,一个也不告诉他们?"

符彦卿知道她想说什么,忙打断她说:"孩子们虽然也是朝廷命官,一是他们不在京城,二是他们对他赵匡胤构不成威胁,不会有什么事。古人说过:峣峣者易缺,皦皦者易污。他不放心的是我,我们走了,他也睡得香了,我们也不会遭受算计了。"

金氏夫人依然不愿离开这里而客居他乡,叹息说:"你已七十五岁,经不起折腾啊!"

符彦卿笑笑说:"我一生光明磊落,岂能忍心让别人陷害,毁掉一世英名?"

金氏夫人又问他说:"去往何方何地?"

符彦卿想了想,说:"南方。先离开洛阳再说。"

金氏夫人看他走意已决,只得答应随行。

符彦卿之所以选择南方,是因为周太祖即位后就任大名尹、天雄军节度使,周世宗即位后依然让他镇守在那里。宋朝建立后赵匡胤仍然让他镇守北方。前前后后他在北部已经近二十年,上上下下谁不知道他?且有辽国和北汉这些死敌。东部,他曾经在徐州、青州任节度使。西部有凤翔,是他被迁徙的地方,也是伤心之处,也不能去。只有南方,与他没有太多牵连,不会有人知道他,那里相对而言是最安全的地方,而且也比较温暖。所以,他们夫妇经过一番筹划,以外出游玩的名义,在家僮的陪护下,坐着马车,离开洛阳,向南而去。

符彦卿和夫人虽然选择了南方,但是,具体到南方什么地方,自己也不清楚。总之,先离开洛阳再说。

这天,天气晴朗,暖风习习。躲藏一冬的鸟儿也都飞出来感受春天的温暖。它们或结伴鸣叫着四处飞翔,或站在树枝上得意地用长喙梳理着羽毛。有的还相互嬉戏,一些雄鸟还乐此不疲向雌鸟大献殷勤。

金氏夫人没有看到这些情景,也许是没有心情去关注这些,心事重重,一脸的忧郁。为了减少夫人远走他乡的痛苦,符彦卿装出一副高兴的样子,一路上,又像在洛阳游园一样,总是不停地给夫人讲笑话:"我一生身经百战,却没有去过南方,如果不趁这次机会走上一遭,是何等遗憾的事呀?"

金氏夫人也不想让符彦卿刚刚出行就心中不快,也想有说有笑,一路欢心,可是,她怎么也笑不出来。直到符彦卿讲了半天,她才挤出一副笑脸。符彦卿看她终于笑了,得意地说:"如果不是赵匡胤罢黜了我的军权,我哪有机会陪你出去游山玩水?你应该感谢赵匡胤才是。"

金氏夫人笑笑说："是啊，只是我要看看你都是让我到什么地方？"

符彦卿眨眨眼，笑了笑说："我给你出一个谜语，看看你能否猜出来。"

金氏夫人感到好笑地说："那都是小孩子玩的游戏，你一个老头子了，怎么还喜欢这个？"

符彦卿反问她说："谁说那是小孩子玩的游戏？你若能猜出这个谜语，就知道你能到什么地方。"

金氏夫人看他那认真的样子，立即装出一副很认真的样子说："你说说看。"

符彦卿说："一个老太一只脚，角角落落都去到。打一物。"

金氏夫人想了半天没有猜出来，说："什么样的老太是一只脚，还能角角落落都去到？猜不出。"

符彦卿先不告诉她，又说："我再给你出一谜语：一颗枣，三间屋子装不了。打一物。"

金氏夫人想了想，依然没有猜出。说："什么枣那么大，三间屋子装不了？"

符彦卿笑而不语，她多次问符彦卿谜底，符彦卿却故意不说。

他们一路向南而行，直到天色已晚，才找一客栈住下。客栈主人见他们举止不凡，又拿起扫帚把屋子的角角落落重新打扫一遍。这时，符彦卿看了一眼夫人说："那两个谜语的谜底可曾猜出？"

金氏夫人不知道他为什么这个时候又问起谜底的事，奇怪地看看他，摇了摇头。符彦卿指着客栈主人手里的扫帚说："一个老太一只脚，说的就是那扫帚。"

金氏夫人仔细一想，确实如此，忍不住笑了。

符彦卿接着又笑道："这次呀，我就把你当做那扫帚，让你角角落落都去到。"

金氏夫人虽然感到有点嘲笑她的味道，还是很开心。

客栈主人一边笑，一边掌灯。顿时，屋子里亮堂了许多。符彦卿指着那灯火,问夫人说:"你看看那灯火是不是像一颗枣?"

金氏夫人看看灯火,又看看他,不明白他什么意思。符彦卿说:"一颗枣,三间屋子装不了,说的就是这灯火。"

金氏夫人"哦"一声,开心地笑起来:"还真是那回事。"

不料,他们睡到半夜,金氏夫人忽然坐起身哭起来。符彦卿被她哭醒了,忙吃惊地问她说:"夫人,你怎么了?"

金氏夫人说:"我梦见金环、金锭到洛阳找咱们,没有找到,哭着叫着,追赶咱们来了。路上遇到大雨,姐妹俩都滚到了山沟里。"

符彦卿也梦见了符金环和符金锭,但都是她们小时候的样子。此时,他只得装着满不在乎的样子说:"那是梦,是你想她们了。金锭在京城,就是去洛阳找咱们,有光义在,也不会她一个人去。金环在房州,有儿媳和孙子在跟前,也不要替她担心。别瞎想了,她们都不是小孩子了,用不着咱操心了。"

金氏夫人说:"我知道是梦,可是,我忍不住想她们。尤其是金环,柴宗训不在了,儿媳妇还年轻,如果她改嫁了,金环一个人领着四个幼小的孙子怎么办?"

金氏夫人的话戳到符彦卿的疼处,半天无语。按照他对赵匡胤的一次次的不信任和仇视心理,没有想过朝廷会官葬柴宗训,朝廷也不会让符金环离开房州,所以,一听说柴宗训死去,立即选择外逃避难。为了宽慰夫人,符彦卿忙说:"金环是周太后,金锭是赵光义的夫人,凭这种关系,赵匡胤不能不依皇室对待,我们就不用担心她们了。"

金氏夫人看到符彦卿心情十分不好,并且已经出来了,忙随着他说:"是的,我想也是这样。不再想她们了。"

夫妻相互宽慰,相互关心,都装着无事的样子,再次躺下。可是,他们谁也没有睡着。

第二天他们都早早地起了床。洗了脸,吃了早饭,接着又踏上了南下的路。

一路上,遇到了客栈就住客栈,没有客栈就找个村子,借宿到农家。有几次因为没有遇上客栈和村子，就歇息在路边。

开宝六年五月，符彦卿和夫人到了一个仅有十几户人家的村子。村子不大，却依山傍水，鸟语花香，景色宜人。金氏夫人朝远处眺望了一番，对符彦卿说："我们已经走了两个月了，总不能一直走啊，这里风景如此好，就定居这里吧。"

符彦卿想了想，感到夫人的话很对，令车夫停下车，走进村子，问一老者道："老人家，这个村子叫什么名字？"

老人看看他，反问他说："先生从哪里来？要到哪里去？"

符彦卿不得不隐瞒自己的身份说："我们来自北方，因为遭受水灾，无家可归，今日走到了这里，想找个地方避难定居。"

老人看他乘着车，还有家僮，不像是平常百姓，意识到他一定是遇到了什么难处，忙说："俺这里稻香果多，百姓善良，如不嫌弃，不妨就住在这里吧。"

符彦卿问："这里属什么县，叫什么村？"

老人说："属南丰县，叫竹源村。"

符彦卿刨根问底地问："为何叫南丰县？"

老人给他介绍说：这里春秋时为吴、越之地，战国时期属楚国，汉代为南城县地，隶属豫章郡。三国吴太平二年划出南城南部设县时，因为这里盛产一茎多穗之稻，故定名丰县，别号嘉禾。后因徐州已有丰县，乃改称南丰县，属临川郡。

符彦卿听到这里，十分高兴，就与夫人商议，在此停留下来。先是住在老人家，没几日，就出资由老人请乡亲们上山砍柴伐树，盖起了房屋。从此定居下来。

符彦卿定居下来后，在房前开垦了一片地，每日和乡亲们一样，耕田劳作。闲时，就到村里找乡亲们聊天，或请乡亲们到他家喝茶，日子很平静，却也其乐融融。因为初来乍到，建房垦地比较忙碌，夫妇没有心情，也没有机会到别处游玩观赏这一带的风光。过了一些日子，一切稳定下来，金氏夫人想到在洛阳时的繁华热闹，对这里的平静感到有些不太适应，甚至有些寂寞。

符彦卿见夫人常常不开心，逗她说："你这个老太，是否角角落落都想去到？"

金氏夫人说："这里虽然好，总不能每日都困在家里呀。"

符彦卿觉得夫人说得有道理，就又带夫人四处游起山水。这天，他们向南行走有几十里，到了一个叫横田村的地方。金氏夫人举目四顾，对符彦卿说："这里比竹源村风水更好。"

符彦卿朝四周看了一圈，忍不住笑道："结婚几十年，不知道夫人对风水还独具慧眼。"

正说着，一个道士飘飘然迎面而至。道士望着他们，先是一愣，接着说："太乙尖峰似笋长，插天高照向明堂。断定儿孙登科甲，手持牙笏面君王。"

符彦卿忙问他："道长是何方人士？"

道士甩了一下袖子说："贫道乃皂角山陈孟阳，人称仙眼是也。"

符彦卿不觉一愣。

没等符彦卿说话，陈孟阳说："这里乃风水宝地，善家不妨居于此地也。"

说罢，陈孟阳即大摇大摆而去。

几个月后，符彦卿与夫人又迁避横田村。

开宝八年五月，符彦卿和夫人已经在这一带生活了两年。一天，符彦卿感到身体大不如前，常常困乏不堪，胸口疼痛，连续服药也不见效。他把夫人叫到跟前，神色阴郁。金氏夫人不安地问他说："夫君，一向高高兴兴的，今天是怎么了？"

符彦卿叹气说："每天这么闲着，总觉得又少了些什么。这样下去，恐怕会闲出病来。"

夫人松了一口气，说："不远千里从洛阳到这里，不就是想图个清闲吗？如今清闲了，你怎么又嫌闲得无聊？你还想干什么？"

符彦卿慨然说："我符氏虽然没有秦始皇、李世民那样的惊世之举，近几个朝代以来也算没有愧对祖先。我欲作《符氏族谱》，以记载家族世系繁衍和重要人物事迹，用以昭示后代，不敢求治国平天下，至少要修身齐家，多做善事。"

金氏夫人笑笑说:"编修族谱是一件繁琐的事,岂是你一个人能完成的?何况又是在这里?"

符彦卿说:"告诉孩子们,让他们找符氏有学问的人,帮我一起来做。"

金氏夫人说:"你不怕朝廷知道你在这里了?"

符彦卿笑了笑:"现在不怕了。不是我不怕了,是朝廷不会怕我了,因为我们在这个宋朝边境的穷乡僻壤,又孤家寡人,朝廷还怕什么?"

金氏夫人说:"我看你是想自己的亲人了吧。"

符彦卿不觉间眼睛潮潮的,说:"是啊,老了,情不自禁啊!"

金氏夫人不敢再往下说,怕他伤心。忙问:"怎么才能告诉孩子们呢?"

符彦卿没有回答夫人的话,说:"我们偷偷出来了,儿女们都不知道咱们去了哪里,他们能不着急?能不挂念?"

金氏夫人埋怨说:"不是你要这样的吗?说什么不能再给儿女们添麻烦……"说着,抑制不住,流下泪来。

符彦卿叹口气说:"给孩子们送个信吧,让他们知道咱在哪里,告诉他们咱很好,不要让他们挂念了。"

金氏夫人说:"怎么送信?咱都走不动了,这里的乡亲虽然待咱很好,没一个认识咱儿女的,也不知道到哪里去找他们,况且咱也不知道他们的情况,怎么送信?"

符彦卿想了想,不禁对自己执意到这里来感到懊悔。停了一会儿,说:"让官府的人送信吧。"

金氏夫人知道只有这条路可走,故意说:"不让官府的人知道,是你说的,让官府的人知道也是你说的,现在……"

符彦卿强笑说:"此一时彼一时也,刚才我已经说过了,我现在什么都不怕了。他们知道了,还能对我符彦卿如何?"

金氏夫人说:"如今也只有这样,不然,没有官府的人陪着,孩子们怎么能找到这个鬼不下蛋的地方?"

符彦卿听了夫人的话，开心地笑起来："夫人原来这么风趣。你不像老藕啊，倒真是吹糠见米现新粮焉。"

金氏夫人赔笑了一下，忙问他："让谁去告诉官府的人？"

符彦卿说："让村里的人去。"

金氏夫人讥笑道："让村里的人去？官府的人会相信吗？"

符彦卿脸色沉了下来：是啊，皇亲国戚，又是大名鼎鼎的天雄军节度使、太尉、太师、魏国公、魏王，头衔一大串，怎么会在这里？换成自己也不会相信啊。他想了想，说："还是我自己去吧。"

次日，符彦卿坐上他那辆已经显得很旧的车子，到了南丰县衙。当他到了门口下来车，正要往里走，门丁拦住了他。他威风凛凛地对门丁说："我是魏王符彦卿，速报你们县令，让他来见我。"

门丁听了他的话，不敢相信，以为是在做梦：符彦卿谁不知道？是周世宗柴荣的岳丈，也是当今皇上赵匡胤弟弟赵光义的岳丈，他怎么一个人来到了这里？门丁笑笑对他说："这里是县衙，在此胡言乱语是要蹲大狱的。"

符彦卿说："你只管按我的话禀报县令即可。不然，你会后悔的。"

门丁他看到符彦卿的架势，又有这样的口气，虽然怀疑，也不敢不信，立即奔向大堂。不一会儿，县令来到门口，若信若疑地问符彦卿道："请问哪个是魏王？"

符彦卿道："本人即是。"

县令仔细端详一下符彦卿，不得不问："魏王何时到的本县？怎么没有接到官方的通报？"

符彦卿笑笑说："详情不必细问，若不相信本王，可派使者赴京询问。"

县令看符彦卿气势如虹，想到自己作为一个县令不便询问过多，忙把符彦卿迎至大堂内。符彦卿直言已经来到这里近两年，现住横田村。县令听了，好不惊讶：魏王来到本县两年了，作为本县县令居然一无所知，不觉额头出汗。符彦卿接着说："来时未告知家人，如今十分想家，烦请县令派人速速进京，告诉赵光义或者符金锭，说她的父母现在这里，让她转告她的几个哥哥速来这里即可。"

县令听完，这才完全相信符彦卿真是符彦卿，立即满口答应说："即日即派人赴京，一刻也不耽误。"

符金锭自从和符金环到洛阳去看望父母而没见到父母，且两年没有音信，加上再去洛阳又不见了姐姐，每日饭食难进，夜不能寐，常常头痛胸闷，病情愈来愈重，身体愈加虚弱。

这天，符金锭正在宅第服药，赵光义急匆匆回来，激动地告诉她："夫人，有好消息了。南丰县令派人来到京城禀报说，父母大人现在南丰县横田村，让你的几个哥哥前去看望。"

符金锭一听，激动万分，把药碗一扔，"哈哈"大笑两声，接着痛哭起来："父母大人，你们好狠心啊，到如今才告诉你的女儿……"

赵光义忙安慰她说："你应该高兴才是，怎么能不顾身子而大哭？你说，我们该怎么办？都让谁去南丰县？"

符金锭擦去泪水说："你赶快派人分头告诉几个哥哥，让他们都去，父母一定很想他们。我也要去。"

赵光义说："几个哥哥可以去，你身子这个样子，这么远的路，你怎么经得起颠簸？等他们把父母接回来不是一样？"

符金锭感到赵光义说得有道理，暂时放弃亲去南丰县的想法。但却对赵光义说："这一消息不得告诉皇上，免得节外生枝。你私自派人密告我的哥哥即可，让他们立即去南丰县横田村，一刻也不得耽误。"

第二天，赵光义派几路使者，同时出京，分别奔向符彦卿几个儿子任职的地方：徐州衙内指挥使，长子符昭序；天雄军衙内都指挥使、贺州刺史，次子符昭信；检校尚书仆射、罗州刺使、刑州防御使、皇家陈蔡道巡检使、镇东军节度使，三子符昭愿；益州钤辖、西京作坊副使、领兰州刺史、凤州团练使、防御使，四子符昭寿;侍卫将军、御史、许州衙内指挥使,五子符昭远;安国军节度使,六子符昭逸;西京藏库副使,七子符昭敏。

不久,符彦卿七个儿子先后从不同的方向都赶到了南丰县横田村。他们看到父母,激动得又哭又笑。很多年来一家人从来没有这样齐聚一堂,欢声笑语。符彦卿自是兴奋不已。

可是,一家人都没有想到,符彦卿自看到孩子们,好像完成了毕生的一件大事,犹如一段绷紧的琴弦随着曲终忽然崩断,没有了精气神,身子也轰然垮了下来,走路都摇摇晃晃,不能自主。

符彦卿意识到自己大数已尽,一日,看着七个儿子,先对昭序说:"你是老大,俗话说:长兄为父,你要关爱弟弟,时时事事做弟弟的表率,遇事多和弟弟商议,不得以大欺小。"

符昭序含泪道:"儿子记下了。"

符彦卿看了一眼符昭愿,说:"昭愿自幼谨厚谦约,颇好读书。及长,广交朋友,待人有礼。以后无论官做多大,都要以民为本,多做实事,并清正光明。"

符昭愿泪下说:"儿子时刻谨记。"

符彦卿看看四子符昭寿,说:"你们弟兄中数你儿子最多,有五子:承务、承禄、承宗、承谔、承谅。要告诫孩子,男儿当志在四方,敢于纵横天下,不要以为守在家门即为孝,为国效忠才是大孝。"

符昭寿饮泣道:"儿子时刻谨记。"

符彦卿扫了一下其他四个儿子,又看看符昭序、符昭愿、符昭寿,让他们都拿起笔说:"人皆有生死,我也不例外,只是,生要生得磊落,死要死得荣光。我感到自己气数已尽,但有话要留给你们,切——记下。"

儿子们含泪说:"请父王教诲。"

符彦卿看看这个,又看看那个,面色温和又不失威严,一字一句地说:"我世居陈州宛丘,无一日宽息其任,孜孜矻矻,皆为万姓。三军制舟楫城池并皆臻固,军租麦粟有十年支给。子父土客之军俱是一家之体,今则光荣日久,显赫年多。自今春风气动,至今月余医疗未痊,且恐大运在期。死生有定,预告诸子宜各审听。"

儿子们一边流泪,一边说:"儿子认真听着呢。"

"我主军六十年来,见天下多少兴亡成败,孝于家者十无一二,忠于国者百无一人。我佐辅数朝,誓正王室,能依呈法,子孙可受世代光荣。我殁后,汝等须存我功业,荣盛子孙!若弗遵指教,便见自倾于地!大者至小须勤,大国忠孝,宗亲莫妄费奢华,莫恃强欺弱,莫信谗嫉,莫信小人。窥觇主大事者皆在忠孝,立功次位者亦须奉勤。古人云:妻子如衣服,衣服破而更新,兄弟如手足,手足断而难续。今我家荣耀,是我之处置使然也,自谕之后切莫毁败吾家门。衣锦城池且须拣选骨肉,世代安居固守家乡,勤于王家,一朝忽若有阙,便属他人,千叮万嘱须存桑梓,莫令内乱于亲,外紊于族。后代须惭悟在世立志,秉明公私无挠。为官,合道理之人方赏,离道理之辈方罚,赏双行无偏无党。"

儿子们听着忍不住呜咽出声。符彦卿累了,停了一小会儿,又爱怜地扫一眼儿子们,继续说:"我今大期忽至,天命有终,告汝诸子存我世代之名,立取孝养之事,恭承王法,莫纵骄奢,兄弟相同,上合下睦,自然畏威,所教道臻从。若违此言,我在冥中当不佑你们。数十年来,我身经二百战,伤痕遍体,勤苦六十余年,今日年愈杖国,因风恙不痊,便至如此。我殁后,即以殡葬,三年斩衰,慎终追远,莫信朝三暮四、口是心非之辈。倘若兄弟不顺从、不和睦,便起亡家败业之端,你们兄弟必要上忠下孝,世代相承。你们昆仲数人官守不小,职分非轻,既承父业,做世世忠孝,莫学他人之奸端。我殁后,你们能存我为官为人之道,何愁不显于祖宗?若亏坏我家法,是尔自求荼毒。他日黄泉相见,决不恕罪!"

儿子们听到这里,忍不住大哭起来:"父王,儿子记下了。"说罢,急忙止住哭声,拭泪恭听。

符彦卿接着说:"嫁女之道,须选门户相若,不得将家骨肉流落他乡,污辱门风,人生所恶。亲戚之事,宜择善良之家,不得看一时之顺情,残害骨肉,若落不净之处,世代更难立名!至于娶媳之事,亦须拣阀阅之家,故国旧亲、本乡自邑,有稍成人物,粗有礼乐,便可为亲。以上数事,如有些违,我在冥中必阴诛责汝。望你们莫广爱资财,莫贪人财物,莫凌孤幼,莫欺平人,莫信谗谮,莫听小人之语。乃为民上者,必教民稼穑深耕,易耨岁岁,自得丰盈。莫以酒色为心,莫以偏听为意,自然有天道佐助,且我也会默佑于你们。人生有期,须归大道。明王圣主尚归冥冥之中,我负疾已远,岂能久留于世?余之子孙遵吾法度,承我道理,显亲扬名,忠君爱国,必然禄及于一身矣。深望尔等遵训。"

符彦卿说完,几个儿子一起跪下,立誓说:"一定牢记父王的戒谕,并传与后世。"

开宝八年六月二十日,符彦卿病逝于南丰县横田村,享年七十八岁。

符彦卿戎马一生,忠孝朝廷,最后客死他乡,几个儿子无不悲痛欲绝。为尽最后一片孝心,准备把父王葬于洛阳,或者陈州,一是父王喜欢洛阳,二是洛阳北邙山是东汉、曹魏、西晋、北魏四代皇帝的安葬之地,其陪葬墓也都在这里,是皇陵之地。再者,陈州是三皇故都,是他们的老家,也是风水宝地。但是,兄弟们想到赵匡胤对父亲的猜忌,恐怕被朝廷阻止,或者被那些讨好赵匡胤的势利小人所利用,商议良久,一直未能拿出良策。

这时,皂角山道人陈孟阳再次来到这里,对金氏夫人说:"富车村吴官场,属于金被盖孩儿形,子山午向,即坐子向午,是一块宝地,大吉,可把善家葬于此。"

金氏夫人十分感激。于是,和儿子商议,决定把符彦卿葬于富车村吴官场。金氏夫人要重金答谢,陈孟阳一边推辞,一边说:"安葬时,路上遇见三件事出现才能入穴:一是头戴铁帽,二是鲤鱼上竹,三是木马骑人。否则,不予下葬。

下葬这天,当符彦卿的灵柩发往墓地时,先是遇到一个人将一口铁锅扣在头上迎面走来。不一会儿又遇到一个卖柴人的竹担上吊了一条鲤鱼,迎面走来。最后又遇到一个木匠驮一个三足木马回家。这三件事恰好和陈孟阳说的一致,于是,急忙下葬。可是,忙中出乱,把符彦卿埋葬的方向给颠倒了。正要移出来重葬，陈孟阳反而喝彩说："脚踏后龙，万代英雄，子孙繁衍，富贵无穷。"

安葬了父王，弟兄几个想到母亲一人不易在此，商议要把母亲接回北方。不料，金氏夫人一口回绝说："我和你们父王一生相伴，他尸骨未寒，我怎么能离他而去？我走了，谁来陪伴他？汝等若有孝心，可把子孙迁来陪我，我不再孤独，你们父王也定会含笑九泉。"

弟兄几个经过一番商议，决定先轮换着来此陪伴母亲，然后，再迁子孙来横田村，世代守陵，光宗耀祖，光大符氏功德。

第二十六章

懿德皇后

符彦卿病逝的消息传至京城后，朝廷震动，虽然时值盛夏，人心却感到冰冷：一是符彦卿两年来音信全无，二是符彦卿为一代良将，满门忠烈，又是皇亲国戚，最后客死他乡。满朝文武皆知符彦卿出走的原因，所以，也都谨言慎行，不敢表露，以观察赵匡胤的反应。赵匡胤一时不知道是该由朝廷举哀，还是不闻不问。如果朝廷举哀，等于他承认了对符彦卿的不公；如果没有一点动静，则于他"宽旧僚、善姻亲"的承诺不相容。他想等待有人向他禀报，因为都揣摩不透他的心思，没有人敢这样。最后，赵匡胤选择了装聋作哑，故作不知。

符金锭听到消息，如雷轰顶，泣不成声："父王啊父王，你儿女成群，累朝敬仰，没想到两年来不知所踪，与子女天各一方，刚有音信，却又阴阳分离，你让女儿羞愧难当啊！你为宋朝忍辱负重，委曲求全，没想到竟被朝廷如此欺凌，有家难归……"

赵光义看到符金锭如此悲痛，却又不知道如何劝说。一连数日，符金锭茶饭不思。赵光义守在她的身边，面对符金锭的斥责，无言以对。

符金锭几个哥哥回到京城后，不知道如何向符金锭述说。一是没有把父王接回北方，二是匆匆将父王埋葬。于是，只得一起来见符金锭。符金锭听了父王的丧葬事宜,大为不满,用手指着他们说:"父王是几代功臣,为大宋王朝的建立也立下功劳,他是被逼迁避横田村,含恨死于他乡。怎么能偷偷埋葬?父王何罪?竟然落得如此下场?你们兄弟有何颜面对符氏先祖?如何向符氏后人交代?"

弟兄七个这时才知道对父王丧事的处理过于草率,都垂下头去。

符金锭转向赵光义:"你说,我说得对吗?"

赵光义面红耳赤,不知道说什么,怎么说。

符金锭怒道:"赵光义,我父王是你的岳丈吗?你知道在你们弟兄兵变后,我是怎么去的大名?父王又是怎么以天下为重,才没有起兵吗?你堂堂的皇弟,你的岳丈就这样不声不响、像一个罪犯似的偷偷埋葬,是朝廷不义,还是你赵光义不义?还是你赵光义在朝中没有地位?你还有何德何威?以后,朝野上下将如何看待你?"

赵光义满面羞愧,忙问:"以夫人之见,当如何为好?"

符金锭讥笑他说:"你还是开封府尹吗?还是什么晋王吗?你是朝臣,怎么问起我来?"

赵光义被符金锭说得无地自容,红着脸说:"我们不是在商议如何办理吗?"

符金锭问他说:"如果你真不懂,就去问一下你的哥哥,按官员的品级该给什么规格的葬礼?像我父王该给什么规格的葬礼?你的父亲、母亲是什么样的葬礼,都有没有谥号,我的父王戎马一生,屡立战功,该不该有谥号?"

赵光义听着,禁不住头上冒汗。

符金锭还要说什么,忽然,脸色蜡黄,说不出话来。赵光义急忙握住她的手,关切地问:"夫人,你怎么了?你不生气好吗?我明日去向哥哥奏报此事,一定要给父王讨个说法,必须举行官葬。"

符金锭平静了一会儿,说:"我的话已经说了,就看你这个皇弟还有没有皇弟的尊严了。"

次日上朝，赵光义第一个启奏说："启禀陛下，魏王薨于南丰县横田村，消息传来，朝野震动。魏王朝野敬仰，而今却仅仅是几个儿子匆匆将其葬于荒村僻野，朝廷不仅没有给予官葬，甚至没有一个谥号。臣下以为，此事如果朝廷不闻不问，势必有辱我朝威仪。"

赵匡胤环视一下朝臣，想听听大臣们的看法，不料，大臣们面面相觑，没人敢言。赵匡胤面色不悦地说："魏王作为朝廷命官，先是称病不去凤翔赴任，接着不辞而别，杳无音讯，如此无视朝廷，实在让人难以接受。"

赵光义说："魏王何以至此，不言自明，目下当如何对待，请陛下三思。"

赵匡胤从赵光义那冷峻的目光中已经看出他的义愤和不容置辩，心想：自己无论对符彦卿多么的不满，他毕竟是弟弟的岳丈，如果当着满朝文武的面弟兄两个大吵起来，将如何收场？于是，立即说："魏王晚年虽然有过失，用人失察，在大宋，还是功大于过，应该由朝廷给举行一个祭奠仪式，并赐予谥号。谥号由尚书省拟好，由朕赐予就是。"

退朝后，赵光义回到府邸，立即把情况告诉给了符金锭。符金锭听了，把头扭到一边，不看赵光义一眼。赵光义知道她不满意，但不知道还有什么不满，忙问她说："夫人，你还有什么不满意的？"

符金锭忽然转过头来，说："没有说把父王葬在哪里？"

赵光义恍然大悟，羞愧难当。

符金锭说："父王一生南北征战，家人不得团聚。如今他被葬在南方，清明节、忌日，我们做子女的祭奠一下需要长途跋涉，情何以堪？"

赵光义听了符金锭的话，先是感到汗颜，接着又对符金锭遇事考虑周密而敬佩。忙问她说："以夫人之见该怎么办？"

符金锭说："符氏是皇亲国戚，父王在周朝时乃国丈，如今虽然不是国丈，以你们兄弟在太后面前的盟约，你将来也要做皇帝，父王必为宋朝国丈。如果你以后不想做皇帝，或者做不了皇帝，那另当别论。父王一生的功劳不说，眼下不能说不是皇亲国戚吧？怎么能把父王葬于荒野？"

作为皇弟，没有夫人考虑得周全，没能考虑把岳丈葬在何地，让赵光义抬不起头来。更让他抬不起头的是符金锭那句他"能不能当皇帝"的话让他心潮起伏：是啊，依照和哥哥在太后面前的盟约，自己将来要当皇帝的，现在居然连岳丈的丧事都不能办好，以后还有什么能力去当皇帝？于是，问符金锭说："你说，把岳丈葬在哪里为好？"

符金锭立即说："要么葬在陈州老家，要么葬在洛阳。"

赵光义说："二者必居其一，你说葬在哪里？"

符金锭想了想说："葬在洛阳吧，一是父王喜欢那里，二是那里距离京城较近，三是那里是历代皇家的陵地，葬在那里，他不枉有你这个女婿。"

次日上朝，赵光义再次第一个启奏，把符金锭的意思述说了一遍。赵匡胤斟酌再三，答应了赵光义的奏请。

不久，赵光义亲自到洛阳选择墓地：洛阳县陶村原。

开宝八年十月，符彦卿由南丰县横田村起葬，移向洛阳。经过近二十日的行程，十一月三日，符彦卿灵柩抵达洛阳县陶村原。

由于思念父王过度悲伤，符金锭的身体一日不如一日，但是，她不顾身体虚弱和赵光义的劝阻，执意要见父王最后一面，于是，也于三日到了墓地，她要为父王守灵一夜。

在上清宫修道的符金环在父王辞世的消息传到京城的时候，也从洛阳人的口中很快得知消息，虽然痛哭了几日，终因出家，没有去南丰县横田村祭奠父王。后来得知要重新安葬于洛阳县陶村原，便一直关注着父王灵柩发往陶村原的消息。当得知十一月四日安葬的消息后，当即告请道长，与宫内道士、道姑数十人，也早早地来到了这里。

符金锭看到一群道士、道姑来到父王的陵墓前，开始很奇怪，当看到道姑中姐姐的面孔时，才知道姐姐已经出家修道。符金环先是扑到灵柩前大哭一场，然后抱住符金锭，姐妹俩好一场痛哭。

符彦卿在洛阳县陶村原墓地重新安葬，谥号"忠宣"。但是，仪式却非常简単,朝廷仅仅派了几个不知名的官吏,礼仪使持谥册宣读了一下谥号和哀册。

符金环早有准备,朝廷所谓的仪式结束后,按道教丧葬礼仪,于灵柩前置一案子,上面安仙童于左,玉女于右,神仙兵马安于冢口两边,在一片哀乐声中,领众道士、道姑一起为父王诵《灵宝无量度人上品妙经》:"……无有中伤,倾土归仰,咸行善心,不杀不害,不嫉不妒,不淫不盗,不贪不欲,不憎不缀,言无华绮,口无恶声,齐同慈爱,异骨成亲,国安民丰,欣乐太平……"

符金环参加完父王的葬礼,即与符金锭告辞,并惜别说:"姐姐已是出家之人,不能照顾你了,你要多多保重。"

符金锭伏在符金环的肩膀上,声泪俱下说:"姐姐啊,你不该走到这一步。"

符金环没有回应她,却说:"人生受命,制之在天。今日相见,可能是今生最后一次。愿神灵保佑你。"

符金环说罢,即和众道士回上清宫而去。符金锭看着姐姐的背影,欲哭无泪。

回到京城,符金锭一病不起。她知道自己将不久于人世,把赵光义叫到跟前说:"自嫁给你,一直想伴你成就大业,看到你成为一代骄子,可惜,天不助我,只能在冥冥中默佑你了。"

赵光义满含眼泪说:"我们结婚以来,我从符氏家族,从你的身上学到很多东西,光义不会忘记。"

符金锭想到结婚的时候正是夏季,而今却雨雪飘落,说:"昔我往矣,杨柳依依;今我来思,雨雪霏霏。"

赵光义忙说:"你怎么总是那么伤情?你才三十四岁,怎么老想到生啊死啊什么的?"

符金锭浅浅地一笑说:"你曾经告诉我说,等你当了皇帝,要让我做皇后,看来我没有那个命。我很喜欢你的书法,我走后,你不要懈怠,要多多练习,将来成为一个大书法家,我符金锭也会感到自豪。"

若在往日,赵光义一定会与符金锭好好地谈论一番书法,此时,他没有了这个心情,想到他曾经对符金锭的承诺,而符金锭对他做皇帝已经不报希望,进而又想到的是哥哥能否遵守金匮之盟,做到兄终弟及,心中不由生出几多忧伤和悲愤。

符金锭不知道他在想什么,看他无话,就找话说:"夫君,可否给我写幅字,等我走了,作为陪葬品,好吗?"

赵光义想到眼前应该让符金锭高兴,立即换上笑脸,劝慰她说:"你喜欢我的书法,我给你写就是,只是不要再说什么不吉利的话好吗?"

符金锭说:"好吧。不说了。"

赵光义忙说:"夫人想让我写什么字?"

符金环想了想说:"写一幅《人生九雅》吧:琴弦底松风诉古今,红尘里,难觅一知音。棋颠倒苍生亦是奇,黑白子,何必论高低。书沉醉东风月下读,柴门闭,莫管客来无。画纤手松烟染素纱,盈盈写,茅舍两三家。诗漱玉含芳锦绣辞,堪吟咏,佳句费寻思。酒与尔同销万古愁,杯斝满,莫教泪空流。花驿外桥边蓦绿华,随风起,飘舞向天涯。茶香喉提气人神闲,捏指间,悠然沁心田。玉玲珑透剔纯贵雅,载万道,滋神且润心。"

赵光义写完,符金锭看了又看,脸上露出一阵平静的微笑,夸赞说:"你的书法龙章凤姿,圆劲雄强,宽舒洞达,从容中度,既有王霸威仪,又有儒雅之风。"

赵光义激动地说:"你说我的书法有王霸威仪?"

符金锭笑笑:"是啊。可惜……"

她没有再说下去。赵光义明白他的意思,但表面上却装作不知,沉吟了一会儿,又循着她的话题问她:"夫人还想让我写什么?"

符金锭摇摇头说:"不写了,有这幅字就够了。"

赵光义十分不解,不知道她为什么在这个时候让他写这么一幅字。符金锭看着他迷茫的神情,说:"我知道我的病是怎么得的,我也不想生气,可是,我看不惯,忍不下,也许是命该如此。我已没有什么奢望,你是男人,你是皇弟,大宋江山有你施展才华的一席之地,只盼你有所作为,不枉来到这个世上。"

赵光义之所以深爱符金锭,不仅是她的多才多艺和美貌,更是她的大义、慧眼和胸襟。他望着符金锭,想让她多多指点,符金锭却忽然转换话题说:"我听传言说,你哥哥准备立太子了?"

赵光义听到这话,脸色沉了下来。他也听到过,也问过哥哥,只是哥哥不承认。他知道,立太子就等于说将来要传皇位于太子,这是历代皇位传递的规矩。如果这样,原来兄终弟及的盟约便成了一纸空文。如果不是符金锭这次这样提醒,他还没有意识到问题的严重性。因为过去他太相信哥哥了。此刻他不由怒火中烧:赵匡胤,你对别人阴一套阳一套,说一套做一套,对你的弟弟也是这样,你也太欺负这个弟弟了!改日我一定要找你把此事说清楚。

符金锭坦然地说:"好好练你的书法吧。依照《人生九雅》来做,也是一种很好的人生境界。朝廷人人向往,其实那里是最为险恶的地方,进去后无不如履薄冰。开始我不理解父王为何出走,不理解姐姐为何出家,现在,我明白了……"

赵光义知道符金锭是为他好,但是,他感到如果哥哥真的立太子,这是对他的羞辱,也是无视他的存在,是把他当做可以随意宰割的羔羊,一时忍不住拊膺切齿。如果不是担心符金锭病情加重,他会立即去面见赵匡胤。

符金锭又久久地望了赵光义一阵,说:"我别无他虑,最不放心的是你……世事难料,你哥哥不愿传位于你,也不要强求,只求不被加害,平安就好。"

赵光义听了这话,禁不住紧紧地抱住符金锭说:"你没事的,光义离不开你,你要好好陪着我,相信我会做上皇帝的,你也会当上皇后的!"

符金锭笑笑,没再说什么。

接下来的日子,符金锭的病情时好时坏。

开宝八年十二月十九日,也就是移葬了符彦卿一个多月后,符金锭念叨着:"父王你在哪里?母亲你在哪里?金环姐姐你在哪里?符金锭好想你们……"慢慢停止了呼吸,年仅三十四岁。可是,眼睛却没有闭上。

消息传开,京城百姓无不为之动容。晴朗的天空也忽然之间阴云密布,接

408

着,先是一阵泪珠般晶莹的霰子,不一会儿便是棉絮般的雪花,洋洋洒洒,一日未停,整个京城白茫茫一片,好似穿上素服一般。

赵匡胤为了安抚弟弟,也意在弥补对符氏的不当之举,下令辍朝三日,文武大臣皆素服举哀。

二十天后,符金锭灵驾发引,向西前往距京城三百余里的赵弘殷和昭宪太后的陵园——安陵。三日后,符金锭被厚葬于安陵西北。

此时,已是开宝九年正月。

符金锭安葬后,赵光义顿时感到没有了依靠,没有了主心骨,心事没人可以商量,每日心事重重,萎靡不振。

让赵光义费解的是,到了二月,也就是刚刚殡葬了符金锭不久,赵匡胤忽然颁诏,命皇子赵德芳为贵州防御使。接着,以宰相沈义伦为东京留守兼大内都部署。左卫大将军王仁赡权判留司三司兼知开封府。然后,由太子太师王溥与百官陪同,车驾发京师,向西而去,于庚辰日到达安陵。赵匡胤到了父母的陵前,奠献号恸,很久不能止息。左右大臣见他对父母如此之孝,无不饮泣。

赵匡胤哭了一阵,登上阙台,朝西北向发一鸣镝,然后指着镝落的地方,对左右大臣说:"我死后当葬于此。"

赵匡胤拜谒了父母,下诏东归,并宴从臣于会节园。然后,让太子太师王溥与百官先归京城,他则驱车去了洛阳宫。

赵匡胤在洛阳游玩了一段时间才回到京城。接着,又于五月己巳日,到东水砣、飞龙院和观渔金水河。接着,又到讲武池,再到玉津园观稼。

赵匡胤在京城又玩了几日,于六月己亥日忽然到了赵光义的宅第。他看了一阵,说赵光义所住的地方地势高仰,水不能及,不吉利。没几日,赵匡胤散步至左掖门,然后从左掖门又到了赵光义府第,亲自派遣工匠造水轮,引金水河的水注入赵光义府第。

赵光义对哥哥这一连串的举动十分疑惑:符金锭于一月底安葬,他二月初即去安陵拜谒,祈祷一阵后,又大哭,是什么意思?六月初二是母后的忌日,七月二十六日是父亲的忌日，这时既不是父母的生日，也不是忌日，为何这个时候去拜谒？他向母后祈祷什么？是不是在向母后祈祷，让母后原谅他准备立赵德芳为太子而不让我接替他皇位的事？他很久没有到过我的宅第了，过去也没有说过我的宅第地势高仰，水不能及，不吉利，为什么符金锭去世后，接连不断地到我的宅第，并令工匠造大水轮往里面注水？他过去不来我的宅第，是害怕面对符金锭？他为什么怕面对符金锭？是符金锭能够通过他的一举一动、一言一行洞察他的内心世界？他的所作所为都瞒不过符金锭的眼睛？

从六月到十月这几个月的时间里，赵光义满脑子都是赵匡胤的异常举动，越想越觉得他的举动可疑。并发现哥哥对他的态度也不如过去友好。就在这个时候，他从赵普那里得知哥哥准备立赵德芳为太子的消息，进一步证实了过去的传言和符金锭的判断，他不由发指眦裂。

十月十八日，赵光义终于忍耐不住，早朝还没有退朝，便面色铁青，直奔广政殿。赵匡胤看他神色异常，屏退大臣，急忙问他说："弟弟何以面色如此难看？"

赵光义冷笑说："你应该知道。"

赵匡胤故作不知，并笑笑说："我怎么知道？"

赵光义更加愤怒："你对符氏如此冷酷，让我怎么面对我的夫人？"

赵匡胤惊慌地说："你今天怎么突然说这个话题？弟弟此言差矣，我对符氏甚厚，别人不知，你难道不知？"

赵光义冷笑说："我不是不知道，是知道的太多。"

赵匡胤理直气壮地说："我赐符氏誓书，并铸成铁券，使符彦卿长袭荣宠，克保富贵。恕卿九死，子孙五死，元孙三死。我还能怎么样？"

赵光义不屑地白了他一眼："你是赐了符氏誓书，可是，这样做了吗？我岳丈的为人和功德，你面上不得不敬重，却又严加防范，故有时笼络他，为自己所用，用什么敕文、铁券来迷惑他，有时又不择手段想铲除掉他。你轻信谗言，派王祐密查所谓的谋反，并暗许王祐，等事成拜为宰相，你用意何在？王祐因为没有按照你的旨意捏造杀人的证据，不仅没有擢升什么宰相，反被徙知襄州。你别说恕卿九死，仅是诬告，又是一次，你就想置他于死地，你按铁书上写的做了吗？"

赵匡胤不觉间头上冒汗，说："今天不在这里说这些好吗？"

赵光义继续说："柴宗训禅让那天，如果不是潘美和卢琰劝谏，你就会把周世宗的两个孩子除掉，那两个孩子哪里去了？你关心过吗？柴宗训和周太后把皇位禅让给你，不久你就把他们逐出皇宫，迁居房州。一个女人家，带着一个十来岁的孩子远离亲人，你想到过他们的委屈吗？你还嫌不够，又派你的老师辛文悦知房州。辛文悦明白你的意思，害死柴宗训，别人不知道，难道我不知道？你以为你很聪明，其实，司马昭之心路人皆知，只是因为你是皇帝，他人不敢言而已。岳丈被逼避难于南丰县，最后客死他乡，是我再三上奏，你才允许把他移葬在洛阳北邙山，才给一个官葬仪式。你这样对待符氏，让我这个符氏的女婿好难堪，在大臣中威风扫地你知道吗？……"

赵匡胤听不下去了，忙阻止他说："你对我还不相信？我是你的哥哥，你不相信我，还相信谁？我对你的感情你不记得吗？年少时不说，就是我做了皇帝后，也对你关怀备至。有一次你患病，我不仅亲自去探望，还亲手为你烧艾草治病。看你感到疼，我便在自己身上先试。直到你感觉舒服，合目熟睡，我才离去。一次，你在宫中饮酒过量，因为大醉，不能乘马，我亲自送你至殿上，给你盖上被子，并掖好。我对你的手足情深，你应该感知。"

赵光义不屑地一笑说："你为我治病，送我回到殿上，有我拥立你做皇帝的情深吗？如果没有我，你的皇帝宝座会这么安稳吗？"

赵匡胤害怕说出更难听的话，忙说："我今天累了，有话改日再说，好吗？"

赵光义不听，说："我听说你准备立德芳为太子？"

赵匡胤听赵光义这么一说，更加吃惊和不安，忙说："没、没有的事……"

赵光义冷冷地一笑说："你说，你在母后面前立的盟约还算数吗？"

赵匡胤站起身，拍着赵光义的肩膀说："明天说，明天说。朝中的大事我正准备和你商议，到时候一块儿说。"

赵光义想到这是在朝堂之上，有些话不宜在此多说，就答应说："好，我等你的回话。"

十九日，天气晴朗，傍晚，星斗明灿。按照昨天的承诺，赵光义一直在等哥哥的召见，可是，等到傍晚了，依然没有哥哥的音信。

到了天色灰暗的时候，天地陡变，阴霾四起，雪雹骤降。赵匡胤本打算拖一天是一天，不和赵光义再说盟约的事，害怕今天若不和赵光义见面，明天他又会在上朝时大闹，只得在寝宫置好酒菜，命人召赵光义入宫。

赵光义等了一天，早等得不耐烦了，以为赵匡胤把昨天的话忘了，或者是故意推脱。看到这个时候赵匡胤才派人召他入宫，心中十分窝气。

赵光义到了寝宫，面色冷峻，一句话不说。赵匡胤屏退左右，斟上酒，说："咱弟兄很久没有坐下来一起喝酒了，今日喝个痛快。"

赵光义说："我等你回答话呢，哪有心情喝酒？"

赵匡胤生气地说："我们一边喝酒一边说不行吗？你怎么对哥哥这个态度？"

赵光义端起酒杯，赵匡胤急忙也端起，想跟他碰一下，不料，赵光义一饮而尽，并没有和他碰杯。赵匡胤感到十分尴尬，忍不住连着喝了几杯。最后问他说："你昨天为何对哥哥如此动怒？"

赵光义冷冷地说："是你的所作所为让我不得不如此！"

赵匡胤怒道："我今天让你来，是想和你叙叙亲情，你这是什么态度？你的眼里还有我这个哥哥吗？我还是皇帝吗？"

赵光义没有回答他，反而反问他说："在你眼里还有我这个弟弟吗？你像个皇帝吗？"

赵匡胤强忍怒火说："我这个皇帝怎么了？做得不好？我在位十六年来，袭占荆湖，攻灭后蜀，平定江南，文以靖国，尊孔崇儒，完善科举，创设殿试，知人善任，厚禄养廉，嫉恶如仇，宽仁大度，虚怀若谷，好学不倦，勤政爱民，严于律己,不近声色,崇尚节俭,以身作则,哪一点胜不过前朝几代皇帝？"

赵光义心里说:我让你回答是否还遵守兄终弟及的盟约,你却自夸起来,想以此来糊弄我! 遂冷笑说:"若不是周世宗厚待与你,赐你兵权,你能夺得周朝的皇位?若不是周世宗打下基础,你能顺利攻灭后蜀,平定江南?你怎么不说忘恩负义,先发动陈桥兵变,后篡夺柴氏皇位,即位后又过河拆桥,罢黜结义兄弟的兵权……"

赵匡胤看赵光义竟然不顾一点情面,揭他的短处,再也忍耐不下去,站起身就要去打。赵光义站起身一边伸手阻挡,一边往后退,一不小心撞在了酒桌上,以致几乎把酒桌撞倒,上面的蜡烛左右摇晃,他们的身影也随着烛光的摇摆晃来晃去。

赵匡胤没有打到赵光义,十分窝火,伸手抓起茶几上的一把玉斧,在地上"嚓、嚓"地磨了几下。由于时值深夜,宫外很静,那"嚓、嚓"的斧声很远就能听到。赵光义看他这样,毫不畏惧,说:"我今天是来问你是否遵守在母亲面前订立的盟约,你却不顾自己皇帝的身份,准备用玉斧砍我,你无情,别怪我无义!来吧,咱现在就拼个你死我活!"

赵光义说着,握紧拳头,逼向赵匡胤。赵光义比赵匡胤年轻十二岁,加上又怒火中烧,凶相毕露。赵匡胤看到赵光义不顾一切地冲了上来,害怕了,心里说:弟兄两个曾经合谋篡夺孤儿寡母的政权,现在居然为了谁来继承皇位大打出手,传出去岂不成为笑柄?急忙放下玉斧,换上笑脸,大声喊:"不就是这点事吗? 好为之,好为之。"

赵光义见哥哥屈服了,心下道:我见他的目的不是打架,而是要确立谁来继承皇帝位。大宋江山是我们一块儿"打下"的,我也要做皇帝,也要成为一代英主,如果真的打起来,朝野怎么看待自己? 唇齿相害,手足相残,岂不遭世人唾骂? 于是,忙趁势坐下说:"你说吧,是否遵守盟约。"

赵匡胤看到这等局面,如果不说"遵守",恐怕赵光义不会放过他,不仅今天会谈崩,明天也不会安宁。于是,只得说:"遵守,遵守。"

赵光义趁机说:"你现在就得写一份遗制,这样我才能相信你。不然……"

赵匡胤见没有了退路,只得硬着头皮,趁着几分酒劲,操起毛笔,展开纸张,不一会儿便把遗制写好:

修短有定期,死生有冥数,圣人达理,古无所逃,朕生长军戎,勤劳邦国,艰难险阻实备尝之。定天下之妖尘,成域中之大业,而焦劳成疾,弥国不瘳。言念亲贤,可付后事。皇弟晋王天钟睿哲,神授莫奇,自列王藩,愈彰厚德,授以神器,时惟长君,可于枢前即皇帝位。丧制以日易月,皇帝三日听政,十三日小祥,二十七日大祥,诸道节度观察防御团练使、刺史、知州等并不得辄离任赴阙,闻哀之日,所在军府三日出临释服。其余并委嗣君处分。更在将相协力,中外同心,共辅乃君,永光丕构。

赵光义把遗制拿起来看了一遍,立即装入袖筒内,并换上了笑脸。接着,主动端起酒杯,就继续和他喝酒。赵匡胤虽然被迫写下遗制,心中却翻江倒海,瞪了赵光义一眼,赌气抓起酒杯,猛喝起来。不一会儿,赵匡胤便喝醉了,头摇摇晃晃,眼睛迷糊,说话也口齿不清:

"没、没想到……你、你高兴了吧……"

赵匡胤说着,半躺在椅子的靠背上,闭着眼,直喘粗气。赵光义趁机把藏于袖筒中的一包东西倒进了他的酒杯中,并歉意地说:"哥哥,今日是一个误会,请你见谅。来,咱弟兄今日喝个痛快。"

赵匡胤揉了一下眼,坐直身子,说:"喝……喝个痛快!"

就在赵匡胤端起酒杯的那一刻,赵光义眼泪掉了下来,手也抖起来:他虽然做了很多不端之事,毕竟是自己的哥哥呀!不仅自幼就对我关爱有加,我能跟符金锭成亲,也是他一手操作的。他做了皇帝后确实做了很多前人没有做到的事,这是任何人都不得不承认的……想到这里,伸手就欲去夺他的酒杯,可就在这时,赵匡胤已经把酒一饮而尽。

赵光义见已无可挽回，索性不再多想，又与他碰了两杯，然后便告辞出来。赵光义没有回自己的宅第，而是去了他的开封府衙。

赵匡胤见赵光义走了，气呼呼地走到床边，晕晕乎乎地解衣就寝。宫女和侍从没有得到传唤，也都不敢进入。

第二天凌晨，宫女进到殿内，发现赵匡胤已经驾崩。这一年，赵匡胤五十岁。

得知赵匡胤去世，宋皇后立即命宦官王继恩去召皇子赵德芳入宫。然而，王继恩却去开封府衙请赵光义。王继恩到了开封府衙，却见既精于医术，又是赵光义心腹的程德玄已在衙门外等候。程德玄见王继恩来到，忙对王继恩解释自己早早来这里的原因说："前夜二鼓时分，听见有人唤我出来，说是晋王召见。可是，我出门一看，并无一人。因担心晋王有病，便前来探视。"

王继恩心领神会，也不再说什么，拉着他的手即叩门入府去见赵光义。赵光义听到叫门声，立即从里面走了出来。王继恩、程德玄知道赵光义这一夜就没有睡，但也不说破。没等赵光义发话，王继恩便说："晋王，宋皇后召见。"

赵光义满脸讶异地说："宋皇后怎么这么早召见我？"

王继恩说："我也不知道。"说着就暗示赵光义跟他们往皇宫走。

赵光义有些犹豫，说："我应当与家人商议一下。"

王继恩催促说："时间久了，恐怕被别人抢先也。"

于是，三人便冒着风雪赶往宫中。到了皇宫殿外，王继恩请赵光义在外稍候，自己去通报，程德玄却主张直接进去，不用等候。接着，便拉着赵光义闯入殿内。

宋皇后得知王继恩回来，便问："德芳来了吗？"

王继恩却说："晋王到了。"

宋皇后看到赵光义来到，满脸愕然，大惊失色。她位主中宫多年，晓知宫中政事，知道大事不妙，便大声哭喊道："我们母子的性命都托付于官家了。"

赵光义也样子极其伤心，并泪流满面地说："共保富贵，不用担心。"

赵光义说罢,没等宋皇后再说什么,立即对王继恩说:"召群臣至寝宫。"

此时,赵匡胤驾崩的消息已经传开,听到赵光义召令,立即惊恐不安地奔赴寝宫。赵光义见大臣们到齐,立即令宰臣宣读赵匡胤遗制,然后对外发哀。

接着,赵光义移班至殿之东楹,接受群臣的恭贺。赵光义登基为帝,年三十八岁。随后,谥赵匡胤为"启运立极英武睿文神德圣功至明大孝皇帝",庙号为"太祖"。

赵光义即位后,改名赵炅,改年号为太平兴国。

赵光义想到符金锭对他的恩爱,和他曾经对她的承诺:他当了皇帝立她为皇后,而她却于几个月前含恨离他而去,未能辅助建功立业,不禁涕泪交加。同时又想到,如果没有符金锭的提醒和激励,他还蒙在鼓里,也就不会有今天的皇位。

没有几日,赵光义便亲自到符金锭陵前,焚香祭奠,并大哭说:"夫人,你为何匆匆而去?你让我遗恨终生,永远不得安宁啊!"

接着,含泪追册符金锭为皇后,谥号"懿德",并下令为她另外单独建庙,岁时享祭。

赵光义即位的第二年,想到符金锭去世前曾经因为朝廷没有给予岳丈符彦卿厚葬而悲愤不已,下令按国葬大礼,重新为符彦卿举行官葬仪式,以告慰这位佐命功臣、开国元老。

赵光义即位的第十七年,即淳化四年,玉清仙师符金环去世,享年六十岁。赵光义颁诏以厚礼安葬在她姐姐符金玉陵墓的西北侧,谥号"宣慈皇后",陵曰:"懿陵"。

赵光义先后使用了太平兴国、雍熙、端拱、淳化、至道五个年号。至道三年三月二十九日,赵光义驾崩,在位二十一年,享年五十九岁。皇太子赵恒在灵柩前即位。赵光义被谥号"至仁应道神功圣德文武睿烈大明广孝皇帝",庙号"太宗",陵曰:"熙陵"。

至道三年十一月,赵恒颁诏:懿德皇后符金锭神位升入赵氏祖庙,与太宗配,附祭于先祖。

符彦卿数代贵盛,无与为比。符氏一门三后,一个随君南征北战,助君统一天下;一个垂帘听政,偕子治理国家;一个深明大义,助夫成就帝业。姐妹三人忠义贤良,聪明智慧,卓尔不群,堪称人臣之贵极也。

篇外语

赵匡胤陈桥兵变夺取后周政权的公元960年,距今已经一千多年,柴荣的儿子柴宗训的命运史籍记载得比较清楚,柴熙让、柴熙谨、柴熙诲以及柴宗训儿子的去向如何? 一直是个谜。

《新(旧)五代史》都记载了后周柴世宗有七子:"长曰宜哥,次二(下面的两个儿子)皆未名,次曰恭皇帝,次曰熙让,次曰熙谨,次曰熙诲……宜哥与其二,皆为汉诛。世宗崩,梁王即位,是为恭皇帝。其年八月……熙让,封曹王;熙谨、熙诲……封纪王、蕲王。皇朝乾德二年(公元964年)十月,熙让卒。熙谨、熙诲,不知其所终。"《宋史》《资治通鉴》也对其讳莫如深。柴熙让真的死了吗? 柴熙谨、柴熙诲到底去了哪儿? 正史含糊其辞,所以,留下千古之谜。

上述史籍皆为宋朝史官所修,他们作为朝廷命官,自有难言之隐,或者出于某种因素,有需要避讳的地方,是无可非议的。我是一个作家,同时也一个修史者,主编过我们的县志,能够理解其中的苦衷——有时候为了某人某件事,迫于某些因素不得不玩一些文字游戏。为了达到自己对写历史小说"研究历史者可为史,喜欢文学者可为文"的要求,遍查史书和最新考古资料,不得有一点含糊,很想揭开这个谜底。但是,许久苦寻无果。

令人欣慰的是,小说初稿完成后,结识了中华周世宗柴荣皇家宗亲会会长柴道琳先生,他介绍了近年史学界和部分符氏文化研究会成员的研究成果,揭开了千古之谜。所以,小说正文之外不得不来个画蛇添足。他介绍说:赵匡胤陈桥兵变,后周皇家亲军侍卫四大虎将,东虎将张威、西虎将陈武、南虎将扬勇、北虎将李猛,其中南虎将扬勇、北虎将李猛两员大将护卫小曹王柴熙让逃此一带。柴熙让居孟州虢庄(西虢镇),一将居南,一将居北,日久成庄,故名南将庄,简称南庄。修史者为了柴熙让免遭不测,故名义上让他"死"去。柴熙让有五个儿子,长子和次子与四子以柴为姓,其后裔定居河南、河北、陕西、山西、山东、甘肃、宁夏、湖北等地,三子以周为姓定居山东,长子后裔北宋末年为避祸有以才为姓定居河北与辽宁,五子以宁为姓定居江西吉州。

卢琰抱养了蕲王柴熙海后,因为对赵匡胤有一定的戒心,几年后带着柴熙海辞官不做,隐居到浙江灵山,并将柴熙海改名为卢璇。

潘美抱养了纪王柴熙谨,对赵匡胤也有戒心,为了保护他,改为潘姓。根据潘氏宗谱、卢氏宗谱的记载,柴熙谨被改名为潘惟正,也让柴熙谨在名义上"死"去。这既保存了皇子的生命,又消除了皇子的身份,使皇子淡出了人们的视野。后来潘惟正袭职光禄大夫、西京作坊使,居住地从大名迁居山东青州,其后裔再迁居湖南。

周恭帝柴宗训有四个儿子,被符金环留在了淅川。他们长大后,长子以柴为姓,先后定居河南南阳和浙江衢州,次子以向为姓,后定居湖北巴东,三子以林为姓定居广东,四子以郑为姓定居山西。

柴氏后裔总人口有350万人,定居在国内各省市、台湾、东南亚等地。

另据史料记载和符氏文化研究会专家的研究表明,符氏家族虽然在赵匡胤时期倍受猜忌,但宋太宗赵光义即位后,不仅继续启用符氏家族,而且其后裔一代代皆与符氏联姻,成为宋朝著名的外戚家族,在宋朝的发展史上发挥了重要作用。宋真宗时期,当了多年贤相的王祜的儿子王旦,曾经在符彦卿的墓道石碑上刻了一首诗《题符公魏忠宣王墓》,赞道:"五朝恩宠更无前,花甲周流七十年。真有英才堪辅佐，谁言与世英推迁。老来得遂优游乐，身后还承宠渥偏。荒草夕阳埋玉处，行人下马拜新阡。"

符氏在编修宗谱时，宋代名儒将相纷纷作序或者题名，如北宋年间的鸿儒欧阳修、杨万里，而后岳飞、文天祥、陆秀夫等将领都曾经挥毫对符氏给予很高的赞誉。

2015年2月15日——2015年6月14日第一稿

2015年7月——8月第二稿

后

记

一个作家在写一部作品的时候，一定是作品中的人物或事件打动了作者，否则，就不会写它。历史小说更是如此。

小说是写给读者看的，不是自己看的。没有读者就没有作家。作品的优劣，读者说了算。

这是笔者第二部长篇历史小说，因为在写第一部的时候就给自己定了调：研究历史者可为史，喜欢文学者可为文。这次是否做到了，做好了，读者是否接受，心里一直很忐忑。

笔者1981年开始发表小说，虽然时有作品见诸报刊，也研究历史，因为小说的特点是"虚"，而历史则要求的是"实"，担心写成了四不像，所以一直未敢涉足历史小说。1997年又从县委宣传部被调到县博物馆———一个馆庙合一的文物景区，做起了与文学创作大相径庭的文物管理和研究工作，因狂于工作，搁笔了十多年光景。没想到的是，当自认为还有很多"未竟的事业"要做的时候，因为全国进行第二轮志书修编，2007年我又被调到地方史志办公室，主编《淮阳县志》。因为环境清静，修志之余，才得以操笔写起了小说，但都是现实题材。2010年底在完成县志评审稿后准备休整一段的时候，偶然在中央电视台看到专题片《复活的军团》,其中讲到战国末年秦灭楚时在楚国旧都陈城(今淮阳)进行了为期一年的战争,片中披露出上世纪七十年代在湖北省云梦县的一个考古发掘:由淮阳寄出、目前国内发现最早的士兵家书——战国木牍。因为它把我们"淮阳"的名字提前了两个朝代,加上秦始皇一统六国以及秦朝的灭亡很多事件都发生在淮阳,引爆了我从秦、楚这两个姻亲之国的恩怨来写战国历史的欲望,定名为《秦楚情仇》,上卷:秦灭楚,下卷:楚灭秦。小说写好后寄给了百花文艺出版社,本是想出版单行本,没想到被当时的《小说月报》主编马津海看上,先行在刊物的长篇专号上分两期给发表了。小说发表后,不少读者写了评论文章,给予了很高的赞誉,不禁有一种成就感。

不知道别的作家写历史小说是什么感受,笔者的感受是太苦、太累。原因有二:一是因为有个文博研究员的头衔,又是一个修史的"史官",职业要求自己所写的史实就像修史一样,必须真实准确;二是史料记载比较详细的人物、事件,已被世人熟知,没有写的必要,要写就写那些史料记载不清,但有新的考古和史料发现、能让读者耳目一新的历史人物和事件,不然,就不要浪费读者的时间。

不料,在进一步考证修订旧志记载的淮阳历史大事记的时候,一段史实让笔者久久不能释怀:五代十国及北宋时期,历仕五朝的陈州(今淮阳)人、大将符彦卿六个女儿有三个贵为皇后,其中两个是后周皇帝柴荣的皇后,一个是宋太宗赵匡义的皇后。她们的功绩并不小,由于处于乱世,加上天灾人祸,两个英年早逝,一个出家,正史没有给予较多的笔墨。仅仅如此也就罢了,通过研究发现,后周皇帝及符皇后对赵匡胤和赵匡义情同手足,符皇后还把妹妹嫁给了赵匡义,偏偏又是他们弟兄两个推翻了后周的政权。赵匡义当了皇帝后为什么又把已经去世的夫人符金锭册封为皇后?其儿子宋真宗赵恒为什么又把她的神位升入赵氏祖庙?一千多年来,很少有人关心和知道这段历史真相。感慨之余,触发了要写这段历史的兴趣。

笔者执拗地认为,历史发展到这一时期,尽管我们的方志记载很简略,但其他史料一定会很详细,不会像战国时期那样,很多人物、事件史料记载都有头无尾，不会像《秦楚情仇》那样要借助很多考古发现才能得以解决。然而，当进入创作阶段后，发现事情远远没有想象的那么简单——这段历史仅五十多年，是继春秋战国、三国之后中国历史上第三个"乱世"，而且更乱。同样的历史事件《新旧五代史》《宋史》《资治通鉴》因修史者所处的时间和身份不同，记述也不一致，很多人物和事件史学界至今仍在喋喋不休的争论。所以，创作一度陷入困境。

就在苦于四处奔波查阅史料、考证史实的时候，因为先写了一篇关于符氏三皇后的论文贴在了博客上，意外地与符氏文化研究会秘书长符孟标先生取得了联系。当笔者谈及在创作符氏三皇后的小说时，引起了他的极大关注，立即提供了很多符氏和柴氏家族的研究成果。尽管他们很多人意见也不一致，但都拥有很多难得的碑刻、族谱、论文、著述等等。符氏文化研究会成员多人为之四处奔走，包括他们的会长——新加坡华人符绩熙先生，亲自分担任务，整理出《符彦卿受职赏封衔》（年表），为小说创作提供了难得的史料。

小说初稿完成后，符孟标先生又组织了相关专家进行了专题研讨，中华柴氏历史研究会副会长、高级工程师柴道琳，历史学博士、安阳师院副教授、符氏文化研究会顾问符海朝，符氏文化研究会成员符莲娜、符秀君、符君健等出席研讨会。小说修改后又打印成册寄给十余位符氏、柴氏专家，让他们反复挑刺，进一步增补史料，为小说增色不少。本书即将付印时，又得到了世界符氏联谊会主席符章志、世界符氏文化研究会会长符绩熙，琅琊符氏社社长符连其，江西符雪辉、符湾建、符先东，河北符东艳，安徽符义勋等诸多贤达的大力支持，借此机会，对他们表示感谢。

由于水平所限，错误和不当之处在所难免，加上过于追求史实的真实性，不知道小说写得是否好看、有味道，期盼能得到读者的批评、指教。

李乃庆

2016年7月3日